致当当网购买此书的读者：

愿永远面朝太阳，把阴影留在身后。

桐华

暖暖時光

The Memory about You

桐华
Tonghua Works

著

湖南文艺出版社
HUNAN LITERATURE AND ART PUBLISHING HOUSE　博集天卷
CS-BOOKY

我会等着，
等着冰雪消融，等着春暖花开，
等着黎明降临，等着幸福的那一天到来。
如果没有那一天，也没有关系，
至少我可以爱你一生，
这是谁都无法阻止的。

目录

Chapter 1

命运

命运之神喜欢热闹，有时还喜欢嘲弄人，它每每令人可恼地给伤心惨目的悲剧掺进一点滑稽的成分。

——斯蒂芬·茨威格

　　小时候，总觉得自己是世界上很特别的一个，即使眼下平凡无奇，也一定有什么地方与众不同，只是还没有被发现而已。想到未来，总觉得一切皆有可能。可随着长大，渐渐认清楚自己不过是芸芸众生中最普通的一员，身材不比别人好，脑子不比别人聪明，脸蛋不比别人漂亮，甚至连性格都不会比别人更有魅力。于是，越来越理智、越来越现实，即使做梦都会一边沉浸在美梦中，一边清楚地知道只是一个梦。

　　颜晓晨这会儿就是这种情形，梦境中的一切都十分真实，可她很清楚自己在做梦——

　　十一岁的她，正在学着骑自行车。人小车大，自行车扭来扭去，看得人心惊肉跳，她却好玩远大于害怕，一边不停地尖叫着，一边用力地蹬车。

妈妈站在路旁，紧张地盯着她，高声喊："小心，小心，看路！别摔着！"

爸爸一直跟在自行车后面跑，双手往前探着，准备一旦她摔倒，随时扶住她。

也许因为知道父母都在身边，不管发生任何事，他们都会保护她，小颜晓晨胆子越发大，把自行车骑得飞快。

刺耳的手机铃声突然响起，梦境犹如被狂风卷走，消失不见。可梦境中的温馨甜蜜依旧萦绕在心间，让二十二岁的颜晓晨舍不得睁开眼睛。

这些年，她从不回忆过去，以为时间已经将记忆模糊，可原来过去的一切，她记得这么清楚。她甚至记得，那一天爸爸穿的是灰色条纹的T恤、黑色的短裤，妈妈穿的是蓝色的碎花连衣裙。

手机铃声不依不饶地响着，颜晓晨翻身坐起，摸出手机，看到来电显示上"妈妈"两字，心突地一跳，竟然下意识地想扔掉手机。她定了定神，撩起帘子的一角，快速扫了一眼宿舍，看舍友都不在，才按了接听键。

"你在干什么？半天都不接电话？"

隔着手机，颜晓晨依旧能清楚地感觉到妈妈的不耐烦和暴躁。她知道妈妈的重点并不是真的关心她在干什么，也没回答，直接问："什么事？"

"我没钱了！给我两千块钱！"

"我上个月给了你一千多……"

"输掉了！快点把钱打给我！"妈妈说完，立即挂了电话。

颜晓晨握着手机，呆呆地坐着。梦里梦外，天堂和地狱，有时候，她真希望现在的生活只是一场噩梦，如果梦醒后就能回到十八岁那年的夏天，她愿意付出一切代价。

如往常一样，颜晓晨背着书包，骑着旧自行车，去了校园角落里的ATM机。她插入银行卡，输入密码后，先按了查询余额。

其实，她很清楚余额，两千一百五十五元七角三分，但穷人心态，每一次取钱时，都会先查询余额，并不是奢望天降横财，只不过想确定那些看不到的钱依旧安稳地存在着。

这两千多块是颜晓晨今年暑假打工存下来的，每一块钱都有计划——已经大四，找工作需要花钱，一套面试的西服，来回的交通费……即使不算这些，光打印简历、复印各种证书都是一笔不小的开销。现在就业形势严峻、工作不好找，师姐说要早出击、广撒网，起码准备一百份简历。

颜晓晨按了转账，将两千元钱转给妈妈，计算余额的减法题很容易做，可她依旧再次按了查询余额，确定扣除二十块钱的手续费，只剩下一百三十五元七角三分后，退出了银行卡。

给妈妈发了条短信："钱已转给你，省着点用，我要开始找工作了，等找到工作，一切就会好起来。"

如往常一样，短信如石沉大海，没有任何回复。

❧⁓❧

颜晓晨骑着自行车，习惯性地去了大操场，坐在操场的台阶上，看着下面的同学热火朝天地锻炼身体。

大学四年，每次心情不好时，她都会来这里。

期中考试周刚结束，今天又是周末，操场上没有往常的喧哗热闹，但依旧有不少人在跑步，一圈又一圈。年轻的脸庞，充满希望的眼神，他们理直气壮地欢笑，理直气壮地疲惫，不像她，她的疲惫都难以启齿。就如现在，她觉得很累，因为算来算去，一百三十五元，勉强只够一个多星期的伙食费，可这种窘境她不能告诉任何人。

距离发工资还有大半个月，颜晓晨不知道该怎么办。她胡思乱想着，也许可以去抢银行，找双破丝袜，套在头上，十块钱买把塑料枪，就可以冲进去大喝一声"把所有钱交出来"，结果肯定会失败，但进了监狱，有人管吃管住管衣服，一切的生活难题都解决了！

想着想着，犹如看了一部拙劣的喜剧影片，颜晓晨竟然忍不住笑起来。一个人对着空气傻呵呵地笑够了，她取出手机，看了眼时间，快要六点了，要去上班了！

※

学校要求出入校门必须下车，颜晓晨推着自行车出校门时，碰到几个同学拎着购物袋从外面回来，她笑着打招呼，同学们的眼神都有点古怪，显然，他们认为她不应该这么兴高采烈。

两周前，交往一个多月的男朋友把颜晓晨甩了。男朋友沈侯是他们这一届挺出名的人物，不是以品学兼优闻名，而是以吃喝玩乐出名。颜晓晨在学校里循规蹈矩、成绩优异，年年都拿奖学金，算是同学眼中的好学生，沈侯却恰恰相反，呼朋引伴、花天酒地，每年都有功课挂掉，反正不管怎么看，这两人都不像是一个世界的人。可一个多月前，两人突然就在一起了，所有人都大吃一惊，连颜晓晨的舍友都认定沈侯是在玩弄颜晓晨，含蓄地劝她别当真，颜晓晨却只是微笑地听着。

一切都如同学们的预料，开学时两人在一起的，期中考试周前，沈侯就提出了分手。颜晓晨微笑着想，他们肯定觉得她就算不以泪洗面，也应该眼中含泪，但他们不知道，十八岁那年的夏天，她已经把一生的眼泪都流尽了。

※

学校西门外有一条弯弯曲曲的老巷子，巷子里有不少酒吧。大概因为毗邻这座全国都有名的学府，这里的酒吧在消费上只能算中等，却以有特色、有内涵著称，来来往往的客人要么是文化艺术从业者，要么就是白领精英。

大概为了迎合顾客群，酒吧很喜欢招女大学生来打工。颜晓晨就在蓝月酒吧打工，工作时间从晚上六点半到十点半，以前一周工作三天，大四课程少了，颜晓晨又缺钱，想多赚点，就改成了四天。

一个女大学生在酒吧工作，总会让人产生一些不好的联想，当年不是没有其他兼职工作可以选择，但这份工作是时间和报酬最适合颜晓晨的，所以她也顾不上理会别人怎么想了。

颜晓晨到蓝月酒吧时，乐队正在热身，已经到的 Apple 和 Mary 在准备蜡烛和鲜花，用作酒桌点缀，营造气氛。酒吧有不少老外顾客，大部分侍者也只是把这里看作暂时落脚的地方，都不愿用真名，所以都取了个英文名。

颜晓晨和她们打了个招呼，去狭窄的杂物间换衣服。不一会儿，另一个同事 Yoyo 也到了。颜晓晨一边和她聊天，一边用廉价化妆品化了个妆。她一直舍不得在这些事情上花钱，但化妆是工作要求，看在每个月一两千块的收入上，一切都能接受。两年多下来，她的化妆技术提高有限，化妆速度却提高很快，不过十来分钟，已经全部收拾妥当。

以酒吧的分类来说，蓝月酒吧是一家静吧，就是一般不会有劲歌热舞，也绝不会有身材火辣的性感女郎扭屁股、晃胸脯。蓝月酒吧一如它的名字，Blue Moon（Blue 在英文中既是蓝色的意思，也有忧郁的意思），十分忧郁文艺范儿，乐队都是演奏比较抒情的慢歌，客人以安静地听歌和聊天为主。当然，酒吧毕竟是酒吧，偶尔，也会因为顾客出现热闹喧哗的场面，但只要不太过分，老板不反对，客人们也很欢迎。

因为酒吧的风格定位，女侍者的穿着打扮也很正常，夏天时牛仔小短裤，冬天时可以穿牛仔长裤，上身是一件英国学院风的立领红白格子衬衫，袖子半卷，衬衫下摆打个蝴蝶结，唯一的要求就是露出一点点腰，和大街上的露脐装、吊带衫相比，蓝月酒吧女侍者的衣着一点都不暴露。颜晓晨客观地评价，这种打扮既正儿八经，又俏皮活泼，老板很清楚自己要什么，蓝月酒吧的生意一直不错。

八点之后，客人渐渐多起来，每一天，酒吧都会有新鲜面孔，也会有不少常客。不知道其他女侍者最喜欢什么样的顾客，颜晓晨最喜欢的是老外，和崇洋媚外没有丝毫关系，唯一的原因就是因为有的老外会给小费。

给小费的客人，颜晓晨会记得格外牢，但 Apple、Mary 和 Yoyo 记得最牢的客人是——英俊的男人。

"海德希克来了，就在门口！"Apple 端着几杯鸡尾酒，压着声音激动地嚷嚷。从女侍者、收银员到调酒师全都转头，盯着刚推门进来的客人。

算是无聊打工生活的一种消遣吧，侍者们喜欢议论客人，从推测他们的工作收入，到猜测他们的女伴是老婆还是小三。蓝月酒吧还有个传统，对印象深刻的客人，会根据外貌、衣着、言谈举止给他们打分、排位、赐封号，如同状元、榜眼、探花，从第一名到第十名都有特定的封号，是世界上最贵的十种酒。海德希克的准确说法是海德希克 1907，Heidsieck1907，一瓶酒售价在 28 万美金左右，世界排名第二。

海德希克 1907 先生还不算常客，上周才第一次光临蓝月酒吧，但所有侍者都对他印象很深，让他立即上榜。颜晓晨上周有两门课要考试，没有上班，可就昨天一晚上已经听了无数他的八卦。据说，此人相貌清贵，气质儒雅，举手投足一看就知道身家不凡，却十分谦逊有礼，给小费非常大方，每一次服务，都会说谢谢。虽然大家打工只是为了赚钱，并不在乎客人说不说谢谢，但如果客人说了，大家总会有一丝欣慰。

颜晓晨随着众人的目光，随意地扫了一眼。海德希克 1907 先生身材颀长，戴着无框眼镜，里面穿着剪裁合体的西服，外面穿着风衣。颜晓晨暗自感叹了一句"皮相还不错"，就转身去干活了，也没指望能接待这位金主。但是，Apple 她们三人竟然谁都没立即过去，如果是熟客，谁的客人谁招呼，可现在，客人没有任何偏向，算不得任何人的客人，她们又都想去，彼此顾忌着，一时间反倒谁都没有去招呼海德希克 1907 了。

调酒师 William 一边调酒，一边贼笑，"要不你们赌酒，谁赢了谁去！"显然，他很乐于看到几个年轻女人为男人争风吃醋。

但工作时间最长的 Mary 让他失望了，"轮流，我们三个都已经去过了，这次让 Olivia 去。"

Olivia 就是颜晓晨，第一次到酒吧上班时，她没有英文名，为了工作方便，随口给自己起名叫 Olivia。

Apple 和 Yoyo 都没有意见，颜晓晨也没意见。她放下手中的毛巾，快步走过去，"欢迎光临！请问先生，几位？"

海德希克好像没听清她说什么，怔怔地看着她。颜晓晨微笑着又问了一遍，海德希克才反应过来，回道："一位。"

颜晓晨领着他去了九号桌，一个角落里的两人座。她先将桌上的小蜡烛点燃，再把酒水单拿给他，他没有翻看，直接说："黑方，加冰，再要一个水果拼盘。"

颜晓晨结完账，端了黑方和冰块给他，他一直沉默不语，没有说谢谢，但小费给的很多，30%了，远远超出颜晓晨的预期。

William 诧异地问："这么大方？你对他说了什么？"

"什么都没说，和以往一样。"

Apple 不相信的样子，"不可能吧！"

Yoyo 似笑非笑地说："不愧是名牌大学的大学生，和我们就是不一样！"

在酒吧打工两年多了，颜晓晨不是第一次听到这些冷嘲热讽的话，她权当没有听见，小心地把钱装好，继续工作去了。

꧁꧂

过了九点半，店里基本坐满。大家站了半晚上，都累了，时不时躲在角落里，靠着吧台或墙壁，左脚换右脚，休息一会儿。

Apple 和乐队的女主唱 April 猜测海德希克 1907 有没有女朋友，Apple 说："都来了好几次了，如果有女朋友，肯定会一起来，显然没有女朋友了！"

April 说："他行为举止很沉稳，应该三十左右了，长得不错，又很有钱，不可能没有女朋友！"

Yoyo 是行动派，借着送冰水，过去晃了一圈，和海德希克聊了两句，回来时，笑吟吟地说："没女朋友！"

Yoyo 的话像一枚燃烧弹，立即点燃了各位姑娘的春心，排行榜上的男士大多"名草有主"，有的草还不止一位主，用 Yoyo 的话来说，人家有花心的资本，女人也心甘情愿。

William 煽风点火，"难得遇到个财貌兼备的男人，赶紧上！就算捞不到他的钱，能捞到他的肉体也值了！"

April 问："是直的吗？"

William 说："要是弯的，我早行动了，还会劝你们上？"

大家都笑起来，April 有一次喜欢上了个 Gay，William 一再劝她，她死活不信，后来证明 William 是对的，April 很是伤心了一阵子。从那之后，碰到出色点的男人，April 总喜欢让 William 先扫描确定一下。

年龄最大的 Mary，刚三十岁，已经满脑子都是女人青春有限的严肃话题，慢悠悠地说："别浪费时间了！就算没女朋友，也轮不到我们，权当是摆放在橱窗里的 LV 吧！东西再好，看一看，过个眼瘾就好了！"

"干吗要光过眼瘾？就算买不起，也可以去店里试用啊！"Yoyo 乍一看有点像贾静雯，因为长得美，走到哪里都受欢迎，性格比较张扬。她抽出一张一百块钱，拍到桌上，"开个赌局！今晚谁能泡到他，谁就赢了！我赌自己赢！还有没有人参加？"

William 是资深调酒师，赚得多，毫不犹豫地也放了一百块，视线从五个女孩脸上扫过，笑眯眯地说："我赌 April 赢。"April 以前是跳民族舞的，毕业后找不到工作，就跑来酒吧唱歌，她瘦瘦高高，皮肤白皙，一头乌黑的齐腰长发，穿衣风格是杨丽萍那种民族风，但色彩更素净，样式更生活化一些，非常文艺女神的范儿，挺受白领精英男士的欢迎。

April 笑眯眯地从钱包里拿出一百块钱，轻轻放到桌上，再指指自己，表示赌自己赢。

"我赚得没你们多。"Apple 放了五十块钱，"有 Yoyo 和 April 在，我没什么希望，但我也赌自己！"

Mary 姐也拿出了五十块钱，犹豫了一会儿，才说："我重在参与了，赌 Yoyo 赢。"

没有人问颜晓晨，倒不是大家排斥她，而是都知道她节俭抠门，是个守财奴，从不参与任何有可能损失钱财的活动。

Yoyo 借着送酒，去问乐队其他成员是否参加赌局，Mary 去问收银的徐姐，不一会儿，竟然有了九百五十块钱。

以前，大家也会时不时设一些莫名其妙的赌局，可第一次赌金这么多，所有人都兴奋起来，工作了半晚上的劳累不翼而飞。

April 和 Yoyo 矜持着，都不愿先去，Apple 说："我先去吧，就算撞不到狗屎运，也早死早超生！"

她走向海德希克 1907，酒吧里的工作人员看似各忙各的，可实际目光都锁在九号桌。

听不到 Apple 说了什么，只看到她弯着腰，和海德希克交谈，一会儿后，她直起身，对大家摇摇头，表示失败了。

Yoyo 借口上洗手间，去补妆。补完妆出来，看 April 依然矜持地坐着，她决定先出击了。对大家比了个希望好运气的手势，走到海德希克身旁。两人窃窃私语，只看 Yoyo 笑靥如花，身体的倾斜角度恰到好处，海德希克很是礼貌，抬手请 Yoyo 坐。两人聊了几分钟，Yoyo 回来了，有点沮丧，但依旧在笑，"他拒绝了我，但我打听出是他做金融的，今年刚从国外回来，一直忙着发展事业，暂时没时间考虑感情的事。"

Yoyo 对 April 做了个加油的手势，"看你了，去拿下他！"

April 端着一杯长岛冰茶，施施然地走过去，征询了海德希克的同意后，坐在了他身旁。

乐队很照顾 April，男主唱特意选了一首非常经典浪漫的情歌，*I love you more than I can say*，April 和海德希克一边欣赏着乐队的表演，一边时不时低语几句，桌上烛光朦胧，气氛十分好。

I love you more than I can say 结束后，全酒吧的人都鼓掌。下一首歌响起时，April 依旧在和海德希克聊天。

William 笑着说："有戏！"

十来分钟后，April 才回来，大家都眼巴巴地盯着她，她摇摇头，"我们从邓丽君聊到张国荣，从比约克聊到阿黛尔，聊得倒是很投机，可他依旧没答应和我一起吃顿饭。他很聪明，看我们一个个前赴后继地去约他，问我们是不是拿他打赌玩，我全招了。"

April 约男人很少失手，情绪有些低沉，Yoyo 一边往托盘上放酒，一边："别难受了！这种事业成功人士都是工作狂，只知道加班，很闷了！还是鸣鹰好，又帅又会玩！下次他来，让他带我们出去玩！"

鸣鹰准确的叫法是鸣鹰 1992，Screaming Eagle Cabernet 1992，世界排名第一位的酒，一瓶酒售价 50 万美金。颜晓晨还没见过这位在蓝月酒吧排名榜上第一位的男人，他算是常客，已经来过不少次，可每次来，颜晓晨都恰好不上班，所以她从没见过鸣鹰 1992 先生。

William 窃笑，"有人吃不到葡萄说葡萄酸了！"

Yoyo 说："我这叫自我安慰！"

Apple 看着桌上的钱问："谁都没赢，赌局取消了？"

众人正打算各自拿回各自的钱，颜晓晨突然问："我现在加入赌局，行吗？"

九百五十块钱，她已经虎视眈眈地盯了很久，感觉上，那不是几张薄薄的钞票，而是她未来的工作，她的衣食住行，她的一切！

Apple 撇撇嘴，"April 和 Yoyo 可都输了，你现在加入，只能赌自己赢！"

William 热切地说："一起工作两年了，从没见 Olivia 出手过，欢迎，欢迎！"

April 耸耸肩，无所谓地说："可以啊！"

Yoyo 笑了笑，"没问题，不过多个人丢面子而已！"

见大家都不反对，颜晓晨拿出五十块钱，放到桌子上，"我赌自己赢。"这五十块钱还是海德希克 1907 刚才给的小费。

所有人都盯着颜晓晨，Apple 甚至端好了酒，打算跟着她过去，见证她输的全过程。

颜晓晨很清楚，有三个前车之鉴，直接走过去邀请，肯定失败，但为了一千块钱，她必须赢！

颜晓晨没有走向九号桌子，反倒走到乐队旁边，恰好一首歌刚完，她对乐队说："能占用一分钟吗？"

"没问题！"男主唱 Joe 笑着把麦克风递给颜晓晨。

颜晓晨深吸了口气，尽力挤出一个微笑，"九号桌的先生，你好！你不认识我，可我很想请你吃顿饭。"

酒吧安静了一瞬，所有人立即东张西望地找九号桌，待看清楚海德希克 1907 的样子，估计都以为颜晓晨是被男色迷住了，口哨声响起，有人鼓掌，有人大笑。

根据观察，颜晓晨推断海德希克行事稳重、待人宽和，应该很不喜欢出这种风头，但她没办法，只能豁出去，赌一把了。

颜晓晨遥遥看着他说："我非常有诚意！时间，随你定，不管什么时候都可以！地点，我已经选好，餐厅建筑宏伟，环境温馨，菜肴风味汇聚南北菜系，中餐的传统菜肴、西餐的经典菜式都有，还有伊斯兰的特色烧烤，以及各种口味的汤品，绝对想吃什么有什么！"

颜晓晨每说一句，酒吧的客人就很配合地怪叫几声。

"这姑娘为了追男人，下血本了！"

"就为了这些吃的，答应了吧！"

正常情况下，女生公开做这种事情，应该很羞涩，可颜晓晨完全是冲着钱去的，没有丝毫羞涩，紧张倒是有，可只是担心得不到那些钱。

颜晓晨学着 April 唱完歌后鞠躬行礼的姿势，对海德希克弯腰行了一礼，"我真诚地邀请，希望你能同意！"

笑声、鼓掌声、口哨声不绝于耳，酒吧的气氛如一锅沸腾的开水，热烈到极点。大家都期望着海德希克答应，不停地有人高喊："答应她！答应她！"

颜晓晨知道自己有点卑鄙，利用无知的群众给他施压。拒绝一个人，不难！可拒绝这么多满怀期冀的人，绝不是一件容易的事！

终于，他站了起来，好像说了什么，但立即被雷鸣般的掌声和欢呼声淹没，颜晓晨什么都没听清，依旧呆呆地站着。

乐队的鼓手很应景地敲了一段欢快激昂的架子鼓，男主唱 Joe 笑对她说："他答应了！"

颜晓晨愣了一愣，立即冲下台子，所过之处，都是善意的笑声和祝福声，她胡乱地说着"谢谢，谢谢"，急急忙忙地跑到吧台，"钱呢？"

William 把钱给她，颜晓晨数了数，整整一千块钱，忍不住放到嘴边，狠狠地亲了一口。

April 表情古怪，"你不会只是为了这些钱吧？"

让文艺女神理解她的庸俗，恐怕很难，颜晓晨笑了笑，没吭声。

William 说："高档餐馆里一瓶果汁就要两三百，两个人一千块钱，根本不够吃！"

Yoyo 笑着拍拍颜晓晨的肩膀，半幸灾乐祸，半警告地说："都是色迷心窍的错！不过，当众承诺了，可一定要做到，否则就是丢我们蓝月酒吧所有人的脸！"

Apple 鄙夷地说："早知道这样能赢，我也能赢。"

待她们走了，William 悄声问："你到底选了哪家餐馆？我看看有没有认识的朋友，想办法帮你打个折。"

"谢谢，不过不用了。"

颜晓晨看了眼墙上的钟表，已经十点四十，"我下班了，回见！"

往常赢了钱的人都会请大家喝点酒，吃点零食，不过，也许因为知道颜晓晨这次当众夸下了海口，要大出血，大家都没提这事，颜晓晨也厚着脸皮地装作忘了。进了杂物室，顾不上换衣服，直接把外套穿上，背起包，就匆匆往外走。

酒吧一直营业到凌晨两点半，这会儿正是最热闹时，但宿舍的楼门就要锁了，幸好酒吧距离学校不算远，晚上人又少，自行车可以蹬得飞快，最快时，颜晓晨曾十二分钟就冲到了宿舍。

颜晓晨刚跨上自行车，有人叫："颜小姐，请留步。"低沉有力的声音，十分悦耳，犹如月夜下的大提琴奏鸣曲。

颜晓晨回身，是海德希克1907先生，秋风徐徐，昏黄的门灯下，他穿着欧式风衣，踩着落叶，疾步行来，犹如从浪漫的欧洲文艺片中截取了一段视频。

颜晓晨问："什么事？"

"我们还没约好吃饭的时间。"

颜晓晨愣住了，说老实话，邀请他的那些话，她玩了文字技巧——时间，由他定，任何时候。可以是明天、后天，也可以是十年、二十年后，他当时答应她，让双方都体面地下了台，却可以定一个遥远的时间，就谁都不算失约了。

颜晓晨不知道他是没听出她话里的漏洞，还是对她嘴里那南北汇聚、东西合璧的菜肴生了兴趣，但他帮她赢了九百五十块钱，只要他愿意，她肯定会履行诺言。

颜晓晨问："你什么时间有空？"

"明天如何？"

"好！"

他拿出手机，"能把你的手机号码给我吗？方便明天联系。"

颜晓晨报出号码，他拨打给她，等手机铃声响了一下后，他挂掉了电话，"这是我的电话号码，你随时可以打给我。"

颜晓晨再顾不上多说，"好的，我知道了！其他事，我发短信给你。"她没等他回答，就急匆匆地踩着自行车走了。

一路狂骑，赶到宿舍楼下时，已经十一点十二分。宿舍十一点熄灯锁楼门，但因为女生楼的楼下每天晚上都有一对对恋人难舍难分，等真正落锁时，总会晚个十来分钟。

颜晓晨冲到楼门前时，阿姨正要落锁，看到她的样子，没好气地说："下次早点！"

颜晓晨化着妆、深夜晚归，阿姨肯定以为她拿着父母的血汗钱不好好学习，却去鬼混，夹枪带棒地训了她几句。颜晓晨一声没吭，一直温顺地听着。

回到宿舍，舍友们都还没睡，人手一台应急灯。老大魏彤准备考研，在认真复习；老二刘欣晖和异地的男朋友煲电话粥；老四吴倩倩盘腿坐在床上，抱着笔记本电脑，在写简历。

魏彤和刘欣晖看到颜晓晨回来，搁下了手头的事，聊起天来。

大四的话题，如果不谈爱情，就是聊前途，十分单一。颜晓晨和吴倩倩目标明确，就是找工作，尽量能留在上海这座已经生活了三年多的繁华都市。刘欣晖的家乡在省会城市，家里已经安排好她去一家福利待遇很好的大国企工作。魏彤想考研，可又在犹豫要不要投几份简历找一下工作。说起去年一个师姐，因为考研，错过了找工作的时机，到后来，研究生没考上，工作也没找到，只能混在学校里，继续考研。

到了大四，不管聊起前途，还是爱情，都是很沉重的话题，每个人都觉得前路茫然。

魏彤郁闷地说："我辛辛苦苦要考研，晓晨却放弃了保研名额。"

性格开朗活泼的刘欣晖笑眯眯地说："是哦，晓晨学习那么刻苦，一直是咱们班的第一名，放弃了保研，好可惜！"

精明强势的吴倩倩说："一点不可惜！如果不打算留在学校里做学术，商学院的学生当然应该本科一毕业就去工作，工作几年后再去国外读个名校 MBA，晓晨是聪明人，选择很正确！"

颜晓晨笑着，什么都没说，可惜不可惜，正确不正确，她压根儿不知道，只知道必须要赚钱了。

洗漱完，她爬上床，躲在帘子里，把钱仔细数了一遍，摸着一千块钱，终于觉得心里踏实了一点！

第二天，早上是专业课。魏彤和刘欣晖昨天睡得晚，起不来，吴倩倩说待会儿有老乡来，也不去上课了，都拜托颜晓晨如果有事，及时电话通知她们。

颜晓晨一个人背着书包，去了教室。

大四了，逃课的人越来越多，全班三十多个人，只来了十几个，稀稀落落地坐着，老师也懒得管，照本宣科地讲。颜晓晨觉得老师讲得没什么意思，可习惯使然，依旧坐在第一排，全神贯注地记笔记。下了课，去自习室做完作业，就到午饭时间了。吃过中饭，她去了机房，一边看别人的面试心得，一边写简历。

大学的生活看似丰富多彩，可真能落到纸面宣之于众的却乏善可陈，颜晓晨又因为打工，没时间参加任何社团和学生会的活动，更是没什么可写的。为了把过去三年多的芝麻绿豆小事编造成丰功伟绩，她搜肠刮肚、冥思苦想，完全忘记了时间。

直到桌上的手机振动了几下，颜晓晨才觉得眼睛因为盯着电脑太久，有些干涩。她拿起手机，是一条陌生号码的短信，"在忙吗？"她反应了一会儿，才想起还有一个饭局，翻查昨天的通话记录，果然是海德希克的号码。

颜晓晨："不忙，你想几点吃饭？"

海德希克："几点都可以。"

颜晓晨："你几点下班？"

海德希克："我上班时间比较自由，你看你什么时间方便，我都可以。"

颜晓晨："五点半可以吗？我在学校的西门外等你，知道怎么走吗？"

海德希克："知道，五点半见。"

颜晓晨比约定时间提前五分钟到了西门，进校门的女生频频回头看，擦肩而过时，听到她们议论什么"长得帅的大款"。颜晓晨想，不会是海德希克吧？长得帅能一眼看出，可她们是如何判断出有钱没钱的呢？

校门口，人来人往，但颜晓晨第一眼就看到了海德希克。秋风中，他一袭风衣，气质出众，不得不说蓝月酒吧侍者的眼光还是很靠谱的。颜晓晨快步上前，却发现连他姓什么都不知道，完全不知道该如何称呼，四目相对，她有点尴尬地说："你好。"

"你好。"他笑了笑，递给颜晓晨一张他的名片。

颜晓晨想起下午刚看的面试心得上说，接名片时应该双手，立即现学现卖，双手接过了名片，快速看了一眼。

程致远。

先把名字记下，别的也顾不上细看，颜晓晨把名片装了起来，笑着说："我们去吃饭吧！"

程致远想打电话，"在哪里？这会儿是下班时间，出租车很难叫，我让司机送一下。"

颜晓晨说："就在附近，很近的，走路去。"

颜晓晨在前领路，程致远默默跟在她身旁。一路上不时有人看他们，但拜她的前男友沈侯所赐，颜晓晨已经习惯这些目光，没太大感觉，程致远也很是淡定的样子。

十几分钟后，颜晓晨领着程致远站在了学校的食堂面前。

上下两层，可容纳一千多人同时就餐，建筑的外观是西式风格，很庄重宏伟，颜晓晨相信在寸土寸金的上海市，没有任何一家餐馆能比它占地面积更大，更有气势。

走进了食堂，学生们来来往往，就餐环境绝对够温馨。

颜晓晨促狭心起，一边介绍，一边等着看程致远的精彩反应。

"那边的三个窗口是北方面点，有扯面、拉面、烩面、刀削面、葱油饼、馄饨、饺子……"

"那边的六个窗口是炒菜，宫保鸡丁、干烧鱼、红烧肉、鸭血汤、盐水鸭……各种南方菜看都有。"

"那是伊斯兰烤肉，现烤现卖。"

"楼上是各式小炒，还有铁板牛柳、英式炸鱼排、韩国石锅饭、日本寿司。"

最后，她指着墙边的一排大铁桶说："那里有各种汤，免费的。"

程致远倒没颜晓晨预料中的意外和失望，神情自若地打量了一圈，笑着调侃道："果然菜肴风味南北汇聚、东西合璧，也真的是各式汤品都有。"

颜晓晨扑哧笑了出来，两人间的尴尬拘束刹那间消失了。

颜晓晨问："你想吃什么？"

"炒菜和米饭，不要鱼，食堂的鱼做得实在难以下咽。"

看他这么磊落，颜晓晨再厚颜无耻，也不好意思起来，带着他上了二楼，找了个靠着窗户的空位让他坐，"我去买饭，你等一下。"

二楼的小炒要比楼下的味道好，就餐环境也好很多，价格贵一大半，平时颜晓晨舍不得吃，可她从程致远身上赚了一千块钱，真的不好意思让他吃一楼的大锅饭。

买了一份西芹炒鸡丝，一份栗子焖肉，一份蚝油生菜，又买了两杯可乐，花费不到七十块。

颜晓晨把筷子递给他，"希望你吃得惯。"

"我读书时，也天天吃食堂。"程致远看着四周来来往往的学生，笑着说："现在在外面吃饭的机会很多，可想吃一次学生餐，很难！"他夹了一筷子栗子焖肉，吃完后，赞道："国外的中餐都变了味，正经中餐馆的红烧肉也就这个水平。"

颜晓晨看他不像是客气话，放下心来，却越发不好意思。颜晓晨这人吃软不吃硬，不怕别人对她坏，就怕别人对她好，玩文字糊弄人时，就是一副我是流氓我怕谁的心态，就算对方失望生气，随他去！反正她说的话都兑现了，你上当了是你笨！可这会儿程致远谈笑如常，很是照顾她的面子，颜晓晨反倒解释起来，"我当时太想赢了，耍了点花招。下一次，等我找到工作，再请你吃顿好的。"

"好！"程致远答应得很干脆利落。

颜晓晨释然了几分，拿着可乐喝起来。

虽然二楼是小炒区，可食堂毕竟是食堂，绝不可能就餐环境清幽安静，四周一直人来人往，笑语喧哗。突然，颜晓晨听到了熟悉的声音，视线立即往旁边扫去，一群人嘻嘻哈哈地走上楼来，几个女生都打扮得很时尚漂亮，一下子吸引了不少人的目光。颜晓晨看到那个熟悉的身影，忙低下头，专心吃饭。

一群人上了楼，各自分开，熟门熟路地去占座买东西。一个男生揽着女伴去买饮料，走到一半，看到了颜晓晨，突然站住，刻意地高声问："沈侯，你喝什么饮料？"

正站在窗口研究菜单的一个高个男生回头，看到颜晓晨，似有些意外，视线在颜晓晨和程致远身上逗留了几秒，对问他话的男生冷冷地说："赵宇桓，你没病吧？"说完，就又去研究菜单了。

赵宇桓指指颜晓晨旁边的空座位，让女伴去占座。一会儿后，他端着饮料坐到了颜晓晨旁边的座位。

沈侯和其他人买好饭菜，也陆陆续续走过来坐下，一个男生特意跟颜晓晨打招呼，"颜晓晨，你不介意我们坐这里吧？"

"不介意。"颜晓晨笑了笑，继续吃饭。

他们在旁边说说笑笑，谁谁开了辆什么车，哪个学校的校花被谁谁追到了。

沈侯翻翻拣拣地吃了一些，扔了筷子，拿着 iPhone 手机玩游戏。

赵宇桓凑过来问："颜晓晨，不给我们介绍一下你对面的男士吗？"

他看颜晓晨不搭理他，直接对程致远说："认识一下，我是颜晓晨的朋友，叫赵宇桓。"

"你好，我是程致远。"

"看你的样子，像是传说中的事业成功人士，到学校来泡妹妹？"

程致远显然明白了赵宇桓是在找麻烦，不清楚他和颜晓晨的过节，没有贸然开口，选择了无视，继续吃饭。

赵宇桓对旁边的哥们儿阴阳怪气地说："我现在终于知道你们学校每天晚上停的那一排排豪车都是什么人开的了。"

大家都看着颜晓晨和程致远笑。

赵宇桓怪模怪样地叹气，"为了泡上妹妹，不但要有豪车，还要能吃食堂，这就叫能屈能伸的泡妞秘技啊！"

沈侯面无表情，埋着头打游戏，其他人笑得前仰后合。

赵宇桓问："程先生，你打过炮了吗？"

也不知道程致远有没有听懂，他平静地看了赵宇桓一眼，依旧缄默。

颜晓晨却火了，她笑眯眯地站起来，一边喝着可乐，一边走到赵宇桓面前，把剩下的半杯子可乐浇到了赵宇桓头上，微笑着说："我一直都想这么干，谢谢你今天终于给了我机会！"

怪笑声消失了，沈侯也终于抬起了头，看到赵宇桓的狼狈样子，一瞬间，好似想笑，又立即忍住了，表情很是古怪。

赵宇桓愣了一瞬，摸了把脸，才反应过来，猛地跳起来，"我 × 你妈！"想揍颜晓晨，程致远一把拖开颜晓晨，沈侯拉住了赵宇桓。

赵宇桓一边想挣脱沈侯，一边指着颜晓晨破口大骂。

食堂里的学生们都不买饭了，全围过来，八卦地看着他们，还有人唯恐天下不乱地嚷："打架了！打架了！"

颜晓晨对程致远说："我们走！"

两人匆匆走出食堂，发现天已经黑了。

颜晓晨心里有些憋闷，埋着头沉默地走路，程致远也没吭声。

走了好一会儿，颜晓晨才想起他，"你吃饱了吗？"

"饱了。"

颜晓晨抱歉地说："你别客气，如果没有，学校外面有一家烤串店不错，我带你去尝尝。"

程致远笑着说："不是客气，真吃饱了。"

"刚才的事，不好意思。"

"没有关系。"

"学校里不让出租车进来，我送你到校门口。"

"我认得路，自己过去就行了。"

"没事，我也想走一走。"

程致远没再拒绝，"赵宇桓真是你朋友？"

"是我前男友的朋友。"

"你的前男友……那个一直在玩游戏的男生？"

"嗯，你怎么猜出来的？"

"他看上去最不在意，可你用可乐浇了赵宇桓后，他第一个跳出来，拉住了赵宇桓。他和赵宇桓中间还隔了两个男生。"

颜晓晨嘴里说："他喜欢运动，反射弧比一般人短！"心里的憋闷却淡了许多。

程致远不置可否地笑，一副见惯青春期孩子小心思的样子，"你们为什么闹别扭？"

颜晓晨不服气地说："第一，我们不是闹别扭，是分手了！第二，程先生，你也没比我们大许多，不要一副老人家的样子！"

"第一，我已年过三十，的确比你们大了不少！第二，颜小姐，我们商量件事，我直接叫你颜晓晨，你也直接叫我程致远，好吗？"

"好！"颜晓晨也实在受不了"颜小姐"这称呼。

已经到了校门口，他站住，伸出手，"很高兴认识你，颜晓晨。"

颜晓晨常常听到别人叫她的名字，可从他口中说出来，却有一种难以言喻的凝重，让她觉得怪怪的。颜晓晨伸出手，学着面试礼仪上说的，坦然注视对方，不轻不重地和他握了一下，"我也很高兴认识你，程致远。"

程致远笑了，颜晓晨也忍不住笑起来。

程致远说："不用陪我等车了，你先回去吧！"

颜晓晨想了想，程致远是个大男人，现在才七点多，不会有安全问题，她也的确还有一堆事情要做，不再客气，"那我先走了。"

"再见！"

颜晓晨没有回宿舍，去了英语角，练习口语。

现在最吃香的就业单位不是大国企就是政府机关，但颜晓晨在上海一无亲朋，二无好友，实在不敢指望自己能进入这些香饽饽单位，只能把找工作的目标放在知名外企上。很多外企招聘时，会用英文面试，颜晓晨虽然考试成绩不错，口语却一般，以前没想过出国，一直没太重视，后来才反应过来，找工作也要口语好。这才仗着成绩好，赶紧找了个留学生，她辅导留学生中文，留学生陪她练习英语。

颜晓晨练习到十点钟，口干舌燥地和留学生说了再见。

回到宿舍，三个舍友一看到颜晓晨，如打了鸡血一般激动，"听说你和沈侯出事了？"

看来有同学目睹了食堂的闹剧，颜晓晨笑着说："都说现在能源缺乏，什么时候科学家能研究出用八卦做动力，不要说地球的供电取暖，就是人类征服银河系都指日可待了。"

魏彤说："别转移话题！"

刘欣晖好奇地问："你们真打起来了？"

颜晓晨说："不是我和沈侯，是我和他的一个朋友起了点小冲突。"她拿起盆子、毛巾和热水瓶，准备去洗漱。

吴倩倩忙问："然后呢？"

颜晓晨说："我很快就走了，没有然后了。"她关上了卫生间的门，却不可能关上舍友们的声音。

同宿舍三年多，四个女孩虽然不能说相处得多么亲密无间，却也算是亲切友好，大概是体谅到晓晨毕竟是被甩掉的一方，虽然还在议论着沈侯，却不再追问她了。

"沈侯竟然报考了雅思！"

"他要出国？难怪我们都压力很大，他还那么清闲。"

"他成绩应该很差吧？能申请到学校吗？"

"申请英国的学校呗！只要英语能过，交够钱，英国的学校不难申请。"

"他英语成绩好像不错，我记得大二第二学期就过了六级。"

"他家很有钱吧？"

"去英国读硕士几十万就够了，不需要很有钱了！沈侯家应该有点小钱，但肯定不算真有钱，我还撞见他在班尼路买衣服呢！他在外面的房子也是租的，咱们院真有钱的应该是李成颂、罗洁，罗洁的爸妈可是直接给她在学校附近买了一套房……"

颜晓晨打了水龙头，哗哗的水声终于将"沈侯"两字挡在了她的耳朵外面。

商学院是学校的大院，六个专业，每一届学生有两百多名，可从大一开始，每一次宿舍的卧谈会，只要八卦男生，就总会绕到沈侯身上，不仅仅是因为他长得高大英俊，还因为他和别的大一新生太不一样。

他们学校也算是有点名气的重点大学，商学院又是热门学院，分数线很高，大家都是一路过五关斩六将杀出重围，才挤了进来，每个人都是"好学生"。

刚上大一时，大家或多或少都保留着高中时代的习惯，对待学习很严肃认真，沈侯在一群"好学生"中间，显得非常另类，竟然开学第一周就因为玩魔兽世界，开始逃课。当所有大一新生还像高中时一样，暗暗比较学习成绩时，沈侯已经把大一过得像大四了，忙着四处吃喝玩乐。

随着时间推移，无数曾经的尖子生开始拿着刚刚及格的分数，很多人都在大学这个大染缸里"腐化堕落"了，估计整个学院两百多名学生，除了颜晓晨，每个人都逃过课，沈侯不再那么扎眼，可他依旧是话题的中心。

等颜晓晨洗漱完，大家已经都安静了，看书的看书，上网的上网。

颜晓晨爬上床，拉好布帘子，有了一个自己的小小独立空间。她拿出手机，准备充电时，才看到有好几条未读短信。

一条陌生人，三条沈侯。

颜晓晨先看了陌生人的短信，"很久没有在食堂吃饭了，好像回到了学生时代，真的很亲切。谢谢！"

是程致远。

颜晓晨一直没有存他的电话号码，因为觉得兑现了"约定"后，不会再有交集，他只是个陌生人，他的名字、他的号码、他的人，很快就会被遗忘。可现在，因为他一次又一次照顾了她可怜的尊严，连狡诈无赖的食堂请客都变得好像很有意思，他变得不再那么陌生，而且她说了等找到工作后，再请他吃顿饭。也许他没当真，也许当颜晓晨真邀请时，他压根儿没时间搭理她，可她一定会做到。

看看时间，是三个小时前发送的短信，反正也不知道说什么，颜晓晨就懒得回了。

输入他的名字，摁了保存。霎时间，所有陌生的短信，都有了名字"程致远"。很奇怪，只是一个简单的改变，却让手机屏幕看上去舒服了许多。

颜晓晨打开了沈侯的短信，第一条短信是八点发的。

"你在哪里？我来找你。"

八点半，第二条短信。

"你是没看到短信，还是不想回我的短信？不是说好了，分手后依旧是朋友吗？你要不想理我，吱一声！我保证彻底消失！"

九点二十五分，第三条短信。

"看到短信后，给我消息。"

颜晓晨立即回复："抱歉，刚看到短信。找我什么事？"

不一会儿，沈侯的短信就到了："没事就不能找你？"

"你不是说我很闷吗？没事找我，不是更闷？"

"女人真记仇！你今天太冲动了吧？赵宇桓是嘴巴欠抽，可真闹起来，你能打得过他？"

"打不过也要打！就算打输了，他也会明白，我不是他戏要的对象，下次见了我，肯定会收敛一点。"

"看不出来啊！你竟然有这么火暴的一面！我一直把你当成吃素的，没想到你是伪装成食草动物的食肉动物！"

颜晓晨忍不住笑起来，不知道回复什么，却舍不得放下手机。

宿舍的灯熄了，她躺倒，把手机调成了振动，握在手中。

"你晚上干什么呢？我发了三条短信都没看到。"

"和留学生练英语，手机放在书包里，没听到。"

"一整个晚上都在努力学习？"

"先去英语角和别人随便聊了一会儿，后来辅导了留学生一小时功课，他辅导了我一小时英语。"

"你有兴趣出国？"

"为了找工作。"

"今天晚上和你吃饭的男人是谁？"

颜晓晨拿着手机，不知道该怎么回答，朋友？显然算不上。陌生人？不太可能熟悉到一起吃晚饭。总不能说这顿晚饭价值一千块钱吧？

沈侯的短信又到了，"不会是新男友吧？你的速度可不要太吓人！咱俩才刚分手！"

颜晓晨盯着最后一句话看了一会儿，心情竟然有点好，至少说明沈侯还没新女友，"不是，就是随便一起吃顿饭。"

"你确定你没打错字？我是你男朋友时，想约你看电影，也不能随便吧？要不我们明天晚上也随便一起出去玩玩？"

"我明天要打工。"

"和别人吃饭，就是随便。和我看电影，不是要打工，就是要学习。"

颜晓晨无奈地苦笑，这人说得苦大仇深，实际他只约过她两次，正好一次赶上她要打工，一次赶上第二天做案例报告，他们案例小组已经定好了晚上做练习，"你已经和我分手了，随便不随便还重要吗？"

好一会儿后，沈侯的短信又到了，"不重要了！不过，你好歹给我留点面子，不要那么快 move on，在我没有交新女朋友之前，你也别交新男朋友，成吗？"

颜晓晨像蜗牛一般慢慢地打了两个字："可以。"

沈侯没有再回复，颜晓晨却一直没有放下手机，就如她对他的感情，不管他知道不知道，在意不在意，她一直没有放下过。

Chapter 2
爱情

爱情和火焰一样，没有不断的运动就不能继续存在，一旦它停止希望和害怕，它的生命也就停止了。

——拉罗什富科

　　早上，颜晓晨泡在机房修改简历。

　　下午，是最后一门全院必修课——经济法。颜晓晨去上课时，发现阶梯大教室里人格外多，一眼望去，只看见黑压压的人头，看不到空位。她这才想起今天发期中考试卷，难怪来上课的人这么多。

　　颜晓晨正四处找座位，听到了熟悉的声音叫她。

　　"颜晓晨，这里有空位！"沈侯站起来，冲她招手，示意她过去。

　　在同学们诡异的目光下，颜晓晨挤了过去，坐到沈侯旁边，"你怎么没坐最后一排？"

　　"你以为还是大一，大家都争着抢着坐第一排？现在想坐最后一排得早点来！"

颜晓晨拿出课本，开始看书，沈侯拿着个 iPad 在看财经新闻。

颜晓晨和沈侯的手机几乎同时嗡嗡地响起来，颜晓晨看手机，是老大魏彤的短信，"你和沈侯和好了？"

颜晓晨郁闷地盯着屏幕。

沈侯凑过来，看了一眼颜晓晨的手机，嘿嘿地笑，把他的手机拿给她看，一连十几条，有短信、有微信，都是问："你和颜晓晨复合了？"

颜晓晨抬头看了一圈教室，在期中考试成绩即将公布的阴影下，大家的八卦之心依旧熊熊燃烧！

沈侯问颜晓晨："你打算怎么回复？"

"实话实说。"

颜晓晨敲了两个字"没有"，摁了发送。

沈侯扯了扯嘴角，把他的手机扔给颜晓晨，"帮我一块儿回复了。"他埋下头，继续玩 iPad。

颜晓晨用的是一款诺基亚的旧手机，连微信功能都没有，沈侯用的是 iPhone 手机最新款。颜晓晨还记得第一次拿到沈侯的手机时，连怎么接电话都不知道，还是沈侯手把手教会她如何用这种触摸屏手机。现在她虽然会用了，可毕竟用得少，很多功能不熟，只能笨拙地一条条慢慢回复。

沈侯抬头瞅了她一眼，看她微皱着眉头，一丝不苟地和手机搏斗，忍不住唇角微翘，含着一丝笑继续看财经新闻。

经济法老师进来，看到教室里满满当当的人，笑着说："除了考试，这是最全的一次课。"

大家全笑，老师说："为了留住难得一来的同学，先讲一小时课，第二节课我会留半小时发卷子。"

同学们笑完了，都开始听课。

第一节课上完，课间休息时，颜晓晨去卫生间，听到几个女生在议论她和沈侯。

"沈侯和颜晓晨又在一起了？"

"我问过了，沈侯说没有。"

"他们可真够奇怪的，谈恋爱时像没有关系，分手了反倒像谈恋爱。"

"大概颜晓晨想找机会复合，让沈侯帮她占座位，沈侯拉不下面子拒绝。"

"不可能吧？"

"怎么不可能？颜晓晨看着很老实，实际私生活很乱，听说她常常去外面和男人鬼混，是她死皮赖脸主动追的沈侯。"

颜晓晨拉开了厕所门，很淡定地从几个女生身旁走过。她们没想到八卦的对象就在里面，尴尬地闭了嘴。全院两百多人，除了全院必修课，很少有机会在一起，颜晓晨只是看着她们眼熟，连她们的名字都不知道。

回到教室，沈侯已经在座位上，正和一个男同学聊天。这同学也是院里的神人，经常缺课，和大家都不熟，颜晓晨敢保证他连她的名字都不知道，可据说已经在外面做项目，收入不菲。

颜晓晨默默坐下，脑子里一直回想着刚才几个女生说的话。说她私生活混乱，已经不是第一次听到，自从她大二开始在酒吧打工，就有了这说法，最夸张的版本是说她在外面坐台。不过，说她死皮赖脸地追沈侯，却是第一次听到，毕竟她和沈侯这个学期才在一起，总共在一起的时间还不到两个月。

老师开始讲课，颜晓晨却没有听课。

沈侯奇怪地看了她几眼，终于忍不住问，"你没事吧？居然不听课？"

她想说话，可看看周围的同学，拿起了手机，准备发短信。

沈侯也默契地拿起了手机。

颜晓晨问："你觉得是不是我死皮赖脸地追你？"

沈侯满脸的笑，"没感受到，不过，的确是你先表白，当然算是你先追我！"

他把手机递给颜晓晨，屏幕上，一条旧短信。

发信人：颜晓晨

发信时间：8月2日5：28

内容：我喜欢你。

颜晓晨十分吃惊，完全没想到沈侯竟然保存着这条短信。他在屏幕上划拉了一下，示意她接着看。

发信人：颜晓晨

发信时间：8月2日5：53

内容：很抱歉刚才的短信！我只是想让你知道而已，没有任何其他想法，也不会再做任何事情，你无须任何回复，可以权当没有收到我的短信。

颜晓晨苦笑，她清楚地记得那天她情绪压抑，一时冲动发出了那条表白的短信，发出后，却花了二十几分钟写第二条道歉的短信。沈侯当时没有给她任何回复，她也的确只是想让他知道有个人喜欢他而已，没有抱任何希望，也没期望任何结果。对她而言，把话说出来，就如火山喷发了一次，喷发完也就平静了，依旧过自己的日子。

可是，没有想到，一个月后的一个晚上，她从自习室出来，快要到宿舍时，沈侯突然出现在她面前，对她说："做我的女朋友！"

犹如突然被五百万砸中，第一反应不是高兴，而是被砸蒙了，怀疑是假的。颜晓晨愣愣地看着沈侯，迟迟不说话，让沈侯很不耐烦，"到底同意不同意？痛快一点！"

"好！"颜晓晨依旧分不清东南西北，却立即答应了，就如被五百万砸中的人，即使蒙到完全不知道该如何应对飞来横财，却一定会先紧紧抓住了。

两个确认了恋爱关系的"亲密恋人"，却一点没有亲密的姿态，更没有喜悦的表情。沈侯沉默着，好像不知道该再说些什么，颜晓晨也沉默着，是真不知道该说什么。

两人面对面，呆呆地站了一会儿。

沈侯问："你还有什么要说的吗？"

"没有。"

"那我走了！"

他潇洒地走了，颜晓晨却犹如做梦一般回了宿舍，她不知道他到底哪根神经搭错了，但真的很开心，希望他多神经错乱一段日子。

颜晓晨记得他们在一起的那一天是九月十六日，他提出分手是十月二十八日，期间她要打工学习，他十一和父母去了趟国外旅游，其实，他们真正约会的日子很少。似乎，还没等颜晓晨进入状态，沈侯就发现错了，喊了停！

突然之间，颜晓晨心情很低落，把手机还给沈侯，开始认真听课。

沈侯本以为颜晓晨看到自己以前发的短信会说点什么，至少有点羞涩或者怅惘的反应，但没想到，颜晓晨居然像一个机器人，霎时间就把所有清零，没有任何情绪波动地听课记笔记，他静静瞅了她一会儿，也继续玩他的 iPad 了。

老师布置完作业，结束了今天的课。

大学里很保护个人隐私，不会公布分数，两个助教叫着名字，走来走去，把卷子发到每个同学手里。

颜晓晨考了 96 分，沈侯考了 48 分，他扫了一眼分数，笑起来，"你的一半。"

颜晓晨不知道能说什么，沉默地看着自己的卷子。

其实，沈侯对喜欢的功课学得挺好，比如线性代数、微积分就考得不错，七八十分，在全院是中游，可他憎恶死记硬背，碰上经济法这种全都要靠背的课，就会很惨。

因为人多，卷子发了二十多分钟还没发完，老师说："看完卷子，觉得分数没有问题的同学可以走了，临走前，把卷子交回来，倒扣着放到讲台上。对分数有疑问的同学可以私下里来找我。"

同学们陆陆续续交了卷子，离开了。

沈侯一边收拾东西，一边问："晚上要去打工？"

"嗯。"

"你不是打算找工作吗？在找到工作前最好少打点工！从现在开始，大公司会陆陆续续来学校招聘，很多宣传招聘会都在晚上。"

颜晓晨倒真忽略了这一茬，只想着面试应该都是白天的工作时间，不会有影响，可忘记为了照顾同学们白天有课，不少大公司的校园招聘会常晚上举行。

沈侯看颜晓晨的表情，就知道她是真没想到，他从书包里抽出一沓打印资料，递给她。

颜晓晨粗粗扫了一眼，是即将到学校宣传招聘的公司信息，公司名字、时间、宣传会地点都整理得一清二楚。这些信息，学校会在网上公告，各个院校也会通知毕业生，可都是零零散散，绝不会这么齐全，还很容易就被其他信息淹没忽略。

颜晓晨如获至宝，忙笑道："谢谢！谢谢！"

沈侯有点别扭，"有什么好谢的？又不是我整理的，是一个学生会的哥们儿弄的，我顺手拿了一份。"

颜晓晨说："还是要谢！没你的面子，人家可不会舍得把自己辛苦整理的资料给我！"

沈侯把自己的卷子扔给颜晓晨，"别废话了！"

颜晓晨拿着两人的卷子挤到讲台前把卷子交了。

出了教学楼，沈侯问颜晓晨："你去哪里上自习？"

颜晓晨看了下时间，已经快五点，六点就要去上班了。以前她为了节约时间，都会一边看书，一边随便吃点面包，可今天也不知道为什么，突然问："你有事吗？没有的话，一起去吃点东西吧！"

"我和张佑安说好了一起吃晚饭。"

张佑安就是课间休息时，和沈侯聊天的神人。

颜晓晨笑了笑，"那我走了，回见！"

颜晓晨像往常一样，去了自习室，不过没看书，拿出沈侯给她的资料，仔细研究了一番。

她一边啃面包，一边把和她工作时间有冲突的公司都勾了出来。如果招聘方向和她的专业很吻合，就一定要想办法调整上班时间，如果不太吻合，就先不去了，到时让同学帮忙拿一份招聘材料，按照流程投递简历就行了。

差十分钟六点半时，颜晓晨赶到了蓝月酒吧。

William 和 Mary 好奇地问颜晓晨，"你和海德希克 1907 定好吃饭的时间了吗？"

所有人都竖着耳朵听。

颜晓晨说："已经吃完了。"

所有人都惊讶地看着颜晓晨，Apple 想问什么，颜晓晨赶忙说："反正我说到做到了！别的事请去问海德希克，也算为大家制造了个说话机会。"

April 和 Yoyo 眼睛一亮，都不再说话。Apple 嘟囔："谁知道人家还来不来？昨天晚上就没来，也许已经被你吓跑了！"

不知道是不是被 Apple 的乌鸦嘴给说中了，今天晚上海德希克 1907 先生又没出现。Yoyo 倒是没什么，忙着应付别的男人的搭讪，April 却明显有点不高兴，Apple 拐弯抹角，不停地讽刺颜晓晨。

颜晓晨知道她们不喜欢她，但她们不会给她发工资，也不会帮她找工作，颜晓晨对她们的不满，实在没有精力关心，一律无视。

忙忙碌碌中，就到了周末。

程致远再次出现在蓝月酒吧，这一次他是和一个朋友一起来的，因为来得早，店里人还不多。Yoyo 她们上前打招呼，程致远也笑着问好，主动询问："Olivia 今天上班吗？"蓝月酒吧为了留住常客，也为了避免侍者争抢客人，有一条不成文的规矩，不是侍者挑顾客，而是顾客挑侍者。就如现在，程致远主动提起颜晓晨，还能叫出她的名字，证明对她的印象很好，某种意义上，他就算是颜晓晨的客人。

Yoyo 把程致远领到九号桌，一边点蜡烛，一边说："Olivia 上班。"

却没有像往常一样，紧接着体贴地问一句，"要叫她过来吗？"而是直接把酒水单放在了程致远和另一位男士面前。

程致远却好像没明白这中间的秘密，没有打开酒水单，而是打量了一圈酒吧，笑着问："怎么没见到她呢？"

Yoyo的笑容有点僵，"她正在忙，您想要喝点什么呢？"

收银的徐姐突然扬声叫："Olivia，客人找你，手脚快点！"徐姐四十岁上下，掌握着酒吧的财务大权，是老板的心腹，平时很少说话，由着年轻的侍者们闹腾，可她一旦说话就代表着老板。徐姐看似责怪颜晓晨动作慢，耽误了招呼客人，实际却做了裁判，表明规矩就是规矩，任何人不能破坏，Yoyo强笑着说了句"Olivia马上就来"，匆匆离开了。

颜晓晨忙把手中的杯子和碟子都放下，站起来，从角落里走了过去，恭敬地打招呼："程先生，晚上好！想喝点什么？"

程致远扬眉睨了她一眼，似笑非笑地说："我照旧，颜小姐。"

颜晓晨心里骂真小气，嘴里却很礼貌地问："黑方，加冰？"

"对。"

颜晓晨看另一个男子，"请问先生要喝点什么？"

他翻着酒单，对程致远说："不如要一瓶蓝方吧！"

颜晓晨眼睛一亮，蓝月酒吧是中档酒吧，蓝方就是最贵的酒之一了，如果能卖出一整瓶，又能让客人申请会员，肯定有奖金拿。

程致远说："你这段时间不是在做个大案子吗？"

"喝不完就存着呗，反正你应该经常来。"

颜晓晨忙说："存酒很方便，只需填写一张简单的会员表，一分钟就可以了，会员还经常有折扣和小礼物。"

程致远对颜晓晨说："那就要一瓶蓝方。"

颜晓晨喜滋滋地写下单子，跑到吧台，把单子递给徐姐，"给我一张会员表。"

徐姐一边笑眯眯地打单，一边问："你有男朋友吗？"

颜晓晨被问得莫名其妙，"没有！"

徐姐把会员表递给她，"你还小，别着急，慢慢挑，一定看仔细了，可要是真不错，也千万别放过！等你到我这个年纪，就知道遇到一个好男人有多难了！"徐姐视线扫过程致远，"我看这人不错！"

颜晓晨终于明白徐姐想到哪里去了，郁闷地说："您想多了！可不是冲着我，酒是他朋友要求点的！"

徐姐笑着说："时间会证明一切，我这双眼睛见了太多男人了，不会看错！"

那您还单身一人？颜晓晨不以为然地做了个鬼脸，去吧台等酒。William取好了酒，她按照惯例，先把整瓶酒拿去给客人看，等他们看完，再开瓶。

等酒时，程致远很配合地填写了会员表，获得了一张印着蓝月亮标记的会员卡。

他们喝酒时，颜晓晨忙着招呼其他客人，并没太关注他们，Apple却借着送水，去找程致远打听颜晓晨究竟在哪里请他吃饭，也不知道他们说了什么，反正程致远没拆她的台，从那之后，Apple她们再没用此事挤对她。

程致远和朋友坐了一个多小时，喝了小半瓶酒。

离开时，程致远给了颜晓晨二十块钱小费，他朋友却给了五十块。

颜晓晨心花怒放，特意跑到徐姐面前转了一圈，把两笔小费给她看，"看到了吗？他朋友给了五十块，比他多！就说您想多了，您还不信！"

徐姐正忙着，笑着挥挥手，"别着急，慢慢看！"

颜晓晨摸着兜里的钱，乐滋滋地盘算着，如果这个周末进账好，下周就可以去买面试衣服了，Yoyo和Apple却真生气了，冷着脸，一句话都不和她说。

颜晓晨虽然很抠门贪财，但所得都正大光明，对她们并无愧疚，只能随她们去，安慰自己，等找到工作，这样的日子就会结束了。

好像突然之间，校园里就到处都是各大公司招聘会的宣传海报。

颜晓晨和宿舍姐妹一起去了联合利华的招聘会，场面可以用"人山人海"来形容，人一直挤到了楼道里。一场招聘会听下来，明明已经初冬，她们却都出了一身汗。

去的路上，四个人说说笑笑，回来的路上，四个人都有点沉默。之前，只是对未来很茫然，这一刻，却切切实实全转化成了压力。

魏彤问："我们学校的就业率究竟怎么样？希望是百分之百。"

吴倩倩说："只是要找一份工作应该不难，但月薪一两万是工作，月薪一两千也是工作，我听一个老乡说，如果月薪低于六千，会过得非常辛苦，她大姨妈来时肚子疼得要死都舍不得打车，至于说买房，想都别想！"

大家默默无语，吴倩倩突然说："我想嫁个有钱人！"

魏彤说："我想嫁王子！秃头的王子我也不嫌弃了！"

这句话里面有个宿舍典故，英国的 William 王子大婚时，媒体的报道铺天盖地，刘欣晖对吴倩倩感慨："对所有的灰姑娘而言，世界上又少了一个真正的王子！"魏彤不屑地说："秃头的王子，送给我也不要！"

今昔对比，刘欣晖夸张地抱住魏彤，擦擦眼角根本没有的泪水，悲痛地说："老大，我对你太失望了，你居然对残酷的现实低下了你高贵的头颅！"

四个人都忍不住哈哈大笑起来，气氛终于轻松了。

颜晓晨问："我打算这周去买面试穿的衣服，有人一起去吗？"

刘欣晖惊诧地说："你怎么现在才去买？我暑假的时候，妈妈就陪我买好了，你妈没帮你买吗？"

吴倩倩说："十一正好有打折，我去逛商场时，已经顺便买了。"

魏彤说："我表姐送了我两套她穿不下的正装，暂时就不用买了。"

"哦，那我自己去吧！"大学三年，颜晓晨花了太多时间在打工上，每一块钱都要算计着花，但凡花钱的活动都尽量找借口不参加，可同学间只要出去玩，哪里能不花钱？刚开始，还有人时不时叫她，时间长了，同学们有了各自的朋友圈，即使有什么活动，也不会有人想着找她。颜晓晨变成了班级里的隐身人，大家对她印象模糊，她对大家也不熟悉，唯一熟悉点的就是同宿舍住了三年多的舍友，但也都保持着距离，逛街吃饭这种活动绝不会找她。

在上海这个大都市生活了三年多，可颜晓晨还从没有去过大商场买衣服，又是人生中第一次买正装，她想在预算之内尽量买一件质量好的，却完全没有头绪该去哪里。

正在网上查找哪个商场好，手机震动了几下。

是沈侯的短信，"在干吗呢？"

"机房，你呢？"

"我的经济法作业没时间做了，你帮我做一份？"

"好。"

"谢了，回头请你吃饭。"

颜晓晨想了想，"能提别的要求吗？"

"说！"

"我想去买一套面试的衣服，你能陪我去吗？"

"好啊！什么时候？别周末去，周末人多。"

"明天咱俩都没课，明天可以吗？"

"可以。"

"我的预算最多是五百，要便宜点的地方。"

"你整天忙着赚钱，钱都到哪里去了？"

颜晓晨不知道该怎么回答，怔怔地看着电脑屏幕，迟迟没有回复沈侯。

一会儿后，又一条沈侯的短信，"你家里有什么困难吗？"

颜晓晨立即回复："没有。"

"算了，我不问了。明天十点我来找你。"

早上，九点四十五分时，颜晓晨给沈侯发短信，"你在哪里？我去找你？"

沈侯直接给她打了电话，"我在路上，有点堵车。"

"你没在学校？"

"我这几天住在外面。再过半小时，你到南门外等我。"

颜晓晨又做了一会儿作业，看时间差不多时，离开了宿舍。

到了南门外，四处扫了一圈，没见到沈侯。正在给他发短信，一辆车停到了颜晓晨面前，车窗滑下，沈侯坐在驾驶座上，对她招手，"上车。"

颜晓晨呆看着他。

他探身过来，把太阳镜拉下来一点，睨着颜晓晨，"怎么？还要我下车，提供开车门的绅士服务？"

"不是。"颜晓晨慌慌张张地上了车，"我以为坐公车，你哪里来的车？"她和沈侯是一个省的老乡，都不是本地人，不可能开的是家里的车。

沈侯一边打方向盘倒车，一边说："和朋友借的。"

颜晓晨看着车窗外的人，轻声说："说不定明天就会有同学说颜晓晨傍大款。"

沈侯嗤笑，"管他们说什么呢！"

他的态度，突然让颜晓晨有了勇气，问出一句早就想问的话，"那些话，你都没当真吧？"

"同学背后议论你的话？"

"嗯。"

"我自己长了眼睛，干吗要信别人的话？"

"你的意思是相信自己看到的？你眼里的我是什么样的？"

"好学生呗！"

颜晓晨有些失望，可又不知道自己期望听到什么。

沈侯问："你眼里的我是什么样？"

"我说不清楚。"

"说不清楚你还说爱我？你究竟懂不懂什么叫爱？"

颜晓晨一下子又羞又窘，只觉脸滚烫。虽然她已向他表白过，可那是通过短信，面对的是屏幕，不是真人！

沈侯看了颜晓晨一眼，似乎没想到他们这个年纪，还有人能羞到连耳朵都发红，而且这个人还是几乎像机器人一样没有什么情绪波动的颜晓晨，他愣了一下，咧着嘴，畅快地笑起来，十分开心地继续追问，"你爱我什么？"

颜晓晨简直想找个面袋子把自己罩起来，"你能不能别一直提那句话？"

"不能！赶紧回答我！你爱我什么？"

颜晓晨支支吾吾地说："我真的说不清楚，反正就是很好，你说话做事，都很好！"

沈侯有点脸热心跳，姿态却依旧是大大咧咧的，口气也依旧痞痞的，"那你到底什么时候爱上我的？什么时候觉得我很好的？"

颜晓晨愣了一愣，似乎想起了什么，脸上的红潮渐渐褪去，她紧抿着唇，扭过头，默默地看着窗外。

沈侯察觉到颜晓晨的变化，笑容也消失了，尖锐地问："你口中的爱，除了你自己都说不清楚的'很好'，还有什么？"

颜晓晨盯着窗外川流不息的车辆，慢慢地说："我不知道，我只能在我能力范围内，对你尽量好。"

剩下的路程里，沈侯没有再和颜晓晨说话，一直默默地开着车。

到了商场，沈侯直接领着颜晓晨去女装部看职业套装，颜晓晨像刘姥姥进大观园，有些眼花缭乱，不知从何下手。

沈侯问："你有偏好的牌子吗？没有的话，我就帮你选了。"

听到他帮她做了决定，颜晓晨如释重负，"没有，你帮我定吧！"

因为是上班日的早上，商场里的人很少，两人逛进一家店，两个营业员立即热情地迎上来问好，招呼他们随便看。

沈侯挑了一套衣服，让颜晓晨去试。颜晓晨装着看款式，瞄了一眼价格牌，￥999，她悄悄对沈侯说："不行，价格严重超支！"

营业员走过来，笑容可掬地说："如果喜欢，就试试，我们全场五折，部分过季商品还打特价，最低折扣二折。"

颜晓晨一听，立即放心了，客气地说："我想试一下这套。"

营业员帮她配了一件白衬衣，领着她去试衣间。

颜晓晨穿好后，走了出去，很标准的职业小西服，不透不露，可面对着沈侯，不知为何，就是觉得有些羞涩，都不敢直视沈侯的眼睛，直接走到了镜子面前。

营业员走过来帮她整理衣服，夸赞说："很好看，裤长也合适。"

小西服的腰部收得很好，显得整个人很精神，颜晓晨自己也觉得挺好，问沈侯："你觉得怎么样？"

他上下打量了一番，未置可否，又递给她两套衣服，"去试试这两套。"

颜晓晨正在试衣服，一个二十五六岁的长发女子走了进来，看了她几眼，拿了一套颜晓晨试穿的衣服，翻看价格牌。一个营业员在接电话，另一个营业员正低着头帮颜晓晨整理裤脚，都没顾上招呼她，颜晓晨笑着说："全场五折。"

长发女子一下子笑了，"真的？"

颜晓晨指指营业员，营业员站了起来，好像有些头晕，一时间没说话，表情呆滞，傻傻地站着。

沈侯咳嗽了一声，营业员忙说："对，全场五折。"

长发女子立即去挑衣服，一边拿衣服，一边拿出手机，给朋友打电话，"你上次看中的衣服打折了！全场五折，你快点来……什么？怎么不可能打折？我就在店里……就现在，在店里！对了！对了！你赶紧发个群短信，通知大家一声，让她们都赶紧来！"

营业员的脸色很难看，颜晓晨问："你没事吧？"

营业员勉强地笑着，"没事，有点低血糖，头有点晕。小姐喜欢哪套？"

总共试穿了四套，颜晓晨最喜欢第三套，而且正好是特价品，打四折，她对沈侯说："就这套吧？"

沈侯说："可以。"

结账时，颜晓晨把衬衣还给她们，"衬衣不要。"

营业员刚把衬衣放到后台，她挂在胸前的手机响了下，她拿起手机看了一眼短信，笑着回过头，对颜晓晨说："这件衬衣你穿着很好看，真的不要吗？是特价品，打两折哦！"她打计算器，"打完折 39 块钱。"

颜晓晨有些纠结，超支三十块，可今天借沈侯的光，省下了乘公车地铁的钱，颜晓晨问沈侯，"你觉得呢？我要吗？"

沈侯低着头在玩手机，无所谓地说："我又不是你的衣柜！你自己看着办！"

营业员游说颜晓晨，"这件衬衣单穿也很好看，价格很划算，小姐买了吧！"

颜晓晨一想，也对啊，忙说："我要了！"

长发女子抱着一堆衣服从试衣间出来，兴高采烈地对颜晓晨说："这么实惠的价格，你怎么不多买几套？"

颜晓晨说："目前只需要一套。"

付完账后，营业员把包好的衣服递给颜晓晨，颜晓晨提着纸袋，和沈侯出门时，长发女子的三个朋友匆匆赶来，营业员说着"欢迎光临"，可颜晓晨总觉得营业员的表情很古怪，像是马上要哭出来的样子。

沈侯问颜晓晨："你还要逛一下吗？"

"不用了。"

他取了车，送颜晓晨回学校。

颜晓晨说："今天真谢谢你！"

沈侯正要说话，手机响了。他看了一眼，没有接，可手机不停地响着，他接了电话，却不说话，一直"嗯，嗯"地听着，到后来，不耐烦地说："行了，行了！不管亏了多少钱，都算在我头上！"

沈侯挂了电话，对颜晓晨说："两个哥们儿闹经济纠纷，我也被拖进去了。"

"严重吗？"

沈侯笑着摇摇头，"没事！就是让外人占了点便宜而已！"

颜晓晨看他表情很轻松，就没再多问。

回到学校，已经一点多，食堂只剩残羹冷炙。

宿舍正好没有人，只要找个借口跟阿姨说一声，男生可以在白天来女生宿舍。

颜晓晨领着沈侯进了宿舍，"我给你煮面吃吧！"

"好。"

魏彤有个小电磁炉，平时宿舍的人经常用它下方便面，现在天气凉，阳台上还剩几个鸡蛋，一把青菜。

颜晓晨下了包方便面，打了一个荷包蛋，再放一些青菜，一碗有荤有素的汤面就热乎乎地出炉了。

沈侯尝了一口，"不错！你们女生可真能折腾，我们男生就用开水泡一泡。"

因为锅很小，一次只够煮一包面，颜晓晨开始给自己下面，沈侯一直等着。

颜晓晨说："你怎么不吃？方便面凉了就不好吃了！"

"等你一块儿吃。"

只是一句很普通的话，颜晓晨却觉得心好像被什么东西挠了一下，手失了准头，鸡蛋敲了几下都没敲破。

沈侯嘿嘿地笑，"你又脸红了！做了三年同学，我第一次发现原来你很容易脸红。"

颜晓晨自嘲，"我自己也是今天刚发现！"

两人坐在凳子上，盯着小电磁锅，等着面熟。空气中弥漫着方便面的味道，竟然有一种家的温馨感。颜晓晨有些恍惚，多久没有这种感觉了？仔细算去，不过三年多，可也许痛苦时，时间会变得格外慢，她竟然觉得已经很久，像是上辈子的事。

"面熟了。"沈侯提醒颜晓晨。

颜晓晨忙关了电源，笑着说："好了！开动！"

吃完面，颜晓晨去洗刷锅碗，沈侯站在她桌子前，浏览她的书架。

颜晓晨切了点苹果和香蕉，放在饭盒盖子里，端给他。

沈侯随手翻看着弗里兹·李曼的《直面内心的恐惧》，"你还看心理学的书？"

"随便看着玩。"

他把书塞回书架，"这书真能教会人直面恐惧？"

"不能。"

沈侯吃了几块香蕉，突然问："你的恐惧是什么？"

颜晓晨愣了一下，才反应过来他刚才的问题其实给她设了个套，如果自己没有恐惧，又怎么可能知道书籍并不能解决问题？

颜晓晨笑着说："得！经济法的教授如果有机会和你谈判商业合同，肯定给你90分！"

沈侯看她回避了问题，也没再逼问，笑着说："可惜他不是你，不能慧眼识英才！"

颜晓晨问："听说你要考雅思？打算出国？"

"怎么？你不舍得我走？"

"不是。就是突然想起来了，问问你毕业后的打算。"

沈侯盯着她，"你认真的？我出国不出国，你都没感觉？"

"每个人都有自己的人生路。"即使沈侯不出国，颜晓晨也没有奢望他会和她在一起，所以，只要是他选择的路，她都会衷心祝福。

沈侯低下头，吃了几块水果，淡淡地说："我妈心气高，非要逼得我给她挣面子，我懒得看她哭哭啼啼，就先报个名，哄哄她。"沈侯回头看了一眼，见宿舍门锁着，笑着说："你很清楚，我对学习没有太多热情，这四年大学我可是靠着你读完的。"

那是大一，颜晓晨刚到这个城市，人生地不熟，只知道做家教挣点生活费，后来急需一笔钱，她都去卖了一次血，可依旧差三千多块。那时候，沈侯正沉迷魔兽世界，懒得做作业、写论文。一个急需人帮忙，一个急需钱，机缘巧合下，颜晓晨和沈侯谈成了交易，她帮他做作业、写论文，一个学期四千块钱。

沈侯知道颜晓晨要价偏高，要求预付三千五也很离谱，但他看着这个寡言少语的同学，竟然鬼使神差地答应了，不但答应，还主动预付了四千。沈侯对颜晓晨吊儿郎当地说："反正要预付，不差那五百，省得我惦记。"他数了四千块钱给她，她却脸涨得通红，没有伸手接。他装没看见，把钱塞到她手里，故意调侃地说："你叫颜晓晨，是吧？金融系的第一名，我算赚了！"

颜晓晨和沈侯虽然在一个学院，可是专业不同，颜晓晨是游离在班级之外的人，沈侯也是游离在班级之外的人，两人完全无交集，就算有学院必修课，可全院两百多人，混到大学毕业，仍会有很多人叫不出名字。本来，他们的生活应该是两条平行线，可就是因为代写作业和论文，颜晓晨进入了沈侯的视线。从那之后，沈侯不想做的作业，要完成的论文，期末考试前复印笔记、勾重点……沈侯都会找颜晓晨，颜晓晨从来不拒绝，但只第一次收了他四千块钱，之后，无论如何，她都不要钱。因为颜晓晨不肯要钱，沈侯也不好意思总找她代写，只能变得勤快点，借了作业来抄，一来二去，有意无意地，变成了颜晓晨帮他辅导功课，沈侯也渐渐地不再玩游戏。

沈侯瞅着颜晓晨，"你那次可是狮子大开口要了我不少钱！你说，当年我要和你这么熟，你会不会免费啊？"

颜晓晨淡笑着摇摇头，那笔钱真的是急需的救命钱。

他拿起书敲了一下颜晓晨的头，"你这人真没劲！连点甜言蜜语都不会说！"

颜晓晨揉了揉并未被打疼的头，不解地问："你妈妈那么希望你能出国读书，为什么不索性高中一毕业就送你出去读本科呢？"

沈侯没有避讳地说："两个原因。我妈就我一个孩子，她生我时是高龄产妇，吃了不少苦，对我很紧张，舍不得把刚满十九岁的我放出去。还有个重要原因，我高三时喜欢上玩游戏，有点过度沉迷，新闻上总报道孩子太小送出国就学坏，我妈怕我性子未定，也学坏了，不敢把我送出去。"沈侯的手机突然响了，他接完电话后说："我要走了。"

颜晓晨送着他到楼下，"今天真的很谢谢你！"

"行了！你这话说了几遍了？你不累，我还累呢！"他不耐烦地挥挥手，大步流星地离开了。

颜晓晨回到宿舍，坐在他刚才坐过的椅子上，拿着他刚才用过的叉子，觉得丝丝缕缕的甜蜜萦绕在心间，可下一瞬，想到他如果出国了，她就没有了这种偶尔得来的甜蜜，再想到毕业后，他会渐渐走出她的世界，再无交集，丝丝缕缕的甜蜜都变成了苦涩。

颜晓晨轻叹了口气，理智虽然都明白，情绪却是另外一种不可控制的东西。

Chapter 3
年轻的心

我们的心憧憬着未来，现实总是令人悲哀，一切都是暂时的，转瞬即逝。

——普希金

　　随着参加过一次又一次招聘会，投递出一份又一份简历，有的同学得到了面试机会，有的同学没有得到。

　　找工作不像学习，学习的付出和收获大家都看得清清楚楚、明明白白，赢者是努力勤奋所得、理所应当；输者是不够勤奋，不能怨天尤人。找工作却让人看不清楚，明明成绩很好的同学竟然会第一轮笔试就失败，明明成绩一般的同学却在面试中大放光彩。

　　同一个专业，找工作的方向完全相同，每一次投递简历都是一轮竞争。刚开始，大家还没什么感觉，没有顾忌地交流着如何制作简历，如何回答面试问题。可随着一次次的输和赢，大家逐渐意识到他们不仅仅是同学，还是竞争者，不知不觉中，每个宿舍的气氛都变得有一点古怪。大家依旧会嘻嘻哈哈地抱怨找工作很烦，却都开始回避谈论具体的细节，比如面试时究竟问了哪些问题，他们的回答是什么。

颜晓晨在两个外企的第一轮面试中失败了，她自己分析原因，和英语有很大关系，因为表达上的不自信，导致了给人的第一印象不好。但经过几轮面试，积累了一些经验，她开始明白其实面试的问题都有套路，尤其第一轮，可以有针对性地准备。

颜晓晨和她帮助辅导功课的留学生商量好，不再泛泛地练习口语，而是做一些面试练习，本来留学生已经答应了，可又突然反悔了，甚至取消了他们互相辅导功课的约定。刚开始，颜晓晨以为她哪里做得不好，找他沟通，他却言语含糊，后来才发现，他被院里的另一个女生抢走了，两人说话时，肢体间透着说不清道不明的暧昧。颜晓晨知道，事情已经无关能力，她学习成绩再好也抢不过，只能给他发了一封电子邮件，谢谢他这一个多月的帮助，祝他在中国学习愉快。

学校的留学生不少，可从英美这些英语国家来的留学生并不多，现在学期已经快结束，颜晓晨不可能再找到留学生帮忙，只能自己练习，效果差了很多，她鼓励自己，熟能生巧、勤能补拙！

为了找工作，颜晓晨不得不把去蓝月酒吧打工的时间改成了三天。酒吧里来往的老外不少，但这些老外大部分是附近学校的外教老师，人家靠教英语赚钱，指望和他们练习口语不可能，而且他们或多或少都会讲一点中文，点单时，还会特意说中文，练习口语。但颜晓晨不管了，逮到一个机会是一个，反正碰到老外就说英文，即使翻来覆去不过是些酒水名字，好歹可以练习一下语感。

程致远来酒吧时，颜晓晨刚招呼完一桌老外客人，下午又练习了一下午口语，脑子里转来转去还是英语，对着他也用了英文，"Sir, what can I do for you?"

他笑着也回了英文，"Sure, I just want to have some drink."

颜晓晨才反应过来，抱歉地说："不好意思，晕头了。"

程致远问："你最近是在练习口语吗？"

颜晓晨很诧异，"你怎么知道？"

"很多年前，我刚去美国读书时，也曾这样过，抓住每个机会，和外国人说英语。"

颜晓晨笑起来，"我是为了找工作。真讨厌，明明在中国的土地上，面试官也是中国人，却要用英文面试！"

程致远仔细看了她一眼，关切地问："怎么？找工作不顺利？"他每周都来酒吧，有时一个人，有时和朋友一起，每次都是颜晓晨招呼，他一直温文有礼，从没有逾矩的言行，一个多月相处下来，颜晓晨和他虽然不能说很熟，可也算能聊几句的朋友。

"我拿到了几个大公司的面试，不能算不顺利，但也不能算顺利，听说最后一轮面试会见到一些老外高管，我口语不好，怕因为这个原因最后被拒。"这段时间，宿舍的气氛很微妙，很多话都不能说。说不行，会觉得你在装，说行，会觉得你炫耀。程致远离颜晓晨的生活很远，反倒可以放心诉一下苦。

程致远说："我这段时间不忙，你要愿意，我可以帮你。"

"你帮我？"颜晓晨不解地看着程致远。

"我在国外学习工作了很多年，英文还算过得去，何况我的公司招聘过人，我也算有经验的面试官。"他笑看着颜晓晨，"有没有兴趣接受一下挑战？"

颜晓晨突然想起，好像是 Apple 还是 Yoyo 说过他从事金融工作，和颜晓晨算是同行，一个"有"字已经到了嘴边，颜晓晨克制住了，"我先去帮你拿酒。"

给他拿了酒，颜晓晨忙着去招呼别的客人，没时间再继续这个话题。

颜晓晨一边做着手上的活，一边心里纠结。程致远的提议非常诱人，他作为金融圈的前辈，而且看得出来，事业做得很成功，有机会接近他，和他交流，本身就是很好的学习机会，提高口语不过是附带的好处了。可是无功不受禄，她拿什么去回报他呢？

挣扎了好一会儿，颜晓晨忍痛做了决定，还是靠自己吧！

她拿着水壶，走过去给他加柠檬水，想告诉他"谢谢你的好意，但不麻烦了"，给水杯里加满水，她笑了笑，刚要开口，程致远的手机突然响了。他做了个手势，示意她稍等一下。

第一句"你好"，程致远用的是普通话，但之后的对话，程致远用的是家乡方言，在外人耳朵里，完全是不知所云的鸟语，可颜晓晨只觉亲切悦耳，惊喜地想，难怪她和程致远有眼缘呢，原来是老乡！

程致远挂了电话，抱歉地说："不好意思，刚才你想说……"

颜晓晨忘记了本来想说的话，忍不住用家乡话说："原来我们是老乡呀！"

程致远满面惊讶，指指颜晓晨，笑起来，"真没想到，我们竟然是老乡！"

两人不约而同地问："你家在哪里？"问完，又都笑起来。

就像对暗号一样，他们用家乡话迅速地交换着信息，发现两人同市不同县，程致远知道颜晓晨的初中学校，如果不是因为初中时父母搬家了，他也会进那所初中，颜晓晨知道他的小学学校，她高一时的同桌就是那个学校毕业的。

因为别桌的客人招手叫侍者，颜晓晨顾不上再和程致远聊天，匆匆走了。可因为偶然发现的这件事，让颜晓晨觉得，她和程致远的距离一下子真正拉近了。几分钟之前，程致远和其他客人一样，都是这个大都市的浮萍，漂在上海的霓虹灯下灯红酒绿、纸醉金迷，可几分钟之后，他的身后蔓延出了根系，变成了一株很实在的树，而且这株树的根系是她熟悉了解的，她小学时还去过他的学校参加风筝比赛，教过他的班主任老师已经是校长，在风筝比赛后致辞颁奖。

像往常一样，程致远在酒吧坐了一个小时左右。

离开时，他打趣地问颜晓晨："小老乡，想好了吗？我之前的提议。"

也许因为他的称呼和笑容，颜晓晨竟然很难说出拒绝的话，犹豫着没有回答。

程致远问："我的提议让你很难决定吗？"

颜晓晨老实地说："机会很好，但是，感觉太麻烦你了！"

程致远用家乡话说："朋友之间互相帮点小忙很平常，何况我们不只是朋友，还是同在异乡的老乡。你考虑一下，如果愿意，给我电话，我们可以先试一次，你觉得有收获，我们再继续。"说完，他就离开了。

颜晓晨纠结到下班时，做了决定。

怕时间太晚，她没好意思给程致远打电话，先发了条短信，"休息了吗？"

没一会儿，颜晓晨的手机响了。

"颜晓晨？"隔着手机，他的声音都似乎带着笑意，让人一听到就放松下来。

"是我。"

"做了决定吗？"

"嗯，要麻烦你了！"

"真的不麻烦，你一般什么时间方便？"

"时间你定吧，我是学生，时间比你自由。"

"明天是周日，你应该没课，可以吗？"

颜晓晨立即答应了，"明天可以。"

"现在天气冷，室外不适合。我们是有针对性地练习面试英语，在公众场合你肯定放不开，不如来我办公室，可以吗？"

"好。"

"那就这么定了，明天见。"

"再见！"

挂了电话，颜晓晨才想起来还不知道他的办公室在哪里，想起他曾给过她一张名片，急忙去找，可当时被她随手装到了书包里，早不知道丢到哪里去了。

颜晓晨郁闷得直拍自己的脑袋，不得不厚着脸皮给他发短信，"麻烦你给我一下你办公室的地址，谢谢了！"心里祈求他已经忘记给过她一张名片。

电话又响了，颜晓晨忙接起，很是心虚地说："不好意思。"

程致远笑着说："是我疏忽了，明天早上我来接你。"

颜晓晨忙说："不用，不用，我自己坐车去，你给我个地址就行了。"

程致远也没再客气，"那好，我把地址发给你。"

过了一会儿，短信到了，很具体的公司地址。

颜晓晨到网上查好如何坐车，准备好各种资料，安心地睡觉了。

第二天一早，颜晓晨坐车赶去程致远的公司。

一般金融公司都在浦东金融区，可程致远的公司却不在金融区，距离颜晓晨的学校不远，换一次公车就到了。

下车后，颜晓晨一边问路，一边找，走了十来分钟，找到了程致远的公司，一栋四层高的小楼，建筑风格有点欧式，楼顶还有个小花园。

程致远的短信上没有楼层和房间号，颜晓晨摸不准该怎么办，给程致远打电话。

"我到了，就在楼下，你在几层？"

"我马上下来。"

一小会儿后，他出来了。天气已经挺冷，但大概赶着下来，他没穿外套，只穿着一件衬衣，颜晓晨怕他冻着，赶紧跑了过去。

他领着颜晓晨进了门，一层没有开灯，空旷的大厅显得有些阴暗，厚厚的地毯吸去了他们的足音，感觉整栋大楼就他们两个人，颜晓晨突然有点紧张。

进了电梯，程致远笑问："孤身一人到完全陌生的地方，怕不怕我是坏人呢？"

被他点破了心事，颜晓晨的紧张反倒淡了几分，"你不是坏人。"在酒吧工作了两年多，也算见识过形形色色的人，程致远的言行举止实在不像坏人。颜晓晨对自己说：你应该相信自己的判断。

程致远看着她说："是不是坏人，表面上看不出来。"

颜晓晨觉得他眼睛里似别有情绪，正想探究，电梯门开了。

四楼的大厅十分明亮，一个面容清秀的女子正坐在办公桌前工作，听到他们的脚步声，立即站了起来，恭敬地叫了声"程总"。

程致远说："这是我的秘书辛俐。"

辛俐对着颜晓晨笑了笑，颜晓晨仅剩的紧张一下子全消散了。

程致远领着她走进一个小会议室，窗户外面是一段不错的河景，没有楼房遮挡，很是开阔。

程致远请颜晓晨坐，辛俐送了两杯茶进来，看颜晓晨正在脱大衣，体贴地问："我帮你挂外套？"

颜晓晨忙说："不用，我放椅子上就可以了。"

辛俐礼貌地笑笑，安静地离开了。

程致远坐到了会议桌的另一边，"我们开始吗？"

颜晓晨把简历、各种证书复印件递给他。

他低着头把简历仔细看了一遍，抬起头说："Hi, you must be Xiaochen, I'm Zhiyuan Cheng. Nice to meet you!"

看上去，他和刚才一样，坐姿没变，也依旧在微笑，可不知道究竟哪里不同了，一瞬间，颜晓晨就觉得他变得很锋利，带着礼貌的疏远，审视挑剔着她的每一个小动作。

颜晓晨不自禁地把腰挺得笔直，"Hi, Mr. Cheng, nice to meet you too!"

他指指颜晓晨的成绩单，"Wow! I am quite impressed by your GPA as I know it's very tough to get top scores in your university. I was wondering how you did it. You must work really hard or you are extremely smart, maybe both？"

颜晓晨的面试经验还很少，可她就是知道程致远很厉害，他看似在赞美她，可每一句话都是陷阱。

为什么成绩这么好？你认为自己聪明吗？为什么喜欢学习，却没有考虑继续读硕士？既然不喜欢做学术，打算毕业后就找工作，为什么没有多参加一些社团实践活动？为什么想到我们公司？为什么对这个职位感兴趣？我们公司最吸引你的是什么……一个又一个问题，看似都是常见的面试问题，可当他巧妙地穿插在聊天中，精心准备好的回答竟然都用不上，如果说了假话，肯定会露马脚。

三十多分钟后，当他放下她的资料，表示面试结束时，颜晓晨一下子松了口气。

程致远笑问："感觉如何？"

颜晓晨喝了口水，说："感觉很糟糕！"

他笑着说："看得出来，你为了面试精心准备过。面试是需要准备，但记住，尽量真实地面对自己！面试官虽然职位比你高、社会经验比你丰富，可都是从你们这个年纪过来的人。他们没指望你们这些还没踏出校门的人有多能干，他们更看中你们的性格和潜力是否和公司文化符合。"

颜晓晨疑惑地看着他。

他说："举例说明，四大会计师事务所会更喜欢勤奋踏实的人，投行会更喜欢聪明有野心的人，咨询公司会希望你性格活跃、喜欢出差，四大国有商业银行会希望你性格温和、谨慎懂事……一个性格适合去投行的人却不幸进了国有商业银行，对他自己而言，是悲剧，对公司而言，也是一次资源浪费，反过来，也是如此。"

颜晓晨若有所悟，边听边思索。

程致远说："其实，面试官拒绝一个人，很多时候并不是因为他不够优秀，而是因为面试官根据自己的经验，判断出他不适合这个公司。有时候，即使通过提前准备的答案，骗过了面试官，可生活最终会证明，人永远无法骗过自己！"

颜晓晨很郁闷！刚觉得自己找到了成功的门道，结果他却说即使成功了，最终也会失败。

程致远说："你们刚要踏出校门，缺乏自信，很着急，总想着抓到一份工作是一份，可等你们有朝一日也成为面试官，去面试别人时，你就知道这是多么错误的做法。职业是人一辈子要做的事，在现实允许的情况下，应该尽可能忠实于自己，选一个和自己性格、爱好契合的方向，人生的第一份工作尤其重要。如果选错了，需要付出很多努力去纠正。"

颜晓晨叹气，"道理肯定是你对，不过，目前我们哪里顾得上那么多？只想能找到份工作，养活自己。"

程致远温和地说："我明白，大家都是从这个年龄过来的。我只是以过来人的角度多说几句，希望能帮到你。"

颜晓晨用力点头，"很有帮助，我觉得你比之前面试我的面试官都厉害！多被你折磨几次，我肯定能游刃有余地应付他们。"

程致远笑，"看来我通过你的面试了。我们可以定个时间，每周见一次，练习英语。"

颜晓晨迟疑着说："太麻烦你了吧？"

程致远说："我五月份刚回国，还没什么机会结交新朋友，空闲的时间很多，一周也就抽出一两个小时，只是举手之劳，估计也不会太长时间，等你找到工作再好好报答我！"

"那我不客气了，就每周这个时间，可以吗？"

"没问题！"程致远把颜晓晨的资料还给她，开玩笑地说："我们公司明年也会招聘一些新人，到时你如果还没签约，可以考虑一下我们公司。"

颜晓晨也开玩笑地说："到时候，拜托你帮我美言几句。"

程致远笑看了下表，"快十二点了，一起吃饭吧！"

"不了，我回学校。"颜晓晨开始收拾东西。

程致远走到窗前，说："正在下雨，不如等等再走。"

颜晓晨看向窗外，才发现天色阴沉，玻璃窗上有点点雨珠。

程致远公司距离公车站要走十来分钟，颜晓晨问："你有伞吗？能借我用一下吗？"

"公司已经订好盒饭，你随便吃一点，也许等饭吃完，雨就停了。"

辛俐拿着两份盒饭进来，帮他们换了热茶，再拒绝就显得矫情了，颜晓晨只能说："谢谢！"

颜晓晨和程致远边吃饭边聊天，吃完盒饭，又在他的邀请下，喝了一点工夫茶。

程致远见多识广，又是做金融的，和颜晓晨同方向，听他说话，只觉得新鲜有趣，增长见识，不知不觉一个小时就过去了。窗外的雨却丝毫没有停的意思，反而越下越大，砸得窗户噼噼啪啪直响。

颜晓晨发愁地想，这么大的雨就算有伞，也要全身湿透。

程致远说："我住的地方距离你的学校不远，正好我也打算回去了，不如你等一下我，坐我的车回去，反正顺路。"

颜晓晨只能说："好！"

程致远从书架上随手抽了几本英文的商业杂志，递给她，"你看一下杂志，我大概半个小时就好。"

"没有关系，反正我回到学校，也是看书做功课，你慢慢来。"

二十来分钟后，程致远敲敲玻璃门，笑说："可以走了。"他身材颀长，穿着一袭烟灰色的羊绒大衣，薄薄的黑皮鞋，看上去十分儒雅。以前，颜晓晨总觉得儒雅是个很古代的词语，只能用来形容那些古代的文人雅士，程致远却让她觉得只有这个词才能准确地形容他。

颜晓晨赶忙穿上外套，背好书包，跑出了会议室。

到公司楼下时，颜晓晨刚想问程致远，他的车停在哪里，一辆黑色的奔驰车停在他们面前，司机打着一把大黑伞下了车，小步跑着过来打开了车门。

程致远抬抬手，说："女士优先。"

司机护送着颜晓晨先上了车，才又护送着程致远绕到另一边上了车。

哗哗大雨中，车开得很平稳，颜晓晨忍不住瞎琢磨起来。

奔驰车并不能说明什么，毕竟价格有两三百万的，也有几十万的，颜晓晨看不出好坏，可据她并不丰富的社会经验所知，公司一般只会给高管配司机。虽然程致远的公司看上去不大，可程致远不过三十出头，这个年龄，在金融圈能做到基金经理就算做得很成功了。

程致远问："你在想什么？"

颜晓晨笑做了个鬼脸，"我在想你究竟有多成功，我原本以为你只是某个金融公司的中层管理人员。"

程致远微笑着说："成功是个含义很复杂的词语，我只是有点钱而已。"

他眉梢眼角有着难言的沧桑沉郁，颜晓晨虽然年纪小，却完全能明白他的意思，赚钱并不是一件难事，可想要幸福开心，却非常难！这世上有些东西，不管有再多的钱都买不到！她沉默地看着窗外，大雨中的世界一片迷蒙，没有一点色彩，就如她深藏起来的内心。

手机突然响了，诺基亚的老手机，在安静的车内，铃声显得很是刺耳。

颜晓晨忙从书包里掏出手机，竟然是沈侯的电话。

"喂？"

沈侯说："雨下得好大！"

颜晓晨看向车窗外，"是啊！"

"淋到雨了吗？"

"没有。"

"你晚上还要去打工？"

"嗯，要去。"

"这么大雨都不请假？"

"请假了就没钱了。"

他嗤笑，"你个财迷！你打算怎么过去？"

如果一直下这么大雨，肯定骑不了自行车，颜晓晨说："希望到时候雨停了吧，实在不行就走路过去。"

"我正好在学校，开车送你过去，你在自习室，还是宿舍？我来接你。"

颜晓晨下意识地看了一眼程致远，"不用了，我在外面，待会儿才能回学校。"

"小财迷！可千万别坐公车了！这么冷的天，淋湿了你不怕生病啊？看医生可是也要花钱的！你在哪里？我立即过去。"

"我没坐公车，一个朋友正好住咱们学校附近，他有车，顺路送我。"

"你的哪位朋友？"

说了程致远的名字，沈侯也不会知道，颜晓晨说："你不认识，我回头再和你说。"

"他现在就在你旁边？"

当着程致远的面议论他，颜晓晨有些不好意思，声音压得很低，"嗯。"

"男的？"

"嗯。"

"好，我知道了！"沈侯说完，立即挂了电话。

颜晓晨想了想，发了条短信给他，"谢谢你！下雨天，开车小心一点！"

程致远笑问："你的小男朋友？"

颜晓晨立即纠正："不是，前男友。"

"你们怎么还没和好？"

颜晓晨十分郁闷，"都和你说了，我们不是闹别扭，是正式分手。"

程致远右手放在下巴上，摆出思索的姿势，故作严肃地说："嗯，我知道你们是正式分手，但是，正式分手也可以和好，我问错了吗？"

颜晓晨无奈地解释："我们是一个院的同学，就算分手了也要见面，所以分手的时候，说好了继续做朋友。"

程致远笑着摇摇头，"你们这个年纪的人爱恨分明，分手后，很难真正做朋友，如果真的还能心平气和地继续做朋友，根本没有必要分手，除非双方还余情未了。"

颜晓晨懒得和这位"老人家"争论，"反正我们现在就是普通朋友！"

程致远不置可否地笑，一副等着看你们这些小朋友的小把戏的样子。

到学校时，雨小了很多。虽然依旧淅淅沥沥地飘着，可打把伞走路已经没有问题。

学校不允许私家车进入学校，颜晓晨麻烦司机把车停在距离宿舍最近的校门。司机匆匆下了车，打着伞，为颜晓晨拉开了车门。

程致远让司机把伞给颜晓晨，他说："车上还有多余的伞，这把伞你先拿去用。"

颜晓晨笑着说："谢谢！下个周末我还你……"话还没说完，另外一把伞霸道地挤了过来，把司机的伞挤到一边，遮到了她头顶上。

颜晓晨回头，看是沈侯，惊讶地问："你怎么在这里？"

沈侯没好气地说："我也是这个学校的学生，为什么我不能在这里？"他的目光越过颜晓晨，打量着车里的程致远，程致远礼貌地笑笑，颔首致意，沈侯却毫不客气，无声地切一声，冲他不屑地翻了个白眼。

颜晓晨没看到沈侯的小动作，想起程致远之前"余情未了"的话，有些尴尬地对程致远说："我和同学一起走，就不借你的伞了。谢谢你送我回来。"

程致远微笑着说："顺路而已，千万别客气。"

司机发动了车子，黑色的奔驰车转了个弯，很快就汇入车流，消失不见。

颜晓晨和沈侯肩并肩地走在雨中，沈侯说："那人看着面熟，是上次和你一起在食堂吃饭的家伙吗？"

"是他！"

"他不会是想泡你吧？"

"别乱说！我们只是普通朋友！"

"切！男人对女人好从来不会是只为了做普通朋友！"

颜晓晨郁闷，"你看他的样子像是没女人追吗？需要煞费心计地泡我吗？"

沈侯不屑，"斯文败类！你们在哪里认识的？"

"我打工的酒吧。"

沈侯的声音一下子拔高了，"颜晓晨，你有没有搞错？酒吧认识的陌生人你就敢坐他的车？"

颜晓晨好性子地解释："不算是陌生人，已经认识一个多月了，而且他和我是老乡。"

"得！这都什么年代了？还老乡见老乡两眼泪汪汪呢！光咱们院可就有好几个老乡！"

"我和他是正儿八经的老乡，一个市的，讲的话都一样。"颜晓晨和沈侯也是老乡，可他们是一个省的不同城市，十里不同音，何况他们还距离蛮远，只能彼此勉强听懂，所以两人之间从不说方言。

沈侯冷冷地说："我警告你还是小心点，现在的中年男人心思都很龌龊！"

颜晓晨忍不住笑起来，"你干吗？这么紧张不会是吃醋了吧？"

"切！我吃醋？你慢慢做梦吧！我是看在你好歹做过我女朋友的分儿上，提醒你一声。"

颜晓晨说："谢谢提醒！你怎么正好在校门口？"

沈侯说："没事干，想去自习室复习功课，可一个人看书看不进去，想找你一起。"

颜晓晨本来没打算去上自习，可难得沈大爷想看书，她忙说："好啊，我们直接去自习室。"

到了自习室，两人一起温习功课。

沈侯看了会儿书就昏昏欲睡，索性趴在桌子上睡起来。

颜晓晨由着他睡了二十分钟后，推他起来，沈侯嘟囔："不想看书。"

颜晓晨说："你已经当掉四门功课了，再当掉一门可就拿不到学位证书了。以前当掉功课，可以第二年补考，但我们明年这个时候早毕业了，你去哪里补考？快点起来看书！"

沈侯懒洋洋地趴在课桌上，指指自己的唇，无赖地说："你亲我一下，我就看书。"

颜晓晨有点生气，"你把我当什么？你都和我分手了，说这些话有意思吗！"

沈侯说："就是分手了才后悔啊！我都还没亲过你，想着你的初吻有可能便宜了别的男人，我可真是亏大了！不如我们现在补上？"

颜晓晨盯了沈侯一瞬，一言不发地埋下头，默写英语单词。

沈侯推推她，"不是吧？开个玩笑而已，你生气了？"

颜晓晨不理他，继续默写单词。

沈侯叫："颜晓晨！颜晓晨！晓晨！晓晨！"

颜晓晨权当没听见，沈侯猛地抢走了她的笔，得意扬扬地睨着她，一副"看你还敢不理我"的样子。

颜晓晨低头去翻书包，又拿出一支笔用，沈侯有点傻眼，默默看了一会儿，居然又抢走了。

颜晓晨盯着沈侯，沈侯嬉皮笑脸地看着她，一副"你再拿我就再抢"的无赖样子。

颜晓晨一共只带了两支笔，想从沈侯手里夺回，几次都没成功，不得不说："还给我！"

沈侯笑眯眯地说："你告诉我一句话，我就不但把笔还给你，还立即好好看书。"

"什么话？"

沈侯勾了勾手指，示意她靠近点，颜晓晨俯过身子，侧耳倾听，沈侯凑在她耳畔，轻声说："告诉我，你爱我！"

他的唇几乎就要吻到她，温热的呼吸拂在她耳朵上，就好像有电流从耳朵传入了身体，颜晓晨半边身子都有些酥麻，她僵硬地坐着，迟迟不能回答。

沈侯却误会了她的意思，笑容刹那消失，猛地站了起来，噼里啪啦地收拾着课本，想要离开。颜晓晨赶忙抓住他的手，自习室里的同学听到响动都转头盯着他们，沈侯不客气地看了回去，"看什么看？没见过人吵架啊？"

上自习的同学全都扭回了头，耳朵却支棱着，静听下文。

沈侯手里还握着他刚抢走的笔，颜晓晨握着沈侯的手，在笔记本上，一笔一画地慢慢写字。三个歪歪扭扭的字渐渐出现在笔记本上：我爱你。

等三个字全部写完，沈侯的眉梢眼角都是笑意。

他静静坐下，哧的一声，把整页纸都撕了下来，仔细叠好后，对颜晓晨晃晃，放进了钱包，"这些都是证据，等哪天你变心了，我会拿着它们来提醒你！"

沈侯盯着颜晓晨的眼睛，很霸道地说："没有我的允许，不许变心！懂吗？"

颜晓晨无语，在他咄咄逼人的目光下，只能点了点头。她是实在搞不懂沈侯在想什么，提出分手的是他，不许她变心喜欢别人的也是他。不过，那并不重要，她知道自己在想什么就好了。

十二月中下旬时，学院里开始有人拿到工作 offer，最牛的牛人一个人手里拿了三个 offer，让还没有 offer 的人流了一地口水。

魏彤虽然也时不时去参加一下招聘会，关注着找工作的动态，可她目标很明确，汲取前人教训，一心扑在考研上，坚决不分心去找工作。

最让人意外的是刘欣晖，她居然成了颜晓晨宿舍第一个拿到工作 offer 的人。之前，连刘欣晖自己都认定第一个拿到 offer 的人不是成绩优异的颜晓晨，就应该是精明强势的吴倩倩，可没想到竟然是各方面表现平平的自己。

刘欣晖拿到 offer 那天，一边高兴，一边唉声叹气。因为她肯定是要回家乡的，在上海找工作不过是应景，历练一下。她拿着电话，娇声娇气地和男朋友说："哎呀！工资很不错的，比咱们家那边高很多，还解决上海户口，想着户口和钱都到手边了，我竟然要拒绝，真是太痛苦了！还不如压根儿没有得到……"

魏彤把耳机戴上，继续和考研模拟试卷搏斗；颜晓晨靠躺在床上，默背单词；吴倩倩在桌子前整理简历资料。

刘欣晖刚才看到信时太激动，顺手就把洗脸的盆子放在了吴倩倩桌子脚边，本来是无关紧要的一件小事，可吴倩倩拉椅子起身时，看到盆子挡了路，一脚就把盆子踢了出去，用力过猛，盆子嗖一下直接飞到门上，砰一声大响，落在了地上，翻滚了几下，才停止。

全宿舍一下子安静了，魏彤摘下了耳机，颜晓晨坐直了身子，吴倩倩也没想到自己一脚居然用了那么大力，她尴尬懊恼地站着。刘欣晖啪一声挂了电话，飞快地从床上跳了下来。

魏彤不愧是做了几年宿舍老大，立即冲过去把盆子捡起来，放到刘欣晖桌下，人挡到吴倩倩和刘欣晖中间，笑着说："倩倩，你练佛山无影脚啊？"

刘欣晖刚要张口，颜晓晨也笑着说："快要新年了，过完新年，这个学期也就基本结束了，欣晖，你回去的机票订了吗？"

被打了两次岔，刘欣晖的气消了大半，想到马上要毕业了，犯不着这个时候闹僵，她把剩下的气也压住了，"定好了，上午考完最后一门，下午的飞机，晚上就到家了，还能赶上吃晚饭。"

魏彤和颜晓晨没话找话地说着回家过年看春节晚会……吴倩倩拿起刷牙缸，一声不吭地进了卫生间。

刘欣晖小声嘀咕："她找不到工作难道是我的错？冲着我发什么火啊？"

魏彤说："压力太大，体谅一下了！"

刘欣晖委屈地说："就她压力大啊？也没见晓晨冲我发火！"

颜晓晨笑说："我在心里发火呢！你看看你，工作家里帮忙安排，男朋友呵护备至，就连随便去找找工作，也是你第一个找到，你还不允许我们羡慕嫉妒恨一下啊？"

刘欣晖叹气，"哪里有你说的那么好？我也有很多烦恼！"

魏彤抓住刘欣晖的手，放到自己头顶，"幸运女神，把你的运气给我一点吧！我要求不多，只求能考上研究生。"

刘欣晖扑哧笑了，拿出女神的派头，装模作样地拍拍魏彤的头，"好，赏赐你一点！"

魏彤屈膝，学着清装剧的台词说："谢主子恩典！"

三人插科打诨完，刘欣晖不再提刚才的事，爬上床继续煲电话粥，魏彤和颜晓晨相视一眼，笑了笑，也都继续看书去了。

虽然一场风波揭了过去，可宿舍的气氛却更加微妙了。对大部分这个年龄的毕业生而言，从出生到长大，一直都活在父母的庇佑下，毕业找工作是他们第一次自己面对人生选择，第一次自己面对人生压力，每个人都不轻松，心情沉重、心理失衡都难免。

往年的年末，宿舍四个人都会聚餐一次，可今年因为考研的考研，找工作的找工作，都没心情提这事，平平淡淡地就到了十二月三十一日。

❦

新年的前一夜，酒吧非常热闹，几乎人挤着人，颜晓晨连站着休息的时间都没有，像个陀螺一样，一直忙个不停，程致远和两个朋友也来了酒吧，可除了点单时两人说了几句话，后来再没有说话的机会，颜晓晨连他什么时候走的都不知道，突然想起他时，发现他已经离开了。

好不容易熬到下班，她累得几乎再站不住。骑着自行车赶回宿舍，宿舍里空荡荡的，没有一个人在。每年的新年，学校有十二点敲钟和校领导致辞的传统，所以每年的今夜，宿舍都会破例，要到深夜才会锁楼门。颜晓晨不知道她们去了哪里，反正她们都各有活动，剩下她一人孤零零地辞旧迎新。

太过疲惫，颜晓晨连洗漱的力气都没有，没精打采地靠坐在椅子上，发着呆。手机响了几声，她拿出手机，看到有三条未读短信，是不知去哪里嗨皮的那三个家伙发来的，意思大致相同，都是祝她新年快乐。

颜晓晨依样画葫芦地回复完，迟疑了一瞬，打开通讯录，给妈妈发短信，"下午给你打了一千块钱，请查收！新年……"后面两个字应该是"快乐"，可是她的手指僵硬，犹如被千斤巨石压着，根本打不出那两个字，她盯着屏幕看了半响，终于把"新年"两字删去，只保留第一句话，按了发送。

她握着手机，心里隐隐地期待着什么，可一如往日，短信石沉大海，没有任何回复，就好像她的短信压根儿没有发送出去。掌心的手机像是长了刺，扎得她疼，她却越握越紧。

突然，手机响了，屏幕上出现"沈侯"的名字，颜晓晨的整个身体一下子松弛了下来，她闭上眼睛，缓了一缓，接通了电话。

"颜晓晨，你在哪里？"沈侯的声音很像他的人，飞扬霸道到嚣张跋扈，就如盛夏的太阳，不管不顾地光芒四射。

"我在宿舍。"

"赶紧下来！我就在你楼下！快点！"他说完，也不管颜晓晨有没有答应，立即就挂了电话。

反正刚才回来还没脱外套，颜晓晨喝了口水，就跑下了楼。

沈侯没想到，刚挂完电话都不到一分钟颜晓晨就出现了，他笑着说："你属兔子的吧？这么快？"

颜晓晨问："找我什么事？"

沈侯说："去散步！"

"散步？现在？"

"你去不去？不去拉倒！"沈侯牛气哄哄，作势要走。

颜晓晨忙说："去！"

颜晓晨和沈侯并肩走在学校里。

她这才发现，这个点在学校里散步的人可不少，拉着手的、抱着腰的、搂着肩的，一对又一对，估计都是等着新年钟声敲响，一起迎接新一年的恋人。

颜晓晨和沈侯走到湖边时，恰好新年钟声敲响了，两人不约而同地停下，静静听着钟声，一下又一下……悠扬的钟声宣告着，旧的一年结束，新的一年来临了。

沈侯笑着说："祝你新年快乐！"

颜晓晨说："祝你新年平安、快乐！"

两人正儿八经地说完，四目相对，都觉得有点怪异，笑着扭过了头，却看到湖边不少恋人正相拥接吻，年轻的躯体，旁若无人地纠缠、热吻，好像恨不得要把对方吃进肚子。

　　颜晓晨以前也不是没在校园里看到过恋人接吻，可第一次看到这么多对，也是第一次沈侯就在她身边。她十分尴尬，都不知道视线该往哪里搁，似乎不管往哪里搁，都会看到不该看的画面，转来转去，正对上了沈侯的视线，颜晓晨越发尴尬，急匆匆地扭头就走："我们去别的地方转转吧！"

　　沈侯俯过身子，凑到她脸前，笑着问："你不好意思什么？他们都敢做，我们为什么不敢看啊？"

　　颜晓晨推开他，没好气地说："因为我是正常人，没有你脸皮厚！"

　　沈侯把一直拎在手里的一个纸袋递给她，"新年礼物。"

　　颜晓晨没想到还有礼物，惊诧了一瞬，才高兴地说："谢谢！"

　　"不打开看看吗？"

　　颜晓晨打开袋子，柔软地彩色纸里包着一套玫红的帽子、围巾、手套。上海虽然不比北方寒冷，可冬天等公车时，寒风吹到身上也是很冷的。

　　颜晓晨明白了沈侯要她现在就打开的意思，她把帽子、围巾、手套都戴上后，笑着说："谢谢！"

　　沈侯打量着她，点点头，"不错，挺好看的，我的眼光不错！"

　　颜晓晨一下子又有点不好意思了，一边快步走路，一边顾左右而言其他，"我没给你准备礼物，过春节时，再补你一份礼物吧！"

　　沈侯说："别麻烦了，不过，有个事想麻烦你！"

　　"什么？"

　　"我这个学期要补考宏观经济学，你能不能帮我考一下？"

　　颜晓晨收到新年礼物的喜悦淡了几分，沈侯并不是为她精心准备了礼物，而是有所求才给她准备了礼物。颜晓晨为自己的自作多情暗叹了口气，"你先答应我件事，我就帮你。"

　　宏观经济学是全院必修课，每次考试在阶梯大教室，二百多人一起考，老师根本认不清楚谁是谁，交卷时即使写的是别人的名字，也肯定察觉不了，帮沈侯这个忙并不难。

　　沈侯嬉皮笑脸地说："想要我的肉体，没问题！想要我的心灵，我得好好考虑一下！"

颜晓晨没理会他的玩笑，认真地说："你好好复习经济法和另外两门专业必修课，一定要过！"

"经济法咱俩坐前后。"

颜晓晨忍不住捶了沈侯的脑门一下，简直想敲开这家伙的脑袋，看看里面装的都是些什么破烂玩意儿，"选择题能给你抄，问答题你怎么抄？好歹要自己看一下书吧！"

沈侯笑着说："我答应！"

颜晓晨苦口婆心地说："下个学期就没课了，只一门毕业论文，这是最后几门考试，坚持一下。"

沈侯站得笔直，敬了个少先队员的礼，"是！颜老师！"

颜晓晨哭笑不得，怕再说下去他嫌烦，结束了学习的话题，"那就这么定了！"

沈侯问："你工作的事怎么样了？"

"前两天刚收到一个offer，不是我想要去的公司，工资也不高，不过总算是一个鼓励。你呢？"

"我前段时间不是忙着考雅思准备出国嘛！打算下个学期再开始找工作！"

"你真不打算出国了？"

"真不打算！像我这样的人出了国也是混，还不如在国内混。"

两人边走边聊，绕着校园走了一大圈，快凌晨一点时，沈侯才送颜晓晨回宿舍。

宿舍里依旧一个人都没有，估计今天晚上她们都不会回来了。

可也许因为刚见过沈侯，又收到了新年礼物，颜晓晨这会儿不再觉得宿舍冷清，反倒觉得一个人很自在，不用向人交代她的帽子和围巾是谁送的。

匆匆洗漱完，上了床，要给手机充电时，才发现手机上有两条未读短信，都是来自程致远的。

第一条短信："在这个辞旧迎新的时刻，祝你新的一年健康平安！"

这条短信是十一点五十九分发的，颜晓晨觉得十之八九是群发短信，没太在意。

第二条短信："祝你早日找到称心如意的工作！"

这条短信就在十几分钟前，不像是群发短信，颜晓晨想了想，微笑着回复了一条短信："谢谢！祝你新的一年身体健康，事业更上一层楼。"

程致远的短信很快就到了："你也还没睡，下周末照旧见面吗？"

颜晓晨想了想，回复他："马上就要期末考试，下周我想复习。春节前后你一定有很多事要忙，就不麻烦你陪我练英语了，等下个学期开学，我们再约。这段时间麻烦你了，谢谢！"

程致远："别客气，朋友就是用来互相帮忙的。酒吧的工作是不是也要请假？"

颜晓晨："是要请假。对了，我前两天收到一个工作的 offer。"

程致远："恭喜！你打算接受吗？"

颜晓晨："对方只给了两周的时间让我做决定，如果我签约了，就不能再找别的工作。可我最想去的几家公司，都要等下个学期才会有最后的结果，我想了下，决定放弃了。"

程致远："你的决定很对！加油！"

颜晓晨："我会的，晚安！"

程致远："晚安！"

颜晓晨放下手机，在床上躺了一会儿，突然一骨碌坐起，一把抓过手机，像是生怕自己失去了勇气一样，用极快的速度给妈妈发了一条短信：祝健康平安！

快乐，太过宝贵，连祝福都会觉得奢侈，像是一种嘲讽！健康平安，是她仅剩的期许了。

Chapter 4

冷暖之间

世上所有的男人和女人都有各自的悲伤，他们大多数都有着委屈。

——查尔斯·狄更斯

过完元旦，很快就进入了期末考试周。

老大魏彤考完了研究生考试，不管最后结果如何，坚持了一年的拼搏总算告一段落，可以稍作休息。吴倩倩和颜晓晨都有了工作 offer，虽然不是她们理想的工作，两人也不约而同地选择了不签约，等于仍是没有工作，但好歹有了成功找到工作的经验，让她们对自己多了几分信心，宿舍里的气氛一下子轻松了许多。

就要期末考试，所有人把其他事都暂时放下，心思全放在了功课上，宿舍四个女孩又像以前一样，说说笑笑，偶尔还一起去自习室复习备考。

颜晓晨平时在功课上花了很多工夫，考试前反倒不需要太花时间，可是在帮沈侯考试这件事上，却花了她不少时间和心思。虽然上一次，颜晓晨的宏观经济学拿了高分，可毕竟已经过了两年，教材更换了，老师也不同，她怕出意外，让沈侯把课本和复印的笔记拿给她，打算把所有知识点再从头过一遍。

沈侯看颜晓晨为了他如此认真，也说到做到，每天都会背着书包去上自习，认真地复习其他几门功课。颜晓晨看他如此，放下心来。

晚上，颜晓晨和沈侯一起上完自习，出来时，竟然碰到了刘欣晖。颜晓晨怕碰到同学，特意选了距离他们学院最远、条件又最差的文科楼上自习，没想到人算不如天算，竟然在这里都能碰到一个宿舍的同学。

刘欣晖笑得意味深长，"你们怎么在这里上自习？"

颜晓晨有点不自在，"快考试了，现在上自习的人太多，别的教室不好占座位。"

沈侯却无所谓的样子，大大咧咧地打了个招呼，"你也来这里上自习？"

刘欣晖说："我是来找一个高中同学。你们慢慢走，我先回宿舍了。"她悄悄对颜晓晨做了个鬼脸，骑着自行车走了。

颜晓晨对沈侯说："她肯定激动地回去讲八卦了！"

沈侯不以为然地说："八卦就八卦呗！"

颜晓晨回到宿舍，果然三个女孩都兴致勃勃地盯着她，魏彤说："赶紧交代！坦白从宽，抗拒从严！"

颜晓晨把书包搁到桌子上，"我和沈侯一起去上自习了，只是以友好互助的同学关系，不是以浓情蜜意的恋爱关系。你们懂的，期末考试！"

魏彤大笑起来，"哈哈哈！谢谢欣晖的中饭，谢谢倩倩的晚饭！"

原来，刘欣晖回到宿舍，把碰到沈侯和颜晓晨的事一说，三个人竟然打了个赌，魏彤赌颜晓晨只是因为期末考试，帮沈侯复习功课，刘欣晖和吴倩倩却赌两人又在一起了。

刘欣晖郁闷地嚷嚷："颜晓晨，你让我好捉急，沈侯都和你分手了，你干吗帮他啊？"

吴倩倩笑了笑，什么话都没说，拿起课本继续看书。

颜晓晨看她们都已经洗漱完了，把头发挽起扎好，一手拿着脸盆和毛巾，一手提着热水壶，去卫生间洗漱。

正在洗脸，听到刘欣晖大声问："晓晨，你的经济法笔记在哪里？借我看一下！"

颜晓晨闭着眼睛，一边掬水冲去脸上的泡沫，一边说："在书包里。"

颜晓晨关了水龙头，用毛巾擦脸时，突然想到书包里还有宏观经济学的书和笔记，赶忙拉开卫生间的门。

已经迟了，刘欣晖站在颜晓晨的书桌旁，拿着宏观经济学的书，困惑地翻了翻，看到扉页上沈侯的名字，突然明白过来，得意地对着全宿舍晃了晃书，"你们看这是什么！晓晨，你还说你和沈侯是清白的同学关系？哼！我才不相信呢！沈侯的书怎么会在你书包里？"

魏彤想了一想，也反应过来，"沈侯这学期要补考宏观经济学？"

颜晓晨走出卫生间，一边放脸盆毛巾，一边装作很随意地说："他让我帮他押一下考点。"

刘欣晖惊叹，"这么厚一本书，你对他也太够意思了吧！"

颜晓晨从书包里翻出经济法笔记，递给刘欣晖。刘欣晖一手接过经济法笔记，一手把宏观经济学的书还给颜晓晨，颜晓晨立即塞回了书包。

魏彤以过来人的经验，语重心长地说："晓晨，沈侯不是值得你投资的项目，不会产生利润回报。"魏彤高中时就有了男朋友，高考后，两人一个进了名牌大学，一个进了三流大学，魏彤不顾父母反对，坚持和这男生在一起。为了照顾男生的自尊心，魏彤各种小鸟依人、千依百顺，大二时，男生劈腿同校的系花，这还不算最糟糕的，最糟糕的是魏彤竟然发现男朋友在 QQ 聊天里嫌弃她在床上动作太死板。

颜晓晨拿了洗脚盆接凉水，"你们都想多了，只是朋友间帮忙而已！就要毕业了，以后能帮到他的机会也不多。等工作后，大家各奔东西，很难再见面，趁着还有机会，能帮一点是一点。"

吴倩倩好笑地问："既然你的好不能把他留在你的身边，干吗还要对他好？"

　　颜晓晨反问："对一个人好一定要他回报吗？"

　　吴倩倩犀利地说："一个人，尤其是一个女人，首先爱的应该是自己！自己都不拿自己当回事，也别指望别人把你当回事！张爱玲那一套为爱卑微到尘埃里，还自以为能开出花的做法，根本不现实！你看看她一生的悲剧就知道了！"

　　魏彤点头，感慨地说："就算要对一个人好，也要先选对人！这世上渣男很多，一定要带眼识人！"

　　所有关于沈侯的事，颜晓晨只想藏在自己心里，她笑了笑，什么都没再说。

　　刘欣晖突然觉得有点心酸，再没兴致打趣颜晓晨，"晓晨，如果不能两情相悦，千万记住，找个爱你的男人，而不要找一个你爱的男人！"

　　颜晓晨端着洗脚盆走到凳子旁，加好热水，坐下洗脚，正好此时，宿舍熄灯了，几人不再讨论爱情中值得不值得的问题。

❧❧❧❦❧❧❧

　　颜晓晨的选修课学分已经全部修满，这学期只有两门专业课，自己的考试一切顺利，帮沈侯考的宏观经济学也很顺利，阶梯大教室里坐了一百多个人，还有几十个人因为来得晚，阶梯大教室里坐不下，被安排到了另一个小教室。

　　教授和助教根本记不住那么多面孔，同学彼此间也稀里糊涂，颜晓晨坐在个不起眼的角落里，埋头做卷子。

　　卷子答完后，却不敢交，一直等到考试结束，助教收卷子时，她把卷子递给旁边的同学，旁边的同学连着自己的卷子一起递给旁边的同学，就这样同学传同学，好几张卷子一起传到了助教手里。

　　颜晓晨低着头，随着人流，迅速地溜出了教室。等到教学楼外，她轻轻吐出一口气，觉得心口的一块大石终于落了地。

拿出手机，正在给沈侯发短信，突然，有人在她肩头拍了下，"你怎么在这里？"

颜晓晨被吓得差点跳起来，"欣、欣晖！"

刘欣晖困惑地看看教学楼，"你在里面上自习？今天不是因为考试多，教室全被占了吗？"

"我……我不是上自习，我是去找老师问了几个问题。"

"不愧是好学生！我现在看书，觉得整本书都是问题！"刘欣晖笑做了个鬼脸，没再多想，亲热地挽住颜晓晨的胳膊，"一起去食堂吃饭？"

"好！"

颜晓晨一边走，一边给沈侯发了条短信，报平安，顺便告诉他，她和欣晖一起吃饭，不用在食堂等她了。

下午时，沈侯到自习室来找她，两人一起复习经济法。

第二天早上考试时，他们真一前一后坐了，颜晓晨也不知道沈侯到底抄到了多少，反正问他，他说应该能考七八十分吧。颜晓晨算算，期中考试占总成绩的百分之三十，平时作业占百分之二十，期末考试占百分之五十，作业她一直有帮他，应该能拿满分，期末考试拿个七八十，沈侯及格应该没问题了。

两周的期末考试周，在复习和考试中，一晃而过。大四上半学期结束，寒假正式开始。

寒假不同于暑假，暑假有不少同学会留在学校，托福班、GRE班、考研班、打工……学校依旧热热闹闹。可寒假天寒地冻，干什么都不合适，中间又有个举国欢庆、全家团聚的春节，同学们都急匆匆地往家赶。

很快，宿舍里其他三个女孩就都走了，楼道里也渐渐空了。

沈侯和颜晓晨的家乡距离上海不远，有火车、有大巴，交通很方便，不用太担心春运的问题。

沈侯走前，来问颜晓晨："你车票订了吗？什么时候回家？"本来他想着两人一起走，大不了他绕一下路，先送她回家，权当去旅游。两人一起上自习备考时，他问过她好几次回家的时间安排，可颜晓晨总是说考完试再说，结果他爸妈看他老不买车票，直接打发了人来接他回家。

颜晓晨说："再过一两周就回去。"

"你怎么那么晚回去？留在学校干什么？"

"还能干什么？打工赚钱啊！"

"财迷！"

颜晓晨笑笑，没有反驳沈侯的话。

沈侯忍不住问："颜晓晨，你家该不会是靠你养家吧？你年年拿最高奖学金，可以说学费住宿费全免了，你在酒吧打工，每月应该有一两千块，你又那么节省，根本花不了多少钱……"

颜晓晨用半开玩笑的话打断了沈侯的询问，"我如何花钱、赚钱是我的事，就不劳您关心了！"

"你以为我想关心吗？随口问问而已！"对颜晓晨把他当外人的态度，沈侯很受伤，却不愿承认，只能嘴硬地表示根本不在乎。

❧◦❧

沈侯憋着一肚子气走了。

等回到家，开着暖气，吃着零食，躺在沙发上打游戏，想起颜晓晨一个人孤零零留在宿舍，宿舍里可没有暖气，他的气又渐渐消了。想知道她的消息，又拉不下面子，偏偏颜晓晨也不联系他，让他恨得牙痒痒，向他表白的是她，可清清淡淡，全不在意的也是她！

正和自己的面子较劲，幸好期末考试成绩下来了，给了沈侯一个顺理成章的理由去联系颜晓晨。

沈侯在学校的官网上查完成绩，给颜晓晨发了短信，"宏观经济学82，经济法68，全部通过，可以顺利毕业了！谢了！"

他一边等颜晓晨的回复，一边在网上乱逛，无意中看到一条抢劫案的新闻，记者最后还提醒旅客春运期间注意安全，沈侯忙又给颜晓晨发了条短信："春节前是抢劫案高发期，注意安全，有什么事给我打电话！"等发送出去，觉得自己气势太弱，赶忙追加了一条，"你这次帮了我大忙，还没收我的钱，我算是欠了你一份人情，有什么事用得上我，尽管开口！"

沈侯一会儿瞅一眼手机，眼巴巴地等着回复，可颜晓晨一直没有回复，沈侯都要等得发火时，颜晓晨的短信终于姗姗而来，一连两条短信。

"过了就好！"

"好的，我会记得连本带利都收回。"

沈侯急匆匆地发短信质问："你为什么这么久才回我短信？"写完了，一琢磨，不对啊！这样发过去不就表明他一直守着手机在等她的短信吗？他立即把短信删除了，决定也要像颜晓晨一样，晾晾对方！

他去喝了点水，又站在窗户边欣赏了会儿风景，感觉上等了好久了，一看时间，才过去五分钟，显然不够"晾晾对方"的标准。沈侯在屋子里转了几圈，实在没事干，开始收拾衣服，翻箱倒柜，把衣服整理好，看看时间，才过去了十几分钟，觉得还是不够"晾晾对方"的标准；他又跑到厨房，东摸摸西看看，甚至拿了个菠萝，削皮挖洞，切好后，端去给保姆阿姨吃，把阿姨惊得两眼发直地看他。

沈侯虽然鬼心眼不少，可做事向来直来直去，平生第一次因为一个人，竟然上也不是、下也不是，他觉得这哪里是"晾晾"颜晓晨，根本就是他自己"晾晾"自己。

虽然还是没达到自己设定的目标，但沈侯再憋不住，冲进了屋子，给颜晓晨发短信，"你最近在干什么？"

这一次，颜晓晨的短信立即到了，"财迷当然是忙着赚钱了！"

沈侯感觉好了一点，故意先回复了几条别人的微信，才慢条斯理地发了条短信，"你找了个白天的工作？"

颜晓晨的短信又是立即到："是啊！"

沈侯笑起来，几日的不舒坦全部烟消云散，"财迷可要明白身体健康是最宝贵的财富，注意身体！"

"活很轻松，就是发发文件，我身体很好！"

沈侯咧着嘴笑骂了句"财迷"，心满意足地放下了手机。

❦

此时，财迷颜晓晨正站在街头，忙着赚钱。

她依旧晚上去蓝月酒吧打工，只是周围的学校都放了假，酒吧的生意也受到影响，冷清了不少，相应地，侍者的收入也少了。

临近春节，打短工的工作很不好找，颜晓晨找了一份发小广告的工作，每天十二点到下午五点，站在街道最繁华的地方发广告。

寒风中，颜晓晨给沈侯发完短信，把手机塞回口袋里，立即接着干活。每看见一个人，就赶紧把广告塞给人家，动作一定要快。她穿着厚厚的羽绒服，戴着沈侯送她的帽子和围巾，尽可能让自己保暖，可戴着手套就会干活不方便，所以没有办法戴手套。

来来往往的行人中，颜晓晨眼角余光瞥到一个人走近她，忙把广告递了过去，对方拿住了，却没有不耐烦地走开，而是站定在她身旁。颜晓晨扭头，看是程致远，咧着嘴笑起来，惊喜地说："我还纳闷这人怎么不走呢？原来是你！"

程致远没有说话，定定地看着她，视线缓缓从她的脸上扫到她的手上，定格住了。

颜晓晨因为小时候手上就生过冻疮，一旦冻着就很容易复发，这几天一直站在寒风中，手上又开始长冻疮，两只手看上去有点肿胀，又红又紫，很是难看。颜晓晨不好意思地笑笑，"老毛病了，搽了冻疮膏也没什么用。"

程致远忙把视线移开，"你……你白天都在做这个？"

"是啊！"

"为什么不找家公司做实习生？应该会有很多公司欢迎你们学校的学生！"

"就寒假这一两周，没有公司会有这么短期的实习工作了。"颜晓晨一边说话，一边还逮着机会把几份广告递了出去。

程致远突然把她手里的传单抢了过去，"我帮你发！"他压根儿不会判断哪些人有可能接广告，动作也很笨拙，但胜在衣冠楚楚、风度翩翩，几乎没有人舍得拒绝他，还有不少小姑娘远远看到他，特意过来，从他身边走过，拿一份广告，听他说一声"谢谢"。

颜晓晨愣愣地看着他。

一沓广告不一会儿就发完了，程致远说："发完了！你可以下班了吧？"

颜晓晨拍拍背上的双肩包，笑起来，"里面还有满满一包呢！不过，还是多谢你啊！你刚才吓了我一跳！"

程致远愣了一下，忙道歉："不好意思，我以为就剩这么点了，想着这么冷的天，赶紧帮你做完，就算完事了。"

这人看似温和，实际也是个雷厉风行的主儿。颜晓晨释然了，"没事，没事！你是好心帮我！我穿得很厚，冻不着！"她打开包，又拿出一沓广告，一边发广告，一边问："你来这边办事吗？"

程致远说："约了朋友在附近喝咖啡谈点事，没想到看到你，就过来打个招呼。"

颜晓晨看程致远没有说走，怕他是不好意思，善意地催促："我还得继续工作，你赶紧去见朋友吧，别被我害得迟到了。"

"那你忙吧，我先走了！"

颜晓晨挥挥手，笑眯眯地说："再见！"

发广告这活，看似很容易，只是薄薄一页纸，递给对方，好像并不碍他什么事，他随手接了就可以随手扔了，可很多人走过路过，就是不愿要。

这段时间颜晓晨深深体会到这点，有时候过了五点还没发完，为了不被扣钱，只能再在寒风里多站一段时间，熬到广告发完。可寒冷这东西，和边际效益递减的经济学原理截然相反，它是边际效益递增，刚开始的一两个小时并不算难挨，甚至不觉得有多冷；中间一两个小时，即使穿着羽绒服，也开始觉得身子冷、腿发凉，这时候靠着保温杯里的热水，也能混过去；可后面一两个小时，热水就算没喝完，也变凉了，这时不仅身子冷，连胃和肺里都觉得冷，似乎每吸一口气，都把寒冷带进了五脏六腑。

今天显然又是不够运气的一天，五点时，颜晓晨仍没有发完广告。天色已经黑沉，气温越来越低，大街上行人的脚步越来越快，愿意接广告的人也越来越少，有的人不知道在哪里受了气，被颜晓晨挡住路时，甚至会嫌恶地呵斥一句"滚开"！再做心理安慰，被人呵斥了"滚开"，颜晓晨也会有点难受，但难受完了，依旧要带着微笑发广告。

街道拐角处的咖啡店，程致远独自一人坐在窗户旁的座位上，喝着咖啡。事情早已经谈完，他的朋友四点半就走了，他却一直坐在这里，静静地看着远处的颜晓晨——

颜晓晨趁着一沓广告发完的间隙，从书包里拿出保温杯，打开喝了一口，却发现已经冰冷，龇牙咧嘴地咽下冰冷的水，赶紧又把保温杯塞回书包。她一边发着传单，一边时不时眼馋地觑一眼旁边饮料店里热乎乎的饮料。这种不设座位、店面狭窄的街头小店的饮料应该没有多贵，便宜的大概四五块就能买到，她一直看着，却一直没舍得买。

派发小广告绝不是一个受人尊重的工作，大部分人即使不愿意要，也只是冷漠地走开，个别人却会嫌恶地恶语相向，颜晓晨应该也不好受，但她总能一个转眼，就像什么事都没有发生过一样，带着笑容，把小广告递出去，希望对方能够收下。

熬到快六点时，颜晓晨终于发完了广告，她跑到街道另一头发广告的小领工那里领了钱，隔得远，程致远看不太清楚，像是六七十，反正绝对没有一百。

她背着书包，准备赶去酒吧上班，走过一家家蛋糕店、咖啡店、服装店、快餐店……她看都没看，旁若无人地大步走着，突然，她停住了步子。程致远有点惊慌，以为她发现了他，可是，立即就发现不是，她走到了街道边。那里有两个乞丐，自从程致远下午走进咖啡店，他们就在那个地方乞讨。一个看着是残疾，两条小腿萎缩了，一个却不知道什么原因，头低垂着，跪在地上，地上用粉笔写着字。因为他们安静得像两尊雕塑，也因为太多关于假乞丐的网络流言，脚步匆匆的行人很少理会他们。

　　颜晓晨看了他们一瞬，在兜里摸了摸，走到残疾的乞丐面前，弯下身子放了一张钱，又走到另一个一直跪在地上的乞丐面前，弯下身子放了一张钱。然后，她后退了几步，转过身匆匆地走入了人流，消失在程致远的视线中。

　　程致远招手叫侍者结账，他走出咖啡馆，经过两个乞丐时，下意识地扫了一眼，那个残疾的乞丐已经把钱收了起来，另一个趴跪在地上的乞丐还没有动他面前破鞋盒里的钱，零星的硬币中只有一张纸币，五块钱。

　　程致远停住了脚步。

　　两个和颜晓晨年纪差不多的女孩一手拿着购物袋，一手端着热饮，从他和乞丐间走过，程致远的视线从她们手中的热饮上掠过，盯向鞋盒子。他走到了乞丐面前，弯下身，从鞋盒里捡起了五块钱，不仅旁边的乞丐震惊地瞪着他，连一直垂头跪在地上的乞丐也惊讶地抬起了头，敢怒不敢言地看着他。

　　程致远拿出钱包，把五块钱放进了自己的钱包，残疾的乞丐刚愤怒地叫了一声，他又抽出一张五十块，放进了鞋盒，"这五块钱，我买了。谢谢！"

　　他装好钱包，脚步迅疾，匆匆离去，经过另一个残疾的乞丐身旁时，放下了一张十块钱。

❧❧❧

　　晚上八点多，颜晓晨正蹲在柜子前摆放杯子，听到 William 怪腔怪调地叫她，她直起身，看到程致远站在酒吧门口。

　　颜晓晨请假考试的那两周，听说他来了酒吧一两次，不过等颜晓晨考完，再来上班时，反倒没再见到他来酒吧。

　　好久不见他，大家都挺高兴，正好客人也不多，每个人都笑着和他打了个招呼。颜晓晨快步迎过去，闻到他身上的酒味，有点诧异，已经喝过酒，怎么还来喝酒？

　　程致远把一个小纸袋递给她，"今天不是来喝酒的，刚和朋友吃过饭，回家的路上，顺道过来一趟，给你送点东西。"

虽然他们是站在门廊处低声说话，可架不住大家都竖着耳朵在偷听，也不知是谁"嗤"一声讥笑，颜晓晨一下子很尴尬。

程致远这才留意到，助理随手找来的小纸袋恰好是一款欧洲知名珠宝的袋子，颜晓晨不见得懂这些，可显然有不少人已经想歪了。他不疾不徐，微笑着对颜晓晨说："我看你手上长了冻疮，这病虽然不要人命，可又痛又痒，难受起来连觉都睡不好。正好我有一盒加拿大带回来的冻疮膏，就拿来给你。不是什么值钱的玩意儿，还是一盒已经用过的，更是一文不值，放在我那里也是过期浪费，你别嫌弃，拿去用用，看有没有效果。"程致远说着话打开纸袋，拿出一盒看上去半旧的药膏，对颜晓晨说了用法和忌讳。因为他坦荡的态度，让一帮偷听的人反倒有些讪讪的。

颜晓晨也心情放松了，这事利人不损己，换成她，她也会去做，她笑着接过冻疮膏，对程致远说："谢谢！"

"别客气，我走了！"程致远把纸袋扔进垃圾桶，朝 William、Mary 他们笑挥挥手，转身离开了，每个人的礼节都没落下，搞得 William 他们越发不好意思，都不知道该对颜晓晨说什么，只能装作很忙，谁都不提这事。

颜晓晨忍不住偷笑，总算明白程致远为什么三十出头就事业有成了，他看似温和，实际绵里藏针。

颜晓晨晚上回到宿舍，洗漱后，涂上了冻疮膏。还真管用，立即就不觉得痒了。

因为搽了药膏，不方便拿手机，颜晓晨趴在床上，用一指禅给程致远发短信，"已经用了冻疮膏，谢谢！"

程致远没有回复短信，也许在忙，也许看完觉得没有必要回复，颜晓晨也完全没在意。

客厅里，只开了壁灯，光线幽暗。程致远坐在沙发上，一手拿着酒杯，喝着酒，一手拿着手机，看着手机里的短信："已经用了冻疮膏，谢谢！"

程致远盯着短信看了一瞬，放下了手机。他从桌上拿起了从乞丐那里"买来"的五块钱，一边仔细看着，一边默默地把一满杯酒都灌了下去。

程致远有点醉了，身子不自禁地往下滑，他索性躺倒在沙发上，两手各拽着钱的一端，无意识地翻来覆去地把玩着，似乎要研究出它有什么地方与众不同。

颜晓晨有点记挂沈侯，不知道这会儿他在干什么，她慢慢地打了行字，"你在干什么？"可打完后，又觉得自己在打扰他，他的世界多姿多彩，她发这样的短信过去，如果他不回复，她失望难受，他若回复，又是难为他。

颜晓晨删掉了短信，把沈侯白天发给她的短信来来回回看了好几遍，慢慢地睡了过去。

沈侯和一帮高中死党约了出去唱歌，现在的人走到哪里都离不开手机，有人一边唱歌，一边刷微博和微信。

沈侯也时不时拿出手机玩，微博的图标上有红色数字提示有新信息，微信的图标上也有红色数字，唯独短信那个图标，不管打开几次，都没有红色的数字出现。其实，现在已经很少有人通过短信联系，朋友之间都是发微信，不管是图片还是语音，都很方便，可偏偏那个死丫头用着破手机，没有办法安装微信，只能发短信。

沈侯的心情越来越差，但越发装作不在意，强逼着自己不再去碰手机，兴高采烈地吆喝着大家一起玩，喝得酩酊大醉，最后终于如己所愿，忘记了心情不好的原因。

⁂

颜晓晨站在街头，继续她的打短工生涯。

虽然迎着寒风，忙忙碌碌地发着广告，可心里总隐隐地期待着沈侯能像昨天一样，突然就给她发条短信。

喧闹的大街上，很容易听不到短信的提示音，昨天她就没听到，后来查看时间时，才发现有未读短信。她把手机调成振动，装在羽绒服的兜里，这样就可以第一时间知道，可她仍旧抽着空，时不时把手机拿出来看一眼，生怕错过了沈侯的短信。

只可惜，每一次都是真的没有他的短信，而不是错过了。

此时，沈侯也在重复着和颜晓晨相同的动作，一边坐在电脑前，打着游戏，一边时不时拿起手机看一眼，明明手机就放在电脑旁，有短信他肯定能听到，可他就是怕自己没听到。往常他一玩起游戏，就会什么都忘记了，现在却总是心不在焉，忍不住地一次又一次地查看手机。沈侯都想骂自己一句：犯贱！

昨天是他主动联系她的，她的回复还姗姗来迟，今天无论如何，再忍不住也得忍！如果她真在乎他，总会给他发个消息吧？

可惜，等来等去，都没有等到颜晓晨的短信，正好狐朋狗友打电话来问他要不要打牌，沈侯决定必须用另一件事来忘记这件事，啪一声关了电脑，穿上外套，拿起车钥匙和钱包，冲下了楼。

颜晓晨在期盼等待中，忐忑不安地过了几个小时，觉得不能再这么下去，开始给自己心理催眠，让自己不要再期待。没有期待，偶然得到时，会很惊喜，就像昨天一样，有了期待，却会被失望淹没到窒息。

转移对一件事注意力的方法就是用另一件事来吸引，颜晓晨努力把所有精力放到工作上，自己给自己设定了挑战目标——这个小时发了五十张广告，好！下一个小时，挑战六十张！

她原地跳了几下，让身子变得更暖和一些，一边发广告，一边对自己说：加油！颜晓晨！加油！你行的，你一定能做到！加油！加油……

李司机缓缓把车停在了路边，笑呵呵地说："程总，到了。别忘记您刚买的热饮！"

"谢谢！"程致远提着两杯热饮下了车，却迟迟没有往前走，只是站在了车边，隔着汹涌的人潮，遥望着远处那个走来走去、蹦蹦跳跳地发着广告传单的人。

好一会儿后，程致远依旧定定站在那里，既不像是要离开，也不像是要上车。薄暮昏暝中，他静默地伫立在寒风中，眉头微蹙，凝望着远处，好似陷入了一个难以抉择的困境中。李司机心里直犯嘀咕，也不知道该走该留，这里不能停车，往常都是程致远下车后，他就开车离开，等程致远要走时，提前给他电话，他过来接他。

一个穿着工作制服的人走了过来，吆喝着说："这里不能停车！"

程致远好似终于回过神来，面上带着惯常的笑意，抱歉地说："不好意思，马上就走。"他提着原封未动的两杯热饮，转身上了车，对李司机说："回家吧！"

春节前三天，酒吧老板来发了红包，蓝月酒吧歇业放假。发广告的工作也停了，颜晓晨算是彻底闲了下来。

给妈妈转了一千块后，账户里还剩两千多块钱，她觉得这段时间没有白干。

整栋宿舍楼的人几乎都走了，颜晓晨却还是没有去买车票。春节期间，学校的所有教职工都放假，宿舍封楼，她知道自己必须要离开，可是总忍不住一拖再拖。

大年二十九那天，一周没有联系的沈侯突然发来了短信："这段时间太忙，把你给完全忘记了，突然想起应该问候一下你，应该已经到家了吧？忙着逍遥什么？"

字里行间流露着沈侯一贯的漫不经心，颜晓晨不知道该如何回复这条短信。她拿着手机，缩坐在冰冷的宿舍里，呆呆地看着窗外。不知道是因为空气污染，还是真的云层太厚，看不到太阳，天空阴沉沉的，大白天却有一种薄暮昏暝时分的灰暗，让人如同置身于绝望的世界末日片中。

也不知道过了多久，手机突然响了，颜晓晨看到来电显示上的"沈侯"，忽然就觉得一切都变得有了色彩。

她刚接通电话，沈侯的声音就劈头盖脸地砸了过来，压根儿没有给她说话的机会，"颜晓晨，你看到我的短信了吗？"

沈侯的声音很是火暴，颜晓晨以为是因为她回复短信不及时，小心翼翼地说："看到了！"

"为什么不回复我？"

"我……我正好在忙别的事，就没来得及回复。"

"你在忙什么？"

"也没忙什么，就是……一些杂事了。"

沈侯呵呵笑着问："什么杂事让你连回复短信的时间都没有？"

颜晓晨觉得他的笑声有点阴森森的，"沈侯，你生气了吗？"

"怎么可能？我给你发完短信就去打牌了，打了几圈牌才发现你没回复我，随便打个电话问候一下。"

颜晓晨也觉得自己想多了，不管是为一个人高兴还是生气，都是因为很关心。她怕沈侯问她在家里干什么，急匆匆地说："谢谢问候，我还有事要做，就不和你多聊了，你好好享受寒假吧！"

没等她说再见，沈侯就笑着说："我当然会好好享受假期了！朋友催我去打牌，再……"见字的音还没落，他就挂了电话。

"再见……"颜晓晨对着手机里的呜呜音，轻轻说。

声称正忙着和狐朋狗友打牌的沈侯气得一下子把手机扔到了床上，人也直挺挺倒在了床上，卧室里静悄悄，只有他一人，气恼地盯着天花板。

颜晓晨发了会儿呆，想不出该干什么，从倩倩的书架上找了本财经杂志看起来。很是枯燥的东西，她也没有真正看进去，不过总算有件事做。

直到天色黑透，颜晓晨才惊觉她竟然在宿舍里待了一天，忘记吃饭了。并不觉得饿，可她一直觉得吃饭是一种仪式，通过一日三餐规范着作息，延续着生命。她拿上饭卡，决定去食堂随便吃点，可走到食堂，发现门竟然关着。明天就除夕了，学校的食堂已经全部放假。她只能去商店，想买点方便面、饼干，发现连商店也全都关门了。

颜晓晨回到宿舍，看门的阿姨正在做最后的检查，看门窗是不是都锁好了，冷不丁看到她，吓了一跳，惊诧地问："你怎么还没走？"语气很是不悦，显然颜晓晨的滞留给她添了麻烦，否则她就可以直接锁楼门回家，安心过节了。

颜晓晨赔着笑说："明天就走。"

阿姨带着警告问："明天早上走？"

"对，明天早上！"

"走之前，检查门窗，都关好。"阿姨很不高兴地走了。

颜晓晨开始收拾行李，一件外套、几件换洗衣服、几本书，东西不多，但她故意慢悠悠地做，每件衣服都叠成平整的豆腐块放进衣箱。收拾好行李，洗漱完，她准备睡觉，从卫生间出来时，突然觉得有点饿。

颜晓晨想找点吃的，却什么都没找到，魏彤她们在时，宿舍里总会有饼干、话梅、牛肉干一类的存货，可她们走后，宿舍真是什么都没有了。

颜晓晨想想，反正明天要早起去买票，索性现在就睡觉，一觉起来，就该吃早饭了。

她爬上床，翻来覆去总睡不着，不知道看门的阿姨是回去了，还是在下面的传达室，想着整栋宿舍楼里也许只有她一个住，以前看的一些恐怖片画面浮上心头，也想起了陪她一起看恐怖片的人，不觉得害怕，只觉得难过。

❧

清晨，颜晓晨在饥饿中醒了。

她快速地洗漱完，带着行李，离开了宿舍。

本打算在路边小摊买点豆浆包子做早饭，可平时到处都能看到的早点摊全没了，路边的小商铺也全关门了。颜晓晨苦笑，真是失算，做这些小生意的人都是外乡人，漂泊在外打工一年，不就是为了这几天能回家团聚吗？

买不到早点，颜晓晨只能忍着饥饿出发了。

她先去学校附近的一个售票点买火车票。不管颜晓晨问哪个班次的车，胖胖的售票大婶都面无表情，冷冰冰扔两个字，"没有！"

颜晓晨嘀咕，"有不少车啊，怎么一张票都没有了？"

大婶斜眼看她，不客气地说："你不看新闻的吗？现在什么时候？一票难求的春运！你早点干吗去了？居然年三十跑来买票！"

颜晓晨乖乖听完训，笑着说："不好意思，麻烦你了！"拖着行李要走。

胖大婶看小姑娘的态度挺好，心又软了，"赶快去长途汽车站，也许还能买到大巴的票！"

"谢谢！"颜晓晨回头笑笑，去马路对面的公车站等公车。

到了闹哄哄的汽车站，倒是有卖早点的摊位，可她一看售票窗前排队的队伍，顾不上祭自己的五脏庙了，先赶紧去排队买票。

汽车站里熙来攘往，有人神情麻木、拖着大包小包；有人面容疲惫、蹲在地上吃方便面；还有人蓬头垢面、缩在地上睡觉，体臭味和方便面味混在一起，还有一股隐隐的尿臊味。

颜晓晨知道这些地方最乱，她想着拉杆箱里没什么值钱东西，就是书和衣服，但背上的双肩包里可是有现金、有卡，她为了安全，把包背在胸前，一手拖着行李箱，一手护在包上。

排了一个小时队，终于排到了售票窗前，可售票员依旧是面无表情，给了她冰冷的两个字："没有！"

颜晓晨已经考虑到有这个可能，也想好了对策，没有直达的巴士，那就先买一张到附近城市的票，到那边后，再转一次车。她正要开口询问，队伍后面恰好有一对夫妻和她去一样的地方，排队排得肝火上升，听到这个消息，一下子就炸了，怒吼着质问售票员："没有票你们不能早点通知吗？排了一个多小时队，你说没有？"

对这种情况，售票员司空见惯，权当没听见，面无表情，直接高声说："下一个！"

"你什么态度？"那对夫妻越发生气，不肯离开，大吵大嚷着要和售票员理论。

别的人却没心情关心他们的失望和愤怒，心急着买票回家，往窗口挤，队伍一下就乱了。颜晓晨被挤得差点摔倒，她赶忙往外让。

幸亏春运期间，汽车站应付这样的事早有经验。维护治安的警察立即赶了过来，在制服和警徽的威慑下，人群很快安静了下来。

颜晓晨早已被挤到了队伍外，刚才的混乱时间不长，但她已被踩了好几脚，当时她什么都顾不上，只有保护自己的本能，努力往外挤。

这会儿安全了，她才发现背在胸前的双肩包的一条肩带被割断了，包上也被划开了一条口子，她吓坏了，立即拉开包，发现现金和银行卡都没有了。

她不敢相信，把所有东西拉出来翻了一遍，真的没了！幸好她一直没舍得买钱包，东西都是零零散散地装在包里或者兜里，身份证没有丢。

颜晓晨知道肯定是刚才人挤人时，有人趁乱下手，可排在她后面买票的人，已经都不见了。

颜晓晨跑过去找警察，"我被偷了！"

因为长时间值勤而面色疲惫的警察立即打起精神，关切地问："丢了多少钱？"

"四百多块。"一百多块是用来买车票，剩下的是零花钱。

警察一听金额，神情松弛了，"还丢了什么？"

"一张银行卡，还有学生证。"

警察听见她是学生，知道四百多块就是大半个月的生活费，同情却无奈地说："汽车站人流量很大，除非当场抓住，钱找回来的可能很小，人没事就好，你赶紧去把重要的卡挂失了！"

颜晓晨只是下意识地要找警察，其实她也很清楚不可能把钱找回来。

警察问："你手机丢了吗？需要我们帮忙打电话通知你亲友吗？"

颜晓晨被提醒了，忙去羽绒服的袋子里掏，诺基亚的旧手机仍在，还有二十来块零钱。幸亏羽绒服的袋子深，她又瘦，里面装了手机也没人看出来。颜晓晨对警察说，"谢谢您了，我的手机还在。"

"那就好！"警察叮嘱了颜晓晨几句以后注意安全，就让她离开了。

颜晓晨先给银行客服打电话，把银行卡挂失了。

她拖着行李，单肩挎着包，沮丧地走出了汽车站。

站在寒风中，看着背包上整齐的割痕，沮丧渐渐消失，她开始觉得后怕。那么厚的肩带都被一刀划断，可见刀的锋利，真不知道那些小偷是怎么做到的，一个闪失，她就会受伤，真被一刀捅死了，倒也一百了，怕就怕死不了、活受罪。手机突然响了，她看了眼来电显示，是"程致远"，这会儿她实在没心情和人聊天，把手机塞回兜里，任由它去响。

她站在路边，呆呆看着车辆来来往往，好一会儿后，心情才慢慢平复。

银行卡丢了，里面的钱没办法立即取出来，宿舍已经封楼，身上只剩下二十多块钱，显然，唯一能做的事就是打电话求助，可是能向谁求助呢？

虽然在这个城市已经生活了快四年，但除了校园，这座城市对她而言依旧很陌生。同学的名字从她心头一一掠过，唯一能求助的人就是沈侯，可是沈侯在老家，远水解不了近渴，何况她该如何向沈侯解释现在的情形？但不向他求助，她今天晚上连栖身之地都没有。

在走投无路的现实前，她犹豫了一会儿，只能选择向沈侯求助，不管怎么说，他朋友多，也许有办法。

她掏出手机，打算给沈侯电话，却发现除了一个未接来电，还有三条未读短信，竟然都是"程致远"。

第一条短信是早上九点多，"你回家了吗？"

第二条短信是早上十点多，"在忙什么？"

第三条是下午一点多，也就是十几分钟前，"给你发短信，没人回，给你打电话，也没人接。有点担心，方便时，请给我回条短信。"

也许人在落魄时格外脆弱，颜晓晨看着这三条短信，竟然鼻子有点发酸，她正犹豫究竟是该先打电话向沈侯求助，还是先给程致远打个电话，手机又响了，来电显示是"程致远"，倒是省去了她做选择。

颜晓晨接了电话，"喂？"

程致远明显松了口气，"太好了，终于联系到你了，再找不到你，我都要报警了。"

有人关心惦记自己的感觉十分好，颜晓晨心头一暖，很内疚刚才自己不接电话的行为，声音格外轻软，"我没事，让你担心了。"

程致远笑着说："不好意思，人年纪大了，阴暗的社会新闻看得太多，容易胡思乱想，你别介意！"

"不……谢谢你！真的谢谢你！"

程致远听她的声音不太对，问："你在哪里？我怎么听到那么多车的声音？"

"我在长途汽车站。"

"上海的？"

"嗯。"

"你买到回家的车票了吗？"

"没有。"

"你找个暖和安全的地方待着，我立即过来。"

颜晓晨刚想说话，程致远急促地说："我这边有司机、有车，过去很方便。你要是觉得欠了我人情，就好好记住，以后我有事求你时，你帮忙……"

颜晓晨打断了他的话，"我是想说'好'！"

"嗯？哦……你说好？"程致远一下子变成了结巴，"那、那……就好！"

颜晓晨被逗笑了，程致远恢复了正常，"我很快到。"

虽然兜里还剩二十来块钱，可这个时间，汽车站附近的食物都很贵，颜晓晨买了杯热饮和面包就把钱几乎全花光了。

颜晓晨吃完面包，越发觉得饿，可没钱了，只得忍着。

等了三十来分钟，程致远打电话告诉她，他快到了。

看到那辆熟悉的黑色奔驰车时，颜晓晨松了口气，终于不必在大年除夕夜，饥寒交迫地流落上海街头了。

司机帮颜晓晨把行李放到后备厢，颜晓晨钻进车子。程致远看到颜晓晨的样子，立即猜到发生了什么，"你被抢了？"

"不是被抢，是被偷。我都完全不知道是谁干的。"

程致远拿过背包，仔细翻看了一下，庆幸地说："破财免灾，只要人没事就好，下次别一个人来这种地方。"

颜晓晨说："其实现金没丢多少，可银行卡丢了，我现在连买包方便面的钱都不够，你……你能不能借我点钱？"虽然知道那点钱对程致远不算什么，可还是很不好意思。

"当然可以。"

"还有件事……想麻烦你……"颜晓晨迟疑着该如何措辞，她的肚子已经迫不及待了，咕咕地叫了起来。

程致远问："你是不是没吃中饭？"

颜晓晨红着脸说："昨天一天没吃饭，今天只吃了块面包，你车上有吃的吗？"

程致远四处翻了一下，"没有！老李，这附近有什么餐馆？"

李司机说："今天是除夕，营业的餐馆不多，而且这个点，过了中饭点，还没到晚饭点，也没饭吃。"

颜晓晨忙说："不麻烦了，随便买点面包饼干就行。"

李司机说："大年三十，卖面包蛋糕的店也不开！"

程致远对颜晓晨建议："不如去我家吧！"

已经又麻烦了人家接，又向人家借了钱，再客气可就矫情了，颜晓晨爽快地说："好！"

程致远的房子在一个高档住宅小区，复式公寓，面积不算很大，但装修十分精致，大概因为有地暖，屋子里很暖和，一点没有冬天的感觉。

这是颜晓晨在现实生活中看到过的最好的房间，刚走进去时，有点局促，但程致远把卫生间指给她后，就离开了。没有他在旁边，颜晓晨的那点局促很快就消失不见。她去卫生间洗手，才发现镜子里的自己有多狼狈，难怪程致远一眼就判定她被抢了。颜晓晨洗了把脸，又梳了头，把松了的马尾重新扎好，整个人看上去总算不像是"受害者"了。

程致远匆匆走进厨房，把两个炉子都开大火，一个煮馄饨，一个做汤，用红色的虾皮、金黄的蛋皮、绿色的小葱、黑色的紫菜做了汤底，等馄饨起锅后，再调入酱油、香醋、芝麻油。

颜晓晨走出卫生间时，程致远的馄饨也做好了，他用一个日式的蓝色海碗装好，端了出来，"可以吃了。"

颜晓晨本以为会是几块面包，没想到餐桌上放了一碗色香味俱全的馄饨，她连话都顾不上说，直接埋头苦吃，等吃得半饱时，才对程致远说："你太厉害了！怎么能短短时间内就变出一碗荠菜馄饨？"

"速冻馄饨，十来分钟肯定就煮好了啊！"

"这馄饨真好吃，是什么牌子？"

"是我请的阿姨自己包的，冻在冰箱里，让我偶尔晚上饿时，做个夜宵，调料也是她配好的，所以这碗馄饨我真是没出什么力，只是出了点钱。"

颜晓晨握了握拳头，笑眯眯地说："有钱真好！我要努力赚钱，争取以后冰箱里也随时可以有自制的荠菜馄饨吃！"

程致远被逗笑了，"如果就这点愿望，你肯定能如愿以偿！"

等颜晓晨吃饱了，程致远把碗筷收到厨房。

颜晓晨提议："你请我吃了馄饨，我来洗碗吧？"

"不用，用洗碗机，你去客厅坐坐，我一会儿就好了。"

颜晓晨压根儿没见过洗碗机长什么样，知道帮不上忙，也不在这里添乱了，乖乖地去客厅。

流落街头的危机解决了，也吃饱喝足了，颜晓晨开始思索下一步该怎么办。今天肯定来不及回家了，就算明天的车票不好买，后天的车票也肯定能买到，想回家总是能回的，可是回家并不是指回到某个屋子，而是指回到彼此想念的亲人身边。

会有人盼着和她团聚吗？

颜晓晨掏出手机，没有妈妈的短信、电话。

她想了想，给妈妈发短信："我一切平安，本来打算今天回家，但回去的车票没有买到，今天就赶不回去了，我明天再去买票。"

摁了发送，看着短信成功发送出去后，她放下了手机，一抬头，看见程致远站在不远处，默默地看着她。

颜晓晨笑问："你收拾完了？"

"嗯。"程致远走过来，坐在另一边的沙发上，"给你妈发短信？"

"你怎么知道？"

"大年除夕不能回家，肯定要给家里人一个说法。在汽车站时，你焦头烂额顾不上，这会儿事情解决了，一定会报个平安，省得她担心。"

自家事只有自家知，颜晓晨苦涩地笑了笑，问道："你怎么没回家过年？"

"公司有点事耽搁了。对了，我计划明天回老家，你和我一起走算了！"

"这……"颜晓晨迟疑。

"司机反正要送我回去，带上你，也不会多花油钱，从上海过去，正好先经过你家那边。我们一个市的老乡，路程完全一样，没必要我的车还有空位，却让你去坐大巴。"

颜晓晨觉得他的话很有道理，"那好吧！"

冬天天黑得早，颜晓晨看外面已经有点阴了，怕待会儿找旅馆不方便，决定告辞，她说："我想向你借两千块钱，最迟下个学期开学还，可以吗？"

程致远说："稍等一下。"他转身去了楼上，过了一会儿，拿着两千块钱下来，把钱递给颜晓晨。

"谢谢！"颜晓晨收好钱。

程致远问："你是不是打算待会儿去住旅馆？"

"对，我正想问问你家附近有什么旅馆推荐。"

"你要信得过我，今晚就把我这里当旅馆，我睡楼上，楼下的客房归你，我们一人一层，绝不会不方便，明天早上吃过早饭，我们就一起出发，还省得司机接来接去。"

他话都说到了这个份儿上，她能说信不过他吗？何况，她还真的是非常相信他！说老实话，经历了今天早上的事，她是真的有点怕，本打算宁可多花钱也要找个绝对安全的旅馆。颜晓晨笑着说："虱子多了不痒，债多了不愁，我也不在乎多欠你一份人情了，谢谢！"

程致远拿起颜晓晨的行李，带她到客房，"你先洗个热水澡，要累了，就先躺一下，我们晚饭可以晚点吃。"他把洗发液、沐浴露、吹风机、浴巾一一指给她，还特意演示了一遍如何调节水的冷热，莲蓬头的水打湿了他的衣服，他也没在意，反而提醒颜晓晨洗完澡后小心地滑。

他拿出防滑垫和地巾把浴室内外仔细铺好，颜晓晨站在门口，怔怔看着他。

程致远起身后，看到颜晓晨的目光，自嘲地说："是不是太啰唆了？"

颜晓晨摇摇头，"没有……只是……"

"什么？"

颜晓晨好像看着程致远，目光却没有焦距，不知落在了何处，"只是突然觉得，你将来一定会是个好父亲。"

程致远面色古怪，愣了一瞬后，苦笑着说："颜女士，你没必要时时刻刻提醒我，我的青春小鸟已经飞走了吧？"

颜晓晨笑吐吐舌头，"我错了！下次一定记得夸你会是个好情人！"

程致远笑摇摇头，"你洗澡吧！有事叫我。"他帮她关好门，离开了。

颜晓晨洗完热水澡，觉得有些累，想着稍微躺一下就起来，没想到竟然睡了过去。

她迷迷糊糊醒来时，只觉得床褥格外舒服，翻了个身，还想接着睡，可突然之间意识到她在哪里，立即清醒了。

她忙起来，摸出手机看了眼，八点多了。她穿好衣服，把床整理了一下，去卫生间，梳了下头发，看仪容整齐，拉开门走出了屋子。

客厅灯火明亮，电视开着，可是没有声音，程致远靠在沙发上，在看书，里面穿着蓝色的格子纹衬衣，外面披着一件乳白色的对襟羊毛开衫，他一手拿着书，一手无意地放在下巴上，表情严肃，再加上他的眼镜，让他看起来像是剑桥学院里的教授。

颜晓晨看他如此专注，不知道该不该走过去，停下了脚步。

程致远好像有点累了，抬起头，看着虚空沉思了一瞬，似乎想到了什么，放下了书，拿起钱包，从钱包里抽出一片东西，仔细看着。

颜晓晨定睛一看，发现是一张五块钱，程致远却像是在看什么十分特别的东西，一直在盯着看，眉头紧蹙，唇边带着一丝若有若无的笑。

颜晓晨微微咳嗽了一声，程致远立即抬头，看到她，神情有些异样。颜晓晨走过去，扫了眼他手里的钱，没有字，也没有标记，普普通通、半旧的五块钱，和世界上的其他五块钱没有任何区别。

程致远很快就恢复了正常，顺手把钱夹到书里，站了起来，"睡醒了？我还打算你再不起来就去叫你。"

颜晓晨不好意思地说："睡沉了。"

程致远问："饿吗？"

"不饿。"颜晓晨走到沙发旁坐下。

"我叫了点饭菜，不管饿不饿，都吃点。"程致远去餐厅，颜晓晨忙跟过去，想帮忙，程致远也没拒绝，对颜晓晨说："把饭菜拿去客厅，我们边看电视边吃。"

两人一起把餐盒在茶几上摆好，程致远又拿了几瓶果汁，倒也琳琅满目。

程致远拿起遥控器，取消了静音，春节晚会的声音霎时间充满了整个屋子，就好像一把火，一下子点燃了气氛，空气中有了过节的味道。

两人一人拿着一个碟子，一边吃菜，一边看电视，颜晓晨笑着说："虽然大家年年骂春节晚会难看，可年年都缺不了它。"

程致远拿起杯子和她碰了一下，"很高兴和你一起过年。"

颜晓晨喝了一口果汁，对程致远说："谢谢你收留我，让我不至于大年除夕夜饥寒交迫地流落街头。"

两人碰了下杯子，程致远用家乡话说："我也要谢谢你，让我不至于大年除夕夜一个人孤零零地过节。"

颜晓晨乐了，"是就你这样，还是你们这个年纪的人都这样？感觉特别体贴，特会照顾别人的面子，明明是你帮了我，说得好像还是我帮了你！"

程致远想了想说："我在你这个年纪时，的确不像现在这样，人总要经历过一些事，才会收起锋芒，懂得体谅别人。"

两人看着春节晚会，边吃边聊，不知不觉就十点多了。

程致远说："我去给爸妈打个电话拜年。"他拿起手机，走到餐厅去打电话，隔着玻璃门，听不到声音，只看到他站在窗户前，低声说着话。

颜晓晨拿起手机，犹豫了一会儿，拨通了妈妈的手机，一边听着手机铃声，一边把电视的声音调小。

手机响了很久，才有人接。

隔着手机，依旧能听到哗啦哗啦搓麻将的声音。颜晓晨叫了声"妈妈"，却没有回音，只听到一群人争吵出牌的声音。一会儿后，妈妈兴奋的声音传过来，"五饼，吃！"伴随着打麻将的声音，妈妈不耐烦地问："什么事？"

颜晓晨张了张嘴，还没说话，妈妈说："我正忙着！没事就赶紧挂电话，有打长途电话的钱，不如买包烟孝敬你老娘！"

她的话含糊不清，颜晓晨可以想象到，她肯定嘴里叼着烟，一手忙着打麻将，一手不乐意地拿着手机。

颜晓晨说："我就是想告诉你，我明天到家。"

"知道了！三条！"在啪一声麻将出牌的声音中，妈妈挂断了电话。

颜晓晨把手机紧紧抓在手里，下意识地抬头去看程致远，他依旧在餐厅里说着话，两人目光相撞，他隔着玻璃门，对她打了个手势，笑了笑，颜晓晨也勉强地笑了笑，把电视声音开大，继续看电视。可电视上究竟在演什么，她压根儿不知道。

手机的短信提示音突然响了，颜晓晨拿起手机，看到短信竟然来自程致远。

"愿所有不开心的事都随着旧的一年一去不返，愿所有好运都随着新的一年来到你身边，新年快乐！"她抬起头，程致远站在餐厅里，一手拿着手机，一手插在裤兜里，歪着头，静静看着她。

颜晓晨忍不住抿着嘴角笑起来，没想到他还有这么活泼的一面，她冲他晃晃手机，大声说："谢谢！"

程致远笑着拉开玻璃推拉门，走过来坐下，一边埋头发短信，一边说："我还得给同事朋友们发信息拜年。"

颜晓晨坐了一会儿，有点无聊，看看时间，刚过十一点，决定也给同学们拜个年。自从上大学后，颜晓晨很少主动干这事，都是别人给她发了短信，她礼貌地回复。写了几句祝福语，按了群发。不一会儿，就有回复的短信陆陆续续来了，手机一会儿响一声、一会儿响一声，倒是显得很欢乐，有的同学的短信，不必回复，有的同学的短信，还需要再回复，来来往往中，时间过得格外快，马上就要十二点。

几个主持人一起站在了舞台上，热情洋溢地说着话，等他们说完，就要开始倒计时了。

颜晓晨一直在等这一刻，像只兔子般噌一下跳起，"我去打个电话！"她一边按手机，一边快步走进餐厅，反手把玻璃门推上。

第一遍电话没有打通，颜晓晨毫不犹豫地按键重拨。

沈侯正在和一个死党通电话，对方说得很投入，他却郁郁寡欢、心不在焉。嘟嘟的提示音响起，提醒他有新的电话打来，他没在意，一边听着电话，一边玩着电脑。

堂弟沈林在院子里大叫，"猴哥，就要十二点了，你要不要放烟花？"

一群兄弟姐妹哈哈大笑，小时候大家一直叫沈侯"侯哥哥"，后来也不知哪个家伙看完《西游记》后决定改叫"猴哥"，一帮唯恐天下不乱的捣蛋鬼立即纷纷跟随，全部改口。刚开始沈侯还挺为这称呼得意，那可是有七十二般变化的齐天大圣，长大后，却着头疼这称呼，但后悔也已经晚了。

沈侯推开玻璃门，走到阳台上，倚着栏杆，居高临下地看着堂弟沈林，皮笑肉不笑地说："八戒，你自己玩吧，哥不和你争！"

兄弟姐妹们笑得更欢了，大堂姐沈周叫："火呢？准备好！一到十二点就点！"

一群年轻人热热闹闹地挤在一起，有人站在台阶上，有人站在屋檐下，有人拿着打火机蹲在烟花旁，一起随着电视上的主持人，大声地倒计时，"十、九、八……"

电话里的来电提示音又响起，沈侯拿着手机，漫不经心地听着死党的絮叨声，想着不知道颜晓晨这会儿在干什么，突然，他心有所动，都顾不上给死党打招呼，立即挂断，接听新打入的电话。

"……六、五、四……"

电话接通了，轻轻一声"喂"，跨越了空间，响在他耳畔，犹如世间最美妙的声音，让他的世界刹那明媚，心刹那柔软。

这一刻，他竟然失去了语言功能，也只能如她一般，"喂？"

"二、一……"嗷嗷的欢呼声猛地响起，漫天烟花在他头顶绽放。

她应该也听到了他这边的欢呼尖叫声，笑着说："新年快乐！你那边好热闹！"

几分钟前，沈侯还觉得过节很无趣，一帮兄弟姐妹折腾着放烟花很无聊，可这一刻，他才发现，原来冥冥中一切都有意义，所有无趣、无聊的事只是让整个世界都在这一瞬为他璀璨绽放。

他仰头看着漫天缤纷的烟花，笑着说："我有一个大伯、两个叔叔、一个姑姑，还有两个姨妈，一个舅舅，他们都在我家过年，你说能不热闹吗？你等一下。"他把手机调成相机模式，对着天空，快速地拍了几张照片，可惜颜晓晨的手机没办法接收图片，否则，她就能和他分享这一刻，绚烂的天空就是他此际的心情。不过，以后给她看也是一样的。

沈侯拍完照后问："他们在放烟花，很好看。你家放烟花了吗？"

颜晓晨看向窗外，城市的灯火璀璨、霓虹闪烁，但没有人放烟花。她含含糊糊地说："没有留意。"迅速转移了话题，"你看春节晚会了吗？"

"没怎么看，就路过客厅时扫了几眼，你看了？"

"嗯！"

沈侯笑，"好看吗？"

"挺好看的。"

"也就你会觉得春晚好看！晚上吃的什么？"

…………

两人絮絮叨叨说着无聊的话，偏偏他们自己觉得每句话都很有意思，感觉上才说了一会儿，实际已经过了二十多分钟。沈侯的弟弟妹妹们一声声喊着"猴哥"，催他挂电话，颜晓晨忍着笑说："时间太晚了，你去陪家人吧，我挂了。"沈侯还想应付完家人，过一会儿再打过来，颜晓晨看了一眼坐在沙发上看电视的程致远，觉得不方便在别人家煲电话粥，借口要睡觉，才阻止了沈侯。

颜晓晨含着笑走出餐厅，心情好得根本藏不住，程致远转过头，笑瞅了她一眼，什么都没说。

颜晓晨说："你要想说什么就说吧！"

程致远没客气，"这可是你说的，那个零点电话是打给沈侯的吧？"

"是的！"

程致远点点头，笑得意味深长。颜晓晨知道他在想什么，可此时此刻，她突然不想再对自己强调那个给了她许多快乐的男生是她的"前男友"了。

Chapter 5

希望

人生活在希望之中，旧的希望实现了，或者泯灭了，新的希望的烈焰又随之燃烧起来。如果一个人只管活一天算一天，什么希望也没有，他的生命实际上也就停止了。

—— 莫泊桑

清晨，程致远准备了一桌丰盛的西式早餐，两人吃完早餐，休息了半个小时，就出发了。

大年初一，完全没有交通堵塞，一路畅行，十一点多，已经快到两人家乡所在的城市。

颜晓晨的家不在市里，在下面的一个县城，车不用进入市区。虽然有GPS，李司机还是有点晕头转向，颜晓晨只知道如何坐公车，并不知道开车的路，程致远却一清二楚，指点着哪里转弯，哪里上桥。

等车进入县城，程致远说："下面的路我就不知道了，不过现在你应该认路了吧？"

"认识。"小县城，骑着自行车一个多小时就能全逛完，颜晓晨知道每条街道。她让李司机把车开到一个丁字路口，对程致远说："里面不方便倒车，就在这里停车吧！剩下的路我自己走进去就可以了。"

这边的房子明显很老旧，的确不方便进出车，程致远也未多说，下了车，看李司机把行李拿下，交给颜晓晨。

不管是程致远的车，还是程致远的人，都和这条街道格格不入，十分引人注意，颜晓晨注意到路口已经有人在探头观望，她有些紧张。

程致远估计也留意到了，朝颜晓晨挥挥手，上了车，"我走了，电话联系。"

"谢谢！"颜晓晨目送他的车走了，才拖着行李向家里走去。

虽然这边住的人家都不富裕，可院门上崭新的"福"字，满地的红色鞭炮纸屑，还有堆在墙角的啤酒瓶、饮料瓶，在脏乱中，也透着一种市井平民的喜庆。

颜晓晨走到自己家门前，大门上光秃秃的，和其他人家形成了鲜明的对比。她打开门，首先嗅到的就是烟味和一种说不清楚的霉味。她搁好行李，去楼上看了一眼，妈妈在屋里睡觉，估计是打了通宵麻将，仍在补觉。

颜晓晨轻轻关好门，蹑手蹑脚地走下楼。她换了件旧衣服，开始打扫卫生，忙活了两个多小时，屋子里的那股霉味总算淡了一点。

她拿上钱，去路口的小商店买东西。小商店是一楼门面、二楼住人，小本生意，只要主人没有全家出门，一年三百六十五天都开门。

颜晓晨买了两斤鸡蛋，一箱方便面，店主和颜晓晨家也算是邻居，知道她家的情形，问颜晓晨要不要小青菜和韭菜，他家自己种的，颜晓晨各买了两斤。

拎着东西回到家，妈妈已经起床了，正在刷牙洗脸。

颜晓晨说："妈，我买了点菜，晚上你在家吃饭吗？"

颜妈妈呸一声吐出漱口水，淡淡说："不吃！"

颜晓晨早已习惯，默默地转身进了厨房，给自己做晚饭。

颜妈妈梳妆打扮完，拿起包准备出门，又想起什么，回头问："有钱吗？别告诉我，你回家没带钱！"

颜晓晨拿出早准备好的五百块，递给妈妈，忍不住说："你打麻将归打麻将，但别老是打通宵，对身体不好。"

颜妈妈一声不吭地接过钱，塞进包里，哼着歌出了门。

颜晓晨做了个韭菜鸡蛋，下了碗方便面，一个人吃了。

收拾干净碗筷，洗完澡，她捧着杯热水，坐在沙发上看电视。为了省电，客厅的灯瓦数很低，即使开着灯，也有些暗影沉沉；沙发年头久了，妈妈又很少收拾，一直有股霉味萦绕在颜晓晨鼻端；南方的冬天本就又潮又冷，这个屋子常年不见阳光，更是阴冷刺骨，即使穿着羽绒服，都不觉得暖和。想起昨天晚上，她和程致远两人坐在温暖明亮的屋子里，边吃饭边聊天看电视，觉得好不真实，可她也不知道，到底哪一幕才是在做梦。

待杯子里的热水变冷，她关了电视，回到自己屋子。

打开床头的台灯，躺在被窝里看书，消磨晚上的时间不算太艰难，只是被子太久没有晒过了，很潮，盖在身上也感觉不到暖和，颜晓晨不得不蜷成一团。

手机响了，颜晓晨看是沈侯的电话，十分惊喜，可紧接着，却有点茫然，甚至不知道自己该不该接这个电话。迟疑了一瞬，还是接了电话。

"颜晓晨，吃过晚饭了吗？"沈侯的声音就如盛夏的风，热烈飞扬，隔着手机，都让颜晓晨心里一暖。

"吃过了，你呢？"

"正在吃，你猜猜我们在吃什么？"

"猜不到！是鱼吗？"

沈侯眉飞色舞地说："是烤鱼！我们弄了两个炭炉，在院子里烧烤，配上十五年的花雕酒，滋味真是相当不错……"从电话里，能听到嘻嘻哈哈的笑声，还有钢琴声、歌声，"我表妹在开演唱会，逼着我们给她当观众，还把堂弟拉去伴奏，谢天谢地，我的小提琴拉得像锯木头……"

颜晓晨闭上了眼睛，随着他的话语，仿佛置身在一个院子中，灯火闪烁，俏丽的女孩弹着钢琴唱歌，炉火熊熊，有人忙着烧烤，有人拿着酒在干杯。

虽然是一模一样的冬天，可那个世界明亮温暖，没有挥之不去的霉味。

"颜晓晨，你在听我说话吗？"

"在听！"

"你怎么一直不说话？"

"我在听你说话！"

沈侯笑，"狡辩！我命令你说话！"

"Yes，Sir！你想听我说什么？"

"你怎么过年的？都做了什么？"

"家庭大扫除，去商店购物，做饭，吃饭，你打电话之前，我正在看书。"

"看书？"

"嗯！"

"看什么书？"

"*Fractals and Scaling in Finance*。" ①

沈侯夸张地倒吸了一口冷气，"颜晓晨同学，你要不要这么夸张啊？"

电话那头传来"猴哥"的叫声，颜晓晨笑着说："你还想继续听我说话吗？我有很多关于金融分析的心得体会可以谈。"

"得！你自己留着吧！我还是去吃烤羊肉串了！"

"再见！"

"喂，等一下，问你个问题……你想不想吃我烤的肉串？"

"想！"

"在看书和我的烤肉之间，你选哪个？"

"你的烤肉！"

沈侯满意了，"我挂了！再见！"

"再见！"

颜晓晨放下手机，看着枕旁的 *Fractals and Scaling in Finance*，禁不住笑起来，她只是无事可做，用它来消磨时间，和美味的烤肉相比，它当然一文不值，沈侯却以为她是学习狂，自降身价去做比较。

---

① Fractals and Scaling In Finance：金融中的分形与标度。

颜晓晨接着看书，也许因为这本书已经和沈侯的烤肉有了关系，读起来似乎美味了许多。

第二日，颜晓晨起床后，妈妈才回来，喝了碗她熬的粥、吃了个煮鸡蛋，就上床去补觉了。

颜晓晨看天气很好，把被子、褥子拿出来，拍打了一遍后，拿到太阳下曝晒，又把所有床单、被罩都洗干净，晾好。

忙完一切，已经十一点多了，她准备随便做点饭吃，刚把米饭煮上，听到手机在响，是沈侯打来的。

"喂？"

沈侯问："吃中饭了？"

"还没有。"

"有没有兴趣和我一起吃？"

颜晓晨张口结舌，呆呆站了一瞬，冲到门口，拉开大门，往外看，没看见沈侯，"你什么意思？"因为过度的紧张，她的声音都变了。

沈侯问："你这到底是惊大于喜，还是喜大于惊？"

颜晓晨老实地说："不知道，就觉得心咚咚直跳。"她走出院门再四处张望了一下，确定沈侯的确不在附近，"我现在就在家门口，没看到你，你是在逗我玩吗？"

"嗯，我的确在吓你！我不在你家附近。"

颜晓晨的心放下了，沈侯哈哈大笑，"好可惜！真想看到你冲出屋子，突然看到我的表情。"

颜晓晨看了眼狭窄脏乱的巷子，一边朝着自己残旧的家走去，一边自嘲地说："你以为是浪漫片，指不准是惊悚片！"

沈侯笑着说，"我本来的计划是想学电影上那样，突然出现在你家外面，给你个惊喜，但技术操作时碰到了困难。"

"什么意思？"

"我按照你大一时学校注册的家庭地址找过来的，可找不到你家，你家是搬家了吗？"

颜晓晨的心又提了起来，结结巴巴地说："什么？你说……你来……你来……"

沈侯非常温柔地说："颜晓晨，我虽然不在你的门外，但我现在和你在同一个城市。"

颜晓晨拿着手机，站在破旧的院子里，看向遥远的天际，突然之间，一切都变了，像是跌入了一个不真实的梦境里——天空蔚蓝如洗，江南的冬日阳光宁静温暖，映照着斑驳的院墙，长长的竹竿，上面晒着床单、被罩，正随着微风在轻轻飘动，四周浮动着洗衣粉的淡淡清香，一切都变得异常美好、温馨。

颜晓晨听见自己犹如做梦一般，轻声问："你怎么过来的？"

"我和堂弟一块儿开车过来的，又不算远，大清早出发，十一点多就到了。你家地址在哪里？我过来找你。"

"我这边的路不好走，我平时都坐公车，也不会指路，你在哪里？我来找你！"颜晓晨说着话，就向外冲，又想起什么，赶忙跑回屋，照了下镜子，因为要做家务，她特意穿了件旧衣服，戴着两个袖套，头发也是随便扎了个团子。

沈侯说："我看看……我刚经过人民医院，哦，那边有一家麦当劳。"

"我知道在什么地方了，你在麦当劳附近等一下我，我大概要半个小时才能到。"

"没事，你慢慢来。我们在附近转转。"

颜晓晨挂了电话，立即换衣服、梳头。出门时，看到沈侯送给她的帽子、围巾，想到沈侯春节期间特意开车来看她，她似乎不该空着手去见他，可是，仓促下能送他什么呢？

从县城到市内的车都是整点发，一个小时一班，颜晓晨等不及，决定坐出租车。半个小时后，她赶到了市内。在麦当劳附近下了车，她正准备给沈侯打电话，沈侯从路边的一辆白色轿车上跳下来，大声叫："颜晓晨！"

颜晓晨朝他走过去，也不知道为什么，明明早知道他在这里等着，可这一刻，依旧脸发烫，心跳加速，她胡思乱想着，既然已经没有了惊，那么就是喜了吧？

车里的男生摇下车窗，一边目光灼灼地打量颜晓晨，一边笑着说："嗨！我叫沈林，双木林，猴哥的堂弟，不过我们是同年，他没比我大多少。"

颜晓晨本就心慌，此时更加窘迫，脸一下全红了，却不自知，还故作镇静地说："你好，我是沈侯的同学，叫颜晓晨。"

沈林第一次看到这么从容大方的脸红，暗赞一声"演技派"啊，冲沈侯挤眉弄眼。沈侯自己常常逗颜晓晨，却看不得别人逗颜晓晨，挥手赶沈林走，"你自己找地方去转转。"

沈林一边抱怨，一边发动了车子，"真是飞鸟尽，良弓藏！唉！"

沈侯没好气地拍拍车窗，"赶紧滚！"

沈林对颜晓晨笑着挥挥手，离开了。

沈侯对颜晓晨说："我们去麦当劳里坐坐。"

颜晓晨没有反对，两人走进麦当劳，到二楼找了个角落里的位置坐下。颜晓晨说："这顿中饭我请吧，你想吃什么？"

沈侯打开背包，像变魔术一般，拿出三个保温饭盒，一一打开，有烤羊肉串、烤鸡翅、烤蘑菇，他尝了一口，不太满意地说："味道比刚烤好时差了很多，不过总比麦当劳好吃。"

颜晓晨想起了他昨晚的话，轻声问："你烤的？"

沈侯得意地点点头，邀功地说："早上六点起床烤的，你可要多吃点。"

颜晓晨默默看了沈侯一瞬，拿起鸡翅，开始啃。也不知道是因为沈侯的手艺非同一般，还是因为这是他特意为她烤的，颜晓晨只觉这是她这辈子吃过的最好吃的烤鸡翅。

沈侯问："我还带了花雕酒，你能喝酒吗？"

"能喝一点，我们这里家家户户都会酿米酒，逢年过节大人不怎么管，都会让我们喝一点。"

"我们也一样！我爷爷奶奶现在还坚持认为自己酿的米酒比十五年的茅台还好喝。"沈侯拿出两个青花瓷的小酒杯，斟了两杯酒，"尝尝！"

颜晓晨端起酒杯，抿了一口，赞道："就着烧烤吃，倒是别有风味。"

沈侯笑起来，和颜晓晨碰了下杯子，仰头就要喝，颜晓晨忙拽住他的手，问："你待会儿回家不用开车吗？"

"我拉了沈林出来就是为了能陪你一起喝酒啊！"他一口将杯子里的酒饮尽，"我去买两杯饮料，省得人家说我们白占了座位。"

不一会儿，他端着两杯饮料回来，看颜晓晨吃得很香，不禁笑容更深了，"好吃吗？"

"好吃！"

"我的烤肉比那什么书好多了吧？"

他还惦记着呢！颜晓晨笑着说："一个天上，一个地下，连可比性都没有！"

沈侯拿起一串羊肉串，笑眯眯地说："不错，不错，你还没到不可救药的地步！"

沈侯带的烤肉不少，可颜晓晨今天超水平发挥，饭量是平时的两倍。沈侯才吃到半饱，就只剩下最后一个鸡翅了。

沈侯看颜晓晨意犹未尽的样子，把最后一个鸡翅让给了她，"你好能吃，我都没吃饱。"

颜晓晨一边毫不客气地把鸡翅拿了过去，一边抱歉地说："你去买个汉堡吃吧！"

沈侯嫌弃地说："不要，虽然没吃饱，但也没饿到能忍受麦当劳的汉堡。"

颜晓晨看着手中的鸡翅，犹豫着要不要给沈侯。沈侯忍不住笑着拍了一下她的头，"你吃吧！"

等颜晓晨吃完，两人把垃圾扔掉，又去洗手间洗干净手，才慢慢喝着饮料，说话聊天。

其实也没什么特别的事要说，但看着对方，漫无边际地瞎扯，就觉得很满足。

沈侯拿出手机，给颜晓晨看照片，"这些都是除夕夜你给我打电话时，我拍下来的。"沈侯指着照片上的烟花，"我当时正好在阳台上，烟花就好像在我身边和头顶绽放，可惜手机拍的照片不清楚，当时，真的很好看！"

"原来当时你让我等一下，就是在拍照。"颜晓晨一张张照片看过去，心中洋溢着感动。那一刻，沈侯是想和她分享美丽的吧！

烟花的照片看完了，紧接着一张是沈侯家人的照片，颜晓晨没敢细看，把手机还给了沈侯。

沈侯却没在意，指着照片对颜晓晨说："这是我爸，这是我妈，这是我姑姑……"竟然翻着照片把家里人都给颜晓晨介绍了一遍。

还真是个大家庭，难怪那么热闹。颜晓晨问："你的名字为什么是'侯'这个单字？有特别的含义吗？"

"我爸爸姓沈，妈妈姓侯，两个姓合在一起就叫沈侯了。"

颜晓晨问："你堂弟沈林不会是因为妈妈姓林吧？"

沈侯伸出大拇指，表示她完全猜对了。

颜晓晨笑着摇头，"你们家的人也真够懒的！"

沈侯笑着说："主要是因为我大伯给堂姐就这么起的名字，用了我大伯母的姓做名，叫沈周。我妈很喜欢，依样画了葫芦，叔叔婶婶他们就也都这么起名了。"

"如果生了两个孩子怎么办？你亲戚家有生两个小孩的吗？"

"有啊！沈林就还有个妹妹。"

"那叫什么？"

"沈爱林。"

颜晓晨扑哧一声笑了出来，她算是彻底明白了，沈家的女人都很有话语权。

沈侯问："你的名字有什么特别意义吗？"

"你猜！"

"不会是那种很没创意的吧？你出生在清晨？"

"对了！本来是打算叫颜晨，可报户口时，办事的阿姨说两个字的名字重名太多，让想个三个字的名字。我刚出生时，很瘦小，小名叫小小，大小的小，爸爸说那就叫小晨，妈妈说叫晓晨，所以就叫了晓晨。"

"小小？"沈侯嘀咕，"这小名很可爱。"

颜晓晨有些恍惚，没有说话。

"对了，有个东西给你，别待会儿走时忘记了。"沈侯从背包里掏出一个普通的纸盒子，放在颜晓晨面前。

颜晓晨打开，发现是一个褐色的棋盘格钱包，肯定是沈侯发现她没有钱包，卡和钱总是塞在兜里。快要工作了，她的确需要一个像样的钱包，"谢谢。"

颜晓晨从包里拿出一个彩纸包着的东西递给沈侯。

"给我的新年礼物？"沈侯笑嘻嘻地接过。

彩纸是旧的，软塌塌的，还有些返潮，里面包着的是一个木雕的孙悟空，看着也不像新的，而且雕工很粗糙，摆在地摊上，他绝对不会买。沈侯哭笑不得，"你从哪里买的这东西？"

颜晓晨凝视着木雕，微笑着说："我自己雕的。"

沈侯的表情立即变了，"你自己雕的？"虽然雕工很粗糙，可要雕出一只孙悟空，绝不容易。

"我爸爸是个木匠，没读过多少书，但他很心灵手巧。小时候，我们家很穷，买不起玩具，我的很多玩具都是爸爸做的。当时，我和爸爸一起雕了一整套《西游记》里的人物，大大小小有十几个，不过，我没好好珍惜，都丢光了，现在只剩下一个孙悟空。"

这是颜晓晨第一次在他面前谈论家里的事，沈侯心里涌动着很奇怪的感觉，说不清是怜惜还是开心，他宽慰颜晓晨，"大家小时候都这样，丢三落四的，寒假有空时，你可以和你爸再雕几个。"

颜晓晨轻声说："我爸爸已经死了。"

沈侯愣住了，手足无措地看着颜晓晨，想说什么却又不知道能说什么，颜晓晨冲他笑了笑，表示自己没事。

沈侯拿着木雕孙悟空，有点难以相信地问："你真的要把它送给我？"

颜晓晨点点头，笑眯眯地说："没时间专门去给你买礼物，就用它充数了，猴哥！"

一件东西的好与坏，全在于看待这个东西的人赋予了它什么意义，沈侯摩挲着手里的木雕孙悟空，只觉拿着的是一件稀世珍宝，他对颜晓晨说："这是今年我收到的最好的礼物，我一定会好好收着，谢谢。"

颜晓晨看出他是真喜欢，心里也透出欢喜来。

两人唧唧哝哝，又消磨了一个小时，沈林打电话过来，提醒沈侯该出发了。颜晓晨怕天黑后开车不安全，也催促着说："你赶紧回去吧！"

沈侯和颜晓晨走出麦当劳，沈侯说："我们送你回去。"

"不用，我自己坐公车回去，很方便的。"

沈侯依依不舍地问："你什么时候回学校？"

"再在家里住一周。"

"那很快了……我们学校见！"

"嗯，好！"

沈侯上了车，沈林朝颜晓晨笑挥挥手，开着车走了。

颜晓晨朝着公车站走去，一路上都咧着嘴在笑。

她一边等公车，一边给沈侯发短信，"今天很开心，谢谢你来看我！"

沈侯接到短信，也咧着嘴笑，回复："我也很开心，谢谢你的宝贵礼物！"

颜晓晨回到家里，妈妈正在换衣服，准备出门去打麻将。母女俩虽然同住在一个屋檐下，可一个活在白天，一个活在黑夜，几乎没有机会说话。

颜晓晨把床单被褥收起来，抱回卧室。视线扫过屋子，觉得有点不对，她记得很清楚，她今天早上刚收拾过屋子，每样东西都放得很整齐，现在却有点零乱了。

她把被褥放到床上，纳闷地看了一圈屋子，突然意识到什么，赶紧打开衣柜，拿出那本 *Fractals and Scaling in Finance* 翻了几下，一个信封露出，她打开信封，里面空空的，她藏在里面的一千块钱全不见了。

这家里只有另一个人能进她的屋子，颜晓晨不愿相信是妈妈偷了她的钱，可事实就摆在眼前。颜晓晨冲到楼下，看到妈妈正拉开院门，向外走。

　　"妈妈！"颜晓晨大叫，妈妈却恍若没有听闻。

　　颜晓晨几步赶上前，拖住了妈妈，尽力克制着怒气，平静地问："你是不是偷了我的钱？"

　　没想到妈妈像个炸药包，狠狠摔开了颜晓晨的手，用长长的指甲戳着颜晓晨的脸，暴跳如雷地吼着骂："你个神经病、讨债鬼！那是老娘的家，老娘在自己家里拿钱，算偷吗？你有胆子再说一遍！看老娘今天不打死你！"

　　颜晓晨一边躲避妈妈的指头，一边说："好，算我说错了！你只是拿了衣柜里的钱！我昨天刚给了你五百，现在可以再给你五百，你把剩下的钱还我，我回学校坐车、吃饭都要用钱！"

　　妈妈嗤笑，"我已经全部用来还赌债了，你想要，就去找那些人要吧！看看他们是认识你个死丫头，还是认识人民币！"

　　"你白天还没出过门，钱一定还在你身上！妈妈，求求你，把钱还给我一点，要不然我回学校没有办法生活！"

　　妈妈讥嘲地说："没有办法活？那就别上学了！去市里的发廊做洗头妹，一个月能挣两三千呢！"

　　颜晓晨苦苦哀求，"妈妈，求求你，我真的只剩下这些钱了！"

　　妈妈冷漠地哼了一声，转身就想走。

　　颜晓晨忙拉住了她，"我只要五百，要不三百？你还我三百就行！"

　　妈妈推了她几下，都没有推开，突然火冒三丈，甩着手里的包，劈头盖脸地抽向颜晓晨，"你个讨债鬼！老娘打个麻将都不得安生！你怎么不死在外面，不要再回来了？打死你个讨债鬼，打死你个讨债鬼……"

　　妈妈的手提包虽然是低廉的人造皮革，可抽打在身上，疼痛丝毫不比牛皮的皮带少。颜晓晨松开了手，双手护着头，瑟缩在墙角。

　　妈妈喘着粗气，又抽了她几下才悻悻地收了手，她恶狠狠地说："赶紧滚回上海，省得老娘看到你心烦！"说完，背好包，扬长而去。

　　听到母女俩的争吵声，邻居都在探头探脑地张望，这会儿看颜妈妈走了，有个邻居走了过来，关心地问颜晓晨："你没事吧，受伤了吗？"

颜晓晨竟然挤了个笑出来，摇摇头。

回到自己的屋子，确定没人能看见了，颜晓晨终于无法再控制，身子簌簌直颤，五脏六腑里好似有一团火焰在燃烧，让她觉得自己马上就要被炙烤死，却又不能真正解脱地死掉，只是停在了那个濒死前最痛苦的时刻。

颜晓晨强逼着自己镇定，捡起地上的书和信封，放回衣柜里，但无论她如何克制，身子依然在抖。也许号啕大哭地发泄出来，能好一点，可她的泪腺似乎已经枯竭，一点都哭不出来。

颜晓晨抖着手关上了衣柜。老式的大衣柜，两扇柜门上镶着镜子，清晰地映照出颜晓晨现在的样子，马尾半散，头发蓬乱，脸上和衣服上蹭了不少黑色的墙灰，脖子上大概被包抽到了，红肿起一块。

颜晓晨盯着镜中的自己，厌恶地想，也许她真的应该像妈妈咒骂的一样死了！她忍不住一拳砸向镜子中的自己，早已陈旧脆弱的镜子立即碎裂开，颜晓晨的手也见了血，她却毫无所觉，又是一拳砸了上去，玻璃刺破了她的手，十指连心，尖锐的疼痛从手指传递到心脏，肉体的痛苦缓解了心灵的痛苦，她的身体终于不再颤抖了。

颜晓晨凝视着碎裂的镜子里的自己，血从镜子上流过，就好像血从"脸上"缓缓流过，她也不知道自己在想什么，竟然用流血的手，给镜子里的自己"眼睛"下画了两行眼泪。

苍白的脸、血红的泪，她冲镜中的自己疲惫地笑了笑，额头贴在镜子上，闭上了眼睛。

等心情完全平复后，颜晓晨开始收拾残局。

用半瓶已经过期的酒精清洗干净伤口，再洒上云南白药，等血止住后，用纱布缠好。

用没受伤的一只手把屋子打扫了，颜晓晨坐在床边开始清点自己还剩下的财产。

幸亏今天出门去见沈侯时，特意多带了点钱，可为了赶时间，打的就花了八十，回来时坐公车倒是只花了五块钱，这两天采购食物杂物花了两百多，程致远借给她的两千块竟然只剩下一百多块，连回上海的车票钱都不够。不是没有亲戚，可是这些年，因为妈妈搓麻将赌博的嗜好，所有亲戚都和她们断绝了关系，连春节都不再走动。

颜晓晨正绞尽脑汁地思索该怎么办，究竟能找谁借到钱，砰砰的拍门声响起，邻居高声喊："颜晓晨，你家有客人，快点下来，快点！"

颜晓晨纳闷地跑下楼，拉开院门，门外却只有隔壁的邻居。邻居指着门口放的一包东西说："我出来扔垃圾，看到一个人站在你家门口，却一直不叫门，我就好奇地问了一句，没想到他放下东西就走了。"

颜晓晨似乎想到了什么，立即问："那人长什么样？男的，女的？"

"男的，四五十岁的样子，有点胖，挺高的，穿着……"

颜晓晨的表情一下子变得很狰狞，提起东西就冲了出去，邻居被吓住了，呆看着颜晓晨的背影，喃喃说："你还没锁门。"

颜晓晨疾风一般跑出巷子，看到一辆银灰色的轿车，车里的男人一边开着免提打电话，一边启动了车子，想要并入车道。颜晓晨疯了一样冲到车前，男人急急刹住了车，颜晓晨拍着驾驶座的车窗，大声叫："出来！"

男子都没有来得及挂电话，急急忙忙地推开车门，下了车。

颜晓晨厉声问："我难道没有告诉过你，我们永不想再见到你吗？"

男子低声下气地说："过年了，送点吃的过来，一点点心意，你们不想要，送人也行。"

颜晓晨把那包礼物直接砸到了他脚下，"我告诉过你，不要再送东西来！你撞死的人是我爸爸，你的钱不能弥补你的过错！我不会给你任何机会，让你赎罪，换取良心的安宁，我就是要你愧疚不安！愧疚一辈子！愧疚到死！"

礼物袋裂开，食物散了一地，藏在食物里的一沓一百块钱也掉了出来，风一吹，呼啦啦飘起，有的落在了车上，有的落在了颜晓晨脚下。

几个正在路边玩的小孩看到，大叫着"捡钱了"，冲过来抢钱。

男子却依旧赔着小心，好声好气地说："我知道我犯的错无法弥补，你们恨我，都是应该的，但请你们不要再折磨自己！"

"滚！"颜晓晨一脚踢开落在她鞋上的钱，转身就走，一口气跑回家，锁住了院门。

上楼时，她突然失去了力气，脚下一软，差点滚下楼梯，幸好抓住了栏杆，只是跌了一跤。她觉得累得再走不动，连站起来的力气都没有，顺势坐在了水泥台阶上。

她呆呆地坐着，脑内一片空白。

天色渐渐暗沉，没有开灯，屋里一片漆黑，阴冷刺骨，水泥地更是如冰块一般，颜晓晨却没有任何感觉，反倒觉得她可以永远坐在这里，把生命就停止在这一瞬。

手机突然响了，尖锐的铃声从卧室传过来。颜晓晨像是没有听到一样，没有丝毫反应，手机铃声却不肯停歇，响个不停，像是另一个世界的呼唤。

颜晓晨终于被手机的铃声惊醒了，觉得膝盖冻得发疼，想着她可没钱生病！拽着栏杆，强撑着站了起来，摸着黑，蹒跚地下了楼，打开灯，给自己倒了一杯热水，慢慢地喝完，冰冷僵硬的身子才又活了过来。

颜晓晨看手上的纱布透出暗红，估计是伤口挣裂了，又有血渗了出来。她解开纱布，看血早已经凝固，也不用再处理了，拿了块新纱布把手裹好就可以了。

颜晓晨端着热水杯，上了楼，看到床上摊着的零钱，才想起之前她在做什么，她还得想办法借到钱，才能回学校继续念书。

她叹了口气，顺手拿起手机，看到有三个未接来电，都是程致远的。颜晓晨苦笑起来，她知道放在眼前唯一能走的路是什么了。可是，难道只因为人家帮了她一次，她就次次都会想到人家吗？但眼下，她是真的没有办法了，只能厚着脸皮再一次向程致远求助。

颜晓晨按了下拨打电话的按键。电话响了几声后，程致远的声音传来，

"喂？"

"你好，我是颜晓晨。"

程致远问："你每次都要这么严肃吗？"

颜晓晨说："不好意思，刚才在楼下，错过了你的电话，你找我什么事？"

"没事就不能给你打电话了？"

"当然不是了！"

"习惯了每天工作，过年放假有些无聊，就随便给你打个电话问候一下你。"

"我……你还在老家吗？"

程致远早听出她的语气不对，却表现得十分轻松随意，"在！怎么了？难道你想来给我拜年吗？"

"我……我想再问你借点钱。"颜晓晨努力克制，想尽量表现得平静自然，但是声音依旧泄露了她内心的窘迫难受。

程致远像是什么都没听出来，温和地说："没问题！什么时候给你？明天早上可以吗？"

"不用那么赶，下午也可以，不用你送了，你告诉我地址，我去找你。"

"我明天正好要去市里买点东西，让司机去一趟你那边很方便。"

"那我们在市里见吧，不用你们特意到县城来。"

程致远没再客气，干脆地说："可以！"

第二天早上，颜晓晨坐公车赶进市里，到了约定的地点，看见了那辆熟悉的奔驰车。

颜晓晨上了车，程致远把一个信封递给她，"不知道你需要多少，就先准备了两千块，如果不够……"

"不用那么多！一千就足够了。"颜晓晨数了一千块，把剩下的还给程致远。

程致远瞅了她的右手一眼，不动声色地把钱收了起来，冬天戴手套很正常，可数钱时，只摘下左手的手套，宁可费劲地用左手，却始终不摘下右手的手套就有点奇怪了。

颜晓晨说："等回到上海，我先还你两千，剩下的一千，要晚一个月还。"

程致远拿着手机，一边低头发信息，一边说："没问题！你应该明白，我不等这钱用，只要你如数奉还，我并不在乎晚一两个月，别太给自己压力。"

颜晓晨喃喃说："我知道，谢谢！"

程致远的手微微顿了一瞬，说："不用谢！"

颜晓晨想离开，可拿了钱就走，似乎很不近人情，但留下，又不知道能说什么，正踌躇，程致远发完了信息，抬起头微笑着问："这两天过得如何？"

"还不错！"颜晓晨回答完，觉得干巴巴的，想再说点什么，但她的生活实在没什么值得述说的，除了一件事——

"沈侯来看我了，他没有事先给我电话，想给我一个惊喜，可是没找到我家，到后来还是我坐车去找他……"颜晓晨绝不是个有倾诉欲的人，即使她绞尽脑汁、想努力营造一种轻松快乐的气氛，回报程致远的帮助，也几句话就把沈侯来看她的事说完了。幸亏她懂得依样画葫芦，讲完后，学着程致远问："你这两天过得如何？"

"我就是四处走亲戚，挺无聊的……"程致远的电话突然响了，他做了个抱歉的手势，接了电话，"Hello……"他用英文说着话，应该是生意上的事，不少金融专有名词。

他一边讲电话，一边从身侧的包里拿出一个记事本，递给颜晓晨，压着声音快速地说："帮我记一下。"他指指记事本的侧面，上面就插着一支笔。

颜晓晨傻了，这种小忙完全不应该拒绝，但是她的手现在提点菜、扫个地的粗活还勉强能做，写字、数钱这些精细活却没法干。

程致远已经开始一字字重复对方的话："122 Westwood Street, Apartment 503……"

颜晓晨拿起笔，强忍着疼痛去写，三个阿拉伯数字都写得歪歪扭扭，她还想坚持，程致远从她手里抽过了笔，迅速地在本子上把地址写完，对电话那头说："Ok, bye！"

他挂了电话，盯着颜晓晨，没有丝毫笑容，像个检察官，严肃地问："你的手受伤了？"

如此明显的事实，颜晓晨只能承认，"不小心割伤了。"

"伤得严重吗？让我看一下！"程致远眼神锐利，口气带着不容置疑的威严，让颜晓晨一时间竟然找不到话去拒绝。

她慢慢脱下了手套，小声地说："不算严重。"

四个指头都缠着纱布，可真是特别的割伤！程致远问："伤口处理过了吗？"

"处理过了，没有发炎，就是不小心被碎玻璃划伤了，很快就能好！"

程致远打量着她，颜晓晨下意识地拉了拉高领毛衣的领子，缩了下脖子，程致远立即问："你脖子上还有伤？"

颜晓晨按着毛衣领，确定他什么都看不到，急忙否认，"没有！只是有点痒！"

程致远沉默地看着她，颜晓晨紧张得直咬嘴唇。一瞬后，程致远移开了目光，看了下腕表，说："你回去的班车快来了，好好养伤，等回上海我们再聚。"

颜晓晨如释重负，"好的，再见！"她用左手推开车门，下了车。

"等一下！"程致远说。

颜晓晨忙回头，程致远问："我打算初九回上海，你什么时候回上海？"

"我也打算初九回去。"其实，颜晓晨现在就想回上海，但是宿舍楼要封楼到初八，她最早只能初九回去。

"很巧！那我们一起走吧！"

"啊？"颜晓晨傻了。

程致远微笑着说："我说，我们正好同一天回去，可以一起走。"

颜晓晨觉得怪怪的，但是程致远先说的回去时间，她后说的，只怕落在李司机耳朵里，肯定认为她是故意的。

颜晓晨还在犹豫不决，程致远却像主控官结案陈词一样，肯定有力地说："就这么定了，初九早上十点我在你上次下车的路口等你。"他说完，笑着挥挥手，关上了车门。

颜晓晨对着渐渐远去的车尾，低声说："好吧！"

Chapter 6
无悔的青春

我绝不承认两颗真心的结合会有任何障碍。爱是亘古长明的塔灯，它定睛望着风暴却兀不为动；爱又是指引迷舟的一颗恒星，你可量它多高，它所值却无穷。

——威廉·莎士比亚

正月初九，颜晓晨搭程致远的顺风车，回到了上海。

李司机已经驾轻就熟，不用颜晓晨吩咐，就把车停在了距离颜晓晨宿舍最近的校门。他解开安全带，想下车帮颜晓晨拿行李，程致远说："老李，你在车里等，我送颜晓晨进去。"

颜晓晨忙说："不用、不用！我的手已经好得差不多了，行李也不重。"

程致远推开门，下了车，一边从后备厢取行李，一边笑着说："Young lady, it's the least a gentleman can do for you!"

"Thank you！"颜晓晨只能像一位淑女一般，站在一旁，接受一位绅士的善意帮助。

程致远拖着拉杆行李箱，一边向宿舍走，一边问："你的打工计划是什么？"

"酒吧那边这一两天应该就会恢复营业，除了酒吧的工作，我想再找一份白天的工作。"

"我可以给你一个建议吗？"

"当然可以！"

程致远指指自己的头，"用你的脑子赚钱，不要用你的体力赚钱。一个人想成功，首先要学会的是努力发挥所长，尽量回避所短。你觉得一个人最宝贵的是什么？"

颜晓晨想了想，说："生命！"

"对，生命，也就是时间！相信我，在你这个年龄，钱不重要！重要的是如何使用你的时间，你在大学学了四年如何经营资产、管理财富，实际上，人生最大的资产和财富是自己的时间，如果你经营管理好了这个资产财富，别说牛奶面包会有，就是钻石宝马也会有！"

颜晓晨忍不住扑哧一声笑了起来。程致远瞅了她一眼，颜晓晨忙说："你说得很有道理。"

两人已经走到宿舍楼，颜晓晨说："在三楼。"

上了楼，颜晓晨用钥匙打开门："到了，行李放在桌子旁边就可以了。"

门窗长时间没有开，宿舍里有一股奇怪的味道，颜晓晨赶忙去把阳台门和窗户打开。

程致远放下行李，说："酒吧的工作你可以暂时继续，但不要再做那些对你未来的职业发展没有丝毫帮助的事。利用开学前的时间好好准备，努力去找一份大公司的实习工作，这样的工作才既能让你发挥所长，又能帮到你的现在和未来。"

颜晓晨站在窗户旁，蹙眉沉默着。

程致远以为她不认可他的提议，自嘲地笑笑，一边向外走，一边说：

"我太啰唆了，也许说的完全不对，毕竟每个人的情况不同，你拣有用的听吧！我先走了，电话联系。"

颜晓晨忙追了上去，叫："程致远！"

程致远回过身，微笑地看着颜晓晨。颜晓晨想表达心里的感激，可又实在不善于用话语直白地表达，只能说："谢谢，真的很谢谢！其实，我本来的计划就是春节过完，一边继续努力找工作，一边努力找找实习机会。可是钱上面突然出了点问题，让我想改变计划，不过，我现在决定还是按原计划做。借你的钱我可以分期付款吗？"

程致远唇边的笑意骤然加深，连声音都透出欢愉，"可以！我还会收利息，你分几次还我，就要请我吃几次饭。"

颜晓晨用力点了下头，"好！"

程致远做了个打电话的手势，"我走了，有事给我电话。"他笑着转身，脚步迅疾地下了楼。

颜晓晨看着他的背影，在心里又默默说了一遍"谢谢"。

⁂

打扫宿舍时，颜晓晨发现她并不是唯一回来的人，隔壁宿舍也有个女孩回来了。

没多久，同学们陆陆续续都回了学校，尤其那些还没找到工作的同学，都选择了提前回校。其实，春节假期刚结束，各大公司的部门负责人也才度假回来，这段时间既没有招聘会，也没有面试，但在巨大的就业压力面前，大家宁可待在学校，也不愿面对父母。

沈侯本来也打算提前回校，甚至计划了和颜晓晨同一天回来，却因为父母，不得不改变计划。初五那天，爸妈和他很郑重地讨论他的未来，在出国的事上，他和妈妈发生了分歧和争执，妈妈想让他出国深造，他却觉得那是浪费时间，母子俩谁都无法说服谁，最后爸爸出面，让沈侯陪妈妈去一趟美国，到几所大学走走，母子俩都再认真考虑一下自己的决定。

直到开学前一天，沈侯才回到学校。

他把行李放好后，就给颜晓晨打电话，颜晓晨惊喜地问："你回来了？"当时沈侯走得很匆忙，只给她发了条短信，说自己要陪妈妈出国旅游，她也没好意思多问，不知道他什么时候回来。

沈侯听到她的声音，忍不住笑起来，"我回学校了，你在哪里？"

"机房。"

"干什么呢？"

"在填实习工作的申请表。"

"晚上要打工吗？有时间的话一起吃饭？"

颜晓晨立即说："不用打工，有时间。"

"我来机房接你。"

颜晓晨匆匆把电脑上的文件保存好，收拾了书包，跑下楼。

教学楼外，熙来攘往，人流穿梭不息，可颜晓晨一眼就看见了沈侯。虽然已是初春，天气却未真正回暖，很多人还套着羽绒服和大衣，沈侯却因为身体好，向来不怕冷，穿得总是比别人少。已经西斜的阳光，穿过树梢，洒满林荫大道，他上身套了一件米白色的棒针毛衣，下身穿着一条蓝色牛仔裤，踩着自行车，呼啸而来，阳光在他身周闪烁，整个人清爽干净得犹如雨后初霁的青青松柏，再加上这个年纪的少年所特有的朝气，让颜晓晨这个不是颜控的女人都禁不住有些目眩神迷。

沈侯在众人的注目中飞掠到颜晓晨面前。他一只脚斜撑着地，一只脚仍踩在脚踏板上，身子微微倾向颜晓晨，笑看着她。其实，两人仅仅两个多星期没见，可不知道为什么，都觉得好像很久没有见面了，心中满是久别重逢的喜悦，都近乎贪婪地打量着对方。

颜晓晨的脸渐渐红了，低垂了眼眸，掩饰地问："去哪个食堂吃饭？"

沈侯笑着扬扬头，说："上车！"

颜晓晨坐到车后座上，沈侯用脚一蹬地，踩着自行车离开了。

他没有去食堂，而是兜了个圈子，找了条人少的路，慢悠悠地骑着。颜晓晨也不在乎是否去吃饭，紧张甜蜜地坐在车后座上。

沈侯问："你这段时间过得怎么样？"

"挺好的，你呢？国外好玩吗？"

沈侯想起妈妈的固执就心烦，不愿多提，随口说："就那样！"

颜晓晨感觉到他情绪不算好，却不清楚哪里出了问题，只能沉默着。

沈侯问："怎么不说话？想什么呢？"

颜晓晨轻声说："在想你。你心情不好吗？"

颜晓晨的话像盛夏的一杯冷饮，让沈侯燥热的心一下就舒坦了，他突然觉得妈妈的固执其实也不算什么，顶多就是他多花点时间说服她，反正他是她唯一的儿子，她最后总得顺着他。沈侯拖长了声音，笑着说："在——想——我？！有多想？"

颜晓晨捶了沈侯的背一下，"你明知道我不是那个意思！"

沈侯一声招呼没打，猛地停住了车，颜晓晨身子不稳，往前倒，吓得惊叫，下意识地想用手抓住什么，恰好沈侯怕她跌下车，伸手来护她，被她牢牢地抓了个正着。

沈侯稳稳地扶住她，故意盯着她紧紧抓着他手的手，笑得很欠揍，"你这么主动，让我很难不想歪啊！"

"我是怕摔跤，不小心……"颜晓晨跳下车，要松手，沈侯却紧紧地反握住了她的手，一言不发，笑眯眯地看着她，看得颜晓晨脸热心跳，低下了头，再说不出话。

沈侯凑近了点，轻声问："我真的想歪了吗？你没有'谦谦君子，淑女好逑'地想过我吗？"

沈侯兴致勃勃地等着看颜晓晨的反应，却没料到颜晓晨的性子像弹簧，遇事第一步总会先退让，退让不过时，却会狠狠反弹。颜晓晨红着脸抬起了头，笑着说："是有'淑女好逑'，但求的可不是'谦谦君子'，而是一个没羞没臊的无赖！"趁着沈侯愣神间，颜晓晨用力拽出了自己的手，迅速走开几步，装模作样，若无其事地看起周围的风景。

沈侯也是脸皮真厚，把单车停好，竟然走到颜晓晨身边，继续没羞没臊地虚心求问："我是那个没羞没臊的无赖吗？"

颜晓晨再绷不住，哭笑不得地说："和你比没脸皮，我是比不过！沈大爷，你饶了我吧！"

沈侯半真半假地说："你承认宵想觊觎过我，我就饶了你！"

"好好好！我宵想觊觎过你！"

"有多想？"

"猴哥，像妖精想吃唐僧肉那么想，满意了？"

沈侯忍俊不禁，敲了颜晓晨的脑门一下，"小财迷，今天晚上罚你请我吃小炒。"

颜晓晨为了摆脱这个话题，毫不犹豫地答应了，"好！你想吃什么？"

两人正商量着晚上吃什么，颜晓晨的手机响了。

颜晓晨拿出手机，来电显示上是刘欣晖，她有点纳闷地接了电话，"喂？"

刘欣晖兴高采烈地说："你还没去食堂吧？"

"还没去，你是要我带饭吗？"

"不是，你快点回来，今天晚上魏彤请咱们出去吃。"

颜晓晨愣了一愣，反应过来，惊喜地问："魏彤考上研究生了？"

魏彤在电话那头嚷嚷："只是笔试过了，还有面试呢！"

刘欣晖不客气地叫："得了，得了，魏彤！别虚伪地谦虚了！你考的是本院研究生，教授都认识，怎么可能面试不过？晓晨，快点啊！就等你了！"

颜晓晨捂着电话，抱歉地看着沈侯，小小声地说："我们宿舍要聚餐，为魏彤庆祝。"

沈侯睨着她，好笑地说："我有那么小气吗？就要毕业了，同学聚会，聚一次少一次，我们俩吃饭的时间却还多的是！走，我送你回去。"

颜晓晨放心了，笑着对刘欣晖说："我马上回来。"

她挂了电话，跳上自行车，才突然发现沈侯刚才的那句话说得很是有语病。魏彤、刘欣晖她们是同学，沈侯也是同学，为什么她和魏彤她们就聚一次少一次，和他却还机会多的是？

颜晓晨很想问沈侯是什么意思，可沈侯一边把自行车踩得飞快，一边还了无心事地哼唱着歌，显然已经完全忘记了自己刚才说的话，颜晓晨纠结来纠结去，纠到宿舍楼下都没有纠结出结果。

沈侯笑着挥挥手，潇洒地离去了。

颜晓晨只能告诉自己，他肯定什么意思都没有，只是一句客气话！

❧❧❧

颜晓晨推开宿舍门时，魏彤她们正兴奋地说着话，看到她，立即问："吃火锅，反对吗？"

颜晓晨搁下书包，举起双手说："双手赞成！"

刘欣晖说："OK，全票通过，去吃火锅。"

四人来到学校附近的一家火锅店，要了一个鸳鸯锅，在魏彤的强烈要求下，一人还要了一瓶冰啤酒。

倒满酒，四个人干杯，颜晓晨三人齐声对魏彤说："恭喜！"

魏彤喜滋滋地说："同喜！"

四人边吃边聊，颜晓晨才知道班里其他三个考本院研究生的同学都没考上，难怪人际关系很好的魏彤只在宿舍内部庆祝。

一年的辛劳终于有了个好结果，魏彤喜不自胜，拿起酒瓶要和颜晓晨干，"晓晨，我这次能考上，第一要谢谢我自己，第二就是谢谢你。"

颜晓晨爽快地举起酒杯，咕咚咕咚一口气喝完。

刘欣晖没听明白，咋咋呼呼地追问："为什么要谢谢晓晨？"

吴倩倩却好像知道什么，默不作声地微笑。

魏彤说："事情已经过去了，就不瞒你们了，不过你们要保密。"

刘欣晖马上说："我谁都不说！"

"我考的是本院研究生，出题的老师很多都是教过我们的教授。从大一到现在，晓晨从没落下一节课，你们该知道晓晨的笔记有多全，我大三有考研的想法时，就问晓晨要她的笔记，当时，我还多了个心眼，让晓晨答应我，不管谁来问她借笔记，都不借，就说全扔了。为这事，晓晨得罪了好几个同学。"

刘欣晖吃惊地看着魏彤，愣愣地说："真没想到老大也会搞不正当竞争。"

魏彤有点尴尬，不好意思地干笑，"没办法，人都会有私心的嘛!

吴倩倩微笑着说："能资源垄断，做不正当竞争，也是实力的一种体现。"

刘欣晖立即反应过来，忙笑着说："对! 干杯!"

四人一直吃到九点多，餐馆要打烊时，才结账回学校。

路上行人已经不多，四个人挽着彼此的胳膊，一字并排走着。先是魏彤小声哼哼，渐渐地，四个人一起唱起了《隐形的翅膀》。青春少女的歌声清脆悦耳，飘荡在初春的黑夜中，连料峭寒风都为她们让了路。

每一次

都在徘徊孤单中坚强

每一次

就算很受伤也不闪泪光

我知道

我一直有双隐形的翅膀

带我飞

飞过绝望

不去想他们拥有美丽的太阳

我看见每天的夕阳也会有变化

我知道

我一直有双隐形的翅膀

带我飞

给我希望

我终于看到所有梦想都开花

追逐的年轻歌声多嘹亮

我终于翱翔

用心凝望不害怕

哪里会有风就飞多远吧

…………

大四最后一个学期，没有必修课，只有一篇毕业论文，不需要上课，只要找一个论文指导老师，学期结束前，交一篇论文。而且，历年来没有人不过，不管你写得多烂，只要你写了，老师都会看在你要毕业的份儿上，给个及格分。相当于，这个学期没有课，对所有毕业生而言，唯一的任务就是找工作。

如果上个学期已经敲定了工作，又没兴趣去实习的，找好论文指导老师，就可以拿着行李撤退了。院里还真有同学这么做，在学校待了一周多，找好指导老师，就走了，打算走遍祖国山川，享受最后的自由。

刘欣晖也走了，不过她不是去享受自由，而是回家了，她爸妈给她安排了实习单位，让她尽早学习着融入社会。

魏彤要读研究生，毕业论文就不能敷衍了事，她决定一边好好准备论文，一边找份实习工作，毕竟 money 还是很重要的。

颜晓晨和吴倩倩依旧在为一份梦想的工作拼搏，一次又一次笔试，一轮又一轮面试，到这个阶段，每个人在经历过一遍遍的折磨羞辱后，面试技巧都练得炉火纯青，心情却一直走在钢丝上，前面是希望，脚下是绝望，眼睛能看到希望，可总觉得一个闪念就会跌进绝望。

周末，颜晓晨去找程致远练习英语时，流露了紧张。

程致远问："下周的面试很重要？"

"梦寐以求的公司，最后一轮面试。"

"哪家投行？"之前颜晓晨和程致远交流时，曾说过最想进入投行。

"MG。"

程致远赞许地说："不错的公司，我大学刚毕业时，曾在纽约总部工作过两年。"

颜晓晨立即双眼放光，崇拜地看着程致远，"有什么心得可以传授给我？"

程致远摇摇头，"没有！每个面试官的背景和经历不一样，偏好也不会一样。"

颜晓晨失望地叹了口气。

程致远笑着说："我不知道别人会如何选择，但如果我是面试官，我会要你，你勤奋、聪慧、渴望成功，做事不拘泥，却有底线，是可造之才。"

颜晓晨有点不好意思，自嘲地说："谢谢你这么善于发掘我的闪光点，如果你是我的面试官就好了。"

程致远鼓励她，"你已经很好，只要真实地展现自己就好了。"

也许因为程致远的帮助和鼓励，面试那一日，颜晓晨觉得心态十分良好，面对决定着她命运的 MG 高管，她也像是和程致远交流一样，平静真诚地回答每一个问题。

面试结束后，回到宿舍，魏彤问她："感觉怎么样？"

颜晓晨说："我已经尽了全力，自我感觉表现得还不错，如果失败，只能接受。"

魏彤说："倩倩比你早回来，我也问她了，她说反正命运决定在别人手里，多想无益，不如不想。"

颜晓晨和吴倩倩都进入了 MG 的最后一轮面试，但两人从不交流这件事，即使去同一家公司面试，也是各走各的。

颜晓晨笑着说："她说得很对。"

魏彤撇撇嘴，嘲讽道："对什么对啊？她是不愿说真话，才用这些心灵鸡汤来敷衍我。从头到尾，你从没打听过她如何准备的面试，她却拐着弯问了我好几次你每个周末去了哪里，还说你每次回来，都会仔细修改简历，简直像是请了高手来专门指导你找工作。"

同住一个宿舍，没什么隐私，吴倩倩又心细，留意到她每个周末去见程致远也不奇怪，颜晓晨笑着说："倩倩很厉害。我周末是去见一个老乡，他人非常好，也做金融，看我整天为找工作发愁，的确指导了我如何做简历和面试。"

魏彤也不得不承认吴倩倩的心细聪明，却总觉得心太细、想太多不见得是好事，她说："你下次扔作废的求职信和简历时要注意销毁。"

颜晓晨不解地看着魏彤，"我都撕了才扔的啊！"

魏彤欲言又止，犹豫了一瞬，终是站在了颜晓晨这边，"你下次扔重要的文件，撕碎一点，也别扔宿舍的垃圾桶。前几天，我无意中撞见倩倩在拼凑碎纸，她看到我很紧张，立即用书盖上了，我也没好意思走近细看，也许我多想了，我觉得她是在看你的简历。"

颜晓晨满面惊讶，不太敢相信。

魏彤叹了口气，"大家一个宿舍的，你就权当是我多想了吧！"

颜晓晨点点头，"我明白了，谢谢你。"

三月底时，颜晓晨和吴倩倩同时拿到了投行 MG 的录用通知书，同时，公司发函表示欢迎毕业生提前进入公司实习，每月薪酬税后不少于五千。

公司给了她们三周的考虑时间，颜晓晨和吴倩倩毫不犹豫地第一时间就同意了。

做完体检，去公司签署合约的那一日，吴倩倩主动提出两人一起走，颜晓晨答应了。

两人按照规定一步步走流程，等签署完所有文件，从 MG 的大厦出来时，颜晓晨有一种不太真实的兴奋感，吴倩倩也有相同的感觉，笑着对颜晓晨说："终于把卖身契签署了，实习前，我们找个时间请魏彤好好吃一顿吧！"

颜晓晨也正有此意，立即答应了，"好！"

两人回到宿舍，吴倩倩放好合同，打了个电话，换好衣服，又立即出去了。

颜晓晨坐在书桌前，思考她的这件人生大事需要告诉谁。

她刚拿到录用通知书时，沈侯就知道了这事，除他之外，她再没有告诉任何人，直到今天签完合同，才觉得一切真正确定了，是时候通知亲朋好友了。

颜晓晨想给程致远打电话，又怕他正在忙，考虑了一下，选择了发短信，"我周一收到了 MG 的 offer，今天刚和 MG 签完合约，下个周一开始实习，等我拿到第一笔实习工资，请你吃饭。这段时间，谢谢你！"

很快，程致远的短信就到了，"恭喜，很为你高兴。客气的话就别说了，等着吃大餐。"

颜晓晨笑着回复："好！"

颜晓晨又给妈妈发了条短信："我已经找到工作，一切安好。"

虽然知道妈妈不会回复短信，可她依旧拿着手机，趴在桌子上静静地等着。手机铃声突然响起，她满心惊喜，却看到来电显示上是"沈侯"。倒也不能说失望，毕竟接到沈侯的电话，她也很开心，但是，两种开心是不一样的。

颜晓晨按了通话键，"喂？"

"是我！刚在校门口碰到吴倩倩，你已经回来了？一切顺利吗？"

"挺顺利的。"

"恭喜，恭喜！你在哪里？"

"宿舍。"

"这可是你人生的第一份卖身契，价格也还算公道，要不要晚上好好庆祝一下？"

颜晓晨郁闷地说："我很想，但要去酒吧打工。"

"你是不是明后天也要到酒吧打工？不能请假吗？"

"下个周一就要开始实习了，我想站好最后一班岗，也算感谢老板给了我这份工作。"

"你要开始实习的话，应该把酒吧的工作辞了吧？"

"我打算今天晚上就和老板说。"

沈侯也没再多废话，干脆利落地说："挺好！那就这样，我先挂了。"

"好吧！"颜晓晨有点不舍地挂了电话。

晚上，颜晓晨去酒吧上班，看到 Apple 和 Yoyo 在兴奋地忙碌，不大的杂物房里堆满了鲜花和气球，几乎没有立足之地。

颜晓晨一边躲在储物柜后换衣服，一边问："有客人过生日？要帮忙吗？"

Apple 和 Yoyo 都没理会颜晓晨，Mary 说："鸣鹰给 Yoyo 打了个电话，希望她帮忙准备一些鲜花和气球，他和朋友晚上要来喝酒。"

Apple 怕颜晓晨不知道鸣鹰是谁，炫耀地说："Yoyo 的客人鸣鹰 1992 可是蓝月酒吧排行榜上的 NO.1，你的那位客人海德希克 1907 只能排名第二。"

颜晓晨说："一直听你们提起鸣鹰，但一直没机会见到真人，只知道他是 Yoyo 的常客，和 Yoyo 关系很好。"

Apple 兴奋地说："鸣鹰又帅又风趣，绝对比不解风情的海德希克好！估计 Yoyo 今天晚上一个晚上的小费加上提成就相当于我们一个月的工资了。"

颜晓晨笑着拍了一记马屁，"Yoyo 长得比明星都好看，挣得比我们多很正常。"

Apple 没想到颜晓晨没有一点嫉妒眼红，不知道该如何接话，Yoyo 脸色柔和了几分，对颜晓晨矜持地说："待会儿如果鸣鹰带来的朋友多，我忙不过来的话，你也帮一下忙，钱不会亏待你的。"

"好嘞！"颜晓晨换好工作服，出了杂物间。

平时老板很少在，都是徐姐管事，颜晓晨把想辞职的事告诉了徐姐。

徐姐知道颜晓晨今年毕业，早做好了心理准备，关心地询问新工作是哪家公司。颜晓晨觉得没什么可隐瞒的，告诉了徐姐，是去投行。徐姐真心实意地恭喜了颜晓晨，对她说："正好这几天有人来找工作，酒吧不缺人手，你明天下午来一趟，把工资结算了就行了。"

颜晓晨没想到这么顺利，谢了徐姐后，去继续工作。

徐姐暗暗观察颜晓晨，看她依旧如往日一般，话不多，却很勤力，丝毫没有因为即将离开就偷奸耍滑，心中暗赞了一声。

徐姐把颜晓晨要走的事告诉了William，让他打电话通知新人明天晚上来上班，William是个大嘴巴，不一会儿，颜晓晨找到一份高薪工作，即将离开蓝月酒吧的消息就传遍了整个酒吧。年龄较大的Mary和April见多了身边人的来来往往、起起伏伏，都心态平和，笑着来恭贺道喜，要颜晓晨请客吃饭。年龄相近的Apple和Yoyo却心里很不舒服，明明没觉得颜晓晨比她们强，却只能眼看着颜晓晨鲤鱼跃了龙门，就好像颜晓晨抢了她们出人头地的机会。

对这种女孩子间的攀比嫉妒心理，颜晓晨不赞同，却能理解，权当不知，该干什么就干什么。Yoyo和Apple越发觉得颜晓晨是一朝得势、轻狂傲慢，心里很不痛快，只能把希望放在鸣鹰身上，希望他的到来，能帮她们扳回一局。

今天不是周末，酒吧的客人不多，Yoyo和Apple一闲下来，就频频朝窗外张望，可鸣鹰迟迟没有来，九点多时，程致远反而来了。

Yoyo脸色不悦，William却很兴奋，嘀咕着"今宵难忘，双美争辉"。

颜晓晨端了酒去送给程致远，程致远把一个礼物袋递给她："恭喜！"

颜晓晨愣了一下，说："你的恭喜我全部接受，但礼物就不必了，只是找到了工作而已。"

程致远笑着说："你打开看一下，再决定要不要。"

颜晓晨打开礼物袋，竟然是一袋五颜六色的水果糖，色彩缤纷如霓虹，煞是好看。虽然如今物价飞涨，可这一袋国产水果糖绝对不会超过三十块。

程致远说："找到称心如意的工作是好事，让朋友都跟你一起甜一甜吧！"他拿起一颗水果糖，撕开塑料纸，丢进了嘴里，一边的腮帮子微微鼓起，笑眯眯地看着颜晓晨，刹那间好似年轻了十岁。

颜晓晨被他的轻松活泼感染，也挑了一颗糖塞进嘴里，"谢谢了。"

她拿着糖果袋，去给William他们分糖吃，一会儿后，除了Yoyo和Apple，人人嘴里都含着一颗糖。也许因为童年时代，每个人最初、最直接的甜蜜记忆就是糖果，当熟悉的糖果味道在口腔里弥漫开时，总是让人会禁不住嘴角含笑。

颜晓晨有些恍惚，她不记得自己有多久没有吃过糖果了，从小到大，她一直是极喜欢糖果的人，会为了一块巧克力，厮磨爸爸很久，但自从爸爸离开后，她就再也没有吃过糖果，准确地说她压根儿忘记了世界上还有糖果这种东西。

颜晓晨要了杯加冰的杜松子酒，拿给程致远。

程致远说："我不记得我点了这个酒。"

颜晓晨说："我请你喝的。"

程致远扬眉一笑，端起酒杯，"谢谢！"

突然，Apple激动地叫："Yoyo，他来了！鸣鹰来了！"

幽静的酒吧里，客人很少，只有舒缓的音乐声在流淌，Apple的兴奋叫声，不仅让Yoyo立即抬头看向门口，也让所有客人都抬头张望。Apple不好意思地朝徐姐笑，徐姐看没有客人责怪一个年轻女孩的鲁莽冲动，她也没责怪Apple，只是警告地盯了她一眼，挥挥手，让她赶紧干活去。

酒吧的门推开了，一群年轻人像潮水一般一下子涌了进来，让整个酒吧瞬间变得沸腾拥挤。

魏彤、吴倩倩……一个个都是熟悉的身影，而最让颜晓晨吃惊的是那个最引人注目的身影——沈侯。颜晓晨不自禁地站直了身子，定定地看着他，眼睛中满是疑问：你怎么在这里？

沈侯对她的震惊很满意，得意地朝她笑笑，就像无事人一样和 Yoyo 说着话，Yoyo 兴奋地又笑又说，领着他们一群人走到她预先准备好的位置上，桌上摆满了鲜花，椅子旁系了气球，看上去十分喜庆热闹。

Apple 端着酒从颜晓晨身旁经过，用胳膊肘碰了她一下，"是不是比你的海德希克更好？"

颜晓晨傻傻地看着 Apple，沈侯就是她们一直念叨的鸣鹰1992？

Apple 第一次看到颜晓晨这样的表情，正想再讥讽她几句，却看到沈侯向她们大步走过来，Apple 立即笑看着沈侯，迎了过去。可沈侯压根儿没注意到她，直接从她身旁走过，走到颜晓晨面前，抓起颜晓晨的手，把她拖到了一群人的正中间。

Mary 的香槟酒恰好打开了，"砰"一声，一群年轻人高举着酒杯欢呼起来，"恭喜颜晓晨、吴倩倩把自己高价卖掉！"

颜晓晨还是晕晕乎乎，机器人一般有样学样，随着大家举起酒杯喝酒，跟着吴倩倩一起不停地说："谢谢，谢谢！"

别人都没看出她的异样，沈侯倒是发现了，笑着把她的酒拿走，"这酒度数不低，你别喝醉了。"他递给她一杯雪碧，压着声音问："你这次是惊还是喜呢？"

颜晓晨看到 Yoyo 和 Apple 神情诡异、难以置信地瞪着她，她也觉得有点怪异，对沈侯说："我还在上班，你们玩吧，我走了。"

沈侯拉住她，"已经下班了，知道你这人死板，我掐着时间来的。"

颜晓晨看向墙上的挂钟，刚刚过了十点半，还真是已经下班了。

沈侯把颜晓晨摁坐下，指指颜晓晨的杯子，笑着对 Yoyo 和 Apple 说，"麻烦再加点雪碧。"

Yoyo 和 Apple 的目光像是要把她凌迟，沈侯这家伙绝对是故意的！颜晓晨简直想拿个面袋子把他装起来，省得他四处惹是生非。

沈侯走到乐队旁，和乐队成员勾肩搭背地聊了几句，April 拿起话筒，笑对全场说："今天晚上我朋友要求我唱几首快歌，希望大家忍受一下，当然，实在忍受不了时，也可以轰我下台！"

没有人舍得拒绝美女的低姿态，大家用热烈的掌声表达了同意。

Once upon a time

A few mistakes ago

I was in your sights

You got me alone

You found me you found me You found me

I guess you didn't care

And I guess I liked that

And when I fell hard

You took a step back

Without me without me without me

And he's long gone when he's next to me

And I realize the blame is on me

Cause I knew you were trouble when you walked in

…………

颜晓晨的日常生活就是学习和打工，没什么时间去关注外国的流行歌，可这首 *I knew you were trouble* 曾被刘欣晖在宿舍里循环播放，她还记得刘欣晖说："只要你死心塌地地爱上了一个人，他就会是你的麻烦，换咱们中国话说，他就是你的劫！"

颜晓晨不知道沈侯是想表达什么，还是只是巧合，一边听歌，一边胡思乱想着。

歌声中，Yoyo 走过来，对颜晓晨说："海德希克要走了，你如果不打算去收他的酒，我就去收了。"程致远买的是瓶酒，每次喝不完，颜晓晨都会帮他收好、存起来。

沈侯显然对海德希克这个名字很敏感，本来正在和同学说话，立即就看向了颜晓晨。颜晓晨站了起来，"我去吧！"

沈侯长腿一伸，挡住了她的路，"喂，你已经下班了。"

颜晓晨抱歉地说："他不仅仅是客人，我马上就回来。"说完，跨过他的腿，离开了。

程致远看颜晓晨疾步赶了过来，笑道："你玩你的就好了，别的侍者会招呼我，难道你以后不来上班，我还就不来喝酒了吗？"

颜晓晨一边收酒封瓶，一边说："以后是以后的事，反正我今天还在，服务你就是我的事。"

"那就谢谢了。"程致远穿好外套，正要走，嗖一声，一包东西砸了过来。程致远下意识地用手挡了一下，东西落在桌子上，噼里啪啦散开，滚了一地，竟是程致远送颜晓晨的那包水果糖。

颜晓晨明明记得她把没吃完的糖果放到了杂物间，打算下班后带回宿舍，怎么会跑到沈侯手里？看到 Yoyo 和 Apple 幸灾乐祸地笑，她立即明白了，是她们在捣鬼。沈侯虽然行事有点霸道，却绝不是胡来的人，也不知道 Yoyo 和 Apple 跟他胡说了些什么，才把沈侯激怒了。

沈侯阴沉着脸，走到颜晓晨身边，对程致远说："原来你就是那位很'照顾'晓晨的熟客，看来今晚我要好好'照顾'一下你了！"

他随手从颜晓晨手里夺过酒瓶，就想去砸程致远，颜晓晨急忙死死地抓住了他的胳膊，可她一个女人怎么抓得住身高力强的沈侯？沈侯甩开了她的手，扬起酒瓶朝程致远砸过去，程致远急忙闪躲，堪堪避开了沈侯的攻击，颜晓晨不禁尖声叫起来，"沈侯！住手！"

幸好这个时候，William 和乐队的鼓手已经赶到，他们很有经验地把沈侯拦住了，沈侯不肯罢休，William 柔声柔气地劝着："你是不怕惹事，但要是惊动了警察，对 Olivia 的影响可不好！Olivia 刚找到一个大公司的好工作吧？"

沈侯终于平静下来，不再动手，却依旧气鼓鼓地怒瞪着程致远："老色狼！我警告你，别以为有几个臭钱就可以胡来！你要是再敢打颜晓晨的主意，看我不废了你！"

程致远压根儿不理会沈侯，表情十分平静，他风度翩翩，很有礼貌地对 William 他们点点头，表示感谢，又对颜晓晨说："我先走了。"

颜晓晨十分抱歉，"对不起，不好意思。"

"没事！"程致远从桌子上捡起两颗掉落的糖果，从颜晓晨身边走过时，一颗自己拿着，一颗递给了颜晓晨，"回头给我电话，我们找个好餐厅吃饭。"

颜晓晨下意识地接过糖果，答应道："好。"

沈侯又被激怒了，大声说："颜晓晨，以后不许你和他来往！"

颜晓晨无奈地看着沈侯，解释说："你误会了，我们是老乡，只是普通的好朋友。"

沈侯霸道地说："我才不管他是什么，反正不许你再和他来往！听到没有？"

颜晓晨心里不同意沈侯的话，却不想当众反驳他，只能不吭声。

程致远姿态闲适地站在颜晓晨身旁，含着笑，不紧不慢地对沈侯来了句，"我没记错的话，你只是颜晓晨的同学吧！有什么资格干涉她交友？"

沈侯被程致远一激再激，怒到极点，反倒平静下来了。他一言不发，直接冲了过来，颜晓晨以为他又要动手，赶忙张开双臂，挡在程致远身前，没想到沈侯却是抓住了她，把她猛地往怀里一拉，紧紧搂住了她。

颜晓晨不知所措地看着沈侯，不明白他想干什么。

下一瞬，不等她反应，沈侯突然低下头，狠狠地吻住了她。颜晓晨觉得疼，挣扎着要推开他，可沈侯的眼睛紧紧地盯着她，看似平静下却藏着不确定，他搂着她的手也在微微地颤抖，似乎害怕着她的拒绝，这个强取豪夺的吻，并不像他表现给别人看的那么平静自信。

颜晓晨放弃了挣扎，柔顺地靠在沈侯臂弯间，闭上了眼睛，虽然这个吻来的时间不对，场合更不对，但重要的不是时间场合，而是谁在吻她。

两个人的身体紧贴在一起，颜晓晨的细微变化，沈侯立即感觉到了。

年轻冲动的心，飞扬到能拥抱整个世界，但在面对爱情时，却时而自信过度，时而严重缺乏自信。他在那一瞬，冲动地选择了最直接的方式去证明，真等做了，却又害怕着她会嫌弃厌恶他。此刻，他的心终于安稳了，动作也渐渐变得温柔，充满爱怜，在唇舌的纠缠间，她的柔软、她的甜蜜像海洋一般浸没了他，让他忘记了自己置身何地，整个世界只剩下了怀中的她。

不知过了多久，沈侯才微微喘着气放开了颜晓晨。颜晓晨也不知是羞涩，还是难堪，把脸埋在沈侯肩膀上，像一只鸵鸟般把自己藏了起来，假装别人都看不到她。

沈侯冲过来强吻颜晓晨时，恨不得全世界都来观看，昭示他的所有权，这一刻，他又恨不得所有人都消失，他的女人的羞态只能他看。他张开手掌，护在颜晓晨的头侧，把她仅剩的一点侧脸也遮了个严严实实。

酒吧里的人沉默地看着他们，虽然有人是津津有味，有人是吃惊不屑，但显然所有人都觉得是看了一场好戏，William还挤眉弄眼地冲沈侯竖大拇指，表示干得好！

沈侯看向程致远，程致远神色平静，审视地打量着沈侯。沈侯扬了扬眉，无声地问：我有资格吗？

程致远淡淡一笑，慢条斯理地剥开水果糖纸，把糖果丢进了嘴里，含着糖果，笑吟吟地看着沈侯，丝毫没把沈侯的示威当回事。

沈侯这次倒没发怒，只是不屑地笑笑，一手揽着颜晓晨的腰，一手护着她，想要离开，走了几步，大概觉得这样走太别扭，他竟然直接打横抱起了她。在颜晓晨"啊"一声的叫声中，他大步流星地离开了酒吧。

沈侯抱着颜晓晨一直走到巷子口，都没有放下她的意思，颜晓晨却实在害怕待会儿到了大路上，再被人围观，挣扎着要下来。

沈侯把她放下，笑眯眯地看着她。颜晓晨避开他的目光，晃着双手往学校走，顾左右而言他，"宿舍楼肯定锁了，待会儿回去又要被阿姨骂了。"

"法不责众，魏彤、吴倩倩她们陪你一起。"沈侯想拉颜晓晨的手。

颜晓晨灵活地躲开，踩着人行道上的方格子蹦了几下，背着双手，装作若无其事地问："嘿！鸣鹰1992先生，你有什么想解释的吗？"

沈侯大笑，"你想要听什么解释？"

"你告诉我什么，我就听什么。"

沈侯问："你什么时候去蓝月酒吧打工的？"

"大二下半学期，之前在另一家酒吧工作过半年，那家酒吧虽然挣得更多一点，但有点乱，我就换到了蓝月酒吧。"

"我是大三上半学期开始去蓝月酒吧，原因嘛……刚开始是因为我听说了一些你的闲话，想去看看你究竟在什么地方工作，后来却是担心你，时不时到蓝月酒吧晃一圈，打听一下你是不是一切都好，但不想你知道，所以一直特意回避开你工作的时间。"

颜晓晨心里已经有隐隐的猜测，但一直不敢放纵自己朝这个方向想，现在听到沈侯亲口证实了她的猜测，仍旧不敢相信，"你为什么要这么做？"

沈侯没好气地说："你说为什么？难道我的中文表达那么难以听懂吗？"

"我、我的确没有听懂！你为什么想要知道我的事？"

沈侯气得翻白眼，但对颜晓晨一点办法没有，压着火，耐心地解释，"喜欢上一个人，自然会想多了解她一些，担忧她一些，尤其那个人还是个锯嘴闷葫芦，什么都藏在心里。"

颜晓晨呆滞地看着沈侯，像是看见了外星人。

沈侯几乎掩面叹气，"你这表情太打击我了！"

"你是说我？"

沈侯咬牙切齿地说："颜晓晨，我是在说你！我在表白哎！你就不能给点正常的反应，让气氛浪漫一点吗？"

"我、我……可是……我跟你表白……你说要分手……"

沈侯忍不住敲了颜晓晨脑门一下，连骂带训地说："白痴！你以为我沈侯第一次收到女孩子的表白啊？告诉你，从小到大，我收到的表白多了去了！就你那几句干巴巴，没有丝毫文采的表白能让我来找你做女朋友？"沈侯提到此事就火冒三丈，"你说说你！表白也不肯好好表白，我收到你的表白短信时，正在和死党们打牌，刚像中了五百万，乐得上蹿下跳，为了想一条回复短信，被他们敲诈，把赢的钱全还给了他们。结果没高兴半个小时，你就又发短信来说，打扰我了，请我完全忽视之前的短信。我觉得你是在玩我，死党们也一致认定，你肯定是和朋友打赌输了，玩什么表白游戏，让我千万别当真，如果回复肯定被笑死！我只能忍着，忍得我内伤吐血，你都再没有一点动静。好不容易熬到开学，我天天找机会在你面前假装路过，一会儿问你旁边的同学借书，一会儿找你宿舍的女生借作业，结果你对我完全无视，我气得忍无可忍，只能冲到你面前说'做我女朋友'，本来想着你如果敢不答应，假装压根儿没有表白短信那件事，我非要好好和你理论一番！结果你只是平静地说了声'好'！憋得我一肚子的话只能全烂死在肚子里！"

颜晓晨小小声地为自己辩护："你当时脸色很不好看，我……不敢多问。"

"我被你一条短信弄得坐卧不安了一个多月，能脸色好看吗？"

"可我同意了啊！"

"得了吧！你那个同意面无表情，比不同意还让人憋屈！你如果说个不同意，至少还能让我把肚子里的火全发出来！"

"你后来……和我分手了！"

沈侯嗤笑，"哼！我和你分手了？！说喜欢我的人是你，一直冷冷清清、不痛不痒的人也是你，同学问我们的关系，你居然回答'普通同学'！你把我当什么？我提出分手，是想着你但凡对我有点感情也该挽回一下，可你呢？你做了什么？说啊，你做了什么？"

颜晓晨蚊子般讷讷地说："我……同意了。"

"你不是同意了，你是干脆利落、毫不留恋地同意了！你让我怎么办？难道哭着喊着抱你大腿求你不要离开我？"

颜晓晨总觉得谈话好诡异，明明是沈侯提出的分手，怎么现在感觉是她始乱终弃抛弃了他呢？看沈侯依旧一副怒气冲冲，想要讨伐她的样子，她忍不住为自己辩白，"我是因为喜欢你，不想让你觉得烦，才凡事都按你的意思办，你没主动告诉别人我们的关系，我自然也不能说；你不约我，我也不敢老出现在你面前；你说分手，我不想说不同意，让你为难。"

一句"我喜欢你"让沈侯的愤懑不满一下子烟消云散，本来想敲打颜晓晨的拳头变成了手掌，揉了揉她的头发，"你可真是不让人省心！"

他的手顺着头发落下时，自然而然地去握颜晓晨的手。这一次，颜晓晨没有躲避，任由他抓住了。他们并不是第一次牵手，可这是第一次两人明晰了对方心意后的牵手，没有紧张、猜忌和试探，只有坦诚和接纳，以至于颜晓晨头一次发现沈侯的手掌原来是这么大而温暖，完全包住了她的手，她轻轻地将手指从他的指缝间穿过，两人十指交错，以最亲密的姿势握在了一起。

沈侯感觉到她的小动作，也体会到了她的心意，欢喜溢满心间，几乎要鼓胀出来，他忍不住弯身凑过去，在颜晓晨的额头飞快地亲了一下。

颜晓晨轻轻碰了下额头，低头笑着，只觉幸福得如同长了翅膀，马上就要飞起来。她牵着沈侯的手，轻声问："你什么时候对我有好感的？"

"大二吧！其实大一你帮我做作业时，我就有点留意你，后来留意多了，大概就喜欢上了，不过也没多想，只是上课时，很喜欢坐在后面看你，有一段时间，你简直是我上课的唯一动力。大二上半学期考完期中考试，和几个哥们儿出去玩，他们都带了女朋友，就我一个孤家寡人，有女孩子嚷嚷着要给我介绍女朋友，哥们儿让她别瞎操心，嘲笑我上辈子是和尚，没有凡心，根本不懂男欢女爱。我突然就想到了你，那一想就再控制不住，总是忍不住找机会和你偶遇，可也奇了怪了，那时我在三食堂吃饭，你就在五食堂吃饭，我去了五食堂想和你偶遇，你又跑去三食堂吃饭，等我追回三食堂，你又去了五食堂，反正总是碰不到！有天晚上做梦，梦见我在一个火车站找你，人头攒动，和食堂一模一样，我明明看到你了，可总是追不上，最后眼睁睁地看着你上了一列火车，消失不见。我吓得一身冷汗，从梦中惊醒，坐在床上抽了一支烟后，算是彻底想明白了，我这和尚动了凡心！"

　　颜晓晨很清楚地记得，大二时，沈侯常常坐最后一排，知道他喜欢坐角落的位置，她也总占角落的位置，隔着三四排的距离坐他前面，每次回头，装作不经意地视线扫过后面时，总能看见他，偶尔视线撞个正着，他总是懒洋洋地一笑，她也微微一笑。常常上一早上的课，只有那么一瞬间的视线交流，但就那么一瞬间的甜蜜，已经让所有的等待都变得值得。她平时都去五食堂吃饭，听说沈侯喜欢去三食堂吃饭，就改去了三食堂，可从来都没遇见他，反而老听刘欣晖说在五食堂碰见沈侯，她又改回五食堂，没想到沈侯又开始在三食堂吃饭，两人还是碰不到，她那时还感慨，老天这是在告诉她"你们无缘"。后来大概因为她学习成绩好，又有过提供周到服务的良好记录，沈侯常常来找她借作业、借笔记，有时下课后，一起聊完，就一起去食堂吃个饭，渐渐地两人都习惯了在距离学院最近的二食堂吃饭。

　　沈侯问："你是什么时候对我有好感的？"

　　颜晓晨笑眯眯地说："比你早。"

　　沈侯不太相信，"逗我玩吧！我可完全没看出来！"

　　颜晓晨说："真的！要不然怎么能你去了五食堂找我，我却去了三食堂找你，等你去了三食堂找我，我又去了五食堂找你？"

　　沈侯想了一想这个绕口令，又高兴又懊恼地嚷起来，"竟然是这样！"

　　颜晓晨感慨地说："是啊，没想到竟然是这样！"

　　沈侯问："那你是大二刚开学就发现自己对我有好感？"

　　颜晓晨摇摇头，沈侯说："大一下半学期？"

　　颜晓晨仍然摇摇头，沈侯惊异地说："大一上半学期？"

　　颜晓晨依旧摇摇头，沈侯不满地说："你总不能大二上半学期期中考试后还自称比我早吧？"

　　颜晓晨笑眯眯地说："还没正式开学，新生报到时。"

　　沈侯彻底傻了，看着颜晓晨，求证地问："真的？"

　　颜晓晨用力点点头，"真的！"

沈侯一下子乐疯了，"哈哈，原来你对我是一见钟情！"沈侯乐颠颠地问："我是怎么让你一见钟情的？总不会是我的姿色吧？我可没看出来你好色！"

颜晓晨眼中闪过黯然，微笑着不说话，沈侯笑着搪搪颜晓晨，"说说呗！"

"不说！"颜晓晨笑着跑起来。

沈侯去追她，"不说我可不客气了！"

"不说就不说！"

两人笑笑闹闹，本就不算长的路越发显得短了，感觉很快就到了宿舍楼下。魏彤、吴倩倩，还有院里的其他两个女生很够意思，仍在楼下等着，看到沈侯和颜晓晨手牵着手出现，都笑嘻嘻地看着他们。

吴倩倩开玩笑地说："沈侯，你可要请客好好答谢我们。"

沈侯笑说："没问题，但能不能麻烦你们稍微回避一下？"

几个女生"哗"一声怪叫，却边嘲笑，边转过了身子，站在一起窃窃私语。

沈侯从外套的兜里拿出一个小礼物递给颜晓晨，"这是恭喜你成功卖掉自己的贺礼。"一部三星手机，黑色的包装盒上还用红色的丝带打了个蝴蝶结。

颜晓晨犹豫着没接，嘀咕："这么贵的礼物？"

沈侯塞到她手里，"我对你那款破手机已经忍无可忍了，想给你发个照片、语音都不行。你如今好歹也算高薪人士了，改善一下你男朋友的福利吧！要是觉得贵了，以后给我多买点好东西。"

颜晓晨没再拒绝，收下了手机，笑吟吟地问："我的男朋友是谁？"

沈侯一想，对啊，今天晚上亲也亲了，表白也表白了，但一直没有明确身份呢！他睨着颜晓晨，"你说呢？"

"我不知道！"

沈侯恨得牙痒痒，掐了颜晓晨的脸颊一下，作势往前俯，"要不然再吻一次？也许你就知道答案了。"

颜晓晨吓得忙往后跳了一大步，回头看魏彤她们仍背朝他们站着，放下心来。沈侯不依不饶，把她往怀里拽，颜晓晨忙求饶，"知道了，我知道了！"

沈侯揽着她的腰问："谁是你的男朋友？"

"你！"

沈侯满意了，还想惩罚一下颜晓晨，几个"非礼勿视，却竖耳偷听"的女生憋不住笑了出来，嘴快的王清妍仗着男朋友和沈侯关系好，打趣说："放心吧！今天晚上那么火辣的一幕大家都看见了，颜晓晨不承认也得承认。"

颜晓晨一下子脸烧得通红，轻轻推了沈侯一下，小声说："太晚了，我回去了。"

沈侯很是舍不得，想再亲亲颜晓晨，但旁边有四个观众，也不好意思太过分，只能用力搂了颜晓晨一下，放开了她，"要我帮你们去叫阿姨吗？"

魏彤忙说："千万别，阿姨看见男生才会发火，我们自己去叫门，你赶紧回去吧！"

吴倩倩去敲门，阿姨披着外套走出来，一边拿钥匙开门，一边训斥："别仗着你们要毕业了就胡来……"

四个女生一字排开，装出小白兔的样子，乖乖听训。阿姨训了几句，看她们态度良好，又毕竟是毕业生，懒得再废话，放了她们进去。

颜晓晨进门时，回头张望，看到沈侯依旧站在自行车棚下，她不禁笑着朝他挥了下手，示意他也赶紧回去休息。

回到宿舍，三个人打开了各自的应急灯，照得宿舍很明亮。

吴倩倩提着热水瓶、拿着脸盆，先进卫生间去洗漱了，魏彤把一个双肩包递给颜晓晨，颜晓晨这才想起，她当时跟着沈侯匆匆走了，都忘记自己的衣服和包了。

"谢谢！"

"别谢我，谢那个人吧！"

"嗯？哪个人？"

"就那个惹得沈侯冲冠一怒的男人啊！你们闹完事一走了之，沈侯的朋友帮忙结了账，赔了钱后，我们也打算走，那个男人悄悄叫住了我，把你的东西拿给我，让我帮你带回来。你说，他怎么看出来我和你关系好的？"

　　"他就是我经常周末去见的那个老乡，有时候我也会给他讲一些我们宿舍的事，他大概猜出你是魏彤了吧！"

　　魏彤看卫生间的门紧关着，她钩着颜晓晨的脖子，小声说："说老实话，我倒是更喜欢那个男人，年纪是大了一点，可大有大的好处啊，经济稳定、行事稳重，更知道心疼人。"

　　颜晓晨瞪了魏彤一眼，"别胡说八道！我和他是要好的普通朋友，不过，他人的确超级好，又没有女朋友，你要动心了，我介绍你们认识。"

　　魏彤笑嘻嘻地说："他好是好，不过我有自知之明，高攀不起！等你进了投行，记得帮姐多多留意，找个投行的潜力股给姐就行。以后组织个家庭，他负责赚钱，我负责稳定后方，绝佳搭配。"

　　"没问题！"颜晓晨把书包放好，拿出旧手机，琢磨着要不要给程致远打个电话，亲口对他道个歉，说声谢谢，可看了下时间，已经十二点多。想了想，还是先算了，明天再说。

　　正要放下手机，听到叮叮的短信提示音，是沈侯的短信，提醒她赶紧把 SIM 卡换到新手机上，尽快安装微信。

　　颜晓晨坐在桌前，给手机换卡。

　　魏彤凑过来看，"沈侯送的新手机？"

　　"嗯。"

　　"哎，到这个份儿上，我也说不出什么逆耳忠言了，只能祝福你，Good luck，Lady！"

　　颜晓晨一边仔细地安装 SIM 卡，一边轻声说："很多时候，世间的缘分聚散根本不由我们掌控，我喜欢沈侯，他也喜欢我，已经是最幸运的事。将来结果如何、他能喜欢我多久，都强求不了，我唯一能做的就是在还拥有时尽全力珍惜。"

　　应急灯下，颜晓晨神情专注，脸上有一层莹莹的白光，今晚的她应该是无限喜悦兴奋的，但不知为何，说着自己幸运的她，眉梢眼角却带着忧伤，让人觉得她似乎独自一人站在黑暗的悬崖边。

魏彤忍不住伸手搭在她的肩膀上，拉近了自己和她的距离，刻意笑得很夸张，"我突然有点明白为什么沈侯要点唱 *I knew you were trouble* 了。在所有人眼中，他是你的 trouble，可也许你才是他的 trouble！"

❧❧❧

第二天，颜晓晨去蓝月酒吧结算工资。

沈侯想陪她一起去，被她拒绝了，昨天晚上已经够丢人了，她可不想今天两人又大摇大摆地出现。沈侯有点不满，颜晓晨安抚他说："我只是不想你陪我进酒吧，你陪我一起过去，到时在酒吧外面等我。"

沈侯这才满意，可中午吃饭时，他接了个电话，一个高中同学来上海找工作，一群关系好的高中同学想一起聚聚，沈侯不可能拒绝。这次，轮到沈侯抱歉地看着颜晓晨了。

颜晓晨笑着说："你去吧！"

下午五点，颜晓晨提着两袋水果，走进了蓝月酒吧。这个点的酒吧，人非常少，就两桌客人，一桌还是老板和徐姐。乐队没有来，除了调酒师William，只有一位服务生，酒吧显得非常安静。

William 看到颜晓晨，立即挤眉弄眼地笑起来。颜晓晨很是不好意思，把两袋水果放在吧台上，"买了点水果，麻烦你拿给大家吃。"

William 看除了平常的葡萄、香蕉外，还有车厘子、蓝莓几种进口水果，这两袋水果绝不便宜。他心里暗赞了一声，Olivia 平时花钱很抠门，但真花钱时，却一点不吝啬，是个做事的人。他高兴地把水果收起来，"谢谢了，晚上我们一起吃。"

老板和徐姐走过来，徐姐笑着说："干吗这么客气？"

颜晓晨说："一点小心意，谢谢大家这两年来的照顾。"

老板把一个信封递给颜晓晨，"谢谢你这两年的帮忙。"

颜晓晨双手接过，"酒吧有没有我这个服务生没有什么影响，可我如果没有酒吧的这份工作，根本不可能完成学业。"

老板微微愣了一下，笑着说："一切都熬过去了，以后会越来越好。"

颜晓晨笑了笑，"谢谢，我走了。"

徐姐把颜晓晨送到门口，真诚地说："以后有时间的话，回来玩，不管是带朋友来照顾我们生意，还是来找我们聊天喝酒，都可以。"

颜晓晨也认真地答应了，"好。"

回到学校，吃完晚饭，颜晓晨又去了一趟超市，买了点程致远爱吃的水果。她记得除夕夜在他家暂住时，看冰箱里放着车厘子和美国脐橙，想来是他平时喜欢吃的水果。

颜晓晨拎着水果，坐公车到程致远家，才发现这种高档小区可不像她县城的家，随时可以串门子拜访朋友，门禁森严，门卫压根儿不让她进去，需要先打电话给户主确认她是户主允许的访客。

门卫给程致远家打电话，没有人接，门卫说："户主不在家，你没提前约时间吗？"

颜晓晨说："我现在打电话给他。"

电话响了几声后，程致远接了电话，"喂？"

"是我。"

程致远含着笑说："我知道是你，怎么了？"

"你在家吗？"

"还在公司，怎么了？"

颜晓晨看了眼门卫室的挂钟，已经快八点，程致远的工作也一点不轻松！她说："我这会儿在你家的小区外。"

程致远以为有什么事，忙说："我立即赶回来，你稍等一下。"

"不用，不用！我就是来给你送点水果，顺便撞一下运气看你在不在家，你不在也没关系，我把水果放在门卫室，你下班回家后顺手拿上去就行。"

程致远放松下来，开玩笑地说："请我吃水果？提前说明，这可不能算在利息里，我要吃豪华大餐。"

因为程致远的态度，也不知道什么时候起，每次提到欠钱的事，没有尴尬，反倒有几分喜感。颜晓晨笑说："我知道，绝不会企图赖账。对了……昨天晚上的事，很抱歉。"

"没事，你和沈侯复合了？"

颜晓晨不好意思地说："嗯。"

程致远沉默了一瞬，说："恭喜！不过，他好像很不喜欢我，我们是不是以后需要保持距离？"

颜晓晨立即说："不用！不用！沈侯只是还不了解你，对你有一点误会，等他了解了，肯定也会把你当朋友的，沈侯是个对朋友很好的人。"

"好吧，期待那天尽快到来。"

颜晓晨说："我下午去蓝月酒吧结算了工资，以后不用再去打工了，下个周一开始实习。"

"好的，我知道了。你发工资后，记得打电话给我，我可一直在翘首期盼。"

颜晓晨笑着说："好的，一定记得通知债主，让债主上门讨债。"

程致远说："好好工作，有事给我打电话，不要和我客气。"

"Yes，Sir！"

颜晓晨笑着挂了电话，把水果交给门卫，拜托他们转交给程致远。

Chapter 7
美丽的梦

趁天空还明媚蔚蓝，趁花朵还鲜艳芬芳，趁黑夜还未降临，眼前的一切正美好，趁现在时光还平静，做你的梦吧。且憩息，等醒来再哭泣。

——雪莱

星期一清晨，刚六点半，颜晓晨和吴倩倩就起床了。两人洗漱完，随便喝了包牛奶，吃了点冷面包做早餐，换上昨天晚上就准备好的职业套装，一起出门去坐公车，准备去上班。

学校距离公司有点远，两人怕迟到，特意提早出门，本以为自己是早的，可上公车时，看到挤得密密麻麻的人，她们才明白这个城市有多少她们这样的人。

颜晓晨和吴倩倩随着拥挤的人潮，挤上了车，吴倩倩小声说："以后得租个距离公司近点的房子。"

颜晓晨说："公司附近的房子应该很贵吧？"公司的大楼在陆家嘴金融区，周边都是寸土寸金。

吴倩倩不以为然地说："咱们的工资会更高。"

虽然她们声音压得很低，可公车里人挤人，几乎身体贴着身体，旁边的人将她们的话听了个一清二楚，一个大婶用上海话对身边的朋友说："小娘伐晓得天高地厚，挪自嘎当李嘎诚，手伸册来才是钞票。"翻译成普通话就是：黄毛丫头不知天高地厚，当自己是李嘉诚，一伸手都是钱。

颜晓晨的家乡话和上海话有点相近，完全听懂了，吴倩倩是半猜半听，也明白了。

另一个大婶附和着说："小地方格宁，么见过大排场，慢交就晓得，上海额一套房子，就好逼勒伊拉来此地块混伐下起。"普通话就是：小地方的人，没见过大世面，很快就会知道上海的一套房子就能逼得她们在上海混不下去。

吴倩倩虽然只听了半懂，但"小地方人，没见过大世面，混不下去"的意思是完全领会了，她向来好强，心里又的确藏着点经济落后小城市人的自卑，立即被激怒了，张嘴就顶了回去，"你们压根不知道我一个月挣多少就说这种话，才是不知道天高地厚，没见过世面！"

大婶嗤笑，尖酸地说："吾则晓得，真格有钞票宁，伐会来戈公共汽企粗！"

另一个大婶似乎生怕吴倩倩不能听懂，特意重复了一遍，"我们只知道真有钱的人不会来挤公车！"

吴倩倩气得柳眉倒竖，颜晓晨用力抓住她的手，摇摇头，示意她别说了。吴倩倩也觉得自己和两个市井大婶争论自己能挣多少钱很无聊，她咬着牙、沉着脸，看向窗外。可两位大婶依旧阴阳怪气地嘲讽着，一个说自己朋友的儿子嫌弃父母买的宝马车，一个说自己表妹的女儿刚十八岁，家里就给买了一套婚房……

车一到站，颜晓晨就拽着吴倩倩挤下了车，吴倩倩气得说："我们干吗要下来？我倒是要听听她们还能怎么吹！吹来吹去，永远都是某个朋友、某个亲戚，反正永不会是自己！"

颜晓晨柔声细语地说："时间还早，我们坐下一班车就行了，上班第一天，没必要带着一肚子不痛快进公司。"

吴倩倩立即警醒了，今天最重要的事是什么。她看看挤在公车站前等车的人群，厌烦地皱皱眉头，扬手招了一辆计程车。颜晓晨惊讶地看着她，"打车很贵哎！"

吴倩倩一拍车门，豪爽地说："上车，我请客！"

颜晓晨抿嘴笑起来，"好啊！"钻进了车里。

吴倩倩坐在车里，看着车窗外的车流，旁边就是一辆公车，一车厢的人犹如沙丁鱼罐头一般被压在一起，因为拥挤，每个人脸上都没有笑容，神情是灰扑扑的麻木。吴倩倩想着自己刚才就是其中的一员，而短短一刻后，她就用钱脱离了那个环境，不必再闻着各种人的体臭和口臭味。吴倩倩轻声说："钱的确不是万能的，可不得不承认，没有钱是万万不能的。"

颜晓晨没有回应，吴倩倩回头，看见颜晓晨拿着她的新三星手机，正在发微信。吴倩倩猜到她是发给沈侯，嘲笑，"真是一日不见如隔三秋。"

颜晓晨没有说话，笑着做了个鬼脸，依旧专心发微信。

到公司时，比规定的时间早了半个小时，但公司里已经有不少人在忙碌，颜晓晨和吴倩倩立即明白，投行内非同一般的高薪需要付出的努力也非同一般。

前台领着她们到会议室坐下，她们并不是最早到的实习生，会议室里已经坐了五六个人。颜晓晨和吴倩倩都觉得滚滚压力扑面而来，没有再交谈聊天，各自端坐着等候。

上班点时，二十多个实习生已经全部到齐。大家又等了十来分钟，人力资源部的经理走进会议室，自我介绍完后，代表公司讲了几句欢迎的话，然后要求大家做一下自我介绍，方便所有人尽快熟悉起来。

每个人的自我介绍都不同，活泼外向的人会把平时的兴趣爱好都说出来，主动邀请大家下班后找他玩，沉稳谨慎的人话会少一点，颜晓晨算是说得最少的，只微笑着说了自己的中文名，以及公司内会通用的英文名，颜晓晨懒得多想，依旧沿用了在蓝月酒吧的英文名 Olivia。

等所有人自我介绍完，大家彼此有了一定了解后，另一个人力资源部的员工把制作好的临时员工卡发给他们，带着他们去参观公司，讲了一些注意事项。中午时，人力资源部邀请了几个部门的负责人，和实习生一起聚餐。下午又开了一个会，发了一些学习资料，才把实习生分散开，让他们去了各自要去的部门。

颜晓晨和吴倩倩学校相同、专业相同，两人找工作时申请的方向也相同，所以和另外四个男生一起去了企业融资部。

接待他们的是一个 Vice President[①]，二十七八岁的男人，姓陈，叫 Jason，北京人，很风趣健谈。Jason 和他们聊了一会儿，把他们介绍给部门里的同事后，差不多就到下班点了。Jason 告诉他们可以下班了，几个实习生看部门里好像没有人走，都有点迟疑，Jason 笑着说："以后加班肯定是家常便饭，但现在你们还不是正式员工，的确没有那么多事要你们做，都回去吧！"

实习生们这才拿起各自的包，离开了公司。

公车到站后，颜晓晨一下车，就看到了沈侯，她又惊又喜地说："你怎么来了？"

"我来接你啊！"沈侯把她的包拿去，关切地问："累吗？"

颜晓晨笑摇摇头，"不累，公司不会让实习生真正做什么，何况今天是第一天，只是一些介绍。"

吴倩倩嗤笑，"沈侯，我们是去上班，不是去做苦工！"

沈侯坦然自若地接受了嘲笑，"我就是心疼我的女朋友，你有意见吗？"

吴倩倩撇撇嘴，"没意见！"

沈侯揽住颜晓晨的肩膀，"晚上去哪个食堂吃饭？要不然去吃砂锅饭

---

① Vice President：副总裁，简称 VP。

吧！"学校附近有一家砂锅店，一份砂锅饭二十多块，还送例汤和小菜，算是便宜又实惠。

"好啊！"颜晓晨问吴倩倩，"要一起吃晚饭吗？"

吴倩倩对颜晓晨挥挥手，"我不做电灯泡了，拜拜。"

沈侯和颜晓晨去砂锅店吃完晚饭，散步回了学校。

沿着林荫路，走到湖边。人间四月有情天，春暖花开，一对对恋人或绕着湖边漫步而行，或坐在湖边的石头上窃窃私语。

恰巧林木间的一张长椅空着，被郁郁葱葱的树荫挡住了视线，不能看到湖景，却很清净。沈侯拉着颜晓晨坐到长椅上，拿出手机给颜晓晨看，手机的背景图是颜晓晨的一张照片，她站在图书馆的书架间，正在翻看一本书，阳光从大玻璃窗的一角射入，照得她身周好似有一圈光晕。

颜晓晨自己都没见过这张照片，也不知道沈侯是什么时候偷偷拍的，她不好意思地问："干吗要用我的照片？"

沈侯把一张自己的照片发给颜晓晨，霸道地说："你难道不是应该赶紧向我学习吗？"

颜晓晨收到照片后，却一时不知道在哪里操作，沈侯把手机拿过去，几下就把自己的照片设置成了背景图。

看到手机上冲着她笑得连阳光都会失色的沈侯，颜晓晨突然发现，这种能时时刻刻看见沈侯的感觉十分美妙。沈侯看颜晓晨一直盯着他的照片看，笑嘻嘻地说："喂！我就在你身边，你看我就行了。"

颜晓晨不好意思，把手机收了起来。

沈侯问："上班的感觉如何？"

"因为太陌生，有点不知道该做什么的茫然，不过想到能赚钱了，很期待、也很兴奋。"

沈侯笑着说："听说你们这一行年景好的时候，年薪七八十万一点问题没有，我到现在还没找到工作，看样子也找不到什么大公司的好工作了，到时候你不会嫌弃我吧？"

颜晓晨觉得沈侯的这句话里别有含义，猜不透沈侯究竟想表达什么，坦然诚实地说："我永不可能嫌弃你，我倒是很担心你会嫌弃我。"

沈侯双手枕在脑后，靠在长椅上，悠悠地说："毕业季，分手季！我看几个有女朋友的哥们儿都格外惆怅。找到工作的，郁闷不能在一个城市；没找到工作的，不想着同舟共济，却天天吵架。一份工作已经搅散了好几对了！你知不知道，这个时候你和我在一起，让很多同学跌破眼镜，你现在可是金光闪闪的一座金山，选择我，是屈尊低就！"

颜晓晨虽然从不关心八卦消息，但或多或少也能感觉到一些微妙的改变，以前同学们总觉得她 hold 不住沈侯，如今只因为她找到了一份高薪工作，就再没有人流露这种想法，吴倩倩甚至表现得沈侯对她好是理所当然。

颜晓晨问："你自己怎么想的？"

"我有点好奇，我到现在还没有工作，你却从来不着急，你是完全不在乎呢？还是压根儿没想过我们的未来？"

"都不是。"

沈侯扬扬眉，看着颜晓晨，表示愿意洗耳恭听。

颜晓晨说："我只是相信你，也相信自己。"

也许这段时间看了太多的吵架分手，年轻的感情炙热如火，却也善变如火，沈侯又被同学有意无意地嘲笑他找了座金山，沈侯相信自己，却没有足够的自信面对颜晓晨，真应了那句话，爱上一个人，不自觉地就会觉得自己很低。沈侯尖锐地问："如果我找不到工作，你也相信？"

颜晓晨从容地说："找不到就接着找，慢慢找总能找到，反正我能挣钱，饿不着咱俩。"

"如果找到的工作不在一个城市呢？"

"我可以申请公司内部调动，如果不行，我可以换工作，工作肯定会有，顶多钱挣得少一点，但再少，我们两个人养活自己总没问题吧？"

所有困扰别人的问题到了颜晓晨这里，都变得压根不算问题，看来她的确考虑过他们的未来，也做了充分的应对准备，沈侯失笑地摇摇头，是他想多了。

颜晓晨拉住沈侯的手，"我相信你肯定考虑过自己的未来，已经有自己的打算。我相信自己的能力，不管你做任何决定，只要你愿意和我在一起，我一定会陪在你身边。不要说只是换个城市，就算你突然改变了主意，想出国，我也可以开始准备考托福，去国外找你。"

沈侯展手抱住颜晓晨，用力把她收到怀里，在她耳畔低声说："小小，我爱你！"

颜晓晨身子一僵，喃喃问："你叫我什么？"

沈侯柔声说："你不是说你的小名叫'小小'吗？以后我就叫你'小小'。"

颜晓晨愣了一瞬后，缓缓闭上眼睛，用力抱住了沈侯。原来，这个世界上还会有一个人用最温柔宠溺的语气叫她"小小"。

投行是工作压力很大的地方，可不管是上司还是同事都对实习生的要求放低了很多，而且大部分工作属于商业机密，还不适合交给实习生去做，所以和同事们相比，颜晓晨的实习工作不算很累，可也每天从早忙到晚。每周还有两次培训，会布置作业，虽然不会有人给他们的作业打分，但是完成得好的人会被点名表扬，还会被主管们要求做陈述，无形中，又变成了一种竞争，毕竟没有人不想给未来的上司留下好印象。

颜晓晨本来就专业知识十分扎实，人又聪慧努力，不管是交给她的工作，还是布置下来的作业，她都会完成得很好。而且她身后还有个师父程致远，有些作业，颜晓晨实在没有头绪时，就会给程致远打个电话，寻求一点帮助，程致远指点个方向，或者推荐本参考书，颜晓晨立即会明白该如何做。

被点名表扬了几次后，颜晓晨就成了实习生中的名人了，连几个部门的主管也都记住了她。有一次，一群实习生培训完后，一起去乘电梯，正好几个部门的主管开完会出来，他们经过时，居然跟颜晓晨打了个招呼。只是一个很普通的同事间的问好，可已经让一群年轻人无比羡慕嫉妒。

不管是善意的羡慕，还是略带恶意的嫉妒，颜晓晨全部当作不知道，她尽全力做好自己的事，别人怎么想，她管不着。

四月底时，人力资源部的经理宣布了一个好消息，会从所有实习生中挑选几个表现优异的人派送到美国总部工作两年。

等六月份拿到学位证书毕业后，他们一旦正式入职，起薪就会不低于三十万人民币，在国内已经算是很高的薪酬，可美国总部的起薪不低于十万美金。除了金钱上的直接利益外，能在世界金融中心纽约工作，对他们的职业生涯更是有不可估量的好处。

实习生听到这个消息，都沸腾了，个个恨不得头悬梁锥刺股，使出全部的力气去争取成为那个幸运儿。颜晓晨对这件事却是完全不感兴趣，沈侯如果想出国，早出了，既然沈侯现阶段的人生规划完全不考虑出国，那么她也绝不会考虑。她依旧如往常一样，认真对待每一件事，不会刻意抢着去表现自己，但轮到她表现时，她也不会故意谦让。反正，想被选上不容易，可如果真被选上了，她想要放弃，却会很容易。

因为已经决定了要放弃，颜晓晨也就没有告诉沈侯这件事。

五月初，颜晓晨拿到了第一笔工资，扣除各种税金后，有五千多，对颜晓晨而言，真是一笔巨款。

她给妈妈转了一千五，打算再还给程致远一千，还剩下两千多。她查了下程致远家附近的西餐厅的价格，发现如果想请程致远吃大餐，至少要做五百块的预算。这么一算，最多也就剩一千多，看上去不少，可上班不同于读书，开销大了很多，一千多维持一个月其实刚刚够，但颜晓晨已经非常满意。她订好餐厅后，兴高采烈地给程致远打电话，程致远很高兴地答应了。

一切都敲定了，颜晓晨却不知道该如何告诉沈侯。沈侯是个交友广阔的人，各种活动很多，他的很多活动颜晓晨没兴趣参加，沈侯也不会带颜晓晨去。如果颜晓晨不告诉他，找个借口去和程致远吃饭，沈侯肯定不会知道，但颜晓晨不想欺骗沈侯。

可是，沈侯对程致远成见很深，颜晓晨已经尝试了很多次，想化解他对程致远的误会，都不成功。每次，她向沈侯述说程致远是个多么好的人，沈侯总是阴阳怪气地说："他对你有企图，当然对你好了！他不对你好，怎么实现自己的企图？"反正沈侯坚决不相信程致远只把颜晓晨当普通朋友，搞得颜晓晨越说程致远的好，就像是越证明程致远别有用心。

有时候，颜晓晨说得太多了，沈侯还会吃醋，酸溜溜地说："他那么好，你不如找他做男朋友了！"

颜晓晨舍不得沈侯生气，只能闭嘴不提程致远，当然，她也坚决不肯答应沈侯，和程致远绝交。沈侯知道她仍旧和程致远有联系，因为颜晓晨打电话请教程致远工作上的事时，从不瞒着沈侯，有时候，她还会把手机拿给沈侯看，她和程致远的短信内容干净得像商业教科书，沈侯没办法生气，可他就是不认可程致远。

慢慢地，两个倔强的人意识到，他们都认为自己很有理由，谁都不会让步，可又都舍不得吵架，只能各退一步，沈侯不过问颜晓晨和程致远的事，颜晓晨也不主动去见程致远。

因为不知道怎么跟沈侯说，颜晓晨一直拖到了最后一刻。

颜晓晨去沈侯的宿舍找他时，沈侯正在淘宝上乱逛，这不奇怪，奇怪的是他浏览的网页都是童装和女士服装，颜晓晨好奇地看了两眼，"你要给谁买衣服？"

"不买，就随便看看，看看大家最喜欢购买的都是什么样的衣服。"沈侯把笔记本电脑合拢，"晚上去哪里吃饭？"

"晚上，你自己吃吧！我约了个朋友……"颜晓晨期期艾艾地把请程致远吃饭的事告诉了沈侯。

沈侯果然生气了，嚷嚷："你拿了工资，只请我吃了一份砂锅饭，竟然要请程致远吃西餐！难道他比我还重要？"

颜晓晨一直没有告诉沈侯她两次向程致远借钱的事，只能说："我在找工作时，他帮了我很多，当初我就答应了要好好谢谢他，没请你吃大餐，是因为钱不够了，只能先委屈一下自己人。"

沈侯对前一句话不以为然，他对颜晓晨充满信心，觉得程致远不过是锦上添花，没有他，颜晓晨也肯定能得到投行的工作，对后一句话却十分受用，他火气淡了一点，嘟囔："那自己人要求你买个贵重的礼物送过去，不要去和程致远吃饭了，你会答应吗？"

颜晓晨抱歉地看着沈侯，突然灵机一动，"你要是不放心，要不一起去？"正好趁这个机会，让沈侯了解一下程致远，毕竟很多误会都是源于不了解。

沈侯做了个极度嫌弃的表情，对颜晓晨很严肃地说："小小，我不是不放心，我对自己这点自信还有，也绝对相信你！我只是真的不喜欢程致远这个人，总觉得他有点怪异！"

颜晓晨赔着笑说："你相信一次我对人的判断好吗？程致远真的是个很好的朋友。"

沈侯知道拗不过颜晓晨，叹了口气，"你去吧，不过，你要补偿我的精神损失。"

颜晓晨立即说："好，你想要什么补偿？"

沈侯坏笑，点点颜晓晨的嘴唇，"我要这个。"

颜晓晨"唔"一声轻哼，沈侯已经用唇封住了她的唇，长驱直入、狠狠肆虐了一番后，又去吻她的脖子。颜晓晨是典型的江南水乡女子，皮肤白皙细腻，触之如瓷，轻薄清冷，让沈侯总是分外小心温柔。可今晚，他想起宿舍哥们儿说的"种草莓"，恶作剧的念头突起，用了点力，以唇噬着颜晓晨的脖颈。

颜晓晨觉得微微疼痛，但并不难受，她有点不安地去抓沈侯，沈侯安抚地抚着她的手。几分钟后，沈侯抬起头，看见颜晓晨蝴蝶骨的上方，一个绯红的草莓，在领口探头探脑。沈侯笑着对颜晓晨说："你去吃饭吧，我已经在你身上印下专属于我的印记，你跑不掉的！"

颜晓晨并不知道她脖子上多了个东西，听到沈侯放她走，开心地说："我走了，晚上不用等我，我会给你发微信。"

沈侯不置可否地笑笑，"你去吃你的饭，我去吃我的饭，我不能干涉你，你也别管我。"

颜晓晨讨好地亲了沈侯的脸颊一下，离开了。

赶到西餐厅，程致远已经到了。

颜晓晨笑着走过去，"不好意思，来晚了。"

程致远的目光在她脖颈上微微停留了一瞬，若无其事地移开目光，笑着说："你没有迟到，是我早到了。"

侍者拿来菜单，颜晓晨虽然已经为这顿饭在网上恶补了一些西餐知识，可她对面坐着的可是行家，她问："我对西餐不了解，你有什么推荐？"

"有什么偏好和忌口吗？"

"没有忌口，什么都爱吃。"

程致远笑起来，点了两份开胃菜，给自己点了一份鸡排做主菜，给颜晓晨点的是鱼，侍者询问："需要甜品吗？"

程致远问颜晓晨："怕胖吗？"

颜晓晨摇头，"我们家基因好，怎么吃都不胖。"

程致远为颜晓晨点了一份最平常，也最流行的柠檬芝士蛋糕。

等侍者收走菜单，颜晓晨悄悄对程致远说："我总觉得服务生看我的目光有点怪怪的，他们是不是看出来我是第一次到这么好的餐厅吃饭？"

程致远的视线从她脖子上一掠而过，笑说："也许是觉得今晚的你很美丽。"

颜晓晨做了个鬼脸，"谢谢你虚伪却善良的谎言。"

程致远笑看着颜晓晨，"你最近的状态很好，有点像是这个年龄的女孩了，要继续保持！"

颜晓晨愣了一愣，端起杯子喝了口柠檬冰水，"我以前的状态是什么样？"

"好像被什么事情压着，负重前行的样子，现在轻松了很多，这样很好。"

颜晓晨沉默了一会儿，微笑着说："我也觉得最近一切都太好，好得都不太真实。"

"一切都是真的。"

侍者端来了饭前开胃菜，礼貌地询问该端给谁，程致远说："我们一起吧，不用讲究外国人那套。"

侍者像摆放中餐一样，把两份开胃菜放在了桌子中间。

颜晓晨等程致远先吃了一口，才动了叉子。

两人一边吃饭，一边聊天，颜晓晨讲着工作上的事，把公司会选派人去纽约总部工作的消息告诉了程致远，程致远说："从职业发展来说，你应该尽全力争取这个机会。"

颜晓晨说："我不去。"

程致远了然地说："因为爱情。"

"难道你不赞同？"

"只要你的选择能让自己开心，我完全赞同。人们争取好的职业是为了让自己过得更开心，如果为了一份工作失去了真正让自己开心的东西，当然很不值得。"

现在的年轻人更容易倾向于"爱情不可靠，有了经济基础还怕没有爱情吗"，这也就是为什么大多数人会为一个更好的前程放弃爱情，颜晓晨笑眯眯地举起杯子，"不愧是我的老乡！"

两人碰了下杯，以水当酒喝了一口。

吃完最后的甜品，已经八点多。颜晓晨把一个信封递给程致远，"下个月还最后一笔欠款。"之前，颜晓晨把挂失的银行卡里的钱取出来后，已经还过一千，加上这次的还款就是两千，还剩最后一千没还。

程致远把信封收了起来。颜晓晨叫侍者来结账，四百多，颜晓晨还担心程致远会和她抢着结账，幸好她担心的事没有发生，程致远只是微笑地看着。

结完账，两人走出餐厅，程致远想说送颜晓晨回去，街道对面突然传来一声大叫，"小小！"

隔着川流不息的街道望过去，闪烁的霓虹灯下，沈侯站在一家咖啡店的门口，用力挥着手。显然，他一直等在那边的咖啡店，看到颜晓晨和程致远吃完饭，立即跑了出来。

"小小！"沈侯又大叫了一声。

颜晓晨笑起来，举起手也挥了挥，表示自己已经看到他。沈侯指指不远处十字路口的红绿灯，示意两人在那边的人行横道汇合，颜晓晨做了个OK 的手势，他向着那边快步而去。

颜晓晨也忙和程致远告别，"我走了，我们电话联系。"

程致远说："好！"

两人先后转身，向着不同的方向走着。颜晓晨跑了几步，突然想起什么，回身叫："程致远！"

程致远回身，静静看着颜晓晨。

颜晓晨笑了笑，发自肺腑地说："谢谢你！"

城市的迷离灯火下，熙来攘往，车马喧哗，程致远眉梢眼角带着几分沧桑，站在热闹的人群中，却有一种离群索居的苍凉感。他淡淡一笑，郑重地说："晓晨，请不要再对我说谢谢了！"

"虽然说是好朋友，可是……不过，好吧，我尽量！"颜晓晨笑着挥挥手，转身向着十字路口的红绿灯跑去，看到那个温暖的身影就在不远处等着她，她的笑容忍不住地越来越灿烂，脚步越来越快。

程致远一直站在她的身后，目送着她奔向她的幸福。

❧❧❧

沈侯和颜晓晨腻歪够了，掐着锁楼门的时间点，送了颜晓晨回去。

周末宿舍不熄灯，宿舍楼里一片灯火通明，颜晓晨走在楼道里，迎面而过的同学都暧昧地朝她笑，颜晓晨被笑得毛骨悚然。

回到宿舍，吴倩倩和魏彤也是一模一样的暧昧表情，吴倩倩还只是含蓄地看着，魏彤却直接冲了过来，一边上下鉴赏着颜晓晨，一边念念有词，"啧啧！你和沈侯做了？我们是不是要喝点酒庆祝一下？"

颜晓晨莫名其妙，"做什么？"

"你说你和沈侯能做什么？"

颜晓晨还是没反应过来，困惑地看着魏彤。

魏彤大大咧咧地说："当然是做爱了！喝酒庆祝一下吧，颜晓晨的处女生涯终于结束了！"魏彤说着，竟然真的去她的书柜里拿酒。

颜晓晨目瞪口呆了一瞬，结结巴巴地说："我、我们……还没准备好，等真做了，再庆祝。啊，不对……"她简直想咬掉自己的舌头，"就算做了，也不告诉你。"

魏彤狐疑，"真没做？那你脖子上是什么？"

颜晓晨冲到镜子前，看了一下脖子，无力地掩住了脸，几乎要泪奔着咆哮：沈侯，你个浑蛋！程致远，你也是个浑蛋！

周末，沈侯请颜晓晨去吃西餐，地点是上周末颜晓晨请程致远吃饭的那家餐厅。

颜晓晨坐在她和程致远坐过的餐桌前，哭笑不得地看着沈侯，这家伙表现得很大方，实际上真是一个小气得不能再小气的小气鬼。

沈侯看她的表情就知道她在腹诽他，他一本正经地说："你别以为我是故意的，我是真的有事要庆祝。"

颜晓晨撑着下巴，看着他，一副等着看你如何编的样子。

沈侯清了清嗓子，说："我找到工作了。"

"啊？！"颜晓晨再装不了矜持，一下子喜笑颜开，立即端起果汁，和沈侯碰了下杯子，"太好了！"

沈侯故作委屈地问："现在还觉得我是故意的吗？"

颜晓晨歪着头想了想，说："现在更觉得你就是故意的！你要用和你在一起的记忆掩盖住和程致远有关的记忆，以后我就算想起这家餐厅，也只会记住今晚！"

沈侯嬉皮笑脸地问："那你是喜欢，还是讨厌？"

颜晓晨故作严肃地说："你要是脸皮再这么厚下去，就算是喜欢也会变得讨厌。"

沈侯掐了颜晓晨的脸颊一下，"口是心非！"

颜晓晨不好意思地打开他的手，"说说你的工作，哪家公司？做什么的？"

沈侯说："英国的一家运动品牌 NE，比 Nike、Adidas 这些牌子差一些，但也算运动产品里的名牌，我应聘的是销售职位，工资很低，底薪只有四千多，如果做得好，有销售提成。"

颜晓晨十分纳闷，"你怎么会选择做销售？而且是一家卖衣服鞋子的公司？"他们的专业应该是朝着银行、证券公司这一类的金融机构去找工作，同学们也都是这么做的，毕竟专业对口，而且金融行业的工资相较其他行业要高不少。

沈侯神秘地说："我的个人兴趣，就是工资低一点，都不好意思告诉同学。"

颜晓晨笑着说："你自己喜欢最重要，钱嘛，来日方长，何必急于一时？"

沈侯握了握颜晓晨的手，"谢谢支持。"

因为沈侯的"喜讯"，两人的这顿饭吃得格外开心。

吃完饭，两个人手拉手散步回学校。颜晓晨看着街上来来往往的行人，不禁遥想她和沈侯的未来——就像这大街上的人一样，每天上班下班。如果下班早、有时间，她就自己做饭，如果没有时间，他们就去餐馆吃，吃完饭，手拉着手散步。

颜晓晨偷偷看沈侯，忍不住一直在傻笑，突然想起了梁静茹的一首歌，忍不住小声哼着："……这世上你最好看，眼神最让我心安，只有你跟我有关，其他的我都不管。全世界你最温暖，肩膀最让我心安，没有你我怎么办？答应我别再分散，这样恋着多喜欢……"

沈侯听颜晓晨断断续续地哼着歌，却一直听不清楚她究竟在唱什么，笑问："你在唱什么？"

"梁静茹的一首老歌，叫……"话已经到了嘴边，颜晓晨却紧紧地闭上了嘴巴，红着脸摇摇头，不肯再说。她刚发现，这首歌的名字直白贴切得可怕，《恋着多喜欢》，简直完全说出了她的心意，她实在不好意思说出口。

沈侯本来只是随口一问，看颜晓晨不说，他开始真正好奇了，可不管他怎么追问，颜晓晨都只是抿着嘴笑，就是不肯告诉他名字，也不肯告诉他歌词。问急了，她还会耍赖打岔，"哎呀，你的毕业论文写得怎么样了？"

一直到他送她回宿舍，他也没问出歌的名字来。

深夜，颜晓晨已经睡沉，突然听到手机铃声响，幸好今天是周末，魏彤和吴倩倩都有活动，宿舍里只有她在。

颜晓晨摸出手机，看了眼来电显示，是沈侯。她接了电话，带着浓浓的鼻音问："喂？你还没睡啊，又在玩电脑？"

"是在用电脑，不过不是打游戏，我查到你晚上唱的是什么歌了。"沈侯的声音还带着那一刻听清楚歌词后的感动和喜悦，温柔到小心翼翼，似乎唯恐一个不小心，就呵护不到那自心爱女孩的深沉喜欢。

"你说什么呢？"颜晓晨的脑袋仍迷糊着，没反应过来沈侯在说什么，心却已经感受到那声音里的甜蜜，嘴角不自禁地带出了笑意。

手机里沉默了一小会儿，传来了沈侯的歌声："星辰闹成一串，月色笑成一弯，傻傻望了你一晚，怎么看都不觉烦。爱自己不到一半，心都在你身上，只要能让你快乐，我可以拿一切来换……"

颜晓晨彻底清醒了，她闭目躺在床上，紧紧地拿着手机，紧紧地贴在耳朵边，全部身心都在歌声中："……这世上你最好看，眼神最让我心安，只有你跟我有关，其他的我都不管。全世界你最温暖，肩膀最让我心安，没有你我怎么办？答应我别再分散！这样恋着多喜欢，没有你我不太习惯！这样恋着多喜欢，没有你我多么孤单！没有你我怎么办？答应我别再分散，答应我别再分散……"

大概因为宿舍里还有同学，沈侯是躲在阳台上打电话，他的声音压得很低，又是刚学的歌，有点走调，可是在这个漆黑的深夜，却有了一种异样的力量，让颜晓晨觉得每个字都滚烫，像烙铁一样，直接烙印在她的心上。

生命中会有无数个夜晚，但她知道，今夜从无数个夜晚中变成了唯一，她永远不会忘记今夜。因为有一个深爱她的少年熬夜不睡，守在电脑前听遍梁静茹的歌，只为找到那一首她唱过的歌；因为他为了她，躲在漆黑的阳台上，用走调的歌声，为她唱了一首全世界只有她听到的歌。

明明宿舍里没有一个人，颜晓晨却好像害怕被人偷去了他们的幸福秘密，耳语般低声祈求："沈侯，我们永远在一起，永远都不要分开，好不好？"

"好！我们永远在一起！永远都不分开！"沈侯给出的不仅仅是一句许诺，还是一个少年最真挚的心。

年轻的他们并不是不知道人生有多么百折千回、世事有多么无常难测，但年轻的心，更相信自己的勇气和力量，敢于期冀永远，也敢于许出一生的诺言。

Chapter 8
错误

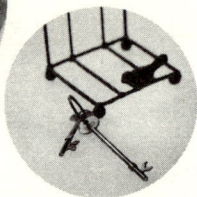

今天还微笑的花朵，明天就会枯萎；我们愿留贮的一切，诱一诱人就飞。什么是这世上的欢乐？它是嘲笑黑夜的闪电，虽明亮，却短暂。

——雪莱

　　五月中旬，交上毕业论文，所有学分算是全部修完，大家开始准备毕业。

　　不管是去外地实习，还是去旅游的同学都返回了学校，递交毕业资料、准备拍摄毕业照……住着毕业生的楼层里弥漫着一种懒洋洋、无所事事，又焦躁不安的毕业气氛。很多宿舍常常一起看韩剧看到凌晨两三点；女生楼外，唱情歌、喊话表白的场景隔三岔五就上演；时不时，就会有聚餐，经常能听到女生酒醉后的哭声。

　　刘欣晖也回来了，她的发型变了，烫了波浪长卷发，化着精致的淡妆，一下子就从邻家小妹变成了一个女人，可一开口，大家就知道她还是那个心直口快的小姑娘，在父母的呵护下，带着点天真任性，安逸地生活着。

五月底，MG宣布了各个部门能外派到纽约总部工作的名额，颜晓晨实习的部门只有一个名额。虽然最后的名单要六月底才会宣布，可各种小道消息已经满天飞，不少人都说颜晓晨已经被确定。

在众人羡慕的眼光中，颜晓晨依然故我。根据她的了解，在名单正式公布前，公司都会约谈候选者，询问他们的意向，那个时候说清楚她不愿去纽约工作就可以了。

六月初，颜晓晨发了工资后，像上个月一样，给妈妈转了一千五，给程致远还了最后一笔一千块。

外债全清，颜晓晨心情大好，请程致远去吃泰国菜。当然，在请程致远吃饭前，她先主动请沈侯在同一家餐厅，吃了一顿饭。沈侯已经默认了"颜晓晨有一个他讨厌的朋友"这个事实，没有像上次一样反对她和程致远出去，只是嘀嘀咕咕地念叨，希望程致远吃坏肚子，惹得颜晓晨暗笑。

周四时，班长通知大家下个周二拍摄毕业照，摄影师时间有限，务必要提前租好学士袍，千万不要迟到。

颜晓晨和吴倩倩都提前请了假，周二那天，先是全院毕业生大合照。等全院照完，就是各个班级的毕业合照。

在每个班级合照的间隙，同学们各自拿着相机，你找我照，我找你照，单人照、师生照、情人照、宿舍照、好基友照……反正就是不停地换人，不停地凹造型。

颜晓晨被沈侯拉去合影，同学们起哄，"要吻照！要吻照！"魏彤和刘欣晖也跟着大声嚷，"沈侯，要吻照！"

颜晓晨假装没听见，只是把头微微靠在了沈侯肩上，沈侯却真的响应了人民群众的呼声，凑过去亲颜晓晨。颜晓晨一边羞涩地躲，一边甜蜜地笑，一手扶着摇摇欲坠的学士帽，一手下意识地去挡沈侯，沈侯却铁了心，非要亲到，拉着颜晓晨，不许她逃。同学们又是鼓掌喝彩，又是嗷嗷地尖叫起哄……

蓝天下、绿草地上，一张又一张洋溢着青春欢乐的照片被抢拍了下来。

⁂

因为拍摄毕业照，颜晓晨和吴倩倩请了一整天假。虽然公司对毕业生的这种合理请假理由完全支持，但她们自己却有点不安，周三去上班时，都更加努力。

十点左右时，颜晓晨正在和同事说一件事，放在桌上的手机突然响了。虽然她已经调成了静音模式，可手机振动时，发出嗡嗡的振动声音，还是挺引人注意，同事笑着说："没事，你先接电话，我们过会儿再说。"

颜晓晨看来电显示是陌生号码，有点不快地接了电话，"喂？"

电话那头是个年轻陌生的男生声音，"你好，请问是颜晓晨吗？"

"是我。"

"我是王教授的研究生，从你同学那里要到你的电话号码，王教授想见你。"

颜晓晨忙问："请问是哪个王教授？"

"教宏观经济学的王教授。"

宏观经济学的王教授？颜晓晨脑子里反应了一瞬，一股冷气骤然从脚底直冲脑门，全身不寒而栗，三伏盛夏，她却刹那间一身冷汗。

对方看颜晓晨一直沉默，以为信号有问题，"喂？喂？颜晓晨，能听见吗？"

"我在。"颜晓晨的声音紧绷，"什么时候？"

男生和蔼地说："现在可以吗？王教授正在办公室等你。"

颜晓晨说："好，我在校外，立即赶回去。"

"好的，等会儿见。"

颜晓晨挂了电话，去和Jason请假，Jason听说学校里有事，立即准了假。

吴倩倩看她要走，关切地问："什么事？我也要回去吗？"

颜晓晨勉强地笑笑，"不用，和你没有关系。"

颜晓晨拿起包，急匆匆地出了办公室。

不是上下班的高峰期，没有堵车，不到一个小时，颜晓晨就赶回了学校。

她给刚才的男生打电话，"你好，我是颜晓晨，已经在办公楼下了。"

"好的，你上来吧，在五楼，我在电梯口等你"

颜晓晨走出电梯，看到一个戴着眼镜的男生冲她笑，"颜晓晨？"

颜晓晨却一点笑不出来，只是紧张地看着他，带着隐隐的希冀问："教授找我什么事？"也许完全不是她预料的那样，也许有另外的原因。

"不知道。"男生以为她有见老师紧张症，和善地安慰她，"王教授虽然看上去古板严厉，但实际上他对学生非常好。"

男生领着颜晓晨走到王教授办公室前，门虚掩着，男生敲了敲门，"教授，颜晓晨来了。"

"进来！"

男生推开门，示意颜晓晨进去。颜晓晨的腿肚子不受控制地打战，半响都没挪步。男生很是奇怪，忍不住轻轻推了颜晓晨一下，"教授让你进去。"

颜晓晨一步一挪地走进了办公室，男生看教授再没有吩咐了，恭敬地说："教授，我走了。"他轻轻地虚掩上门，离开了。

办公桌前有一把椅子，可颜晓晨根本不敢坐，也压根儿没想到要坐，只是表情呆滞地站在办公桌前，像一个等待着法官宣判死刑的囚徒。

王教授抬头看着颜晓晨，严肃地问："知道我找你什么事吗？"

到这一刻，所有的侥幸希冀全部烟消云散，颜晓晨苍白着脸，一声没吭。

王教授说："前几天我收到一封匿名举报电子邮件，说你上学期帮一个叫沈侯的学生代考了宏观经济学。我调出了沈侯的试卷，又调出了你上个学期的经济法试卷，这里还有一份沈侯的经济法试卷。"

王教授拉开抽屉，取出三份试卷，一一放到颜晓晨面前，"我想，不需要笔迹鉴定专家，已经能说明一切。"

颜晓晨看着桌上的证据，面如死灰。她虽然聪敏好学、成绩优异，可家庭条件决定了她没有被督促着练过字，她的字工整有力，却一看就是没有正规笔法的。沈侯却不一样，从小被母亲寄予了厚望，五岁就开始练字，启蒙老师都是省书法协会的会员，虽然沈侯上初中后，放弃了练字，但从小打下的根基已经融入骨血中，他一手字写得十分漂亮，一看就是下过苦工的。

王教授严厉地说："不管是做学问，还是做人，最忌讳弄虚作假！学校对作弊一向是严惩，一旦被发现，立即开除学籍。"

颜晓晨的身子晃了一下，她脸色煞白，紧紧地咬着唇，一只手扶着桌子，好像这样才能让自己不摔倒。

虽然从字迹能看出考经济法的沈侯和考宏观经济学的沈侯不是同一个人，但毕竟不能算是真凭实据，笔迹鉴定专家也只存在于影视作品中，王教授压根儿没在现实生活中见过此类人，更不知道去哪里找，如果颜晓晨死不承认，王教授还真要再想办法，这会儿看她没有厚着脸皮抵赖，王教授的脸色和缓了一点，"对这个叫沈侯的学生我没有任何印象，可对你的名字我不陌生，在你没放弃保研时，院里以为你肯定会接受保研，两个教授都已经准备找你谈话，希望你能做他们的研究生，没想到你放弃了保研，好几次吃饭时，我都听到他们遗憾地提起你。这次出了这样的事，我特意查问了一下你四年的表现，应该说，你是让所有老师都满意的学生！我听说你家庭条件很困难，已经找到一份很好的工作，你应该很清楚开除学籍意味着什么。我可以告诉学校，是你主动找我坦白认错，替你向学校求情。"

颜晓晨像即将溺毙的人抓到一块浮木，立即说："我愿意！"

王教授指指她身旁的椅子，"你先坐。"他把一沓信纸和一支笔推到她面前，"你写个认错悔过书，承认你是被沈侯威胁鼓动，一时糊涂，犯下大错。几经反省，现在已经意识到自己的错误，主动找我坦白，承认了过错。"

惊恐慌乱中，颜晓晨的脑子有点不够用，她拿起笔就开始交代犯错过程，写了一行字，突然反应过来——这份悔过书在把所有过错推向沈侯。她停了笔，嗫嚅着问："教授，学校会怎么处理沈侯？"

王教授是七十年代末恢复高考后的第三批大学生，当年为了读大学，他付出了常人难以想象的坚持，吃过很多苦、受过很多罪，在他眼中，学习的机会很宝贵，他对现在身在福中、却不知福的年轻人非常看不惯。王教授漠不关心地说："按校规处理！我查过沈侯四年来的成绩，也打听了一下他平时的表现，既然他一点都不珍惜在大学学习的机会，这个惩罚对他很合适！"

颜晓晨觉得自己的心猛地一窒，刚刚带给她一线希望的浮木竟然变成了绝望的石头，带着她向水下沉去。颜晓晨哀求地问："沈侯也可以主动坦白认错，教授，您能不能帮他求求情？"

王教授暗中做调查时，已经知道颜晓晨在和沈侯谈恋爱，但他对这种恋情很不认可。他痛心疾首地说："你一个勤奋刻苦、成绩优异的学生被他害成这样，你还帮他说话？什么叫爱情？真正的爱情是像居里夫人和居里先生、钱锺书先生和杨绛先生那样，爱上一个人，通过拥抱他，拥抱的是美好！你这根本不叫爱情！叫年少无知、瞎胡闹！"

一个瞬间，颜晓晨已经做了决定，她轻轻放下了笔，低着头说："谢谢教授想帮我，可如果减轻我的惩罚的方法是加重对沈侯的惩罚，我不能接受！"

王教授训斥说："就算你不接受，学校一样会按照校规，严肃处理沈侯！不要做没意义的事，赶紧写悔过书！"

颜晓晨轻声说："真正的爱情不仅是通过他，拥抱世界的美好，也是荣辱与共、不离不弃，我看过杨绛先生的《我们仨》，十年浩劫时不管多艰难，杨绛先生始终没有为了自保，和钱锺书先生划清界限。"

王教授勃然大怒，拍着桌子怒骂："沈侯能和钱锺书先生比吗？冥顽不灵，是非不分！出去！出去！收拾好行李，准备卷铺盖回家吧！"

颜晓晨站起来，对王教授深深地鞠了一躬："对不起！谢谢教授！"说完，她转过身，摇摇晃晃地走出了办公室。

颜晓晨脑内一片黑暗，行尸走肉般地下了楼，心神中只有一件事情，她即将被学校开除学籍，失去一切。

她的大脑已经不能做任何思考，可习惯成自然，腿自然而然地就沿着林荫道向着宿舍走去。

今天是别的院系拍摄毕业照，到处都是穿着学士袍、三五成群的毕业生，时不时就有尖叫声和欢呼声。就在昨天，她还是他们中的一员，虽然有对校园和同学的依依惜别之情，可更多的是兴奋和欢喜，憧憬着未来，渴望着一个崭新生活的开始。

但现在，她的世界突然黑暗了，一切的憧憬都灰飞烟灭，整个世界都对她关上了门。

颜晓晨回到宿舍，宿舍里没有一个人。她缓缓地坐到椅子上，呆呆地看着自己的书桌。书架上摆着整整齐齐的书，都是颜晓晨认为有价值的教科书，没有价值的已经被她低价转让给了低年级的师弟师妹们。

这些书见证了她大学四年的光阴，也许这个世界上只有它们知道她是多么痛苦地坚持着。其实，对她来说，失去了高薪的工作，失去了即将拥有的绚烂生活并不是最残酷的，让她最绝望的是她即将失去这四年苦苦奋斗的学位。

那并不仅仅是一个学位，还是她对父亲的交代！虽然颜晓晨并不确定那个冰冷漆黑的死亡世界里是否真有鬼魂，她的学位是否真能让地下的父亲宽慰几分，可这是她必须完成的事情，是她大学四年痛苦坚持的目标。

但是，现在没有了。

中午的午饭时间，魏彤和刘欣晖一块儿回来了，看到颜晓晨竟然在宿舍，吃惊地问："你没去上班吗？"

颜晓晨勉强地笑了下说："有点事就回来了。"

刘欣晖开心地说："太好了，隔壁宿舍下午去唱歌，我们一起去吧！"

颜晓晨不想面对她们，敷衍地说："我先去吃饭，下午还有事，你们去玩吧！"她拿起包匆匆离开了宿舍，可心里就好像塞了块石头，压得五脏六腑都坠得慌，根本没有空间去盛放食物。

颜晓晨在校园里漫无目的地走着，不知不觉到了湖边，她坐在湖边的长椅上，怔怔地看着湖。

一会儿后，她拿出钱包，这个褐色棋盘格的钱包是沈侯送给她的新年礼物，有了它之后，她才抛弃了把钱和杂物装在各个口袋的习惯。

颜晓晨盯着钱包看了一会儿，打开了钱包，在钱包的夹层里藏了两张照片，一张是她十五岁那年，考上了市里最好的高中，他们一家三口在高中校门外拍的照片，照片上三个人都满怀希望地开心笑着；还有一张照片是爸爸的黑白照，爸爸下葬时，用的就是这张照片。

颜晓晨看着照片，心里的那块巨石好像变成了锋利的电钻，一下下狠狠地钻着她，让她整个身体都在剧痛。

手机突然响了几声，悦耳的声音让颜晓晨像是从梦中惊醒，立即把照片放回钱包，掏出了手机。

手机屏幕上提示有来自猴子的微信消息，自从颜晓晨送了沈侯一只木雕孙悟空做新年礼物，沈侯就不再抗拒猴哥的称呼，主动把自己的微信昵称改成了猴子，颜晓晨的微信昵称被他改成了小小。

"吃过饭了吗？中午吃的什么？"

颜晓晨不知道该如何回复沈侯。沈侯知道她工作忙，上班点都不会给她发消息、打扰她，但中午休息时分，却会发发微信，打个电话，就算只是各自描述一遍中午吃了什么，两人也会咕咕哝哝几句。

颜晓晨知道这件事必须告诉沈侯。以王教授提起沈侯的语气，肯定不会提前知会沈侯，只会把一切证据直接上交到院里，任凭学校处理。虽然提前知道这事，只会提前痛苦，但总比到时候一个晴天霹雳的好。但是，她不知道该如何告诉他。

大概因为她反常地一直没有回复，沈侯直接打了电话过来，"小小，收到我的微信了吗？"

颜晓晨低声说："收到了。"

"你在干什么？怎么不回复我？"

颜晓晨不吭声，沈侯叫："小小？小小！"

颜晓晨想说话，可嗓子干涩，总是难以成言。沈侯的飞扬不羁立即收敛了，他的声音变得平稳冷静，"小小，是公司里出了什么事吗？不管发生什么，你都可以告诉我。"

颜晓晨艰涩地说："不是公司，是……学校。"

"怎么了？"

颜晓晨低声说："王教授发现我帮你代考宏观经济学的事了。"

电话那头的沈侯震惊地沉默了，显然，沈侯也完全没想到，马上就要毕业，已经过去半年的事却变成了一个大地雷。半晌后，他才不解地低语，"院里作弊代考的人多了去了，没道理会发现啊！"

"有人发了匿名举报的电子邮件。"

电话里传来一声响动，估计沈侯气恼下砸了什么，但他立即克制了怒火，"现在不是追究这事的时候，得先想办法，看能不能让王教授从轻处置，我先挂电话了。"

"好。"

沈侯叫："小小！"

"嗯？"

"这事是我害了你，我会尽全力减少对你的伤害。"

颜晓晨居然还能语气柔和地宽慰沈侯，"别这么想，反正不管结果是什么，你都肯定会比我惨，只要你能扛住，我也能扛住。你别太着急，也千万别把事情想得太绝望，天无绝人之路，就算被学校开除了，日子也照样能过。"

沈侯的心就像是被一只大手狠狠揪了一下，大学四年，他经常坐在教室的后面，看着颜晓晨的勤奋努力，她是全院唯一一个没有旷过一次课的人，每一门课，她的笔记都可以做范本。在已经清楚地知道她即将失去一切的情况下，她竟然对他没有一丝迁怒怨怼，不要说飘忽善变的年轻恋人，就是结婚多年的老夫老妻能做到这一点都很难。一瞬间，沈侯生出了一个念头，他到底上辈子做了什么好事，这辈子才修来了一个颜晓晨？

沈侯心中激荡着愧疚、感动，想对颜晓晨说点什么，可"对不起"太轻，"别害怕"太没用，他只能干涩地说："我挂电话了，等我消息。"

颜晓晨把手机塞回包里，疲惫地闭上了眼睛。

以沈侯的性格，这个时候他本应该冲到她身边来陪她，可他没有来，只能说明他有更迫切的事要做。这个节骨眼上，更迫切的事只能是想办法把这件事大事化小、小事化无，考试作弊这种事，只要老师愿意睁一只眼闭一只眼，稀里糊涂过去的例子也很多。可是，沈侯只是一个学生，他哪里能有社会关系和资源去摆平此事？他唯一能做的就是向家里人求助。

虽然两人已经是恋爱关系，但颜晓晨并不了解沈侯的家庭，沈侯给同学们的印象只是家里有点小钱，他虽然花钱大手大脚，可现在都是独生子女，花钱大方的人很多，沈侯并不更突出。他在吃穿上从不讲究，很少穿名牌，也从没开过豪车招摇过市，可颜晓晨总觉得沈侯家不仅仅是有点小钱，他在很多方面的谈吐见识都不是一般的小康之家能培养出来的。但王教授不是一般的老师，他古板、严厉，有自己的坚持，不见得吃中国人情关系这一套。

颜晓晨正在胡思乱想，手机又响了，颜晓晨掏出手机查看，是个有点眼熟的陌生号码。

"喂？"

"颜晓晨，你好！我是王教授的研究生，早上咱们刚见过。"

颜晓晨说："你好！"

"王教授让我转告你，贫寒人家出一个大学生很不容易，再给你一天时间，明天下班前，教授希望能在办公室看到你。"

颜晓晨沉默了一瞬，说："我知道了，谢谢你。"不管王教授是惜才，还是同情她，王教授一直想拉她一把，可是，颜晓晨不可能通过把过错完全推到沈侯身上去拯救自己。虽然事情的确如王教授所说的一样，不管她怎么做，沈侯考试作弊的事实不可更改，按照校规肯定是严惩，但颜晓晨做不到，有些事情重要的不仅仅是结果，还有过程。

一整个下午，都没有沈侯的消息，颜晓晨反倒有点担心他，但是不知道他在干什么，又不敢贸然联系他。

晚上七点多时，沈侯打来了电话，"小小，你还好吗？"

颜晓晨说："还好，你呢？"

"我也还好。"

颜晓晨试探地问："你爸妈知道这事了吗？他们有没有责骂你？"

沈侯被匆匆赶到上海的爸爸狠狠扇了两巴掌，这时半边脸肿着，却尽量用轻松的口吻说："都知道了，这个时候他们可顾不上收拾我，得先想办法看看这事有没有转圜的余地。放心吧，他们就我一个宝贝儿子，不管发生什么，都得帮我。"

颜晓晨说："这事对父母的打击肯定很大，不管他们骂你，还是打你，你都乖乖受着。"

沈侯坐在地上，揉着自己发青的膝盖说："知道！"他可不就是乖乖受着吗？老爸打，他一声没吭地让他打，老妈罚他跪，他也乖乖地跪，这会儿是趁着他们出门去见朋友了，才赶紧起来活动一下。

沈侯说："我爸妈都在上海，这两天我没时间去看你，有事你给我打电话。"

"好的。你爸妈还不知道我吧？"

"还不知道。"沈侯怕颜晓晨误会，急急地解释："我妈一直希望我能出国再读个硕士，我却不想再继续读书了，她拗不过我，只能憋着一肚子气由着我找工作，我怕我妈以为我是因为谈恋爱谈昏了头，才拒绝出国，所以琢磨着晚一点，等一切都稳定了，再告诉他们我和你的事，可没想到，现在出了这事……"沈侯更不想让爸妈知道他和颜晓晨的关系，所以他连颜晓晨的名字都没提，一直含含糊糊地说，他请了个同学代考，没想到被教授发现了他考试作弊，想开除他。他想得很明白，首犯是他，只要爸妈能护住他，颜晓晨自然也不会有事。

颜晓晨截断了沈侯的话，"我明白，没有关系的。"

沈侯依旧不安，"小小，等这事处理完，我一定会尽快告诉我爸妈。"

颜晓晨说："我知道你是为我考虑，你想让我给你爸妈一个最好的初次印象，再说了，我也没告诉我妈我们的事。"

沈侯迟疑着问："这次的事，你告诉你妈了吗？"从小到大，他爸别说打他，连凶一点的呵斥都没有，可这次竟被气得一见他就动了手，他妈也是毫不心软地让他一跪几个小时，沈侯还真怕颜晓晨的妈妈也动手。

"没有。"

"那就先别说了。"沈侯沉默了一下，问："你明天还去上班吗？"

"不知道。虽然公司那边还不知道，可迟早会知道的，再去上班好像没有什么意义。"

"你如常去上班，毕竟还没走到最坏的一步。"

颜晓晨听从了沈侯的建议，"好，能上一天是一天吧！"

沈侯怕爸妈回来，也不敢多聊，"我知道你现在很难受，但千万别和自己的身体过不去，记得吃饭，我明天再给你打电话。"

"好的，再见！"颜晓晨猜到他那边的情形，主动挂了电话。

❧❧❧

第二天清晨，颜晓晨如往常一样，和吴倩倩一起坐公车去上班。

颜晓晨本来以为自己会心情忐忑、坐卧不安，可也许因为已经过了一天，她表现得远比她自己以为的镇定，一整天，她一直专心于工作，就好像那件事压根儿没有发生一样。

快下班时，王教授的研究生打了电话过来，气急败坏地说："颜晓晨，你今天究竟过来不过来？王教授下午可一直在办公室等你，马上就要下班了！"

颜晓晨说："我在外面，赶不回去了。谢谢你，也谢谢王教授。"

男生也许知道了些什么，感慨地说："希望十年后，你不会后悔今日的决定。"他长长叹了口气，挂了电话。

颜晓晨默默发了一瞬呆，继续埋头工作。

这很有可能会是她最后一天工作，颜晓晨很是恋恋不舍，把手头的事情全部做完后，又仔细地把办公桌整理好，才拿起包回学校。

九点多时，沈侯来了个电话，让颜晓晨明天继续去上班，两人随便聊了几句，就挂了电话。

周五清晨，颜晓晨走进办公室，继续如常地工作，内心却时不时计算着这件事的发展动态。

如果王教授今天早上把这事报告给院里，院里肯定会找她谈话，同时报告给学校。马上就要放假，这又是严重违反校规的事，处理速度应该会很快，也许明后天就会有初步的结果。所以，这事也就这一两天里，公司就会知道消息。

可是，颜晓晨等了一天，院里都没有老师打电话给她。以王教授的性子，肯定不会是忘记了上报学院，看来是沈侯爸妈那边的"活动"有了效果。反正她帮不上忙，所能做的只能是等待。

又等了一个周末，学校仍然没有任何动静。

沈侯没法来见她，只能每天悄悄给她打个电话。颜晓晨如常地生活，她以为自己一切正常，可连刘欣晖都察觉出了她的异样，想来魏彤和吴倩倩都已经察觉，只是装作没有察觉而已。

刘欣晖拉着魏彤一起来问颜晓晨，"你和沈侯是不是吵架了？"

颜晓晨微笑着说："没有。"

刘欣晖还想说什么，魏彤示意她别多问了，颜晓晨的性子和刘欣晖不一样，她不说就是表明不想说，她想说的时候自然会说。

周一，颜晓晨依旧镇静地上着班，没有一个实习生留意到她其实坐在一个炸药包上，反倒人人都羡慕着她。据说近期就会公布去美国的人员名单，大家都认定了颜晓晨肯定在那个名单上。

周二的早上，颜晓晨依旧像往日一样在勤奋工作。

人力资源部来叫 Jason 去开会，等 Jason 开完会回来，他走到颜晓晨的桌子旁，说："到小会议室来一下。"他表面上一切如常，可看颜晓晨的眼神有了一点变化。

颜晓晨立即明白，公司知道了。她一直在等这一刻，倒没有多意外，唯一让她困惑的是为什么这事会是公司先找她，难道不该是学校先找她吗？

颜晓晨走进小会议室，Jason沉默了一下，才开口："昨天晚上，MG上海区的负责人周冕先生，MG大中华区的总裁陆励成先生同时收到了一封匿名电子邮件，电子邮件的内容你应该清楚。因为这事引起了陆先生的直接过问，公司的处理速度非常快，已经和王教授联系过，确认了邮件的内容有可能属实。公司决定在事情没有查清楚前，你就先不要来上班了。之前你上班的工资照常结算，公司会在工资发放日，将所有工资转账到你的账户内，所以先不要将银行账户注销。"

颜晓晨站了起来，摘下临时员工卡，放到桌子上，低声说："好的，我明白了。谢谢您！"

Jason叹了口气，真挚地说："祝你好运！"到这一步，他和颜晓晨都明白，颜晓晨绝不可能再有机会进MG工作，这个姑娘真的需要一点运气，才能熬过去。

颜晓晨默默回到自己的办公桌，开始收拾东西，隔壁的实习生问："你又请假了？"

颜晓晨没有吭声，无形中算是默认了，也就没有人再过问。

出门时，吴倩倩追了上来，关切地说："你怎么又请假？你再这么搞下去，就算上司对你有几分好印象也要被你折腾完了，有什么事不能让沈侯帮你处理一下……"

颜晓晨打断了吴倩倩的关心，"我不是请假，我是被公司开除了。"

吴倩倩瞪大眼睛，惊讶地盯着颜晓晨。

颜晓晨说："我现在不想多说，反正过几天你就会知道原因。我走了。"

因为不是上班点，公车上竟然有空位，颜晓晨找了个位置坐下，可她真渴望能天天挤着公车上下班。很多时候，很多事情都要在失去后，才发现那些微不足道的事是多么幸福。

颜晓晨回到宿舍楼，楼道里并不冷清，有人敞开了宿舍门在看韩剧；有人在收拾行李，毕业的手续已经都办完，性急的同学已经准备离校。

不过，颜晓晨的宿舍还是很安静，刘欣晖和同学出去玩了，吴倩倩在上班，魏彤在图书馆用功，不到深夜，这个宿舍不会见人影。

颜晓晨关上宿舍门，默默坐了会儿，给沈侯打电话，"你现在方便说话吗？"

沈侯很敏感，立即说："方便，发生了什么事？你怎么没去上班？"

"公司知道了，让我不用再去上班。"

沈侯一下子炸毛了，吼起来，"怎么会？！不可能！我爸妈说已经……"沈侯立即意识到现在还说这个没有任何意义，沉默了下来。一会儿后，沉重地说："小小，对不起！"

颜晓晨说："这句话应该我来说！写匿名信的人是看学校一直没有处理我，想到了事情有可能会被从轻处理，就又给公司发了信件，她是冲着我来的，对不起，我拖累了你。"事情到这一步，就算沈侯家有关系，学校也很难从轻处理了，毕竟连外面的公司都知道了，学校再不严肃处理，很难对外交代。

"就算这个人是冲着你来的，可如果不是我，你根本摊不上这种事！"沈侯再控制不住自己的怒火，"×他妈！这个混账！究竟有什么深仇大恨需要断人生路去报复？等我查出是谁，我不会放过他！你有怀疑的对象吗？"

颜晓晨眼前闪过一个人，却觉得现在追究这事没有意义，归根结底是他们先做错了，"我想不出来，也不想去想。"

"小小……你别害怕！"沈侯断断续续，艰涩地说："就算……没了学位，你也是有真才实学的人，没有人会嫌弃有真才实学的人。我家在上海有公司，你来我家公司工作，等工作几年，有了工作业绩后，谁会在乎你有没有大学的学位？比尔·盖茨、乔布斯都没有大学学位，不都混得挺好？"沈侯说着说着，思路渐渐清晰了，语气也越来越坚定流畅。

颜晓晨打起精神，微笑着说："好的，我会努力！"

沈侯很难受，但不管再多的对不起，再多的抱歉，都不能帮颜晓晨换回学位，他只能先尽力帮她找一份工作，"就这么说定了，你到我家的公司来工作，我安排好后，就回学校来找你。"

颜晓晨挂了电话，拽出行李箱，开始收拾行李。不管沈侯的父母之前找了哪个学校领导去找王教授谈话，想要化解此事，现在已经东窗事发，找王教授的领导为了撇清自己，一定会以最快的速度处理此事。

果然，下午三点多时，魏彤气喘吁吁地跑回了宿舍，连书包都没有拿，显然是听说了消息后，立即就赶了回来。

她看到颜晓晨的行李箱，一屁股软坐在了椅子上，喃喃问："是真的？你帮沈侯考试作弊？"

颜晓晨没有说话，算是默认了。

魏彤恨铁不成钢地说："你怎么那么糊涂啊？为什么要帮沈侯考试作弊？"可仔细想一想，院里的同学，不要说有恋爱关系的，就是普通的关系要好的同学，考试时"互相帮助一下"也是经常有的，只不过大部分人都没有被抓住而已。大家也不是不知道作弊被抓的严重后果，但事情没轮到自己头上时，总觉得不过是"帮一个小忙"而已，没人会把这事当真，等真发生时，却不管是痛哭，还是后悔，都没用了。

颜晓晨放好最后一件衣服，关上了行李箱，"学校打算怎么处理我们？"

"我的导师说，沈侯立即开除学籍，连结业证书都没有，只能拿个肄业证书。鉴于你认错态度良好，有悔过之意，保留学籍，给予毕业证书，但不授予学士学位，听说王教授帮你求了不少情。"

颜晓晨半张着嘴，满面惊讶，"我认错态度良好？"王教授本来对她还有几分同情，却早被她气没了，再加上沈侯家的暗中运作，以王教授古板耿直的性子，只会对她越发憎恶，否则也不会早上MG公司和他一联系，他立马把事情说了个一清二楚，让MG给她定了罪。可短短半天的时间，他竟然又回心转意，帮她求情，凭借自己在学术界的清誉，让学校给了她毕业证书。

魏彤一看颜晓晨的反应，就知道她压根儿没有"认错态度良好"，魏彤叹着气说："王教授算是给你留了一条生路，就算没有学位证书，你拿到了毕业证书，成绩单又全是 A。过一两年，等事情平息后，你还能考个研究生，或者攒点钱，去国外读个硕士学位。"话是这么说，但这一两年才是最难熬的，一个读了四年大学，却没有学位证书的人只能去找一些工资最低的工作。

颜晓晨看魏彤十分难受，反过来安慰她，"我没事的，大不了我就回酒吧去打工，养活自己还是没问题。"

颜晓晨表现得十分平静，魏彤却很担忧颜晓晨的精神状况，她觉得自己也算是坚强的，但如果碰上这事，非崩溃不可。

颜晓晨把行李箱放好，微笑着说："我出去一下。"

魏彤立即站起来说："你去哪里？我陪你。"

颜晓晨看着魏彤，"我不会自杀，只是想一个人走一走。"

魏彤讪讪地坐下，"那你去吧！"

颜晓晨出了宿舍，慢慢地走着。

魏彤是因为自己的导师，提前知道了消息，同学们却还不知道，依旧笑着跟颜晓晨打招呼，但明天应该就都知道了。

颜晓晨不急不忙地走着，把学校的每个角落都走了一遍，她知道学校的校园是很美的，但是大学四年，一直过得捉襟见肘，总觉得所有的美丽都和她无关，一直咬着牙用力往前冲，直到和沈侯谈了恋爱，才有闲情逸致逛学校的各个角落，可又因为身边有了一个吸引了她全身心的人，她压根儿没留意景色。

命运总是很奇怪，在这个校园里，咬牙切齿地冲了四年，最后却连学位都没有拿到，失去了学位之后，反倒想要好好看看自己的校园。

颜晓晨走了将近两个小时，到后来，她都不知道自己到底在学校的哪里，只知道，这个地方她好像曾经路过，却又毫无印象。

竹林掩映中，有几个石凳，她走了过去。

等坐下来，才觉得累，疲惫如海啸一般，一波接一波地涌出来，将她淹没。颜晓晨弯下身子，用双手捂住了脸。这几天虽然不允许给自己希望，可人都有侥幸心理，多多少少还是期冀着能拿到学位，能保住她刚刚拥有的一切美好。但是，现在全部落空了！

颜晓晨从钱包里拿出爸爸的照片，黑白照片上的爸爸含着笑，温和地看着她。

颜晓晨不知道他能不能听到，但是她必须告诉他，"爸爸，我做了一件错事，拿不到学士学位了，对不起！"

爸爸依旧是温和地看着她，就如以前她做错了事情时一样，他从不会责骂她，有时候她被妈妈打骂了，爸爸还会悄悄塞给她一块巧克力。

颜晓晨摩挲着照片，枯竭了多年的泪腺竟然又有了眼泪，一颗又一颗泪珠，顺着脸颊滚落。

颜晓晨正看着爸爸的照片默默垂泪，她的手机突然响了。颜晓晨赶忙擦去眼泪，把照片收好，拿出手机，来电显示是"程致远"。

颜晓晨的直觉告诉她，这绝不是一个闲着没事的问候电话，她迟疑了一下，接了电话，"喂？"

"你有时间吗？我想和你晚上一起吃顿饭。"程致远的声音依旧如往常一样，温文尔雅，没有丝毫不同于往常的波澜，但自从颜晓晨和沈侯明确关系后，他就从没有主动邀请颜晓晨出去过。

颜晓晨想了想说："好的，在哪里？"

"你沿着小路走出来，就能看到我。"

颜晓晨愣了一下，拿着手机站了起来，沿着小路往前走。

小路的尽头就是她起先拐进来的林荫小道，程致远正站在葱茏的林木下，打电话。

他看到了她，挂了电话，对她笑了笑。

颜晓晨问："你怎么在这里？"

程致远迟疑了一瞬说："我去找你，正好看到你从宿舍楼里出来，你没看到我，我不知道该不该打扰你……就跟过来了。抱歉！"

颜晓晨想到她刚才躲在无人处，拿着爸爸的照片潸然落泪，有可能全落在了他眼里，恼怒地质问："你看到了？"

程致远沉默了一下，说："我回避了，在这里等，看你迟迟没出来，有点担心，才给你打了电话。"天气很热，程致远却穿着浅蓝色的长袖衬衣和笔挺的黑色西裤，一身谈判桌上的商业正装，颜晓晨就算是傻子，也明白他是急匆匆地离开了公司。

她看着他衬衣上的汗渍，语气缓和了，"你是不是知道了？"

程致远也没否认，淡淡说："嗯，我在 MG 有两三个关系不错的朋友，曾在他们面前提到过你，他们知道你是我的老乡。中国人的古话，好事不出门，坏事传千里。"

颜晓晨很羞愧，觉得自己的所作所为好像给他抹了黑。

两人默默相对地站了一会儿，程致远笑了笑，说："走吧！李司机在校门口等。"

打开车门，程致远先把扔在车后座的西装外套和领带放到前面的位置上，才上了车。

颜晓晨肯定了之前的猜测，程致远果然是从商业谈判桌上跑了出来，仅剩的几分恼怒也没了，若不是真关心，犯不着如此。想到程致远帮了她那么多，她却让他在朋友面前丢了面子，她都不知道该如何解释。

程致远看她仍然低着头，一副等待批判的态度，叹了口气说："别难受了，谁没个年少轻狂、偶尔糊涂的时候？只不过你运气太差，被人抓住了而已！"似乎怕颜晓晨不相信，还特意补了句，"我也考试作弊过，但运气好，从没被抓住。"

颜晓晨还真不信沉稳的程致远会像她和沈侯一样，"你不用刻意贬低自己来安慰我。"

程致远淡淡地说："我还真没贬低自己！我大学在国外读的，没父母管束，又仗着家里有钱，做过的浑蛋事多了去了。年少轻狂时，干几件出格的糊涂事很正常，大部分人都不会出事，稀里糊涂就过去了，但有些人却会犯下难以弥补的错。"

颜晓晨沉默了，她不知道这次的事算不算她年少轻狂犯的错，也不知道这错是否能在未来的人生路上弥补。

程致远没带她去餐馆吃饭，而是带她去了自己家。

那个会做香喷喷的荠菜馄饨的阿姨在家，她客气地和颜晓晨打了个招呼后，就开始上菜。等颜晓晨洗了手出来，阿姨已经走了，餐桌上放着三菜一汤，凉拌马兰头、烧鳝鱼、笋干咸肉，豆腐鲫鱼汤，都是地道的家乡口味。颜晓晨已经好几天都没有胃口吃饭，即使去食堂，也是随便扒拉两筷子就觉得饱了，今天中午没吃饭，也一直没觉得饿，可这会儿闻到熟悉亲切的味道，突然就觉得好饿。

程致远早上听说消息后，就急匆匆赶去学校找王教授，压根儿没时间吃中饭，这会儿也是饥肠辘辘，对颜晓晨说："吃吧！"说完，端起碗就埋头大吃起来。

两个人默默地吃完饭，看看彼此风卷残云的样子，不禁相视着笑了起来。

程致远给颜晓晨盛了一碗豆腐鲫鱼汤，自己也端了一碗，一边慢条斯理地喝汤，一边问："没了学位证书，工作肯定会很难找，你对未来有什么打算？千万别说去酒吧打工，那不叫打算，那叫走投无路下的无可奈何！"

颜晓晨和魏彤同宿舍四年了，也算关系不错，魏彤虽然担心她，却不敢这么直白地说话。程致远和她相识不过一年，却机缘巧合，让两人走得比同住四年的舍友更亲近。颜晓晨想了想，如实地回答："沈侯想把我安排进他家的公司，如果公司能要我，我也愿意去，毕竟我现在这情形没什么选择。"

程致远沉默地喝了两口汤，微笑着说："这个安排挺好的。事情已经这样，你不必再钻牛角尖，如果想要学位，工作两三年，攒点钱，可以去国外读个硕士学位。"

颜晓晨喝着汤，没有说话，就算能再读个学位，可那个学位的意义和这个学位的意义截然不同。人生中有的错，不是想弥补，就能弥补。

Chapter 9
成长

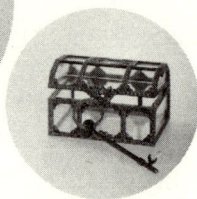

人生的长链，不论是金铸的，还是铁打的，不论是荆棘编成的，还是花朵串起来的，都是自己在特别的某一天动手去制作了第一环，否则你也就根本不会过上这样的一生。

——查尔斯·狄更斯

周三下午，学校公布了对沈侯和颜晓晨考试作弊的处理，立即成了学校最轰动的话题，学校BBS的十大话题里有六个帖子都是讨论他们的。

同学们议论得沸沸扬扬时，颜晓晨并不在学校，她跟着中介，在四处看房子，一直到晚上八点多时，才疲惫地回学校。

魏彤早已经叮嘱过刘欣晖和吴倩倩，谁都不许多嘴询问，大家也尽量装得若无其事，但是刻意下，不是没话找话说，就是不知道该说什么的沉默，气氛显得很尴尬。颜晓晨洗漱完，立即上了床，把帘子拉好，隔绝出一个小小空间，让自己和别人都松口气。

沈侯打电话给她，"回到宿舍了吗？"

"回了。"

"房子找得怎么样？"今天早上沈侯给颜晓晨发微信时，颜晓晨告诉了他，打算去找房子，想尽快搬出学校。

"看了一天，还没看到合适的。你那边怎么样？"

"我爸命令我去自己家的公司上班，也是做销售，但每月底薪只有一千八，我爸说切断我的经济供给，让我挣多少花多少，自生自灭。"

颜晓晨安慰他说："那就少花点吧！"出了这事，沈侯自己找的那份工作也丢了，虽然沈爸爸撂了一堆狠话，可还是给儿子安排了一条出路。

沈侯的语气倒是很轻快，"小瞧我！底薪一千八，还有销售提成的，难道我还真只能拿个底薪了？对了，我爸妈今天下午走了，我明天去学校找你，你别出去，在宿舍等我。"

"好的。"

两人又聊了几句，沈侯挂了电话，让她早点休息。

颜晓晨躺在床上，正在闭目养神，听到宿舍的门被推开了，两个同院不同系的女生边说边笑地走了进来。

"颜晓晨还没回来啊？她不会不好意思见同学就这么消失了吧？"

"沈侯和颜晓晨已经分手了吧？你们是不是也发现了，沈侯这几天压根儿没来找过颜晓晨？"

刘欣晖对她们比手势，示意颜晓晨就在帘子后面，可她们说得兴高采烈，压根儿没留意到。

"没有学位，别说正规的大公司，就是好一点的私企都不会要颜晓晨，她这下可惨了！到时候混不下去，不知道会变成什么样。"

"可以在酒吧当坐台小姐了，不是说她以前就是坐台的嘛……"

两人自说自话地笑了起来，魏彤听得忍无可忍，正要发火，没想到吴倩倩竟然先她一步。她在卫生间刷牙，直接把满是牙膏泡沫的牙刷扔向两个女生，大喝："滚出去！"

两个女生下意识地一躲，牙刷没砸到两个女生，牙膏沫却甩了两个女生一脸。

"我们在说颜晓晨，关你什么事？"两个女生色厉内荏地嚷。

魏彤拉开门，做了个请出去的手势，皮笑肉不笑地说："就算你们平时看不惯颜晓晨，也犯不着落井下石，三十年河西、三十年河东，风水轮流转，没有人能顺一辈子，你们也总有倒霉的时候，给自己留点后路，就算幸灾乐祸，也藏在心里吧！"

魏彤这话说得格外大声，附近的同学都听到了，没有人吭声。两个女生低着头，急急忙忙地逃出了宿舍。

魏彤砰一声关上门，把门反锁了，对吴倩倩说："看不出来，你还有这么热血女王的一面。"

吴倩倩板着脸，捡起牙刷，一声没吭地回了卫生间。

刘欣晖说："晓晨，你别难受，赵栎喜欢沈侯，大二时还对沈侯表白过，被沈侯拒绝了，她就是来故意恶心你的。"

颜晓晨拉开帘子，笑着说："有你们这么帮着我，我怎么会被她们恶心到？我没事，倩倩，谢谢你！"

吴倩倩面无表情，用力冲洗着牙刷，没有说话。

刘欣晖说："对啊，只要你自己别当回事，其实什么都和以前一样。晓晨，加油！"刘欣晖鼓着脸颊，用力握握拳头。

颜晓晨笑笑，"我会的！"

再次拉上帘子，颜晓晨的笑容消失了。不可能再和以前一样了，至少，以后的同学会，同学们肯定不会主动邀请她和沈侯，她和沈侯只怕也不会参加。

第二天下午一点多时，沈侯来接颜晓晨。

只是一周没见，可这一周过得实在太跌宕起伏，沈侯觉得颜晓晨憔悴了，颜晓晨也觉得沈侯憔悴了，两人都生出一种久别重逢的感觉，看着彼此，有一种一时间不知道该说什么的感觉。

两人相对沉默地站了一会儿，沈侯才拉住颜晓晨的手，说："走吧！"

两人相携着走出宿舍，也许因为昨天晚上闹的那一出，没有一个同学多嘴询问，但有时候眼光比语言更伤人，不管是怜悯同情，还是幸灾乐祸，都时刻提醒着颜晓晨，从现在开始，她和他们已经不是一个世界的人。

颜晓晨微微低下了头，回避着所有人的目光，沈侯却腰板挺得比平时更直，他面带微笑，牵着颜晓晨的手，昂首阔步地从所有同学的目光中走过。沈侯知道自己这样做没有任何意义，但他忍不住想证明，一切都没有变！

在校门口，沈侯招手拦了辆出租车。等两人上了车，他对颜晓晨说："你工作的事情没什么问题了，下个星期一就能去上班，工资肯定没有投行高，一个月三千八，做得好，以后会涨上去。"

颜晓晨说："很好了。"

沈侯知道颜晓晨的"很好了"很真诚，但是他自己总是没法接受。毕竟颜晓晨之前的工作底薪就有三十多万，年景好的时候，加上年终奖金，七八十万都没有问题。但现在他只能做到这样，工资再高的工作，就算他帮颜晓晨安排了，颜晓晨也不会接受。

出租车停在一个居民小区前，颜晓晨下了车，一边猜测着沈侯带她来这里的用意，一边跟着沈侯进了居民楼。

沈侯说："宿舍晚上不但要锁楼门，还要断电，大一正是我最喜欢打游戏的时候，为了方便打游戏和朋友聚会，就在这里租了套房子，租约一年一签，还有八个月到期。"

沈侯领着颜晓晨到了他租的房子，是一套精装修的两居室。房子不算大，但布局合理，采光很好，两间卧室，一个是主卧，很宽敞，另一个卧室就小了很多，刚够放下一张单人床，一张连着书架的小书桌和一个小衣柜。估计沈侯早上刚找小时工打扫过卫生，房间里一尘不染，有一股淡淡的消毒剂味道。

"你要出去租房子，肯定也是租两居室，一室的房租太贵了，两居室可以和人合租，一人分担一半房租能便宜很多。"沈侯有些扭捏，不敢直视颜晓晨，"我想着……反正你要找房子和人合租，不如我们一块儿合租好了。"

颜晓晨打量着小卧室，没有立即回答，有点女性化的温馨布置显然表明了沈侯打算把这间卧室给她住。

沈侯说："你放心，没你的允许，我什么都不会做，你绝对安全！要不然我给你的屋子换个最好的保险锁？"

颜晓晨扑哧一声笑起来，瞋了他一眼，打趣地问："难道你半夜会化身成狼人？"

沈侯松了口气，也笑起来，两人之间弥漫着的沉重气氛终于消散了几分。沈侯恢复了以前的风格，嬉皮笑脸却很霸道地说："小小，就这么定了！我怕麻烦，房租都是半年一交，房子还有八个月到期，不管你住不住，我都已经付了租金，你就搬进来，住那间小卧室，一个月给我交一千块钱，如果每天能给我做一顿饭，房租再给你打折扣。"

颜晓晨更习惯他这种风格，在房间里走了一圈，满意地点点头，笑嘻嘻地说："好吧，就这么定了。"

沈侯如释重负，忍不住抱了一下颜晓晨。其实，之前他就想过，毕业后两个人合租房子，那时觉得一切理所当然，到时提一句就行。但是，今天却让他难以启齿，生怕晓晨会寻根问底地查问房租，生怕她觉得他在金钱上接济她，可晓晨什么都没问，她把自己的骄傲放在了第二位，体贴地给了他一个机会让他弥补自己的错，让他不至于被愧疚折磨得夜夜难以入睡。

颜晓晨也轻轻抱了下沈侯，就想要放开，沈侯却忍不住越来越用力，把她紧紧地箍在怀里。他渴望着能用自己的怀抱给她一方没有风雨的天地，很多抱歉的话说不出口，说了也没用；很多想许的承诺也说不出口，说了也显得假。但每个自责难受得不能入睡的黑夜里，他已经一遍遍对自己发过誓，他一定会照顾好她，为她遮风挡雨，给她幸福。

两人商量定了一起合租房子后，决定立即回宿舍去拿行李。

魏彤、吴倩倩、刘欣晖都不在，正好避免了尴尬。虽然这不是颜晓晨预期中的毕业告别方式，但眼下的情形，这样的告别方式，对大家都好。

等离开宿舍，颜晓晨才给她们发了条微信，告诉她们，她已经在外面租好房子，搬出了宿舍。

没一会儿，魏彤的微信就到了，"恭喜！等你安定好，我来看你，有事需要帮忙，一定别忘记找我。"

颜晓晨回复完魏彤的微信，刘欣晖的微信也到了，几张很卡哇伊的动画图片后写着："过两天，我也要离开了，回到我的故乡，开始我没有惊怕，也不会有惊喜的安稳人生。同宿舍四年，我一直很敬佩你的勤奋努力，你身上有着我没有的坚韧和勇敢。你像是迎接风雨的海燕，我却是躲在父母庇护下的梁间燕。我们选择了不同的人生路，再见面也不知道是什么时候，但我会永远记得，你是我的同学、我的舍友、我的朋友，帮不到你什么，只能给你祝福，风雨过后，一定会有彩虹。"

颜晓晨没想到刘欣晖会给她这么长的回复，很感动，也写了一段很长的话回复刘欣晖，祝她幸福快乐。

又过了一会儿，吴倩倩的短信才姗姗迟来，十分简短，"好的，一切顺利。"

这条短信是终结语，没有再回复的必要，显然吴倩倩也没有期待她回复。颜晓晨有一种感觉，宿舍四个人的关系大概就像这几条短信——和魏彤相交在心，平时不见得有时间常常聚会，有什么事却可以不客气地麻烦她；和刘欣晖远隔天涯，只能逢年过节问候一声，海内存知己了；而和吴倩倩，虽然同在一个城市，也只会越来越陌生。

沈侯看她盯着手机发呆，问："想什么呢？"

"没什么。"颜晓晨把手机装了起来，也把所有的离愁别绪都装了起来。

放下行李，沈侯看看时间，已经五点多，"去吃饭吧，附近有不少不错的小餐馆。"

颜晓晨嫌贵，提议说："不如就在家里吃了？"

沈侯本来是怕她累，可一句"家里吃"让他心头生出很多异样的感觉，他笑看着颜晓晨，很温柔地说："就在家里吃吧！需要什么，你告诉我，我去买，你休息一会儿。"

颜晓晨心里也泛出一些异样的甜蜜，拉住沈侯的手，"我不累，你肯定从来不开火做饭，厨房里需要添置一点东西，说了你也不知道，一起去。"

两人手拉手去逛小区的超市，炒菜锅、铲子、勺子……一件件买过去，颜晓晨每买一件东西，必定看清楚价格，比较着哪个便宜，促销的宣传单更是一个不放过地细细看过，盘算着哪些可以趁着打折先买一些囤着。

沈侯推着购物车，站在一旁，静静地看着她。晓晨所做的一切对他而言十分陌生，他也到超市采购过杂物，却从来不看价格，在他的认知里超市的东西再贵能有多贵？但看到晓晨这么做，也没有一点违和，反而让他生出一种柴米油盐酱醋茶、居家过日子的感觉，心里十分安宁。

颜晓晨挑好炒菜锅，放进购物车，一抬头看到沈侯专注的目光，不好意思地笑笑，"我买东西比较麻烦，你要不耐烦，去外面转转。"

沈侯拉住她的手说："和你在一起，不管做什么都很有意思，不过，逛超市肯定不是最有意思的事。我爸妈的努力奋斗养成了我买东西不看价格的毛病。老婆，我会努力奋斗，争取早日养成你也买东西不看价格的毛病。省下来的时间，我们一起去找更有意思的事做！"

这是沈侯第一次叫她老婆，颜晓晨静静站了一瞬，用力握了握沈侯的手，笑着说："一起努力！"

结完账，两人提着一堆东西回到屋子。

沈侯怕颜晓晨累，坚持不要颜晓晨做饭。颜晓晨下了两包方便面，煮了点青菜，打了个荷包蛋，也算有荤有素的一顿饭。

吃完饭，沈侯洗碗，颜晓晨整理行李。

沈侯一边洗碗，一边时不时跑过去，悄悄看一眼颜晓晨，看她把衣服一件件放进衣橱，书本一本本放到书架上，毛巾挂进卫生间……她的东西一点点把房间充实，也一点点把他的心充实。

沈侯不知道颜晓晨是否明白，可他自己心里很清楚，超市里的那句"老婆"不是随便喊的。虽然男女朋友之间叫老公、老婆的很常见，但他一直觉得这两个字不能乱喊，那不仅仅是一时的称呼，还是一辈子的承诺。他今日叫晓晨"老婆"，并不是出于愧疚，而是这次的事，让他后知后觉地理解了颜晓晨曾对他说的那句话"只要你愿意和我在一起，我一定会陪在你身边"。他也想告诉晓晨，他想和她在一起，现在、未来，一辈子！

星期一，沈侯带着颜晓晨一起去公司上班。

沈侯租住的地方距离公司不算近，但交通还算方便，只需搭乘一趟公车，到站后，横穿过马路就是公司的大楼。

进电梯时，颜晓晨突然想到什么，挣脱了沈侯的手，还移开了一步。沈侯一愣，不解地看着晓晨，"小小？"

颜晓晨小声问："公司的人知道我和你的关系吗？"

沈侯明白了颜晓晨的顾虑，不服气地敲了颜晓晨的脑门一下，"迟早会知道！"却也移开了一小步，板着脸，一种"我俩没特殊关系"的样子，"这样满意了吗？"

颜晓晨笑眯眯地看着沈侯，沈侯绷了一会儿没绷住，也笑了。

两个人就像普通朋友一样，一前一后地走出了电梯。

前台的小姑娘应该以前见过沈侯，笑着打招呼："找刘总？刘总在办公室。"

刘总是一个四十多岁的男子，沈侯叫"刘叔叔"，国字脸，一脸忠厚相，看到颜晓晨有点吃惊，用家乡话问沈侯，"怎么是个小姑娘？你说是个关系很好的朋友，我以为是个小伙子！"

沈侯知道颜晓晨能听懂他们的方言，用普通话说："又不是干体力活，男女有差别吗？这是我朋友颜晓晨，她英文很好。"

刘总能被沈侯的父母外放，做"封疆大吏"，除了忠心，肯定也是要有几分眼色，立即换成了普通话，笑呵呵地说："英文好就好啊！小颜先去 Judy 的部门吧！"

颜晓晨以为公司里都是"老杨""小王"一类的称呼，没想到还有个 Judy，立即意识到刘总让她去的部门应该不错，忙恭敬地说："谢谢刘总。"

刘总对她没有打蛇随棍上，跟着沈侯叫他刘叔叔很满意，觉得这姑娘上道，和善地说："走，我带你去见 Judy。"

Judy 的部门在楼上，趁着上楼，沈侯悄悄告诉颜晓晨，"Judy 是我妈妈高薪请来的副总经理，会讲流利的英文和西班牙语，出口外贸的业务都是她在抓，但也别小看刘叔叔，和政府部门打交道时，他一出马立即管用。Judy 刚来时，还有些不服，后来时间长了，知道蟹有蟹路、虾有虾路，两个人算是彼此看不惯，但和平相处。"

Judy 是一个四十多岁、戴着眼镜的短发女子，又瘦又高，显得很精干利落，说话语速快、没什么笑容，听到刘总介绍说："这是小颜，颜晓晨，我一个朋友介绍来的，大学刚毕业，人很不错，你看让她做什么？"

Judy 不高兴地皱皱眉头，指指外面大办公室里最角落的一张办公桌，办公桌上堆满了衣服，旁边的椅子上也搭着衣服，很零乱的样子，"坐那边吧！衣服待会儿找人收走，三个月试用期，谁忙就去帮谁，等试用期结束了再安排具体工作。"

Judy 说完就对颜晓晨没什么兴趣了，反倒对刘总身后的沈侯蛮感兴趣，上下打量着他，对刘总说："哪个部门的新人？他可以来做模特。"

颜晓晨这才发现 Judy 并不知道沈侯的身份，看来公司里知道沈侯身份的只有刘总，刘总笑呵呵地说："新来的销售，跑国内市场的，以后还要你多多提携。"

Judy无所谓地耸耸肩，表示话题结束。办公桌上的电话响了，她对刘总说了声"抱歉"，接了电话，用英语快速地说着业务上的事。

刘总对沈侯说："我们走吧！"

沈侯看颜晓晨，颜晓晨悄悄朝沈侯摆摆手，表示再见。沈侯笑了笑，跟着刘总离开了。

颜晓晨看办公室里的人各忙各的，压根儿没人搭理她，她就走到堆满了衣服的办公桌前，开始整理衣服。

刚把所有衣服叠好，Judy走出来，叫人把衣服抱走。她指着窗户上堆放的乱七八糟的图册和书，说："先把上面的东西看熟，刘总说你英文不错，但我们做服装生意，有很多专有名词，背熟了才方便交流。"

颜晓晨随手拿起一本图册翻起来，是一本女士服装图册，颜晓晨觉得有点眼熟，翻了几页才突然想起，这不就是她的第一套职业套装的牌子吗？还是沈侯带着她去买的。

颜晓晨小声问旁边的一个同事，"咱们公司是做什么的？"

同事的表情像是被天雷劈了一样，鄙夷地看了颜晓晨一眼，不耐烦地说："服装生意！"

颜晓晨指指图册，"这是我们公司的服装？"

"是！"同事小声嘟囔："什么都不知道还来上班？"

颜晓晨捧着图册，呆呆想了一会儿，终于明白了当年那两个销售小姐为什么表情那么奇怪了，原来不是她运气好，恰好赶上商铺打折，而是沈侯为她特意安排的打折。难以想象那么飞扬不羁的沈侯也会小心翼翼地计划安排，只是为了照顾她的自尊。

颜晓晨看着图册上的衣服，忍不住微微地笑起来。王教授的研究生说"希望十年后，你不会后悔今日的决定"，不管将来发生什么，她都可以肯定，她不会后悔！

晚上回到家，颜晓晨放下包，立即抱住沈侯，亲了他一下。

沈侯觉得她动作有点反常，关心地问："第一天上班的感觉如何？Judy 有没有为难你？"

"没有，Judy 虽然严厉，但是个做事的人，怎么会为难我个小虾米？"颜晓晨一边说话，一边进了厨房。

沈侯做销售的，不用定点上下班，第一天上班没什么事就早早回来了，菜已经洗好，米饭也做好了。颜晓晨洗了手，打开电饭煲一看，发现水放多了，米饭做成了稀饭。下午他给她发微信，问做米饭要放多少水时，她解释了一堆，也不能肯定他是否明白，最后说"如果估摸不准，宁可多放，不可少放"，沈侯果然听话。

颜晓晨笑眯眯地说："不错啊，第一次做米饭就做熟了，我们不用吃夹生饭了。"

沈侯脸皮也真厚，笑着说："那当然，也不看我是谁？"

颜晓晨系上围裙，动作麻利地切了点鸡肉，打算炒两个菜，"待会儿油烟大，你去外面等吧，一会儿就好了。"

沈侯站在厨房门口，一副观摩学习的样子，"没事，我看看，指不准下次你回家就直接能吃饭了。"

颜晓晨只觉窝心的暖，顾不上锅里烧着油，飞快地冲到厨房门口，踮起脚尖在沈侯唇上亲了下，"不用你学，我会做给你吃！"把沈侯推出厨房，关上了厨房门。

沈侯在厨房门口站了一会儿，摸着自己的嘴唇，笑着走开了。

等两人吃完饭，收拾完碗筷，窝在沙发上休息时，颜晓晨说："今天看了很多图册，原来你爸妈是做服装生意的。

沈侯笑嘻嘻地说："公司现在的主要生意分为两大块，女装和童装，女装你已经穿过了，童装覆盖的年龄阶段从 0 到 16 岁，准确地说是婴儿装、儿童装、青少年装。海外市场集中在澳大利亚、新西兰和欧洲的几个小国家，我去的部门是童装的国内销售部。"

"难怪你去 NE 找了一份销售工作，你应该对你爸妈的生意挺有兴趣吧？"

"是挺有兴趣。"

沈侯看颜晓晨也很有兴趣的样子，开始兴致勃勃地给颜晓晨讲述他爸妈的故事。

沈妈妈家是地道的农民家庭，沈妈妈没读过大学，十七岁就进了当地的一家丝绸厂，二十岁时去了广东打工，算是中国最早的一批打工妹，因为脑子灵光、做事努力，很得香港老板的赏识，被提拔成管理者。

时光如流水，一晃沈妈妈就在外面漂泊了六年，已经二十六岁。出去打工的人中，沈妈妈算是混得最好的，可在父母眼中，她这个二十六岁仍嫁不出去的老姑娘还不如那些早早回家乡抱了孩子的姑娘。也不知是父母念神拜佛起了作用，还是机缘巧合，"老姑娘"在初中同学的婚宴酒席上遇见了在公安局做文职工作的沈爸爸，一个出身城市家庭、正儿八经的大学生。所有人都反对这门婚事，连沈妈妈的父母都心虚地觉得自己女儿太高攀了，可沈爸爸认定了沈妈妈。那一年，沈爸爸和沈妈妈不顾双方父母的反对，登记结婚了，连婚礼都没有。

沈妈妈放弃了广东的"白领工作"，回到家乡，又开始从事"蓝领工作"。几间平房，十几台缝纫机，开了个服装加工厂，从加工小订单做起。因为做得好，几年后，小平房变成了大厂房，有了机会做世界名牌的单子。沈侯说了两个牌子，连颜晓晨这个对奢侈品牌完全不了解的人也听闻过，可见是真正的名牌。

沈妈妈的生意越做越好、越做越大，沈妈妈开始游说沈爸爸辞职，沈爸爸辞去了公安局的工作，跟着老婆做生意。夫妻俩经过商量，决定调整战略，从什么都做向女装和童装倾斜。三年后，他们成立了自己的女装品牌，五年后，他们成立了自己的童装品牌。

那个时候的社会风气也越来越重视"经济发展"，人们不再觉得是沈妈妈高攀了沈爸爸，而是觉得沈爸爸的眼光怎么那么毒，运气怎么那么好？

二〇〇六年，公司上市成功，成为中国民族服装品牌里的佼佼者。

到现在，沈侯家总共有十二家工厂，五个贸易公司，全国各地上百个专卖店，总资产超过四十亿。

听完沈侯爸妈的故事，颜晓晨对沈侯的妈妈肃然起敬，"你妈妈可真厉害，简直可以写一本传奇奋斗故事了。"

沈侯说："风光是真风光，但也付出了常人难以想象的代价。当年创业时，因为压根儿没有时间休息，我妈流产了两次，九死一生地生下我之后，也没办法再要孩子了。"

颜晓晨可以想象到当年的艰苦，感叹说："你妈很不容易，不过现在事业有成，还有你爸爸和你，她肯定觉得一切都值得。"

沈侯的神情有点黯然，颜晓晨知道他是想起被学校开除的事了，轻声问："你爸妈的气消了吗？"

沈侯说："不知道。他们很忙，知道我这边结果已定后，立即就离开了。我妈因为自己没读过大学，吃过不少亏、受过不少歧视，从小到大，她对我唯一的要求就是要好好读书，我爸却无所谓，总是说'品德第一、性格第二、学问最末'。本来我以为这次的事，我妈肯定饶不了我，可没想到我爸比我妈更生气。我爸动手打了我两巴掌，我妈罚我跪了一夜，直到他们离开，都没给我好脸色看。"

颜晓晨抱住了沈侯，那几天只能接到沈侯的电话，总是见不到人，感觉电话里他唯一着急的就是她，没想到他自己的日子一点不好过。

沈侯低声问："你妈妈知道这事了吗？"

"我妈妈……其实并不支持我读这个大学，等将来她问了，跟她说一声就行了，说不定她还挺高兴。"

颜晓晨的短短一句话，却有太多难言的酸楚，沈侯觉得心疼，一下下轻抚着她的背，"现在是六月份，等再过几个月，春节时，我想把你正式介绍给我爸妈，我妈肯定会很喜欢你。"

颜晓晨嗤笑，"一厢情愿的肯定吧？"

"才不是！我很清楚我妈妈喜欢什么样的女孩子，你完全符合她的要求。而且，当年我奶奶觉得沈家是书香门第，瞧不起我妈，给了她不少苦头吃，我刚上大学时，我妈就和我爸说了，家里不缺吃、不缺喝，不管将来我挑中的女朋友是什么样，只要人不坏，他们都会支持。"

颜晓晨想起了去年春节，她给沈侯打电话时听到的热闹，不禁有了一点心向往之，"春节还放烟花吗？"

"放啊！"

"烧烤呢？"

"有沈林那个猪八戒在，你还担心没好吃的？"

颜晓晨伏在沈侯怀里，想象着一家人热热闹闹过年的画面，觉得很温暖，也许她也可以带沈侯去见一下妈妈，冲着沈侯的面子，妈妈或许会愿意和他们一起吃顿饭。

两人正甜甜蜜蜜地依偎在一起说话，颜晓晨的手机响了。

颜晓晨探身拿起手机，来电显示上是"程致远"，沈侯也看见了，酸溜溜地说："他不是金融精英吗？不好好加班赚钱，干吗老给你打电话？"

颜晓晨看着沈侯，不知道该不该接。

沈侯酸归酸，却没真打算阻止颜晓晨接电话，"你接电话吧！"他主动站起，回避到自己房间，还特意把门关上了。

颜晓晨和程致远聊了一会儿，挂了电话。她走到沈侯的卧室门口，敲敲门。

沈侯拉开门，"打完电话了？"

"打完了。"

"和他说什么？"

"他知道我去你家的公司上班，问候一下我的状况。"

"切！知道是我家的公司，还需要多问吗？难道我还能让公司的人欺负你？黄鼠狼给鸡拜年，没安好心！"

颜晓晨抱住他的胳膊晃了晃，嘟着嘴说："他是我的好朋友，你能不能对他好一点？”

沈侯在她嘴上亲了下，笑嘻嘻地说：“能！但我还是会时刻保持警惕，等着他露出狐狸尾巴的一天！”

Judy 不是个平易近人的上司，严厉到苛刻，有时候出错了，她会中文夹杂着英语和西班牙语一通狂骂，但她的好处就是她是个工作狂，一切以工作为重，只要认真工作，别的事情她一概不管。

刚开始，她认为颜晓晨是“关系户”，能力肯定有问题，有点爱理不理的，但没过多久她就发现颜晓晨绝没有关系户的特质，吩咐下去的事，不管多小，颜晓晨都会一丝不苟地完成。领悟力和学习能力更是一流，很多事情她在旁边默默看几次，就能摸索着完成。Judy 心中暗喜，决定再好好观察一段时间，如果不管工作态度还是工作能力都可以，她就决定重点培养了。

因为 Judy 存了这个心思，对颜晓晨就格外“关照”，和客户沟通订单、去工厂看样品、找模特拍宣传图册……很多事情都会带她去做。累归累，可颜晓晨知道机会难得，跟在 Judy 身边能学到很多东西，她十分珍惜。

颜晓晨的态度，Judy 全部看在眼里，她是个干脆利落的人，在颜晓晨工作一个月后，就宣布提前结束颜晓晨的试用期，成为她的助理，每个月的工资提了五百块，手机话费报销。就这样，颜晓晨慢慢地融入了一个她从没有想过会从事的行业，虽然和她认定的金融行业截然不同，但也另有一番天地。

颜晓晨和沈侯的办公室就在上下楼，可沈侯做的事和颜晓晨截然不同，颜晓晨所在的部门是做海外销售，沈侯却是做国内销售，截然不同的市场、截然不同的客户群，截然不同的销售方式。

颜晓晨顶多跑跑工厂和海关，大部分时间都在办公室，沈侯却很少待在办公室，大部分的时间都在外面跑，从哈尔滨到海口，只要能卖衣服的地方都会跑。

因为经常风吹日晒，沈侯变黑了，又因为每天要和各式各样的人打交道，从政府官员到商场管理者，三教九流都有，他变得越来越沉稳，曾经的飞扬霸道很少再表露在言语上，都渐渐地藏到了眼睛里。

以前老听人说，工作的第一年是人生的一个坎，很多人几乎每个月都会变，等过上两三年，会变得和学校里像是截然不同的两个人。颜晓晨曾经觉得很夸张，只是一份工作而已，但在沈侯身上验证了这句话，她清楚地看着沈侯一天天褪去了青涩，用最快的速度长大。

如果没有被学校开除的事，也许过个三五年，沈侯也会变成这样，可因为这个意外，沈侯迫不及待地在长大，争分夺秒地想成为一株大树，为颜晓晨支撑起一片天地。如果说之前，颜晓晨能肯定自己的感情，却不敢肯定沈侯的感情，那么现在，她完完全全地明白了，虽然出事后，他没有许过任何承诺，可他在用实际行动，表明他想照顾她一生一世。

因为沈侯的工作性质，他能陪颜晓晨的时间很少，两人虽然同住一个屋檐下，但真正能相守的时间很少。这些都没什么，让颜晓晨心疼的是沈侯老是需要陪客户喝酒，有时候喝到吐，吐完还得再喝。可颜晓晨知道，对一个江湖新人，这些酒必须喝，她唯一能做的就是去网上查各种醒酒汤、养生汤，只要沈侯不出差，厨房里的慢炖锅总是插着电，从早煲到晚，煲着各种汤汤水水。

沈侯是公司的"太子爷"，照理说完全不需要他这样拼，但沈侯的爸爸仍在生沈侯的气，存心要刹刹沈侯的锐气，沈侯自己也憋了一股气，想向所有人证明，没了文凭，不靠自己的身份，他依旧能做出一点事。

所幸，沈侯自小耳濡目染，还真是个做生意的料，思路清晰，人又风趣大方，再加上皮相好，让人一见就容易心生好感，三个月后，沈侯已经是业绩很不错的销售。

一次酒醉后，沈侯的同事给颜晓晨打电话，让她去接他。

颜晓晨匆匆赶到饭店，看到沈侯趴在垃圾桶前狂吐，吐完他似乎连站起来的力气都没有，竟然顺着垃圾桶滑到了地上。

颜晓晨急忙跑过去，扶起他。他却压根儿认不清颜晓晨，当是同事，糊里糊涂地说："你怎么还没走？我没事，你先走吧！我稍微醒醒，再回去，要不我老婆看我被灌成这样，又要难受了。"

颜晓晨眼眶发酸，一边招手拦出租车，一边说："下次喝醉了就赶紧回家。"

颜晓晨扶着沈侯，跌跌撞撞地上了车，沈侯才突然发现他胳膊下的人是个女的，猛地推了她一把，力气还不小，一下子把颜晓晨推到了另一边。

颜晓晨正莫名其妙，听到他义正词严地呵斥："喂，我有老婆的，你别乱来！"凶完颜晓晨，沈侯像个要被人强暴的小媳妇一样，用力往门边缩坐，大嚷："不管我的灵魂，还是肉体，都只属于我老婆！"

出租车司机忍不住哈哈大笑起来，笑了几声，大概觉得不合适，忙收了声，只是拿眼从后视镜里瞅着颜晓晨，一脸不屑。

颜晓晨哭笑不得，对出租车司机解释，"我就是他……他老婆，他喝醉了。"

出租车司机立即又哈哈大笑起来，竖了竖大拇指，"你老公不错！"

颜晓晨小心翼翼地靠过去，"沈侯，我是小小啊！"

沈侯醉眼蒙眬地瞅着她，也不知有没有真明白她是谁，但好歹不拒绝她的接近了。颜晓晨让他把头靠到她肩膀上，"你先睡会儿，到家了我叫你。"

沈侯喃喃说："小小？"

"嗯？"

"明年，我要做业绩第一的销售，等拿到销售提成，我就去买钻戒，向小小求婚。小小，你别告诉她！"

颜晓晨觉得鼻子发酸，眼中有微微的湿意，她侧过头，在他额头上轻轻地亲了下，"好的，我不告诉她，让你告诉她。"

Chapter 10

光影幸福

人生的一切变化、一切魅力、一切美，都是由光明和阴影构成的。

——列夫·托尔斯泰

十二月底，沈侯的妈妈来上海，处理完公事，她请 Judy 私下吃饭。

Judy 提起自己的新助理，毫不吝啬言语地大加夸赞。沈妈妈一时兴起，对 Judy 说："认识你这么多年，很少听到你这么夸人，引得我好奇心大起，正好我明天有点时间，去你那边转一圈，到时你把人介绍给我，如果真不错，我正好需要个能干的年轻人。"

Judy 不满地撇嘴，"我把人调教出来了，你就拿去用？我有什么好处？"

沈妈妈知道她就一张嘴厉害，不在意地笑笑，"好姐妹，你不帮我，谁帮我呢？"

Judy 也不再拿乔，爽快地说："行，你明天过来吧！哦，对了，刘总那边有个新来的销售很厉害，人也长得帅，你要觉得好，把他也挖走吧，省得就我一个人吃亏！”

沈妈妈一听就知道她说的是沈侯，苦笑着说：“这事我现在不好和你细说，反正以后你就知道了。”

Judy 和洋鬼子打交道打多了，性子也变得和洋鬼子一样简单直接，除了工作，别的一概不多问，猜到是家长里短，直接转移了话题，“吃什么甜品？”

第二天，沈妈妈真的去了公司，先去刘总那边。刘总亲自泡了茶，“嫂子，这次在上海待几天？”

“明天回去。”

“沈侯去长沙出差了，昨天下午刚走，明天只怕赶不回来。”

“没事，我又不是来看他。”

刘总斟酌着说：“我看沈侯这小子行，你跟大哥说一声，让他别再生气了。”

沈妈妈喝了一口茶，说：“老沈一怒之下是想好好挫挫沈侯，没想到沈侯倒让他刮目相看了。老沈再大的气，看儿子这么努力，差不多也消了，现在他只是拉不下脸主动和沈侯联系。”

刘总试探地说：“销售太苦了，要不然再做一个月，等过完春节，就把人调到别的部门吧！”

沈妈妈说：“看老沈的意思，回头也看沈侯自己是什么意思。销售是苦，但销售直接和市场打交道，沈侯如果跑熟了，将来管理公司，没人敢糊弄他，这也是他爸爸扔他来做销售时，我没反对的原因。”沈妈妈看了下表，笑着起身，“我去楼上看看 Judy。”

刘总陪着沈妈妈上了楼，走进办公室，沈妈妈觉得整个房间和以前截然不同，“重新装修过？”

刘总说："没有。"

沈妈妈仔细打量了一番，发现不是装修过，而是布置得比以前有条理。以前，样衣不是堆放在办公桌上，就是堆放在椅子上，现在却有几个大塑料盒，分门别类地放好了；以前，所有的衣服画册都堆放在窗台上，现在却放在一个简易书架上，原本堆放画册的地方放了几盆花，长得生机勃勃。

Judy 年过四十，仍然是个女光棍，自己的家都弄得像个土匪窝，她没把办公室也弄成个土匪窝，已经很不错了。沈妈妈走进 Judy 的办公室，指指外面，笑问："你的新助理弄的？"

Judy 耸耸肩，"小姑娘嘛，喜欢瞎折腾！不过弄完后，找东西倒是方便了很多。"

沈妈妈一直坚信一句话，细节表露态度，态度决定一切，还没见到 Judy 的助理，已经认可了她，"小姑娘不错。"

Judy 不知该喜该愁，喜的是英雄所见略同，愁的是人要被挖走了。沈妈妈也不催，笑吟吟地看着她，Judy 拿起电话，没好气地说："Olivia，进来！"颜晓晨跟着 Judy 混，为了方便客户，也用了英文名。

颜晓晨快步走进办公室，看刘总都只敢坐在下首，主位上坐着一个打扮精致的中年美妇人，有点眼熟。她心里猛地一跳，猜到是谁，不敢表露，装作若无其事地打招呼，"刘总好！"

Judy 说："这位是公司的侯总，我和刘总的老板。"

有点像是新媳妇第一次见公婆，颜晓晨十分紧张，微微低下头，恭敬地说："侯总好！"

沈妈妈却是十分和善，一点没端架子，"Judy 在我面前夸了你很多次，你叫什么名字？到公司多久了？"

"颜晓晨，颜色的颜，破晓时分的晓，清晨的晨。到公司半年了。"

颜晓晨以为沈妈妈还会接着询问什么，可她只是定定地盯着颜晓晨，一言不发。颜晓晨是晚辈，又是下属，不好表示什么，只能安静地站着。

刘总和Judy都面色古怪地看着侯总，他们可十分清楚这位老板的厉害，别说发呆，就是走神都很少见。Judy 按捺不住，咳嗽了一声，"侯总？"

沈妈妈好像才回过神来，她扶着额头，脸色很难看，"我有点不舒服。刘总，叫司机到楼下接我，Judy，你送我下楼。"

刘总和 Judy 一下都急了，刘总立即给司机打电话，询问附近有哪家医院，Judy 扶着沈妈妈往外走。颜晓晨想帮忙，跟着走了两步，却发现根本用不着她，傻傻站了会儿，回到自己的办公桌前。

颜晓晨心里七上八下，很是担心，好不容易等到 Judy 回来，她赶忙冲了过去，"侯总哪里不舒服？严重吗？"

Judy 没有回答，似笑非笑地盯着她，颜晓晨才发觉她的举动超出了一个普通下属，她尴尬地低下了头。

Judy 说："侯总就是一时头晕，呼吸了点新鲜空气就好了。"她看看办公室里其他的人，"到我办公室来！"颜晓晨尾随着 Judy 走进办公室，Judy 吩咐："把门关上。"

颜晓晨忙关了门。Judy 在说与不说之间思索了一瞬，还是对颜晓晨的好感占了上风，竹筒倒豆子般噼里啪啦地说："刚才我送侯总到了楼下，侯总问我谁招你进的公司，我说刘总介绍来的，侯总脸色很难看，质问刘总怎么回事。刘总对侯总解释，是沈侯的朋友，沈侯私下求了他很久，他表面上答应了不告诉沈总和侯总，可为了稳妥起见，还是悄悄给沈总打过电话。沈总听说是沈侯的好朋友，就说孩子大了，也有自己的社交圈了，安排就安排吧，反正有三个月的试用期，试用合格留用，不合格按照公司的规定办，刘总还怕别人给他面子，徇私照顾，特意把人放到了我的部门。"

颜晓晨听到这里，已经明白，沈妈妈并不知道沈侯帮她安排工作的事，她讷讷地问："是不是侯总不喜欢我进公司的方式？"

"按理说不应该，在中国做生意就这样，很多人情往来，你不是第一个凭关系进公司的人，也绝不会是最后一个，如果每个关系户都像你这样，我们都要笑死了，巴不得天天来关系户。不过……我刚知道沈侯是侯总的儿子，估计侯总介意你走的是沈侯的关系吧！"Judy 笑眯眯地看着颜晓晨，

"你和沈侯是什么关系？什么样的好朋友？"

颜晓晨咬着唇，不知道该如何回答。

Judy早猜到了几分，轻叹口气，扶着额说："连侯总的儿子都有女朋友了，我们可真老了！"

颜晓晨忐忑不安地问："侯总是不是很生气？"

Judy微笑着说："她看上去是有些不对头。不过，别担心，侯总的气量很大，就算一时不高兴，过几天也会想通，何况她本来就挺喜欢你，还想把你挖过去帮她做事，沈侯找了个这么漂亮又能干的女朋友，她应该高兴才对。"

颜晓晨依旧很忐忑，Judy挥挥手，"应该没什么大事，出去工作吧！"

颜晓晨走出办公室，犹豫着该不该打电话告诉沈侯这事。沈侯在外地，现在告诉他，如果他立即赶回来，就是耽误了工作，只怕在沈侯的父母眼中，绝不会算是好事，如果他不能赶回来，只会多一个人七上八下、胡思乱想，没有任何意义。颜晓晨决定，还是先不告诉沈侯了，反正再过两三天，沈侯就回来了，等他回来，再说吧！

颜晓晨忐忑不安地过了两日，发现一切如常，沈妈妈并没找她谈话。颜晓晨试探地问Judy："侯总还在上海吗？"

Judy不在意地说："不知道，侯总说就待一两天，应该已经离开了。"

颜晓晨松了口气，是她太紧张了，也许人家根本就没把儿子谈个恋爱当回事，又不是立即要结婚。

颜晓晨放松下来，开始有心情考虑别的事。想着沈侯快要回来，决定抽空把房间打扫一下。

晚上，颜晓晨把头发挽起，穿着围裙，戴着橡胶手套，正在刷马桶，门铃响了。

不会是沈侯回来了吧？她急急忙忙冲到门口，从猫眼里看了一眼，门外竟然是沈侯的妈妈。

颜晓晨惊得呆呆站着，不知道该如何反应。沈妈妈又按了一次门铃，颜晓晨才赶忙脱掉手套，把头发拢了拢，想让自己看起来精神一点。她深吸一口气，打开了门，"侯总。"

沈妈妈盯着她，脸色十分难看。

沈侯租了四年的房子，他爸妈就算没来过，也不可能不知道，否则今天晚上找不到这里来。颜晓晨就像做错了事的孩子，心虚地低下了头。

沈妈妈一言不发，快速地走进沈侯的卧室，又走进颜晓晨的卧室，查看了一圈，确定了两个人至少表面上仍然是"分居"状态，还没有真正"同居"。她好像缓过了一口气，坐到沙发上，对颜晓晨说："你也坐吧！"

颜晓晨忐忑不安地坐在了沙发一角。

"帮沈侯代考宏观经济学的人就是你？"沈妈妈用的是疑问句，表情却很肯定。

"是。"

"我看过你的成绩单，没有一门功课低于九十分，是我们家沈侯害了你，对不起！"沈妈妈站了起来，对颜晓晨深深地鞠了一躬。

颜晓晨被吓坏了，一下子跳了起来，手忙脚乱地扶沈妈妈，"没事，事情已经过去了，没事，我真的不介意。"

沈妈妈沉痛地说："我介意！"

颜晓晨不知道该说什么，手足无措地看着沈妈妈。

沈妈妈缓和了一下情绪，又坐了下来，示意颜晓晨也坐。她问："你和沈侯什么时候……在一起的？"

"大四刚开学时，确定了男女朋友关系，可很快就分开了，大四第二学期又在一起了。"

沈妈妈算了一下，发现他们真正在一起的时间不算长，难怪她询问沈侯有没有女朋友时，沈侯总说没有。她想了想说："既然你们能分一次手，也可以再分一次。"

"什么？"颜晓晨没听懂沈妈妈的话。

"我不同意你和沈侯在一起，你们必须分手！"

颜晓晨傻了一会儿，才真正理解了沈妈妈的话，她心里如台风刮过，已是乱七八糟，面上却保持着平静，不卑不亢地说："您是沈侯的妈妈，我很尊敬您，但我不会和沈侯分手。"

"你和沈侯分手，我会帮你安排一份让你满意的高薪工作，再给你一套上海的房子作为补偿，可以说，你的分手顶了别人三四十年的奋斗，好处很多。但你和沈侯在一起却是坏处多多，我会让公司用一个最不好的理由开除你。你试想一下，一个品行不端，被大学开除，又被公司开除的人，哪个公司还敢要？"

颜晓晨难以置信地看着沈妈妈，"您为什么要这么做？我做了什么，让您这么讨厌？"

"你说为什么呢？学校里小打小闹谈谈恋爱，怎么样都无所谓，可谈婚论嫁是另外一回事，门不当户不对，你配得上做我们家的儿媳妇吗？我已经派人去查过你们家，不但一贫如洗，你妈妈还是个烂赌鬼，好酒好烟！婚姻和恋爱最大的不同就是，恋爱只是两个人的事，婚姻却是两个家庭的事，我儿子娶的不仅仅是你，还是你的家庭，我不想我儿子和一个乱七八糟、混乱麻烦的家庭有任何关系！我也绝不想和你们家这样的家庭成为亲家！"

颜晓晨犹如一脚踏空、掉进了冰窖，冰寒彻骨，她想反驳沈妈妈，她家不是乱七八糟，她妈妈不是烂赌鬼！但是，沈妈妈说的每一句话都是事实。原来，在外人眼中，她家是那么不堪。

"贫穷也许还能改变，可是你们家……无药可救！"沈妈妈冷笑着摇摇头，"我会不惜一切手段，逼你离开沈侯，我不想那么做，但我是一个母亲，我必须保护我的儿子，让他的生活不受你的打扰！我请求你，不要逼我来逼你，更不要逼我去逼沈侯！"

颜晓晨木然地看着沈妈妈，她只是想和喜欢的人在一起，怎么就变成了她在逼沈侯的父母了？

沈妈妈把一张名片和几张照片放在了茶几上，"这是一套连排别墅，价值八百多万，你打名片上的电话，随时可以去办理过户手续。还有，我希望你尽快搬出这个屋子。"沈妈妈拉开了门，却又停住步子，没有回头，声音低沉地说："你是个好女孩，但你真的不适合沈侯！人生很长，爱情并不是唯一，放弃这段感情，好好生活！"

砰一声，门关上了，颜晓晨却好像被抽走了所有力气，瘫坐在沙发上，站都站不起来。

从屋子的某个角落里传来叮叮咚咚的音乐声，颜晓晨大脑一片空白，不明白为什么会有音乐响起，愣愣地听着。

音乐声消失了，可没过一会儿，又叮叮咚咚地响了起来，颜晓晨这才反应过来，那是她的手机在响。她扶着沙发站起，脚步虚浮地走到餐桌旁，拿起手机，是沈侯的电话，每天晚上这个点他都会打个晚安电话。

第一次，颜晓晨没有接沈侯的电话，把手机放回了桌子上，只是看着它响。

可沈侯不肯放弃，一遍又一遍打了过来，铃声不会说话，却清楚地表达出了不达目的它不会罢休。

手机铃声响到第五遍时，颜晓晨终于接了电话。沈侯的声音立即传了过来，满是焦躁不安，"小小？小小，你在哪里？你没事吧？"

颜晓晨说："我在家里，没事。"

沈侯松了口气，又生气了，"为什么不接电话？吓死我了！"

"我在浴室，没听到电话响。"

"怎么这么晚才洗澡"

颜晓晨含含糊糊地说："下班有点晚。"

沈侯心疼地说："工作只是工作，再重要也不能不顾身体，身体第一！"

"我知道，你那边怎么样？是不是快要回来了？"

"应该明天下午就能回去。"沈侯兴高采烈地给颜晓晨讲述着这次在长沙的见闻，颜晓晨突然意识到，沈侯很热爱他们家的公司，并不仅仅是因为金钱，而是发自内心的喜欢和骄傲。自小的耳濡目染，四年的商学院学习，他对自己的家族企业有很多规划和幻想，所以，他才不想出国，才会宁愿拿低薪也要去做销售。也许，沈侯对功课不够严肃认真，可他对自己的人生很严肃认真，很清楚自己要的是什么，也愿意为之仔细规划、努力付出。

沈侯说了半晌，发现晓晨一直没有说话，以为她是困了，关切地说："忙了一天，累了吧？你赶紧去睡觉吧！"

颜晓晨轻声问："沈侯，你有没有发觉你刚才是以一个企业掌舵者的角度在分析问题？"

沈侯不好意思地嘿嘿笑了两声，"原来我的话已经暴露了我的野心啊？看来我下次和别人聊天时要注意一点，省得不知道的人还以为我是个野心家。我爸妈就我一个儿子，东方的企业文化和西方的企业文化截然不同，不可能完全依靠职业经理人，我迟早要接掌公司，多想想总没坏处。说老实话，我是想做得比我爸妈更好。"

颜晓晨有点心惊，却又觉得理所当然，男人似乎是天生的猛兽，现代社会不需要他们捕猎打仗了，他们所有的血性和好斗就全表现在了对事业的追逐上，沈侯的性子本就不会甘于平庸，他不想攀登到最高峰才奇怪。

沈侯看晓晨一直提不起精神说话，"小小，你休息吧，我也睡了，明天订好机票，再给你电话。"

"好的，晚安。"挂了电话，颜晓晨坐在餐桌前，怔怔看着窗外。

清晨，颜晓晨走进 Judy 的办公室，把一份清楚全面的工作总结和交接报告递给 Judy，"我想辞职。"

Judy 大吃一惊，"为什么要辞职？哪里做得不开心，还是对我的工作安排不满？"虽然颜晓晨表现很优异，可才工作半年，不可能是其他公司来挖人，唯一的可能就是颜晓晨自己对工作不满。

颜晓晨说："工作很开心，跟着您也学到了很多东西，辞职是纯粹的私人原因。"

"有其他公司的工作了吗？"

"没有。"颜晓晨也想找到下一家的公司再辞职，但找份工作至少要两三个星期，并不适合她现在的情形。

Judy一脸不赞同，"不管是什么私人原因，都至少坚持一年，你这样的工作履历再去找工作很不利！工作经验很少，不能给你加分，还给公司一种你没有常性，不能坚持，遇见一点困难就逃避的印象，哪个公司会喜欢招一个只待半年就走的员工呢？"

"谢谢，但我必须辞职。"

"你是不是和沈侯吵架了？恋爱归恋爱，工作是工作，两码事！"

颜晓晨说："和沈侯没有关系，纯粹私人原因。"

Judy看颜晓晨态度很坚决，觉得自己的好心全被当了驴肝肺，很失望，也有点生气，态度冷了下来，"好的，我接受你的辞职，公司会尽快处理。"

颜晓晨刚从Judy办公室出来，就接到了刘总秘书的电话，让她去见刘总。

颜晓晨走进刘总的办公室，刘总客气地让她坐。

刘总把一沓文件递给她。颜晓晨翻了一下，是她以前填写过的财务单据复印件，颜晓晨不明白，"刘总给我看这个是什么意思？"

刘总清了清嗓子说："你的这些单据里有弄虚作假。"

颜晓晨先是一惊，是她不小心犯了错吗？可很快就反应了过来，刘总他们都是老江湖，不小心犯错和弄虚作假之间的不同，他们应该分得很清楚。

颜晓晨把文件放回了刘总的桌子上，沉默地看着刘总。

颜晓晨的目光坦荡磊落，清如秋水。刘总回避了她的目光，"如果因为弄虚作假、欺瞒公司被开除，想再找一份正式的工作就非常难了，你要清楚……"

颜晓晨打断了他的话，嘲讽地说："我很清楚，我不过是一个什么都没有的弱女子，你们却是资产几十亿的大公司；我只有一张嘴可以为自己辩白，你们却连白纸黑字的文件都准备好了；我请一个好律师的钱都没有，你们却有上海最好的律师事务所，上百个优秀律师时刻等着为你们服务；我在上海无亲无友，你们却朋友很多。刘总，您不用赘言了，我真的很清楚！"

刘总也不愧是商海沉浮了几十年的人，竟然还是那副心平气和的态度，"清楚就好！只要你听话，侯总可以帮你安排一份远比现在好的工作。"

"我不需要她给我安排工作，我能养活我自己！"颜晓晨起身朝外走去，快出门时，她突然想起自己还忘记说一句话，回过身对刘总说："请转告侯总，我已经辞职。"说完，快步走出了刘总的办公室。

颜晓晨拿着包，离开了公司。

她找公交卡时，才发现自己手指僵硬，原来她一点不像她表现得那么平静，而是一直凝聚着全身的力气才能维持那一点平静。

公交车上人不算多，颜晓晨找了个最后面的空位坐下，神情迷茫地看着车窗外。

沈妈妈太不了解她了，也许一般的女孩会被她的威胁吓住，可她不是一般家庭的一般女孩，她只是困惑于沈妈妈昨晚说的一段话，婚姻并不只是两个人的事，还是两个家庭的事，如果沈侯和她结婚，沈侯娶的不仅仅是她，还是她的家庭，沈侯能接受真正的她和她的家庭吗？

手机突然响了，是沈侯的电话，颜晓晨打起了精神，"喂，机票订好了？几点的飞机？"

沈侯的语气很抱歉，也很兴奋，"长沙这边的事完了，但我赶不回去了，刘总让我去三亚见两个重要的客人。"

颜晓晨苦笑，这应该只是沈妈妈的一个安排，三亚的客人见完，还会有其他事情，反正商场上瞬息万变，刺激有趣的事不会少，想要吸引住沈侯很容易，看来短时间内，沈侯不可能回到上海了。

沈侯说："对不起，本来还想陪你一起过元旦，要不你找魏彤来陪你吧！"

"没有关系，你好好工作，不用担心我，元旦假期我正好好好休息一下。"

"好的，我去收拾行李，准备去机场了，到三亚再和你联系，拜拜！"

"拜拜！"

算上周末，元旦假期总共有三天，颜晓晨又失业了，暂时无事可做，她突然做了个决定，趁元旦假期去一趟三亚。

三亚应该还很温暖，她特意去买了一条保暖一点的长裙，早晚冷的时候再加一个大披肩应该就可以了。

颜晓晨下了飞机，把羽绒服脱掉塞回行李箱，坐车去沈侯住的酒店，从机场赶到酒店时，已经是晚上八点多。

这次沈侯要见的客人应该真的很重要，连带着沈侯住的酒店都是五星。酒店就在海边，刚下车，就看到灯火辉映中一望无际的大海，火红的鲜花开满道路两旁，景色明媚鲜艳，一点冬日的阴霾都没有。

颜晓晨来之前已经问清楚沈侯住哪个房间，本来想直接上去找他，也算是给他一个节日的惊喜，可没想到刚走进酒店，就有服务生来帮她拿行李，询问她是住宿还是访友。看他们这架势，肯定不会随便放陌生人去住客的房间，颜晓晨只得放弃了突然出现在沈侯房间外的计划，"我朋友住这里，我来找他。"

服务生领她到前台，前台打电话给沈侯的房间，电话响了很久，没有人接，前台抱歉地说："没有人接电话，应该不在房间，要不您和您的朋友联系确认一下时间，或者在大堂等一会儿？"

颜晓晨问："我能把行李寄放在您这里吗？"

"没问题！"服务生帮颜晓晨把行李放下，办好寄放手续。

颜晓晨坐在酒店大堂的沙发上，给沈侯发微信，"吃完饭了吗？在干什么？"

沈侯很快就给了她回复，"吃完了，在海滩散步。虽然住在海边，可白天要陪客人，压根儿没时间看看海。"他用的是语音，说话声的背景音就是海浪的呼啸声。

颜晓晨立即站了起来，一边走，一边随便找了个服务生问："海滩在哪里？"

"沿着那条路一直往前走，左拐，再右拐，穿过餐厅就到了。"

"谢谢！"

颜晓晨脚步匆匆，走过长廊，穿过人群，跑到了海滩上。

海天辽阔，一波波海潮翻滚着涌向岸边，虽然太阳已落山，可霓虹闪烁、灯火辉煌，海边仍旧有不少人在嬉戏玩耍。

颜晓晨一边拿着手机给沈侯发微信，一边寻找着他，"海好看吗？"

"很好看，可惜你不在我身边，我很想你！"

曲曲折折的海岸，三三两两的人群，看似不大，可要找到一个人，又绝没有那么容易，就像这世间的幸福，看似那么简单，不过是夕阳下的手牵手，窝在沙发上一人一瓣分着吃橘子，却又那么难以得到，寻寻觅觅，总是找不到。

沈侯拿起手机，对着大海的方向拍了两张照片，发给颜晓晨，想和她分享他生命中的这一刻，就算她不在身边，至少让她看到他现在的所看、所感。

颜晓晨看看照片，再看看海滩，辨认清方向，蓦然加快了速度。软软的沙，踩下去一脚深、一脚浅，她跑得歪歪扭扭。海滩上有孩童尖笑着跑过，有恋人拉着手在漫步，有童心大发的中年人在玩沙子……

她看见了他！

沈侯面朝大海而站，眺望着海潮翻涌。距离他不远处，有一对不怕冷的外国恋人，竟然穿着泳衣在戏水。沈侯的视线扫过他们时，总会嘴角微微上翘，怀着思念，露出一丝微笑。

颜晓晨含笑看着他，一步一步慢慢地走近，似乎走得越慢，这幸福就越长。

她从沈侯的身后抱住了他的腰，沈侯一下子抓住了她的胳膊，想要甩开她，可太过熟悉的感觉让他立即就明白了是谁，他惊得不敢动，声音都变了调，"小小？"

颜晓晨的脸贴在他的背上，"我也很想你！"

突如其来的幸福，让一切不像是真的，太过惊喜，沈侯闭上了眼睛，感受着她的温热从他的背脊传进了他的全身。他忍不住咧着嘴无声地大笑起来，猛地转过身子，把颜晓晨抱了起来。

颜晓晨"啊"一声叫，"放我下来！"

沈侯却像个小疯子一样，抱着她在沙滩上转了好几个圈。颜晓晨被转得头晕眼花，叫着："沈侯、沈侯……"

沈侯放下了她，双臂圈着她的腰，把她禁锢在身前，"看你下次还敢不敢再吓我！"

颜晓晨歪过头，"哦！原来你不高兴我来啊，那我回去了！"她挣扎着想推开他，作势要走。

沈侯用力把她拽进怀里，"高兴，我太高……"他吻住了她，未说完的话断掉了，也无须再说。

两人手挽着手回到酒店的房间，沈侯打开门，放好行李，帮颜晓晨倒了杯水。

房间不算大，两人坐在小圆桌旁的沙发上，面对着的就是房间里的唯一一张床，洁白的床单，铺得十分整齐，连一条皱褶都没有。

看着这张突然变得有点刺眼的床，沈侯觉得有点心跳加速。

"看电视吗？"他起身找遥控器。

"我先去洗澡。"

"哦，好。"沈侯拿着遥控器，却忘记了打开电视，视线一直随着颜晓晨转。

颜晓晨走到行李架旁，打开了行李箱，翻找洗漱用具和衣服，沈侯看到箱子里的女生内衣裤，不好意思地移开了视线。

颜晓晨拿好东西，进了卫生间，才发现一个很严重的问题，卫生间是用透明玻璃墙隔开的，里面的一举一动，外面一览无余。

沈侯一个人住时，并没觉得不妥，这会儿才觉得"怎么有这样的装修"？转念间又想到，这是度假酒店，也许装修时是特意能让外面的人看到里面的人洗澡，情人间的一点小情趣。

颜晓晨和沈侯隔着透明的玻璃墙，面面相觑地傻看着对方，大概都想到了酒店如此装修的用意，两人不好意思起来，移开了视线。

颜晓晨在浴室里东张西望，突然发现了什么，指指玻璃墙上面，"有帘子，收起来了，应该可以放下。"

沈侯忙走进浴室，和颜晓晨四处乱找了一通，才找到按钮，把帘子放下。

"可以洗了。"沈侯走出浴室，把卫生间的门关上。

不一会儿，传来淅淅沥沥的水声，沈侯坐在沙发上，心猿意马，视线总忍不住看向已经被帘子遮住的玻璃墙。他打开了电视，想让自己别胡思乱想，可只看到屏幕上人影晃来晃去，完全不知道在演什么。

颜晓晨用毛巾包着头发，穿着睡裙，走出了浴室，一边拿着吹风机找插座，一边问："你要冲澡吗？"

"要！"沈侯去衣柜里拿了睡衣，快速地走进浴室。

往常沈侯洗澡速度都很快，今天却有点慢，一边心不在焉地冲着水，一边琢磨待会儿怎么睡。

直到洗完澡，沈侯也没琢磨出结果，他擦干头发，走出浴室，看到颜晓晨盖着被子，靠躺在床上看电视。

沈侯走到床边，试探地问："就一张床，都睡床？"

"好啊!"颜晓晨盯着电视,好似压根儿没在意这个问题。

沈侯从另一边上了床,蹭到被子里,靠躺在另一侧床头。两个人已经"同居"半年,有不少时候孤男寡女单独相处,可是刚同居的那两三个月,沈侯刚被学校开除,颜晓晨丢了学位和工作,沈侯面对颜晓晨时,总是有负疚感,压根儿没心情胡思乱想。到后来,随着两人的工作步入正轨,笼罩在心头的阴影渐渐散去,但一个频频出差,一个工作强度很大,就算耳鬓厮磨时偶有冲动,也很快就被理智控制。

沈侯往颜晓晨身边挪了挪,把她搂在怀里,告诉自己这其实和在沙发上看电视没什么不一样。两人目不斜视,一本正经地看着电视,表情专注严肃,像是要写一份电视剧的分析研究报告。

刚刚洗完澡的肌肤触感格外好,滑腻中有一丝微微的冰凉,沈侯忍不住轻轻地抚着颜晓晨的胳膊,抚着抚着,也不知道怎么回事,他的手就探进了颜晓晨的衣服里。他们窝在沙发上看电视时,沈侯也不是没有这么干过,可那时衣服套衣服,总有许多阻隔,不像这次,宽松的睡裙下连胸衣都没有,他的手好像哧溜一下就握住了那个柔软的小山峰。

就像一根火柴丢进了汽油里,看似只一点点萤火,却立即燃烧起了熊熊大火。沈侯只觉整个身体都沸腾了,再装不了在看电视,一个翻身就压到了颜晓晨身上,开始亲吻她。一只手紧紧地握着柔软的山峰,又捏又揉,一只手早乱了方寸,只是随着本能,在柔软的身体上乱摸。

颜晓晨的睡裙被推到脖子下,胸前的起伏半隐半露,沈侯觉得碍事,双手几下就把睡裙脱掉了。当赤裸的身体被他用力压进怀里时,他一边情难自禁地用下身蹭着她的身体,一边却逼着自己微微抬起上半身,喘着气说:"小小,我想做坏事了!"

颜晓晨搂住他的脖子,在他耳畔低声说:"我也想做坏事呢!"

沈侯再控制不了,顺着年轻身体的强烈渴望,笨拙地尝试,把颜晓晨从女孩变成了女人。

初尝禁果,沈侯十分亢奋,折腾到凌晨两点多才睡。早上刚六点,沈侯就醒了，不想打扰颜晓晨睡觉，可心里的爱意太满太满，无法克制地外溢，让他忍不住，时不时地悄悄摸下她的身体，偷偷吻一下她的鬓角。颜晓晨本就睡得不沉，很快就醒了。

沈侯轻声问："累吗？"

颜晓晨用手摩挲着他的脸颊，微笑着没有说话，两人的目光犹如糖丝，胶黏在一起，舍不得离开对方一秒。都不是赖床的人，但年轻的身体就像是一个最美妙的游乐园，一个抚摸、一个亲吻，都是天堂，让人沉溺其中，舍不得离开。

一直耳鬓厮磨到九点多，要去陪客人时，沈侯才不得不起了床。

沈侯去冲澡，颜晓晨躺在床上假寐。

突然，沈侯大叫一声，浑身湿淋淋地就冲到了浴室门口，"小小，我们忘记一件很重要的事了！"

颜晓晨刚睁开眼睛，又赶忙捂住了眼睛，虽然最亲密的事情都做了，可这样看到他的身体，还是很羞窘，"什么事？"

沈侯也很不好意思，立即缩回了浴室，"我们忘记……用避孕套了。"

颜晓晨以前也曾想到过如果两人发生关系，一定要记得让沈侯去买避孕套，但昨天晚上，一切都是计划之外，却又水到渠成、自然而然，她也忘记了。

沈侯喃喃说："应该不会中奖吧？"

颜晓晨说："可以吃药，我陪刘欣晖去买过，有一年五一她男朋友来看她，她男朋友走后，她就拉着我陪她去买药。"

"安全吗？会不会对身体不好？"

"刘欣晖说老吃不好，但偶尔吃一次没有关系。"

"叫什么？"

"我不知道。"

沈侯想着待会儿打个电话给狐朋狗友就什么都知道了，"我待会儿出去买。"他放下心来，继续去冲澡。

穿戴整齐，都要出门了，沈侯忍不住又凑到床边，吻着颜晓晨。颜晓晨推他，"要迟到了！"

沈侯依依不舍地说："你要累就多睡睡，饿了可以让服务生把食物送到房间吃，反正公司报销，千万别帮公司省钱。"

"好的，快点，快点！"

"晚上我会尽早赶回来，等我。"沈侯一步三回头，终于离开了。

颜晓晨也是真累了，翻了几个身，晕晕乎乎就又睡了过去。

一觉睡醒时，已经是下午两点多，颜晓晨慢悠悠地起了床，冲了个澡，看看时间已经三点多，给沈侯发了条微信，"你在哪里？"

沈侯发来了一张高尔夫球场的照片，颜晓晨问："陪客人打球？累不累？"

"不累！人逢喜事精神爽！"文字后，沈侯还配了一张叼着烟抽、志得意满的无赖表情。

颜晓晨哭笑不得，扔了他一个地雷，沈侯却回了她无数个亲吻。

颜晓晨问："你晚上大概什么时候回来？"

沈侯不开心了，扁着嘴的表情，"吃过晚饭才能回来，大概要八点左右。"

"我在酒店等你。"

刚点击了发送，颜晓晨就觉得这句话太有歧义，但已经晚了。果然，沈侯那个泼猴子立即贯彻发扬了不要脸的精神，竟然发了一张避孕套的照片过来，"刚买好的，一定不会辜负你的等待。"

"不理你了，我去吃饭。"颜晓晨对手机做了个恶狠狠地鬼脸，准备去觅食。

她拿出特意买的美丽长裙穿上，照照镜子，还算满意，带上披肩，去了餐厅。

颜晓晨昨天就发现酒店餐厅的位置特别好，正对着大海，木地板的大露台延伸到沙滩上，坐在那里吃饭，有几分古人露天席地的天然野趣。

她决定奢侈一把，点了一份饭、一杯果汁，坐在露台上，一边吃饭，一边欣赏着碧海蓝天。

　　因为是假期，沙滩上恋人很多，一对对要么在玩水，要么躲在太阳伞下情话绵绵，颜晓晨这样孤身一人的，很是罕见。颜晓晨看看自己的装扮，看似随意，实际是特意，只可惜女为悦己者容，那个悦己者却忙着建功立业，到现在都没有看到。但现在不是古代了，没有人会"悔教夫婿觅封侯"，因为不要说男人，女人都需要一份事业才能立足，没有经济基础，什么都不可能。

　　颜晓晨吃完饭，懒得动，一直坐在露台上，面朝大海，晒着太阳，吹着海风。看似一直对着一个景致，可景致一直在变幻，云聚云散、浪起浪伏。

　　过了五点，天开始有点凉了，颜晓晨拿出包里的大披肩，裹到身上。

　　夕阳渐渐西坠，犹如有人打翻了水彩盒，天空和大海的色彩变幻莫测，绯红、胭脂、栌黄、金橙、靛蓝、艾青……交错辉映，流光溢彩。大自然的鬼斧神工，只是轻描淡写，于世间的凡夫俗子已是惊心动魄的美丽。

　　很多人在拍照，颜晓晨也拿起手机，对着天空和大海拍了好多照片。

　　正低着头挑照片，打算发两张给沈侯看，感觉一个人走到她的座椅旁，颜晓晨以为是服务生，没理会，可来人竟然拉开了她身旁的椅子。

　　颜晓晨抬起了头，居然是沈侯，她惊讶地问："你怎么这么早回来了？"

　　"找了个借口，没和他们一起吃晚饭。"沈侯居高临下，仔细地看着她，"你今天很漂亮，刚才走过来，一眼就看到你了。"

　　颜晓晨不好意思地笑笑，指了下椅子，示意他坐，"点些东西吃吧！"

　　沈侯却没有坐，而是站得笔挺，看着颜晓晨，好似酝酿着什么。颜晓晨这才发现，他的手一直背在背后。她笑问："你给我带了礼物？"

　　沈侯突然蹲下，单膝跪在了她面前，颜晓晨惊得去扶他，沈侯趁势抓住了她的一只手，"小小，你愿意嫁给我吗？"

　　他另一只手，拿着一枚小小的指环，递到颜晓晨面前。

　　颜晓晨目瞪口呆。

"本来我想再存一年钱，买个钻戒向你求婚，但我等不及了，钱不够买钻戒，只能买一个铂金指环，以后一定再给你补一个大钻戒。你现在愿意接受这个指环吗？"虽然在心里默默演练了多次，虽然他一遍遍告诉自己晓晨肯定会答应，可沈侯依旧非常紧张，最后一句话已经带了破音。

　　颜晓晨不知道是被吓住了，还是没反应过来，她身子前倾，怔怔地看着沈侯，像是凝固成了一座雕塑。

　　游客和服务生都被求婚的一幕吸引，聚精会神地看着，没有一个人发出一点声音，那一刻，海天寂静，四野无声，好似整个世界都为他们停止了转动。

　　"小小？"沈侯突然害怕了，一个念头竟然飞了出来，难道小小不愿意嫁给他？！他抓着她的手一下子很用力，就像是生怕她会忽然消失。

　　颜晓晨眼中浮动着隐隐泪光，仍旧没有说话，沈侯的霸道脾气发作，他抓起她的手，就要把戒指往她手上戴，"你已经是我的人了，你不嫁给我，还能嫁给谁？"他的口气十分决然，他的手却在轻颤，戴了几次，都没把指环戴到颜晓晨的手指上。

　　颜晓晨握住了沈侯的手，和他一起把银白的指环戴到了自己的中指上，动作比语言更能说明问题，沈侯觉得一下子云开雾散晴天来，猛地抱起颜晓晨，得意扬扬地对全世界宣布："她答应嫁给我了！"

　　围观的众人善意地鼓掌哄笑，"恭喜！"

　　颜晓晨搂着沈侯的脖子，在他耳畔轻声说："傻猴子，我爱你！"

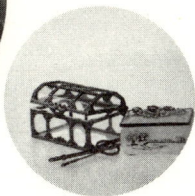

Chapter 11
生活

生活是不公平的，你要去适应它。

——比尔·盖茨

元旦假期的最后一天，颜晓晨告别了沈侯，回到上海。

客厅的茶几上，还放着沈妈妈留下的那沓别墅照片和联系名片。自沈妈妈把它们放在那里后，颜晓晨一直没有看过。

现在心平气和了，她坐到沙发上，拿起照片，仔细地看起来，屋外的小花园、室内的装修，美轮美奂，犹如时尚杂志上的样板房，不得不说沈妈妈出手很大方，这样一套房子，只怕很多白领奋斗一生都买不起。

颜晓晨把所有照片和名片扔进了茶几旁的垃圾桶里，拿好钱包和钥匙，出了门。

每天衣食住行都要花钱，每个月还要给妈妈一点生活费，她必须赚钱，不可能不工作，但找一份正式工作需要时间，她的状况更是不知道要花多长时间，两三个月、半年都有可能。颜晓晨决定先去找一份酒吧的工作，晚上上班，白天休息，既可以赚钱维持生计，又不会影响白天去面试找工作。

颜晓晨有酒吧工作经验，又正年轻，找一份服务生的工作很容易，从下午跑到晚上，已经有三家酒吧愿意要她。她挑了一家能提供住宿的工作。所谓的住宿，其实就是群租，老板在酒吧附近的居民楼里有一套两居室的房子，放了六张上下床，住了十几个人，酒吧员工每个月交四百块就可以入住。

工作和住宿都定下后，颜晓晨开始收拾行李，准备搬家。

群租房里人多手杂，除了衣服，别的都不敢放，颜晓晨把其他东西拿去了魏彤的宿舍，寄放在她那里。魏彤现在的研究生宿舍两人一间，放些杂物没什么问题。

魏彤惊疑地问："你和沈侯吵架了？"

颜晓晨来之前就想到魏彤肯定会问，平静地说："我和沈侯没吵架，是沈侯的爸妈不同意我和他在一起。"

魏彤怒了，"凭什么？他们的儿子害得你连学位都没有了，他们有什么资格嫌弃你？"

颜晓晨看着魏彤，魏彤知道她不喜欢人家说沈侯害得她没了学位，忙改了口，"好，不提以前的事，沈侯的爸妈凭什么嫌弃你？"

"最古老，最有力的理由，门不当户不对。"

魏彤满面匪夷所思，"沈侯家是不是很有钱？"

颜晓晨点了下头。

魏彤嘲讽地问："有多有钱？是身家千万，还是过亿？"

"几十亿。"

魏彤倒吸一口冷气，嘲讽的表情消失了。虽然不知道颜晓晨家的具体情况，但也约莫知道她家很穷，两家的确天差地别。设身处地想一想，她的前渣男友只是因为大学的学校不好，她爸妈就反对激烈，天下的父母都唯恐子女吃苦，倒不能责怪沈侯爸妈。魏彤说："真看不出来，沈侯可够低调的！你打算怎么办？"

"之前不管是住的房子，还是工作，都是沈侯帮忙，可那又不是沈侯的，说白了，就是靠的沈侯的爸妈，吃人嘴软、拿人手软，他爸妈瞧不起我也是我自找的，现在先自力更生吧！至少下一次面对他妈妈时，我不会那么心虚。"

魏彤心里很难受，如果晓晨没丢了学位，何至于为钱发愁？她说："不管发生什么事，别忘记来找我，我虽然帮不上什么大忙，小忙可没问题。"

颜晓晨笑说："这不就是来找你帮忙了吗？"

魏彤说："给我一个你的新地址，有空时，我去找你玩。"

颜晓晨把住宿地址发给了魏彤。

※※※

果然，如颜晓晨所料，沈侯接待完三亚的客人，又被派去别的地方出差，究竟什么时候能回上海，沈侯也不清楚。

颜晓晨搬出了沈侯的房子，搬进酒吧的群租房。她白天去网吧投递简历找工作，晚上去酒吧打工赚取生活费，每天过得忙忙碌碌。

可是，不管她投递多少份简历，都石沉大海，没有任何回音。

颜晓晨看看自己的简历，的确满是疑点，上过大学，却没有获得学位，专业是金融类的，第一份工作却是做衣服的，专业跨得莫名其妙，还只做了半年，凡是正规的公司，都不会选中满身问题的她。

下午，颜晓晨又去网吧找工作，先查收信件，没有任何回信，她失望地退出了邮箱，继续去网上找工作。

其实，她现在的情形，连投递简历都困难，所有金融类的工作都要求学士学位以上的学历，就这一条，她连投递简历的资格都没有；和服装制造或贸易有关的公司倒是对学历的要求低一点，可以接受大专生，但要么要求相关专业毕业，要么要求两年以上工作经验，她这个无关专业、半年工作经验的人也是压根儿没资格投递简历。之前，她一直怀着点侥幸的希冀，硬着头皮投了简历，却无人理会。

颜晓晨正细细浏览每条招聘信息，手机响了。她以为有公司通知她面试，激动地拿起手机，却不是陌生的电话号码，而是刘总。

刘总热情地寒暄："颜晓晨吗？最近怎么样。"

"还可以。"

"找到工作了吗？"

"没有。"

"现在的社会竞争很激烈，别说你这样没学位的人，不少名牌大学的研究生都找不到工作。小姑娘别太倔强，侯总说了，只要你答应远离沈侯，她就帮你安排一个好工作……"

"我不需要！"颜晓晨挂了电话。

她看着网页上密密麻麻的工作信息，有点绝望，这个城市那么大，有那么多公司，却没有一个公司愿意要她。颜晓晨知道绝望的情绪就像沼泽，一旦陷入，只会越陷越深，她深吸了口气，把一切负面情绪都封锁了起来，打起精神，继续投简历。

一月十四号晚上，沈侯从重庆回到上海。

他偷偷摸摸地打开门，兴高采烈地想要给颜晓晨一个惊喜，可晓晨并不在家。刚开始，他以为她有事出去了，但一进卫生间，就发觉不对劲了，洗脸池旁只有他的洗漱用品，毛巾架上也只有他的毛巾。

沈侯冲到颜晓晨的卧室，衣柜和书桌都空了，所有属于她的物品全消失了，几个月前，他亲眼看着她一点点把她的东西放进屋子，一点点把他的心充实，没想到竟然会一夕之间一扫而空。

沈侯心慌意乱，立即给颜晓晨打电话，却没有人接，他一遍又一遍打电话，往常总会有人应答的电话，一直都没有人接。

沈侯给 Judy 打电话，Judy 竟然告诉他，元旦前颜晓晨就辞职了。沈侯又给刘叔叔打电话，刘叔叔的说辞和 Judy 一模一样，除了辞职的事，别的一问三不知。

可是，元旦晓晨来看他时，没有一丝异样，这几日他们通电话时，她也没有一丝异样，为什么她离开了公司，搬出了房子，却一直瞒着他？

沈侯软坐在了沙发上，心慌意乱地想，究竟发生了什么事？

他迫不及待地要找到颜晓晨，但到这个时候，他才发现，他和晓晨之间的联系并不像他以为的那么多，他能找她的方式，竟然只有一个手机号码。

他不知道她的家在哪里，也不知道她妈妈的联系方式，只能一遍遍打着她的手机，手机那头却一直没有人应答。

曾经以为那么亲密、那么牢不可分的关系，竟然只是一个手机号码？沈侯忍不住想，如果永远没有人接这个电话，他会不会就再找不到她了？第一次，沈侯发现，失去一个人，原来是那么容易的一件事。

眼看着时间过了十二点。

沈侯无奈下，病急乱投医，开始给他和颜晓晨的朋友打电话。

被学校开除后，颜晓晨只和同宿舍的同学还有联系，准确地说，只和同宿舍的刘欣晖、魏彤有联系。刘欣晖远在家乡，不可能知道晓晨的去向；魏彤在上海，时不时两人还会一起吃饭，也许能知道点什么，可是魏彤的手机已经关机。

另一个和颜晓晨一直有联系的朋友就是程致远，沈侯也忘记了他什么时候、出于什么目的，竟然保存了程致远的电话，这个时候顾不上两人熟不熟，面子不面子的问题，他拨打了程致远的电话。

程致远已经休息，被手机铃声吵醒，他迷迷糊糊地摸索到手机，看是陌生的电话号码，虽然有点不高兴，但已经被吵醒了，还是接了电话。

"喂？"

"请问是程致远吗？"

程致远觉得声音有点耳熟，却一时没辨出是谁的声音，"是我，您哪位？"

"我是沈侯。"

程致远一下子坐了起来，难怪他没听出是沈侯，他的声音太紧张小心，实在不像他平时的飞扬跋扈。"什么事？"程致远说着话，已经开始穿衣服，能让沈侯给他打电话的原因只有一个，而这个时间打电话绝不会是好事。

"你知道晓晨在哪里吗？"

"她不是和你合租房子吗？"

"我出差了三个星期，今天晚上十点多到家后，发现她不在家，她的东西也不见了。"

"公司呢？"

"已经打过电话，公司说她元旦前就辞职了，不清楚她的去向。"

"你最近一次和颜晓晨联系是什么时候？"

沈侯不耐烦程致远问东问西，可现在是他打电话向程致远求助，他压抑着焦躁说："就今天晚上，我从飞机上下来时和小小通过电话，我没告诉她我回上海了，假装还在外地，和她聊了几句就挂了电话。我发誓，我和小小绝没有吵架，打电话时一切正常！你究竟知不知道她在哪里？"

"不知道。"

"你最近和她联系过吗？知道她可能会去哪里吗？"

"上一次我和她联系是元旦，通过微信互祝了一下新年快乐，一时半会儿真想不出她能去哪里。"

沈侯的希望落空，声音一下子很低沉，"不好意思，打扰你休息了！"

挂了电话，程致远立即拨打颜晓晨的电话，铃声在响，可就是没有人接。

程致远又给魏彤打电话，魏彤的手机关机。这个时间大部分人都睡觉休息了，关机很正常。

程致远想了想，给李司机打电话："老李，我突然有点急事要处理，本来可以坐出租车，但这个时间打车不知道要等多久，只能麻烦你了。"程致远决定去一趟魏彤的宿舍，她和颜晓晨关系不错，如果上海还能有人知道颜晓晨的去向，只有魏彤有可能。如果魏彤仍不知道颜晓晨的去向，他就决定连夜赶往颜晓晨的老家，去找颜晓晨的妈妈。

看守女生宿舍的阿姨刚睡下不久，又听到咚咚的敲门声，阿姨气得爬起来，怒问："干吗？"

沈侯赔着小心说："我找魏彤，有十万火急的事。"

阿姨气得骂："又找魏彤？又十万火急？"

沈侯顾不上细想，只一遍遍说好话央求，阿姨一边数落，一边上楼去叫魏彤。

不一会儿，魏彤就跑了下来。沈侯焦急地问："你知道晓晨在哪里吗？"

魏彤阴阳怪气地说："你不是晓晨的男朋友吗？你都不知道她在哪里，我怎么可能知道她在哪里？你这男朋友未免做得太不称职了吧！"

沈侯听她语气里满是冷嘲热讽，反倒放下心来，"魏彤，你一定知道晓晨在哪里，告诉我。"

魏彤生气归生气，却知道这事迁怒于沈侯实在不对，她瞪了他一眼，拿出手机，把颜晓晨的地址发给了他。

沈侯问："你知道晓晨为什么要辞职搬家吗？"

魏彤没好气地说："你自己去问晓晨吧！反正我告诉你，你别以为晓晨没人要，你不好好珍惜，自然有人珍惜。天底下可不是就你一个好男人！"

联系到刚才阿姨的话，沈侯反应过来，"程致远是不是也来过？"

魏彤示威地说："是啊，我把晓晨的地址给他了。"

沈侯一声不吭，转身就走。

沈侯匆匆赶到魏彤给她的地址。

是一个居民小区，十多年的老房子，小区管理也不严格，他进去时，压根儿没有人问。

楼道里的灯都是坏的，沈侯摸着黑上了楼，借着手机的光辨认了一下门牌号，啪啪地敲门。不一会儿，一个浓妆艳抹的年轻女孩打开了门，"找谁？"

"颜晓晨。"

"又找她？"

沈侯已经很清楚这个又是什么意思了，客气地问："她在吗？"

女孩侧身让开了路，"她还在上班，你应该去酒吧找她。"

沈侯本想走，却又想看看晓晨最近住在什么地方，他走进了屋子，立即呆住。

不大的客厅里放了两张上下床，横七竖八拉着绳子，绳子上挂满了衣服，简易衣柜、鞋架、纸箱子……反正哪里有地方就放点东西，整个屋子一眼看去，像个杂物仓库，简直没有落脚的地方。

沈侯一眼就看出来哪张床是颜晓晨的，倒不是她摆放了什么特别的东西，而是太整洁，就像走进一个油腻腻的饭馆，到处都乱七八糟，却有一张桌子铺着纤尘不染的白桌布，让人一眼就会留意到。

颜晓晨住在上铺，她的下铺就是刚才开门的女孩，估计已经习惯了夜生活，看上去完全没睡觉的打算，捧着个旧电脑在看韩剧。

沈侯压下心中的百般滋味，礼貌地问："小姐，请问颜晓晨在哪里上班？"

女孩瞅了他一眼，笑嘻嘻地说："路口的辉煌酒吧。"说完，她还恶作剧地补了一句，"不久前有个穿西装的帅哥也来找她，如果她还没跟那个男人走掉的话，你应该能找到。"

沈侯知道对方只是开玩笑，压根儿不用理会，却克制不住地说："颜晓晨是我老婆，已经答应要嫁给我，不可能跟别人走。"

❧⚜❧

程致远到酒吧时，已经快两点，酒吧里的客人不算多，但也不算少。

一眼扫去，没有看到颜晓晨。程致远找了个年纪大一点的服务生，给了他一百块钱，向他打听颜晓晨。服务生约莫知道了他说的是谁，"十一点多时，来了一桌客人，特意要她服务，先生可以先去看一下，如果是您找的人，我可以把她替出来。"

程致远跟着服务生走过去，拐角处的一个卡座，挤了七八个人，除了颜晓晨，还有两个他认识的熟人——以前颜晓晨在蓝月酒吧工作时的同事，应该是叫 Yoyo 和 Apple。

Apple 还是以前的样子，Yoyo 却大概另有际遇，打扮得十分光鲜亮丽。她像女皇一般高高在上地坐在沙发上，颜晓晨犹如奴仆一般站在她对面，桌子上放了一排倒满了酒的酒杯。颜晓晨正在喝酒，Yoyo 面带冷笑，其他人幸灾乐祸地看着。

程致远见惯了职场倾轧、人心叵测，虽没亲眼目睹，却立即明白了前因后果。颜晓晨又回酒吧工作的消息应该是传到了 Yoyo 或者 Apple 耳朵里，两个女孩就约了朋友故意来这个酒吧喝酒，特意要求颜晓晨服务，当然不是为了给颜晓晨送钱，而是存心要羞辱她一番。

服务生看这个场面，小声地说："先生等一下吧！"

程致远没理会他，直接走了过去，笑着跟 Yoyo 打了个招呼，"好久不见。"走近了，才发现颜晓晨正在喝的居然是苦艾酒，很烈的酒。

Yoyo 讥讽地说："哎哟，海德希克竟然追到这边的酒吧了！"

颜晓晨看了一眼程致远，没有说话，只是微微点了下头，她端起酒杯，一仰头就把一杯酒全干了。

"发生了什么事？"程致远拉住了颜晓晨的手腕，阻止她再去拿酒。

Apple 嘴快地说："Yoyo 请我们来喝酒，看在 Olivia 和我们相识一场的份上，特意要她服务，我们点了上万块钱的酒，照顾她生意，Olivia 却笨手笨脚，打碎了一瓶酒，也不贵，就四千多块，可她赔不起，Yoyo 很好心，说只要她能喝掉一瓶 Absinthe，就不要她赔钱了。"

这种 Absinthe 非常烈，酒精度数不小于 50 度，比中国的二锅头度数都高，酒量好的男人也很少能喝掉一整瓶。程致远微笑着问："是她笨手笨脚打碎的？"

程致远也没发火，可看着他的眼神，Apple 就觉得心虚，竟然不敢再说一遍，对身边的朋友小声说："你们说是不是她打碎的？"

朋友们七嘴八舌地说："我们都能作证！""是她打碎的！"

虽然知道是她们设的套，但这种事根本追究不清，程致远拿出钱包，对 Yoyo 说："多少钱？我赔给你。"

颜晓晨打了个酒嗝说："你赔了，我还要还给你，我已经快喝完了，你别管！"她推开了程致远的手，又端起一杯酒，仰头喝完。

一杯接一杯，她的脸色越来越难看，却不愿接受他的帮助，程致远只能站在一旁，难受地看着她受罪。

喝完最后一杯，颜晓晨擦了下嘴，对 Yoyo 说："我喝完了。"

Yoyo 笑笑，"我说话算话，不用你赔钱了。不过，你下次可要小心点，以后我还会来这里喝酒哦！你要再打碎酒，只能用工资赔了！"

颜晓晨叹了口气，无奈地说："欢迎再次光临！"

Yoyo 冷了脸，"你这算什么表情？有你这样对客人的吗？别忘记，我还是 VIP 顾客，找你的经理来！"

颜晓晨弯下身鞠躬，"对不起，我错了……"话没说完，胃里一阵翻江倒海，她赶忙跌跌撞撞地跑到垃圾桶前，半跪在地上，搜肠刮肚地吐着。

Yoyo 看到她的狼狈样子，终于满意，嫌恶地撇撇嘴，对朋友们说："走吧，下次再请你们来这里喝酒！"

一群人呼啦啦，趾高气扬地离开了。

霎时间，原本很拥挤喧闹的空间变得冷清安静，只剩下程致远一人。他站在颜晓晨的身后，看着她狼狈地承受着身体的痛苦，却帮不上任何忙。等她吐得差不多了，他拿了个干净杯子，倒了一杯水，递给颜晓晨。

颜晓晨漱完口，扶着墙站了起来，踉踉跄跄地要离开。程致远想扶她，她摆摆手，示意不用，程致远只能默默跟在她身旁。

她的脸色红里泛青，神志看似糊涂，却又清醒着，去储物室拿了自己的包，对值班经理说："我下班了。"可走出酒吧，被风一吹，下台阶时，她整个人向前扑，程致远忙抱住她。

颜晓晨眯着眼看了他一瞬，惊讶地问："程致远，你怎么在这里？"

"我刚才就到了。"

颜晓晨咧着嘴笑，"哦！是你就好！我大概醉了，脑袋很糊涂，麻烦你送我回去。"说完，她头一歪，就昏了过去。

李司机的车就在路边等，程致远小心地抱着颜晓晨放到后座，从另一边上了车。他帮她系好安全带，对李司机说："回家，开稳一点。"

车子缓缓启动，程致远凝视着颜晓晨，看到凌乱的头发粘在她脸上，他下意识地伸出了手，却在快碰到她时，迟疑了，直到她难受地动了动，他才帮她把头发轻轻拨到耳后。

沈侯开着从狐朋狗友那里借的车赶来，还没到酒吧，就看到了程致远的车。两辆车在同一条马路上，朝着不同的方向开着。沈侯打开车窗，一边不停地按喇叭，一边大叫"停车"。

凌晨三点的街道，车流稀少，李司机早就留意到了沈侯的车，对程致远说："程总，那辆兰博基尼的跑车好像是在叫我们。"

程致远看了眼窗外，猜到是谁，淡淡说："不用理会，继续开！"

沈侯按了好一阵喇叭，可对方压根儿不理会。

眼看着两辆车就要交错而过，沈侯也不按喇叭、也不叫了，双手扶着方向盘，面沉如水。他踩着刹车，猛地一打方向盘，直接朝着程致远的车撞了过去。

李司机急急打方向盘，想要避开，却被沈侯黏住，怎么躲都躲不开，砰一声响，两辆车撞到了一起，沈侯把程致远的车卡在马路边，逼停了程致远的车。

沈侯打开车门，像一头发怒的公牛一般冲了过来，"小小！小小！"

他一把拉开车门，发现颜晓晨满身酒气、闭着眼睛，脸色难看地昏睡着，立即愤怒地质问程致远，"发生了什么事？小小怎么了？"

程致远下了车，走到沈侯面前，冷冷地说："我也正想问你这句话，晓晨怎么了？"

　　沈侯明白程致远问的是什么，可他根本回答不了。他想把颜晓晨抱出车子，程致远挡在了车门前，"既然晓晨搬出了你的屋子，我想她肯定不愿再回去。"

　　沈侯恐惧不安了一晚上，好不容易找到了颜晓晨，却连想仔细看她一眼都不行，终于再克制不住，用力推开程致远，"我想带她去哪里，关你屁事！你给老子滚开！"

　　以前每次起冲突，程致远都选择了退让，这一次程致远却丝毫没客气，一手扭住沈侯的胳膊，一手紧握成拳，狠狠地打在了沈侯的腹部。

　　沈侯疼得身子骤然一缩，他眼中怒火喷涌，刚想全力回手，听到程致远说："这一拳是为了晓晨的学位！"

　　沈侯已经挥出去的拳头停在了半空。

　　程致远又是狠狠一拳，"这一拳是为了晓晨这些日子受的委屈！"

　　沈侯紧握着拳头，仍旧没有还手。

　　程致远又狠狠打了沈侯一拳，"这一拳是为了晓晨今晚喝的酒！"

　　连着三重拳，沈侯痛得整个身子往下滑，站都站不稳，程致远像是丢废品一样推开他，想要关上车门。沈侯却紧紧抓住车门，强撑着站了起来，"我可以让你打三拳，但我绝不会让你带走小小。"

　　程致远想打开他的手，却一眼就看见了他中指上的指环，立即下意识地去看颜晓晨的手，在她的中指上也戴着一枚款式相同的指环。程致远犹如被毒咒魇住，霎时间整个身体都静止了。

　　一瞬后，他问："你打算带她去哪里？"

　　沈侯说："今晚先住酒店。如果她不愿意住那个房子，我们可以换房子。"

　　程致远盯了沈侯一会儿，慢慢退开了几步。

　　沈侯探身进车里，把颜晓晨抱下车，带着她上了自己的车。

　　程致远站在马路边，目送着沈侯的车开远了，才上了车。坐在刚才颜晓晨坐过的位置上，座位犹有她的体温，车厢里也依旧有一股苦艾酒的独特味道。

李司机恭敬地问："送您回去吗？"

程致远闭着眼睛，沉浸在黑暗中，没有吭声。良久后，他疲惫地做了个手势，李司机发动了车子。

颜晓晨醒来时，觉得头痛欲裂，眼睛干涩得睁不开，神志却已经清醒，能听到激烈的争吵声。

刚开始，她以为是出租房的某个室友在和男朋友吵架，听了一会儿，突然反应过来，好像是沈侯的声音。她一骨碌就坐了起来，这里不是她的出租屋，明显是酒店的房间。说话声从卫生间里传出来。颜晓晨捧着沉重的头，走了过去，推开卫生间的门。

沈侯正激动地和父母争论，没有注意到卫生间的门开了。

"你们不要干涉我的事……好啊，我知道你们反对，你们当然可以反对，我也当然可以不听……妈妈，我也再告诉你一遍，我喜欢颜晓晨，就是喜欢她，不管你们同意不同意，我都会娶她做老婆……哈！真搞笑！你们要知道，我的老婆不一定要是你们的儿媳妇！法律可没规定你们同意了，我才能结婚……"

颜晓晨走到他身旁，轻轻拉住他的手，冲他摇摇头，示意他不要再吵了。

手机那头还传来说话声，沈侯说："你们接受就接受，不接受拉倒！"他干脆利落地挂断了电话，摸了晓晨的额头一下，"难受吗？"

颜晓晨敲了敲头，"难受。"

沈侯扶着她到床上坐下，把一杯蜂蜜柚子水递给她，"喝烈性洋酒就这样，酒醒后比醉酒时更难受，下次别再这么喝酒了。"

颜晓晨正觉得口干舌燥，一口气喝完了一大杯水，"你什么时候回来的？我们怎么在酒店？"

沈侯歪头看着她，"我昨天晚上到的上海，本来想给你一个惊喜，没想到你给了我一个惊吓。"

"你为什么不给我打电话？"

"打了！"

颜晓晨抓过床头的包，拿出手机翻看，发现有上百个未接来电，除了沈侯，还有程致远。

昨晚，她和沈侯打完晚安电话，以为进入"睡觉时间"，沈侯不会再和她联系，为了方便工作，就把手机调成振动，放进包里，锁在了储物室。

颜晓晨尴尬地抓着头发，"我想等你回上海后再告诉你的，没想到你悄悄回来了……我没听到电话，对不起。"

沈侯问："辞职、搬家，都是大事，我不是反对你这么做，但为什么不告诉我一声？"

颜晓晨咬着嘴唇，不知道该如何解释。

从昨天晚上起，沈侯就一直在想，晓晨为什么这么反常？唯一的解释就是他的父母知道了他和晓晨的事，并且和晓晨见面，说了什么。他早上打电话给刘叔叔，刘叔叔是个滑头，什么都没问出来；他又给Judy打电话，Judy的回答证实了他的推测，他妈妈知道他和晓晨在谈恋爱。他打电话给爸妈，质问妈妈究竟对晓晨说了什么，三言两语，母子两人就吵了起来。

沈侯压抑着情绪说："我知道我妈妈见过你，也知道她不同意我们在一起，你是想和我分手吗？难道她的意见比我的意见更重要？我告诉你，我才不管她赞成不赞成，我不会和你分手！就算你想分手，我也不同意！坚决不同意！"

"你这脾气啊！谁说要和你分手了？"

沈侯紧绷的心一下子放松了，他坐到颜晓晨身旁，握住她的手，带着点委屈，可怜兮兮地说："你辞了职，搬了家，却不和我说一声，我当然会以为你想和我分手了。就算我妈不同意我们在一起，但她是她，我是我，你根本不用在意！"

颜晓晨叹了口气，"每个儿女在父母眼中都独一无二，这不是客观题，是主观题，她认为我配不上你很正常，你去和你妈争论她为什么偏爱你，为什么觉得全天下自己的儿子最优秀，能争得清楚吗？如果你因为我，和你爸妈争吵，你爸妈不会责怪你，只会迁怒我。本来我和他们的关系已经没有了良好的开始，难道你还想加剧矛盾吗？"

沈侯不得不承认晓晨的每句话都很正确，但有时候他宁可她像别的女孩一样大吵大闹，也不愿她这么清醒理智，清醒地让步，理智地受委屈。而且他就是没有办法接受父母的反对，他无法理解为什么一向豁达的父母会如此反对他和晓晨谈恋爱，因为无法理解越发恼怒。

颜晓晨说："你以前问我什么时候开始留意你、对你有好感，我告诉你是在刚开学新生报到时，你知道是什么让我留意到你，对你有好感的吗？"

沈侯有点莫名其妙，不知道为什么突然变成了这个话题。

颜晓晨说："那年暑假，我爸在省城出了车祸，我一个人来学校报到，看到所有新生都是爸妈陪着一起来的，大包小包不是爸爸拿着，就是妈妈拎着，父母无微不至地照顾着他们，他们还会嫌弃父母啰唆、管得太多，我就曾经是这样不知道天高地厚的孩子！他们根本不明白，没有一份爱是理所应当、天长地久……"颜晓晨的声音突然有点哽咽，话语中断。

沈侯不敢出声，握住了她的手，颜晓晨平静了一下，微笑着说："在那么多同学中，我留意到了你。你妈想帮你拿包，你嘲笑你妈，'养儿子不用，白养啊？'你拿着大包小包，还不忘照顾妈妈，你妈唠唠叨叨叮嘱你要按时吃饭，天凉记得加衣服，和宿舍同学和睦相处，手脚勤快点，主动打扫宿舍……旁边来来往往都是人，你却一直笑嘻嘻地听着，虽然明显是左耳朵进、右耳朵出，但能看出来，你对爸妈很有耐心、很孝顺。从那个时候，我就认定了，你是个很好的人。"

沈侯想过很多次颜晓晨为什么会看上他，却怎么都没有想到人群中的第一眼是因为他对妈妈好。

颜晓晨说："还记得网上的那个段子吗？如果老婆和妈妈都不会游泳，两个人同时掉进了河里，你会先救谁？"

以前看到的时候，只是个笑话，可今日被晓晨一问，沈侯发现自己回答不出来，爱情和亲情都是血肉中不可割舍的，根本无法选择。

颜晓晨说："不管选择是什么，三方都会痛苦，这是不管怎么选都是输的选择，最好的解决方法不是去做这个选择，而是避免这种二选一的情况发生。我们还年轻，还有很多时间去说服你爸妈，不要一下子把矛盾激化。答应我，不要再为了我和你爸妈吵架了，好吗？"

"我尽量。"沈侯握着颜晓晨的手，贴在自己的脸颊上，闷闷地说："对不起！"

颜晓晨做了个鬼脸，"才不要你的对不起，我只要你对我好。"

沈侯意有所指地说："我很愿意对你好，就怕你不要。"

颜晓晨沉默了。

沈侯轻声央求，"把酒吧的工作辞掉吧！我们可以租一个便宜的房子，我现在的工资负担得起，你可以专心找工作。"

他目光如水，柔情无限，将自己的一颗心放在最低处，让人不忍拒绝，可是她不得不拒绝。颜晓晨说："我明白你的心意，但我现在不能接受，我想靠自己在这个城市活下去。"

"如果不是我，你何止是在这个城市活下去？你可以活得比大多数人都好。如果不是……"

"沈侯，不要再纠缠已经过去的事。我现在不想依靠你。"

"好，不说过去，就说现在。现在我是你的男朋友！不对……"他把颜晓晨的手抓起，指着指环对她说："我是你的未婚夫，你为什么不能依靠我？只是一个过渡，等你找到工作，不管你是想和我平摊房租，还是生活费，都随你！"

颜晓晨说："等我找到工作，我就辞掉酒吧的工作。"

沈侯又急又怒，"你为什么不能依靠我？你把我当什么？就算普通朋友，这种情况下也可以互相帮助，你住在那样的屋子里，每天晚上工作到两三点，你以为我晚上能安稳地睡着吗？"

颜晓晨抱住了他，"沈侯，我们不要吵架，好不好？"

沈侯的怒火立即熄了，可他也无法同意颜晓晨继续住在群租房里，两人正沉默地僵持，颜晓晨的手机响了，是个陌生的电话。

"喂？"

"请问是颜晓晨吗？"

"是我。"

"我是 DH 投资有限公司，你下午一点能来面试吗？"

颜晓晨觉得公司名字熟，可想不起来自己究竟申请的是什么职位，却毫不迟疑地说："有时间。"

"面试时间很长，大概要四个小时，有问题吗？"

"没问题。"

"我会把地址和时间发一条短信给你，请准时到。"

颜晓晨看了下时间，已经十一点多，时间很赶，她对沈侯说："我下午一点有个面试，我得赶紧收拾一下。"

沈侯说："你去冲澡，我去帮你买点吃的，吃完饭我陪你过去。"

"你不用去上班吗？"

"销售又不用去坐班，我连着在外面跑了三个星期，休息一两天是正常要求吧？"

※※※

看着眼前的 DH 办公楼，颜晓晨有点傻，这个地方她来过好几次，程致远的办公室就在这栋大楼里，难怪她会觉得公司的名字有点熟。难道她误打误撞给程致远的公司投了简历？完全没有印象了！

颜晓晨想着要不要给程致远打个电话，转念间又觉得自己还是先去面试，人家还不见得要她呢！

"我进去了。"颜晓晨对沈侯说。

沈侯指着不远处的星巴克说："我在咖啡店等你。"

颜晓晨走进了公司，以前她来的时候都是周末，公司没有人，程致远直接领着她到四楼，这一次却都是埋头工作的人，在前台的指引下，她自己去了二楼。

第一轮是笔试，一份金融知识的试卷，一份性格测试的试卷，一个小时内完成。颜晓晨独自一人在小会议室，按照规定时间回答完了所有题目。

第二轮是面试，一个女面试官，人力资源部的经理，半个小时，问的都是最基本的问题，哪里人，兴趣是什么，为什么选择这个行业。看得出来，前面她都算满意，可对颜晓晨没有学士学位这事，她有些纠结，翻着颜晓晨的成绩单问："为什么你的成绩单全是优，却没有拿到学位？"

颜晓晨诚实地给了她答案，"一门必修课考试，我帮同学作弊，被老师抓住了。"

女面试官无语地看着颜晓晨，似乎再找不到话可说，"呃……面试就到这里吧！"

休息了十五分钟后，进行第三轮面试，三个面试官，一个半小时，问的都是专业问题，有的问题有明确的答案，有的问题却连面试官都给不了明确的答案。比如最后一道题，如果现在有一个亿的资金，她会选择投资哪个行业。当颜晓晨阐述自己的想法时，三个面试官各抒己见，分析行业的风险和盈利，国家政策的利和弊，谈到后来，颜晓晨都忘记了在面试中。

直到面试完，她仍旧很兴奋，这会儿她才真正清楚公司在做什么，DH是一家 PE 公司，Private Equity，私募基金公司，也就是说公司有大量现金，通过投资不同的行业、不同的公司，或者把一个公司拆分重组，获取回报。

第四轮面试前可以休息半个小时，颜晓晨知道四个面试官在讨论是否让她进入下一轮面试。她确信自己的笔试成绩应该没有问题，否则她不可能得到第三轮的面试机会，现在一切都取决于四个面试官了。

半个小时后，没有人来找她，颜晓晨觉得事情只怕不妙，心里暗叹了口气，准备走人。

又过了十多分钟，人力资源部的经理亲自来通知她，"恭喜你，你进入了最后一轮面试，我们的 Managing Partner[①]会面试你，时间不一定。"

---

① Managing Partner：管理合伙人。

颜晓晨兴奋地站了起来，不仅仅是因为公司愿意接纳一个没有学士学位的人，还因为她即将见到 PE 的 Managing Partner，通俗点解释 MP，就是朱莉娅·罗伯茨主演的 *Pretty Woman* 里李察·基尔演的那个男主角，颜晓晨还记得第一次看完 *Pretty Woman* 时，她非常激动羡慕，不过不是羡慕朱莉娅·罗伯茨演的灰姑娘，而是羡慕李察·基尔演的王子，她想成为那样的人，所以一直以来，她的职业理想就是金融行业。

　　人力资源部经理领着她去了楼上，帮她推开了会议室的门，"Managing Partner 在里面，Good luck！"

　　颜晓晨深吸一口气，微笑着走进会议室，却看到程致远坐在椭圆桌的另一头，安静地看着她，她的笑容僵住了。

　　这时，她才发现她曾经来过这个会议室很多次，但她这一刻刚刚知道程致远竟然是这家公司的老板之一，她一直以为他只是个高管。颜晓晨愣愣地看着他，一时不知道该如何打招呼。程致远抬了下手，微笑着说："请坐。"

　　颜晓晨傻傻地坐下。

　　程致远说："在面试前，我想先说一件事。你的简历是我吩咐秘书帮你投的，但我没有干涉面试，没有人知道你和我认识。十几分钟前，公司的 VP 和 MD ①还在为考试作弊是否算严重的品行不端激烈辩论，吵得不可开交，我一言未发，一直旁听。你是凭自己的能力走进这个会议室，坐到了我面前。"

　　颜晓晨释然了几分，朝程致远僵硬地笑了笑。

　　程致远说："现在开始面试，可以吗？"

　　颜晓晨挺直了腰，紧张地点了下头。

　　程致远十指交握，放在桌子上，姿态十分悠闲，"你愿意做私募基金吗？可以给你几分钟思考，想清楚回答我。"

　　颜晓晨却没有思考，立即说："我愿意。第一，每个人都会有一个不

———————————
① MD：Managing Director，董事总经理，多见于投资银行、私募股权投资公司等金融机构。从层级上来讲，董事总经理低于合伙人，高于执行董事。

切实际的浪漫幻想，我看完 *pretty woman* 后，也有了一个不切实际的幻想，成为像李察·基尔演的男主那样的人。虽然那只是我十几岁时的幻想，我现在也很清楚电影是电影，现实是现实，但如果有机会，我还是想把少年时的幻想变成现实。第二，我刚才和三个面试官交流时，发现自己很兴奋，竟然忘记了自己在面试，很急切地想听他们说更多。第三，我现在找不到更好的工作，这份工作是我唯一的机会，我愿意为它付出全部的努力。"

程致远笑着伸出了手，"颜小姐，恭喜你，你被录用了，明天就可以来上班。"

颜晓晨下意识地伸出手，和程致远握了一下，"就一个问题？"

程致远不满地挑了下眉头，"我都面试了你几十次了，你觉得我还能问你什么呢？"

颜晓晨想想，这倒也是，她算是他手把手带出来的徒弟，有什么是他不知道的呢？她觉得像做梦，"你居然是 Managing Partner，我到你的公司工作，真的没问题吗？"

程致远板着脸说："我们决定要你，是因为你足够优秀，不是因为你认识我，如果你不好好工作，我依旧会开除你。"他顿了一顿，"刚才面试你的李微说 'everyone deserves a second chance'，我同意他的观点，当年给了他第二次机会，他现在给了你第二次机会，不要让我们失望。有信心做好工作吗？"

颜晓晨点点头，"我一定尽全力！"

程致远笑着说："去二楼的人力资源部办入职手续，明天见。"

颜晓晨拿着一张临时员工卡走出了大楼。

沈侯从咖啡厅跑了过来，"怎么样？"

"我被录用了，公司是做 PE 的，很适合我的专业。"没等沈侯为她开心，颜晓晨又说："程致远是公司的老板之一，他帮忙安排的面试，但面试我的四个面试官都不知道我和他认识，面试很客观。"

沈侯沉默了一瞬，尽量装作完全不在意地说："你拿到过世界大投行

MG 的 offer，一个中国的私募基金想要你很正常，走吧！"

两人往公车站的方向走，颜晓晨说："我去程致远的公司工作，你不反对吗？"

沈侯搂着颜晓晨的肩，半开玩笑地说："等你将来找到更好的工作时，我再反对。"他很清楚，以晓晨现在的状况，想进入金融公司几乎完全不可能，可晓晨一直都想做金融，程致远的公司给了晓晨一个绝不可以错过的机会，他不能因为自己的私心去反对。

因为第二天就要去 DH 上班，颜晓晨不得不当晚就辞去酒吧的工作，自然而然，她也没有权利继续租住职工福利的群租房。颜晓晨否决了沈侯的各种提议，去找魏彤，暂时借住在学生宿舍，一边工作，一边寻找合适的出租房。

恰好有一个年轻的女老师要去国外做两年访问学者，她自住的一套一室一厅的小房子就空了，舍不得出租，可放着不住也很可惜，时间长了，对房子也不好，所以想找一个爱干净的女生放租，租金可以低一点，关键是要爱护房子。有魏彤拍胸脯做保证，颜晓晨顺利拿到了房子。

颜晓晨在 DH 的职位是 Analyst，分析员，日常工作是向拟投资公司，或已投资公司索要资料、整理资料，做会议纪要，在上司的指导下做一些市场分析、行业分析、可比公司分析、可比交易分析、政策分析。

刚开始，颜晓晨还很担心该如何面对程致远，可很快，她就发现压根儿不存在"面对"这个问题，因为她的职位和程致远的级别相差太远，他们中间还隔着 Associate, Senior Associate, Vice President, Senior Vice President, Managing Director [1]，她根本没有机会和程致远直接打交道。她的上司是 Senior VP 李徵，就是三个面试官中坚持要留下她的那个面试官。

---

① 投资经理，高级投资经理，副总裁，高级副总裁，董事总经理。

Chapter 12
冬夜的烟火

爱的力量是平和的。它从不顾理性、成规和荣辱，却能使遭受到的恐惧、震惊和痛苦都化成甜蜜。

——威廉·莎士比亚

临近春节，公司要做年终总结，要准备新年抽奖晚会，很是忙忙碌碌、热热闹闹。

下午，颜晓晨正在工作，前台打电话给她，"颜晓晨，有一位姓侯的女士找你，能让她上去吗？"

颜晓晨无声地叹了口气，"不用，我立即下去。"

她匆匆赶下楼，看到沈侯的妈妈坐在大厅的沙发上，正在翻看公司的简介资料。

颜晓晨礼貌地说："阿姨，我们出去说吧！"

沈妈妈放下资料，和颜晓晨走出了公司，她微笑着说："我倒是小瞧了你，没想到你竟然进了这么好的一家公司。"

因为她是沈侯的妈妈，颜晓晨不得不爱屋及乌，把姿态放得很低，"阿姨，我知道我家和你家的差距很大，在你眼里，我完全配不上沈侯，我不奢望你现在同意我和沈侯在一起，只求你给我一个机会，让我证明自己还是有一点可取之处。"

"绝不可能！我说了，我不同意你们在一起，你们必须分手！"

骂不得、打不得、求没用，颜晓晨对固执的沈妈妈是一点办法没有了，她无奈地把皮球踢给了沈侯，"如果你能说服沈侯和我分手，我就分手。"

沈妈妈冷笑，"你还没过试用期吧？你应该知道，我要是想让你失去这份工作，很容易！如果你不和沈侯分手，我就把沈侯也赶出公司，两个品行不端，被大学开除，又被公司开除的人，你觉得哪个公司还敢要？两个没有正式工作的人在上海能过什么样的生活？你可以仔细想想！贫贱夫妻百事哀，不管多深的感情，都经不起残酷现实的折磨，我赌你们迟早会分手！你认为你们感情很深，三年分不了，那就五年，五年不行，就十年！"

颜晓晨难以置信地看着沈妈妈，她疯了吗？连自己的儿子也不放过？

沈妈妈说："你觉得我不可能这么对沈侯？那你可错了！沈侯潦倒十年，浪子回头，依旧是我的儿子，数十亿身家等着他继承。男人浪费十年，依旧风华正茂，你呢？你潦倒十年，还能有什么？凡事不过都是利和弊的抉择，我是舍不得那么对儿子，但我宁愿浪费他十年光阴，也不愿他因为你浪费了一生光阴！"

颜晓晨突然意识到，她告诉沈侯，避免二选一的痛苦的最好办法是避免必须选择的境况发生，但看沈妈妈的态度，似乎不可能避免了。

沈妈妈说："我辛辛苦苦一辈子，是为了什么？不就是希望家人能过得更好吗？沈侯是我唯一的儿子，我对他寄予了太多希望，我和他爸爸奋斗了几十年不是让他娶一个乱七八糟的女人，毁了自己的生活。"沈妈妈放软了声音，"颜小姐，你好好想想，难道两个人穷困潦倒地在一起会比各自展翅高飞更幸福吗？如果你真爱沈侯，请选择放手！"

颜晓晨讥嘲地说："原来真爱一个人就是不想和他在一起，不够爱才会想在一起。"

沈妈妈坦率犀利地说："对你和沈侯的确如此，如果你爱他，就放手！"

"表情这么严肃？工作压力太大了吗？"程致远的声音突然响起，他端着杯咖啡走过来，笑看着颜晓晨。

颜晓晨忙挤出了个笑，"程总好。"

程致远主动伸出手，对沈妈妈说："程致远，晓晨的老板。你不用担心晓晨，她在公司表现非常好，我们都很满意。我听说了一点她之前工作上的事，你放心，我们做金融的，从来不相信各种小道大道消息，只相信真实客观的数据。如果对方再胡来，攻击我们公司的员工，就是诋毁我们公司，公司的律师一定巴不得有个机会去证明自己每年拿几百万物有所值。"

程致远语气熟稔，亲切热情，俨然最佳老板的形象，可惜沈妈妈并不是担忧关心颜晓晨的长辈，沈妈妈十分尴尬，和程致远握了下手，"不打扰你们工作了，我走了。"

程致远啜着咖啡，目送着沈妈妈的背影，若有所思地问："沈侯的妈妈？"

颜晓晨惊讶地看着程致远，"你……你知道她是谁？你刚才……"看似热情的宽慰，原来竟然是赤裸裸的威胁。

程致远耸了耸肩，表情很无辜，"难道她不是你的长辈吗？"他眨眨眼睛，"放心，我们都是有礼貌、有教养的好孩子，对长辈会很谦逊客气。"

颜晓晨哭笑不得，但沈妈妈带来的压迫感消散了很多，"你、你怎么知道？谁告诉你的？"沈妈妈威胁逼迫她的事，应该就沈侯的爸妈、刘总和她知道。

"没有人告诉我，但一个上市公司的大老板抛下一堆事情不做，特意找到这里来，不是极度善意，就是极度恶意，并不难猜。"

"不好意思，给你添麻烦了。"颜晓晨低下头，看着自己的脚尖，她好像一直在给程致远添麻烦。

冷风吹起她的头发，模糊了她的面容，程致远伸出手，却在要碰到她头发时，落在了她的肩膀上，轻轻拍了拍，"我没什么麻烦，倒是你，这大半年来，一直麻烦不断，你还好吗？"

面对沈妈妈，她一直表现得很坚强，可面对一份关怀，她突然软弱了，颜晓晨鼻头发酸，想说我很好，但喉咙就像是被什么堵上了，一句话都说不出。

"等一下！"程致远突然向街道对面的商店跑去，一会儿后，他一手端着两杯热咖啡，一手拿着两个甜筒冰激凌跑了回来。

两人坐到花坛边的长椅上，他撕开一个甜筒冰激凌，递给颜晓晨，"试试，吹着冬天的冷风吃冰激凌，比夏天更好，再配上苦涩的黑咖啡，一冷一热，一甜一苦，绝对特别。"

看着程致远吃了一口冰激凌，很享受地眯着眼睛，颜晓晨禁不住有点好奇，也咬了一口，感受着冰凉的甜在口中慢慢融化。

程致远说："有一年去加拿大滑雪，第一天我胳膊就受了伤，一起去的同伴都出去玩了，我一个人坐在度假屋里，无聊地看雪，突然很想吃冰激凌，踩着厚厚的积雪走了很远的路才买到，那个冰激凌是我平生吃过的最好吃的冰激凌。虽然都是从冰柜里拿出来的，可夏天的冰激凌很柔软，冬天的冰激凌多了几分坚硬，有点寂寞冷清的味道。"

他端起黑咖啡喝了一口，"很奇怪，人在小时候都喜欢甜、讨厌苦，那是生命最初的幸福味道，但是长大后，有的人却开始喜欢品尝苦涩。也许因为长大后，我们的味蕾已经明白了苦涩本就是生命的一部分，无法躲避，只能学会品尝。"

颜晓晨也喝了口黑咖啡，不知道是不是因为刚吃过甜的，感觉格外苦，不禁龇牙皱眉。

程致远大笑，"冰激凌！"

颜晓晨咬了一大口冰激凌，甜是甜了，可突然从热到冷，牙都酸，她鼓着腮帮子、吸着冷气，表情古怪。

程致远哈哈大笑，颜晓晨含着冰激凌嘟哝："味道的确很特别！"

慢慢适应后，颜晓晨喜欢上了这种古怪的吃法。

程致远突然问："你在害怕什么？"

颜晓晨吃着冰激凌，没有说话。

"应该不是沈侯的爸妈，你是个非常坚强的人，不管沈侯的爸妈是利诱，还是威胁，不可能让你害怕，是沈侯吗？"

非常奇怪的感觉，似乎程致远能洞悉她的一切，让她不必纠结于解释，只需要简单地陈述，"沈侯的妈妈看似逼我逼得很狠，实际上说明了她拿沈侯没有办法，她很了解沈侯，知道沈侯绝不可能屈服，所以只能逼我。我们家……其实，只有我妈妈和我，我爸爸几年前就因为车祸去世了，我们没有亲戚……我们家不只是比别人家更穷一点，我妈妈和我……我不知道沈侯能不能接受。"

"你一个人想，永远不会知道答案，沈侯能不能接受，只能让他告诉你。"

"我不是有意隐瞒沈侯，我……不知道该怎么告诉他。从小到大，我都是个很有主见的人，一直清楚地知道自己要什么、不要什么，可是，上一次我的坚持是我人生中最大的错误。我比谁都清楚，这个世界上，不是得到就一定幸福，有时候适时的放手，不见得能幸福，却至少不会是一场劫难。这一次我该如何确信自己的坚持一定正确？我害怕我真像沈侯的妈妈说的一样，乱七八糟，混乱不堪，把阴暗冰冷带进沈侯的生活。"

"每个人都是一个世界，两个世界交会时，不可能不彼此影响，到底是黑暗遮住了光明，还是光明照亮了黑暗，取决于光明究竟有多强大。烛火摇曳生姿，可风一来就灭，灯光无声无息，却能真正照亮房间。"程致远喝了口黑咖啡，微笑着问："沈侯是什么呢？"

颜晓晨沉默。

吃完冰激凌，颜晓晨站了起来，端着咖啡说："我上去工作了，谢谢你请我吃冰激凌、喝咖啡。"

程致远笑着朝她举了举咖啡杯，表示再见。

快下班时，沈侯给颜晓晨打电话，"你先一个人吃饭吧，我有点事，要晚一些过去找你。"

颜晓晨没有问他什么事，因为下午她刚见过沈妈妈。很明显，沈侯要面对他爸妈苦口婆心的劝诱或者疾言厉色的训斥。

十点多，沈侯仍没有给她打电话，看来事情很严重。颜晓晨不知道沈侯是不是仍和爸妈在一起，也不好给他打电话，只能先上床，一边看书，一边等他电话。

快十二点时，门铃响了，颜晓晨心内一动，急急忙忙跑出去，"谁？"

"我！"

颜晓晨打开门，看到沈侯拖着两个大行李箱，笑嘻嘻地看着她，"我失业了，租不起房子，只能来投奔你了。"

颜晓晨侧身让开，"和爸妈吵架吵到辞职？"

沈侯探身亲了一下她的脸颊，嬉皮笑脸地说："我老婆怎么这么聪明呢？"

他表面上浑然没当回事，但实际上应该并不好受，颜晓晨转移了话题，"吃过饭了吗？"

"吃过了。"

"那早点休息吧！"

沈侯简单收拾了一下行李，就去洗澡了。颜晓晨靠在床上看书，可心思完全集中不起来，沈妈妈还真不愧是白手起家的女强人，对唯一的儿子下起狠手来也雷厉风行。

"我睡哪里？"沈侯站在卧室门口，湿漉漉的头发柔顺地贴着他的额头，眼睛亮晶晶地看着颜晓晨，像一只要糖吃的泰迪熊。

颜晓晨瞥了他一眼，低下头看着书，"沙发，行吗？"

沈侯钻到了床上，腻到颜晓晨身边，"那我在这里躺会儿再去。"他拿着个避孕套，在颜晓晨眼前摇晃。

颜晓晨面无表情地推开他的手，专心看着书，没理会他。

沈侯侧身躺着，一手支着头，专心地看着颜晓晨，一手摸着颜晓晨的背，摸着摸着，手想往衣服里探，颜晓晨板着脸，打开了他的手；他没消停一会儿，又开始动手动脚，颜晓晨板着脸，再打开；他手伸到颜晓晨的腰部，呵她痒痒，颜晓晨忍不住笑了起来，"别乱摸！"他越发来劲，双手来痒痒她，颜晓晨拿书去打他，他把书夺了过去，扔到一旁，扑到她身上，狠狠亲了她一口，"我好看，书好看？"

"书好看！"

"这样呢？我好看，书好看？"沈侯吻她的耳朵。

"书！"

"这样呢……这样呢……"一个个连绵不绝的吻，让颜晓晨忘记了回答。

这一场欢爱，两人都带着一点发泄，分外激烈缠绵，云住雨歇后，沈侯顺理成章地赖在了床上。

他从颜晓晨身后抱着她，两人亲密无间，却又看不见彼此的表情，有了一个适合倾诉的私密距离。

"我没有办法理解我爸妈，当年，我爷爷和奶奶也认为我妈和我爸不般配，非常激烈地反对他们，甚至闹绝食、玩离家出走。因为对我妈的厌恶，小时候我奶奶也不待见我，都不是什么大事，就是分零食多给了沈林几块，抱沈林不抱我之类的芝麻小事，可小孩子的世界本来就全是芝麻小事，那种奶奶不喜欢我的感觉让小时候的我很介意。我记得，有一年春节我哭着说不去奶奶家，我爸说必须去，一路上我妈一边安慰我，一边悄悄擦眼泪。后来我奶奶对我很好，现在说老太太曾经偏心过，她一点都不承认！我妈自己经历过这一遭，现在却变成了又一个我奶奶，她怎么就不明白，我是他们的儿子，他们都没屈服的事，我怎么可能屈服？"

颜晓晨闭着眼睛问："你打算怎么办？"

"我今年的销售业绩不错，明天去结算工资奖金，两三万总有，正好好好过个春节。春节后，再找工作。"沈侯握着颜晓晨的手说，"我答应了你，没和他们大吵，但他们太过分时，我总有权利表示不满。他们觉得我必须听他们的，不就是因为我要依赖他们吗？那我就不依赖他们了！别担心，做我们销售这行，对学历没那么讲究，再找一份工作不会太难，就算刚开始工资低，熬上一两年，肯定会涨上去。"

颜晓晨想到沈妈妈的固执和决然，说："你爸妈很认真的，你就看着数十亿的家产和你擦肩而过，心甘情愿从高富帅变成一个穷屌丝？你叔叔、舅舅都在公司工作，你对公司没兴趣，你的堂弟和表弟们不见得对公司没兴趣。"

沈侯嘿嘿地笑，亲了她的后颈一下，"我爱美人，不爱江山！"

颜晓晨用胳膊肘捅了他一下，"我认真的！"

"我也认真的！老婆就一个，要让你跑了，我再到哪里去找个一模一样的你？公司嘛，大不了咱俩自己创业，搞一个自己的公司。你别胡思乱想了，钱那东西就那么回事，到一定程度就银行里的一串数字，我对守着那串数字没兴趣。"

也许，沈侯的这番话不全是实话，毕竟他曾对掌控一个企业王国表示了强烈的兴趣，但他的态度也很明确，爱情只一份，绝对不放弃，事业却有很多条出路，可以自己去努力。

颜晓晨翻了个身，吻了沈侯一下。

沈侯笑着抱住了她，"春节去你家吧，我想见见你妈妈。"

"好。"

"你妈妈喜欢什么？我要怎么做，她才能喜欢我？"

颜晓晨苦笑了下说："不要多想了，顺其自然吧！"

沈侯若有所思地沉默着，每次提起家里的事，颜晓晨的态度都很古怪，他预感到，事情不会简单。

年二十九，颜晓晨和沈侯坐火车，回到了她的家乡。

走过坑坑洼洼的巷子，站在斑驳陈旧的木门前，颜晓晨说："这就是我家。"她掏出钥匙，打开了院门。

两层的老式砖楼，一楼是客厅、饭厅，二楼是两间卧室，厨房在屋子外面，单独的一个小屋子，没有厕所，要去外面的公共厕所，晚上用便壶，唯一的自来水龙头在院子里，没有浴室，洗澡需要自己烧水。

颜晓晨相信沈侯这时肯定有穿越时光的感觉，周围的一切都停留在二十年前，也不对，对沈侯来说，只怕他家二十年前都要比这先进。

沈侯的脸一直绷着，没有一丝表情。

参观完屋子，颜晓晨看着他，等着他说点什么，他凑到她身边，小声问："你妈不在家吗？"

"不在，要明天早上你才能见到她。"

沈侯长吁一口气，一下子轻松了，活跃地说："我饿了。"

"就这？"颜晓晨指指院子里唯一的自来水龙头，"洗澡、上卫生间都不方便，要不要考虑一下去住宾馆？"

"切！我小时候到乡下的外婆家玩时，也是这样，有点不方便，不过挺有意思。"沈侯说着话，竟然像个主人一样，提了烧水壶去接水。接满水，他打开炉子烧水，眼巴巴地看着颜晓晨，揉着肚子，"我饿了。"

颜晓晨紧张地酝酿了一路的各种准备全被他冲到了爪哇国。

她打开冰箱看了下，有干木耳、笋干、榨菜、几颗鸡蛋，凑合着解决一顿晚饭倒也够了。

因为不方便，做什么都慢，等吃完饭、洗完澡，已经十点多。

颜晓晨怕沈侯不适应没有空调暖气的屋子，给他灌了个暖水袋，沈侯却塞到她怀里，他从背后抱住了她，"这样更舒服。"

"你这样，我怎么干活？"颜晓晨还要给他铺床，找被子。

沈侯像个树懒一样，哼哼唧唧不肯放手，颜晓晨只能带着他在屋子里走来走去。

沙发虽然旧，但足够大，铺上干净的床单，放好枕头和被子，倒也像模像样，凑合着睡几天应该没问题。

"可以吗？"

"可以！"他带着颜晓晨滚倒在沙发上，"陪我看会儿电视，再去睡觉呗！"

两个人挤在沙发上，盖着被子看电视，颜晓晨的头枕在沈侯的颈窝里，鼻端都是他的气息。屋子依旧是那个屋子，灯光也依旧是昏暗的，沙发也依旧是破旧的，可是，颜晓晨感受不到一丝阴暗冰冷，反而有一种懒洋洋、暖融融的舒适。

前两天心里有事，都没休息好，这会放松下来，她昏昏欲睡，闭上了眼睛。

"困了？"沈侯摸了摸她怀里的暖水袋，看已经温了，他轻轻抽出暖水袋，去厨房重新灌了热水。

颜晓晨隐约感觉到他的动作，却实在懒得睁眼睛。

迷迷糊糊又睡了一会儿，感觉到沈侯搂着她的脖子，想让她起来，"小小，乖，去楼上睡。"

"不要乖！"颜晓晨懒得动，赖在他身上，蛮横地嘟囔。

沈侯笑着扭了扭她的鼻子，索性抱起了她，把她抱上了楼。

冬天的被窝都会很冷，颜晓晨钻进被子时，已经做好了先被冻一下的准备，可没想到，被子里很暖和，原来沈侯刚才悄悄拿走暖水袋是提前来帮她暖被子。

自从爸爸去世，整整四年了，她从没有睡过暖和的被子，家里最在乎她冷暖的那个人已经不在了，没有人在乎她会不会冻着，她自己也不在乎。没人当你是一朵需要呵护的花时，你只能做野草。

沈侯帮她掖好被子，在她额头上轻轻吻了一下，"晚安，做个好梦。"他关了灯，掩上了门。

颜晓晨躺在温暖中，慢慢睁开了眼睛，她没有觉得自己在哭，却清楚地感到有东西滑落脸颊，她轻轻擦了一下，满手濡湿。

颜晓晨喃喃说："对不起！"她很清楚，沈妈妈是为了沈侯好，但是，对不起，除非沈侯先放弃她，否则，她绝不会放弃他。

❧

往常，颜晓晨都醒得很早，可昨天晚上睡得格外沉，醒来时天已大亮。

迷迷糊糊，她还想再赖一会儿床，却听到外面传来隐约的说话声，她一个激灵，立即坐了起来，看了眼表，天哪！竟然快十一点了！

她迅速穿好衣服，冲到楼下，妈妈和沈侯竟然坐在桌子前，一边吃饭，一边说话，一问一答，很和谐的样子，似乎已经不用她介绍了。

妈妈吃着饭，烟瘾犯了，她刚拿出一根烟，沈侯已经眼明手快地拿起打火机，为她点烟。估计他做销售时，没少干这事，动作十分老练。

妈妈吸了口烟，审视着沈侯。沈侯呵呵一笑，继续吃饭。

眼前的情形太诡异，颜晓晨傻傻地看着。沈侯发现了她，冲她笑，"快来吃包子，很好吃。"

颜晓晨纳闷地问："哪里来的包子？"

"我去买的，就你隔壁的隔壁的隔壁邻居，他家做早点生意，有包子。"

"你怎么知道？"

"阿姨告诉我的，阿姨说他家的豆浆也很好喝，不过春节了，他们没做。"

四年时间，颜晓晨每年只春节回来住几天，还真不知道隔壁的隔壁的隔壁邻居做早点生意，不但有好吃的包子，还有好喝的豆浆。

颜晓晨刷完牙、洗完脸，坐到桌子前，沉默地吃着早饭，沈侯和妈妈依旧进行着和谐友爱的谈话。

沈侯笑逐颜开："阿姨昨晚是上夜班吗？"

"不是，我打了一通宵麻将。我没正式工作，有时候去理发店帮忙，赚点小钱花花。"

"我外婆也特喜欢打麻将，高血压，还熬夜打麻将。我小时候，爸妈很忙，暑假常被放到外婆家，我外婆三缺一的时候，就让我上桌子，我小学二年级就会打麻将了。"

妈妈面无表情："她赌钱吗？我们要赌钱的！"

"赌啊！外婆说不玩钱，还有什么玩头？阿姨，咱们晚上吃什么？我听说你们这里的米酒很好喝，我们晚上能喝一点吗？"

"我们家没有酿……去问问附近邻居，他们肯定会酿。"

"行，我待会儿去问问他们，要一点或者买一点吧！哦，我还听说你们这里的鱼丸……"

等颜晓晨吃完早饭，沈侯和妈妈已经一来一往商量好了晚上吃什么。

颜妈妈打了个哈欠，上楼去睡觉了，颜晓晨收拾了碗筷，去洗碗。

等颜晓晨洗完碗，沈侯拎着一堆小礼物，准备出门，"小小，我们出去买好吃的。"

他来时，询问颜晓晨要置办什么礼物，颜晓晨告诉他，她家没亲戚，不需要准备任何礼物。沈侯却秉持着做销售的那套理论，坚持"礼多人不怪、有备无患"，买了一堆杂七杂八的小礼物。颜晓晨当时笑话他怎么带来的，就怎么带回去，没想到这么快就用上了。

颜晓晨跟着沈侯出了门，沈侯按照颜妈妈的指点，去这家敲门要米酒，去那家敲门要鱼丸……

这附近的住户几乎都是本地人，经济不宽裕，不够机灵变通，都比较守旧，某种角度来说，也就是没有都市人的距离感，比较有中国传统的人情味。

门一开，沈侯先把小礼物递上去，"奶奶，您好！我叫沈侯，颜晓晨的男朋友，第一次来她家……"他人长得好，笑起来，阳光般灿烂耀眼，嘴巴又甜，还学着颜晓晨说方言，虽然蹩脚，却逗得大家笑个不停，很快邻居们就认可了他这个邻居女儿的男朋友。

拜访完邻居，他们回家时，沈侯两手提满了东西，金龙鱼塑料油瓶里装的是米酒，一片猪耳朵，鱼丸、豆腐、豆芽、卤猪肚、咸肉、土豆、小青菜……

等颜晓晨把东西都放好，家里本来空空的冰箱变得琳琅满目。她赞叹道："把你扔到非洲的原始部落，你是不是也有办法吃饱肚子？"

沈侯一本正经地说："不能，没有老婆，它们都是生的，不能吃。老婆，晚上要吃大餐！"

颜晓晨扑哧笑了出来，系上围裙，挽起袖子，准备做大餐。

江南的冬天，只要有太阳，都不会太冷，厨房里没有自来水，他们就先在院子里收拾食材。

沈侯怕颜晓晨冷，一直摸着水，只要觉得冷了，立即加一点热水。

"小小，你看，这是你。"

沈侯摆了一个丑女图，碟子是脸，两个鱼丸做眼睛，一片细长的白萝卜做鼻子，一片椭圆的胡萝卜做成了嘴唇，长长的头发是一根根菠菜秆。

颜晓晨两刀下去，把菠菜切短了，"短头发，明明是你！"

沈侯哈哈大笑。

大概因为他太快乐了，颜晓晨一点没觉得像在干活，反倒觉得像是两个大孩子在玩过家家，满是乐趣。

忙碌了一下午，晚上五点多时，除夕夜的晚餐准备好了：卤猪耳、笋干烧咸肉、芫荽爆炒肚丝、醋熘土豆丝、木耳鱼丸粉丝汤。

沈侯偷吃了几口，夸张地说："太好吃了！老婆，你实在太能干了！"

颜晓晨知道自己的水平，但好话总是让人飘飘然。

沈侯说："阿姨好像起来了，等她下来就可以吃饭了。"

颜晓晨淡淡说："她不见得会吃。"

沈侯瞅了她一眼，没有说话，夹了一片她爱吃的猪耳朵，喂进她嘴里。

"噔噔"的高跟鞋声，颜妈妈提着包，走下楼，要出门的样子。

沈侯嗖一下跑了过去，"阿姨，小小做了好多好吃的，我还要了米酒，我们都喝几杯，庆祝新年！"

颜妈妈静静看着颜晓晨，唇边浮起一抹讥诮的笑。

沈侯好似完全没有感觉到颜晓晨和颜妈妈之间的暗潮涌动，嗖一下又跑进厨房，献宝一样端着一盘菜出来，放到餐桌上，"阿姨，用新鲜的鱼肉、手工做的鱼丸的确好吃，我们在上海吃的鱼丸简直不能叫鱼丸，你尝尝！"沈侯拿起一双筷子，满脸笑意地递给颜妈妈。

颜妈妈把包扔到了沙发上，走到餐桌旁坐下。

五个菜，放在不大的餐桌上，显得格外丰盛，还有熟悉的米酒，颜晓晨和颜妈妈很多年都没有过过这么像新年的除夕了。

沈侯率先端起了酒碗，"祝阿姨身体健康！"

大家一起碰了下碗。

沈侯和颜妈妈一问一答，继续着他们和谐友爱的谈话，颜晓晨完全像一个外人，沉默地吃着饭。

颜妈妈曾经是酿酒的好手，这些年也变成了喝酒的好手，她一边讲着如何酿酒，一边和沈侯喝了一碗又一碗。

一桶金龙鱼油瓶的米酒消耗了一大半，颜妈妈和沈侯都喝醉了，沈侯问："阿姨，你觉得我怎么样？"

颜妈妈拍拍沈侯的肩膀，"不错！小小她爸太老实了，第一次去我家，我妈一说话，他就脸红，只知道傻干活，他干活干得最多，三个女婿里，我妈却最不喜欢他！你是个滑头，不过，对小小好就行，傻子吃亏……傻子吃亏……"颜妈妈摇摇晃晃地站起，颜晓晨想去扶她，她打开了她的手，扶着楼梯，慢慢地上了楼。

"阿姨，小小也是个傻子，为傻子干杯！"沈侯还想倒酒，颜晓晨把他扶到沙发上坐下，"你醉了，眯一会儿。"她拿了被子，盖到他身上。

颜晓晨收拾完碗筷，回到客厅，看沈侯仍歪靠在沙发上打盹，脸色红扑扑的，很是好看。她俯下身，亲了他一下，他嘟囔了一声"小小"，却没睁开眼睛。

颜晓晨打开了电视，春节晚会依旧是花红柳绿、歌舞升平，她把音量调低，也钻到被子里，靠在沙发另一头，一边看电视，一边发短信。

给魏彤和刘欣晖拜了年，又给程致远发了条微信："新年快乐，岁岁平安。"

"在家里？沈侯和你一起？"

"都在我家。"

"和妈妈一起吃的年夜饭？"

"一起。"

"还害怕吗？"

颜晓晨看向沈侯，想着这一天的神发展，"我今天一天认识的邻居比过去的四年都多，沈侯想把我妈灌醉套话，不过他低估了我妈的酒量，把自己赔了进去。PS：沈侯既不是蜡烛，也不是灯，他是太阳。"

一会儿后，程致远发了一张像太阳一般热情微笑的表情图片，颜晓晨忍不住笑起来。

沈侯突然凑到了她身边，迷迷糊糊地问："你在笑什么？给谁发信息？"

"程致远。"

沈侯看似清醒了，实际仍醉着，像个孩子一样不高兴地嘟起嘴，用力抱住颜晓晨的腰，"讨厌！我讨厌他！不许你给他发信息！"

颜晓晨舍不得让他不高兴，立即把手机装进了衣兜，向他晃晃空空的手，"不发了。"

他高兴起来，听到外面有人放鞭炮，"快要零点了吗？我们去放烟花。"

家里可没准备烟花，但沈侯拽着她就要走，颜晓晨忙哄着他，"戴好帽子就去放烟花。"帮他把帽子、手套戴好，她自己也戴上了帽子，扶着他出了家门。

有不少邻居正在挂鞭炮，打算一到零点就放炮，颜晓晨很害怕炮仗的声音，搀扶着沈侯快步走出巷子，一边走，一边还和邻居打招呼，没办法，每个人都知道她的男朋友第一次上门了。

沿着街道走了一会儿，只是拐了一个弯，没想到就好像进入了另一个世界：一条河，河边林木葱郁，很多孩子聚集在河边的空地上放烟花。

"小小，我们也去放烟花。"沈侯像是找到了组织，一下子来了精神。

"好啊！"颜晓晨嘴里答应着沈侯，但巧妇难为无米之炊，她压根儿没烟花给他放。

沈侯看一个三十岁上下的男人把一个凳子那么大小的烟花放到地上，他兴冲冲地跑了过去，问人家要，那个人直摆手，沈侯指着颜晓晨，对他说了几句话，那人竟然同意了，把手里燃着的香递给他。

沈侯冲颜晓晨大声叫，"小小，放烟花了！"

颜晓晨走过去，对那个让出了烟花的男人说："谢谢！"

他笑得十分暧昧，摆了摆手，示意不必客气。

颜晓晨问沈侯，"你跟那个男的说了什么，他怎么就把这么好的烟花给你了？"

沈侯笑笑，"待会儿你就知道了。"

一旁的一群小孩子边叫边放烟花，随着零点的逼近，鞭炮声越来越响，简直震天动地。

随着一个孩子大声叫"新年到"，千家万户的鞭炮声都响起，无数的烟花也冲上了天空。鞭炮轰鸣声中，颜晓晨听不清沈侯说了什么，只看到他对她笑，沈侯扶着她的手，点燃了引信。彩色的烟花喷出，是一株一人高的火树银花，七彩缤纷。

它美得如此瑰丽，很多孩子都被吸引了过来，一边拍手，一边绕着它跑。

颜晓晨也忍不住笑着拍手，回头去找沈侯，"沈侯、沈侯，快看！"

沈侯正温柔地凝视着她，两人目光交会时，沈侯凑到她耳畔大声说："我刚才告诉那个人，我要在烟花下吻我的未婚妻，他就把烟花送给我了。"

没等她反应过来，沈侯就吻了下来。

火树银花仍在绚烂绽放，可它再美，也比不上沈侯的一个拥抱，颜晓晨闭上了眼睛，承受着他的温柔索取，他的口中犹有米酒的酒香，让人醺醺然欲醉。

耳畔一直是欢笑声，那笑声从耳畔进入心里，又从心里漫延到嘴边，颜晓晨也忍不住笑，沈侯好似极其喜欢她的笑，一次又一次亲着她的嘴角。

送他们烟花的男子笑着对他们说："百年好合，天长地久！"

沈侯搂着颜晓晨，大声说："一定会！"

兜里的手机振动了几下，颜晓晨掏出手机，是程致远的微信，"请一定要快乐幸福！"

她靠在沈侯怀里，看着缤纷的烟花，回复程致远："一定会！"

一定会！不管沈侯，还是她，都很努力、很珍惜，一定会！一定会幸福！

Chapter 13
爱恨

恨使生活瘫痪无力，爱使它重获新生；恨使生活混乱不堪，爱使它变得和谐；恨使生活漆黑一片，爱使它光彩夺目。

——马丁·路德·金

　　早上，颜晓晨和沈侯睡到十点多才起来。起来时，妈妈已经不在家，沈侯一边喝粥，一边坦率地问："阿姨去打麻将了？"

　　"应该是。"也许是被他的态度感染，颜晓晨在谈论这件事时，也不再那么难以启齿。

　　吃完早饭，颜晓晨把床褥、被子抱到院子里晒，又把前两天换下的衣服拿出来，准备外套扔进旧洗衣机里洗，贴身的衣服手洗。

　　沈侯帮她把洗衣机推到院子里的自来水龙头旁边，接好电源插座和水管，又帮她烧好热水，把所有的暖水瓶都灌满，省得她用冷水洗衣。

　　沈侯提着刚灌好的暖水瓶走出厨房时，颜晓晨已经坐在洗衣盆前洗衣服。沈侯轻轻放下暖水瓶，走到颜晓晨的背后，捂住了她的眼睛，怪声怪气地说："猜猜我是谁？"

颜晓晨笑着说："沈侯。"

"不对！"

"猴哥。"

"不对！"

"一只傻猴子。"

沈侯恼了，咬了她的耳朵一下，恶狠狠地说："再猜不对，我就吃了你！"

颜晓晨又痒又酥，禁不住往沈侯怀里缩了缩，笑着说："是我老公。"

沈侯满意了，放开她，在她脸颊上亲了下，"真乖！"

颜晓晨却顺势用沾了洗衣粉泡沫的手在他脸上抹了一把，沈侯笑嘻嘻地压根没在意，反而握住了她的手，捂暖和着，才满意地放开了。

沈侯看一时再帮不上什么忙，拿了个小板凳，坐到颜晓晨的对面，晒着太阳，玩手机，时不时，举起手机拍张相片，后来又开始录像，"小小，看我，笑！"

"洗衣服有什么好拍的？"颜晓晨冲着镜头，做鬼脸。

沈侯指着搓衣板，"等咱们儿子像我们这么大时，那就是古董哎！要不要保留一块？也许可以卖个大价钱。"

颜晓晨无语地看了他一瞬，用满是泡沫的手举起搓衣板，对着镜头，很严肃地说："小小沈，这是你爸给你的传家宝，开心吧？"

沈侯大笑，对着手机的镜头说："肯定很开心，对不对？"

两人正自得其乐，院门突然被拍得咚咚震天响，"刘清芳！刘清芳……"

沈侯征询地看着颜晓晨。

"找我妈的。"颜晓晨忙擦干了手，去开门，

她刚打开门，五六个男人一拥而入，有人冲进了屋子，有人在院子里乱翻。沈侯看势头不对，立即把颜晓晨拉到他身旁，大声问："你们干什么？"

颜晓晨约莫猜到是什么事，拉了拉他的手，表示没事。

一个染着黄头发的男人抬着旧电视机出来，对院子里的光头男人说："穷得叮当响，一屋子垃圾，这破电视要吗？"

　　光头男人嫌弃地看了一眼，黄毛男人松开手，电视机摔到地上。

　　"你们有事就说事，又砸又抢的能解决问题吗？"沈侯沉着声问。

　　黄毛问："刘清芳呢？你们是刘清芳的什么人？"

　　颜晓晨说："我是她女儿。"

　　几个人打量着她，光头说："你妈欠了我们十六万，你看什么时候还？"

　　颜晓晨倒吸一口冷气，她想到了他们是来讨债的，却没有想到妈妈欠了十多万。她无奈地说："你们看看我家像有钱吗？我现在连一万块钱都没有。"

　　黄毛指着颜晓晨的鼻子，恶狠狠地说："不还钱是吧？砸！"

　　两个男人冲进了屋子，见到什么就砸什么。沈侯想阻止他们，被黄毛和另一个男人堵住，站在门口的光头还亮出了一把匕首，悠闲地把玩着，颜晓晨忙紧紧地抓住沈侯，小声说："都是旧东西，不值钱。"

　　一群人把屋子里能砸的全砸了之后，黄毛对颜晓晨说："三天之内，还钱！不还钱的话……你去打听一下欠了高利贷赌债不还的后果。"黄毛说完，领着人扬长而去。

　　满地狼藉，连不能砸的沙发、桌子都被他们掀翻了。

　　颜晓晨心灰意冷，苦笑着摇摇头，对沈侯说："看！这就是我家，你妈的反对很有理由！"

　　"你妈妈是你妈妈，你是你！我喜欢的人是你！"沈侯把桌子、沙发翻过来摆好，去院子里拿了扫把，开始打扫卫生。

　　因为沈侯的举动，颜晓晨不再那么难受，她拿起抹布，准备收拾一屋子的狼藉。颜晓晨和沈侯一起努力想把这个破烂的家整理得像一个家，但是，它就像被撕毁的图画，不管怎么努力拼凑，仍旧是残破的，也许，四年前的那个夏天，早已经破碎了。

　　下午三点多，颜妈妈醉醺醺地回来了。颜晓晨自嘲地想，看来她猜错了，妈妈今天没去打麻将，而是去喝酒了，不知道赌博和酗酒哪个更好一点？

颜妈妈大着舌头问："怎么了？"

颜晓晨问："你欠了十六万赌债？"

颜妈妈捧着头想了想，"没有啊，哦，对……还有利息，利滚利，大概有十几万吧！"

"你借高利贷？"颜晓晨已经不知道该说什么了。

沈侯忍不住说："阿姨，借高利贷很危险。"

颜妈妈嗤笑，"有什么大不了？不就是打打杀杀嘛！让他们来砍死我啊！老娘反正不想活了！"

沈侯完全没想到颜妈妈是这种无赖样子，一时间哑口无言。

颜妈妈戳着颜晓晨的脸，醉笑着说："我要是被砍死了，都怪你，全是你的错！全是你的错！"

颜妈妈压根儿没有用力，颜晓晨却脸色煞白，一步步后退。

沈侯一下怒了，一把把她拖到他身后，"阿姨！小小哪里错了？"

"她哪里错了？"颜妈妈歪着头想了想，哈哈笑起来，"谁叫她老是不给我钱？我没钱打麻将，当然只能去借钱了。"

沈侯说："阿姨，你有关心过小小吗？你知道她这些年多辛苦吗？"

颜妈妈一下子被激怒了，冷笑着吼："辛苦？她辛苦？她的辛苦都是自找的！谁叫她非要读大学？如果不是她非要读大学，我们家根本就不会这样！"

沈侯被颜妈妈的言论给气笑了，"小小想要读书也是错？阿姨，为人子女要孝顺，可为人父母是不是也不能太不讲理？"

"我就这德行！我不想认她这个女儿，她也可以不认我这个妈妈！"颜妈妈指着颜晓晨说："看着你就讨厌！滚回上海！少管我的事！"她脚步蹒跚地上了楼。

"小小？"沈侯担心地看着颜晓晨。

颜晓晨回过神来，苍白无力地笑了笑，"我没事。看来我妈真借了他们的钱，得想办法还给他们，总不能真让他们来砍我妈吧？我听说，十万一只手，十六万怎么算，一只半手？"她呵呵地笑，可显然，沈侯并不觉得这是个笑话，他眼中满是忧虑，没有一丝笑容。颜晓晨也不觉得是笑话，但她不想哭，只能像个傻子一样笑。

沈侯说："我存了两万多块。"

颜晓晨说："我有两千多块。"

还有十四万！他们凝神思索能向谁借钱，颜晓晨认识的人，除了一个人，都是和她一样刚能养活自己的社会新鲜人，根本不可能借到钱。

沈侯掏出手机，要打电话。

颜晓晨问："你想问谁借钱？"

"沈林，他手头应该能有二三十万。"

"我不想用你们家的钱。"

沈侯点了下头，收起了手机，"那我问问别的朋友吧！"他想了会儿，对颜晓晨说："现在是春节假期，就算我的朋友同意借钱，银行也没办法转账，我得回家一趟，自己去拿钱。你要不跟我一块儿过去？"

颜晓晨摇摇头，她不放心留妈妈一人在家。

"你注意安全，有事报警。"

"我知道，不会有事。"

沈侯抱住她说："别太难受了，等处理完这事，我们帮你妈妈戒赌，一切都会好起来。"

颜晓晨脸埋在他肩头，没有说话。沈侯用力抱了下她，"把门窗锁好，我明天会尽快赶回来。"他连行李都没拿，就匆匆离开了。

颜晓晨目送着他的背影远去后，关上了院门，回头看着冷清空荡的家，想到几个小时前，她和沈侯还在这个院子里笑语嬉戏。她总告诉自己一切都会好起来，可是所有的美好幸福霎时间就被打碎了，她的眼泪直在眼眶里打转。

沈侯的妈妈反对沈侯和她在一起，是不是因为早就预料到了这一刻？沈妈妈已经靠着人生经验和智慧判断出，他们无药可救了，她却不肯相信。颜晓晨无力地靠着门扉，看着妈妈的卧室窗户，痛苦地咬着唇，将眼里的泪全逼回去。

清晨，天才刚亮，屋外就传来吵闹声。

颜晓晨套上羽绒服，趴到窗户上悄悄看了一眼，是光头和黄毛那伙人，提着几个塑料桶，不知道在干什么。

她拿着手机，紧张地盯着他们，打算他们一闯进来，就报警。

他们又嚷又闹了一会儿，用力把塑料桶扔进了院子，颜晓晨心里一惊，不会是汽油吧？吓得赶紧冲下楼。

到院子里一看，还好，只是油漆。虽然没有生命危险，但红彤彤的油漆泼溅在地上，院子里东一片血红、西一片血红，连墙上都溅了一些，鲜血淋漓的样子，乍一看像是走进了屠宰场，让人心里特别不舒服。

"快点还钱，要不然以后我们天天来！"他们大叫大吵，闹够了，终于呼啦啦离开了。

颜晓晨打开门，看到整扇门都被涂成了血红色，墙上写着血淋淋的大字：欠债还钱！

邻居们探头探脑地查看，和颜晓晨目光一对，怕惹祸上身，砰一声，立即关上了门。不知道从哪里传出一个女人尖锐的声音，"倒了八辈子霉！竟然和赌鬼是邻居！"

本来欢欢乐乐的新年，因为她家的事，邻居都不得安生。

颜晓晨关上了门，看着满地的油漆，连打扫都不知道该如何打扫，只能等着它干了之后再说。

颜妈妈像是什么事都没发生一样，心安理得地睡着懒觉。

颜晓晨坐在屋檐下，看着地上的油漆发呆。

十点多时，黄毛和光头又来闹。

他们也不敢大白天强闯民宅，就是变着法子让人不得安生。一群人一边不三不四地叫骂，一边往院子里扔东西——啤酒瓶子、啃完的鸡骨头、剩菜剩饭。

颜晓晨怕被啤酒瓶子砸伤，躲在屋子里看着院子从"屠宰场"变"垃圾场"。

他们闹了半个小时左右，又呼啦啦地走了。

颜晓晨踮着脚，小心地避开啤酒瓶的碎碴儿，去拿了笤帚，把垃圾往墙角扫。

笃笃的敲门声响起，敲几下，停一会儿，又敲几下，像是怕惊扰到里面的人，很小心翼翼的样子。

"谁？"

没有人回答，但绝不可能是黄毛那伙人，颜晓晨打开了门。

去年春节来送礼的那个男人拘谨地站在门口，一看到颜晓晨，就堆着讨好的笑，"新年好……有人来找你们麻烦吗？"

"我说了，我们家不欢迎你！"颜晓晨想关门，他插进来一只脚，挡住了门，"我听说放高利贷的人来找你们要钱，多少钱？我来还！"

颜晓晨用力把他往外推，"我不要你的钱！你走！"

他挤着门，不肯离开，"晓晨，你听我说，高利贷这事不是闹着玩的，我没有别的意思，就是担心你们，我来还钱，你们可以继续恨我……"

"滚！"伴着一声气震山河的怒吼，从二楼的窗户里飞出一把剪刀，朝着男子飞去，幸亏男子身手矫捷，往后跳了一大步，剪刀落在他身前不远的地方。

颜晓晨和他都目瞪口呆、心有余悸地看着地上的剪刀，没等他们反应过来，颜妈妈连外套都没披，穿着薄薄的棉毛衣棉毛裤、趿着拖鞋就冲了出来，顺手拿起院子里晾衣服的竹竿，劈头盖脸地打了过去。

男人抱着头躲，"我没别的意思，就是担心你们，你们先把钱还上……啊！"

颜妈妈从院门口追打到巷子口，打得男人终于落荒而逃，颜妈妈还不解气，脱下一只拖鞋，狠狠地砸了出去。

她拎着竹竿，穿着仅剩的一只拖鞋，气势汹汹地走回来，余怒未消，顺手往颜晓晨身上抽了一竹竿，"你个讨债鬼，读书读傻了吗？还和他客气？下次见了那个杀人犯，往死里打！打死了，我去偿命！"

颜晓晨下意识地躲了下，竹竿落在背上，隔着厚厚的羽绒服，妈妈也没下狠劲，虽然疼，但能忍受。

颜妈妈啪一声扔了竹竿，径直上了楼。

颜晓晨弯身捡起妈妈从二楼扔下的剪刀。

起身时，眼前有些发黑，一下子没站起来，一双温暖的手扶住了她，抬头一看，竟然是程致远。

他关切地问："你怎么样？"

颜晓晨借着他的力站了起来，"没事，大概昨晚没休息好，今天又没吃早饭，有点低血糖，你怎么在这里？"

"我回家过年，没什么事，就来给你和沈侯拜个年。到了巷子口，却不知道你家在哪里，正打算给你打电话，就看到……有人好像在打架。"

程致远应该已经猜到挥舞着竹竿的凶悍女人是她妈妈，措辞尽量婉转了，颜晓晨苦笑着说："不是打架，是我妈在打人。几年前，我爸因为车祸去世，那个男人就是……撞死我爸的人。"

程致远沉默地看着她，目光深邃，似有很多话想说，却大概不知道该说什么，一直沉默着。

颜晓晨玩着手中的剪刀，勉强地笑了笑说："我没事，已经过去很多年了。"

程致远移开了目光，打量着她家四周，"你家……发生什么事了？"

颜晓晨顺着他的目光，看到血红的门、血红狼藉的地、墙上血淋淋的大字：欠债还钱！似乎想瞒也瞒不住，颜晓晨说："欠了高利贷的钱。"

"多少？"

"十六万。"

程致远同情地看着她，"你打算怎么办？"

　　"只能先想办法还上钱，沈侯帮我去借钱了。"

　　颜晓晨指指身后的家，"你第一次来我家，本来应该请你去屋子里坐坐、喝杯茶，但我家这样……只能以后了，实在抱歉。"

　　"没事，出去走走，行吗？"

　　颜晓晨迟疑地看向楼上，担心留妈妈一个人在家是否安全。程致远说："现在是白天，他们再猖狂也不敢乱来，我们就在附近走走。"

　　颜晓晨也的确想暂时逃离一下，"好，你等我一下。"她把剪刀放回屋里，把屋门和院门都锁好，和程致远走出了巷子。

　　他们沿着街道，走到河边。

　　今天无风，太阳又好，河畔有不少老人在晒太阳。颜晓晨和程致远找了个看着还算干净的花台坐了下来。

　　李司机不知道从哪里冒了出来，拿着半袋面包和一瓶果汁。

　　程致远接过后，递给颜晓晨，她没胃口吃饭，可知道这样不行，拿过果汁，慢慢地喝着。

　　颜晓晨没心情说话，程致远也一直没有吭声，他们就像两个陌生人一样，各自沉浸在自己的小世界里。

　　颜晓晨的手机突然响了，陌生的电话号码，她犹豫了下，接了电话，"喂？"

　　"颜小姐吗？我是沈侯的妈妈。"

　　颜晓晨实在没有力气再和她礼貌寒暄了，直接问："什么事？"

　　"沈侯在问他的朋友借钱，他的朋友是一帮不知天高地厚的年轻人，所谓的有钱，都是和他一样，是父母有钱。颜小姐，你需要多少钱，我给你，还是那个条件，和沈侯分手。"

　　"我不需要你的钱！"

　　沈妈妈讥嘲地笑，"很好！你这么有骨气，也最好不要动用我儿子的一分钱，你应该明白，他的朋友肯借给他钱是因为沈侯的爸妈有钱！如果他真是个像你一样的穷小子，谁会借给他钱？"

"好的，我不会用他的钱。"

"颜小姐，你为什么突然需要十几万？是不是因为你妈妈嗜赌欠债了？"

颜晓晨冷冷地说："和你无关！"

沈妈妈冷笑着说："如果你不缠着我儿子，肯放了他的话，的确和我无关！颜小姐，根据我的调查，你爸爸车祸去世后，你们虽然没什么积蓄，但在市里有一套六十多平米的两居室小住房，可就是因为你妈妈嗜赌，把房子也赔了进去……"

颜晓晨不客气地打断了她翻旧账的啰唆，"你如果没有事，我挂电话了！"

沈妈妈说："颜小姐，最后回答我一个问题，你现在还觉得你坚持不分手是真为沈侯好吗？"

颜晓晨沉默了一会儿，一句话没说地挂断了电话。

程致远问："沈侯妈妈的电话？"

"我要回家了，再见！"颜晓晨起身想走，程致远抓住了她，她用力想挣脱他的手，"不要管我！你让我一个人待着……"

程致远牢牢地抓着她，"晓晨，听我说，事情都可以解决！"

一个瞬间，颜晓晨情绪崩溃了，又推又打，只想摆脱他，逃回原本属于她的阴暗世界中去，"不可能！我错了！我和沈侯在一起，只会害了沈侯！妈妈说得对，我是个讨债鬼，是个坏人，我只会祸害身边的人，就应该去死……"

程致远怕伤到颜晓晨，不敢用力，被她挣开了。他情急下，搂住了她，用双臂把她牢牢地禁锢在了他的怀里，"晓晨，晓晨……你不是讨债鬼！不是坏人！相信我，你绝不是坏人……事情可以解决，一定可以解决……你现在每月工资税后是八千六百块，公司的年终奖一般有十万左右，好的部门能拿到十五万。一年后，你肯定会涨工资，年终奖也会涨，十六万，并不是很大的数目……"

不知道是她用尽了力气都推不开他，还是他喋喋不休的安抚起了作用，颜晓晨渐渐地平静了下来。可是，就算现在还了十六万，又能怎么样？妈妈依旧会赌博，她今天能欠十六万，明天就能欠三十六万，妈妈不会让她日子好过，但她不能恨妈妈，只能恨自己。

颜晓晨觉得好累！她漂浮在一个冰冷的水潭中，曾经以为她应该努力地游向岸边，那里能有一条出路，但原来这个水潭是没有岸边的，她不想再努力挣扎了！

她像是电池耗尽的玩偶，无力地伏在他肩头，"你不明白，没有用的！没有用的！不管我多努力，都没有用……"

程致远轻抚着她的背，柔和却坚定地说："我明白，我都明白！一定有办法！我们先把钱还了，你把妈妈接到上海，换一个环境，她找不到人陪她赌博，慢慢就会不再沉迷打麻将。我们还可以帮她找一些老年人聚会的活动，让她换一个心情，认识一些新朋友，一切重新开始！"

一切真的能重新开始吗？颜晓晨好像已经没有信念去相信。

"一定能重新开始！晓晨，一定都会好起来！一定！"程致远的脸颊贴在颜晓晨头顶，一遍又一遍重复着，像是要让自己相信，也要让她相信。

颜晓晨抬起了头，含着泪说："好吧！重新开始！"

程致远终于松了口气，笑了笑。

颜晓晨突然意识到他们现在的姿势有点亲密，一下子很不好意思，轻轻挣脱了他的怀抱，往后退了一大步，尴尬地说："好丢脸！我在你面前真是一点面子都没有了！"

程致远没让她的尴尬情绪继续发酵，"十六万我借给你，你怎么还？"

颜晓晨认真思索了一会儿说："接了妈妈到上海，我不知道生活费会要多少，我用年终奖还，行吗？"

"行，百分之五的利息。还有，必须投入工作，绝对不许跳槽！言外之意就是你必须做牛做马，为我去努力赚钱！"

他话语间流露出的是一片光明的前途，颜晓晨的心情略微轻松了一点，

"压根儿没有人来挖我，我想跳槽，也没地方跳。"

"我们打赌，要不了两年，一定会有猎头找你。"

"借你吉言！"

"走吧，送你回去。"程致远把半袋面包和饮料拿给她。

　　黄毛和光头正领着人在颜晓晨家外面晃荡，看到她，一群人大摇大摆地围了过来。

　　程致远问："是他们吗？"

　　"嗯。"颜晓晨点了下头。

　　程致远微笑着对黄毛和光头说："要拿钱去找那个人。"他指指身后。

　　黄毛和光头狐疑地看看巷子口的李司机，对颜晓晨说："警告你，别耍花样！要是骗我们，要你好看！"

　　他们去找李司机，李司机和他们说了几句话，领着他们离开了。

　　程致远陪颜晓晨走到她家院子外，看着血红的门，他皱了皱眉说："我家正好有些剩油漆，明天我让李司机给你送点油漆来，重新漆一下，就行了。"

　　颜晓晨也不知道能对他说什么，谢谢吗？不太够。她结结巴巴地说："我、我会好好工作，也绝不会跳槽。"这一刻，她无比期望自己能工作表现优异，报答程致远。

　　程致远笑着点点头，"好，进去吧，我走了！"他的身影在巷子里渐渐远去。

　　颜晓晨回到家里，看到妈妈醉醺醺地躺在沙发上睡觉，地上一个空酒瓶。她把空酒瓶捡起来，放进垃圾桶，拿了条被子盖到她身上。

　　颜晓晨给沈侯打电话，却一直没有人接，只能给他发了条微信："不用借钱了，我已经把钱还了。"

　　颜晓晨吃了几片面包，一口气喝光饮料，又开始打扫卫生，等把院子里的垃圾全部清扫干净，天已经有点黑了。

她看了看手机，没有沈侯的回复，正想再给他打电话，拍门声传来。

她忙跑到门边，"谁？"

"我！"

是沈侯，她打开了门。沈侯上下打量了她一番，关切地问："没事吧？他们来闹事了吗？"

"已经没事了。"颜晓晨把院门关好。

沈侯把一个双肩包递给她，"钱在里面。银行没开门，问了几个哥们儿才凑齐钱，所以回来得晚了。"

颜晓晨没有接，"你没收到我的信息吗？"

"赶着回来，没注意查看手机。"他一边说话，一边拿出了手机。

看完微信，他脸色变了，"你问谁借的钱？"

"程致远。"

沈侯压抑着怒火问："你什么意思？明知道我已经去借钱了，为什么还要问他借钱？"

"我不想用你借的钱。"

"颜晓晨！"沈侯怒叫一声，一下子把手里拎着的包摔到了地上，"你不想用我的钱，却跑去问另一个男人借钱？"

"你听我解释，我只是不想沾一丝一毫你爸妈的光！"

"我知道！所以明明沈林、沈周手里都有钱，我没有向他们开口！我去找的是朋友，不姓沈，也不姓侯！你还想我怎么样……"

颜妈妈站在门口，警觉地问："你们在吵什么？晓晨，你把赌债还了？哪里来的钱？"

沈侯怒气冲冲地说："问颜晓晨！"他朝着院门走去，想要离开。

颜晓晨顾不上回答妈妈，急忙去拽沈侯，沈侯一把推开了她，愤怒地讥嘲："你有个无所不能的守护骑士，根本不需要我！"

颜晓晨还想再去追沈侯，颜妈妈拿起竹竿，一竿子狠狠打到了她背上，"死丫头，你从哪里拿的钱？"

颜晓晨忍着痛说："一个朋友，说了你也不认识。"

沈侯已经一只脚跨到院门外，听动静不对，转过身回头看。

"朋友？你哪里来的那么有钱的朋友？那是十六万，不是十六块，哪个朋友会轻易借人？你个讨债鬼，你的心怎么这么狠？竟然敢要你爸爸的买命钱……"颜妈妈挥着竹竿，劈头盖脸地狠狠抽打下来，颜晓晨想躲，可竹竿很长，怎么躲都躲不开，她索性抱着头，蹲到了地上，像一只温驯的羔羊般，由着妈妈打。

沈侯再顾不上发脾气，急忙跑回来，想要护住颜晓晨，但颜妈妈打人的功夫十分好，每一杆子仍重重抽到颜晓晨身上，沈侯急了，一把拽住竹竿，狠狠夺了过去。

"我打死你！你个讨债鬼！我打死你！"颜妈妈拿起大扫帚，疯了一样冲过来，接着狠狠打颜晓晨，连带着沈侯也被抢了几下。

颜妈妈的架势绝对不是一般的父母打孩子，而是真的想打死晓晨，好几次都是直接对着她的脑袋狠打，沈侯惊得全身发寒，一把拽起颜晓晨，跑出了院子。颜妈妈边哭边骂，追着他们打，沈侯不敢停，一直拽着颜晓晨狂跑。

跑出了巷子，跑过了街道，跑到了河边，直到完全看不到颜妈妈的身影了，沈侯才停了下来。他气喘吁吁地看着颜晓晨，脸上满是惊悸后怕，感觉上刚才真的是在逃命。

颜晓晨关切地问："被打到哪里了？严重吗？"

"我没事！你、你……疼吗？"沈侯心疼地碰了下她的脸，拿出纸巾，小心地印着。

看到纸巾上的血迹，颜晓晨才意识到她挂了彩，因为身上到处都在火辣辣的疼，也没觉得脸上更疼。

沈侯又拿起她的手，已经肿了起来，一道道竹竿打的瘀痕，有的地方破了皮，渗出血。沈侯生气地念叨："你妈太狠了！你是她亲生的女儿吗？"

沈侯摸摸她的背，"别的地方疼吗？我们去医院检查一下吧！"

颜晓晨摇摇头，"不疼，穿得厚，其实没怎么打着，就外面看着恐怖。"

沈侯看着她红肿的脸和手说："小小，你妈精神不正常，你不能再和她住一起了。她这个样子不行，我有个高中同学在精神病院工作，我们可以找他咨询一下，你得把你妈送进精神病院。"

"我妈没有病，是我活该！"

沈侯急了，"你妈还没病？你帮她还赌债，她还这么打你？不行！我们今晚随便找个旅馆住，明天就回上海，太危险了，你绝不能再单独和她在一起了……"

"沈侯，你知道我爸爸是怎么死的吗？"

因为怕晓晨伤心，沈侯从不打听，只听晓晨偶尔提起过一两次，他小心地说："车祸去世的。"

"车祸只是最后的结果，其实，我爸是被我逼死的。"

"什么？"沈侯大惊失色地看着晓晨，摸了摸她的额头，担心她被颜妈妈打傻了。

颜晓晨带着沈侯找了个避风的地方坐下。

河岸对面是星星点点的万家灯火，看似绚烂，却和他们隔着漆黑的河水，遥不可及。昨夜河岸两边都是放烟花的人，今晚的河岸却冷冷清清，连贪玩的孩子也不见踪影，只有时不时传来的炮响才能让颜晓晨想起这应该是欢欢乐乐、合家团圆的新年。

沈侯把他的羽绒服帽子解下，戴到颜晓晨头上，"冷不冷？"

颜晓晨摇摇头，"你呢？"

"你知道我的身体，一件毛衣都能过冬。"沈侯把手放到她的脸上，果然很温暖。

颜晓晨握住了沈侯的手，似乎想要给自己一点温暖，才有勇气踏入冰冷的记忆河流。

"我爸爸和我妈妈是小县城里最普通的人，他们都没读过多少书，我爸爸是木匠，我妈妈是个理发师，家里经济不算好，但过日子足够了，反正周围的亲戚朋友都是做点小生意，辛苦讨生活的普通人……"

颜爸爸刚开始是帮人打家具、做农具，后来，跟着装修队做装修。他手艺好，人又老实，做出的活很实诚，很多包工头愿意找他。随着中国房地产的蓬勃发展，需要装修的房子越来越多，颜爸爸的收入也提高很快，再加上颜妈妈的理发馆生意，颜晓晨家在周围亲戚中算是过得最好的。

解决了温饱问题，颜爸爸和颜妈妈开始考虑更深远的问题，他们没读过多少书，起早贪黑地挣着辛苦钱，不希望自己的女儿像自己一样，正好晓晨也争气，成绩优异，一直是年级第一。一对最平凡、最典型的中国父母，几经犹豫后做了决定，为了给女儿更好的教育，在颜晓晨小学毕业时，他们拿出所有积蓄，外加借债，在市里买了一套小二居室的旧房子，举家搬进了市里。

对县城的亲戚朋友来说，颜晓晨家搬进市里，是鲤鱼跃了龙门，可对颜晓晨自己家来说，他们在市里的生活并不像表面那么风光，县城的生活不能说是鸡头，但城里的生活一定是凤尾。颜爸爸依旧跟着装修队在城里做活，不但要负担一家人的生计开销，还要还债，颜妈妈租不起店面，也没有熟客，只能去给别人的理发馆打工，可以说，他们过得比在小县城辛苦很多，但颜爸爸和颜妈妈不管自己多苦，都竭尽所能给晓晨最好的生活。

小颜晓晨也清楚地感觉到生活和以前不一样了。以前在小县城时，她没觉得自己和周围同学不同，可到了市里后，她很快感觉到自己和周围同学不同。同学的爸妈是医生、老师、会计师、公务员……反正作文课，他们写《我的爸爸妈妈》时，总是有很多光鲜亮丽的事情，颜晓晨写作文时却是"我妈妈在理发店工作，帮人洗头发"。别的同学的爸妈能帮到老师忙，会给老师送从香港带回的化妆品，颜晓晨的爸妈却只能逢年过节时，拿着土特产，堆着笑脸去给老师拜年。同学们会嘲笑她不标准的普通话，老师也对她或多或少有些异样的眼光。

半大孩子的心灵远超大人想象的敏感，颜晓晨很容易捕捉到所有微妙，虽然每次爸爸妈妈问她"新学校好吗，新同学好吗"，她总说"很好"，可她其实非常怀念小县城的学校。但她知道，这是父母付出一切，为她铺设的路，不管她喜欢不喜欢，都必须珍惜！经过一年的适应，初二时，颜晓晨用自己的努力为自己建立了一个很强大的保护伞。她学习成绩好！不管大考小考，每次都拿第一，没有老师会不喜欢拿第一的学生。颜晓晨被任命为学习委员，早读课时，老师经常让颜晓晨帮她一起抽查同学的背诵课文，孩子们也懂得应该尊重有权力的人。有了老师的喜欢，同学的尊重，颜晓晨的学校生活就算不够愉快，至少还算顺利。

颜爸爸、颜妈妈看到颜晓晨的成绩，吃再多的苦，也觉得欣慰，对望女成凤的他们来说，女儿是他们生活唯一的希望，他们不懂什么科学的教育理念，只能用劳动阶级的朴素价值观不停地向她灌输着："你要好好学习，如果不好好学习，只能给人家去洗头，洗得手都掉皮，才赚一点点钱。""你看看李老师，走到哪里，人家都客气地叫一声'李老师'，不像你爸妈，走到哪里，都没人用正眼看。"

颜晓晨家就是城市里最普通的底层一家，勤劳卑微的父母，怀着女儿能超越他们的阶级，过上比他们更好生活的梦想，辛苦老实地过着日子。颜晓晨也没有辜负他们的期望，高考成绩很好，她填写了自己一直想读的一所名牌大学的商学院，就等着录取通知书了，老师都说没问题。

那段时间，亲戚朋友都来恭喜，颜晓晨的爸妈每天都乐呵呵，虽然大学学费会是一笔不小的开销，意味着这个刚刚还清外债的家庭还要继续节衣缩食，但是，他们都看到了通向玫瑰色梦想的台阶，丝毫不在乎未来的继续吃苦。中国的普通老百姓最是能吃苦，只要看到一点点美好的希望，不管付出多少，他们都能坚韧地付出再付出、忍耐再忍耐。

谁都没有想到，这座一家人奋斗了十几年的台阶会坍塌。和颜晓晨报考一个学校的同学都拿到了录取通知书，颜晓晨却一直没有拿到录取通知书。刚开始，爸妈说再等等，大概只是邮寄晚了，后来，他们也等不住了，去找老师，老师想办法帮颜晓晨去查，才知道她竟然第一志愿掉档了。那种情况下，好的结果是上一个普通二本，差一点甚至有可能落到三本。

听到这里，沈侯忍不住惊讶地问："怎么会这样？"

颜晓晨苦笑，"当时，我们全家也是不停地这么问。"

按照成绩来说，颜晓晨就算进不了商学院，也绝对够进学校了，但是，事情发生了就是发生了。颜爸爸和颜妈妈是这个社会最底层的老百姓，他们根本不知道找谁去问缘由，只能求问老师，老师帮他们打听，消息也是模模糊糊，说是颜晓晨的志愿表填写得有问题，但颜晓晨怎么回忆，都觉得自己没有填错。

农村人都有点迷信，很多亲戚说颜晓晨是没这个命，让她认命。颜妈妈哭了几天后，看问不出结果，也接受了，想着至少有个大学读，就先读着吧！但颜晓晨不愿认命。十几年的寒窗苦读，她没有办法接受比她差的同学上的大学都比她好，她没有办法接受梦想过的美好一切就此离她而去！

那段日子，颜晓晨天天哭，赌气地扬言读一个破大学宁可不读大学，爸妈一劝她，她就冲着他们发火。颜晓晨不明白自己为什么那么倒霉，不停地怨怪父母无能，如果他们有一点点本事，有一点点社会关系，就不会发生这样的错误，就算发生了，也能及时纠正，不像现在，无能为力，一点忙都帮不上，她甚至没有办法看一眼自己的志愿表，究竟哪里填写错了。

颜晓晨躲在屋子里，每天不停地哭，死活不愿去上那个烂大学，颜妈妈刚开始劝，后来开始骂。颜爸爸看看不肯走出卧室、不肯吃饭、一直哭的女儿，再看看脸色憔悴、含着眼泪骂女儿的妻子，对她们说："我去问清楚究竟怎么回事，一定会为你们讨个说法！"他收拾了两件衣服，带上钱，就离开了家。

可是，颜爸爸只是一个小学毕业的小木匠，谁都不认识，甚至不知道该去找谁问这事，但他认准了一个理，女儿这事应该归教育局管。他跑去了省城教育局，想讨个说法，当然不会有人搭理他。但他那老黄牛的农民脾气犯了，每天天不亮，他就蹲在教育局门口，见着坐小车、有司机的人就上前问。别人骂他，他不还嘴；别人赶他，他转个身就又回去；别人打他，他不还手，蜷缩着身子承受。他赔着笑，佝偻着腰，低声下气地一直问、一直问、一直问……

颜晓晨的眼泪滚滚而落，如果时光能倒流，她一定不会那么任性不懂事，一定会去上那个烂大学。当她走进社会，经历了人情冷暖，才懂得老实巴交的爸爸当年到底为她做了什么。

"我爸每天守在教育局门口，所有人都渐渐知道了我爸，后来，大概教育局的某个领导实在烦了，让人去查了我的志愿表，发现果然弄错了，他们立即联系学校，经过再三协调，让我如愿进入了我想去的学校。爸爸知道消息后，高兴坏了，他平时都舍不得用手机打电话聊天，那天傍晚，他却用手机和我说了好一会儿。他说'小小，你可以去上学了！谁说你没这个命？爸爸都帮你问清楚了，是电脑不小心弄错了……'我好开心，在电话里一遍遍向他确认'我真的能去上学了吗，是哪个领导告诉你的，消息肯定吗……'爸爸挂了电话，急匆匆地赶去买车票，也许因为盛夏高温，他却连着在教育局蹲了几天，身体太疲惫，也许因为他太兴奋，着急回家，他过马路时，没注意红绿灯……被一辆车撞了。"

沈侯只觉全身汗毛倒竖，冷意侵骨，世间事竟然诡秘莫测至此，好不容易从悲剧扭转成喜剧，却没想到一个瞬间，竟然又成了更大的悲剧，

颜晓晨喃喃说："那是我和爸爸的最后一次对话，我在电话里，只顾着兴奋，都没有问他有没有吃过晚饭，累不累……我甚至没有对他说谢谢，我就是自私地忙着高兴了。几百公里之外，爸爸已经死了，我还在手舞足蹈地高兴……晚上九点多，我们才接到警察的电话，请我们尽快赶去省城……你知道我当时在干什么吗？我正在和同学打电话，商量着去上海后到哪里去玩……"

沈侯把一张纸巾递给她，颜晓晨低着头，擦眼泪。

沈侯问："你们追究那个司机的责任了吗？"

"当时是绿灯，是我爸心急过马路，没等红灯车停，也没走人行横道……警察说对方没有喝酒、正常驾驶，事发后，他也没有逃走，第一时间把我爸送进医院，全力抢救，能做的都做了，只能算意外事故，不能算违章肇事，不可能追究司机的法律责任，顶多做一些经济赔偿，我妈坚决不要。"

为保护肇事者的安全，交通法并不要求重伤或者死亡事故的当事者双方见面，可当颜晓晨和妈妈赶到医院的当天，肇事司机郑建国就主动要求见面，希望尽力做些什么弥补她们，被妈妈又哭又骂又打地拒绝了。

沈侯说："虽然不能算是他的错，但毕竟是他……你爸才死了，是不

可能要他的钱。"

颜晓晨说："今天早上，那个撞死我爸的郑建国又来我家，想给我们钱。听说他在省城有好几家汽车4S店，卖宝马车的，很有钱，这些年，他每年都会来找我妈，想给我家钱。我妈以为我是拿了他的钱才打我。"

"你怎么不解释？"

"我也是刚反应过来。我妈很恨我，即使解释了，她也不会相信。"

刚开始，颜妈妈只是恨郑建国，觉得他开车时，小心一些，车速慢一点，或者早一点踩刹车，颜爸爸就不会有事；后来，颜妈妈就开始恨颜晓晨，如果不是她又哭又闹地非要上好大学，颜爸爸就不会去省城，也就不会发生车祸。颜妈妈经常咒骂颜晓晨，她的大学是用爸爸的命换来的！

爸爸刚去世时，颜晓晨曾经觉得她根本没有办法去读这个大学，可是，这是爸爸的命换来的大学，如果她不去读，爸爸的命不就白丢了？她又不得不去读。就在这种痛苦折磨中，她走进了大学校门。

沈侯问："你妈是不是经常打你？"

"不是。"看沈侯不相信的样子，颜晓晨说："我每年就春节回来几天，和妈妈很少见面，她怎么经常打我？她恨我，我也不敢面对她，我们都在避免见面。"颜晓晨总觉得爸爸虽然是被郑建国撞死的，可其实郑建国不是主凶，只能算帮凶，主凶是她，是她把爸爸逼死的。

沈侯说："别胡思乱想，你妈妈不会恨你，你是她的女儿！"

颜晓晨摇摇头，沈侯不懂，爸爸除了是她的爸爸外，还有另一个身份，是妈妈的丈夫、爱人，她害死了一个女人的丈夫、爱人，她能不恨她吗？"正因为我是她的女儿，她才痛苦。如果我不是她的女儿，她可以像对待郑建国一样，痛痛快快、咬牙切齿地恨。我妈看似火暴刚烈，实际是株菟丝草，我爸看似木讷老实，实际是我妈攀缘而生的大树。树毁了，菟丝草没了依靠，也再难好好活着。大一时，我妈喝农药自杀过一次。"

"什么？"沈侯失声惊叫。

"被救回来了，在重症监护室住了一个星期，为了还医药费，不得不把市里的房子卖掉，搬回了县城的老房子。"

沈侯问："那时候，你帮我做作业，说等钱用，要我预付三千五，是不是因为……"

颜晓晨点点头，"卖房子的钱支付完医药费后，还剩了不少，但我妈不肯再支付我任何和读书有关的费用，我只能自己想办法。也就是那次出院后，我妈开始赌钱酗酒，每天醉生梦死，她才能撑着不去再次自杀。"颜晓晨苦涩地笑了笑，"我妈妈被抢救回来后，还是没有放弃自杀的念头，老是想再次自杀，我跪在她的病床前，告诉她，如果她死了，我就也不活了！她用什么方法杀死自己，我就会也用什么方法杀死自己！"

"小小！"沈侯一下子用力抓住了她的肩。

颜晓晨惨笑，"我逼死了爸爸，如果再害死妈妈，我不去死，难道还高高兴兴地活着吗？"

沈侯紧紧地捏着她的肩，"小小，你不能这么想！"

颜晓晨含着泪，笑着点点头，"好，不那么想。我没事！一切都会好起来，一切都会好起来，都会好起来！"她喃喃说了好几遍，想让自己鼓足勇气，继续往前走。

"我真是个混账！"沈侯猛地用拳头狠狠砸了自己头几下，眼中尽是自责。

"你干什么？"颜晓晨抓住他的手。

沈侯难受地说："对你来说，大学不仅是大学，学位也不是简单的学位，我却害得你……我是天底下最混账的混账！"

"你又不是故意的，别再纠结过去的事，我告诉你我家的事，不是为了让你难受自责，我只希望你能理解接纳我妈妈，尽量对她好一点。"

沈侯也知道一味愧疚往事没有任何意义，平复了一下心情说："我们回去吧！给你妈妈把钱的事解释清楚，省得她难受，你也难受。"

他们回到家里后，沈侯大概怕颜妈妈一见到颜晓晨又动手，让她留在客厅里，他上楼去找颜妈妈解释。

一会儿后，颜妈妈跟在沈侯身后走下楼，颜晓晨站了起来，小声叫："妈妈。"

颜妈妈看了她一眼，沉着脸，什么都没说地走开了。

沈侯拉着颜晓晨坐到沙发上，轻声对她说："没事了。我告诉阿姨，你有一个极其能干有钱，极其善良慷慨的老板，和你还是老乡，十分乐于帮助一下同在上海奋斗的小老乡，对他来说十六万就像普通人家的十六块，根本不算什么。"沈侯对自己违心地赞美程致远似乎很郁闷，说完自我鄙夷地撇撇嘴。

颜妈妈走了过来，颜晓晨一下挺直了腰，紧张地看着她。她把一管红霉素消毒药膏和创可贴递给沈侯，一言不发地转身上了楼。

沈侯去拧了热毛巾，帮颜晓晨清洗伤口，上药。

颜晓晨告诉他，想带妈妈去上海。沈侯表示了赞同，但看得出来，他对晓晨要和妈妈长住，很忧虑。

上午十一点，程致远和李司机带着两桶油漆和一袋水果来到颜晓晨家。看到她脸上和手上的伤，程致远的表情很吃惊，"你……怎么了？"

颜晓晨若无其事地说："不小心摔的。"

程致远明显不相信，但显然颜晓晨就给他这一个答案，他疑问地看着沈侯，沈侯笑了笑，"是摔的！"摆明了要憋死程致远。

程致远的目光在院子里的竹竿上逗留了一瞬，颜晓晨感觉他已经猜到答案，幸好他没再多问，回避了这个话题。

程致远让李司机把油漆放在院子里，他把水果递给颜晓晨，"不好意思空着手来，两罐用了一半的油漆也不能算礼物，就带了点水果来。"

"谢谢。"水果是春节走亲访友时最普通的礼品，颜晓晨不可能拒绝。

她把水果拿进厨房，拿了两个板凳出来，请他坐。

程致远问沈侯："会刷墙吗？"

沈侯看看颜晓晨家的样子，知道不是斗气的时候，"没刷过，但应该不难吧？"

"试试就知道了。"

程致远和沈侯拿着油漆桶，研究了一会儿说明，商量定了怎么办。

两人像模像样地用旧报纸叠了两个大帽子戴在头上，程致远脱掉了大衣，沈侯也脱掉了羽绒服，准备开始刷墙。

颜晓晨实在担心程致远身上那价值不菲的羊绒衫，去厨房里东找西找，把她平时干家务活时用的围裙拿给他，"凑合着用用吧！"

沈侯立即问："我呢？"

颜晓晨把另一条旧一点的围裙拿给他，沈侯看看她拿给程致远的围裙，立即拿走了这条，黄色的方格，印着两只棕色小熊，虽然卡通一点，但没那么女性化。

颜晓晨给程致远的围裙新倒是新，却是粉红色的，还有荷叶边，她当时光考虑这条看着更新、更精致了。颜晓晨尴尬地说："反正就穿一会儿，省得衣服弄脏了。"

程致远笑笑，"谢谢。"他拿起围裙，神情自若地穿上了。

沈侯竖了下大拇指，笑着说："好看！"

颜晓晨拽了拽沈侯的袖子，示意他别太过分了。

沈侯赶她去休息，"没你什么事，你去屋檐下晒太阳。"

颜妈妈走到门口看动静，沈侯指着程致远对她说："阿姨，他就是小小的老板，程致远。"

大概沈侯在颜妈妈面前实在把程致远吹得太好了，颜妈妈难得地露了点笑，"真是不好意思，让您费心了。"

程致远拿着油漆刷子，对颜妈妈礼貌地点点头，"阿姨，您太客气了，朋友之间互相帮忙都是应该的。"

沈侯拿刷子搅动着绿色的油漆，小声嘀咕，"别老黄瓜刷绿漆装嫩啊，我看你叫声大姐，也挺合适。"

程致远权当没听见，微笑着继续和颜妈妈寒暄。颜晓晨把报纸卷成一团，丢到沈侯身上，警告他别再乱说话。

颜妈妈和程致远聊完后，竟然走进厨房，挽起袖子，准备洗手做饭。

颜晓晨吓了一跳，忙去端水，打算帮她洗菜。颜妈妈看了眼她的手，一把夺过菜，没好气地说："两个客人都在院子里，你丢下客人，跑到厨房里躲着干什么？出去！"

颜晓晨只能回到院子里，继续坐在板凳上，陪着两位客人。

沈侯看她面色古怪，不放心地凑过来问："怎么了？你妈又骂你了？"

"不是，她在做饭！我都好几年没见过她做饭了，程致远的面子可真大，我妈好像挺喜欢他。"

想到他都没这待遇，沈侯无力地捶了下自己的额头，"自作孽，不可活！"想了想又说："也许不是他的面子，是你妈看你这样子，干不了家务了。"

看到程致远瞅他们，颜晓晨推了沈侯一下，示意他赶紧去帮程致远干活。

颜妈妈用家里的存货竟然做出了四道菜，虽然算不得丰盛，但配着白米饭，吃饱肚子没什么问题。

颜妈妈招呼程致远和沈侯吃饭，大概因为有客人在，颜妈妈难得地话多了一点，感兴趣地听着程致远和沈侯说上海的生活。

颜晓晨正暗自纠结如何说服妈妈去上海，没想到沈侯看颜妈妈这会儿心情不错，主动开了口，讲事实、摆道理，连哄带骗地拿出全副本事，游说着颜妈妈去上海。程致远在一旁帮腔，笑若春风，不动声色，可每句话都很有说服力。

两个相处得不对盘的人，在这件事情上却十分齐心合力。沈侯和程致远虽然风格不同，却一个自小耳濡目染、训练有素，一个功成名就、经验丰富，都是商业谈判的高手，此时两位高手一起发力，进退有度，配合默契，颜妈妈被哄得竟然松口答应了，"去上海住几天也挺好。"

程致远和沈侯相视一眼，都笑看向了颜晓晨。颜晓晨看妈妈没注意，朝他们悄悄笑了笑，给他们一人舀了一个鱼丸，表示感谢。

沈侯在桌子下踢颜晓晨，她忙又给他多舀了一个鱼丸，他才满意。

沈侯吃着鱼丸，得意地睨着程致远，颜晓晨抱歉地看程致远，程致远微微一笑，好似安抚她没有关系。

初六，颜晓晨和妈妈搭程致远的顺风车，回上海。

沈侯提前一天走了，原因说来好笑，他要赶在颜妈妈到上海前，消灭他和颜晓晨同居的罪证，把行李搬到他要暂时借住的朋友那里。

到家后，颜晓晨先带妈妈和程致远参观了一下她的小窝，想到要和妈妈住在一个屋檐下，她十分紧张，幸好程致远好像知道她很紧张，喝着茶，陪着颜妈妈东拉西扯，等沈侯装模作样地从别处赶来时，他才告辞。

颜晓晨让沈侯先陪着妈妈，她送程致远下楼。

程致远看她神情凝重，笑着安慰："不去尝试一个新的开始，只能永远陷在过去。"

"我知道，我会努力。"

"假期马上就结束了，你每天要上班，日子会过得很快。"

"妈妈在这边一个人都不认识，我怕她白天会觉得无聊。"

"可以买菜、做饭、打扫房间，对了，我家的阿姨也是我们那里人，让她每天来找你妈妈说话聊天，一起买菜，还可以去公园健身。"

那个会做地道家乡小菜和荠菜小馄饨的阿姨，一看就是个细心善良的人，颜晓晨喜出望外，"太好了！可是方便吗？"

"怎么不方便？她反正每天都要到我家，我们住得很近，她过来又不麻烦。我估摸着，她也喜欢有个老乡能陪她用家乡话聊天，一起逛街买菜。"

"那好，回头你给我一个她的电话，我把我家的地址发给她。"

程致远笑着说："好！别紧张，先试着住几天，要是你妈妈不适应，我们就送她回去，然后过一段时间再去接她，慢慢地，几天会变成十几天，十几天会变成几十天。"

对啊，可以慢慢来！颜晓晨一下子松了口气。

程致远指指楼上，说："你上去吧，我走了。"

颜晓晨抬头，看见沈侯站在阳台上往下看，她笑着摇摇头，这家伙！

回到屋子，沈侯正拿着 iPad 教颜妈妈如何用它打扑克和玩麻将。

颜妈妈第一次用 iPad，十分新鲜，玩得津津有味。沈侯动作麻利地给她手机上安装了一个微信，告诉她有问题随时问他。

颜晓晨看了一会儿，走进厨房，准备做饭。

一会儿后，沈侯也踱进了厨房，悄悄对颜晓晨说："平时我们多陪着她，让她没时间想麻将，可这就像戒烟一样，不可能一下子就不玩了，让她在 iPad 上玩，输来输去都是和机器，没什么关系。"

颜晓晨把一颗洗好的葡萄放进他嘴里，"谢谢！"

"你和我说谢谢，讨打啊？"沈侯瞅了眼客厅，看颜妈妈专心致志地盯着 iPad，飞快地偷亲了一下颜晓晨。

沈侯陪着颜晓晨和颜妈妈一直到深夜，他走后，颜晓晨和妈妈安顿着睡觉，她让妈妈住卧室，妈妈说晚上还要看电视，坚持要睡客厅，她只好同意了。

隔着一道门，颜晓晨和妈妈共居在了一个新的环境中，虽然她们依旧能不说话就不说话，甚至两人独处时，都刻意地回避同在一个房间待着，但至少是一个新的开始了。

春节假期结束后，颜晓晨开始上班。

白天，程致远家的阿姨，王阿姨每天都来找颜妈妈，有时带着颜妈妈去逛菜市场，有时带着颜妈妈去公园。因为沈侯正在找工作，白天有时间时，他也会来看颜妈妈，颜妈妈的白天过得一点也不无聊。

晚上，沈侯都会和颜晓晨、颜妈妈一起吃晚饭。有时候，程致远也会来。大概因为每天都有人要吃饭，就好像有个闹钟，提醒着颜妈妈每天晚上都必须做饭，颜妈妈的生活不再像是一个人时，什么时候饿了什么时候吃，不饿就不吃的随意，无形中，她开始过着一种规律的生活。

除了睡觉时，颜晓晨和妈妈几乎没有独处过，平时不是沈侯在，就是程致远在，她和妈妈的相处变得容易了许多。颜妈妈虽然仍不怎么理她，可是和沈侯、程致远却越来越熟，尤其程致远，两人用家乡话聊天，常常一说半天。

颜晓晨以为沈侯又会吃醋，没想到沈侯竟然毫不在意，她悄悄问他，"你不羡慕啊？"

沈侯笑眯眯地说："这你就不懂了！"

"什么意思？"

"在你妈眼里，我是她的未来女婿，她还端着架子，在慢慢考察我呢！可程致远呢？他是客人，是你的老板，尤其还是你欠了钱的老板，你妈当然要热情招呼了！"

虽然因为妈妈的事，沈侯没再追究她借程致远钱的事，但他心里其实还是不舒服，颜晓晨只能尽量不去触他的霉头。

不知不觉，妈妈在上海住了一个多月。

因为熬夜熬得少了，每天都规律地吃饭，时不时还被王阿姨拽去公园锻炼，她比以前胖了一点，气色也好了很多。

但是，颜晓晨知道，她的心仍在被痛苦撕咬着，她依旧愤怒不甘，有时候，颜晓晨半夜起夜，看到她坐在黑暗里，沉默地抽着烟。

但是，颜晓晨更知道，她们都在努力。这个世界由白天和黑夜构成，人类是光明和黑暗共同的子民，每个人的心里都住着一只野兽，它自私小气、暴躁愤怒，自以为是地以为伸出爪子，撕碎了别人，就成全了自己，却不知道扑击别人时，利爪首先要穿破自己的身体。妈妈正在努力和心里的野兽搏斗。

Chapter 14

悲喜

世界上有不少痛苦，然而最大的痛苦是：想从黑暗奔向动人心魄、又不可理解的光明时，那些无力的挣扎所带来的痛苦。

——谢德林

往常，颜晓晨的月经都很准时，一般前后误差不会超过三天，但这一次，已经过去十天，仍没有来。

刚开始，她觉得不可能，她和沈侯每次都有保护措施，肯定是内分泌失调，也许明后天，月经就来了，可是两个多星期后，它仍迟迟没有来。颜晓晨开始紧张了，回忆她和沈侯的事，她开始不太确信——除夕夜的那个晚上，他们看完烟花回到家里，沈侯送她上楼去睡觉，本来只是隔着被子的一个接吻，却因为两人都有点醉意，情难自禁地变成了一场缠绵，虽然最后一瞬前，沈侯抽离了她的身体，但也许并不像他们想的那样万无一失？

颜晓晨上网查询如何确定自己有没有怀孕，方法倒是很简单，去药店买验孕棒，据说是98%的准确率。

虽然知道该怎么办了，但她总是怀着一点侥幸，觉得也许明天早上起床，就会发现内裤有血痕，拖拖拉拉着没有立即去买。每天上卫生间时，她都会怀着希望，仔细检查内裤，可没有一丝血痕。月经这东西还真是，它来时，各种麻烦，它若真不来了，又各种纠结。

晚上，颜晓晨送沈侯出门时，沈侯看颜妈妈在浴室，把她拉到楼道里，纠缠着想亲热一下。颜晓晨装着心事，有些心不在焉，沈侯嘟囔："小小，从春节到现在，你对我好冷淡！连抱一下都要偷偷摸摸，这样下去不是办法，咱们结婚吧！"

沈侯不是第一次提结婚的事了，往常颜晓晨总是不接腔，毕竟他们俩之间还有很多问题要面对：沈侯的爸妈强烈反对，她和妈妈正学着重新相处，她欠了十几万债，沈侯的事业仍不明朗……但这次，她心动了。

"结婚……能行吗？"

沈侯看她松了口，一下子来了精神，"怎么不行？我们都是成年人了，拿着身份证户口本，去任意一人的户籍所在地就能登记结婚。我的户口在上海，你的在老家，你请一天假，我们去你老家注册一下就行了。"

颜晓晨有点惊讶，"你都打听清楚了？"

沈侯拉起她的手，指指她手指上的指环，"你以为我心血来潮开玩笑吗？我认真的！你说吧！什么时候？我随时都行！"

"你爸妈……"

"拜托！我多大了？婚姻法可没要求父母同意才能登记结婚，婚姻法上写得很清楚，男女双方自愿，和父母没一毛钱关系！"

"可我妈……"

"你这把年纪，在老家的话，孩子都有了，你妈比你更着急你的婚事。放心吧，你妈这么喜欢我，肯定同意。"

这话颜晓晨倒相信，虽然她妈妈没有点评过沈侯这段时间的表现，但能看出来，她已经认可了沈侯，颜晓晨咬着嘴唇思索。

沈侯摇着她说："老婆，咱们把证领了吧！我的试用期已经够长了，让我转正吧！难道你不满意我，还想再找一个？”

颜晓晨又气又笑，捶了他一下，"行了，我考虑一下。"

沈侯乐得猛地把她抱起来转了个圈，她笑着说："我得进去了，你路上注意安全。"

他说："快点选个日子！"

颜晓晨笑着捶了他一拳，转身回了家。

～～～～～

因为沈侯的态度，颜晓晨突然不再害怕月经迟迟没来的结果。她和他真的是很不一样的人，她凡事总会先看最坏面，他却不管发生什么，都生机勃勃，一往无前。虽然他们都没有准备这时候要小孩，但颜晓晨想，就算她真的怀了孕，沈侯只会兴奋地大叫。至于困难，他肯定会说，能有什么困难呢？就算有，也全部能克服！

颜晓晨去药店买了验孕棒，准备找个合适的时机，悄悄检测一下。

因为是租的房子，家里的橱柜抽屉都没有锁，妈妈打扫卫生时，有可能打开任何一个抽屉柜子，颜晓晨不敢把验孕棒放在家里，只能装在包里，随身携带。

本来打算等晚上回到家再说，可想着包里的验孕棒，总觉得心神不宁，前几天，她一直逃避不敢面对，现在却迫不及待想知道结果。根据说明书，三分钟就能知道结果，她挣扎了一会儿，决定立即去检测。

拿起包，走进卫生间，观察了一下周围环境，很私密，应该没有问题。她正看着说明书，准备按照图例操作，手机突然响了，是程致远的电话。

上班时，他从没有打过她的手机，就算有事，也是秘书通过公司的办公电话通知她。颜晓晨有点意外，也有点心虚，"喂？"

"晓晨……"程致远叫了声她的名字，就好像变成了哑巴，再不说一个字，只能听到他沉重急促的呼吸，隔着手机，像是海潮的声音。

颜晓晨尽力让自己的声音平静柔和，"怎么了？发生了什么事？"

"我有点事想和你说，一些很重要的事。"

"我马上过来！"

"不用、不用！不是公事……不用那么着急……算了！你不忙的时候，再说吧！"

"好的。"

程致远都没有说再见，就挂了电话。颜晓晨觉得程致远有点怪，和他以前从容自信的样子很不一样，好像被什么事情深深地困扰着，显得很犹豫不决，似乎完全不知道该怎么办。

她看看手里的验孕棒，实在不好意思在大老板刚打完电话后，还偷用上班时间干私事，只能把验孕棒和说明书都塞回包里，离开了卫生间。

虽然程致远说了不着急，但颜晓晨想了想，还是决定先去看看他。没有坐电梯，走楼梯上去，楼梯拐角处，她匆匆往上走，程致远端着咖啡、心不在焉地往下走，两人撞了个正着，他手里的咖啡溅到了她胳膊上，她烫得"啊"一声叫，提着的包没拿稳，掉到了地上，包里的东西掉了出来，一盒验孕棒竟然撒了一地。

"对不起！对不起！烫着了吗？"程致远忙道歉。

"就几滴，没事！"颜晓晨赶紧蹲下捡东西，想赶在他发现前，消灭一切罪证。

可是当时她怕一次检测不成功，或者一次结果不准确，保险起见最好能多测几次，特意买了一大盒，十六根！

程致远刚开始应该完全没意识到地上的棒状物是什么东西，立即蹲下身，也帮她捡，一连捡了几根后，又捡起了外包装盒，终于后知后觉地意识到自己在捡什么，他石化了，满脸震惊，定定地看着手里的东西。

颜晓晨窘得简直想找个地洞把自己活埋了，她把东西胡乱塞进包里，又赶忙伸出手去拿他手里的东西。程致远却压根儿没留意她的动作，依旧震惊地看着自己手里的东西。

颜晓晨想找块豆腐撞死自己，都不敢看他，蚊子哼哼般地说："那些……"

是我的……谢谢！"

程致远终于反应了过来，把东西还给她。她立即用力把它们全塞进包里，转身就跑，"我去工作了！"

咚咚咚跑下楼，躲回自己的办公桌前，她长吐口气，恨恨地敲自己的头，颜晓晨，你是个猪头！二百五！二百五猪头白痴！

她懊恼郁闷了一会儿，又担心起来他会不会告诉沈侯或她妈妈，按理说程致远不是那样多嘴的人，可人对自己在意的事总是格外紧张，不怕一万就怕万一呢？难道要她现在再去找他，请他帮她保密吗？

颜晓晨一想到要再面对程致远，立即觉得自己脑门上刻着两个字"丢脸"，实在没有勇气去找他。

纠结了一会儿，她决定还是给他发条微信算了，不用面对面，能好一点。正在给他写信息，没想到竟然先收到了他的消息。

"你怀孕了吗？"

颜晓晨狠狠敲了敲自己的额头，给他回复："今天早上刚买的验孕棒，还没来得及检查。"

"有多大的可能性？"

这位大哥虽然在商场上英明神武，但看来对这事也是完全没经验，"我不知道，检测完就知道结果了。"

"这事先不要告诉沈侯和你妈妈。"

呃……程致远抢了她的台词吧？颜晓晨晕了一会儿，正在敲字回复他，他的新消息又到了，"我们先商量一下，再决定怎么办。"

颜晓晨彻底晕了，他是不是很不高兴？难道是因为她有可能休产假，会影响到工作？身为她的雇主和债主，他不高兴是不是也挺正常？可不高兴到失常，正常吗？

颜晓晨茫然了一会儿，发了他一个字："好！"

程致远发微信来安慰她："结果还没出来，也许是我们瞎紧张了。"

颜晓晨觉得明明是他在瞎紧张，她本来已经不紧张了，又被他搞得很紧张了，"有可能，也许只是内分泌紊乱。"

"我刚在网上查了，验孕棒随时都可以检查。"

颜晓晨已经完全不知道该如何回答这位大哥了，"嗯，我知道。"

"现在就检查，你来我的办公室。"

颜晓晨捧着头，瞠目结舌地盯着手机屏幕，程致远怎么了？他在开玩笑吧？

正在发呆，突然觉得周围安静了很多，她迷惑地抬起头，对面的同事冲着她指门口，她回过头，看到程致远站在门口。

他竟然是认真的！颜晓晨觉得全身的血往头顶冲，噌一下站起来，冲到了门外，压着声音问："你怎么了？"

程致远也压着声音说："你没带……"

"没带什么？"颜晓晨完全不明白。

程致远看说不清楚，直接走到她办公桌旁，在所有同事的诡异目光中，他拿起她的包，走到她身旁，"去我的办公室。"

当着所有同事的面，她不能不尊重她的老板，只能跟着他，上了楼。

四楼是他和另外三个合伙人的办公区，没有会议的时候，只有他们的秘书在外面办公，显得很空旷安静。

颜晓晨来过很多次会议室，却是第一次进程致远的办公室，他的办公室很大，有一个独立的卫生间，带浴室，摆着鲜花和盆景，布置得像五星级宾馆的卫生间。

程致远说："你随便，要是想喝水，这里有。"他把一大杯水放在颜晓晨面前。

看来他的网上研究做得很到位，颜晓晨无语地看了他一会儿，"你怎么了？就算要紧张，也该是我和沈侯紧张吧！"

"你就当我多管闲事，难道你不想知道结果吗？"

如果换成第二个人，颜晓晨肯定直接把水泼到他脸上，说一句"少管闲事"，转身离去。可他是程致远，她的雇主，她的债主，她的好朋友，她曾无数次决定要好好报答的人，虽然眼前的情形很是怪异，她也只能拿起包，进了卫生间。

　　按照说明书，在里面折腾了半天，十几分钟后，颜晓晨洗干净手，慢吞吞地走出了卫生间。

　　程致远立即站了起来，紧张地看着她。

　　她微笑着说："我怀孕了。"

　　程致远的眼神非常奇怪，茫然无措，焦急悲伤，他掩饰地朝颜晓晨笑了笑，慢慢地坐在了沙发上，喃喃说："怀孕了吗？"

　　颜晓晨坐到他对面，关切地问："你究竟怎么了？"

　　"没什么。"他拿下了眼镜，挤按着眉心，似乎想要放松一点。

　　"你之前打电话，说有一件很重要的事情要告诉我，是什么事？"

　　"没什么，就是一些工作上的事。"

　　"是吗？"颜晓晨不相信，他在电话里明明说了不是工作上的事。

　　"要不然还能是什么事呢？"

　　"我不知道。"

　　程致远戴上了眼镜，微笑着说："你打算怎么办？"

　　"先告诉沈侯，再和沈侯去登记结婚。"

　　程致远十指交握，沉默地思索了一会儿，"能不能先不要告诉沈侯？"

　　"为什么？"

　　"就当是我的一个请求，好吗？时间不会太长，我只是需要……好好想一下……"他又在揉眉头。

　　颜晓晨实在不忍心看他这么犯难，"好！我先不告诉沈侯。"只是推迟告诉沈侯一下，并不是什么作奸犯科的坏事，答应他没什么。

　　"谢谢！"

　　"你要没事的话，我下去工作了？"

　　"好。"

　　颜晓晨站了起来，"我不知道究竟发生了什么事，但你想说的时候，打我电话，我随时可以。"

程致远点了下头，颜晓晨带着满心的疑惑，离开了他的办公室。

虽然答应了程致远要保密，但心里藏着一个秘密，言行举止肯定会和平时不太一样。

坐公车时，颜晓晨会下意识地保护着腹部，唯恐别人挤压到那里。从网上搜了怀孕时的饮食忌口，寒凉的食物都不再吃。以前和沈侯在一起时，两人高兴起来，会像孩子一样疯疯癫癫，现在却总是小心翼翼。

当沈侯猛地把她抱起来，颜晓晨没有像以前一样，一边惊叫，一边笑着打他，她吓得脸色都变了，疾言厉色地勒令："放下我！"

沈侯吓得立即放下她，"小小？你怎么了？"

颜晓晨的手搭在肚子上，没有吭声。

沈侯委屈地说："我觉得你最近十分奇怪，对我很冷淡。"

"我哪里对你冷淡了？"颜晓晨却觉得更依赖他了，以前他只是她的爱人，现在他还是她肚子里小宝宝的爸爸。

"今天你不许我抱你，昨天晚上你推开了我，反正你就是和以前不一样了！你是不是没有以前那么喜欢我了？"

听着沈侯故作委屈的控诉，颜晓晨哭笑不得，昨天晚上是他趁着颜妈妈冲澡时，和她腻歪，一下子把她推倒在床上，她怕他不知轻重，压到她的肚子，只能用力推开他，让他别胡闹。

"我比以前更喜欢你。我是不是和以前不一样了？你以后就知道了！"颜晓晨捂着肚子想，肯定要不一样了吧？

沈侯问："我们什么时候去结婚？我已经试探过你妈妈的意思了，她说你都这么大人了，她不管，随便你，意思就是赞同了。"

"等我想好了日子，就告诉你。"

沈侯郁闷，捧着颜晓晨的脸说："你快点好不好？为什么我那么想娶你，你却一点不着急嫁给我？我都快要觉得你并不爱我了！"

"好，好！我快点！"不仅他着急，她也着急啊！等到肚子大起来再去结婚，总是有点尴尬吧？

❧

颜晓晨打电话问程致远，可不可以告诉沈侯了，程致远求她再给他两三天时间。程致远都用了"求"字，她实在没办法拒绝，只能同意再等几天。

沈侯对她犹豫的态度越来越不满意，刚开始是又哄又求，又耍无赖又装可怜，这两天却突然沉默了，甚至不再和她亲昵，一直若有所思地看着她，眼神中满是审视探究，似乎想穿透她的身体看清楚她的内心。

颜晓晨不怕沈侯的嚣张跋扈，却有点畏惧他的冷静疏离。沈侯肯定是察觉了她有事瞒着他，却不明白她为什么要这么做，被伤害到了。

颜晓晨去找程致远，打算和他好好谈一下，他必须给她一个明确的原因解释他为什么要这么做，否则她就要告诉沈侯一切了。

程致远不在办公室，他的秘书辛俐和颜晓晨算是老熟人。以前她还在学校时，每周来练习面试，都是她招呼。进入公司后，虽然她们都没提过去的事，装作只是刚认识的同事，但在很多细微处，颜晓晨能感受到辛俐对她很照顾，她也很感谢她。

周围没有其他同事在，辛俐随便了几分，对颜晓晨笑说："老板刚走，临走前说，他今天下午要处理一点私事，没有重要的事不要打扰他。你要找他，直接打他的私人电话。"

"不用了，我找他的事也不算很着急。"

辛俐开玩笑地说："只要是你的事，对老板来说，都是急事，他一定很开心接到你的电话。"

颜晓晨一下子脸红了，忙说："你肯定误会了，我已经有男朋友了。"

辛俐平时很稳重谨慎，没想到一时大意的一个玩笑竟然好像触及了老板的隐私，她紧张地说："对不起，我不知道！我看老板，以为……对不起！对不起！你就当我刚才在说胡话，千万别放在心上。"她正在整理文件，一紧张，一页纸掉了下来，

"没事，没事！"颜晓晨帮她捡起，是程致远的日程表，无意间视线一扫，一个名字带着一行字跃入了她的眼睛：星期五，2PM，侯月珍，金悦咖啡店。

星期五不就是今天吗？颜晓晨不动声色地说："你忙吧！我走了。"

进了电梯，颜晓晨满脑子问号，程致远和沈侯的妈妈见面？程致远还对秘书说处理私事，吩咐她没有重要的事不要打扰他？

颜晓晨心不在焉地回到办公桌前，打开了电脑，却完全没有办法静下心工作。程致远为什么要见沈侯的妈妈？他这段日子那么古怪是不是也和沈侯的妈妈有关系？难道是因为她，沈侯的妈妈威胁了程致远什么？

想到这里，颜晓晨再也坐不住了，她拿起包，决定要去看看。

打车赶到金悦咖啡店，环境很好，可已经在市郊，不得不说他们约的这个地方真清静私密，不管是程致远，还是沈侯的妈妈挑的这里，都说明他们不想引人注意。

颜晓晨点了杯咖啡，装模作样地喝了几口，装作找卫生间，开始在里面边走边找。

在最角落的位置里，她看到了程致远和沈侯的妈妈。艺术隔墙和茂密的绿色盆栽完全遮蔽住了外面人的视线，如果不是她刻意寻找，肯定不会留意到。

颜晓晨走回去，端起咖啡，对侍者说想换一个位置。上班时间，这里又不是繁华地段，店里的大半位置都空着，侍者懒洋洋地说："可以，只要没人，随便坐。"

颜晓晨悄悄坐到了程致远他们隔壁的位置，虽然看不到他们，但只要凝神倾听，就可以听到他们的谈话。

沈侯妈妈的声音："你到底想怎么样？"
程致远："我想知道你反对沈侯和晓晨在一起的真实原因。"

"我说了，门不当户不对，难道这个理由还不够充分吗？"

"很充分！但充分到步步紧逼，不惜毁掉自己儿子的事业也要拆散他们，就不太正常了。您不是无知妇孺，白手起家建起了一个服装商业王国，您如果不想他们走到一起，应该有很多种方法拆散他们，现在的手段却太激烈，也太着急了。"

沈妈妈笑起来："我想怎么做是我的事，倒是程先生，你为什么这么关心你的一个普通员工的私事呢？我拆散了他们，不是正好方便了你吗？"

程致远没被沈妈妈的话惹怒，平静地说："我觉得你行事不太正常，也是想帮晓晨找到一个办法能让你们同意，我想多了解你们一点，就拜托了一个朋友帮我调查一下你们。"

沈妈妈的声音一下子绷紧了，愤怒地质问："你、你……竟然敢调查我们？"

程致远没有吭声，表明我就是敢了！

沈妈妈色厉内荏地追问："你查到了什么？"

"晓晨和沈侯是同一届的高考生。"

说到这里，程致远就没有再说了，沈侯的妈妈也没有再问，他们之间很默契，似乎已经都知道后面的所有内容，可是颜晓晨不知道！

她焦急地想知道，但又隐隐地恐惧，"晓晨和沈侯是同一届的高考生"，很平常的话，他们是同一个大学、同一届的同学，怎么可能不是同一届高考呢？

颜晓晨觉得自己其实已经想到了什么，但是她的大脑拒绝去想，她告诉自己不要再听了，现在赶紧逃掉，装作什么都不知道，一切都还来得及！但是她动不了，她紧紧地抓着咖啡杯，身子在轻轻地颤。

长久的沉默后，沈妈妈问："你想怎么样？"她好像突然之间变了一个人，声音中再没有趾高气扬的斗志，而是对命运的软弱无力。

"不要再反对晓晨和沈侯在一起了。"

"你说什么？"沈妈妈的声音又尖又细。

"我说不要再反对他们了，让他们幸福地在一起，给他们祝福。"

"你……你疯了吗？沈侯怎么能和颜晓晨在一起？虽然完全不是沈侯的错，但是……"沈妈妈的声音哽咽了，应该是再也忍不住，哭泣了起来。

坚强的人都很自制，很少显露情绪，可一旦情绪失控，会比常人更强烈，沈妈妈呜咽着说："沈侯从小到大，一直学习挺好，我们都对他期望很高！高三时却突然迷上打游戏，高考没有我们预期的好，我太好强了……我自己没有读好书，被沈侯的爷爷奶奶念叨了半辈子，我不想我的儿子再被他们念叨，就花了些钱，请教育局的朋友帮忙想想办法。沈侯上了理想的大学，颜晓晨却被挤掉了。他们说绝不会有麻烦，他们查看过档案，那家人无权无势，爸爸是小木匠，妈妈在理发店打工，那样的家庭能有个大学上就会知足了，肯定闹不出什么事！但是，谁都没想到颜晓晨的爸爸那么认死理，每天守在教育局的门口，要讨个说法。我们想尽了办法赶他走，明明是个老实得不能再老实的人，骂不还口，打不还手，只知道逆来顺受，连想找个借口把他抓起来都找不到，可又比石头还倔强，一直守在门口，不停地说，不停地求人。时间长了，他们怕引起媒体关注，我也不想闹出什么事，只能又花了一大笔钱，找朋友想办法，终于让颜晓晨也如常进入大学。本来是皆大欢喜的结局，已经全解决了……可是，她爸爸竟然因为太高兴，赶着想回家，没等红灯就过马路……被车撞死了……"

沈妈妈呜呜咽咽地哭着，颜晓晨却流不出一滴眼泪，只能空茫地看着虚空。原来，是这样吗？原来，是这样……

沈妈妈用纸巾捂着眼睛，对程致远说："如果真有因果报应，就报应在我和他爸爸身上好了！沈侯……沈侯什么都不知道，他不应该被卷进来！你和颜晓晨家走得很近，应该清楚，这么多年过去了，她和她妈妈都没有原谅那个撞死了她爸爸的司机。我是女人，我完全能理解她们，换成我，如果有人伤害到沈侯或沈侯他爸，我也绝不会原谅，我会宁愿和他们同归于尽，也不要他们日子好过！颜晓晨和她妈妈根本不可能原谅我们！

颜晓晨再和沈侯继续下去，如果有一天她知道了真相……两个孩子会痛不欲生！我已经对不起他们家了，我不能再让孩子受罪，我宁可做恶人，宁可毁掉沈侯的事业，让沈侯恨我，也不能让他们在一起！"

程致远说："我都明白，但已经晚了！我们可以把这个秘密永远尘封，把晓晨和沈侯送出国，再过十年，知道当年内情的人都会退休离开。晓晨有了自己的家庭和孩子要操心，也不会想到去追查过去，只要永远不要让晓晨知道，就不会有事……"

"我已经知道了！"颜晓晨站在他们身后，轻声说。

沈妈妈和程致远如闻惊雷，一下子全站了起来。

沈妈妈完全没有了女强人的冷酷强势，眼泪哗哗落下，泣不成声，她双手伸向颜晓晨，像是要祈求，"对、对不起……"

"不用说对不起，你已经说了，我们绝不会原谅你！"颜晓晨说完，转身就跑。

程致远立即追了出来，"晓晨、晓晨……"

街道边，一辆公车正要出站，颜晓晨没管它是开往哪里的，直接冲了上去，公车门合拢，开出了站。

程致远无奈地站在路边，看着公车远去。

这公车是开往更郊区的地方，车上没几个人，颜晓晨随便找了个位置坐下。

她不在乎公车会开到哪里去，因为她不知道该怎么面对沈侯，不知道该怎么面对妈妈，甚至不知道该怎么面对她自己。她只想逃，逃得远远的，逃到一个不用面对这些事的地方。

她的头抵在冰凉的玻璃窗上，看着车窗外的景物一个个退后，如果生命中所有不好的事也能像车窗外的景物一样，当人生前进的时候，飞速退后、消失不见，那该多好。可是，人生不像列车，我们的前进永远背负着过去。

公车走走停停，车上的人上上下下。

有人指着窗外，大声对司机说："师傅，那车是不是有事？一直跟着我们。"

程致远的黑色奔驰豪华车一直跟在公交车旁，车道上，别的车都开得飞快，只有它，压着速度，和公交车一起慢悠悠地往前晃，公车停，它也停，公车开，它也开。

司机师傅笑着说："我这辆破公交车，有什么好跟的？肯定是跟着车里的人呗！"

"谁啊？谁啊？"大家都来了兴致。

司机师傅说："反正不是我这个老头子！"

大家的目光瞄来瞄去，瞄到了颜晓晨身上，一边偷偷瞅她，一边自顾自地议论着。

"小两口吵架呗！"

"奔驰车里的人也很奇怪，光跟着，都不知道上车来哄哄……"

他们的话都传进了颜晓晨的耳朵里，她也看到了程致远的车，可是，她的大脑就像电脑当机了，不再处理接收到的话语和画面。

公车开过一站又一站，一直没到终点站，颜晓晨希望它能永远开下去，这样她的人生就可以停留在这一刻，不必思考过去，不必面对未来。她只需坐在车上，看着风景，让大脑停滞。

可是，每一辆车都有终点站。

车停稳后，所有人陆陆续续下了车，却都没走远，好奇地看着。

司机师傅叫："小姑娘，到终点站了，下车了！"

颜晓晨不肯动，司机师傅也没着急催，看向了停在不远处的黑色奔驰车。

程致远下车走过来，上了公车。他坐在颜晓晨侧前方的座位上，"不想下车吗？"

颜晓晨不说话。

"下车吧，司机师傅也要换班休息。"

"你不饿吗？我请你吃好吃的。"

不管他说什么，颜晓晨都额头抵在车窗上，盯着车窗外，坚决不说话，似乎这样就可以形成一个屏障，对抗已经发生的一切。

程致远说："既然你这么喜欢这辆车，我去把这辆车买下来，好不好？你要想坐就一直坐着好了。"他说完，起身向司机走去，竟然真打听如何能买下这辆车。

"神经病，我又不是喜欢这辆车！"颜晓晨怒气冲冲地站了起来。

程致远好脾气地说："你是喜欢坐公车吗？我们可以继续去坐公车。"

颜晓晨没理他，走下了公车，脚踩在地上的一刻，她知道，这世界不会因为她想逃避而停止转动，她必须要面对她千疮百孔的人生。

"回去吗？车停在那边。"程致远站在她身后问。

颜晓晨没理他，在站台上茫然地站了一会儿，迟缓的大脑终于想出来了她该做什么。

这是终点站，也是起点站，她可以怎么坐车来的，就怎么坐车回去。如果人生也可以走回头路，她会宁愿去上那个三流大学，绝不哭闹着埋怨父母没本事，她会宁愿从没有和沈侯开始……但人生没有回头路可以走，一切发生了的事都不可逆转。

颜晓晨上了回市里的公车，程致远也随着她上了公车，隔着一条窄窄的走道，坐在了和她一排的位置上。

在城市的霓虹闪烁中，公车走走停停。

天色已黑，公车里只他们两个人，司机开着这么大的车，只载了两个人，真是有点浪费。从这个角度来说，人生的旅途有点像公车的线路，明明知道不对不好，却依旧要按照既定的路线走下去。

颜晓晨的手机响了，她没有接，歌声在公车内欢快深情地吟唱着。手机铃声是沈侯上个星期刚下载的歌《嫁给我你会幸福》，都不知道他从哪里找来的神曲。

…………

嫁给我你会幸福的

我是世界上最英俊的新郎

做你的厨师和你的提款机

我会加倍呵护你

嫁给我你会幸福的

你是世界上最美丽的新娘

做我的天使和我的大宝贝

每天幸福地在我怀里睡

…………

　　第一次听到时，颜晓晨笑得肚子疼，沈侯这家伙怎么能这么自恋？她觉得这个手机铃声太丢人了，想要换掉，沈侯不允许，振振有词地说："不管任何人给你打电话，都是替我向你求婚，你什么时候和我登记了，才能换掉！"真被他说中了，每一次手机响起，听到这首歌，颜晓晨就会想起他各种"逼婚"的无赖小手段，忍不住笑。

　　可是，现在听着这首歌，所有的欢笑都成了痛苦，颜晓晨难受得心都在颤，眼泪一下冲进了眼眶，她飞快地掏出手机，想尽快结束这首歌，却看到来电显示是"沈侯"。

　　她泪眼蒙眬地盯着他的名字，大学四年，这个名字曾是她的阳光，给她勇气，让她欢笑。谁能想到阳光的背后竟然是地狱般的黑暗？她觉得自己像个傻瓜，被命运残酷地嘲弄。

　　泪珠无声滑落的刹那，第一次，颜晓晨按了"拒绝接听"。

　　没一会儿，手机铃声又响了起来，"嫁给我你会幸福的，我是世界上最英俊的新郎，做你的厨师和你的提款机……"

　　她一边无声地哭泣，一边再次按了"拒绝接听"。

　　手机铃声再次响起，她立即按了"拒绝接听。"

　　手机铃声再响起，她关闭了铃声。

　　《嫁给我你会幸福》的铃声没有再响起，可握在掌心的手机一直在振动。一遍又一遍，虽然没有声音，但每一次振动都那么清晰，就好像有无数细密的针从她的掌心进入了她的血液，刺入她的心口，五脏六腑都在疼痛。

颜晓晨曾那么笃定，她一定会嫁给他，如同笃定太阳是从东边升起，可是，太阳依旧会从东边升起，她却绝不可能嫁给他了。她的眼泪如断了线的珍珠般，簌簌落在手机上，将手机屏幕上的"沈侯"两字打湿。

颜晓晨一边泪如雨落，一边咬着牙，用力地摁着手机的关机键，把手机关了。

终于，"沈侯"两个字消失在了她的眼前，但是，面对着漆黑的手机屏幕，她没有如释重负，反倒像是失去了生命的支撑，全身一下子没了力气，软绵绵地趴在了前面座位的椅背上。

过了一会儿，程致远的手机响了，他看了眼来电显示，迟疑了一瞬，才接了电话。

"对，晓晨和我在一起……是，她没在办公室，临时工作上有点事，我叫她来帮一下忙……对，我们还在外面……她的手机大概没电了……你要和她说话？你等一下……"

程致远捂着手机，对颜晓晨说："沈侯的电话，你要接吗？"

颜晓晨的头埋在双臂间，冷冷地说："你都有权利替我决定我的人生了，难道一个电话还决定不了吗？"

程致远对沈侯说："她这会儿正在谈事情，不方便接电话，晚点让她打给你……好……好……再见！"

程致远挂了电话，坐到颜晓晨的前排，对她说："我知道你和你妈妈是最应该知道事实真相的人，我擅自替你们做决定是我不对，对不起！"

颜晓晨声音喑哑地说："对不起如果有用，警察就该失业了。"

程致远沉默了一会儿，说："对不起的确没有用，也许对不起唯一的作用就是让说的人能好过一点。"

颜晓晨一直不理程致远，程致远也不多话打扰她，却如影随形地跟在她身后。

两人一前一后走进了居民楼小区。

隔着老远，颜晓晨就看到了沈侯，他抽着烟，在楼下徘徊，显然是在等她。他脚边有很多烟蒂，眉头紧锁，心事重重的样子，连她和程致远走了过来，都没察觉。

颜晓晨停住了脚步，定定地看着他。

她告诉自己，他的爸妈害死了她爸爸，这个时候，就算不恨他，也应该漠视他。但是，她竟然很担心他，想的是他为什么会吸烟？沈侯从不主动吸烟，只偶尔朋友聚会时，抽一两支，与其说是抽烟，不如说抽的是氛围。一定有什么事让他很难受，难怪昨天她就闻到他身上满是烟味。

颜晓晨狠狠咬了下自己的唇，提醒自己：颜晓晨，他在为什么痛苦，还和你有关吗？你应该憎恶他、无视他！

颜晓晨低下头，向着楼门走去。

沈侯看见了她，立即扔掉烟头，大步向她走过来，似乎想揽她入怀，却在看到她身后的程致远时，停住了脚步。他嘴角微扬，带着一丝嘲讽的笑，"程致远，你可是一个公司的老板，小小进公司不久，职位很低，不管什么事，都轮不到她陪你去办吧？"不知道是不是抽多了烟，他的嗓子很沙哑低沉，透着悲伤。

没等程致远回答，颜晓晨说："我们为什么一起出去，和你无关！"

沈侯没想到她会帮程致远说话，愣了一愣，自嘲地笑起来。他拿出手机，点开相片，放在她和程致远眼前，"这是我妈前天发给我的，你们能告诉我是怎么回事吗？"

两张照片，同一时间、同一地点拍摄，就在颜晓晨家附近的那条河边，时间是寒冬，因为照片里的程致远穿着大衣，颜晓晨穿着羽绒服。一张是程致远抱着颜晓晨，她伏在他肩头，一张是程致远拥着颜晓晨，她仰着头，在冲他笑，两张照片是从侧面偷拍的，能看到他们的表情，却又看不全。

颜晓晨想起来这是什么时候的事了，妈妈欠了高利贷十六万的赌债，沈侯回老家帮她去借钱，程致远来拜年，家里乱七八糟，她没好意思请程致远进去，就和程致远去外面走走，他们在河边说话时，突然接到了沈妈妈的电话，沈妈妈的羞辱打击成了压死骆驼的最后一根稻草，让她一下子情绪失控。颜晓晨记不清楚第一张照片里的她是什么心情了，可第二张照片，她记得很清楚，她其实不是对程致远笑，而是对绝望想放弃的自己笑，告诉自己一切都会好起来，想许自己一个希望，让自己有勇气再次上路！

可是，只看照片，不知道前因后果，也不了解他们谈话的内容，一定会误会。当时，跟踪偷拍他们的人肯定不只拍了这两张，沈侯的妈妈从头看到尾，不见得不清楚真相，却故意只挑了两张最引人误会的照片发给了沈侯。难怪从昨天到今天，沈侯突然变得沉默疏离，总用审视探究的目光看她，颜晓晨还以为是因为结婚的事让他受伤了，舍不得再让他难受，特意今天中午去找程致远，却无意撞破了程致远和沈妈妈的密会。

颜晓晨冷笑着摇摇头，对程致远嘲讽地调侃："你们这些有钱人兴趣爱好很相似，都喜欢雇人偷偷摸摸地跟踪调查。"程致远雇人调查沈侯的父母，沈侯的父母却雇了人调查她，还真是臭味相投。

程致远苦笑，对沈侯说："这件事我可以解释……"

颜晓晨打断了程致远的话，"沈侯，我们分手吧！"

沈侯满面惊愕地盯着她，似乎在确认她是不是认真的。颜晓晨逼着自己直视沈侯，一遍遍告诉自己：他的爸妈害死了你爸爸！

沈侯难以相信颜晓晨眼中的冷漠，喃喃问："为什么？"

颜晓晨冷冷地说："去问你爸妈！"

"去问我爸妈？"沈侯对她晃了晃手机里的照片，悲怆地说："就算你现在要分手，我也曾经是你的男朋友，难道你就没一个解释吗？"

"你想要我解释什么？照片是你爸妈发给你的，你想要解释，去问他们要！"颜晓晨神情漠然，绕过他，径直走进楼门，按了向上的电梯按钮。

沈侯追过来，一手抓住她的胳膊，一手抓着她的肩，逼迫她面对他，"根据照片的时间和地点判断，那是春节前后的事，颜晓晨，你……你怎么可以这样？当时，我们……我以为我们很好！"他神色阴沉、表情痛楚，怎么都不愿相信曾经那么美好的一切原来只是一个骗局，只有他一个人沉浸其中。

"你的以为错了！"颜晓晨用力推他，想挣脱他的钳制。

沈侯痛苦愤怒地盯着她，双手越抓越用力，让颜晓晨觉得他恨不得要把她活活捏成碎末。

颜晓晨紧咬着唇，不管再痛都不愿发出一声，视线越过他的肩膀，茫然地看着前方，一瞬间竟然有一个疯狂的念头，如果两个人真能一起化成了粉末，也不是不好。

程致远看她脸色发白，怕他们拉扯中伤到了颜晓晨，冲过来，想分开他们，"沈侯，你冷静点，你冷静……"

"你他妈抢了我老婆，你让我冷静点？我他妈很冷静！"沈侯痛苦地吼着，一拳直冲着程致远的脸去，程致远正站在颜晓晨旁边，没有躲开，嘴角立即见了血，眼镜也飞了出去。沈侯又是一拳砸到了他胸口，程致远踉踉跄跄后退，靠在了墙上。

沈侯悲愤盈胸，还要再打，颜晓晨忙双手张开，挡在了程致远面前，"你要打，连着我一块儿打吧！"

程致远忙拽她，想把她护到身后，"晓晨，你别发疯！沈侯，你千万别冲动……"颜晓晨却狠了心，硬是挡在程致远身前，不管他怎么拽，都拽不动。

沈侯看他们"你护我、我护你，郎有情、妾有意"的样子，突然间心灰意冷，惨笑着点点头，"倒是我成那个卑鄙无耻的小三了！"他狠狠盯了颜晓晨一眼，转过身，脚步虚浮地冲出了楼门。

颜晓晨怔怔看着他的背影，心如刀割，泪花在眼眶里滚来滚去。

程致远捡起眼镜戴上，看她神情凄楚，叹了口气，"你这又是何必？

几句话就能解释清楚的事。"

就算照片的事能解释清楚，可其他的事呢？反正已经注定了要分开，怎么分开的并不重要！颜晓晨看他半边脸都有点肿，拿出一张纸巾递给他，"对不起！你别怪沈侯，算我头上吧！"

程致远突然有些反常，用纸巾印了下嘴角的血，把纸巾揉成一团，狠狠扔进垃圾桶，强硬地说："不要对我说对不起！"

电梯门开了，颜晓晨沉默地走进了电梯，程致远也跟了进来。

到家时，颜妈妈张望了下他们身后，没看到沈侯，奇怪地问："沈侯呢？他说在外面等你，你没见到他吗？"

颜晓晨没吭声，颜妈妈看到程致远的狼狈样子，没顾上再追问沈侯的去向，拿了酒精、棉球和创可贴，帮程致远简单处理一下伤口。

程致远还能打起精神和颜妈妈寒暄，颜晓晨却已经累得一句话都不想说。颜妈妈看他们气氛古怪，沈侯又不见了，试探地问："沈侯说你们出去见客户了，什么客户连电话都不能接？沈侯给你打了不少电话，究竟发生了什么事？"

程致远看着颜晓晨，背脊不自禁地绷紧了。颜晓晨沉默地坐着，手紧紧地蜷成了拳头。

颜妈妈看他们谁都不说话，狐疑地看看程致远，又看看颜晓晨，最后目光严肃地盯着颜晓晨，"晓晨，究竟发生了什么事？"

颜晓晨笑了笑，语气轻快地说："一个还算重要的客户，谈了一点融资的事，不是客户不让接电话，是手机正好没电了。"

犹豫挣扎后，颜晓晨做了和程致远同样的选择——隐瞒真相，她理解了程致远，对他的怒气消散了。情和理永远难分对错，按理，妈妈比她更有权利知道事实的真相；可按情，她却舍不得让妈妈知道。妈妈痛苦挣扎了那么多年，终于，生活在一点点变好，现在告诉她真相，正在愈合的伤口将被再次撕裂，只会比之前更痛。在情和理中，颜晓晨选择了情，宁愿妈妈永远不知道，永远以为事情已经结束。

颜妈妈知道女儿在骗她，但她想到了另一个方向，对程致远立即疏远了，礼貌地说："很晚了，不好意思再耽误您的时间了，您赶快回去休息吧！"

程致远站了起来，担忧地看着颜晓晨，可当着颜妈妈的面，他什么都不敢说，只能隐讳地叮嘱颜晓晨："你注意身体，不管发生什么事，都没有你身体重要。"

等程致远走了，颜妈妈问颜晓晨："程致远脸上的伤是沈侯打的吗？"

颜晓晨眼前都是沈侯悲痛转身、决然而去的身影，木然地点点头。

颜妈妈满脸的不赞同，语重心长地说："沈侯这孩子很不错，程致远当然也不错，但你已经选择了沈侯，就不能三心二意。沈侯现在是穷点，但穷不是他的错，你们俩都年轻，只要好好努力，总会过上好日子，千万不要学那些爱慕虚荣的女孩子，老想着享受现成的。"

颜晓晨苦笑，妈妈根本不明白，沈侯可不是她以为的身家清白的穷小子梁山伯，程致远也不是她以为的横刀夺爱的富家公子马文才。不过，沈侯倒真没说错，妈妈是拿他当自家人，拿程致远当客人，平时看着对沈侯不痛不痒、对程致远更热情周到，但一有事，亲疏远近就立即分出来了。

颜晓晨想到这里，心口窒痛，正因为妈妈把沈侯当成了自己的家人，真心相待，如果她知道了真相，不但会恨沈侯，也会恨自己，现在对沈侯有多好，日后就会有多恨沈侯和自己。

颜妈妈仍不习惯和女儿交流，说了几句，看颜晓晨一直低着头，没什么反应，就不知道该怎么继续劝导她了，"反正你记住，莫欺少年穷，程致远再有钱，都和你没关系！在外面跑了一天，赶紧去休息，明天给沈侯打个电话，你们两个晚上去看场电影、吃顿饭，就好了。"

颜晓晨走进卧室，无力地倒在了床上。

妈妈以为她和沈侯的问题是小两口床头吵架床尾和，只需要各退一步，甜言蜜语几句就能过去，可其实，她和他之间隔着的距离是他们根本不在同一个空间。如果她是黑夜、沈侯就是白昼，如果她是海洋、沈侯就是天空，就算黑夜和白昼日日擦肩而过，海洋和天空日日映照着对方的身影，可谁见过黑夜能握住白昼，谁又见过海洋能拥抱天空？不能在一起，就是不能在一起！

想到从今往后，沈侯和她就像两条相交的直线，曾有相逢，却只能交错而过后，渐行渐远，他娶别的女人做新娘，对别的女人好；他不会再和她说话，不会再对她笑；他过得欢乐，她不能分享，他过得痛苦，她也无力帮助；她孤单时，不能再拉他的手；她难受时，不能再依偎在他的胸膛，不管她的生命有多长，他都和她没有一点关系……

颜晓晨摸着手上的戒指，想到他竟然会消失在她的生命中，泪流满面，却怕隔着一道门的妈妈听到，紧紧地咬着唇，不敢发出一点声音。这世上最残酷的事情不是没有得到，而是得到后，再失去。

她不明白这是为什么？世界上有那么多的男生，为什么她偏偏喜欢上了沈侯？他又为什么偏偏喜欢上了她？为什么偏偏就是他们俩？

颜晓晨觉得像是有人在用铲子挖她的心，把所有的爱、所有的欢笑，所有的勇气和希望，一点一点都掏了出来，整个人都掏空了。从今往后，未来的每一天都没有了期待，这具皮囊成了行尸走肉。

原来，痛到极致就是生无可恋、死无可惧。

Chapter 15
意外的婚礼

灾祸和幸福，像没有预料到的客人那样来来去去。它们的规律、轨道和引力的法则，是人们所不能掌握的。

——雨果

一夜辗转反侧，颜晓晨好像睡着了一会儿，又好像一直清醒着。

这些年，她一直在刻意地封闭过去的记忆，今夜，悲伤像一把钥匙，打开了过去，让所有的痛苦记忆全部涌现。

十八岁那年的闷热夏季，是她有生以来最痛苦的记忆。所有人都告诉她，她的爸爸死了，可是她一直拒绝相信。

一个活生生的人怎么会那么容易就死了呢？年少稚嫩的她，还没真正经历过死亡，在她的感觉里，死亡是一件惊天动地的大事，距离她很遥远。她的爸爸一定仍在身边的某个角落，只要她需要他时，他就会出现。

直到他们把爸爸的棺材拉去火葬场时，她才真正开始理解他们口中的"死亡"。

死亡是什么呢？

就是曾经以为理所当然、天经地义的拥有都消失不见了，那些自从她出生就围绕着她的点点滴滴、琐碎关怀，她早已经习以为常，没觉得有多了不起、多稀罕，却烟消云散，成为这个世界上她永不可能再有的珍贵东西。

不会再有人下雨时背着她走过积水，宁愿自己双腿湿透，也不让她鞋子被打湿；不会再有人宁愿自己只穿三十块钱的胶鞋，却给她买三百多块钱的运动鞋；不会再有人将雇主送的外国巧克力小心藏在兜里，特意带给她吃；不会再有人自己双手皲裂，却永远记得给她买护手霜；不会再有人冬天的夜晚永远记得给她的被窝里放一个暖水袋……

死亡不是短暂的分别，而是永久的诀别，死亡就是她这辈子，无论如何，都永永远远再见不到爸爸了！

她失去了这个世界上，不管她好与坏、美与丑，都无条件宠她，无底线为她付出的人。而他的死，是她亲手造成的！如果不是她那么心高气傲，死活不肯接受上一所普通大学，如果不是她心比天高，埋怨父母无能，帮不到她，爸爸不会去省城，就不会发生车祸。

难道老天是为了惩罚她，才让她遇见沈侯？

爸爸和沈侯，她生命中最重要的两个男人，一个让她懂得了死别之痛，一个教会了她生离之苦。

熬到天亮，颜晓晨爬了起来，准备去上班。

颜妈妈看她脸色难看，双目浮肿，以为她是三心二意、为情所困，很是不满，把一碗红枣粥重重地放到她面前，没好气地说："别吃着碗里的，望着锅里的！你以为锅里的更好，告诉你，剩下的都是稀汤！"

颜晓晨一句话没说，拿起勺子，默默地喝粥。

自从怀孕后，她就胃口大开，吃什么都香，现在却觉得胃里像塞了块石头，明明昨天晚上连晚饭都没吃，可刚吃了几口，就胀得难受。

"我去上班了。"颜晓晨拿起包，准备要走。

颜妈妈叫："周六！你上的什么班？"

颜晓晨愣了一下，却不想继续面对妈妈，"加班！"她头也不回地冲进了电梯。

走出楼门，颜晓晨却茫然了，不知道究竟该去哪里，这么早，商场、咖啡馆都没开门。这个世界看似很大，但有时候找个能容纳忧伤的角落并不容易。

正站在林荫道旁发呆，感觉一个人走到了她面前，颜晓晨以为是路过的行人，没在意，可他一直站在那里盯着她。她抬头一看，竟然是沈侯，他依旧穿着昨天的衣服，神色憔悴，胡子拉碴，头发也乱蓬蓬的，像是一夜未睡。

颜晓晨压根儿没想到这个时候能看到他，所有的面具都还没来得及戴上，一下子鼻酸眼胀，泪水冲进了眼眶。她赶忙低下了头，想要逃走。

沈侯抓住了她的手，"小小！我昨天回去后，怎么都睡不着，半夜到你家楼下，想要见你，但是怕打扰你和你妈妈睡觉，只能在楼下等。昨天我情绪太激动，态度不好，对不起！我现在只是想和你平心静气地聊一下。"

颜晓晨低着头，没有吭声。他抓着她的手腕，静静地等着。

待眼中的泪意散去一些后，颜晓晨戴着冰冷坚硬的面具说："已经分手了，还有什么好聊的？"

"你就算让我去死，也让我做个明白鬼，行吗？"

"我已经告诉你了，去问你爸妈！"

"我昨天晚上已经去见过他们，我妈生病住院了，我爸说是我们误会了你。小小，我知道我爸妈这段时间做得很过分！但我说过，他们是他们，我是我，是我要和你共度一生，不是他们！你是我的妻子，不代表你一定要做他们的儿媳妇，我有孝顺他们的义务，但你没有。而且，我爸妈已经想通了，我爸说，只要你愿意和我在一起，他们日后一定会把你当亲生女儿，竭尽所能对你好，弥补他们犯的错。小小，我爸妈不再反对我们了！"

"你爸妈只跟你说了这些？"

"我爸还说，请你原谅他们。"

颜晓晨觉得十分荒谬，他们害死了她爸爸，连对自己儿子坦白错误的勇气都没有，却说要拿她当亲生女儿，弥补她。她不需要，她只是她爸爸的亲生女儿。颜晓晨冷笑着摇摇头，"他们不反对了吗？可是，我反对！沈侯，我不可能和你在一起。"

沈侯刚刚燃起的希望又被浇灭，"为什么？"

昨夜颜晓晨也问了自己无数遍这个问题，为什么他们要相遇，为什么他们要相恋，为什么偏偏是他们？可是，根本不可能有答案。

沈侯看她默不作声，轻声说："我不是傻子，你对我是真心、还是假意，我感觉得到，我知道你全心全意地喜欢过我，但我怎么想都想不明白，我究竟做错了什么，让你不再喜欢我了。我不停地比较着我和程致远，他比我更成熟稳重，更懂得体贴人，他有完全属于自己的事业，不会受制于父母，能自己做主，能更好地照顾你，我知道这些我都赶不上他，但小小，他比我大了将近十岁，不是我比他差，而是十年光阴的差距。我向你保证，你给我些时间，我一定不会比他差。他能给你的，我也都能给你，他能做到的，我也都能做到……"

"沈侯，别再提程致远了，你是你，他是他，我从没有比较过你们！"就算她和沈侯现在立场对立，颜晓晨也不能违心地说他比程致远差。

沈侯心里一喜，急切地说："那就是我自己做错了什么，让你失望难过了！如果是我哪里做得不对，你告诉我，我可以改！小小，我不想放弃这段感情，也不想你放弃，不管哪里出了问题，我们都可以沟通交流，我愿意改正！"

这样低声下气的沈侯，颜晓晨从没见过。从认识他的第一天起，他永远都意气飞扬、自信骄傲，即使被学校开除，即使被他妈妈逼得没了工作，他依旧像是狂风大浪中的礁岩，不低头、不退让，可是，他为了挽回他们的感情，放下了所有的自尊和骄傲，低头退让。

颜晓晨泪意盈胸，心好像被放在炭火上焚烧，说出的话却冷如寒冰，"不喜欢就是不喜欢了！不管你做什么都没用！"

沈侯被刺得鲜血淋漓，却还是不愿放弃，哀求地说："我们再试一次，好不好？小小，再给我一次机会。"

他紧紧地握着她的手，满怀期许地看着她，颜晓晨忍着泪，把他的手一点点用力拽离了她，他的眼睛渐渐变得暗淡无光。

他的手，在她掌间滚烫，无数次，他们十指交缠，以为他们的人生就像交握的手一样，永永远远纠缠在一起，没有人能分开。但是，颜晓晨自己都没有想到，是她先选择了放手。

沈侯抓住她的手指，不顾自尊骄傲，仍想挽留，"小小，你说过只要我不离开你，你永远不会离开我。"

"对不起，我不记得了！"

颜晓晨从他指间，抽出了自己的手。他的手空落落地伸着，面如死灰，定定地看着她，本该神采飞扬的双眸，没有了一丝神采。

颜晓晨狠着心，转过了身，一步步往前走，走出了他的世界。

她挺直背脊，让它显得冷酷坚决，眼泪却再不受控制，纷纷落下。

街上行人来来往往，她的眼前却只有他最后的眼神，像一个废墟，没有生气、没有希望。在他的眼睛里，她看到了自己的未来，天上人间，银汉难通，心字成灰。

颜晓晨浑浑噩噩，踉踉跄跄地走着，一个个看不清面容的人影从她身边匆匆掠过，眼前的世界好像在慢慢变黑，她和一个人撞到一起，在对方的惊叫声中，她像一块多米诺骨牌一般倒了下去。

在失去意识前的最后一刻，她的脑海里竟然是一幅小时候的画面。

夏日的下午，她贪玩地爬到了树上，却不敢下去，爸爸站在树下，伸出双手，让她跳下去。阳光那么灿烂，他的笑容也是那么灿烂，她跳下去，被稳稳地接住。但她知道，这一次，她摔下了悬崖，却没有人会接住她。

沈侯看着颜晓晨的背影，目送着她一步步走出他的世界。

他曾真真切切地感受到她给他的深情，他不明白，为什么那么深的感情可以说不喜欢就不喜欢了。一段感情的开始，需要两个人同意，可一段感情的结束，只要一个人决定，她毫不留恋地转身离去，他却仍在原地徘徊，期待着她的回心转意。但是，直到她的身影消失在茫茫人海，她都没有回过身，看他一眼，她已经完完全全不关心他了！

沈侯终于也转过身，朝着截然不同的方向，走出已经只剩他一人的世界。

他觉得十分疲惫，好像一夕之间，他就老了。他像个流浪汉一般随意地坐在了路边，点了支烟，一边抽着烟，一边冷眼看着这万丈红尘继续繁华热闹。

他告诉自己，只是失去了她而已，这个世界仍然是原来的那个世界，仍然和以前一样精彩，但不管理智怎么分析，他心里都很清楚，就是不一样了。她对这个世界而言，也许无关轻重，可对他而言，失去了她，整个世界都变了样，就好像精美的菜肴没有放盐，不管一切看上去多么美好，都失去了味道。

手机铃声突然响了，曾经，每次铃声响起时，他都会立即查看，因为有可能是她打来的，但现在，他并不期待电话那头还能有惊喜。

他吸着烟，没有理会，手机铃声停了一瞬，立即又响了起来，提醒着他有人迫切地想找到他。

沈侯懒洋洋地拿出手机，扫了眼来电显示，"小小的妈妈"。虽然颜晓晨已经清清楚楚地表明他们没有关系了，但一时半会儿间，他仍没有办法放弃关心她的习惯。他立即扔了烟，接了电话，"喂？"

颜妈妈的声音很急促，带着哭音，"沈侯，你在哪里？有人打电话给我，说晓晨晕倒在大街上，被送到了医院，他们让我去医院……"颜妈妈没什么文化，一辈子没离开过家乡，脾气又急躁，一遇到大事就容易慌神。

沈侯立即站了起来，一边招手拦计程车，一边沉着地安抚颜妈妈："阿姨，你别着急，我立即过来找你。你现在带好身份证，锁好门，到小区门口等我，我这边距离你很近，很快就能到。"

沈侯在小区门口接上颜妈妈，一起赶往医院。

走进急诊病房，沈侯看到颜晓晨躺在病床上昏睡，胳膊上插着针管在输液，整个人显得很憔悴可怜，他着急地问："她怎么了？"

护士说："低血糖引起的昏厥，应该没什么大问题，她是不是为了减肥不吃饭，也没好好休息？具体的化验结果，医生会告诉你们，你们等一下吧！"

护士把颜晓晨的私人物品交给他们，"为了尽快联系到她的亲人，医院查看了一下她的身份证和手机，别的东西都没动过。"

沈侯接过包，放到椅子上，"谢谢你们。"

他们等了一会儿，一个三十岁出头的女医生走了进来，例行公事地先询问他们和病人的关系。

颜妈妈用口音浓重的普通话说："我是她妈妈。"

女医生问："她老公呢？"

"我女儿还没结婚……"颜妈妈指着沈侯说："我女儿的男朋友。"

沈侯张了张嘴，没有吭声。

女医生上下打量了一下沈侯，云淡风轻地说："病人没什么问题，就是怀孕了，没注意饮食和休息，引起昏迷。"

颜妈妈啊一声失声惊呼，看医生看她，忙双手紧紧地捂住嘴，脸涨得通红。

女医生想起了远在家乡的母亲，和善地笑了笑，宽慰颜妈妈，"大城市里这种事很平常，没什么大不了，你不用紧张，我看你女儿手上戴了戒指，应该也是马上要结婚了。"

沈侯表情十分困惑，"你说小小怀孕了？"

女医生对沈侯却有点不客气，冷冷地说："自己做的事都不知道？你女朋友也不知道吗？"

沈侯迷茫地摇头，"没听她说起过，我们前段时间才在商量结婚的事。"

女医生无奈地叹气，"已经两个多月了，等她清醒后，你们就可以出院了。尽快去妇产科做产检。"女医生说完就离开了。

沈侯晕了一会儿，真正理解接受了这个消息，一下子狂喜地笑了，是不是老天也不愿他和晓晨分开，才突然给了他们一个最深的牵绊？沈侯犹如枯木逢春，一下子变得精神百倍。

颜妈妈却毕竟思想传统，对女儿未婚先孕有点难受，问沈侯："你们打算什么时候结婚？"准备着但凡这个臭小子有一丝犹豫，她就和他拼命。

沈侯笑着说："明天就可以……哦，不行，明天是星期天，后天，后天是星期一，我们星期一就去登记结婚。"

颜妈妈放心了，虽然还是有点难受，但事情已经这样了，她只能接受，"沈侯，你在这里陪着晓晨，我先回家去了。我想去一趟菜市场，买一只活鸡，晓晨得好好补补。"

沈侯怕颜妈妈不认路，把她送到医院门口，送她坐到计程车上才回来。

沈侯坐在病床前，握着颜晓晨的手，凝视着她。她的脸颊苍白瘦削，手指冰凉纤细，一点都不像是要做妈妈的人。

沈侯忍不住把手轻轻地放在了她的腹部，平坦如往昔，感觉不出任何异样，可这里竟然孕育着一个和他血脉相连的小东西。生命是多么奇妙，又多么美妙的事！

沈侯怜惜地摸着颜晓晨的手，他送给她的小小指环依旧被她戴在指上，如果她不爱他了，真要和他分手，为什么不摘掉这个指环？女人可是最在意细节的，怎么能容忍一个不相干的男人时刻宣示自己的所有权？

十指交缠，两枚大小不同，款式却一模一样的指环交相辉映，沈侯俯下身，亲吻着颜晓晨的手指，在这一刻，他满怀柔情，满心甜蜜，对未来充满了信心。

颜晓晨迷迷糊糊中，不知置身何地，只觉得满心凄楚难受，整个人惶恐无依，她挣扎着动了下手，立即感觉到有一只温暖的手掌包住了她的手，虽然只是一个小小的动作，但温柔的照顾、小心的呵护，她全部感受到了，让她刹那心安了。

她缓缓睁开了眼睛，看到沈侯正低着头，帮她调整输液管，她愣了下，想起了意识昏迷前的情景，"我在医院？你怎么在这里？"

沈侯微笑着说："你突然昏迷过去，医院通过你的手机打电话通知了你妈妈，阿姨对上海不熟，叫了我一起过来。你知不知道你为什么会晕倒在大街上？"

颜晓晨心里一紧，希望她醒来的及时，还没来得及做检查，"因为我没吃早饭，低血糖？"

沈侯笑着摇摇头，握着她的手，温柔地说："你怀孕了。"

颜晓晨呆呆地看着沈侯，她一直不肯面对的问题以最直接的方式摆在了她面前，她大脑一片空白，不知道该对沈侯说什么。

沈侯却误会了她的反应，握着她的手，放在她的腹部，"是不是难以相信？如果不是医生亲口告诉我的，我也不敢相信。小小，我知道我有很多地方做得不好，但我会努力，努力做个好老公，好爸爸，我们一家一定会幸福。"

沈侯轻轻地抱住了颜晓晨，颜晓晨告诉自己应该推开他，可她是如此贪恋他的柔情，眷恋他的怀抱，竟然情不自禁地闭上了眼睛，汲取着他的温暖。

沈侯感受到了她的依恋，心如被蜜浸，微微侧过头，在她鬓边爱怜地轻轻吻着，"等输完液，我们就回家，阿姨给你炖了鸡汤。哦，对了，你妈也已经知道你怀孕的事了，我答应她后天就去登记结婚。"

犹如兜头一盆凉水，颜晓晨一下子清醒了，她推开沈侯，闭上了眼睛。

沈侯以为她觉得累，体贴地帮她盖好被子，调整好胳膊的姿势，"你再睡一会儿，输完液，我会叫你。"

颜晓晨闭着眼睛，不停地问自己该怎么办？

如果她想报复，可以利用这个孩子，折磨沈侯。她没有办法让沈侯的爸妈以命偿命，但她能让他们尝到至亲至爱的人受到伤害的痛苦。但是，她做不到，她恨沈侯的爸妈，无法原谅他们，却没有办法伤害沈侯。

既然她绝对不会原谅沈侯爸妈，她和沈侯唯一能走的路就是分开，永永远远都不要再有关系。

不管出于什么原因，沈侯的爸妈选择了不告诉沈侯真相，有意无意间，颜晓晨也做了同样的选择，像保护妈妈一样，保护着沈侯。她知道自己这一生永不可能摆脱过去，她也做好了背负过往，带着镣铐痛苦前行的准备，可是沈侯和她不一样，只要远离了她，他的世界可以阳光灿烂，他可以继续他的人生路，恣意享受生活的绚丽。

但是，意外到来的孩子把沈侯和她牢牢地系在了一起。颜晓晨很了解他，她的冷酷变心，能让沈侯远离她，但绝不可能让沈侯远离他的孩子，可是，他们永不可能成为一家人！

她该怎么办？该怎么办……

颜晓晨包里的手机振动了几下，沈侯看颜晓晨闭着眼睛，一动不动，不想惊扰她休息，轻手轻脚地打开包，拿出了手机。

以前两人住一个屋子时，常会帮对方接电话和查看信息，沈侯没有多想，直接查看了消息内容，是程致远发来的问候："在家里休息吗？身体如何？有时间见面吗？我想和你聊聊。"

不是急事，不用着急回复，等晓晨回家后再处理吧！沈侯想把手机放回包里，可鬼使神差，他划拉了一下手机屏幕，看到了颜晓晨和程致远几天前的微信聊天。

一行行仔细读过去，句句如毒药，焚心蚀骨，沈侯难以克制自己的愤怒、悲伤、恶心，太阳穴突突直跳，手上青筋暴起，整个身体都在轻颤，"啪"一声，手机掉到了地上。

颜晓晨听到响动，睁开了眼睛，看到沈侯脸色怪异，眼冒凶光，狠狠地盯着她，就好像蒙受了什么奇耻大辱，想要杀了她一般。

"你怎么了？"明明告诉自己不要再关心他的事，颜晓晨却依旧忍不住立即关切地问。

沈侯的手紧握成拳头，咬牙切齿地说："你什么时候知道自己怀孕了？应该不是今天吧？却装得好像今天才刚知道！"

颜晓晨不明白他什么意思，没有吭声。

沈侯铁青着脸，捡起了地上的手机，"这是我送你的手机，你竟然用它……你真是连最起码的羞耻心都没有。"

颜晓晨还是不明白究竟发生了什么，让沈侯突然之间变了个人，用鄙夷恶心、痛恨悲伤的目光看她。

沈侯把手机扔到了她面前，"你可真会装！还想把我当傻子吗？"

颜晓晨拿起手机，看到了她和程致远的微信对话，她不解，除了说明她早知道自己怀孕以外，还有什么问题吗？

程致远：你怀孕了吗？

颜晓晨：今天早上刚买的验孕棒，还没来得及检查。

程致远：有多大的可能性？

颜晓晨：我不知道，检测完就知道结果了。

程致远：这事先不要告诉沈侯和你妈妈。

程致远：我们先商量一下，再决定怎么办。

颜晓晨：好！

程致远：结果还没出来，也许是我们瞎紧张了。

颜晓晨：有可能，也许只是内分泌紊乱。

程致远：我刚在网上查了，验孕棒随时都可以检查。

颜晓晨：嗯，我知道。

程致远：现在就检查，你来我的办公室。

颜晓晨一句句对话仔细读完，终于明白了沈侯态度突变的原因。如果不知道前因，她和程致远的对话的确满是奸情，再加上沈侯妈妈发的照片，她又态度诡异、提出分手，沈侯不误会都不正常。

颜晓晨呵呵地笑起来，她正不知道该如何解决孩子的事，没想到这就解决了！这个世界是不是很荒谬？明明是沈侯的爸妈害死了她爸爸，现在却是沈侯像看杀父仇人一样愤怒悲痛地看着她。

颜晓晨笑着说："我并没有骗你，是你自己一厢情愿地以为孩子是你的。"

沈侯没想到颜晓晨不以为耻，反而满脸无所谓的讥笑。眼前的女人真的是他爱过的那个女孩吗？他握着拳头，恨不得一拳打碎颜晓晨脸上的笑容，但这样一个女人，打了她，他还嫌脏！所有念念不忘的美好过往都变成了令人作呕的记忆，所有的一往情深都变成了最嘲讽的笑话，他的心彻底冷了。

"颜晓晨，我能接受你移情别恋，爱上别人。但你这样，真让我恶心！你怎么能同时和两个男人……我他妈的真是瞎了眼，被猪油蒙了心！"他用力摘下了中指上的戒指，依旧记得那一日碧海蓝天，晚霞绯艳，他跪在心爱的女孩面前，把自己的心捧给她，请她一生一世戴在指间，也心甘情愿戴上了戒指，把自己许诺给她。但是，他错了，也许是他爱错了人；也许那个女孩从来就没有存在过，一直只是他的一厢情愿。

"把你手上的戒指摘下来！"沈侯不仅迫不及待地想消除颜晓晨给他的印记，还想消除他留给颜晓晨的印记。

颜晓晨握住了手指上的戒指，却没有动。

沈侯怒吼，"摘下来！我们已经没有关系，你留着那东西想恶心谁？"

颜晓晨一边笑，一边慢慢地摘下了戒指，笑着笑着，猝不及防间，她的眼泪掉了下来。沈侯的眼眶发红，似乎也要落泪，可他一直唇角微挑，保持着一个嘲讽的古怪笑容。

有多深的情，就有多深的伤；有多少辜负，就有多少痛恨；有多浓烈的付出，就有多浓烈的决绝。沈侯看着颜晓晨的目光，越来越冷漠，就像看一个从来不认识的陌生人，他伸出了手，冷冷地说："给我！"

颜晓晨哭着把戒指放在了他手掌上。两枚戒指，一大一小，在他掌心熠熠生辉。

沈侯嫌弃地看了一眼，一扬手，毫不留情地把戒指扔进了垃圾桶，也把他们所有的一切都扔进了垃圾桶。

他转过身，头也不回地离开了病房。

颜晓晨知道，这一次他是真正地离开了她。

不仅是肉身的远离，还是把她整个人从心上清除，连回忆都不会有。所有关于她的一切，对于他都是恶心丑陋的，从今往后，她就是他的陌生人，不管她哭她笑，他都不会皱一下眉头。

这不就是她想要的结果吗？两个人再没有关系，他在他的世界绚烂璀璨，她在她的世界发霉腐烂。但为什么她的心会这么痛，她的泪水一直落个不停？

护士来给颜晓晨拔针头，看见她的男朋友不见了，她又一直哭个不停，以为是司空见惯的女友怀孕，男人不愿负责的戏码，随意安慰了她几句，就让她签字出院。

❧

颜晓晨站在家门前，却迟迟不敢开门。

她该怎么向妈妈解释她不可能和沈侯结婚的事？总不能也栽赃陷害给程致远吧？沈侯会因为这事决然离开她，妈妈却会因为这事去砍了程致远。

颜晓晨还没想好说辞，门打开了。

颜妈妈站在门口，脸色铁青地瞪着她。

颜晓晨怯生生叫了声，"妈妈！"

"啪"一声，颜妈妈重重一巴掌扇到了她脸上，颜晓晨被妈妈打怕了，下意识地立即护着肚子，躲到了墙角。本来颜妈妈余怒未消，还想再打，可看到她这样，心里一痛，再下不去手。

颜妈妈抹着眼泪，哽咽着说："我和你爸爸都不是这样的人，你怎么就变成了这样？刚才打电话给沈侯问你们什么时候回来，我还摆着丈母娘的架子，教训他好好照顾你，没想到你……竟然做出这种伤风败俗的事！你的孩子根本不是沈侯的！我这张老脸都臊得没地方搁，你怎么就做得出来？"

颜晓晨低着头，不吭声。

"叫程致远来见我，你们今天不给我个交代，就不要进门！我没你这么不要脸的女儿！"颜妈妈说完，砰一声，关上了门。

程致远什么都没做，她怎么可能让程致远给妈妈交代？

颜晓晨下了楼，却没地方去，坐在了小区的花坛边上。

她身心俱疲、疲惫不堪，只想找个安静的地方，躺下来睡死过去，却有家归不得。她不知道该如何面对肚子里的小东西，也不知道该如何面对妈妈，不知不觉，眼泪又掉了下来。她知道哭泣没有任何意义，但她没有办法控制自己，就是觉得伤心难过，止不住地流眼泪。

她正一个人低着头，无声地掉眼泪，突然感觉到有人坐在了旁边。

"晓晨。"程致远的声音。

颜晓晨匆匆抹了把眼泪，焦急抱歉地问："我妈给你打电话，叫你来的？"

程致远有点困惑，"没有，是我给你打了好几个电话，一直没有人接，我不放心，就过来看看，没想到正好碰到你在楼下。"

颜晓晨松了口气，从包里拿出手机，果然有好几个未接来电。

"对不起，我没听到手机响。"

程致远说："没事。"她哭得两只眼睛红肿，明显情绪不稳，能听到手机响才奇怪。

四月天，乍暖还寒，白天还算暖和，傍晚却气温降得很迅速，程致远怕颜晓晨着凉，说："回家吧，你一直待在外面，阿姨也不会放心。"

颜晓晨低声说："我妈不让我进门。"

程致远知道肯定又有事发生了，他先脱下外套，披到她身上，才关切地问："怎么了？"

"他们知道我怀孕了，对不起！我没有解释……"

"解释什么？"

颜晓晨打开了微信，把手机递给程致远，"沈侯看到了我们聊天的内容。"颜晓晨想起沈侯离开时的决绝冷漠，眼泪又簌簌而落。

程致远一行行迅速看完，琢磨了一下，才明白沈侯误会了什么，一贯从容镇静的他也完全没预料到竟然会这样，十分吃惊，一时间都不知道该说什么。

"对不起，我不能让沈侯知道孩子是他的，我们必须分手，他正好看到了微信，我就将错就错……对不起！"

程致远回过神来，忙说："没有关系，我不介意，真的没有关系。你说阿姨不许你回家，是不是阿姨也以为……孩子是我的？"

颜晓晨用手掩着眼睛，胡乱地点了点头。

"你真的不能和沈侯在一起吗？"

颜晓晨摇头，呜咽着说："不可能！事情虽然是沈侯的爸妈做的，可他们是为了沈侯。如果不是沈侯抢了我上大学的名额，我爸根本不会去省城，也不会碰到车祸。"

程致远沉默了良久，深吸了口气，似乎决定了什么。他把面巾纸递给颜晓晨，"别哭了，我们上去见你妈妈。"

颜晓晨摇摇头，"不用，我自己会解决。我现在就是脑子不清楚，等我冷静一下，我会搞定我妈，你不用管了。"她用纸巾把眼泪擦去，努力控制住，不要再哭泣。

"天都要黑了，你不回去，阿姨也不会好受，我们先上去。听话！"程致远一手拿起颜晓晨的包，一手拽着她的手，拖着她走向单元楼。

程致远和颜晓晨刚走出电梯，颜妈妈就打开了门，显然一直坐卧不安地等着。

她狠狠瞪了颜晓晨一眼，"让你叫个人，怎么那么久？"

程致远一边脱鞋，一边说："是我耽搁了。"

颜晓晨以为妈妈会对程致远勃然大怒，没想到妈妈面对程致远时，竟然没瞪眼、没发火，反倒挺热情，"吃过晚饭了吗？没吃过，就一起吃吧！"

程致远说："还没有吃，麻烦阿姨了。"

程致远熟门熟路地走进卫生间，洗干净手，去帮颜妈妈端菜。颜晓晨想帮忙，被程致远打发走了，"你好好坐着。"

颜妈妈盛了两碗鸡汤，一碗端给颜晓晨，一碗放在了程致远面前，"你尝尝，下午刚杀的活鸡，很新鲜。"

颜晓晨越发觉得奇怪，以妈妈的火爆脾气，难道不是应该把这碗鸡汤扣到程致远头上吗？

颜妈妈看到颜晓晨面容憔悴、两眼浮肿，又恨又气又心疼，对她硬邦邦地说："把鸡汤趁热喝了。"转头，颜妈妈就换了张脸，殷勤地夹了一筷子菜给程致远，温柔地说："晓晨怀孕的事，你应该知道了，你……是什么想法？"

颜晓晨终于明白妈妈为什么对程致远的态度这么古怪，周到热情，甚至带着一点小心翼翼的讨好，原因不过是可怜天下父母心，在妈妈的观念里，她相当于已经被人拆开包装、试穿过的衣服，不但标签没了，还染上了污渍，妈妈唯恐程致远退货不买。

颜晓晨很难受，"妈妈，你……"

程致远的手放在了她手上，对颜妈妈说："阿姨，到我这个年纪，父母和家里长辈一直催着我结婚，我自己也想早点安定下来，几次和晓晨提起结婚的事，可晓晨年纪还小，她的想法肯定和我不太一样，一直没答应我。"

程致远一席话把自己放到了尘埃里，一副他才是滞销品，想清仓大甩卖，还被人嫌弃的样子，让颜妈妈瞬间自尊回归，又找到了丈母娘的感觉，她点点头，"你的年纪是有些大了，晓晨的确还小，不着急结婚……"她噎了一下，"不过，你们现在这情形，还是尽快把事情办了。"

程致远说："我也是这么想，尽快和晓晨结婚，谢谢阿姨能同意晓晨嫁给我。我爸妈要知道我能结婚了，肯定高兴得要谢谢晓晨和阿姨。"

颜晓晨吃惊地看程致远，"你……"

程致远重重捏了一下她的手，"多喝点汤，你身体不好，就不要再操心了，我和阿姨会安排好一切。"

颜妈妈得到了程致远会负责的承诺，如释重负，又看程致远对晓晨很殷勤体贴，也算不幸中的万幸，不满意中的满意。她侧过头悄悄印了下眼角的泪，笑着对颜晓晨说："你好好养身体就行，从现在开始，你的任务就是照顾好自己和孩子，别的事情我和致远会打理好。"

颜晓晨看到妈妈的样子，心下一酸，低下了头，把所有的话都吞回了肚子里。

颜妈妈和程致远商量婚礼和登记结婚的事，颜妈妈比较迷信，虽然想尽快办婚礼，却还是坚持要请大师看一下日子，程致远完全同意；颜妈妈对注册登记的日子却不太挑，只要是双日就好，言下之意，竟然打算星期一，也就是后天就去民政局登记注册。

颜晓晨再扮不了哑巴了，"不行。"

颜妈妈瞪她，"为什么不行？"

颜晓晨支支吾吾："太着急了，毕竟结婚是大事……"

"哪里着急了？"颜妈妈气得暗骂傻女，她也不想着急，她也想端着丈母娘的架子慢慢来啊，可是你的肚子能慢吗？

程致远帮颜晓晨解围，对颜妈妈说："虽然只是登记一下，但总要拍结婚照，要不再等一个星期吧？"

颜妈妈想想，结婚证上的照片是要用一辈子的，总得买件好衣服，找个好照相馆，"行，就推迟一个星期吧！"

所有的事情都商量定了，颜妈妈总算安心了，脸上的笑自然了，一边监督着颜晓晨吃饭，一边和程致远聊天。

等吃完饭，颜妈妈暗示程致远可以告辞了。

颜晓晨总算逮到机会可以和程致远单独说话，她对妈妈说："我送一下他。"

颜妈妈说："送进电梯就回来，医生让你好好休息。"

颜晓晨虚掩了门，陪着程致远等电梯，看妈妈不在门口，她小声对程致远说："今晚谢谢你帮我解围，我会想办法把事情解决了。"

程致远看着电梯上跳跃的数字没有吭声。

电梯门开了，他走进电梯，"我走了，你好好休息。"

周日，颜晓晨被妈妈勒令在家好好休息。她也是真觉得累，不想动，不想说话，一直躺在床上，要么睡觉，要么看书。

程致远大概猜到，突然面对这么多事，颜晓晨身心俱疲，他没有来看她，也没有给她电话，但是给颜妈妈一天打了三次电话。颜妈妈对程致远

"早报道、中请示、晚汇报"的端正态度十分满意，本来对他又气愤又讨好的微妙态度渐渐和缓。

颜妈妈买了活鱼，给颜晓晨煲了鱼汤，本来还担心颜晓晨吃不了，问她闻到鱼味有没有恶心的感觉，颜晓晨说没有任何感觉。

颜晓晨也觉得奇怪，看电视上怀孕的人总会孕吐，但迄今为止，她没任何怀孕的异样感觉，唯一不同的地方就是比以前容易饿，饭量大增，可这几天，连饿的感觉都没有了，肚子里的小家伙似乎也察觉出了大事，静悄悄地藏了起来，不敢打搅她。

但是，不是他藏起来了，一切就可以当作不存在。

站在卧室窗户前，能看到街道对面广告牌林立，在五颜六色的广告中，有一个长方的无痛人流广告，医生护士微笑着，显得很真诚可靠。这样的广告，充斥着城市的每个角落，以各种方式出现，颜晓晨曾看到过无数次，却从来不觉得它会和她有任何关系。

但现在，她一边喝着鱼汤，一边盯着那个广告看了很久。

星期一，颜晓晨如常去上班。

开会时，见到了程致远。会议室里坐了二十多个人，他坐在最前面，和项目负责人讨论投资策略，颜晓晨坐在最后面，做会议记录。一个小时的会议，他们没有机会面对面，也根本不需要交流。

走出会议室时，颜晓晨感觉到程致远的目光落在了她身上，她装作不知道，匆匆离开了。

生活还在继续，她还要给妈妈养老送终，不管多么伤心，她都只能用一层层外壳把自己包好，若无其事地活下去。

中午，趁着午休时间，颜晓晨去了广告上的私人医院。

她发现环境不是想象中的那么恐怖，很干净明亮，墙上挂着叫不出名字的暖色系油画，护士穿着浅粉色的制服，显得很温馨友善。

颜晓晨前面已经有人在咨询，她正好旁听。

"你们这里好贵！我以前做的只要两千多块。"

"我们这里都是大医院的医生，仪器都是德国进口的，价格是比较贵，但一分价钱一分货。您应该也看过新闻，不少人贪便宜，选择了不正规的医院，不出事算幸运，出事就是一辈子的事。"

咨询的女子又问了几句医生来自哪个医院，从业多久。仔细看完医生的履历资料后，她爽快地做了决定。

轮到颜晓晨时，接待的年轻女医生例行公事地问："第一次怀孕？"

颜晓晨嗓子发干，点点头。

"结婚了吗？"

颜晓晨摇摇头。

"有人陪同吗？"

颜晓晨摇摇头。

大概她这样的情形医生已经司空见惯，依旧保持着甜美的微笑，"我们这里都是最好的医生、最好的技术，最好的药物，整个过程安全无痛，一个人也完全没问题。麻醉师做了麻醉后，三十秒内进入睡眠状态，只需要三到五分钟，医生就会完成手术。等麻醉过后，再观察一个小时，没有问题的话，可以自己离开。整个过程就像是打了个盹，完全不会有知觉，只不过打完盹后，所有麻烦就解决了而已。"

颜晓晨的手放在了腹部，他是她的麻烦吗？打个盹就能解决麻烦？

私人医院收费是贵，但服务态度也是真好，医生让她发了会儿呆，才和蔼地问："小姐，您还有什么疑问吗？都可以问的，事关您的身体，我们也希望能充分沟通，确保您手术后百分之百恢复健康。"

"我要请几天假休息？"

"因人而异，因工作而异，有人体质好，工作又不累，手术当天休息一下，只要注意一点，第二天继续上班也没什么问题。当然，如果条件允许，我们建议最好能休息一个星期。很多人都会把手术安排到星期五，正好可以休息一个周末，星期一就能如常上班。这个星期五还有空位，需要我帮您预约吗？"

颜晓晨低声说："我想越快越好。"那些想身体恢复如常的女孩，是希望把不快乐的这一页埋葬后，仍能获得幸福，和某个人白头到老，而她的未来不需要这些。

医生查看了一下电脑说："明天下午，可以吗？"

"好。"

"要麻烦您填一下表，去那边交钱，做一些检查。记住，手术前四个小时不要吃东西。"

颜晓晨拿过笔和表格，"谢谢。"

下午，等到她的小领导李徵的办公室没人时，颜晓晨去向他请假。

根据公司的规定，三天以内的假，直属领导就可以批准；三天以上，十天以下，需要通知人力资源部；十天以上则需要公司的合伙人同意。

李徵性子随和，这种半天假，他一般都准，连原因都不会多问，可没想到颜晓晨说明天下午要请半天假时，他竟然很严肃地追问她病假还是事假。颜晓晨说事假。

李徵说："最近公司事情很多，我要考虑一下，再告诉你能否批准。"

颜晓晨只能乖乖地走出他的办公室，等着他考虑批准。

幸亏他考虑的时间不算长，半个小时后，就打电话通知颜晓晨，准了她的假。

下班后，颜晓晨走出办公楼，正打算去坐公车，程致远的车停在了她面前。

李司机打开了车门，请她上车，颜晓晨不想再麻烦程致远，却又害怕被同事看到，赶紧溜上了车，"到公车站放我下去吧，我自己坐车回去。"

程致远说："阿姨让我去吃晚饭，我们一个公司上班，不可能分开回去。"

颜晓晨没想到妈妈会给程致远打电话，不好意思地说："你那么忙，却还要抽时间帮我一起做戏哄骗我妈，我都不知道以后该怎么报答你。"

"再忙也需要吃饭，阿姨厨艺很好，去吃饭，我很开心。我们周六去买衣服，好吗？"

"买什么衣服？"

"结婚登记时，需要双人照，我约了周日去照相。周六去买衣服应该来得及。"程致远平静地款款道来，像是真在准备婚事。

颜晓晨急忙说："不用、不用，我会尽快把这件事解决了，你要有时间，打电话哄一下我妈就行了，别的真的不用麻烦你了。"

程致远沉默了一会儿说："不麻烦。"

颜晓晨的一只手放在腹部，低声说："我会尽快解决所有事，让生活回归正轨。"她尽力振作起精神，笑看着程致远说："把钱借给我这种三天两头有事的人，是不是很没安全感？不过，别担心，我会好好工作，努力赚钱，争取早日把钱都还给你。"

程致远拍了下她的手说："我现在的身份，不是你的债主，今天晚上，我们是男女朋友、未婚夫妻。"

颜晓晨愣了下，不知道该说什么，没有吭声。

星期二下午，颜晓晨按照约定时间赶到医院。

交完钱，换上护士发给她的衣服，做完几个常规检查，就是静静地等待了。

护士看颜晓晨一直默不作声，紧张地绞着手，对她说："还要等一会儿，想看杂志吗？"

"不用。"

"你可以玩会儿手机。"

颜晓晨隔壁床的女生正在玩手机，看上去她只是在等候地铁，而不是在等待一个手术。颜晓晨尽力让自己也显得轻松一点，努力笑了笑，"我想让眼睛休息会儿，谢谢。"

护士也笑了笑，"不要紧张，你只是纠正一个错误，一切都会过去。"

颜晓晨沉默着没有说话。

"时间到了，我会来叫你。你休息会儿。"护士帮她拉上了帘子。

颜晓晨双手交叉放在小腹上，凝视着墙壁上的钟表。

秒针一格格转得飞快，一会儿就一个圈，再转五个圈，时间就到了。她告诉自己，这是最好的做法，她没有经济能力再养活一个小孩，她没有办法给他一个父亲，没有办法给他一个家庭，甚至她都不知道能不能给他一个能照顾好他的母亲，既然明知道带他来这个世界是受苦，她这么做是对的。

颜晓晨像催眠一般，一遍遍对自己说：我是对的！我是对的！我是对的……

护士拉开了帘子，示意手术时间到了。

她推着颜晓晨的床，出了病房，走向手术室。

颜晓晨平躺在滑动床上，眼前的世界只剩下屋顶，日光灯一个接一个，白晃晃，很刺眼，也许是因为床一直在移动，她觉得整个世界都在摇晃，晃得头晕。

有人冲到了滑动床边，急切地说："晓晨，你不能这样做。"

颜晓晨微微抬起头，才看清楚是程致远，她惊讶地说："你怎么知道我在这里？"

护工想拉开他，"喂，喂！你这人怎么回事？"

程致远粗暴地推开了护工，"晓晨，这事你不能仓促做决定，必须考虑清楚。"

"我已经考虑得很清楚了。"

"晓晨，不要做会让自己后悔的事。"程致远不知道该怎么劝颜晓晨，只能紧紧地抓住了滑动床，不让它移动，似乎这样就能阻止她进行手术。

颜晓晨无奈地说："我是个心智正常的成年人，知道自己在做什么。

程致远，放手！"

"我不能让你这么对自己！"程致远清晰地记得那一日颜晓晨对他说"我怀孕了"的表情，眉眼怡然，盈盈而笑，每个细微表情都述说着她喜欢这个孩子，那几日她带着新生命的秘密总是悄悄而笑，正因为看出了她的爱，他才擅自做了决定，尘封过去。如果颜晓晨亲手终结了她那么喜欢和期待的孩子，她这一辈子都不可能再走出过去的阴影，她剩下的人生不过是在害死父亲的愧疚自责中再加上杀死了自己孩子的悲伤痛苦。

颜晓晨叹口气，想要拽开程致远的手，"我考虑得很清楚了，这是对所有人最好的决定。"

两人正在拉扯，护士突然微笑着问程致远："先生，您是她的亲人吗？"

"不是。"

"您是她现在的男朋友吗？"

"不是。"

"您是她体内受精卵的精子提供者吗？"

程致远和颜晓晨都愣了一愣，没有立即反应过来。

护士说："通俗点说，就是您是孩子的生物学父亲吗？"

程致远说："不是。"

"那——您以什么资格站在这里发表意见呢？"

程致远无言以对，他的确没有任何资格干涉颜晓晨的决定。

"既然您不能对她的人生负责，就不要再对她的决定指手画脚！"护士对护工招了下手，"快到时间了，我们快点！"

护士和护工推着滑动床，进了手术区，程致远只能看着两扇铁门在他眼前合拢。

护士把颜晓晨交给了另外一个男护士，他推着她进了手术室。

手术室里的温度比外面又低了一两度，摆放着不知名器械的宽敞空间里，有三四个不知道是护士还是医生的人穿着深绿色的衣服，一边聊天一边在洗手。

不一会儿，他们走了进来，一边说说笑笑，一边准备开始手术。颜晓晨虽然从没做过手术，但看过美剧《实习医生格蕾》，知道不要说她这样的小手术，就是性命攸关的大手术，医生依旧会谈笑如常，因为紧张的情绪对手术没有任何帮助，他们必须学会放松。但不知道为什么，她突然觉得没有办法接受这一切，没有办法在谈笑声中把一个生命终结。

麻醉师正要给颜晓晨注射麻醉药，她却突然直挺挺地坐了起来。

程致远一动不动，死死地盯着手术区外冰冷的大门。

刚才把颜晓晨送进去的护士走了出来，她从他身边经过时，程致远突然说："我能对她的人生负责！"

"啊？"护士不解惊讶地看着他。

程致远说："我不是她的亲人，不是她的男友，也不是她孩子的父亲，但我愿意用我的整个人生对她的人生负责，我现在就要去干涉她的决定！如果你要报警，可以去打电话了！"

在护士、护工的惊叫声中，程致远身手敏捷地冲进了禁止外人进入的禁区手术区，用力拍打着手术室的门，"颜晓晨！颜晓晨……"

一群人都想把程致远赶出去，但他铁了心要阻止手术，怎么拉他都拉不走。

就在最混乱时，手术室的门开了，身穿深绿色手术服的医生走了出来。在他身后，护士推着颜晓晨的滑动床。

医生沉着脸，对程致远说："病人自己放弃了手术，你可以出去了吗？我们还要准备进行下一个手术。"

程致远立即安静了，瞬间变回斯文精英，整整西服，弯下身，对手术室外的所有医生和护士深深鞠了一躬，"抱歉，打扰你们了！损坏的东西，我会加倍赔偿。"

他紧跟着颜晓晨的病床，走出了手术区，"晓晨，你怎么样？"

颜晓晨不吭声，她完全没有心情说话。明明已经想得很清楚，也知道这是对所有人都好的决定，可为什么，最后一刻，她竟然会后悔？

　　护士把颜晓晨送进病房，拿了衣物给她，对程致远说："她要换衣服。"

　　程致远立即去了外面，护士拉好帘子。

　　颜晓晨换好衣服，走出病房。

　　程致远微笑地看着她，眼中都是喜悦。

　　他的表情也算是一种安慰和鼓励，颜晓晨强笑了笑，说："我不知道这个决定究竟是对还是错，但他已经来了，没有做错任何事，我没有办法终结他的生命。我给不了他应该拥有的一切，不管他将来会不会恨我，我只能尽力。"

　　程致远伸出手，轻握着她的肩膀，柔声说："不要担心，一切都会好起来！"

· · · · · ·

　　回到家，颜妈妈正在做饭，看到他们提前到家，也没多想，反倒因为看到小两口一起回来，很是高兴，乐呵呵地说："你们休息一会儿，晚饭好了，我叫你们。"

　　颜晓晨看着妈妈的笑脸，心中酸涩难言。自从爸爸去世后，妈妈总是一种生无可恋的消沉样子，浑浑噩噩地过日子，就算笑，也是麻木冷漠地嘲笑、冷笑，但是现在，因为一个新生命的孕育，妈妈整天忙得不可开交，还要王阿姨带她去买棉布和毛线，说什么小孩子的衣服要亲手做的才舒服。

　　颜晓晨真不知道该如何对妈妈解释一切，她走进卧室，无力地躺在了床上。

　　程致远站在门口，看了她一会儿，帮她关上了门。

　　他脱掉外套，挽起袖子，进厨房帮颜妈妈干活。

　　颜妈妈用家乡话对程致远唠叨："不知道你要来，菜做少了，得再加一个菜。昨天晚上你走后，晓晨让我别老给你打电话，说公司很多事，你经常要和客户吃饭，我还以为你今天不来吃饭了。"

程致远一边洗菜，一边笑着说："以前老在外面吃是因为反正一个人，在哪里吃、和谁一起吃，都无所谓，如果成家了，当然要尽量回家吃了。"

颜妈妈满意地笑，"就是，就是！家里做的干净、健康。"

颜妈妈盛红烧排骨时，想起了沈侯，那孩子最爱吃她烧的排骨。她心里暗叹了口气，刚开始不是不生程致远的气，但晓晨孩子都有了，她只能接受。相处下来后，她发现自己也喜欢上程致远这个新女婿了，毕竟不管是谁，只要真心对她女儿好，就是好女婿。

吃过饭，颜妈妈主动说："致远，你陪晓晨去楼下走一走，整天坐办公室，对身体不好，运动一下，对大人、孩子都好。"

颜晓晨忙说："时间不早了，程致远还要……"

程致远打断了颜晓晨的话，笑着对颜妈妈说："阿姨，那我们走了。"

他把颜晓晨的外套递给她，笑吟吟地看着她，在妈妈的殷勤目光下，颜晓晨只能乖乖地穿上外套，随着他出了门。

走进电梯后，颜晓晨说："不好意思，一再麻烦你哄着我妈妈。"

程致远说："不是哄你妈妈，我是真想饭后散一下步，而且，正好有点事，我想和你商量一下。"

"什么事？"

"不着急，待会儿再说。"

两人都满怀心事，沉默地走出小区，沿着绿化好、人稀少的街道走着。

颜晓晨租住的房子是学校老师的房子，距离学校很近，走了二十来分钟，没想到竟然走到了她的学校附近。

颜晓晨不自禁地停住了脚步，望着校门口进进出出的学生。

程致远也停下了脚步，看了眼校门，不动声色地看着颜晓晨。颜晓晨呆呆地凝望了一会儿，居然穿过了不宽的马路，向着学校走去，程致远安静地跟在她身后。

学校里绿化比外面好很多，又没有车流，是个很适合悠闲散步的地方。

天色已黑，来来往往的学生中，有不少成双成对的年轻恋人，颜晓晨的目光从他们身上掠过时，总是藏着难言的痛楚。

颜晓晨走到学校的大操场，才想起了身旁还有个程致远，她轻声问："坐一会儿，休息一下吗？"

"好！"程致远微笑着，就好像他们置身在一个普通的公园，而不是一个对颜晓晨有特殊意义的地方。

颜晓晨坐在阶梯式的台阶上，看着操场上的人锻炼得热火朝天。

颜晓晨不记得她究竟是从什么时候起，习惯于每次心情不好时，就到这里来坐一坐，但她清楚地记得她为什么会经常来这里闲坐。沈侯喜欢运动，即使最沉迷游戏的大一，都会时不时到操场上跑个五千米。颜晓晨知道他这个习惯后，经常背着书包，绕到这里坐一会儿，远远地看着沈侯在操场上跑步。有时候，觉得很疲惫、很难受，可看着他，就像看着一道美丽的风景，会暂时忘记一切。

那么美好甜蜜的记忆，已经镌刻在每个细胞中，现在想起，即使隔着时光，依旧嗅得到当年的芬芳，但是，理智又会很快提醒她，一切是多么讽刺！她痛苦的根源是什么？她竟然看着导致她痛苦的根源，缓解着她的痛苦？

她没有办法更改已经发生的美好记忆，更没有办法更改残酷的事实，只能任由痛苦侵染了所有的甜蜜，让她的回忆中再无天堂。

夜色越来越深，操场上，锻炼的人越来越少，渐渐地，整个操场都空了。

颜晓晨站起，对程致远说："我们回去吧！"

两人走到台阶拐角处，颜晓晨下意识地最后一眼看向操场，突然看到了一个熟悉的人影。她想都没想，一把抓住了程致远，一下子蹲了下去。等藏在了阴影中，她才觉得自己好奇怪，窘迫地看了眼程致远，又站了起来，拽着程致远，匆匆想离开。

程致远看着把外套随意扔到地上，开始在操场上跑圈的沈侯，没有像以往一样顺从颜晓晨的举动，他强拉着颜晓晨坐到了角落，"陪我再坐一会儿！"

颜晓晨想挣开他的手，"我想回家了。"

程致远的动作很坚决，丝毫没有松手，声音却很柔和，"他看不到我们。我陪了你一晚上，现在就算是你回报我，陪我一会儿。"

颜晓晨也不知道是他的第一句话起了作用，还是第二句话起了作用，她不再想逃走，而是安静地隐匿在黑暗中，定定地看着操场上奔跑的身影。

沈侯一圈又一圈地奔跑着，速度奇快，完全不像锻炼，更像是发泄。

他不停地跑着，已经不知道跑了几个五千米，却完全没有停下的迹象，颜晓晨忍不住担心，却只能表情木然，静坐不动，看着他一个人奔跑于黑暗中。

忽然，他脚下一软，精疲力竭地跌倒在地上。他像是累得再动不了，没有立刻爬起来，以跪趴的姿势，低垂着头，一直伏在地上。

昏暗的灯光映照在空荡荡的操场上，他孤零零跪趴的身影显得十分悲伤孤独、痛苦无助。

颜晓晨紧紧地咬着唇，眼中泪光浮动。第一次，她发现，沈侯不再是飞扬自信的天之骄子，他原来和她一样，跌倒时，都不会有人伸手来扶；痛苦时，都只能独自藏在黑夜中落泪。

终于，沈侯慢慢地爬了起来，他站在跑道中央，面朝着看台，正好和颜晓晨面对面，就好像隔着一层层看台在凝望着她。

颜晓晨理智上完全清楚，他看不到她。操场上的灯亮着，看台上没有开灯，他们一个在明、一个在暗，一个站在正中间，一个躲在最角落，但是，她依旧紧张得全身紧绷，觉得他正看着她。

隔着黑暗的鸿沟，沈侯一动不动地"凝望"着颜晓晨，颜晓晨也一直盯着沈侯。

突然，他对着看台大叫："颜——晓——晨——"

颜晓晨的眼泪唰一下，落了下来。

她知道，他叫的并不是她，他叫的是曾经坐在看台上，心怀单纯的欢喜，偷偷看他的那个颜晓晨。

"颜晓晨！颜晓晨……"沈侯叫得声嘶力竭，但是，那个颜晓晨已经不见了，他再也找不到她了。

他凝望着黑漆漆、空荡荡的看台，像是看着一只诡秘的怪兽，曾经那么真实的存在，却像是被什么东西吞噬掉了，变得如同完全没有存在过。

也许，一切本来就没有存在过，只是他一厢情愿的梦幻，梦醒后，什么都没有了，只留下了悲伤和痛苦。

沈侯转过了身，捡起衣服，拖着步子，摇摇晃晃地离开了操场。

颜晓晨再难以克制自己，弯下身子，捂着嘴，痛哭了起来。

程致远伸出手，想安慰她，却在刚碰到她颤抖的肩膀时，又缩回了手。

程致远说："现在去追他，还来得及！"

颜晓晨哭着摇头，不可能！

程致远不再吭声，双手插在风衣兜里，安静地看着她掩面痛哭。

黑夜包围在她身周，将她压得完全直不起腰，但程致远和她都清楚，哭泣过后，她必须要站起来。

꧁꧂

程致远陪着颜晓晨回到小区。

这么多年，颜晓晨已经习惯掩藏痛苦，这会儿，她的表情除了有些木然呆滞，已经看不出内心的真实情绪。

颜妈妈打电话来问她怎么这么晚还没回去时，她竟然还能语声轻快地说："我和程致远边走路边说话，不知不觉走得有点远了，找了个地方休息了一会儿，现在已经到小区了，马上就回来。"

"我和阿姨说几句话。"程致远从颜晓晨手里拿过手机，对颜妈妈说："阿姨，我们就在楼下，我和晓晨商量一下结婚的事，过一会儿就上去，您别担心。"

颜妈妈忙说："好，好！"

颜晓晨以为程致远只是找个借口，也没在意，跟着程致远走到花坛边，抱歉地说："出门时，你就说有事和我商量，我却给忘了，不好意思。"

程致远说："你再仔细考虑一下，你真的不可能和沈侯在一起吗？"

颜晓晨眼中尽是痛楚，却摇摇头，决然地说："我们绝不可能在一起！"

"你考虑过怎么抚养孩子吗？"

颜晓晨强笑了笑，努力让自己显得轻松一点，"做单身妈妈了！"

程致远说："中国不是美国，单身妈妈很不好做，有许多现实的问题要解决，没有结婚证，怎么开准生证？没有准生证，小孩根本没有办法上户口。没有户口，连好一点的幼儿园都上不了，更不要说小学、中学、大学……"

颜晓晨听得头疼，她还根本没有考虑这些问题，"生孩子还需要准生证？要政府批准？"

"是的。就算不考虑这些，你也要考虑所有人的眼光，不说别人，就是你妈妈都难以接受你做未婚单身妈妈。如果一家人整天愁眉苦脸、吵架哭泣，孩子的成长环境很不好。小孩子略微懂事后，还要承受各种异样的眼光，对孩子的性格培养很不利。"

颜晓晨的手放在小腹上，一句话都说不出来。她知道程致远说的全是事实，所以她才想过堕胎，但是，她竟然做不到。

程致远说："咱们结婚吧！只要我们结婚，所有问题都不会再是问题。"

颜晓晨匪夷所思地看着程致远，"你没病吧？"

"你就当我有病好了！"

"为什么？"颜晓晨完全不能理解，程致远要财有财，要貌有貌，只要他说一句想结婚，大把女人由他挑，他干吗这么想不开，竟然想娶她这个一身麻烦，心有所属的女人？

"你现在不需要关心为什么，只需要思考愿意不愿意。"

"我当然要关心了，我是能从结婚中得到很多好处，可是你呢？你是生意人，应该明白，一件事总要双方都得到好处，才能有效进行吧！"

"如果我说，你愿意让我照顾你，就是我得到的最大好处，你相信吗？"

"不相信！"

程致远笑着轻叹了口气，"好吧！那我们讲讲条件！你需要婚姻，可以养育孩子，可以给母亲和其他人交代。我也需要婚姻，给父母和其他人交代，让我不必整天被逼婚。还有一个重要条件！我们的婚姻，开始由你决定，但结束由我决定，也就是说，只有我可以提出离婚！等到合适的时机，或者我遇到合适的人，想要离婚时，你必须无条件同意。到那时，你不会像很多女人一样，提条件反对，也不会给我制造麻烦，对吗？"

"我不会。"

程致远笑了笑说："你看，这就是我为什么选择你的原因，我们结婚对双方都是一件好事。"

"但是……我总觉得我像是在占你便宜。"

"你认为我比你笨？"

"当然不是。"

"既然你同意你比我笨，就不要做这种笨蛋替聪明人操心的傻事了！你需要担心的是，我有没有占你便宜，而不是你会占我便宜。"

从逻辑上完全讲得通，没有人逼着程致远和她结婚，每个人都是天生的利己主义者，如果程致远做这个选择，一定有他这么做的动机和原因，但是……她还是觉得很古怪。

"晓晨，我不是滥好人，绝不是因为同情你，或者一时冲动。我是真想和你结婚。"程致远盯着她的眼睛，轻声央求："请说你同意！"

颜晓晨迟疑犹豫，可面对程致远坚定的目光，她渐渐明白，他是经过认真思索后的决定，他很清楚自己在做什么，终于，她点了点头，"我同意。"

"谢谢！"

"呃……不用谢。"颜晓晨觉得很晕，似乎程致远又抢了她的台词。

程致远云淡风轻地说："明天去做产检，如果你的身体没有问题，星期六我们去买衣服，星期日拍结婚证件照，下个周二注册登记，周四试婚纱、礼服，五月八号，举行婚礼。"

颜晓晨呆愣了一会儿，喃喃说："好的。"

Chapter 16
假面

人最真实的一面不是他所展示给你的，而是他不愿展示给你看到的那一面。你若想理解他，不仅要听他说过的话，还要听他从未开口述说的话。

——卡里·纪伯伦

颜晓晨觉得，她好像突然之间变成了不解世事的小孩子，不用思索，不用操心，不用计划安排，只需要听从大人的指令安排，做好该做的事就好了。

一切的事情，程致远都安排好了，每一件事都显得轻巧无比、一蹴而就，让颜晓晨根本没机会质疑他们结婚的决定。

去买衣服，商店已经按照她的码数，提前准备好三套衣服，她只需试穿一下，选一套就好；去拍照，摄影师专门清场给他们留了时间，从走进去，到出来，总共花了十分钟；双方父母见面，颜晓晨叫过"伯伯、伯母"后再没机会开口，程致远的爸爸热情健谈、妈妈温柔和蔼，用家乡话和颜妈妈聊得十分投机，让颜妈妈对这门婚事彻底放了心；去登记结婚，风和日丽的清晨，程致远像散步一样，带着颜晓晨走进民政局，他递交资料、填写表格，同时把自己的手机递给她，让她帮他回复一份商业信件，颜晓晨的紧张心神立即被正事吸引住，中途他打断她，让她签了个名，等她帮他回复完信件，他们就离开了，回办公室上班，她完全没反应过来他们已经注册结婚。直到傍晚回到家，程致远改口叫颜妈妈"妈妈"，颜妈妈给程致远改口红包时，颜晓晨才意识到他们在法律上已经是合法夫妻。

虽然时间紧张，但在程致远的安排下，一切都妥帖顺畅，丝毫没让人觉得仓促慌乱。最后，经过双方父母的商量，程致远拍板决定，婚礼不在上海举行，选在了省城郊区的一家五星级度假酒店，住宿、酒宴、休闲全部解决。

酒店房间内，魏彤和刘欣晖穿着伴娘的礼服，在镜子前照来照去，刘欣晖说："真没想到，晓晨竟然是咱们宿舍第一个结婚的人。"

魏彤笑，"是啊，我以为肯定是你。"

"你说沈侯……"

"欣晖！"魏彤的手放在唇前，做了个闭嘴的手势，示意刘欣晖某些话题要禁言。

刘欣晖小声说："没别人了，私下说说而已。"但也不再提那个名字，"晓晨邀请别的同学了吗？"

"就咱们宿舍。"

"倩倩呢？怎么没见她？自从毕业后，我们的关系就越来越疏远。刚开始给她发短信她还回，后来却再没有回复过。"

"她的工作好像不太顺利，你知道的，她很好强，死要面子，混得不如意自然不想和老同学联系。"

刘欣晖大惊："为什么？她不是在 MG 工作吗？"

"好像是 MG 的试用期没过就被解聘了，凭她的能力，第二份工作找得也很好，但古怪的是试用期没到，又被解聘了。两份工作都这样，简历自然不会好看，后面找工作就好像一直不如意，具体情形我也不太清楚，她和所有同学都不联系，我也是道听途说。"

"她会来参加晓晨的婚礼吗？"

"不知道。我给她写过电子邮件、发过微信，告诉她晓晨只请了咱们宿舍的同学，你已经答应会请假赶来，希望她也能来，正好宿舍聚一聚，但一直没收到她的回信。"

刘欣晖叹气，"真不知道她纠结什么？比惨，晓晨连学位都没有；比远，我要千里迢迢赶来。她在上海，坐高铁一个多小时就到了，却还要缺席。"

"行了，走吧，去看看我们的美丽新娘！"

推开总统套房的门，刘欣晖和魏彤看到颜晓晨穿着婚纱，坐在客厅的沙发上。不像别的新娘子，总是浓妆，她只化了很清新的淡妆，面容皎洁，洁白的婚纱衬得她像一个落入凡间的天使。

"晓晨，怎么就你一个人？"

颜晓晨回过神来，笑了笑说："我妈刚下去，他们都在下面迎接宾客。程致远让我休息，说我只要掐着时间出去就行了。"

魏彤担忧地看着她，话里有话地问："今天开心吗？"

刘欣晖羡慕地摸着婚纱，咬牙切齿地说："Vera Wang 的婚纱，她要敢不开心，全世界的女生都会想杀了她！"

魏彤轻佻地在她屁股上拍了下，"女人，你要再表现得这么虚荣浅薄，我会羞于承认和你是朋友！"

颜晓晨问："这个婚纱很贵吗？"

刘欣晖翻白眼，"姐姐，你这婚结得可真是一点心不操！你知不知道？靠我那份四平八稳的工作，想穿 Vera Wang 这个款式的婚纱，只能等下辈子。"

颜晓晨蹙眉看着婚纱，沉默不语。魏彤忙说："婚礼的排场事关男人的面子，程致远的面子怎么也比一件婚纱值钱吧？今天，你打扮得越高贵越漂亮，才是真为他好！"

颜晓晨释然了，对魏彤和刘欣晖说："饿吗？厨房有吃的，自己随便拿。"

刘欣晖和魏彤走进厨房，看到琳琅满目的中式、西式糕点小吃，立即欢呼一声，拿了一堆东西，坐到沙发上，和颜晓晨一边吃东西，一边聊天。

快十二点时，程致远来找颜晓晨。他敲敲门，走了进来，笑跟魏彤和刘欣晖打了个招呼，伸出手，对颜晓晨说："客人都入席了，我们下去吧！"

颜晓晨搭着他的手站起来，走到他身旁。

刘欣晖看到并肩而立的程致远和颜晓晨，不禁眼前一亮。程致远身高腿长，穿着三粒扣的古典款黑西服，风度翩翩、斯文儒雅。颜晓晨是经典的双肩蓬蓬裙蕾丝婚纱，头发简单盘起，漆黑的刘海，细长的脖子，有几分奥黛丽·赫本的清丽，还有几分东方人特有的柔和。

刘欣晖赞道："古人说的一对璧人应该就是说你们了！不过……"她硬生生地挤到了程致远和颜晓晨中间，很有经验地拿出了娘家人的架势，笑眯眯地对程致远说："你这人太狡猾了，打着西式婚礼的幌子，把迎亲和闹新房都省了！如果让你这么容易把晓晨带走，我们这些娘家人的面子搁哪里？"

程致远笑笑，变戏法一般拿出两个红包，递给刘欣晖和魏彤，"真不是想省事，只是不想让晓晨太累了。"

"一生累一次而已。"刘欣晖兴致盎然，没打算放手。

魏彤也说："我的表姐堂姐都说，举行婚礼的时候觉得又累又闹腾，可过后，都是很好玩的回忆。"

程致远想着还要靠她们照顾晓晨，不能让她们不知轻重地闹，"晓晨身体不能累着，医生叮嘱她要多休息，烟酒都不能碰。"

"喝点红酒没有关系吧？我们难得聚会一次。"

颜晓晨说："我怀孕了。"这种事瞒不住，她也没打算瞒，索性坦然告诉两个好朋友。

刘欣晖和魏彤都大吃一惊，愣了一愣，挤眉弄眼、眉飞色舞地笑起来，对颜晓晨和程致远作揖，"双喜临门，恭喜！恭喜！"

颜晓晨很尴尬，程致远却神情自若，笑着说："谢谢。"

刘欣晖和魏彤接过红包，爽快地说："新郎官，放心吧，你不在时，我们一定寸步不离，保证晓晨的安全。我们先下去了，你们慢慢来！"

颜晓晨挽着程致远的胳膊，走进电梯。

程致远说："请客喝酒这种事，请了甲，就不好意思不请乙，客人比较多，有的连我都不熟，待会儿你高兴就说两句，不高兴就不用说话。累了和我说，今天你是主人，别为了客人累着自己。"

颜晓晨悄悄看他，他眉清目润、唇角含笑，看上去还真有点像办喜事的新郎官。

"怎么了？"程致远很敏感，立即察觉了她的偷瞄。

颜晓晨不好意思地低下了头，"没什么，只是觉得……委屈了你。"

程致远瞅了她一眼，"你啊……别想太多。子固非鱼也，子之不知鱼之乐。"

已经出了电梯，不少人看着他们，两人不再说话，走到花道尽头，专心等待婚礼的开始。

度假酒店依山傍湖、风景优美，酒店内有好几个人工湖，一楼的餐厅是半露天设计，二百多平米的长方形大露台，一面和餐厅相连，一面临湖，四周是廊柱，种着紫藤。这个季节正是紫藤开花的季节，紫色的花累累串串，犹如天然的缀饰。露台下是低矮的蔷薇花丛，粉色、白色的花开得密密匝匝，阳光一照，香气浮动。婚庆公司考虑到已经五月，天气暖和，又是个西式婚礼，婚宴就设计成了半露天，把长辈亲戚们的酒席安排在餐厅内，年轻客人们就安排在绿荫环绕、藤蔓攀缘的临湖大露台上。

虽然宾客很多，但专业的婚礼策划师把现场控制得井井有条，所有布置也美轮美奂。酒店外，天高云淡、绿草如茵、繁花似锦，一条长长的花道，从酒店侧门前的草地通到露台，花道两侧摆满了半人高的白色鲜花，在花道的尽头，是精心装饰过的雕花拱门、白纱轻拂、紫藤飘香、蔷薇绚烂，一切都很完美，让颜晓晨觉得像是走进了电影场景中。

魏彤不知道从哪里蹿了出来，把一束鲜花塞到颜晓晨手里，"欣晖说一定要抛给她！"

颜晓晨还没来得及答应，婚礼进行曲响起，程致远对颜晓晨笑了笑，带着颜晓晨沿着花道走向喜宴厅。

手中的花束散发着清幽的香气，正午的阳光分外明媚，颜晓晨觉得头有点晕，脚下的草地有点绊脚，幸亏程致远的臂弯强壮有力，否则她肯定会摔倒。

颜晓晨刚走上露台，就看到了妈妈，她坐在餐厅里面最前面的宴席上，穿着崭新的银灰色旗袍，围着条绣花披肩，头发盘了起来，满面笑容，像是年轻了十岁。

在颜晓晨的记忆里，上一次妈妈这么高兴，是爸爸还在时，自从爸爸去世后，妈妈再没有精心装扮过自己，颜晓晨鼻头发酸，头往程致远肩头靠了靠，轻声说："谢谢！"

程致远低声说："我说了，永远不要对我说谢谢。"

程致远的发小儿兼公司合伙人乔羽，做婚礼致辞，他也是颜晓晨的老板，两人虽没说过话，但也算熟人。

乔羽选了十来张程致远从小到大的照片，以调侃的方式爆料了程致远的各种糗事。

不管多玉树临风的人，小时候都肯定有几张不堪入目的照片；不管多英明神武的人，年轻时都肯定干过不少脑残混账事，在乔羽的毒舌解说下，所有宾客被逗得哈哈大笑。

颜晓晨新鲜地看着那些照片，并没有觉得乔羽很过分，却感觉到程致远身子僵硬、胳膊紧绷，似乎非常紧张。颜晓晨开玩笑地低声说："放心，不会有人因为这些照片嫌弃你的。"

程致远对她笑了笑。

最后几张照片是颜晓晨和程致远的合影，有他们在办公室时的照片，也有他们的结婚证件照和生活照，乔羽朝颜晓晨鞠躬，开玩笑地说："我代表祖国和人民感谢你肯收了致远这个祸害。"他很西式地抱了下程致远，对大家说："今天是我的好朋友，好兄弟，好战友的婚礼，祝他们百年好合、白头偕老！"

　　在司仪的主持下，程致远和颜晓晨交换婚戒，到这一刻，颜晓晨才真正感受到她和程致远要结婚了，突然之间，她变得很紧张，无法再像个旁观者一样置身事外地观看。程致远给她戴戒指时，她总觉得有一道异样的目光盯着她，伸出手时，视线一扫，竟然看到了沈侯，他西装革履、衣冠楚楚地坐在宴席上，冷眼看着她。霎时间，颜晓晨心里惊涛骇浪，下意识地就要缩手，却被程致远稳稳地握住了。程致远镇静地看着她，安抚地微微一笑，颜晓晨想起了，他们已经是法律认可的合法夫妻，她放松了手指，任由程致远把戒指给她戴上。她不敢抬头，却清晰地觉觉到沈侯的视线像火一般，一直炙烤着她。

　　颜晓晨像个复读机般，跟着司仪读完誓言，司仪宣布新娘给新郎戴戒指，伴娘刘欣晖忙尽职地把戒指递给颜晓晨。

　　颜晓晨拿着戒指，脑海里浮现的竟然是三亚海滩边，沈侯拿着戒指向她求婚的一幕。她曾那么笃定，这辈子如果结婚，只可能是和沈侯结婚，怎么都不会料到，她的婚礼，他会是来宾。颜晓晨的手轻轻地颤着，戴了两次都没戴上，司仪调侃说"新娘子太激动了"，颜晓晨越发紧张，程致远握住她的手，和她一起把戒指戴好。

　　之后，切蛋糕、喝交杯酒、抛花束，颜晓晨一直心神恍惚，所幸有程致远在，还有个八面玲珑的万能司仪，倒是一点差错没出。

　　等仪式结束，程致远对颜晓晨说："你上去休息吧！"

　　颜晓晨摇摇头，打起精神说："我不累，关系远的就算了，关系近的还是得打个招呼。"程致远已经够照顾她了，她也得考虑一下程致远和他爸妈的面子。

　　程致远笑着握了握她的手，"好的，但别勉强自己。你家亲戚少，我们先去你家那边敬酒。"

颜晓晨的两个姨妈、姨夫，几个表兄妹，程致远早上已经见过，也不用颜晓晨费神再介绍。等给女方亲戚敬完酒，程致远带着颜晓晨去给男方的长辈亲朋敬酒。颜晓晨刚开始还能集中精神，听对方的名字辈分，笑着打招呼，可人太多，渐渐地，她就糊涂了，只能保持着笑脸，跟着程致远。反正程致远叫叔叔，她就笑着说您好，程致远说好久不见，她就笑着说你好。

敬了三桌酒，程致远说："行了！你去休息，剩下的我来应付。"他把颜晓晨带到魏彤和刘欣晖身旁，对她们说："你们带晓晨回房间休息，累了就睡一觉，有事我会去找你们。"

魏彤和刘欣晖立即陪着颜晓晨回了楼上的总统套房。

走进房间，颜晓晨再撑不住，软坐到了沙发上，其实身体上没多累，但精神一直绷着，幸亏亲戚们都坐在餐厅里面，沈侯坐在外面的露台上，她不用真面对他。

魏彤看了下表，已经两点多，她说："晓晨，你把婚纱脱掉，躺一会儿。待会儿要下去时，再穿上就行了。"

"好。"

当初挑选婚纱时，程致远考虑到颜晓晨的身体，选的就是行动方便、容易穿容易脱的。颜晓晨在魏彤和刘欣晖的帮助下，把婚纱脱了，穿了件宽松的浴袍，躺在沙发上休息。

刘欣晖憋了一会儿，没憋住，轻声问："晓晨，你请沈侯来参加婚礼了？"

"没有。"

"难道是你家那位？程致远没这么变态吧？我去打听打听！"刘欣晖说完，一溜烟跑掉了。

魏彤摇头，这姑娘还是老样子啊！她刚才看到了倩倩，本来还想让欣晖去给倩倩打个招呼。

半晌后，刘欣晖回来了，怒气冲冲地说："程致远也没邀请沈侯，气死我了，是吴倩倩！"

魏彤不解，"怎么回事？"

"每个受邀的宾客都可以带自己的恋人出席婚宴，沈侯是以吴倩倩男朋友的身份来的。"

魏彤郁闷得直瞪刘欣晖：姐姐，你嘴还能再快一点吗？

刘欣晖吐吐舌头，"没什么吧？他们摆明了来给晓晨添堵，让晓晨早点知道，才有防备啊！"

颜晓晨睁开了眼睛，"我没事。"

魏彤觉得刘欣晖说得也不无道理，不再阻拦刘欣晖八卦。

刘欣晖说："你们猜猜，吴倩倩现在在哪里工作？她竟然在沈侯家的公司工作，还是沈侯的助理！"

魏彤看了眼颜晓晨，笑着说："吴倩倩毕业后一直过得很不顺，大家同学一场，沈侯帮她安排个工作也很正常。"

"切！正常什么？"刘欣晖嗤笑，"那么大个公司，安排什么工作不行？非要安排成自己的助理，日日相对？"

门铃响了，魏彤去打开门，两个服务生礼貌地说："程先生吩咐送的午餐。"

服务生把一道道热气腾腾的菜肴在餐桌上放好，恭敬地说："用餐愉快！"

魏彤早饿了，但没指望能正儿八经吃上热饭，打算吃点糕点垫下肚子算了，没想到程致远想得这么周到。

三人坐到餐桌前吃饭，刘欣晖一边吃，一边对颜晓晨说："晓晨，你这老公二十四孝，没得挑！"

魏彤嗤笑，"吃货，几盘菜就被收买了！"

刘欣晖笑眯眯地说："我们家那边有一句土话，说'嫁汉嫁汉，穿衣吃饭'！这个社会，能照顾好老婆吃饭穿衣的男人已经很稀少了。"

颜晓晨问刘欣晖，"婚宴什么时候结束？"

刘欣晖说："你们只办一天，最隆重的是今天中午的酒宴，大部分客人只吃中午这顿酒席，下午三四点就会告辞，关系亲近的朋友会留下，晚上还有一顿酒席，等吃完酒，就随便了，打麻将、闹洞房、唱歌、跳舞都可以。等大家闹尽兴了，回房间睡觉，明天就坐火车的坐火车，赶飞机的赶飞机，各自回家。"

吃完饭，魏彤和刘欣晖都让颜晓晨小睡一会儿，颜晓晨从善如流，进卧室休息。

她翻来覆去，一直没睡着。其实，本来就没多累，已经休息够了，但程致远没来叫她，颜晓晨也不想再看见沈侯，索性就赖在房间里休息了。

快五点时，颜晓晨给程致远打电话，问他要不要她下去。程致远说如果她不累，就下来见见朋友。两人正说着话，颜晓晨就听到电话那头一片起哄声，叫着"要见新娘子"。颜晓晨忙说："我穿好衣服就下来。"

刘欣晖听到可以下去玩了，兴奋地嗷嗷叫了两声，立即拉开衣柜，帮颜晓晨拿婚纱。

在魏彤和刘欣晖的帮助下，颜晓晨穿上了婚纱。正犯愁头发乱了，婚庆公司的化妆师也赶来了，帮颜晓晨梳头补妆，顺便把魏彤和刘欣晖也打扮得美美的。

收拾妥当后，三个人一起下了楼。

经过餐厅时，里面已经空了，服务生正在打扫卫生。露台上却依旧很热闹，三三两两的人，有的坐在桌子边喝酒，有的靠着栏杆赏景说话，还有的在湖边散步。

程致远隔着落地玻璃窗看到颜晓晨，快步走过来接她，魏彤和刘欣晖挤眉弄眼地把颜晓晨推给程致远，"有人来认领了，我们撤了。"

看魏彤和刘欣晖走了，颜晓晨酝酿了一下，才问："爸爸妈妈，还有亲戚都去哪里了？"

听到她的"爸爸妈妈"前没有"你"字，程致远禁不住笑了笑，"有的回房间休息了，有的回房间去打麻将了。"

颜晓晨听到麻将，一下子紧张了，"我妈……"

"我私下跟姨妈打过招呼了，她们会盯着妈妈，不会让她碰的，这会儿三姐妹正在房间里聊天，我刚才上去悄悄看了眼，看三个人都在抹眼泪，就没打扰她们。"

颜晓晨松了口气，"我妈和我姨妈好几年没来往了，肯定有很多话要说，谢谢你！"她想着只是形婚，一直反对举行婚礼，可如果没有这场婚礼，妈妈根本没机会和姐妹重聚。只为了这点，都值得举行婚礼，幸亏程致远坚持了。

"我说了，不要再对我说谢谢，都是我乐意做，也应该做的。"

两人刚走到露台上，立即有人笑着鼓掌，"老程终于肯让新娘子见我们了！"

颜晓晨知道留下的人都是程致远的好友，忙露了一个大笑脸。程致远拉着颜晓晨的手，给她介绍，大部分人颜晓晨从没见过，只能笑着说你好。

"章瑄。"

颜晓晨握手，"你好。"

"陆励成。"

颜晓晨迟疑着伸出手，觉得名字熟，人看上去也有点面熟，想了想，终于想起来了，惊讶地说："Elloitt Lu！您、您……怎么在这里？"她本来伸出去要握手的手，突然转向，改成了拽着程致远的胳膊，激动地对程致远说："他是 Elloitt Lu，MG 大中华区的总裁，我见过他的照片！"

周围的人全笑喷了，程致远无力地抚额，颜晓晨终于反应过来，程致远刚给她介绍的人，怎么可能不认识？她尴尬地红了脸，忙补救地对陆励成说："我大学时，在 MG 的上海分公司实习过，我在公司的主页上看到过您的照片和资料，刚才好像是突然见到大老板，一时激动，失态了，不好意思。"

陆励成微笑着说："没关系，恭喜你和致远！"

乔羽拍拍程致远的肩膀，幸灾乐祸地说："两个都是老板，待遇天差地别！小远子，你被比下去了！"他朝摄影师招招手，搭着陆励成的肩膀，细声细气、肉麻地说："励哥哥，赏光和新娘子合个影呗！"

陆励成拍开乔羽的爪子，淡淡说："看样子，你的婚礼是不打算邀请我们参加了。"

乔羽一愣，没反应过来陆励成的意思，程致远笑着说："乔大爷，你还没结婚呢，别犯众怒，悠着点！"

乔羽这才反应过来他们警告他现在闹腾得太欢，等到他婚礼时，他们也会下重手。乔羽嬉皮笑脸地说："今朝有酒今朝醉，明日事来明日愁！"

正好摄影师来了，乔羽拉着陆励成，站到颜晓晨身旁，三人一起拍了两张。乔羽对程致远勾勾手指，"来来，你们两个老板和新娘子拍一张。"他还硬要颜晓晨站在中间，陆励成和程致远一左一右站在两侧。

拍完照后，乔羽笑着对摄影师说："OK 了！谢谢！"

摄影师正要离开，有人突然说："能给我和晓晨、陆总拍一张吗？"

摄影师礼貌地说："可以。"婚庆公司雇他来就是让他在婚礼上提供拍照服务。

颜晓晨看着挽着沈侯手臂的吴倩倩，笑容有点僵，她以为他们已经离去了，没想到他们还在。

吴倩倩走到陆励成身旁，伸出手，笑着说："我叫吴倩倩，曾在 MG 的上海分公司工作过，可惜，试用期还没结束，公司就解雇了我。我一直想不通为什么，现在，我明白了……"她扫了眼程致远、乔羽，目光又落回陆励成身上，"我曾以为 MG 的企业文化是给所有人公平竞争的机会。"

陆励成淡淡说："MG 也一直注重忠诚、正直。"他没有和吴倩倩握手，也没有拍照，对程致远和乔羽说："你们聊，我去抽支烟。"他走下台阶，点了支烟，到湖边去吸烟。

吴倩倩脸涨得通红，硬是没缩回手，而是走了几步，从桌上端起杯酒，喝了起来，就好像她伸出手，本来就是为了拿酒。

摄影师看气氛不对，想要离开。沈侯拦住了他，"麻烦你给我和新娘子拍张照。"他还特意开玩笑地问程致远："和新娘子单独拍照，新郎官不会吃醋介意吧？"惹得露台上的人哈哈大笑。

颜晓晨看着沈侯一身黑西装，微笑着走向她，四周白纱飘拂、鲜花怒放，空气中满是香槟酒和百合花的甜腻香味，而她穿着洁白的婚纱，紧张地等着他。恍惚中，就好像是她想象过的婚礼，只要他牵起她的手，并肩站在一起，就能百年好合、天长地久。

沈侯站到她身边，用只有他们俩能听见的声音说："今天的婚礼很美，和我想象过的一模一样，不过，在我想象中，那个新郎是我。"

颜晓晨掌心冒汗，想要逃跑，可周围都是程致远的朋友，目光灼灼地看着她，她只能全身僵硬地站着。

沈侯低声说："如果你都能获得幸福，世间的真情实意该怎么办呢？我衷心祝你过得不快乐、不幸福！早日再次劈腿离婚！"

摄影师叫："看镜头！"

颜晓晨对着镜头微笑，沈侯盯了她一眼，也对着镜头微笑。

摄影师端着相机，为他们拍了一张，觉得两人的表情看似轻松愉悦，却说不出哪里总觉得奇怪，还想让他们调整下姿势，再拍一张，程致远走过去，揽住颜晓晨的肩，笑着说："那边还有些朋友想见你，我们过去打个招呼。"

"好的。"颜晓晨匆匆逃离了露台。

程致远感觉到他掌下的身体一直在轻颤，他轻声问："沈侯对你说了什么？"

颜晓晨笑着摇摇头，"什么都没说。"

程致远心里暗叹了口气，说："要我送你回房间吗？"

"不用！我不累，今天就中午站了一会儿，别的时候都在休息，还没平时上班累。"虽然面对沈侯很痛苦，可她依旧想留下来，她要是一见沈侯就逃，只会让人觉得她余情未了。

"那我们去湖边走走。"

两人沿着湖边慢慢地走着，颜晓晨看到在湖边抽烟的陆励成，下意识地看向吴倩倩，却看到她正端着杯酒，姿势亲密地倚着沈侯说话，她心里抽痛，像是被人狠狠揪了下心尖，忙收回了目光。

"怎么了？"程致远感觉到她步子踉跄了下，关切地问。

颜晓晨定了定神，说："吴倩倩为什么会被 MG 解雇？"

"你是不是已经猜到了？"

"我只猜到了是她写的匿名信揭发我考试作弊。"

"她自以为做得很隐秘，但她太心急了，如果她没写第二封匿名电子邮件，还不好猜，可她给 MG 的高管发了第二封匿名邮件，目的显然是想让你丢掉工作，我们稍微分析了一下你丢掉工作后谁有可能得益，就推测出是她。"

"我们？你和陆总？"

"对，他要开除你，总得先跟我打个招呼，从时间上来说，我应该是第一个知道 MG 会开除你的人。Elliott 说必须按照公司规定处理，让我包涵，我和他随便分析了下谁写的匿名信，得出结论是吴倩倩。"

颜晓晨郁闷了，"你有没有干涉我进 MG？"

"没有，绝对没有！那时，你已经在 MG 实习了，我去北京出差，和 Elliott、Lawrence 一起吃饭，Lawrence 是 MG 的另一个高管，Elliott 的臂膀，今天也来了。我对他们随口提了一下，说有个很好的朋友在他们手底下做事。"

颜晓晨的自信心被保全了，把话题拉了回来，"吴倩倩写匿名信，并没有侵犯公司利益，陆总为什么要把她踢出公司？是你要求他这么做的吗？"

"我没有！不过……我清楚 Elliott 的性子，他这人在某些事情上黑白分明，其中就包括朋友，如果吴倩倩和你关系交恶，她这么做，Elliott 应该会很赏识她，能抓到对手的弱点是她的本事，但吴倩倩是你的朋友。"

颜晓晨明白了，"忠诚！陆总不喜欢背叛朋友的人。"

程致远笑，"大概 Elliott 被人在背后捅刀捅得太多了，他很厌恶吴倩倩这种插朋友两刀的人。你也别多想，我和 Elliott 并不是因为你才这样对吴倩倩。像吴倩倩这种人，第一次做这种事时，还会良心不安、难受一阵，可如果这次让她成功了，她尝到了甜头，下一次仍会为了利益做同样的选择。现在她看似吃了苦头，却避免了将来她害了别人，也害了自己。"

颜晓晨低声说："你是借刀杀人。"其实，她当年就猜到有可能是吴倩倩，毕竟她关系要好的同学很少，最有可能知道她帮沈侯代考的人就是宿舍的舍友。如果是平时交恶的同学，想报复早就揭发了，没必要等半年，匿名者半年后才揭发，只能说明之前没有利益冲突，那个时间段却有了利益冲突。吴倩倩完全符合这两个条件，再加上她在出事后的一些古怪行为，颜晓晨能感觉出来，她也很痛苦纠结，吴倩倩并不是坏人，只是太渴望成功。当年，颜晓晨没精力去求证，也没时间去报复。报复吴倩倩并不能化解她面临的危机，她犯的错，必须自己去面对，所以当吴倩倩疏远她后，她也毫不迟疑地断了和吴倩倩的联系。今天之前，她还以为吴倩倩过得很好，没想到她也被失业困扰着。

颜晓晨说："一切都已经过去了，不管是我，还是吴倩倩，都为我们的错误付出了代价，你说过'everyone deserves a second chance'，请不要再为难吴倩倩了。"

"我虽然很生气，毕竟一把年纪了，为难一个小姑娘胜之不武，唯一的为难就是让她失去了 MG 的工作，之后她找工作一直不顺利，和我无关。"程致远不动声色地扫了眼蔷薇花丛中的沈侯，这个他眼中曾经的青涩少年已经完全蜕变成成熟的男人，他绅士周到地照顾着吴倩倩，从他的表情丝毫看不出他内心真实的想法。

快要七点了，晚上的酒宴就要开始，程致远带着颜晓晨朝餐厅走去。

宾客少了一大半，餐厅里十分空荡，分成了泾渭分明的两拨宾客，餐厅里是四桌亲戚，服务生上的是中式菜肴，餐厅外的露台上是四桌同学朋友，服务生上的是西餐，大家各吃各的，互不干扰，比中午的气氛更轻松。

程致远和颜晓晨去里面给长辈们打了个招呼，就到露台上和朋友一起用餐。

不用像中午一样挨桌敬酒，大家都很随意，犹如老朋友聚会，说说笑笑。有些难得一见的朋友凑在一块儿，你敬我一杯，我敬你一杯，聊着工作生活上的事，已经完全忘记是婚宴了，权当是私人聚会。

虽然因为沈侯，颜晓晨一直很紧张，但她努力克制着，让自己表现如常，到现在为止，她也一直做得很好。

温馨的气氛中，吴倩倩突然醉醺醺地站了起来，举起酒杯说："晓晨，我敬你一杯！"

众人隐约知道她们是同宿舍的同学，都没在意，笑眯眯地看着。颜晓晨端着杯子站了起来，"谢谢！"

她刚要喝，吴倩倩说："太没诚意了，我是酒，你却是白水。"

今天一天，不管是喝交杯酒，还是敬酒，颜晓晨的酒杯里都是白水，没有人留意，也没有人关心，可这会儿突然被吴倩倩叫破，就有点尴尬了。

魏彤忙说："晓晨不能喝酒，以水代酒，心意一样！"

吴倩倩嗤笑，"我和晓晨住了四年，第一次知道她不能喝酒，我记得那次她和沈侯约会回来，你看到她身上的吻痕，以为她和沈侯做爱了，还拿酒出来要庆祝她告别处女生涯。"

刘欣晖已经对吴倩倩憋了一天的气，再忍不住，一拍桌子，站了起来，"吴倩倩，你还好意思说同宿舍住了四年？哪次考试，你没复印过晓晨的笔记？大二时，你半夜发高烧，大雪天是晓晨和我用自行车把你推去的校医院！晓晨哪里对不起你了，你上赶着来给她婚礼添堵？就算晓晨和沈侯谈过恋爱又怎么样？现在什么年代了，谁没个前男友、前女友？比前男友，晓晨大学四年可只交了一个男朋友，你呢？光我知道的，就有三个！比恶心人，好啊！谁不知道谁底细……"

魏彤急得使劲把刘欣晖按到了座位上，这种场合可不适合明刀明枪、快意恩仇，而是要打太极，大事化小、小事化了。

程致远端起一杯酒，对吴倩倩说："这杯酒我替晓晨喝了。"他一仰头，把酒喝了。对沈侯微笑着说："沈侯，你女朋友喝醉了，照顾好她！"

沈侯笑笑，懒洋洋地靠着椅背，喝着红酒，一言不发，摆明了要袖手旁观看笑话。

吴倩倩又羞窘又伤心，眼泪潸然而下，没理会程致远给她的梯子，对刘欣晖和魏彤嚷，"一个宿舍，你们却帮她，不帮我！不就是因为她现在比我混得好嘛！我是交过好几个男朋友，可颜晓晨做过什么？你们敢说出来，她为什么不敢喝酒吗？她什么时候和沈侯分的手吗？她什么时候和程致远在一起……"

隔着衣香鬓影，颜晓晨盯着沈侯，吴倩倩做什么，她都不在乎，但她想看清楚沈侯究竟想做什么。沈侯也盯着她，端着酒杯，一边啜着酒，一边漫不经心地笑着。

随着吴倩倩的话语，沈侯依旧喝着酒、无所谓地笑着，就好像他压根儿和吴倩倩口中不断提到的沈侯没有丝毫关系，颜晓晨的脸色渐渐苍白，眼中也渐渐有了一层泪光。因为她不应该获得快乐、幸福，所以沈侯就要毁掉她的一切吗？他根本不明白，她并不在乎快乐幸福，她在乎的只是对她做这一切的人是他。

颜晓晨觉得，如果她再多看一秒沈侯的冷酷微笑，就会立即崩溃。她低下了头，在眼泪刚刚滑落时，迅速地用手印去。

沈侯以为他已经完全不在乎，可是没有想到，当看到她垂下了头，泪珠悄悄滴落的刹那，他竟然呼吸一窒。

吴倩倩说："颜晓晨春节就和程致远鬼混在一起，四月初……"沈侯猛地搁下酒杯，站了起来，一下子捂住了吴倩倩的嘴，吴倩倩挣扎着还想说话，"……才和沈侯分手，怀孕……"但沈侯笑着对大家说："抱歉，我女朋友喝醉了，我带她先走一步。"他的说话声盖住了吴倩倩含糊不清的话。

沈侯非常有风度地向众人道歉后，不顾吴倩倩反对，强行带着吴倩倩离开了。

颜晓晨抬起头，怔怔看着他们的身影匆匆消失在夜色中。

不知道在座的宾客根据吴倩倩的话猜到了多少，反正所有人都知道不是什么好事，刚才愉悦轻松的气氛荡然无存，人人都面无表情，尴尬沉默地坐着。

颜晓晨抱歉地看着程致远，嗫嚅着想说"对不起"，但对不起能挽回他的颜面吗？

程致远安抚地握住了她的手，笑着对所有人说："不好意思，让你们看了一场肥皂剧。"

一片寂静中，乔羽突然笑着鼓起掌来，引得所有人都看他，他笑嘻嘻地对程致远说："行啊，老程！没想到你能从那么帅的小伙子手里横刀夺爱！"

陆励成手搭在桌上，食指和中指间夹着根没点的烟，有一下没一下地轻点着桌子，"那小伙子可不光是脸帅，他是侯月珍和沈昭文的独生子。"

几张桌上的宾客不是政法部门的要员，就是商界精英，都是见多识广的人精，立即有人问："难道是 BZ 集团的侯月珍？"

陆励成笑笑，轻描淡写地问："除了她，中国还有第二个值得我们记住的侯月珍吗？"

众人都笑起来，对陆励成举重若轻的傲慢与有荣焉，有人笑着说："我敬新郎官一杯。"

一群人又说说笑笑地喝起酒来，好像什么事都没有发生过。的确如刘欣晖所说，现在这年代谁没个前男友、前女友，尤其这帮人，有的人的前女友要用卡车拉，但被吴倩倩一闹，事情就有点怪了。他们倒不觉得程致远夺人所爱有什么问题，情场如商场，各凭手段、胜者为王，但大张旗鼓地娶个冲着钱去的拜金老婆总是有点硌硬人。陆励成三言两语就把所有的尴尬化解了，不仅帮程致远挽回了面子，还让所有人高看了颜晓晨两分，觉得她是真爱程致远，连身家万贯的太子爷都不要。

等大家吃得差不多了，程致远对颜晓晨说："你先回房间休息吧，如果我回去晚了，不用等我，你先睡。"

颜晓晨说："你小心身体，别喝太多。"

等颜晓晨和魏彤、刘欣晖离开了，程致远右手拎着一瓶酒，左手拿着一个酒杯，走到在露台角落里吸烟的陆励成身边，给自己倒了一满杯酒，冲陆励成举了一下杯，一言未发地一饮而尽。

乔羽压着声音，恼火地说："程致远，你到底在玩什么？我怎么什么都不知道？那个女人到底怎么回事？"幸亏陆励成知道沈侯的身份，要不然婚礼真要变成笑话。

程致远说："我不要求你记住她的名字，但下次请用程太太称呼她。"

陆励成徐徐吐出一口烟，对乔羽说，"作为朋友，只需知道程先生很在乎程太太就足够了。"

乔羽的火气淡了，拿了杯酒，喝起酒来。

⁂

颜晓晨躺在床上，却一直睡不着。

她不明白沈侯是什么意思，难道真像刘欣晖说的一样，就是来给她和程致远添堵的？还有他和吴倩倩是怎么回事？只是做戏，还是真的……在一起了？

颜晓晨告诉自己，不管怎么样，都和她没有关系，但白天的一幕幕就像放电影一样，总是浮现在脑海里，挥之不去。

颜晓晨听到关门的声音，知道程致远回来了。这间总统套房总共有四个卧室，在程致远的坚持下，颜晓晨睡的是主卧，程致远睡在另一间小卧室。

过了一会儿，程致远轻轻敲了一下她的门，她装睡没有应答，门被轻轻地推开了。她听到衣帽间里传来窸窸窣窣声，知道他是在拿衣服。为了不让父母怀疑，他的个人物品都放在主卧。

他取好衣服，关上了衣帽间的门，却没有离开，而是坐在了沙发上。

黑暗中，他好像累了，一动不动地坐着，颜晓晨不敢动，却又实在摸不着头脑他想做什么，睁开眼睛悄悄观察着他，看不到他的表情，只能看到一个黑黢黢的影子，像是个塑像一般，凝固在那里。但是，这个连眉眼都没有的影子却让颜晓晨清晰地感觉到悲伤、渴望、压抑、痛苦的强烈情绪，是一个和白日的程致远截然不同的程致远。白天的他，笑意不断，体贴周到，让人如沐春风，自信从容得就好像什么都掌握在他手里，可此刻黑暗中的他，却显得那么无助悲伤，就好像他的身体变成了战场，同时在被希望和绝望两种最极端的情绪绞杀。

颜晓晨屏息静气，不敢发出一声，她意识到，这才是真正的程致远，他绝不会愿意让外人看到的程致远。虽然这一刻，她十分希望，自己能对他说点什么，就像很多次她在希望和绝望的战场上苦苦挣扎时，他给她的安慰和帮助一般，但她知道，现在的程致远只接受黑夜的陪伴。

颜晓晨终于明白了，为什么她总觉得程致远能轻而易举地理解她，因为他和她根本就是同一类人，都是身体内有一个战场的人。是不是这就是他愿意帮助她的原因？没有人会不怜悯自己。他的绝望是什么，希望又是什么？他给了她一条出路，谁能给他一条出路呢？

良久后，程致远轻轻地吁了口气，站了起来，他看着床上沉沉而睡的身影，喃喃说："晓晨，晚安！"他轻手轻脚地离开了，就好像他刚才在黑暗里坐了那么久，只是为了说一声"晚安"。

等门彻底关拢后，颜晓晨低声说："晚安。"

〜〜〜〜〜〜

颜晓晨睡醒时，已经快十二点。

她看清楚时间的那一刻，郁闷地敲了自己头两下，迅速起身。

程致远坐在吧台前，正对着笔记本电脑工作，看到颜晓晨像小旋风般急匆匆地冲进厨房，笑起来，"你着急什么？"

颜晓晨听到他的声音，所有动作瞬间凝固，这么平静愉悦的声音，和昨夜的那个身影完全无法联系到一起。她的身体静止了一瞬，才恢复如常，端着一杯水走出厨房，懊恼地说："已经十二点了，我本来打算去送欣晖和魏彤，不知道还来不来得及。"

"你不用着急了，她们已经都走了。"

颜晓晨瘫坐在沙发上，"你应该叫我的。"

"魏彤和刘欣晖不会计较这些，我送她们两个下的楼，考虑到我们俩的法律关系，我也算代表你了。"程致远热了杯牛奶，递给颜晓晨，"中饭想吃什么？"

"爸妈他们想吃什么？"

"所有人都走了，你妈妈也被我爸妈带走了，我爸妈要去普陀山烧香，你妈很有兴趣，他们就热情邀请你妈妈一块儿去了。"

程致远的爸爸睿智稳重，妈妈温和善良，把妈妈交给他们完全可以放心，而且程致远的妈妈是虔诚的佛教徒，颜妈妈很能听得进去她说话。颜晓晨对虚无缥缈的佛祖不相信，也不质疑，但她不反对妈妈去了解和相信，从某个角度来说，信仰像是心灵的药剂，如果佛祖能替代麻将和烟酒，她乐见其成。

颜晓晨一边喝着牛奶，一边瞅着程致远发呆。程致远被看得莫名其妙，上下打量了一下自己，笑问："我好像没有扣错扣子，哪里有问题吗？"

"你说，你是不是上辈子欠了我的？要不然明明是两个毫无关系的陌生人，你却对我这么好，不但对我好，还对我妈妈也好。如果不这么解释，我自己都没有办法相信，为什么是我，我有什么地方值得你对我好？"

程致远笑笑，淡淡说："也许是我这辈子欠了你的。"

颜晓晨做了个鬼脸，好像在开玩笑，实际却话里有话地说："虽然我们的婚姻只是形式，但我也会尽力对你好，孝顺你的爸妈。如果……我只是说如果，如果你遇到什么问题或者麻烦，我会尽百分之百的努力帮你。我能力有限，也许不能真帮到你什么，但至少可以听你说说话，陪你聊聊天的。"

程致远盯着颜晓晨，唇畔的笑意有点僵，总是优雅完美的面具有了裂痕，就好似有什么东西即将挣脱掩饰、破茧而出。颜晓晨有点心虚，怕他察觉她昨晚偷窥他，忙干笑几声，嬉皮笑脸地说："不过，我最希望的还是你早日碰到那个能让你心如鹿撞、乱了方寸的人，我会很开心地和你离婚……哈哈……我们不见得有个快乐的婚礼，却一定会有个快乐的离婚。"

程致远的面具恢复，他笑着说："不管你想什么，反正我很享受我们的婚礼，我很快乐。"

颜晓晨耸耸肩，不予置评。如果她没有看到昨夜的他，不见得能理解他的话，但现在，颜晓晨觉得他就是世界上的另一个自己，他们都很善于自我欺骗。对有些人而言，生命是五彩缤纷的花园，一切的美好，犹如花园中长着花一般天经地义；可对他们而言，生命只是一个人在漆黑时光中的荒芜旅途，但他们必须告诉自己，坚持住，只要坚持，也许总有一段旅途，会看到星辰璀璨，也许在时光尽头，总会有个人等着他们。

程致远把菜单放到颜晓晨面前，"想吃什么？"

颜晓晨把菜单推回给他，"你点吧，我没有忌口，什么都爱吃。"

程致远拿起电话，一边翻看菜单，一边点好了他们的午餐。

放下电话，程致远说："我们有一周的婚假，想过去哪里玩吗？"

颜晓晨摇摇头，"没有，你呢？"

"我想去山里住几天，不过没什么娱乐，你也许会觉得无聊。"

颜晓晨说："带上一本唐诗作旅游攻略，只要体力好，山里一点都不无聊！'万壑树参天，千山响杜鹃''坐看红树不知远，行尽青溪不见人''明月松间照、清泉石上流'，这些我都没问题，不过'会当凌绝顶，一览众山小'你就自己去吧，给我弄根鱼竿，我去'垂竿弄清风'。"

程致远被逗得大笑，第一次知道唐诗原来是教人如何游玩的旅游攻略。

颜晓晨唇角含笑，侃侃而谈，平时的老成稳重荡然无存，十分活泼俏皮："古诗词里不光有教人玩的，还有琳琅满目的吃的、喝的呢！'夜雨剪春韭，新炊间黄粱''长江绕郭知鱼美，好竹连山觉笋香''山暖已无梅可折，江清独有蟹堪持''桃花流水鳜鱼肥'，真要照着这些吃吃喝喝玩玩下来，那就是驴友中的徐霞客，吃货中的苏东坡，随随便便混个微博大V，一个不小心就青史留名了。"

程致远不禁想，如果颜晓晨的爸爸没有出事，她现在应该正在恣意挥霍着她的青春，而不是循规蹈矩、小心谨慎地应付生活。

颜晓晨看程致远一直不吭声，笑说："我是不是太啰唆了？你想去山里住，就去吧！我没问题。"

程致远说："那就这么定了，乔羽在雁荡山有一套别墅，我们去住几天。"

颜晓晨和程致远在山里住了五天后，返回上海。

这五天，他们过得很平淡宁静。

每天清晨，谁先起来谁就做一点简单的早餐，等另一人起来，两个人一起吃完早餐，休息一会儿，背上行囊，就去爬山。

颜晓晨方向感不好，一出门就东西南北完全不分，程致远负责看地图、制定路线。两人沿着前人修好的石路小径，不疾不徐地走，没有一定要到的地方，也没有一定要看的景点，一切随心所欲，只领略眼前的一切。有时候，能碰到美景，乍然出现的溪流瀑布，不知名的山鸟，正是杜鹃花开的季节，经常能看到一大片杜鹃怒放在山崖；有时候，除了曲折的小路，再无其他，但对城市人而言，只这山里的空气已经足够美好。

山里有不少装修精致的饭庄，程致远和颜晓晨也去吃过，但大部分时候，他们都是自给自足。颜晓晨是穷人家的孩子，家务活做得很顺溜，江南的家常小菜都会烧，虽然厨艺不那么出类拔萃，但架不住山里的食材好，笋是清晨刚挖的，蔬菜是乔羽家的亲戚种的，鱼更不用说，是颜晓晨和程致远自己去钓的，只要烹饪手法不出错，随便放点盐调味，已经很鲜美。

程致远独自一人在海外生活多年，虽不能说厨艺多么好，但有几道私房菜非常拿得出手，平时工作忙，没时间也没心情下厨，现在，正好可以把做饭当成一种艺术，静下心来慢慢做。一道西式橘汁烤鸭让颜晓晨赞不绝口。

汤足饭饱后，两人常常坐在廊下看山景，颜晓晨一杯热牛奶，程致远端一杯红酒，山里的月亮显得特别大，给人一种错觉，似乎一伸手，就能够到。两人都不看电视、不用电脑、不上网，刚过九点就会各自回房，上床睡觉。因为睡得早，一般早上五六点就会自然醒，可以欣赏着山间的晨曦，呼吸着略带清冷的新鲜空气，开始新的一天。

五天的山间隐居生活一晃而过。

婚礼前，颜晓晨一直有些忐忑不安，不知道如何去过"婚姻生活"。

和自己心爱的人在一起，一颗心系在对方身上，喜怒哀乐都与他休戚相关，肯定会恨不得朝朝暮暮相对，不管干什么，都会很有意思。可是她和程致远，虽然还算关系相熟的朋友，但十天半月不见，她也绝对不会惦记，她实在没办法想象两人如何同居一室、朝夕相对。

婚礼后，两人真过起"婚姻生活"，颜晓晨发现，并不像她想象中那么艰难，甚至应该说很轻松。相处之道，有琴瑟和鸣、如胶似漆，也有高山流水、相敬如宾，她和程致远应该就是后者，程致远非常尊重她，她也非常尊重他，两个人像朋友一般，和和气气、有商有量。其实，生活就是一段旅途，人都是群居动物，没有人愿意一个人走，都想找个人能相依相伴，如果不能找到倾心相爱的恋人，那么有个志同道合的朋友也算不错的选择。

回到上海，颜晓晨正式搬进程致远的家，就是以前她来过的那套复式公寓。二百多平米，楼下是厨房、客厅、饭厅、客房，楼上是两间卧室、一个大书房。

程致远依旧住他之前住的卧室，颜晓晨住另一间卧室，当然，两人的"分居"都是偷偷摸摸的，在颜妈妈面前，他们一直扮演着恩爱夫妻。

颜妈妈住在楼下的客房，因为怕撞到少儿不宜的画面，她从不上楼，有事都是站在楼梯口大声叫。颜妈妈自尊心很强，当着程致远爸妈的面，特意说明她不会经常和女儿、女婿住，只不过现在女儿怀孕了，为了方便照顾女儿，她就先和女儿、女婿一起住，等孩子大一点，她肯定要回家乡。颜晓晨觉得自己一切良好，连着爬两个小时的山，一点异样感觉都没有，而且日常的做饭打扫都有王阿姨，并不需要妈妈照顾，但考虑到戒赌就和戒毒一样，最怕反复，她觉得还是把妈妈留在上海比较好，毕竟时间越长，妈妈遗忘得越彻底。

吃过晚饭后，颜妈妈在厨房洗碗，程致远和颜晓晨坐在客厅的沙发上，一个用笔记本电脑收发邮件，一个在看电视。

颜晓晨拿着遥控器一连换了几个台，都没看到什么好看的节目，正好有个台在放股票分析的财经类节目，她放下了遥控器，一边看电视，一边剥橙子。

突然，一条新闻不仅让颜晓晨抬起了头，专注地盯着电视，也让程致远停下了手头的工作，聚精会神地听着。

BZ集团董事长兼CEO侯月珍因病休养，暂时无法处理公司日常业务，由独生子沈侯出任代理CEO，负责公司的日常运营管理。因为侯月珍得的什么病、何时康复都没有人知道，沈侯又太过年轻，让机构投资者对公司的未来很怀疑，引发了公司股票跌停。

新闻很短，甚至没有沈侯的图片，只有三十秒钟侯月珍以前出席会议的视频资料。当主持人和嘉宾开始分析股票的具体走势时，颜晓晨拿起遥控器换个台，低着头继续剥橙子。

程致远说："外人总觉得股票升才是好事，可对庄家而言，股票一直涨，并不是好事。只要庄家清楚公司的实际盈利，对未来的持续经营有信心，利用大跌，庄家能回购股票，等利好消息公布，股票大涨时，再适时抛出，就能实现套利。沈侯妈妈的病不至于无法管理公司，她应该只是对沈侯心怀愧疚，想用事业弥补儿子的爱情，提早了权力交接，她依旧会在幕后辅助沈侯，保证公司稳定运营。"

颜晓晨把剥好的橙子分了一半给程致远，淡淡说："和我无关！"沈侯已经开始了他的新生活，就算曾有伤痛，他所得到的一切，必将让他遗忘掉所有的不快，在他的璀璨生活中，所有关于她的记忆会不值一提。从此以后，也许唯一知道他消息的渠道就是看财经新闻了。

Chapter 17

选择

人生的遭遇难以控制，有些事情不是你的错，也不是你可以阻止的。你能选择的不是放弃，而是继续努力争取更好的生活。

——力克·胡哲

六月份，怀孕四个月了，开始显怀。颜晓晨穿上贴身点的衣服，小腹会微微隆起，但还不算明显，因为脸仍然很瘦，大部分人都以为她是最近吃得多，坐办公室不运动，肉全长肚子上了。

程致远有点事要处理，必须去一趟北京，见一下证监会的领导。这是婚后第一次出差，早已经习惯全球飞的他，却觉得有点不适应，如果不是非去不可，他真想取消行程。

颜晓晨倒是没有任何感觉，只是去北京，五星级酒店里什么都有，也不会孤单，有的是熟人朋友陪伴，说得自私点，她还有点开心，不用当着妈妈的面，时刻注意扮演恩爱夫妻，不得不说很轻松啊！

临走前，程致远千叮万嘱，不但叮嘱了王阿姨他不在的时候多费点心，还叮嘱乔羽帮他照顾一下晓晨，最后在乔羽不耐烦的嘲笑中，程致远离开了上海。

　　因为程致远不在家，吃过晚饭，颜妈妈拉着颜晓晨一起去公园散步，竟然碰到了沈侯的爸妈。沈妈妈和沈爸爸穿着休闲服和跑步鞋，显然也是在散步锻炼。

　　不宽的林荫小道上，他们迎面相逢，想假装看不见都不行。

　　双方的表情都很古怪，显然谁都没有想到茫茫人海中会"狭路相逢"。沈妈妈挤出了个和善的笑，主动跟颜晓晨打招呼，"晓晨，来锻炼？"

　　颜晓晨却冷着脸，一言不发，拉着颜妈妈就走。

　　颜妈妈不高兴了，中国人的礼仪，伸手不打笑脸人，何况还是一个看着和蔼可亲的长辈。她拽住颜晓晨，对沈妈妈抱歉地说："您别介意，这丫头是和我闹脾气呢！我是晓晨的妈妈，您是……"

　　沈妈妈看着颜妈妈，笑得很僵硬，不知道是激动还是恐惧，竟然说不出一句话，还是沈爸爸镇静一点，忙自我介绍说："我们是沈侯的爸妈。"

　　"啊？"颜妈妈又是惊讶又是惊喜。

　　颜晓晨用力拽颜妈妈："妈，我想回去了。"

　　颜妈妈不理她，颜妈妈至今还对沈侯十分愧疚，一听是沈侯的爸妈，立即觉得心生亲近。她堆着笑，不安地说："原来你们是沈侯的父母，之前还和沈侯说过要见面，可是一直没机会……你们家沈侯真是个好孩子，是个好孩子！晓晨，快叫人！"

　　颜晓晨撇过脸，装没听见。颜妈妈气得简直想给晓晨两耳光，"你这丫头怎么回事？连叫人都不会了？一点礼貌没有……"

　　沈爸爸和沈妈妈忙说："没有关系，没有关系！"

　　颜妈妈愧疚不安，心里想，难怪沈侯不错，都是他爸妈教得好，她关心地问："沈侯找到工作了吗？"

　　"找到了。"

　　"在什么单位？正规吗？"

"一家做衣服、卖衣服的公司，应该还算正规吧！"

"领导对沈侯好吗？之前沈侯好像也在一家卖衣服的公司，那家公司老板可坏得很，明明孩子做得挺好，就因为老板私人喜好，把沈侯给解雇了！"

沈爸爸轻轻咳嗽了一声说："领导对沈侯不错。"

"那就好！那就好！我还一直担心沈侯的工作，可又实在不好意思给他打电话。你们来上海玩吗？"

"对，来玩几天。"

"什么时候有空我想请你们吃顿饭……"

沈爸爸、沈妈妈和颜妈妈都怀着不安讨好的心情，谈话进行得十分顺利，简直越说越热乎，这时沈侯大步跑了过来，"爸、妈……"刚开始没在意，等跑近了，才看到是颜妈妈。他愣了一下，微笑着说："阿姨，您也来锻炼？"视线忍不住往旁边扫，看到颜晓晨站在一旁，气鼓鼓的样子。

颜妈妈搪了一下颜晓晨，意思是你看看人家孩子的礼貌。她笑着说："是啊，你陪你爸妈锻炼？"

"嗯。"沈侯看颜晓晨，可颜晓晨一直扭着头，不拿正脸看他们，眉眼冰冷，显然没丝毫兴趣和他们寒暄。

"阿姨，你锻炼吧，我们先走了！"沈侯脾气也上来了，拖着爸妈就走。

看他们走远了，颜妈妈狠狠地戳了颜晓晨的额头一下，"你什么德行？电视上不是老说什么分手后仍然是朋友吗？你和沈侯还是大学同学，又在一个城市工作，以后见面机会多着呢，你个年轻人还不如我们这些老家伙。"看颜晓晨冷着脸不说话，她叹了口气，"沈侯这孩子真不错！他爸妈也不错！你实在……"想想程致远也不错，程致远爸妈也不错，颜妈妈把已经到嘴边的话吞了回去。

※

沈侯一直沉默地走着，沈爸爸和沈妈妈也默不作声，三个人都心事重重，气氛有些压抑。

沈爸爸看儿子和老婆神色凝重，打起精神说："我看晓晨比照片上胖了些，应该过得挺好，人都已经结婚了，过得也不错，你们……"

沈妈妈突然说："不对！她那不是胖了，我怎么看着像怀孕了？可是这才结婚一个月，就算怀孕了，也不可能显怀啊，难道是双胞胎……"

沈侯含着一丝讥笑，若无其事地说："已经四个月了。"

沈妈妈和沈爸爸大吃一惊，"什么？""你怎么知道？"

沈妈妈和沈爸爸交换了一个眼神，沈妈妈试探地说："四个月的话，那时……你和晓晨应该还在一起吧？"

沈侯自嘲地笑笑，"不是我的孩子！要不是知道这事，我还狠不下心和她断。"

沈妈妈和沈爸爸神色变幻，又交换了一个眼神，沈妈妈强笑着说："你怎么知道不是你的孩子？"

沈侯嗤笑，"颜晓晨自己亲口承认了，总不可能明明是我的孩子，却非要说成是程致远的孩子吧？她图什么？就算颜晓晨肯，程致远也不会答应戴这顶绿帽子啊！"

沈妈妈还想再试探点消息出来，沈侯却已经不愿意谈这个话题，他说："你们锻炼完，自己回去吧！我约了朋友，去酒吧坐一会儿。"

"哎！你……少喝点酒，早点回来！"

看着沈侯走远了，沈妈妈越想心越乱，"老沈，你说怎么办？如果晓晨已经怀孕四个月了，那就是春节前后怀上的。去年的春节，沈侯可没在家过，是和晓晨一起过的，还和我们嚷嚷他一定要娶晓晨。"

沈爸爸眉头紧皱，显然也是心事重重，"必须查清楚！"

早上，颜晓晨正上班，前台打电话来说有位姓侯的女士找她。

颜晓晨说不见。

没过一会儿，前台又打电话给她，"那位侯女士说，如果你不见她，她会一直在办公楼外等，她还说只占用你几分钟时间。"

颜晓晨说："告诉她，我不会见她，让她走。"

一会儿后，颜晓晨的手机响了，是个陌生的电话号码。颜晓晨犹豫了一下，怕是公事，接了电话，一听声音，竟然真是沈妈妈，颜晓晨立即要挂电话，沈妈妈忙说："关于沈侯的事，很重要。"

颜晓晨沉默了一瞬，问："沈侯怎么了？"

"事情很重要，当面说比较好，你出来一下，我就在办公楼外。"

颜晓晨一走出办公楼，就看到了沈侯的妈妈。

"晓晨！"沈妈妈赔着笑，走到颜晓晨面前。

颜晓晨不想引起同事们的注意，一言未发，向着办公楼旁边的小公园走去，沈妈妈跟在了她身后。说是小公园，其实不算真正的公园，不过是几栋办公楼间正好有一小片草地，种了些树和花，又放了两三张长椅，供人休息。中午时分，人还会挺多，这会儿是办公时间，没什么人。

颜晓晨走到几株树后，停住了脚步，冷冷地看着沈妈妈，"给你三分钟，说吧！"

沈妈妈努力笑了笑，"我知道我的出现就是对你的打扰。"

颜晓晨冷嘲，"知道还出现？你也够厚颜无耻的！沈侯怎么了？"

沈妈妈说："自从你和沈侯分手，沈侯就一直不对劲，但我这次来不是因为他，而是因为你肚子里的孩子。"

颜晓晨的手下意识地放在了腹部，又立即缩回，提步就走，"和你无关！"

沈妈妈笑了笑，说话的声音听起来十分从容自信，"沈侯是孩子的爸爸，怎么会和我无关？"

颜晓晨猛地一下停住了步子，本以为随着婚礼，一切已经结束，所有的秘密都被埋葬了，可没想到竟然又被翻了出来。她觉得自己耳朵边好像有飞机飞过，一阵阵轰鸣，让她头晕脚软，几乎站都站不稳。

她缓缓转过身，脸色苍白，盯着沈妈妈，声音都变了调，"你怎么知道的？沈侯知道吗？"

沈妈妈也是脸色发白，声音在不自禁地轻颤，"我只是猜测，觉得你不是那种和沈侯谈着恋爱，还会和别的男人来往的人，如果你是那样的女人，早接受了我的利诱和逼迫。但我也不敢确定，刚才的话只是想试探一下你，没想到竟然是真的……沈侯还什么都不知道。"

"你……你太过分了！"颜晓晨又愤怒又懊恼，还有被触动心事的悲伤。连沈侯的妈妈都相信她不是那样的人，沈侯却因为一段微信、两张照片就相信了一切，但她不就是盼着他相信吗？为什么又会因为他相信而难过？

沈妈妈急切地抓住了颜晓晨的手，"晓晨，你这样做只会让自己痛苦，也让沈侯痛苦，将来还会让孩子痛苦！你告诉我，我们要怎么做，你才能原谅我们？我们什么都愿意去做！你不要再这么折磨自己了！"

颜晓晨的眼睛里浮起隐隐一层泪光，但她盯着沈妈妈的眼神，让那细碎的泪光像淬毒的钢针一般，刺得沈妈妈畏惧地放开了她。

颜晓晨说："你听着，这个孩子和你们没有任何关系！和沈侯也没有关系！我不想再看到你！"

颜晓晨转过身，向着办公楼走去。沈妈妈不死心，一边跟着她疾步走，一边不停地说："晓晨，你听我说，孩子是沈侯的，不可能和我们没有关系……"

颜晓晨霍然停步，冰冷地质问："侯月珍，你还记得我爸爸吗？那个老实巴交、连普通话都说不流利的农民工。他蹲在教育局门口傻乎乎等领导讨个说法时，你有没有去看过他？你有没有雇人去打过他、轰赶过他？有没有看着他下跪磕头，求人听他的话，觉得这人真是鼻涕虫，软弱讨厌？你看他三伏盛夏，连一瓶水都舍不得买来喝，只知道咧着嘴傻傻赔笑，是不是觉得他就应该是只微不足道的蚂蚁，活该被你捏死？"

沈妈妈心头巨震，停住了脚步。随着颜晓晨的话语，她好像被什么东西扼住了咽喉，嘴唇轻颤、一翕一合，却一句话都说不出来，表情十分扭曲。

"你都记得，对吗？那你应该比谁都清楚——"颜晓晨把手放在腹部，对沈妈妈一字字说："这个孩子会姓颜，他永远和你没有任何关系！"

沈妈妈的泪水滚滚而落，无力地看着颜晓晨走进了办公楼。

年轻时，还相信人定胜天，但随着年纪越大，看得越多，却越来越相信天网恢恢、疏而不漏，因果循环、报应不爽，只是为什么要报应到她的儿孙身上？

沈妈妈失魂落魄地回到了家里。

沈爸爸看她表情，已经猜到结果，却因为事关重大，仍然要问清楚，"孩子是我们家沈侯的？"

沈妈妈双目无神，沉重地点了下头，"晓晨说孩子姓颜，和我们没关系。"

沈爸爸重重叹了口气，扶着沈妈妈坐下，给她拿了两丸中药。自从遇见颜晓晨，沈妈妈就开始心神不宁、难以入睡，找老中医开了中药，一直丸药、汤药吃着，但药只能治身，不能治心，吃了半年药了，治疗效果并不理想。

沈妈妈吃完药，喃喃问："老沈，你说该怎么办？晓晨说孩子和我们没关系，但怎么可能没有关系呢？"这一生，不管再艰难时，她都知道该怎么办。虽然在外面，她一直非常尊重沈侯的爸爸，凡事都要问他，可其实不管公司里的人，还是公司外面的人都知道，真正做决策的人是她。但平生第一次，她不知道该怎么办了。如果按照颜晓晨的要求，保持沉默，当那个孩子不存在，是可以让颜晓晨和她妈妈维持现在的平静生活，但孩子呢？沈侯呢？程致远也许是好人，会对孩子视若己出，但"己出"前面加了两个字"视若"，再视若己出的父亲也比不上亲生的父亲。可是不理会颜晓晨的要求，去争取孩子吗？他们已经做了太多对不起颜晓晨和她妈妈的事，不管他们再想要孩子，也做不出伤害她们的事。

沈爸爸在沙发上沉默地坐了一会儿，做了决定，"孩子可以和我们没有关系，但不能和沈侯没有关系！"

沈妈妈没明白，"什么意思？"

"我们必须把所有事情都告诉沈侯，孩子是沈侯和晓晨两个人的，不管怎么做，都应该让他们两人一起决定。"

沈妈妈断然否决，"不行！没有想出妥善的解决办法前，不能告诉沈侯！沈侯没有做错任何事，他不应该承受这些痛苦！是我造下的孽，不管多苦多痛，都应该我去背……"

"晓晨呢？她做错了什么，要承受现在的一切？晓晨和沈侯同岁，你光想着儿子痛苦，晓晨现在不痛苦吗？"

沈妈妈被问得哑口无言，眼中涌出了泪水。

沈爸爸忙说："我不是那个意思，没有责怪你……我只是想说，晓晨也很无辜，不应该只让她一个人承受一切。"

"我明白。"

"我也心疼儿子，但这事超出了我们的能力，我们解决不了！我们不能再瞒着沈侯，必须告诉他。"

沈妈妈带着哭音问："沈侯就能解决吗？"

沈爸爸抹了把脸，觉得憋得难受，站起来找上次老刘送的烟，"应该也解决不了！"

"那告诉他有什么意义？除了多了一个人痛苦？"

沈爸爸拆开崭新的烟，点了一支抽起来。在公安系统工作的男人没有烟瘾不大的，当年他的烟瘾也很大，可第一个孩子流产之后，为了老婆和孩子的健康，他就把烟戒了，几十年都没再抽，这段时间却好像又有烟瘾了。

沈爸爸吸着烟说："沈侯现在不痛苦吗？昨天老刘拿来的是四条烟，现在柜子里只剩下两条了，另外两条都被你儿子拿去抽了，还有他卧室里的酒，你肯定也看到了。"

沈妈妈擦着眼泪，默不作声。沈侯自从和晓晨分手，状态一直不对。一边疯狂工作，着急地想要证明自己，一边酗酒抽烟，游戏人间。他像是完全变了一个人，没有一丝过去的阳光开朗，满身阴暗抑郁。本来沈妈妈还不太能理解，但现在她完全能理解了，男人和女人的爱情表达方式截然不同，但爱里的信任、快乐、希望都一样，颜晓晨的"怀孕式"分手背叛了最亲密的信任，讥嘲了最甜蜜的快乐，打碎了最真挚的希望。看似只是一段感情的背叛结束，可其实是毁灭了沈侯心里最美好的一切。沈妈妈突然想，也许，让沈侯知道真相，不见得是一件坏事，虽然会面对另一种绝望、痛苦，但至少他会清楚，一切的错误都是因为他的父母，而不是他，他心里曾相信和珍视的美好依旧存在。

沈爸爸说："你是个母亲，不想儿子痛苦很正常，但是，沈侯现在已经是父亲了，有些事他只能去面对。我是个男人，也是个父亲，我肯定，沈侯一定宁愿面对痛苦，也不愿意被我们当傻子一样保护。小月，我们现在不是保护，是欺骗！如果有一天他知道了，他会恨我们！恨我们的人已经太多了，我不想再加上我们的儿子！"

沈妈妈苦笑，"我们告诉他一切，他就不会恨我们吗？"

沈爸爸无力地叹了口气，所有父母都希望在孩子心里保持住"正面"的形象，但他们必须自己亲手把自己打成碎末，"沈侯会怨怪我们，会对我们很失望，但他迟早会理解，我们是一对望子成龙的自私父母，但我们从不是杀人犯！"

听到"杀人犯"三个字，沈妈妈一下子失声痛哭了起来。这些年，背负着一条人命，良心上的煎熬从没有放过她。

沈爸爸也眼睛发红，他抱着沈妈妈，拍着她的背说："晓晨对我们只有恨，可她对沈侯不一样，至少，她会愿意听他说话。"

沈妈妈哭着点了点头，"给沈侯打电话，叫他立即回来。"

❧❧❧

自从那天和沈侯的妈妈谈完话，颜晓晨一直忐忑不安。

虽然理智上分析，就算沈妈妈知道孩子是沈侯的，也不会有勇气告诉沈侯，毕竟，他们之前什么都不敢告诉沈侯，如果现在他们告诉了沈侯孩子的真相，势必会牵扯出过去的事。但是，颜晓晨总是不安，总觉得有什么东西潜伏在暗处，悄无声息地看着她。

如果程致远在家，她还能和他商量一下，可他现在人在北京，她只能一个人胡思乱想。

战战兢兢过了一个星期，什么都没发生，沈侯的爸妈也没有再出现，颜晓晨渐渐放心了。如果要发生什么，应该早发生了，既然一个星期都没有发生什么，证明一切都过去了，沈侯的爸妈选择了把一切尘封。

她不再紧张，却开始悲伤，她不知道自己在悲伤什么，也不想知道，对现在的她而言，她完全不在乎内里是否千疮百孔，她只想维持住外在的平静生活。

周末，颜妈妈拖着颜晓晨出去锻炼。

颜晓晨懒洋洋的不想动，颜妈妈却生龙活虎、精力充沛。一群经常一起锻炼的老太太叫颜妈妈去跳舞，颜妈妈有点心动，又挂虑女儿。颜晓晨说："你去玩你的，我自己一个人慢慢溜达，大白天的，用不着你陪。"

"那你小心点，有事给我打电话。"颜妈妈跟着一群老太太高高兴兴地走了。

颜晓晨沿着林荫小路溜达，她不喜欢嘈杂，专找曲径通幽、人少安静的地方走，绿化好、空气也好。走得时间长了，倒像是把筋骨活动开了，人没有刚出来时那么懒，精神也好了许多。

颜晓晨越走越有兴头，从一条小路出来，下青石台阶，打算再走完另一条小路，就回去找妈妈。没想到下台阶时，一个闪神，脚下打滑，整个人向前跌去，颜晓晨没有任何办法制止一切，眼睁睁地看着自己的整个身体重重摔下，满心惊惧地想着，完了！

电光石火间，一个人像猿猴一般敏捷地蹿出，不顾自己有可能受伤，硬是从高高的台阶上一下子跳下，伸出手，从下方接住了她。

两个人重心不稳，一起跌在了地上，可他一直尽力扶着颜晓晨，又用自己的身体帮她做了靠垫，颜晓晨除了被他双手牢牢卡住的两肋有些疼，别的地方没什么不适的感觉。

从摔倒到被救，看似发生了很多事，时间上不过是短短一刹那，颜晓晨甚至没来得及看清楚救她的人。她觉得简直是绝处逢生，想到这一跤如果摔实了的后果，她心有余悸，手脚发软、动弹不得。救她的人也没有动，扶在她两肋的手竟然环抱住了她，把她揽在了怀里。

颜晓晨从满怀感激变成了满腔怒气，抬起身子，想挣脱对方。一个照面，四目交投，看清楚是沈侯，她一下愣住了。被他胳膊上稍稍使了点力，整个人又趴回了他胸前。

四周林木幽幽，青石小径上没有一个行人，让人好像置身在另一个空间，靠在熟悉又陌生的怀抱里，颜晓晨很茫然，喃喃问："你……你怎么在这里？"

沈侯眯着眼说："你真是能把人活活吓死！"

颜晓晨清醒了，挣脱沈侯，坐了起来。沈侯依旧躺在地上，太阳透过树荫，在他脸上映照出斑驳的光影。

颜晓晨看着沈侯，沈侯也看着她，沈侯笑了笑，颜晓晨却没笑。

沈侯去握她的手，她用力甩开了，站起身就要离开，沈侯抓住她的手腕，"你别走，我不碰你。"他说话的声音带着颤抖，颜晓晨纳闷地看了一眼，发现他随着她的动作，直起了身子，脸色发白，额头冒着冷汗，显然是哪里受伤了。

颜晓晨不敢再乱动，立即坐回了地上，"你哪里疼？要不要送你去医院？"

"要！你打120吧。别担心，应该只是肌肉拉伤，一时动不了。"

颜晓晨拿出手机给120打电话，说有一个摔伤的病人，请他们派救护车过来。120问清楚地址和伤势后，让她等一会儿。沈侯一直盯着她手中的手机，眼中有隐隐的光芒闪烁。

以上海的路况，估计这个"等一会儿"需要二三十分钟。颜晓晨不可能丢下沈侯一个人在这里等，只能沉默地坐在旁边。

沈侯说："小小，对不起！"

颜晓晨扭着脸，看着别处，不吭声。

沈侯说："小小，和我说句话，看在我躺在地上一动不能动的分儿上。"

"你知道多少了？"

"全部，我爸爸全部告诉我了。"

颜晓晨嘲讽地笑笑，"既然已经全知道了，你觉得一句对不起有用吗？"

"没用！我刚才的对不起不是为我爸妈做的事，而是为我自己做的事，我竟然只因为一段微信、两张照片就把你想成了截然不同的一个人！"

颜晓晨嘴里冷冰冰地说："你爱想什么就想什么，我根本不在乎！"

鼻头却发酸，觉得说不出的委屈难过。

"我爸说因为我太在乎、太紧张了，反倒不能理智地看清楚一切，那段时间，我正在失业，因为爸妈作梗，一直都找不到工作，程致远又实在太给人压迫感，你每次有事，我都帮不上忙，我……"

"我说了，我不在乎！你别废话了！"

"我只是想说，我很混账！对不起！"

颜晓晨直接转了个身，用背对着沈侯，表明自己真的没兴趣听他说话，请他闭嘴。

沈侯看着她的背影，轻声说："那天，我爸打电话来叫我回家，当时，我正在代我妈主持一个重要会议，他们都知道绝对不能缺席，我怕他们是忘了，还特意提醒了一声，可我爸让我立即回去，说他们有重要的事告诉我。我有点被吓着了，以为是我妈身体出了问题，她这段日子一直精神不好，不停地跑医院。我开着车往家赶时，胡思乱想了很多，还告诉自己一定要镇定，不管什么病，都要鼓励妈妈配合医生，好好医治。回到家，妈妈和爸爸并排坐在沙发上，像是开会一样，指着对面的位置，让我也坐。我老实地坐下，结果爸爸刚开口叫了声我的名字，妈妈就哭了起来，我再憋不住，主动问'妈妈是什么病'，爸爸说'不是你妈生病了，是你有孩子了，晓晨怀的孩子是你的，不是程致远的'。我被气笑了，说'你们比我还清楚？要是我的孩子，颜晓晨为什么不承认？她得要多恨我，才能干这种缺德的事？'爸爸眼睛发红，说'她不是恨你，是恨我们！'妈妈一边哭，一边告诉了我所有的事……"

直到现在，沈侯依旧难以相信他上大学的代价是晓晨爸爸的生命。在妈妈的哭泣声中，他好像被锯子一点点锯成了两个人：一个在温暖的夏日午后，呆滞地坐在妈妈对面，茫然无措地听着妈妈的讲述；一个在寒冷的冬夜，坐在晓晨的身旁，怜惜难受地听着晓晨的讲述。他的眼前像是有一帧帧放大的慢镜头，晓晨的妈妈挥动着竹竿，疯了一样抽打晓晨，连致命的要害都不手软，可是晓晨没有一丝反抗，她蹲在妈妈面前，抱着头，沉默地承受一切。不是她没有力量反抗，而是她一直痛恨自己，就算那一刻真被打死了，她也心甘情愿。

在疯狂的抽打中，两个他把两个截然不同角度的讲述像拼图一样完整地拼接到了一起，他终于明白了所有的因缘际会！阴寒的冷意像钢针一般从心里散入四肢百骸，全身上下都又痛又冷，每个关节、每个毛孔似乎都在流血，可是那么的痛苦绝望中，在心里一个隐秘的小角落里，他竟然还有一丝欣喜若狂，孩子是他的！晓晨仍然是爱他的！

"知道一切后，我当天晚上就去找过你，看到你和你妈妈散步，但是我没有勇气和你说话。这几天，我一直不知道该怎么办，每次见到你，就忍不住想接近你，恨不得一直待在你身边，可我又不敢见你。今天又是这样，从早上你们出门，我就跟着你们，但一直没有勇气现身，如果不是你刚才突然摔倒，我想我大概又会像前几天一样，悄悄跟着你一路，最后却什么都不敢做，默默回家。"

颜晓晨怔怔地盯着一丛草发呆，这几天她一直觉得有人藏匿在暗处看她，原来真的有人。

沈侯渴望地看着颜晓晨的背影，伸出手，却没敢碰她，只是轻轻拽住了她的衣服，"小小，我现在依旧不知道该怎么办，已经发生的事情，我没有办法改变，不管做什么，都不可能弥补你和你妈妈，但刚才抱住你时，我无比肯定，我想和你在一起，我想和你，还有孩子在一起。不管多么困难，只要我不放弃，总有办法实现。"

"我不想和你在一起！"颜晓晨站了起来，那片被沈侯拽住的衣角从他手里滑出。

"小小……"

颜晓晨转过身，居高临下地看着平躺在地上的沈侯，冷冷地说："你可以叫我颜小姐，或者程太太，小小这个称呼，是我爸爸叫的，你！绝对不行！"

沈侯面若死灰，低声说："对不起！"

颜晓晨扭过了头，从台阶上到了另一条路。她不再理会沈侯，一边踱步，一边张望。一会儿后，她看到有穿着医疗制服的人抬着担架匆匆而来，她挥着手叫了一声："在这里！"说完立即转身就走。

沈侯躺在地上，对着颜晓晨的背影叫："晓晨，走慢点，仔细看路！"

回到家里，颜晓晨心乱如麻、坐卧不安。

之前，她就想象过会有这样的结果，那毕竟是一个孩子，不可能藏在箱子里，永远不让人发现，沈侯他们迟早会知道，所以，她曾想放弃这个孩子，避免和他们的牵绊。但是，她做不到！本来她以为在程致远的帮助下，一切被完美地隐藏了起来，可她竟然被沈侯妈妈的几句话就诈出了真相。

她不知道沈侯究竟想怎么样，也揣摩不透沈侯的爸妈想做什么，他们为什么要让沈侯知道这件事？难道他们不明白，就算沈侯知道了一切，除了多一个人痛苦，根本于事无补，她不可能原谅他们！也绝不可能把孩子给他们！

颜晓晨一面心烦意乱于以后该怎么办，一面又有点担忧沈侯，毕竟当时他一动就全身冒冷汗，也不知道究竟伤到了哪里，但她绝不愿主动去问他。

正烦躁，悦耳的手机提示音响了，颜晓晨以为是程致远，打开手机，却发现是沈侯。

"已经做完全身检查，连脑部都做了 CT，不用担心，只是肌肉拉伤，物理治疗后，已经能正常走路了，短时间内不能运动、不能做体力活，过一个月应该就能完全好。"

颜晓晨盯着屏幕，冷笑了一声，"谁担心你？我只是害怕要付你医药费！"刚把手机扔下，提示音又响了。

"我知道你不会回复我，也许，你早就把我拉进黑名单屏蔽了我的消息，根本看不到我说的这些话，即使你不会回复，甚至压根儿看不到，也无所谓，因为我太想和你说话了，我就权当你都听到了我想说的话。"

颜晓晨对微信只是最简单的使用，她的人际关系又一直很简单，从来没有要拉黑谁的需求，压根儿不知道微信有黑名单功能，而且当时是沈侯弃她如敝屣，是他主动断了一切和她的联系，颜晓晨根本再收不到他的消息，拉不拉黑名单没区别，只是他们都没想到，两个月后，竟然是沈侯主动给她发消息。

在沈侯的提醒下，颜晓晨在微信里按来按去，正研究着如何使用黑名单功能，想把沈侯拉黑，又收到了一条消息："科幻小说里写网络是另一个空间，也许在另一个空间，我只是爱着你的猴子，你只是爱着我的小小，我们可以像我们曾经以为的那样简单地在一起。"

颜晓晨鼻头一酸，忍着眼泪，放下了手机。

晚上，程致远给她打电话，颜晓晨问："你什么时候回来？"

这是程致远出差这么多天，第一次听到晓晨询问他的归期，他禁不住笑了，"你想见我？"

"我……"颜晓晨不知道即使告诉了程致远这件事，程致远又能做什么。

程致远没有为难颜晓晨，立即说："我马上就到家了，这会儿刚出机场，在李司机的车上。"

"啊？你吃晚饭了吗？要给你做点吃的吗？"

"在机场吃过了，你跟妈妈说一声。过会儿见。"

"好，过会儿见。"

颜晓晨想要放下手机，却又盯着手机发起了呆，三星的手机，不知不觉，已经用了一年多了，边边角角都有磨损。

自从和沈侯分手后，很多次，她都下定决心要扔掉它，但是，总是有各种各样的原因：买新手机要花钱，只是一个破手机而已；这几天太忙了，等买了新手机就扔；等下个月发工资……她一次次做决定扔掉，又一次次因为各种原因暂时保留，竟然一直用到了现在。

颜晓晨听到妈妈和程致远的说话声，忙拉开门，走到楼梯口，看到程致远和妈妈说完话，正好抬头往楼上看，看到她站在楼梯上，一下子笑意加深。

程致远提着行李上了楼。两人走进卧室，他一边打开行李箱，一边问："这几天身体如何？"

"挺好的。"

"你下班后都做了什么？"

"晚饭后会在楼下走走，和妈妈一起去了几次公园……"颜晓晨迟疑着，不知道该如何叙述自己的蠢笨。

程致远转身，将一个礼物递给她。

"给我的？"颜晓晨一手拿着礼物，一手指着自己的脸，吃惊地问。

程致远笑着点了下头。

颜晓晨拆开包装纸，是三星的最新款手机，比她用的更轻薄时尚，她愣了下说："怎么去北京买了个手机回来？上海又不是买不到？"

程致远不在意地说："酒店附近有一家手机专卖店，用久了 iPhone，突然想换个不一样的，我自己买了一个，给你也顺便买了一个。"说完，他转身又去收拾行李。

颜晓晨拿着手机呆呆站了一会儿，说："谢谢！你要泡澡吗？我帮你去放热水。"

"好！"

颜晓晨随手把手机放到储物柜上，去浴室放水。

程致远听到哗哗的水声，抬起头，通过浴室半开的门，看到晓晨侧身坐在浴缸边，正探手试水温，她头低垂着，被发夹挽起的头发有点松，丝丝缕缕垂在耳畔脸侧。他微笑地凝视了一会儿，拿起脏衣服，准备丢到洗衣房的洗衣篮里，起身时一扫眼，看到了储物柜上晓晨的新手机，不远处是他进门时随手放在储物柜上的钱包和手机。他禁不住笑意加深，下意识地伸手整理了一下，把钱包移到一旁，把自己的手机和晓晨的手机并排放在一起，像两个并排而坐的恋人。他笑了笑，抱着脏衣服转身离去，都已经走出了卧室，却又立即回身，迅速把台面恢复成原来的样子，甚至还刻意把自己的手机放得更远一点。他看了眼卫生间，看晓晨仍在里面，才放心地离开。

星期一，清晨，颜晓晨和程致远一起出门去上班，颜晓晨有点心神不宁，上车时往四周看，程致远问："怎么了？"

颜晓晨笑了笑，"没什么。"上了车。

程致远心中有事，没留意到颜晓晨短暂的异样，他看了眼颜晓晨放在车座上的包，拉链紧紧地拉着，看不到里面。

到公司后，像往常一样，两人还是故意分开、各走各的，虽然公司的人都知道他们的关系，但某些必要的姿态还是要做的，传递的是他们的态度。

有工作要忙，颜晓晨暂时放下了心事，毕竟上有老、下有小了，再重要的事都比不过养家糊口，必须努力工作。

开完例会，程致远跟着李徽走进他办公室，说着项目上的事，视线却透过玻璃窗，看着外面的格子间。颜晓晨正盯着电脑工作，桌面上只有文件。

说完事，程致远走出办公室，已经快要离开办公区，突然听到熟悉的手机铃声响起，他立即回头，看是另外一个同事匆匆掏出手机，接了电话，颜晓晨目不斜视地坐在办公桌前，认真工作。

程致远自嘲地笑笑，转身大步走向电梯。

正常忙碌的一天，晚上下班时，两人约好时间，各自走，在车上会合。

程致远问："累吗？"

"不累。"颜晓晨说着不累，精神却显然没有早上好，人有点呆呆的样子。

程致远说："你闭上眼睛休息一会儿，省得看着堵车心烦。"

颜晓晨笑了笑，真闭上眼睛，靠着椅背假寐。

手机铃声响了，颜晓晨拿起包，拉开拉链，掏出手机，"喂？"

程致远直勾勾地看着她手里的旧三星手机，颜晓晨以为他好奇是谁打来的，小声说："魏彤。"

程致远笑了笑，忙移开了视线。

"你个狗耳朵……嗯……他在我旁边，好的……"她对程致远笑着说："魏彤让我问你好。"

颜晓晨叽叽咕咕聊了将近二十分钟，才挂了电话，看到程致远闭着眼睛假寐，似乎很少看他这样，程致远是个典型的工作狂，不到深夜，不会有休息欲望，她小声问："你累了？"

程致远睁开眼睛，淡淡说："有一点。魏彤和你说什么？"

颜晓晨笑起来，"魏彤写了一篇论文，请我帮忙做了一些数据收集和分析，马上就要发表了。她还说要做宝宝的干妈。"

回到家时，王阿姨已经烧好晚饭，正准备离开。她把一个快递邮件拿给颜晓晨，"下午快递员送来的，我帮你代收了。"

信封上没有发件地址，也没有发件人，可是一看到那利落漂亮的字迹，颜晓晨就明白是谁发的了。她心惊肉跳，看了眼妈妈，妈妈正一边端菜，一边和程致远说话，压根儿没留意她。她忙把东西拿了过去，借着要换衣服，匆匆上了楼，把信件塞进柜子里。

吃完饭，帮着妈妈收拾了碗筷，又在客厅看了会儿电视，才像往常一样上了楼。

颜晓晨钻进自己的卧室，拿出信件，不知道是该打开，还是该扔进垃圾桶。

犹豫了很久，她还是撕开信封，屏息静气地抽出东西，正要细看，敲门声传来。

颜晓晨吓了一跳，手忙脚乱地把所有东西塞进抽屉，"进来。"

程致远推开门，笑着说："突然想起，新手机使用前，最好连续充二十四小时电，你充了吗？"

"哦……好的，我知道了。"

"要出去走一会儿吗？"

"不用了，今天有点累，我想早点休息，白天我在公司有运动。"

她的表情明显没有继续交谈的意愿，程致远说："那……你忙，我去冲澡。"

等程致远关上门，颜晓晨吁了口气，拉开抽屉，拿出信件。

一个白色的小信封里装着两张照片，第一张照片是一个孙悟空的木雕，孙悟空的金箍棒上挂了一张从笔记本上撕下的纸，上面写着三个歪歪扭扭、很丑的字：我爱你。照片的背面，写着三个行云流水、力透照片的字：我爱你。

颜晓晨定定看了一瞬，抽出了第二张照片，十分美丽的画面，她穿着洁白的婚纱，沈侯穿着黑色的西装，两人并肩站在紫藤花下，冲着镜头微笑、蓝天如洗、香花似海、五月的阳光在他们肩头闪耀。

颜晓晨记得这张照片，后来她翻看摄影师给的婚礼照片时，还特意找过，但是没有找到，她以为是因为照得不好，被摄影师删掉了，没想到竟然被沈侯拿去了。

颜晓晨翻过照片，映入眼帘的是几行工工整整、无乖无戾、不燥不润的小字。毫无疑问，写这些字的人是在一种清醒理智、坚定平静的心态中——

我会等着，等着冰雪消融，等着春暖花开，等着黎明降临，等着幸福的那一天到来。如果没有那一天，也没有关系，至少我可以爱你一生，这是谁都无法阻止的。

"胡说八道！"颜晓晨狠狠地把照片和信封一股脑都扔进了垃圾桶。

但是，过了一会儿，她又忍不住回头看向垃圾桶。

万一扔垃圾时，被王阿姨和妈妈看见了呢？颜晓晨从垃圾桶里把照片捡了出来，双手各捏一端，想要撕碎，可看着照片里并肩而立于紫藤花下的两个人，竟然狠不下心下手。她发了一会儿呆，把照片装回了白色的信封。

颜晓晨打量了一圈屋子，走到书架旁，把信封夹在一本最不起眼的英文书里，插放在了书架上的一堆书中间。王阿姨和妈妈都不懂英文，即使打扫卫生，也不可能翻查这些英文书。

颜晓晨走回床边，坐下时，看到了床头柜上的旧手机，她咬了咬唇，把新手机和充电器都拿出来，插到插座上，给新手机充电。

Chapter 18
破碎的梦境

我曾有个似梦非梦的梦境，明亮的太阳熄灭，而星星在暗淡的永恒虚空中失所流离。

——拜伦

　　早上，颜妈妈和王阿姨从菜市场回来，王阿姨看做中饭的时间还早，开始打扫卫生，先打扫楼上，再打扫楼下。

　　颜妈妈打扫完自己住的客房，看王阿姨仍在楼上忙碌，空荡荡的一楼就她一人，她有点闷，就上楼去看王阿姨。王阿姨正在打扫副卧室的卫生间，颜妈妈不好意思闲站着，一边和王阿姨用家乡话聊着家常，一边帮忙整理卧室。王阿姨客气了几句，见颜妈妈执意要帮忙，知道她的性子，也就随她去了。

　　颜妈妈整理床铺时，觉得不像是空着的房间，估摸着是晓晨和致远偶尔用了这个卧室，也没多想。

　　站在凳子上，擦拭柜子时，为了把角落里的灰尘也擦一擦，手臂使劲向里探，结果一个不小心竟然把架子上的书都碰翻在地。颜妈妈赶忙蹲下去捡书，一个白色的信封从一本书里掉了出来。颜妈妈虽然知道不能随便进小年轻的房间，现在的年轻人都很开放，一个不小心就会撞见少儿不宜的画面，但她毕竟没受过什么教育，没有要尊重他人隐私的观念，捡起信封后，下意识地就打开了，想看看里面是什么。

两张照片出现在她面前，孙悟空那张照片，她看得莫名其妙，沈侯和晓晨穿着西装和婚纱合影的照片却吓了她一大跳，再看看照片背后的字，她被吓得竟然一屁股软坐在了地上。

什么叫"至少我可以爱你一生，这是谁都无法阻止的"？是说程致远也没有办法阻止吗？还有这什么"冰雪消融、黎明降临"，是说等着晓晨和程致远离婚吗？

这个时候再看这个有人睡的卧室，一切就变得很可疑，难道晓晨晚上都睡这里？难道是晓晨要求和程致远分房？

也许因为晓晨在颜妈妈心里已经有了劈腿出轨的不良记录，颜妈妈对女儿的信任度为负数，越想越笃定、越想越害怕，气得手都在抖。她生怕王阿姨发现了，急急忙忙把照片放回书里，又塞回书架上。

颜妈妈愁眉苦脸，一个人郁闷地琢磨了半天，想着这事绝对不能让程致远知道！这事必须扼杀在摇篮，绝不能让晓晨和沈侯又黏糊到一起！总不能像电视上演的那样，孩子都有了，小夫妻闹离婚吧？

颜妈妈做了决定，从现在开始，她要帮这个小家庭牢牢盯着晓晨，绝对不给她机会和沈侯接触，等到生了孩子，忙着要养孩子，心思自然就淡了。

※

中午，程致远给颜晓晨打电话，问她要不要一起出去吃饭，颜晓晨说好啊。两人不想撞见同事，去了稍微远一点的一家西餐厅。

颜晓晨问："怎么突然想吃西餐了？"

程致远说："看你最近胃口不太好，应该是王阿姨的菜吃腻了，我们换个口味。"

颜晓晨眼睛一眨不眨地盯着程致远，程致远回避了她的目光，若无其事地喝了口咖啡，微笑着问："看我干什么？"

"我知道你愿意帮我，但是，我们只是形婚，你真的没必要对我这么好，你应该多为你自己花点心思，让自己过得更好。"她仍旧不知道程致远藏在心底的故事是什么样的，帮不到他什么，只能希望他自己努力帮自己。

程致远笑看着颜晓晨，"你怎么知道我没有为自己花心思？我现在正在很努力想让自己的生活更好。"

这家伙的嘴巴可真是比蚌壳还紧！颜晓晨无奈，"好吧！你愿意这么说，我就这么听吧！"她一边切牛排，一边暗自翻了个白眼，喃喃嘟囔："照顾我的食欲，能让你的生活更好？骗鬼去吧！"

程致远微笑地喝着咖啡，看着她随手放在桌上的手机，仍然是那个已经有磨损的旧手机。像是有一块砖头塞进了五脏六腑，感觉心口沉甸甸得憋闷，刹那间胃口全失。

颜晓晨抬头看他，"你不吃吗？没胃口？"

程致远笑笑，"我想节食，为了健康。"

颜晓晨惊讶地上下看他，"我觉得你不用。"

"你不是医生。"程致远把几根冰笋放到颜晓晨盘子里，示意她多吃点。突然，他看着餐厅入口的方向，微笑着说："希望你的食欲不要受影响。"

"什么？"

颜晓晨顺着程致远的目光，扭过头，看到了沈侯，他竟然隔着一张空桌，坐在了他们附近，距离近得完全能看清对方桌上的菜肴。他坐下后，冲颜晓晨笑了笑，颜晓晨狠狠盯了他一眼，决然转过头，余光扫到了桌上的手机，她立即用手盖住，装作若无其事，偷偷摸摸地一点点往下蹭，把手机蹭到桌布下，藏到了包里。

她以为自己做得很隐蔽，却不知道程致远全看在了眼里。

程致远微笑地喝着黑咖啡，第一次发现，连已经习惯于品尝苦涩的他也觉得这杯黑咖啡过于苦涩了。

颜晓晨为了证明自己食欲绝对没有受影响，低着头，专心和她的餐盘搏斗。

程致远一直沉默，看她吃得差不多了，再吃下去该撑了时，突然开口说："沈侯竟然用那么平和的目光看我，不被他讨厌仇视，我还真有点不习惯，最近发生了什么事？"

这下颜晓晨真没胃口了，她放下刀叉，低声说："他知道孩子是他的了。"

程致远正在喝咖啡，一下子被呛住了，他拿着餐巾，捂着嘴，狂咳了一会儿才平复。不知道是不是因为咳嗽，他的脸色有点泛白，眉头紧紧地皱在一起，颜晓晨把柠檬水递给他，"要喝口水吗？"

程致远抬了下手，示意不用。他的神情渐渐恢复了正常，像是自言自语地说："怎么会这样？"

颜晓晨懊恼地说："是我太蠢了，被侯月珍拿话一诈就露馅儿了。"

程致远像是回过神来，说："懊恼已经发生的事，没有意义。你打算怎么办？"

"我不知道。"颜晓晨自嘲，"我能做什么呢？我不能改变孩子和他们有血缘关系的事实，又没有勇气拿把刀去杀了侯月珍！"

程致远沉默了一瞬，也不知是说给晓晨，还是自己："总会有办法。"

他叫侍者来结账，等结完账，他说："我们走吧！"

一直到颜晓晨离开，沈侯什么都没做，什么都没说，只是目光一直毫不避讳地胶着在颜晓晨身上。颜晓晨一直低着头，完全不看他。程致远看了眼沈侯，轻轻揽住颜晓晨的腰，把晓晨往自己身边拉了拉，用自己的身体隔绝了沈侯的视线。

※

晚上，回到家，颜晓晨觉得妈妈有点奇怪，可又说不出来究竟哪里奇怪，硬要说的话，大概就是对程致远更殷勤了一点，对她更冷了一点。

吃过饭，颜晓晨帮妈妈收拾碗筷时，妈妈趁着程致远不在厨房，压着声音问："你为什么和致远分房睡？"

颜晓晨一愣，自以为理解了妈妈的怪异，幸好她早想好了说辞，若无其事地说："我怀着宝宝，晚上睡觉睡不实，老翻身，不想影响致远休息，就换了个房间。"

"原来是这样，我还以为你们小夫妻吵架。"

"怎么会呢？你看我和致远像是在吵架吗？"

颜妈妈看了她一眼，洗着碗，什么都没再说。

收拾完碗筷，看了会儿电视，颜晓晨上了楼。

程致远冲了个澡后，去书房工作了，颜晓晨暂时霸占了主卧室。她打开电脑，本来想看点金融资料，却看不进去，变成了靠在沙发上发呆。

手机响了，颜晓晨打开，是沈侯的微信，"今天中午，我看到你了。我是因为想见你，特意去的那家餐馆，但你不用担心，我会克制，不会骚扰到你的生活。现在，你的身体最重要，书上说孕妇需要平静的心情、规律的作息，不管我多想接近你，我都不会冒着有可能刺激到你的风险。"

颜晓晨冷哼，说得他好像多委屈！

沈侯知道颜晓晨绝对不会回复，甚至不确定她能看到，却只管自己发消息："你什么时候产检？我很想要一张孩子的 B 超照片。"

颜晓晨对着手机，恶狠狠地说："做梦！"

✦✦✦

虽然颜晓晨从不回复沈侯的微信，沈侯却像他自己说的一样，不管她是否回复，不管她有没有看到，仍旧自言自语地倾诉着他的心情。

……

今天我坐在车里，看到程致远陪你去医院了。我知道他在你最痛苦时给了你帮助和照顾，我应该感激他替我做了我应该做的事，但那一刻，我还是觉得讨厌他！我太嫉妒了，我真希望能陪你一起做产检，亲眼看到我们的宝宝，听他的心跳，但我知道你不会愿意。我只能看着另一个男人陪着你去做这些事，连表示不高兴的权利都没有！

……

以前走在街上看到孩子没有丝毫感觉，可自从知道自己要做爸爸了，每次看到小孩，就会忍不住盯着别人的宝宝一直看。你想过孩子的名字了吗？我给宝宝想了几个名字，可都不满意。

……

自从知道所有事，我很长时间没有和爸爸、妈妈说话了，每天我都在外面四处游荡，宁可一个人坐在酒吧里发呆，都不愿回家。今天回家时，爸爸坐在客厅里看无聊的电视剧，特意等着我，我知道他想说话，但最终他没有开口，我也没有开口。他们以为我恨他们，其实，我并不恨，也许因为我也要做父亲了，我能理解他们，我只是暂时不知道如何面对他们。我恨的是自己，为什么高三的时候会迷恋上玩游戏？如果不是我高考失手考差了，妈妈用不着为了让我上大学去挤掉你的名额，你爸爸也就不会去省城教育局讨说法，也不会发生那场车祸。如果我能好好学习，靠自己考进大学，也许我们会有一个相似的开始，却会有一个绝对不同的结局。

……

去你的办公楼外等你下班，想看你一眼，却一直没有看到你。我漫无目地地开着车，开到了学校。坐在我们曾经坐过的长椅上，看着学校里的年轻恋人旁若无人的亲密，忍不住微笑，甜蜜和苦涩两种极端的感觉同时涌现。不过才毕业一年，可感觉上像是已经毕业十年了。我很嫉妒曾经的那个自己，他怎么可以过得那么快乐？

……

今天在酒吧里碰见了吴倩倩，表面上她是我的助理，似乎职业前途大好，但只有她和我知道，她过着什么样的日子。因为没有办法接受你的离开，我一直迁怒于她，聘用她做助理，只是为了发泄自己的怒火。后来虽然明白，不管有没有她，我和你的结局早在你我相遇时，就已经注定，但如果没有她，我们至少可以多一点快乐，少一点苦涩。人生好像是一步错、步步错，看着她痛苦地买醉、无助地哭泣，曾经对她的愤怒突然消失了，也许我的人生也在一步错、步步错，我对她的痛苦无助多了一分感同身受的慈悲心，不再那么愤怒。也许这世界上每个犯错的人，都应该有一次被原谅的机会，我渴望得到那一次机会，她应该也渴望吧？

……

今天在办公室里，我告诉吴倩倩，如果她愿意，我可以给她安排另外一份工作，帮她重新开始。她惊骇得目瞪口呆，以为我又有什么新花招来折磨她。当她确认我是认真的，竟然哭得泣不成声。她第一次对我说了对不起，那一刻，我真正释然了。我目送着她走出办公室，一步步消失在长长的走廊尽头，像是目送着自己年少轻狂的岁月也一步步穿过时光长廊，消失远去。

……

晚上被公司的一群年轻设计师拽去唱歌，听到那些女孩唱梁静茹的歌，忽然心痛到几乎无法呼吸。小小、小小、小小、小小……

……

我现在在你家楼下，一层层数着楼层，寻找属于你的窗口。我知道你就在那里，可是我碰不到你。这个世界上竟然有这么遥远的距离，无论我有多少力气，无论我赚多少钱，都没有办法缩短你和我之间距离。

……

有时候，我很乐观，觉得世上没有不能解决的事，在人生的这场旅途中，我们只是暂时走上了不同的道路，只要我的心还在你身上，我就带着找到你的 GPS，不管你走得多远，不管你藏在哪里，我都能找到你，和你重新聚首。可有时候，我很悲观，这世上真的有不能解决的事，我触碰不到你，我听不到你的声音，我不知道你今天过得如何，这一刻你是否开心。你的快乐，我不能分享，你的难受，我无法安慰，你的现在我无法参与，你的未来和我无关，我唯一拥有的只是你的过去。我以为我带着找到你的 GPS，可也许随着时间，突然有一天，它会用机械冰冷的声音告诉我：对不起，因为系统长久没有更新，无法确认你的目的地。

......

颜晓晨每次看到沈侯发送来的消息，都十分恍惚。她从不回应他的信息，想尽了一切办法躲避他，在他触碰不到她时，她也触碰不到他，她拥有的也只是他的过去。他的改变是那么大，透过这些点滴消息，感受到的这个男人已经让她觉得陌生，不再是那个快乐飞扬、自信霸道的少年。也许强大的命运早就用机械冰冷的声音对他们说了"对不起"，只是他们都没有听到而已。

是不是另一个空间真的会有一个小小和一个猴子？在那个空间，他们不用担心自己的 GPS 会因为系统无法更新而找不到对方，因为他们不会分开，他们的旅途一直在一起，手牵着手一起经历人生风雨。

❦

周六下午，魏彤来看颜晓晨。

来之前，她丝毫没客气地提前打电话点了餐，清蒸鲈鱼、葱油爆虾……食堂里，这些东西都不新鲜，十分难吃，饭店里又太贵，正好到晓晨这里打牙祭。

魏彤和颜晓晨一边吃零食、一边叽叽咕咕聊天。程致远在楼上的书房工作，没有参与女士们的下午茶话会。

颜妈妈自从知道魏彤也是沈侯的同学后，就留了个心眼，时不时装作送水果、加水，去偷听一下，还真被她听到几句。应该是魏彤主动说起的，好像是她碰到过沈侯，感慨沈侯变化好大，变得沉稳平和，没有以前的跋扈锐气。自始至终晓晨没有接腔，魏彤也觉得在程致远家说这个人有点不妥当，很快就说起了另外的话题。听上去一切正常，但沈妈妈留意到魏彤说沈侯时，晓晨把玩着手机，面无表情，目无焦距，似乎又有点不对头。

魏彤吃过晚饭，揉着吃撑的肚子，告辞离去。

程致远和颜晓晨送她下楼，顺便打算在附近散一会儿步，算是孕妇式锻炼身体。

颜妈妈洗完碗，走到客厅，想要看电视，突然想起什么，一个骨碌站起来，四处找，却没有找到。

　　颜妈妈仔细想了想，确定刚才晓晨送魏彤出门时，穿的是条及膝连衣裙，没有口袋，因为只是在楼下散步，程致远又陪着她，她也没有带包，两手空空，什么都没拿。可之前晓晨一直放在手边的手机却不在客厅，她放哪里去了？又是什么时候放到了别处？

　　颜妈妈上了楼，虽然屋子里没有一个人，她却屏息静气、蹑手蹑脚。在床头柜里翻了一圈，只有一个连保护屏幕的塑胶都还没撕下的新手机；又在衣柜里小心找了一遍，什么都没有。但颜晓晨是颜妈妈养大的，她藏东西的习惯，颜妈妈不敢说百分百了解，也八九不离十，所以她以前找晓晨藏的钱总是一找一个准。最后，她终于在枕头下面找到了。

　　手机有打开密码，四位数。但颜妈妈刚到上海时，两人居住的屋子很小，晓晨用手机时，又从不回避她，颜妈妈记得看过她输入密码，是她自己的生日，月份加日期。

　　颜妈妈输入密码，手机打开了。她看着手机上的图标，嘀咕："怎么看呢？短信……对！还有微信……"刚到上海时，沈侯和晓晨都教过她使用微信，说是很方便，对着手机说话就行，正好适合她这样打字极度缓慢、又不喜欢打字的人。沈侯帮她也安装了一个微信，可因为需要联系的人很少，用得也很少。

　　颜晓晨和程致远送走魏彤后，散了四十分钟步，开始往家走。

　　电梯门缓缓合拢，形成了一个小小的封闭空间，只有程致远和颜晓晨两人。程致远突然说："好几天没看到沈侯了，他竟然什么都没做，让我总觉得很不真实。"

　　颜晓晨盯着电梯上一个个往上跳的数字，面无表情地说："他说孕妇的身体最大，我应该保持平静的心情，他不会做任何事情来刺激我。"

程致远愣了一愣，笑着轻吁了口气，感慨地说："男孩和男人最大的区别，不是年龄，而是一个总是忙着表达自己、证明自己，生怕世界忽略了他，一个懂得委屈自己、照顾别人，克制自己、成全别人。沈侯挺让我刮目相看！"

颜晓晨说不清楚心里是什么滋味，紧紧地抿着唇，不让情绪泄露。

程致远轻声问："你考虑过离开上海吗？"

"啊？公司要在北京开分公司？你要离开上海？"

"不是我，而是你。去北京，并不能阻挡沈侯，他会追到北京。难道你打算永远这样一个克制、一个躲避，过一辈子吗？我知道你投诉过小区保安让非住户的车开了进来，但小区保安并不能帮你阻挡沈侯。孩子出生后，你又打算怎么办？"

电梯门开了，两人却都没有走出电梯，而是任由电梯门又关上，徐徐下降。

颜晓晨苦笑，"那我能怎么办？沈侯家的公司在全中国都有分公司，就算离开了上海，我能逃到哪里去？"

"我们去国外！"

颜晓晨震惊地看着程致远，似想看他是不是认真的。

电梯停住，一个人走进了电梯，背对他们站在电梯门口，两人都没有再说话。电梯到了一楼，那人走出了电梯。没有人进电梯，电梯门合拢，又开始往上走，程致远没有看颜晓晨，声音平稳地说："国内的公司有乔羽，我在不在国内不重要。我在美国和朋友有一家小基金公司，你要不喜欢美国，我们可以去欧洲。世界很大，总有一个地方能完全不受过去的影响，让一切重新开始。"

他是认真的！颜晓晨脑内一片混乱，一直以来，她都在努力遗忘过去的阴影，让一切重新开始，但现在，她不知道了，"我、我妈妈怎么办？"

"可以跟我们一起走，也可以留在国内，我会安排好一切。我爸爸妈妈都在，你妈妈今年才四十四，还很年轻，身体健康，十年内不会有任何问题。或者你可以换个角度去想，假想成你要出国求学，一般读完一个博士要五年，很多你这个年纪的人都会离开父母。"

颜晓晨知道程致远说得没有问题，他爸妈一个是成功的商人，一个退休前曾经是省城三甲医院的副院长，有他们在，不管什么事都能解决，而且妈妈现在和两个姨妈的关系修复了，还会有亲戚照应。可她究竟在犹豫什么？年少时，待在小小的屋子里，看着电视上的偶像剧，不是也曾幻想过有一日，能飞出小城市，去看看外面的世界吗？

他们忘记了按楼层按钮，电梯还没有到达他们住的楼层，就停了，一个人走进来，电梯开始下降。

两个人都紧抿着唇，盯着前面。

电梯再次到了一楼，那人走出电梯后，程致远按了一下他们家所在楼层的按钮，电梯门再次合拢。

他低声问："你觉得怎么样？"

"好像……可以，但我现在脑子很乱……程致远，我不明白，你是自己想离开，还是为了我？如果是为了我，我根本不敢接受！我一无所有，我拿什么回报你？"

程致远凝视着颜晓晨，"我已经拥有最好的回报。"

"我不明白……"

电梯到了，门缓缓打开。

程致远用手挡住电梯，示意颜晓晨先走，"我很清楚自己在做什么，我做的每个决定都是我深思熟虑、心甘情愿的决定，你不用考虑我，只考虑你自己。你好好考虑一下，如果可以，我就开始安排。"

颜晓晨沉默了一瞬，点点头，"好的。"

两人并肩走向家门，刚到门口，门就打开了。颜妈妈脸色铁青，双目泛红，像是要吃了颜晓晨一般，怒瞪着她。

颜晓晨和程致远呆住了。

未等他们反应，颜妈妈"啪"一巴掌，重重扇在了颜晓晨脸上，颜晓晨被打蒙了，傻傻地看着妈妈，"妈妈，为什么？"

"你问我为什么？"颜妈妈气得全身都在抖，她还想再打，程致远一手握住颜妈妈的手，一手把颜晓晨往自己身后推了一下。

颜妈妈挣扎着想推开程致远，却毕竟是个女人，压根儿推不动程致远，程致远说："妈，您有什么事好好说！"

颜妈妈指着颜晓晨，豆大的眼泪一颗颗滚了下来，"颜晓晨！你告诉我，你爸爸是怎么死的？你肚子里的孩子又是谁的？"

颜晓晨的脑袋轰一下炸开了，她跟跟跄跄后退了几步，绝望地想：妈妈知道了！妈妈知道了！

程致远也傻了，一个小时前，他们下楼时，一切都正常，再上楼时，竟然就翻天覆地了。

颜妈妈狠命地用力想挣脱程致远，可程致远怕她会伤害到晓晨，不管她推他、打他，他就是不放手。颜妈妈又怒又恨，破口大骂起来："程致远，你放开我！孩子根本不是你的，你护着他们有什么好处？戴绿帽子，替别人养孩子很有脸面吗？就算自己生不出来，也找个好的养！你小心你们程家的祖宗从祖坟里爬出来找你算账……"

颜妈妈是活在社会最底层的人，骂大街的话越说越难听，程致远虽然眉头紧锁，却依旧温言软语地劝着："妈妈，只要我在，不会让你动晓晨的！你先冷静下来……"

颜妈妈拗不过程致远，指着颜晓晨开始骂："你个短命的讨债鬼！我告诉你，你要还认我这个妈……呸，老娘也不喜欢做你妈！你要还有点良心，记得你爸一点半点的好处，你给我赶紧去医院把孩子打掉！你打了孩子，和沈侯断得干干净净了，我就饶了你！否则我宁可亲手勒死你，权当没生过你这个讨债鬼，也不能让你去给仇人传宗接代！从小到大，只要有点好东西，你爸都给你，宁可自己受罪，也不能委屈了你！可你的心到底是怎么长的？肚子里揣着那么个恶心东西，竟然还能睡得着？你爸有没有来找你？他死不瞑目，肯定会来找你……"

颜晓晨直勾勾地看着妈妈，脸色煞白，爸爸真的会死不瞑目吗？

程致远看颜妈妈越说越不堪、越来越疯狂，也不知道她哪里来的蛮力，他竟然都快要拽不住她，他对颜晓晨吼："晓晨，不要再听了！你去按电梯，先离开！按电梯，走啊！"

电梯门开了，在程致远焦急担心的一遍遍催促中，颜晓晨一步步退进了电梯。

随着电梯门的合拢，颜妈妈的哭骂声终于被阻隔在了外面，但颜晓晨觉得她的耳畔依旧响着妈妈的骂声："你爸爸死不瞑目，他会来找你！"

颜晓晨失魂落魄地走出大厦。

已经九点，天早已全黑，没有钱、没有手机，身上甚至连片纸都没有。颜晓晨不知道该去哪里，却又不敢停，似乎身后一直有个声音在对她哭嚷"把孩子打掉、把孩子打掉"，她只能沿着马路一直向前走。

在家乡的小县城，这个时间，大街上已经冷冷清清，但上海的街道依旧灯红酒绿、车水马龙。

颜晓晨突然想起了五年前来上海时的情形，她一个人拖着行李，走进校园。虽然现代社会已经不讲究披麻戴孝，但农村里还是会讲究一下，她穿着白色的T恤、黑色的短裤，用一根白色塑料珠花的头绳扎了马尾。她的世界就像她的打扮，只剩下黑白两色，那时她的愿望只有两个：拿到学位，代爸爸照顾好妈妈。

这些年，她一直在努力，但是从来没有做好，学位没有拿到，妈妈也没有照顾好！

难道真的是因为从一开始就错了？

因为她茫然地站在校园的迎新大道上，羡慕又悲伤地看着来来往往、在父母陪伴下来报到的新生时，看见了沈侯。沈侯爸妈对沈侯的照顾让她想起了自己爸爸为自己所做的一切，而沈侯对爸爸妈妈的体贴让她想起了自己想为爸爸做、却一直没来得及做的遗憾。

是不是因为她看见了不该看见的人，喜欢了不该喜欢的人，所以爸爸一直死不瞑目？

颜晓晨不知道自己究竟走了多久，只是感觉连上海这个繁忙得几乎不需要休息的城市也累了，街上的车流少了，行人也几乎看不到了。

她的腿发软，肚子沉甸甸的，似乎有什么东西要往下坠，她不得不停了下来，坐在了马路边的水泥台阶上。看着街道对面的繁华都市，高楼林立、广厦千间，却没有她的三尺容身之地，而那个她出生长大的故乡，自从爸爸离去的那天，也没有了能容纳她的家。

一阵阵凉风吹过，已经六月中旬，其实并不算冷，但颜晓晨只穿了一条裙子，又坐在冰冷的水泥地上，她不自禁地打着寒战，却自己都没意识到自己在打寒战，仍旧呆呆地看着夜色中的辉煌灯火，只是身子越缩越小，像是要被漆黑的夜吞噬掉。

～～～～～

沈侯接到程致远的电话后立即冲出了家门。

在沈侯的印象里，不管任何时候，程致远总是胸有成竹、从容不迫的样子，可这一次，他的声音是慌乱的。刚开始，沈侯还觉得很意外，但当程致远说晓晨的妈妈全知道了时，沈侯也立即慌了。

程致远说晓晨穿着一条蓝色的及膝连衣裙，连装东西的口袋都没有，她没带钱、没带手机，一定在步行可及的范围内，但是沈侯找遍小区附近都没有找到她。没有办法的情况下，他打电话叫来了司机，让司机带着他，一寸寸挨着找。

已经凌晨三点多，他依旧没有找到晓晨。沈侯越来越害怕，眼前总是浮现出颜妈妈挥舞着竹竿，疯狂抽打晓晨的画面。这世上，不只竹竿能杀人，言语也能杀人。

沈侯告诉自己晓晨不是那么软弱的人，逼着自己镇定下来。他根据晓晨的习惯，推测着她最有可能往哪里走。她是个路盲，分不清东西南北，认路总是前后左右，以前两人走路，总会下意识往右拐。

沈侯让司机从小区门口先右拐，再直行。

"右拐……直行……直行……右拐……直行……停！"

他终于找到了她！

清冷的夜色里，她坐在一家连锁快餐店的水泥台阶上，冷得整个身子一直在不停地打哆嗦，可她似乎什么都感觉不到，蜷缩在冰冷的水泥台阶上，面无表情地盯着虚空。他的小小，已经被痛苦无助逼到角落里，再无力反抗，一个瞬间，沈侯的眼泪就冲到了眼眶里，他深吸了口气，把眼泪逼了回去，车还没停稳，他就推开车门，冲下了车。

沈侯像旋风一般刮到了晓晨身边，却又胆怯了，生怕吓着她，半跪半蹲在台阶下，小心地说："小……晓晨，是我！"

颜晓晨看着他，目光逐渐有了焦距，"我知道。"

沈侯一把抱住了她，只觉得入怀冰凉，像是抱住了一个冰块。颜晓晨微微挣扎了一下，似乎想推开他，但她的身体不停地打着哆嗦，根本使不上力。

沈侯打横抱起她，小步跑到车边，把她塞进车里，对司机说："把暖气打开。"他自己从另一边上了车。

本来颜晓晨没觉得冷，可这会儿进入了一个温暖的环境，就像有了对比，突然开始觉得好冷，身体抖得比刚才还厉害，连话都说不了。

沈侯急得不停地用手搓揉她的胳膊和手，车里没有热水，也没有毯子，他自己又一向不怕冷，没穿外套，幸好司机有开夜车的经验，知道晚上多穿点总没错，出门时在 T 恤外套了件长袖衬衣。沈侯立即让司机把衬衣脱了，盖在颜晓晨身上。

司机开车到 24 小时营业便利店，买了两杯热牛奶，沈侯喂着颜晓晨慢慢喝完，才算缓了过来。

沈侯依旧一手握着她的手，一手摩挲着她的胳膊，检查着她体温是否正常了。颜晓晨抽出手，推了他一下，自己也往车门边挪了一下。

沈侯看着自己空落落的手，轻声说："车门有点凉，别靠车门太近。"他主动挪坐到了另一侧的车门边，留下了绝对足够的空间给颜晓晨。

颜晓晨说："怎么是你来找我？程致远呢？"

沈侯说："晓晨，你先答应我不要着急。"

颜晓晨苦笑，"现在还能有什么事让我着急？你说吧！"

"程致远在医院，他没有办法来找你，所以给我打电话，让我来接你。"

颜晓晨无奈地轻叹了口气，"我妈打的？"

"你妈妈突然心肌梗死，程致远在医院照顾你妈妈。你千万别担心，程致远已经打电话报过平安，没有生命危险。"

颜晓晨呆滞地看着沈侯。沈侯知道她难以相信，他刚听闻时，也是大吃一惊，颜妈妈骂人时嗓门洪亮，打人时力大无穷，怎么看都不像是一个虚弱的病人。

颜晓晨嘴唇哆哆嗦嗦，似乎就要哭出来，却又硬生生地忍着，"我想去医院。"

沈侯心里难受，可没有办法去分担她一丝一毫的痛苦，"我们正在去医院的路上。"

深夜，完全没有堵车，一路畅通无阻地赶到了医院。

沈侯和程致远通完电话，问清楚在哪个病房，带着颜晓晨去乘电梯。程致远在病房外等他们，一出电梯，就看到了他。

颜晓晨忍不住跑了起来，沈侯想扶她，可伸出手时一迟疑，颜晓晨已经跑在了前面。程致远急忙跑了几步，扶住颜晓晨，"小心点。"

沈侯只能站在后面，看着他们俩像普通的小夫妻一般交流着亲人的病。

"妈妈……"

"没有生命危险，这会儿在睡觉，医生说在医院再住几天，应该就能出院。"

颜晓晨站在门口往里看，小声问："是单人病房，现在能进去吗？"

"可以。"程致远轻轻推开门，陪着颜晓晨进了病房。

沈侯隔着窗户，看了一会儿病床上的颜妈妈，悄悄走开了，他应该是这个世界上颜妈妈最不想见的人之一，即使她正在沉睡，他也没有勇气走近她。

好一会儿后，程致远陪着颜晓晨走出了病房，沈侯站了起来，看着他们。

程致远这才有空和沈侯打招呼，"谢谢。"

沈侯苦涩地笑笑，"你为了什么谢我？你希望我现在对你说谢谢吗？"

程致远没有吭声，转头对颜晓晨说："我叫司机送你回去，我留在这里陪妈妈就可以了。"

"我想留下来。"

"妈妈已经没有事，这是上海最好的医院，妈妈的病有医生，杂事有护工，你留下来什么都做不了。你一晚没有休息了，听话，回去休息！"

颜晓晨的确觉得疲惫，缓缓坐在了长椅上，"我回去也睡不着。"她埋着头，深深地吸气，又长长地吐气，似乎想尽力平复心情，却依旧声音哽咽，"我妈为什么会心肌梗死？全是被我气的！我妈躺在医院里，我却回家安然睡觉？我可真是天下第一孝顺的女儿！"

沈侯忍不住说："作息不规律、抽烟酗酒、暴饮暴食、长期熬夜，应该才是引发心肌梗死的主要原因。"

"你闭嘴！"颜晓晨猛地抬起头，盯着沈侯，"这里不欢迎你，请你离开！"

两人对视着，脸色都十分难看。

颜晓晨提高了声音，冷冷地说："你没长耳朵吗？我说了，这里没人想见到你！"

沈侯苦涩地点了下头，"好，我走！"他苍白着脸，转过了身，拖着沉重的脚步离开了。

颜晓晨盯着他的背影，紧紧地咬着唇，泪花直在眼眶里打转。

程致远等颜晓晨情绪平复了一点，蹲到颜晓晨身前，手放在她膝盖上，轻言慢语地说："自责的情绪对妈妈的病情没有任何帮助，理智地了解病情才能真正帮助到妈妈。"

颜晓晨看着程致远，沉默了一会儿后问："医生怎么说？"

"医生说导致心肌梗死的原因很复杂，一般有血脂高、血压高、胆固醇高、饮食过咸、缺乏运动、体重过重、生活压力大、睡眠不足、脾气暴躁、抽烟酗酒等原因。妈妈的血压和胆固醇都有点高，这都是日常饮食习惯，长年累月造成的。妈妈的脾气应该年轻时就比较火爆，易喜易怒。妈妈也的确有抽烟喝酒的习惯，虽然在知道你怀孕后算是真正戒掉了，可很多影响已经留在身体里，不是这两个月戒掉就能清除。医生说这次送医院很及时，没有留下任何后遗症，妈妈又还年轻，以后只要坚持服药，遵循医生的建议，妈妈的身体和这个年纪的健康人不会有分别。"程致远拍了拍颜晓晨的膝盖，"因为现在饮食太好，生活压力又大，血压高、血脂高、胆固醇高的人很多，公司里每年体检，这三个指标，别说四十多岁的人，三十多岁的人都一大把偏高的，妈妈这种身体状况也算是社会普遍现象，要不然鱼油那些保健品怎么会卖得那么好？"

明知道程致远是在安慰她，但因为他说的都是事实，又确定了妈妈身体没事，颜晓晨觉得自从知道妈妈心肌梗死后就被压迫得几乎要喘不过气的感觉终于淡了一点，"医生说以后要注意什么？"

"饮食上要避免高胆固醇、高脂肪的食物，尽量清淡一些，每天适量运动，保证良好的作息，不要熬夜，还要调整心情，避免紧张兴奋、大喜大悲的极端情绪。"

颜晓晨默不作声，前面的还可以努力做到，后面的该怎么办？

程致远完全知道她在想什么，温和地劝道："晓晨，回去休息，就算不为了你自己，也为了妈妈。"

颜晓晨点了点头，也许让妈妈不要见到她，就是避免了大悲大怒。

李司机上来接颜晓晨，在一旁等着。

颜晓晨站了起来，低着头，对程致远说："我先回去了，麻烦你了。"

程致远忍不住伸手把颜晓晨拉进怀里，紧紧地抱了她一下，"回去后，喝杯牛奶，努力睡一会儿。我知道不容易，但努力再努力，好吗？"

"好！"

"要实在睡不着，也不要胡思乱想，给我打电话，我们可以聊天。"

"嗯！"

程致远用力按了一下她的头，声音有点嘶哑，"不管发生什么，我都会陪你熬过去，咱们一起熬过去……"

颜晓晨的头埋在他肩头，没有吭声。

程致远放开了她，对李司机说："麻烦你了，老李。"

李司机陪着颜晓晨离开医院，送她回家。

颜晓晨回到家里，看到王阿姨已经来了。程致远应该打电话叮嘱过她，她热了牛奶，端给颜晓晨。颜晓晨逼着自己喝了一杯，上楼睡觉。

走进卧室，看到掉在地板上、摔成了两半的手机，她明白了妈妈为什么会知道了一切。曾经，她想过扔掉手机，曾经，她想过删除微信账号，但是，因为知道已经失去了一切，她只是想保留一点点过去的记忆，保留一点点她那么快乐过的印记，可就因为这一点的不舍得，让妈妈进了医院。

颜晓晨捡起了旧手机，拉开床头柜的抽屉，拿出新手机。她把旧手机的电池拿下，拆下了 SIM 卡，换到新手机里。当新手机开机的提示音乐叮叮咚咚响起，色彩绚丽的画面展现时，被拆开的旧手机残破、沉默地躺在桌子上，曾经它也奏着动听的音乐，在一个男生比阳光更灿烂的笑容中，快乐地开机，颜晓晨的泪水潸然而落。

她把旧手机丢进了垃圾桶，脱去衣服，躺到床上，努力让自己睡。

脑海里各种画面，此起彼伏，眼泪像是没关紧的水龙头一般，滴滴答答、一直不停地落下。但毕竟怀着孕一夜未睡，身体已经疲惫不堪，极度需要休息，翻来覆去、晕晕沉沉，竟然也睡了过去。

快十点时，程致远回到了家中。

他轻手轻脚地走上楼，推开卧室门，看到颜晓晨沉沉地睡着，他的脸上终于有了一丝放松。

　　程致远走到床边，疲惫地坐下，视线无意地掠过时，看到了床头柜上放着他买给她的新手机。他拿起看了一下，已经安装了SIM卡，真正在用。程致远盯着手机，表情十分复杂，一会儿后，他把手机放回了床头柜上。

　　他的手机轻轻振动了一下，程致远拿出手机，是沈侯的短信："晓晨怎么样？"这已经是沈侯的第三条询问情况的短信，早上他问过颜妈妈，也问过晓晨的状况，但当时程致远在医院，只能告诉他已经说服晓晨回家休息。

　　程致远看了眼颜晓晨，给他发短信，"晓晨在睡觉，一切安好。"

　　沈侯："你亲眼确认的？"

　　程致远："是。"

　　沈侯："晓晨昨天晚上有点着凉，你今天留意一下，看她有没有感冒的征兆，也注意一下孩子，当时看着晓晨没有不适，但我怕不舒服的感觉会滞后。"

　　程致远："好的。"

　　沈侯："也许我应该说谢谢，但你肯定不想听，我也不想说，我现在真实的情绪是嫉妒、愤怒。"

　　程致远盯着手机屏幕，眼中满是悲伤，唇角却微挑，带着一点苦涩的讥嘲。一瞬后，他把手机装了起来，看向颜晓晨。她侧身而睡，头发粘在脸上，他帮她轻轻拨开头发，触手却是湿的，再一摸枕头，也是湿的。程致远摸着枕头，凝视着颜晓晨，无声地吁了口气，站起身、准备离开。

　　他经过梳妆台时，停住脚步，看着垃圾桶，里面有分裂成两半的旧手机，和一块旧手机电池。程致远静静站了一瞬，弯腰捡起了旧手机，离开了卧室。

　　颜晓晨睡着睡着，突然惊醒了。

　　卧室里拉着厚厚的窗帘，光线暗沉，辨别不出现在究竟几点了。她翻身坐起，拿起手机查看，竟然已经快一点，程致远却没有给她发过消息。

　　颜晓晨穿上衣服，一边往楼下走，一边拨打电话，程致远的手机铃声在空旷的客厅里响起。

程致远正在沙发上睡觉，铃声惊醒了他，他拿起手机，看到来电显示，似乎很意外，一边接电话，"喂？你在哪里？"一边立即坐起，下意识地向楼梯的方向看去。

"我在这里。"颜晓晨凝视着他，对着手机说。

程致远笑了，看着颜晓晨，对着手机说："你在这里，还给我打电话？吓我一跳，我还以为你在我睡着的时候出去了。"

颜晓晨挂了电话，走进客厅，"你怎么在这里睡？我看你不在楼上，又没有给我发过消息，以为你还在医院，有点担心，就给你打电话了。"

程致远说："妈妈早上七点多醒来的，我陪着她吃了早饭，安排好护工，就回来了。王阿姨已经去给妈妈送中饭了，我让她留在医院陪着妈妈，她和妈妈一直能说到一块儿去，比我们陪着妈妈强。"

颜晓晨问："妈妈提起我了吗？"

"提起了，问你在哪里，我说你在家，让她放心。"

颜晓晨敢肯定，妈妈绝不可能只问了她在哪里，即使程致远不说，她也完全能想象。

程致远也知道自己的谎话瞒不过颜晓晨，但明知瞒不过，也不能说真话，他站起来，"饿了吗？一起吃点东西吧！王阿姨已经做好了饭，热一下就行。"

颜晓晨忙说："你再休息一会儿，我去。"

两人一起走进了厨房，颜晓晨要把饭菜放进微波炉，程致远说："别用微波炉，你现在怀孕，微波炉热饭菜热不透，吃了对身体不好。"他把饭菜放进蒸箱，定了六分钟，用传统的水蒸气加热饭菜。

自从搬进这个家，颜晓晨很少进厨房，很多东西都不知道放在哪里，有点插不上手，只能看着程致远忙碌。

程致远热好饭菜，两人坐在餐桌旁，沉默地吃着饭。

吃完饭，颜晓晨帮忙把碗碟收进厨房，程致远就什么都不让她干了，他一个人娴熟地把碗碟放进洗碗机，从冰箱拿出草莓和葡萄，洗干净后，放在一个大碗里，用热水泡着，"待会儿你吃点水果，记得每天都要补充维生素。"

颜晓晨站在厨房门口，一直默默地看着他。

"程致远，为什么要对我这么好？"

程致远用抹布擦着桌台，开玩笑地说："你想太多了！我这人天性体贴周到有爱心，善于照顾人，如果我养一条宠物狗，一定把它照顾得更周到。"

颜晓晨说："我们只是形婚，你做得太多了，我无法回报，根本不敢承受！"

程致远一下子停止了一切动作，他僵硬地站了一会儿，背对着颜晓晨，用一种很轻软、却很清晰的声音说："你能回报。"

"我能回报？"

程致远把抹布洗干净挂好，转过了身，走到颜晓晨面前说："请接受我的照顾，这是现在你能回报我的！"

看着他无比严肃的表情，颜晓晨不吭声了。

下午六点，程致远打算去给颜妈妈送晚饭，颜晓晨坚持要一起去。

程致远劝了半天，都没劝住，知道没有道理不让女儿去看望住院的妈妈，只能答应带她一起去医院。

程致远去之前，特意给照顾颜妈妈的护工阿姨打了个电话，让她把病房内一切有攻击性的危险品都收起来。

当他们走进病房，看到颜妈妈和护工阿姨正在看电视。程致远把保温饭盒递给护工阿姨，提心吊胆地看着颜晓晨走到病床边，怯生生地叫了声"妈妈"。他借着帮忙放餐桌板，刻意用身体挡在了颜晓晨和颜妈妈之间，让颜晓晨不能太靠近颜妈妈，可他还是低估了颜妈妈。

颜妈妈靠躺在病床上输液，身边连个喝水杯、纸巾盒都没有，但她竟然猛地一下跳下了床，直接抢起输液架，朝着颜晓晨打去，"你还敢叫我妈！颜晓晨，你个良心被狗吃了的讨债鬼！我说过什么？我让你把孩子打掉！你害死了你爸不够，还要挺着肚子来气死我吗？当年应该你一出生，我就掐死你个讨债鬼……"

虽然程致远立即直起身去阻挡，可是输液的针头硬生生地被扯出了血管，颜妈妈手上鲜血淋漓，又是个刚脱离危险期的病人，程致远根本不敢真正用力，颜晓晨好像被骂傻了，像根木头一样杵在地上，连最起码的闪避都不做。

输液架直冲着颜晓晨的肚子戳过去，幸亏程致远一把抓住了，颜妈妈两只手握着输液架，恶狠狠地和程致远较劲，长长的输液架成了最危险的凶器，好像时刻会戳到颜晓晨身上，程致远对着护工阿姨叫："把晓晨带出去，快点，带出去！"又大声叫等候在楼道里的李司机："李司机，先送晓晨回家。"

护工阿姨早已经吓傻了，这才反应过来，立即拖抱着颜晓晨往外走。程致远一边强行把颜妈妈阻挡在病床前，一边迅速按了红色的紧急呼救铃，几个护士急匆匆地冲了进来。

好不容易把颜妈妈稳定、安抚住，程致远精疲力竭地往家赶。

这辈子，不是没有遇见过坏人，可是他遇见的坏人，都是有身家资本、受过良好教育的坏人，不管多么穷凶极恶、冷血无情，骨子里都有点自恃身份、都爱惜着自己，行事间总会有些矜持，但颜妈妈完全是他世界之外的人，他从没有见过的一种人，生活在社会最底层，并不凶恶、也绝对不冷血，甚至根本不是坏人，可是这种人一旦认了死理，却会不惜脸面、不顾一切，别说爱惜自己，他们压根儿没把自己的命当回事。程致远空有七窍玲珑心，也拿颜妈妈这样的人没有一点办法。

程致远急匆匆回到家里，看到颜晓晨安静地坐在沙发上，他才觉得提着的心放回了原处。

颜晓晨听到门响，立即站了起来。

程致远微笑着说："妈妈没事，已经又开始输液了，护工阿姨会照顾她吃饭。医生还开玩笑说，这么生龙活虎足以证明他医术高超，把妈妈治得很好，让我们不要担心。"

他看到颜晓晨额头上红色的伤口，大步走过来，扶着她的头，查看她的额头。在病房时太混乱，根本没留意到她已经被输液架划伤。

颜晓晨说："只是擦伤，王阿姨已经用酒精帮我消过毒了。"她看着他缠着白色纱布的手，"你的手……"

程致远情急下为了阻止颜妈妈，用力过大，输液架又不是完全光滑的铁杆，他的手被割了几道口子，左手的一个伤口还有点深，把医生都惊动了，特意帮他处理了一下。

程致远说："我也只是擦伤，过几天就好了。"他说着话，为了证明自己没有大碍，还特意把手张开握拢，表明活动自如。

颜晓晨握住了他的手，"你别……动了！"她的眼泪在眼眶里滚来滚去。

程致远愣了一下，轻轻反握住了她的手，笑着说："我真的没事！"

颜晓晨慢慢抽出了手，低着头说："致远，我们离婚吧！"

程致远僵住了，沉默了一瞬，才缓过神来，"为什么？"

颜晓晨的眼泪如断线的珍珠一般，簌簌而落，"我不能再拖累你了……我的生活就是这样，永远都像是在沼泽里挣扎，也许下一刻就彻底陷下去了……你、你的生活本来很好……不应该因为我，就变成了现在这样……而且现在所有人都知道孩子不是你的了，再维持婚姻，对你太不公平……"

程致远松了口气，他俯身从桌上抽了张纸巾，抬起颜晓晨的头，帮她把眼泪擦去，"还记得结婚时，我的誓词吗？无论贫穷富贵、无论疾病健康、无论坎坷顺利，无论相聚别离，我都会不离不弃、永远守护你。"

颜晓晨惊愕地盯着程致远，婚礼上说了这样的话？

程致远说："也许你没认真听，但我很认真地说了。"

"为什么？我们只是形婚，你为什么要对我这么好？"

程致远自嘲地笑了笑，"为什么？答案很简单，等你想到了，就不会不停地再问我为什么了！"

颜晓晨困惑地看着程致远。

程致远揉了揉颜晓晨的头说："在结婚前，我们就说好了，结婚由你决定，离婚由我决定！离婚的主动权在我手里，如果我不提，你不能提！记住了，下一次，绝不许再提！现在，我饿了，吃饭！"

Chapter 19

真相

我们是可怜的一套象棋，昼与夜便是一张棋局，任"他"走东走西，或擒或杀，走罢后又——收归匣里。

——莪默·伽亚谟

　　星期一，不顾程致远的反对，颜晓晨坚持要去上班。程致远问她："身体重要，还是工作重要？就不能再休息一天吗？"

　　颜晓晨反问程致远："如果你不是我的老板，我能随便请假吗？而且我现在的情形，妈妈在医院躺着，必须要多赚钱！"

　　程致远想了想，虽然担心她身体吃不消，但去公司做事，总比在家里胡思乱想好，同意了她去上班。

　　程致远知道颜晓晨放心不下妈妈，十一点半时，打电话叫她下楼去吃中饭，没有立即带着她去餐馆，而是先去了医院。颜晓晨再不敢直接走进去见妈妈，只敢在病房外偷偷看。

病房里，陪伴颜妈妈的竟然是程致远的妈妈。她一边陪着颜妈妈吃中饭，一边轻言细语地说着话。程妈妈出身书香世家，是老一辈的高级知识分子，又是心脏外科医生，一辈子直面生死，她身上有一种很温婉却很强大的气场，能让人不自觉地亲近信服。颜妈妈和她在一起，都变得平和了许多。

颜晓晨偷偷看了一会儿，彻底放心了。

程致远小声说："妈妈的主治医生是我的学生，我妈今天早上又从医生的角度深入了解了一下病情，说没有大问题，以后注意饮食和保养就可以了，你不用再担心妈妈的身体了。"

颜晓晨用力点点头，感激地说："谢……"

程致远伸出食指，挡在她唇前，做了个嘘声的手势，阻止了她要出口的话。颜晓晨想起了他说过的话，永远不要对他说谢谢。

两人在回公司的路上找了家餐厅吃饭。

颜晓晨知道程致远一直在担心她的身体，为了让他放心，努力多吃了点。

程致远看她吃得差不多了，问："前两天，我跟你提的去国外的事，你考虑得怎么样了？"

颜晓晨愣了一愣，说："现在出了妈妈的事，根本不用考虑了吧！"

"你不觉得，正因为有妈妈的事，你才应该认真考虑一下吗？"

颜晓晨不解地看着程致远。

"妈妈并不想见你，你执意留在妈妈身边，成全的只是你的愧疚之心，对妈妈没有丝毫好处。熬到孩子出生了，妈妈也许会心生怜爱，逐渐接受，也许会更受刺激，做出更过激的事，到那时，对孩子，对妈妈都不好！与其这样，为什么不暂时离开呢？有时候，人需要一些鸵鸟心态，没看见，就可以当作没发生，给妈妈一个做鸵鸟的机会。"程致远看看颜晓晨额头的伤、自己手上的伤，苦笑了一下，"没必要逼妈妈去做直面残酷生活的斗士！"

颜晓晨默不作声地思考着，曾经她以为出国是一个非常匪夷所思的提议，但现在她竟然觉得程致远说得很有道理，不能解决矛盾时，回避也不失为一种方法。总比激化矛盾，把所有人炸得鲜血淋漓好。

程致远说："至于妈妈，你真的不用担心，我爸妈在省城，距离你家很近，在老家还有很多亲戚朋友，婚礼时，你妈妈都见过，就算现在不熟，以后在一个地方，经常走动一下，很快就熟了。你还有姨妈、表姐、表弟，我会安排好，让他们帮着照顾一下妈妈。"

颜晓晨迟疑地问："我们离开，真的可以吗？"

"为什么不可以？我们只是暂时离开，现在交通那么发达，只要你想回来，坐上飞机，十几个小时，就又飞回上海了。"

"我去国外干什么呢？"

"工作、读书都可以。我看你高等数学的成绩很好，认真地建议你，可以考虑再读一个量化分析的金融硕士学位，一年半或者一年就能读完，毕业后，工资却会翻倍。现在过去，九月份入学，把孩子生了，等孩子大一点，你的学位也拿到手了。"

颜晓晨不吭声。

程致远的手轻轻覆在了她手上，"至于你欠我的，反正欠得已经很多了，一时半会儿你根本还不起，我不着急，我有足够的时间等着你还，你也不用着急，可以用一生的时间慢慢还。"

自从婚礼仪式后，两人就都戴着婚戒，颜晓晨把它当成了道具，从没有认真看过，可这时，两人戴着婚戒的手交错叠放，两枚婚戒紧挨在一起，让她禁不住仔细看了起来，心中生出异样的感觉。

程致远察觉到她的目光，迅速缩回了手，"你要同意，我立即让人准备资料，帮你申请签证。"

颜晓晨颔首，"好！"

程致远露出了一丝如释重负的笑意。

两人回到公司，电梯先到颜晓晨的办公楼层，她刚走出电梯，程致远握住了她的手，轻声说："笑一笑，你已经三天没有笑过了。"

"是吗？"颜晓晨挤了个敷衍的笑，就想走。

"我认真的，想一下快乐的事情，好好笑一下。否则，我不放手哦！"程致远挡着电梯门，用目光示意颜晓晨，来来往往的同事已经雷达全开动，留意着电梯门边程大老板的情况。

颜晓晨无可奈何，只能酝酿了一下情绪，认真地笑了一下。

程致远摇头，"不合格！"

颜晓晨又笑了一下。

程致远还是摇头。

已经有同事借口倒咖啡，端着明明还有大半杯咖啡的杯子，慢步过来看戏了。颜晓晨窘迫地说："你很喜欢办公室绯闻吗？放开我！"

"你不配合，我有什么办法？我是你的债主，这么简单的要求，你都不肯用心做？"程致远用另一只手盖住了颜晓晨的眼睛，"暂时把所有事都忘记，想一下让你快乐的事，想一下……"

温暖的手掌，被遮住的眼睛，颜晓晨想起了，江南的冬日小院，沈侯捂住她的眼睛，让她猜他是谁；他握着她的手，嫌弃她的手冷，把她的手塞到他温暖的脖子里；他提着热水瓶，守在洗衣盆旁，给她添热水……

她微微地笑了起来。

程致远放开了她，淡淡地说："虽然你的笑容和我无关，但至少这一分钟，你是真正开心的！"

颜晓晨一愣，程致远已经不再用身体挡着电梯门，他退到了电梯里，笑着说："我们是合法夫妻，真闹出什么事，也不是绯闻，是情趣！"电梯门合拢，他的人消失，话却留在了电梯门外，让偷听的人禁不住低声窃笑。

颜晓晨在同事们善意的嘲笑声中，走到办公桌前坐下。

也许是刚才的真心一笑，也许是因为知道可以暂时逃离，颜晓晨觉得好像比早上轻松了一点。她摸着肚子，低声问："宝宝，你想去看看新世界吗？"

这个孩子似乎也知道自己处境危险，一直十分安静，医生说四个月就能感受到胎动，她却还没有感受到。如果不是照B超时亲眼看到过他，颜晓晨几乎要怀疑他的存在。

颜晓晨拿起手机。

换了新手机后，她没有安装微信，但SIM卡里应该保存有他的电话号码，她打开通讯录，果然看到了沈侯的名字。

颜晓晨盯着沈侯的名字看了一瞬，放下了手机。她没有问程致远他们会去哪里，既是相信他会安排好一切，也是真的不想知道，如果连她都不知道自己会去哪里，沈侯肯定也无法知道。从此远隔天涯、再不相见，这样，对他俩都好！

也许，等到离开上海时，她会在飞机起飞前一瞬，发一条短信告诉他，她走了，永永远远走了，请他忘掉一切，重新开始。

※※※

李徽把一沓文件放到颜晓晨面前，指指楼上，"送上去。"

虽然没说谁，但都明白是谁，颜晓晨不情愿地问："为什么是我？"

李徽嬉皮笑脸地说："孕妇不要老坐着，多运动一下。"

颜晓晨拿起文件，走楼梯上去，到了程致远的办公室，辛俐笑着说："程总不在，大概二十分钟前出去了。"

颜晓晨把文件递给她，随口问："见客户？"

"没有说。"

颜晓晨迟疑地看着程致远的办公室，辛俐善解人意地问："你要进去吗？"说着话，起身想去打开门。

"不用！"颜晓晨笑了笑，转身离开。

依旧走楼梯下去，到了自己办公室所在的楼层时，却没进去，而是继续往楼下走，打算去买点吃的。因为怀孕后饿得快，她平时都会随身携带一些全麦饼干、坚果之类的健康零食，可这几天出了妈妈的事，有点晕头晕脑，忘记带了。

办公楼下只有便利店，虽然有饼干之类的食物，但都不健康，颜晓晨决定多走一会儿，去一趟附近的超市，正好这两天都没有锻炼，就当是把晚上的锻炼时间提前了，工作她已经决定带回家晚上继续做。

颜晓晨快步走向超市，不经意间，竟然在茫茫人海中看到了沈侯。本来以为他是跟着她，却发现他根本没看到她。他应该刚停好车，一边大步流星地走着，一边把车钥匙装进了裤兜，另一只手拿着个文件袋。

如果沈侯看见了她，她肯定会立即躲避，可是这会儿，在他看不见她的角落，她却像痴了一样，定定地看着他。

颜晓晨也不知道怎么想的，竟然鬼使神差地跟在了他身后，也许是因为知道他们终将真正分离，一切就像是天赐的机会，让她能多看他一眼。

公司附近有一个绿化很好的小公园，沈侯走进了公园。工作日的下午，公园里人很少，颜晓晨开始奇怪沈侯跑这里来干什么，这样的地方只适合情人幽会，可不适合谈生意。

沈侯一边走，一边打了个电话，他拐了个弯，继续沿着林荫道往前走。

在一座铜质的现代雕塑旁，颜晓晨看到了程致远，他坐在雕塑下的大理石台子上，一边喝着咖啡，一边在用手机看新闻。

因为雕塑的四周都是草坪，没有任何遮挡，颜晓晨不敢再跟过去，只能停在了最近的大树后，听不到他们说话，但光线充足、视野开阔，他们的举动倒是能看得一清二楚。

程致远看到沈侯，站起身，把咖啡扔进了垃圾桶，指了指腕上的手表说："你迟到了三十分钟。"

沈侯对自己的迟到没有丝毫抱歉，冷冷地说："堵车。"

程致远没在意他的态度，笑了笑问：“为了什么事突然要见我？”

沈侯把手里的文件袋递了过去，程致远打开文件袋，抽出里面的东西，是两张照片，他刚看了一眼，神情立即变了，脸上再没有一丝笑容。程致远强自镇定地问：“什么意思？”

沈侯讥笑：“我回看婚礼录像时，不经意发现了那张老照片。刚开始，我也不知道究竟是什么意思，只是觉得也未免太巧了。所以我让人把你这些年的行踪好好查了一番。若要人不知，除非己莫为，虽然事情过去了很多年，但不是没有蛛丝马迹。要我从头细说吗？五年前……

程致远脸色苍白，愤怒地呵斥：“够了！”

沈侯冷冷地说：“够了？远远不够！我的妻子、我的孩子都在你手里，如果必要，我还会做得更多！”

程致远把照片塞回了文件袋，盯着沈侯，看似平静的表情下藏着哀求。

沈侯也看着他，神情冰冷严肃，却又带着哀悯。

两人平静地对峙着，终于是程致远没有按捺住，先开了口，“你打算怎么办？”

“你问我打算怎么办？你有想过怎么办吗？难道你打算骗晓晨一辈子吗？”

“我是打算骗她一辈子！”

沈侯愤怒地一拳打向他。

程致远一个侧身，闪避开，抓住了沈侯的手腕，“你爸妈既然告诉了你所有事，应该也告诉了你，我在刚知道你爸妈的秘密时，曾对你妈妈提议，不要再因为已经过去的事，反对晓晨和你在一起，把所有事埋葬，只看现在和未来。但是，你的运气很不好，晓晨竟然莫名其妙地出现了，听到了一切。”

沈侯顺势用另一只手，按住程致远的肩，抬起脚，用膝盖狠狠顶了下程致远的腹部，冷笑着说：“我运气不好？我怎么知道不是你故意安排的？从你第一次出现，我就觉得你有问题，事实证明，你果然有问题，从你第一次出现，你就带着目的。”

程致远忍着痛说:"我承认,我是带着目的接近晓晨,但是,我的目的只是想照顾她,给她一点我力所能及的帮助。正因为从一开始,我就知道自己没有资格,所以,我从没有主动争取过她,甚至尽我所能,帮你和她在一起。你说,是我刻意安排的,将心比心,你真的认为我会这么做吗?"程致远扭着沈侯的手,逼到沈侯脸前,直视着沈侯的眼睛问:"我完全不介意伤害你,但我绝不会伤害晓晨!易地而处,你会这么做吗?"

沈侯哑然无语,他做不到,所以明明知道真相后,愤怒到想杀了程致远,却要逼着自己心平气和地把他约出来,企图找到一个不伤害晓晨的解决办法。

沈侯推了下程致远,程致远放开了他,两个刚刚还扭打在一起的人,像是坐回了谈判桌前,刹那都恢复了平静。

程致远说:"我曾经忍着巨大的痛苦,诚心想帮你隐藏一切,让你和晓晨幸福快乐地在一起,开始你们的新生活。现在,我想请求你,给我一次这样的机会!"

沈侯像是听到了最好笑的笑话,忍不住冷笑了起来,"凭什么我要给你这个机会?"

"现在是什么情形,你很清楚,晓晨怀着个不受欢迎的孩子,晓晨的妈妈在医院里躺着,除了我,你认为还能找到第二个人去全心全意照顾她们吗?"

沈侯眯了眯眼,冷冷地说:"你用晓晨威胁我?"

程致远苦涩地说:"不是威胁,而是请求。我们其实是一枚硬币的两面,我完全知道你的感受。因为你爱她,我也爱她,因为我们都欠她的,都希望她能幸福!我知道你会退让,就如我曾经的退让!"

沈侯定定地盯着程致远,胸膛剧烈地起伏着,脸色十分难看,却一句话都说不出来。程致远也沉默着,带着祈求,哀伤地看着沈侯。

这场交锋,程致远好像是胜利者,但是他的脸色一点不比沈侯好看。

躲在树后的颜晓晨越看越好奇,恨不得立即冲过去听听他们说什么,但估计他们俩都留了心眼，不仅见面地点是临时定的，还特意选了一个绝对不可能让人靠近偷听的开阔地，颜晓晨只能心急火燎地干着急。

沈侯突然转身，疾步走了过来，颜晓晨吓得赶紧贴着树站好，沈侯越走越近，像是逐渐拉近的镜头，他的表情也越来越清晰，他的眼中浮动着隐隐泪光，嘴唇紧紧地抿着，那么悲伤痛苦、绝望无助，似乎马上就要崩溃，却又用全部的意志克制着。

颜晓晨觉得自己好像也被他的悲伤和绝望感染了，心脏的某个角落一抽一抽地痛着，几乎喘不过气来。

沈侯走远了，程致远慢慢地走了过来。也许因为四周无人，他不必再用面具伪装自己，他的表情十分茫然，眼里全是悲伤，步子沉重得好似再负担不动所有的痛苦。

颜晓晨越发奇怪了，沈侯和程致远没有生意往来，生活也没有任何交集，他们俩唯一的联系就是她。究竟是什么事，让他们两人都如此痛苦？和她有关吗？

颜晓晨悄悄跟在程致远身后，远远看着他的背影。进公园时，被沈侯拿在手里的文件袋，此时，却被程致远牢牢抓在手里。

出了公园，程致远似乎忘记了天底下还有一种叫"车"的交通工具，竟然仍然在走路。颜晓晨招手叫了辆出租，以起步价回到了公司。

颜晓晨觉得偷窥不好，不该再管这件事了，但沈侯和程致远的悲痛表情总是浮现在她的眼前。

她在办公桌前坐了一会儿，突然站了起来，急匆匆地向楼上跑，至少去看看程致远，他的状态很不对头。

走出楼梯口时，颜晓晨放慢了脚步，让自己和往常一样，她走到程致远的办公室外，辛俐笑说："程总还没回来。"

颜晓晨正考虑该如何措辞，电梯叮咚一声，有人从电梯出来了。颜晓晨立即回头，看到程致远走进了办公区。

他看到颜晓晨，笑问："你怎么上来了？李徽又差遣你跑腿？"

颜晓晨盯着他，表情、眼神、微笑，没有一丝破绽，只除了他手里的文件袋。

"是被他差遣着跑腿了，不过现在来找你，不是公事。我肚子饿了，包里没带吃的，你办公室里有吗？"颜晓晨跟着他走进办公室，

"有，你等一下。"程致远像对待普通文件一样，把手里的文件袋随手放在了桌上。他走到沙发旁，打开柜子，拿了一罐美国产的有机杏仁和一袋全麦饼干，放到茶几上。

"要喝水吗？"

"嗯。"

颜晓晨趁着他去倒水，东瞅瞅、西看看，走到桌子旁，好像无意地拿起文件，正要打开看，程致远从她手里抽走了文件袋，把水杯递给她，"坐沙发上吃吧！"

颜晓晨只能走到沙发边坐下，一半假装，一半真的，狼吞虎咽地吃着饼干。

程致远笑说："慢点吃，小心噎着。"他一边说话，一边走到碎纸机旁，摁了开启按钮。

颜晓晨想出声阻止，却没有任何理由。

他都没有打开文件袋，直接连着文件袋放进了碎纸机，颜晓晨只能眼睁睁地看着碎纸机一点点把文件吞噬掉。程致远办公室的这台碎纸机是六级保密，可以将文件碎成粉末状，就算最耐心的间谍也没有办法把碎末拼凑回去。

程致远一直等到碎纸机停止了工作，才抬起了头，他看到颜晓晨目光灼灼地盯着他，不自禁地回避了她的目光，解释说："一些商业文件，有客户的重要信息，必须销毁处理。"

颜晓晨掩饰地低下了头，用力吃着饼干，心里却想着：你和沈侯，一个做金融，一个做衣服，八竿子打不到一起，能有什么商业机密？

程致远走到沙发边坐下，微笑着说："少吃点淀粉。"

颜晓晨放下了饼干，拿起杏仁，一颗颗慢慢地嚼着，她告诉自己，文

件已经销毁，不要再想了，程致远对她很好，他所做的一切肯定都是为了她好，但心里却七上八下，有一种无处着落的茫然不安。

程致远也看出她的不对头，担心地问："你怎么了？"

颜晓晨轻声问："我们什么时候离开？"

程致远打量着她，试探地说："签证要两个星期，签证一办下来，我们就走，可以吗？"

颜晓晨捧着杏仁罐子，想了一会儿说："可以！既然决定了要走，越早越好！"

程致远如释重负，放心地笑了，"晓晨，我保证，新的生活不会让你失望。"

颜晓晨微笑着说："我知道，自从认识你，你从没有让我失望过。西方的神话中说，每个善良的人身边都跟随着一个他看不见的守护天使，你就像是老天派给我的守护天使，只是我看得见你。"

程致远的笑容僵在脸上。

颜晓晨做了个鬼脸，问："你干吗这表情？难道我说得不对吗？"

程致远笑了笑，低声说："我就算是天使，也是堕落天使。"

有人重重敲了下办公室的门，没等程致远同意，就推开了门。程致远和颜晓晨不用看，就知道是乔羽。

乔羽笑看了眼颜晓晨，冲程致远说："没打扰到你们吧？"

程致远无奈地说："有话快说！"

"待会儿我有个重要客户过来，你帮我压一下场子！"

"好！"

乔羽打量了一眼程致远的衬衣，指指自己笔挺的西装和领带，"正装，Please！"他对颜晓晨暧昧地笑了笑，轻佻地说："你们还有十分钟可以为所欲为。"说完，关上了门。

"你别理乔羽，慢慢吃。"程致远起身，走到墙边的衣柜前，拉开柜门，拿出两套西服和两条领带，询问颜晓晨的意见，"哪一套？"

颜晓晨看了看，指指他左手上的，程致远把右手的西服挂回了衣柜。

他提着西服，走进卫生间，准备换衣服。

颜晓晨也吃饱了，她把杏仁和饼干密封好，一边放进柜子，一边说："致远，我吃饱了，下去工作了。"

程致远拉开了卫生间的门，一边打领带，一边说："你下次饿了，直接进来拿，不用非等我回来，我跟辛俐说过，你可以随时进出我的办公室。"

颜晓晨提起包，笑着说："我下去了，晚上见！"

"不要太辛苦，晚上见！"

下班时，程致远在办公楼外等颜晓晨，看到她提着笔记本电脑，忙伸手接了过去，"回去还要加班？"

"嗯，今天白天休息了一会儿。"

程致远知道她的脾气，也没再劝，只是笑着说："考虑到你占用了我们的家庭时间，我不会支付加班费的。"

颜晓晨嘟了下嘴，笑着说："我去和乔羽申请。"

程致远打开车门，让颜晓晨先上了车，他关好车门，准备从另一边上车。可颜晓晨等了一会儿，都没看到程致远上车。颜晓晨好奇地从窗户张望，看到程致远站在车门旁，她敲了敲车窗，程致远拉开车门，坐进了车里。

"怎么了？"颜晓晨往窗外看，什么都没看到。

程致远掩饰地笑了笑，说："没什么，突然想到点事。"

颜晓晨像以往一样，程致远不愿多说的事，她也不会多问，但她立即下意识地想，沈侯，肯定是沈侯在附近！他们两人之间究竟发生了什么事？

回到家里，两人吃过晚饭，程致远给他妈妈打了个电话，询问颜妈妈的状况，听说晚饭吃得不错，也没有哭闹，颜晓晨放了心。

程致远在会议室坐了一下午，吸了不少二手烟，觉得头发里都是烟味，他看颜晓晨在看电视休息，暂时不需要他，"我上楼去洗澡，会把浴室门开着，你有事就大声叫我。"

颜晓晨笑嗔，"我能有什么事？知道了！安心洗你的澡吧！"

程致远把一杯温水放到颜晓晨手边，笑着上了楼。

颜晓晨一边看电视，一边忍不住地琢磨今天下午偷看到的一幕，沈侯和程致远的表情那么古怪，文件袋里装的文件肯定不是商业文件，但不管是什么，她都不可能知道了。

突然，手机响了，是个陌生号码，颜晓晨接了电话，原来是送快递的，颜晓晨说在家，让他上来。

不一会儿，门铃响了，颜晓晨打开门，快递员把一份快递递给她。颜晓晨查看了一下，收件人的确是她，寄件人的姓名栏里竟然写着吴倩倩。

"谢谢！"颜晓晨满心纳闷地签收了快递。

吴倩倩有什么文件需要快递给她？颜晓晨坐在沙发上，发了一会儿呆，才拆开了快递。

一张对折的 A4 打印纸里夹着两张照片，打印纸上写着几句简单的话，是吴倩倩的笔迹。

晓晨：

这两张照片是我用手机从沈侯藏起来的文件里偷拍的，本来我是想利用它们来报复，但没想到你们原谅了我。我还没查出这两张照片的意义，但我的直觉告诉我你应该知道。

对不起！

倩倩

颜晓晨看完后，明白了沈侯所说的释然，被原谅的人固然是从一段不堪的记忆中解脱，原谅的人何尝不也是一种解脱？虽然她一直认为她并不在乎吴倩倩，但这一刻她才知道，没有人会不在乎背叛和伤害，尤其那个人还是一个屋子里居住了四年的朋友，虽然只是三个字"对不起"，但她心里刻意压抑的那个疙瘩突然就解开了。倒不是说她和倩倩还能再做朋友，但至少她不会再回避去回忆她们的大学生活。

颜晓晨放下了打印纸，去看倩倩所说的她应该知道的照片。

用手机偷拍的照片不是很清楚，颜晓晨打开了沙发旁的灯，在灯光下细看。

一张照片，应该是翻拍的老照片，里面的人穿的衣服都是十几年前流行的款式，放学的时候，周围有很多学生。林荫路旁停着一辆车，一个清瘦的年轻男人，坐在驾驶座上，静静等候着。几个十来岁的少年，穿着校服，背着书包，站在车前，亲亲热热地你勾着我肩、我搭着你背，面朝镜头，咧着嘴笑。

颜晓晨记得在婚礼上见过这张照片，是程致远上初中时的同学合影，但当时没细看，这会儿仔细看了一眼，她认出了程致远，还有乔羽，另外四个男生就不知道是谁了。

颜晓晨看不出这张照片有什么奇怪的地方，她拿起了第二张照片，一下子愣住了，竟然是郑建国的正面大头照。

这张照片明显翻拍的是证件照，郑建国面朝镜头，背脊挺直，双目平视，标准的证件照表情，照片一角还有章印的痕迹。

颜晓晨蒙了，为什么撞死了她爸爸的肇事司机的照片会出现在这里？她能理解沈侯为什么会有郑建国的证件照，以沈侯的脾气，知道所有事情后，肯定会忍不住将当年的事情翻个底朝天。郑建国是她爸爸死亡的重要一环，沈侯有他的资料很正常，颜晓晨甚至怀疑这张证件照就是当年郑建国的驾照照片。但是，为什么郑建国的照片会和程致远的照片在一起？

颜晓晨呆呆坐了一会儿，又拿起了第一张照片。她的视线从照片中间几个笑得灿烂夺目的少年身上一一扫过，最后落在了一直被她忽略的照片一角上。那个像道具一般，静静坐在驾驶座上的男子，有一张年轻的侧脸，但看仔细了，依旧能认出那是没有发福苍老前的郑建国。

轰一下，颜晓晨终于明白了为什么郑建国的照片会和程致远的照片在一起，她手足冰凉、心乱如麻，程致远认识郑建国？！

从这张老照片的时间来讲，应该说绝对不仅仅是认识！

几乎不需要任何证据，颜晓晨就能肯定，沈侯给程致远的文件袋里就是这两张照片，他肯定是发现了程致远认识郑建国的秘密，但不知出于什么原因，沈侯居然答应了程致远，帮他保守秘密。但是，程致远绝对没有想到，命运是多么强大，被他销毁的文件，居然以另一种方式又出现在她面前。

为什么程致远要欺骗她？

为什么程致远那么害怕她知道他和郑建国认识？

看着眼前这个熟悉又陌生的屋子，颜晓晨心悸恐惧，觉得像是一张巨大的蜘蛛网，她似乎就是一只落入蛛网的蝴蝶，她突然觉得一刻都不能再在屋子里逗留，提起包，一下子冲出了屋子。

她茫然地下了楼，晃晃悠悠地走出了小区，不停地想着程致远为什么要隐瞒他认识郑建国的事实？郑建国的确做了对不起她们家的事，但这不是古代，没有连坐的制度，她不可能因为郑建国是程致远家的朋友，就连带着迁怒程致远。

也许程致远就是怕她和她妈妈迁怒，才故意隐瞒。但如果只是因为这个，为什么沈侯会这么神神秘秘？为什么把这些东西交给程致远后，他会那么痛苦？

要知道一切的真相，必须去问当事人！

颜晓晨拿出手机，犹豫了一瞬，拨通了沈侯的电话。

电话响了几声后，接通了，沈侯的声音传来，惊喜到不敢相信，声音轻柔得唯恐惊吓到她，"晓晨？是你吗？"

"我想见你！"

"什么时候？"

"现在、马上、越快越好！你告诉我你在哪里，我立即过来！"颜晓晨说着话，就不停地招手，拦出租车。

一辆出租车停下，颜晓晨拉开门，刚想要上车，听到沈侯在手机里说：

"转过身，向后看。"

她转过了身，看到沈侯拿着手机，就站在不远处的霓虹灯下。宝马雕车香满路，蓦然回首，那人却在灯火阑珊处。

颜晓晨目瞪口呆，定定地看着沈侯。

沈侯走到她身边，给司机赔礼道歉后，帮她关上了出租车的门，让出租车离开。

颜晓晨终于回过神来，质问："你刚才一直跟着我？你又去我们家小区了？"

沈侯盯着颜晓晨的新手机，没有回答颜晓晨的问题，反而问她："为什么把手机换了？"

"不是换了，是扔了！"颜晓晨把新手机塞回包里。

沈侯神情一黯，"我给你发的微信你收到过吗？"

"没有！"颜晓晨冷着脸说："我找你，是想问你一件事。"

"什么事？"

颜晓晨拿出两张照片，递给沈侯。

沈侯看了一眼，脸色骤变，惊讶地问："你、你……哪里来的？"

"不用你管，你只需要告诉我，程致远和郑建国是什么关系？"

沈侯沉默了一瞬，说："郑建国曾经是程致远家的司机，负责接送程致远上下学，算是程致远小时候的半个保姆吧！程致远高中毕业后，去了国外读书，郑建国又在程致远爸爸的公司里工作了一段时间。后来，他借了一些钱，就辞职了，自己开了家4S店。他和程致远家一直保持着良好的关系，程致远大概怕你妈妈迁怒他，一直不敢把这事告诉你们。"

"沈侯，你在欺骗我！肯定不只这些！"

沈侯低垂着眼睛说："就是这些了，不然，你还想知道什么呢？"

颜晓晨一下子很是难过，眼泪涌到了眼眶，"我没有去问程致远，而是来问你，因为我以为只要我开了口，你就一定会告诉我！没想到你和他一样，也把我当傻瓜欺骗！我错了！我走了！"颜晓晨转过身，想要离开。

沈侯抓住了她的手，"我从没有想欺骗你！"

"放开我！"颜晓晨用力挣扎，想甩开他的手，沈侯却舍不得放开，索性两只手各握着她一只手，牢牢地抓住了她。

"沈侯，你放开我！放开……"

两人正角力，突然，颜晓晨停住了一切动作，半张着嘴，表情呆滞，似乎正在专心感受着什么。

沈侯吓坏了，"小小，小小，你怎么了？"

颜晓晨呆呆地看着沈侯，"他、他动了！"

"谁？什么动了？"

迟迟没来的胎动，突然而来，颜晓晨又紧张，又激动，根本解释不清楚，直接抓着沈侯的手，放到了自己肚子上。沈侯清晰地感受到了，一个小家伙隔着肚皮，狠狠地给了他一脚，他惊得差点嗷一声叫出来。

"他怎么会动？我刚刚伤到你了吗？我们去医院……"沈侯神情慌乱、语无伦次。

颜晓晨看到有人比她更紧张，反倒平静下来，"是胎动，正常的。"

沈侯想起了书上的话，放心了，立即又被狂喜淹没，"他会动了哎！他竟然会动了！"

"都五个月了，当然会动了！不会动才不正常！之前他一直不动，我还很担心，没想到他一见到你……"颜晓晨的话断在口中。

沈侯还没察觉，犹自沉浸在喜悦激动中，弯着身子，手搭在颜晓晨的肚子上，很认真地说："小家伙，来，再踢爸爸一脚！"

肚子里的小家伙竟然真的很配合，又是一脚，沈侯狂喜地说："小小，他听到了，他听到了……"

颜晓晨默默后退了两步，拉开了和沈侯的距离。沈侯看到她的表情，也终于意识到他们不是普通的小夫妻。事实上，他和她压根儿不是夫妻，法律上，她是另一个男人的妻子。现在，他们隔着两步的距离，却犹如天堑，沈侯完全不知道该如何才能跨越这段距离，刚才有多少激动喜悦，这会儿就有多少痛苦悲伤。

真相 ◇ 419

颜晓晨手搭在肚子上，看着远处的霓虹灯，轻声说："程致远想带我离开上海，去国外定居。"

"什么？"沈侯失声惊叫。

"他已经在帮我办签证，两个星期后我们就会离开。"

沈侯急切地说："不行，绝对不行！"

"去哪里定居生活，是我自己的事，和你无关！但我不想和一个藏着秘密的人朝夕相对，尤其他的秘密还和我有关，就算你现在不告诉我，我也会设法去查清楚。你不要以为你们有钱，我没钱，就查不出来！你们不可能欺骗我一辈子！"

"晓晨，你听我说，不是我想欺骗你，而是……"沈侯说不下去。

"而是什么？"

沈侯不吭声，颜晓晨转身就走，沈侯急忙抓住她的手腕，"你让我想一下。"沈侯急速地思索着，晓晨不是傻子，事情到这一步，肯定是瞒不住了，只是或迟或早让她知道而已，但是……

颜晓晨的手机突然响了，她拿出手机，来电显示是程致远，这个曾代表着温暖和依靠的名字，现在却显得阴影重重。颜晓晨苦涩地笑了笑，按了拒绝接听。

手机安静了一瞬，又急切地响了起来，颜晓晨直接把手机关了。

没过一会儿，沈侯的手机响了，他拿出手机，看了眼来电显示的"程致远"，接了电话。他一手拿着手机，一手牢牢地抓着颜晓晨，防止她逃跑。

沈侯看着颜晓晨说："我知道她不在家，因为她现在正在我眼前。"

"……"

"你今天下午说我运气很不好，看来你的运气也很不好，再精明的人都必须相信，人算不如天算！"

"……"

"晓晨已经看到照片了。"

"……"

"你想让我告诉她真相，还是你自己来告诉她真相？"

"……"

沈侯挂了电话，对颜晓晨说："去见程致远，他会亲口告诉你一切。"

沈侯按了下门铃，程致远打开了门，他脸色晦暗、死气沉沉，像是被判了死刑的囚犯，再看不到往日的一丝从容镇定。

三个人沉默地走进客厅，各自坐在了沙发一边，无意中形成了一个三角形，谁都只能坐在自己的一边，没有人能相伴。

程致远问颜晓晨："你知道我和郑建国认识了？"

颜晓晨点点头，从包里拿出两张照片，放在了茶几上。

程致远看着照片，晦暗的脸上浮起悲伤无奈的苦笑，"原来终究是谁也逃不过！"

"逃不过什么？"颜晓晨盯着程致远，等待着他告诉她一切。

程致远深吸了口气，从头开始讲述——

故事并不复杂，郑建国是程致远家的司机，兼做一些跑腿打杂的工作。那时程致远爸爸的生意蒸蒸日上，妈妈也在医院忙得昏天黑地，顾不上家，郑建国无形中承担了照顾程致远的责任，程致远和郑建国相处得十分好。高中毕业后，程致远去了国外读书，郑建国结婚生子，家庭负担越来越重，程致远的爸妈出于感激，出资找关系帮郑建国开了一家宝马4S店，郑建国靠着吃苦耐劳和对汽车的了解热爱，将4S店经营得有声有色，也算是发家致富了。

而程致远和乔羽一时玩笑成立的基金公司也做得很好，乔羽催逼程致远回国。五年前的夏天，程致远从国外回到他的第二故乡省城，打算留在国内发展。他去看望亦兄亦友的郑建国，正好郑建国的店里来了一辆新款宝马SUV，郑建国想送他一辆车，就让他试试车。程致远开着车，带着郑建国在城里兜风，为了开得尽兴，程致远专找人少的僻静路段，一路畅通无阻。两人一边体验着车里的各种配置、一边笑着聊天，谁都没有想到，一个男人为了省钱，特意住在城郊的偏僻旅馆里，他刚结完账，正背着行李，在路边给女儿打电话。打完电话，兴奋疲惫的他，没等红灯车停，就横穿马路。

当程致远看到那个男人时，一切都晚了，就像是电影的慢镜头，一个人的身体像是玩具娃娃一般轻飘飘地飞起，又轻飘飘地落下。

他们停下车，冲了出去，一边手忙脚乱地想要替他止血，一边打电话叫120。男人的伤势太重，为了能及时抢救，两人决定不等120，立即赶去医院。程致远的手一直在抖，根本开不了车，只能郑建国开车，程致远蹲在车后座前，守在男子身边，祈求着他坚持住。

到医院后，因为有程致远妈妈的关系在，医院尽了最大的努力抢救，可是抢救无效，男人很快就死了。警察问话时，程致远看着自己满手满身的血，沉浸在他刚刚杀死了一个人的惊骇中，根本无法回答。郑建国镇定地说是他开的车，交出了自己的驾照，把出事前后的经过详细讲述了一遍。

那是条偏僻的马路，没有交通录像，只找到了几个人证，人证所说的事发经过和郑建国说的一模一样。他们当时只顾着盯着撞飞的人看，没有人留意是谁开的车，等看到程致远和郑建国冲过来时，同时记住的是两张脸。就算有人留意到了什么，可那个时候场面很混乱，人的记忆也都是混乱的，当郑建国肯定地说自己是司机时，没有一个人怀疑。

等警察录完口供，尘埃落定后，程致远才清醒了，质问郑建国为什么要欺骗警察。郑建国说，我们没有喝酒、没有超速、没有违反交通规则，是对方不等红灯车停、不走人行横道，突然横穿马路，这只能算交通意外，不能算交通事故。但你没有中国驾照，虽然你在国外已经开了很多年的车，是个老司机了，可按照中国法律，你在中国还不能开车，是无照驾驶。

他们都清楚无照驾驶的罪责，程致远沉默了，在郑建国的安排下，他是司机的真相被掩藏了起来，甚至连他的父母都不知道，但是，他骗不了自己。

他放弃了回国的计划，逃到了国外，可是，那个男人临死前的眼神一直纠缠着他，他看了整整三年多的心理医生，都没有用。终于，一个深夜，当他再次从噩梦中惊醒后，他决定回国，去面对他的噩梦。

在程致远讲述一切的时候，颜晓晨像是完全不认识他一样看着他，身子一直在轻轻地颤抖。

程致远低声说："……我又一次满身冷汗地从噩梦里惊醒时，我决定，我必须回国去面对我的噩梦。"

颜晓晨喃喃说："因为你不想再做噩梦了，所以，你就让我们做噩梦吗？"她脸色煞白，双眼无神，像是梦游一般，站了起来，朝着门外走去。

程致远急忙站起，抓住了她的手，"晓晨……"

颜晓晨像是触电一般，猛地惊跳了起来，一巴掌打到了程致远脸上，厉声尖叫："不要碰我！"

程致远哀求地叫："晓晨！"

颜晓晨含着泪问："你从一开始，就是带着目的认识我的？"

程致远不敢看颜晓晨的眼睛，微不可见地点了下头，几乎是从齿缝里挤出了个字："是！"

颜晓晨觉得她正在做梦，而且是最荒谬、最恐怖的噩梦，"你知道自己撞死了我爸，居然还向我求婚？你居然叫我妈'妈妈'？你知不知道，我妈宁可打死我，都不允许我收郑建国的钱，你却让我嫁给你，变成了我妈的女婿？"

程致远脸色青白，一句话都说不出，握着颜晓晨的手，无力地松开了。

"你陪着我和妈妈给我爸上过香，叫他爸爸？"颜晓晨一边泪如雨落，一边哈哈大笑了起来，太荒谬了！太疯狂了！

"程致远，你是个疯子！你想赎罪，想自己良心好过，就逼着我和我妈做罪人！你只考虑你自己的良心，那我和我妈的良心呢？我爸如果地下有灵，看着我们把你当恩人一样感激着，情何以堪？程致远，你、你……居然敢娶我！"

颜晓晨哭得泣不成声，恨不得撕了那个因为一时软弱，答应嫁给程致远的自己，她推搡捶打着程致远，"你怎么可以这么残忍？你让我爸死不瞑目，让我们罪不可恕啊！如果我妈知道了，你是想活活逼死她吗？"

程致远低垂着头，"对不起！"

"对不起？对不起能挽回什么？我爸的命？还是我妈对你的信赖喜

欢？还是我和你结婚，让你叫了他无数声'爸爸'的事实？程致远，只因为你不想做噩梦了，你就要让我们活在噩梦中吗？我以为我这辈子最恨的人会是侯月珍，没想到竟然会是你！"

颜晓晨冲出了门，程致远着急地跟了几步，却被沈侯拉住了。两人对视了一眼，程致远停住了脚步，只能看着沈侯急急忙忙地追了出去。

靠着电梯壁，颜晓晨泪如泉涌，她恨自己，为什么当年会因为一时软弱，接受了程致远的帮助？这个世界，不会有无缘无故的恨，更不会有无缘无故的好，为什么她就像是傻子一样，从来没有怀疑过程致远？

妈妈说爸爸死不瞑目，原来是真的！

如果妈妈知道了真相，真的会活活把她逼死！

这些年，她究竟做了什么？难道她逼死了爸爸之后，还要再一步步逼死妈妈吗？

妈妈骂她是来讨债的，一点没有错！

颜晓晨头抵在电梯壁上，失声痛哭。

沈侯看着她痛苦，却没有一丝一毫的办法劝慰她。他用什么立场去安慰她？他说出的任何话，都会像是刀子，再次插进她心口。

甚至，他连伸手轻轻碰一下她都不敢，生怕再刺激到她。他只能看着她悲伤绝望地痛哭、无助孤独地挣扎，但凡现在有一点办法能帮到她，他一定会不惜一切代价去做。

在这一刻，他突然真正理解了程致远，如果隐藏起真相，就能陪着她去熬过所有痛苦，他也会毫不犹豫地这么选择，即使代价是自己夜夜做噩梦，日日被良心折磨。

电梯门开了，颜晓晨摇摇晃晃地走出电梯。

出了小区，她竟然看都不看车，就直直地往前走，似乎压根儿没意识到她眼前是一条马路，沈侯被吓出了一身冷汗，抓住她问："你想去哪里？"

颜晓晨甩开他的手，招手拦出租车。她进了出租车，告诉司机去妈妈住院的医院。

沈侯跟着坐进了出租车的前座，想着即使她赶他走，他也得赖着一起去。颜晓晨哭着说："求求你，不要跟着我了，我爸爸会看见的！"

一下子，沈侯所有的坚定都碎成了粉末，他默默地下了出租车，看着出租车扬长而去。

颜晓晨到了医院，从病房门口悄悄看着妈妈，妈妈静静躺在病床上，正在沉睡。她不敢走进病房，坐在了楼道里。

刚才沈侯问她"你想去哪里"，沈侯问了句傻话，他应该问"你还能去哪里"，这个城市，已经没有了她能去的地方，她唯一能去的地方，就是妈妈的身边。可是，她该如何面对妈妈？一个沈侯，已经把妈妈气进了医院，再加上一个程致远，要逼着妈妈去地下找爸爸吗？

颜晓晨坐在椅子上，抱着头，一直在默默落泪。

沈侯站在楼道拐角处，看着她瑟缩成一团，坐在病房外。他却连靠近都做不到，那是颜晓晨妈妈的病房，不仅颜妈妈绝不想见到他，现在的晓晨也绝不愿见到他。

十一点多了，晓晨依旧缩坐在椅子上，丝毫没有离去的打算。

今夜，不但程致远努力给晓晨的家被打碎了，晓晨赖以生存的工作也丢掉了。在这个城市，她已经一无所有，除了病房里，那个恨着她，想要她打掉孩子的妈妈。

沈侯盯着她，心如刀绞。如果早知道是现在的结果，他是不是压根儿不该去追查程致远？

沈侯给魏彤打电话，请她立即来医院一趟。

魏彤匆匆赶到医院，惊讶地问："我真的只是两天没见晓晨吗？星期六下午去晓晨家吃晚饭，一切都很好，现在才星期一，到底发生什么事了？"

沈侯把一沓现金递给魏彤，"我刚打电话用你的名字订好了酒店，你陪晓晨去酒店休息，她之前已经熬过一个晚上，身体还没缓过来，不能再熬了！"

魏彤一头雾水地问："晓晨为什么不能回自己家休息？程致远呢？为什么是你在这里？"

"程致远不能出现，我……我也没比他好多少！不要提程致远，不要提我，不要让晓晨知道是我安排的，拜托你了！"

魏彤看看憔悴的沈侯，再看看远处缩成一团坐在椅子上的晓晨，意识到事情的严重复杂，没有再多问。她接过钱，说："我知道了。晓晨要是不愿去酒店，我就带她去我的宿舍，我舍友搬出去和男朋友同居了，现在宿舍里就我一个人住，除了没有热水洗澡，别的都挺方便。"

"还是你想得周到，谢谢！"

"别客气，我走了，你脸色很难看，也赶紧休息一下。"

沈侯看着魏彤走到颜晓晨身边，蹲下和她说了一会儿话，把她强拖着拽起，走向电梯。

有魏彤照顾晓晨，沈侯终于暂时松了口气，拿出手机，给程致远打电话，让他也暂时放心。

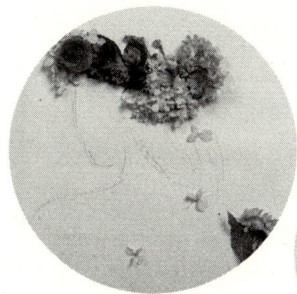

Chapter 20

宽恕

为了自己，我必须饶恕你。一个人，不能永远在胸中养着一条毒蛇；不能夜夜起身，在灵魂的园子里栽种荆棘。

——王尔德

学生宿舍，一大早楼道里就传来细碎的走路声和说话声，颜晓晨睡得很浅，立即就惊醒了。

她拿出手机，习惯性地去看时间，想看看还要多久上班，却很快意识到那是程致远施舍给她的工作，她不用再去上班了。还有这个手机，也是他施舍给她的，她不应该再用了。

严格来说，她辛苦存在银行卡里的钱也是他给的，她不应该再花一分。但是，如果把这一切都还给了程致远，她拿什么去支付妈妈的医疗费？她的衣食住行又该怎么办？

如果真把程致远施舍给她的都立即还给他，似乎一个瞬间，她就会变得身无分文、一无所有，在这个每喝一口水都要花钱的大都市里寸步难行。

原来，她已经和程致远有了如此深切的关系，想要一刀两断、一清二楚，只怕必须要像哪吒一样，割肉还母、剔骨还父，彻底死过一次才能真正还清楚。

想到和程致远从陌生到熟悉、从疏远到亲密、从戒备到信任的点点滴滴，颜晓晨的眼泪又要滚下来，她曾经觉得他是她噩梦般生命中唯一的幸运，是上天赐给她的天使，可没想到他原来真是堕落天使，会带着人坠入地狱。

无论如何，就算是死，也要还清楚！

颜晓晨忍着泪，决定先从还手机做起。

她正打算打开手机，拿出 SIM 卡，手机响了。本来不打算接，扫了眼来电显示，却发现是妈妈的电话。

用程致远给的手机接妈妈的电话？颜晓晨痛苦地犹豫着。

这是妈妈自住院后第一次给她打电话，最终，对妈妈的担心超过了可怜的自尊。她含着眼泪，接通了电话，却不敢让妈妈听出任何异样，尽量让声音和平时一模一样，"妈妈！"

"你昨天没来医院。"妈妈的语气虽然很冰冷生硬，却没有破口大骂，让颜晓晨稍微轻松了一点。

"我中午去了，但没敢进病房去见你。"

"你也知道做了见不得人的事？"

颜晓晨的眼泪簌簌而落，不敢让妈妈听出异样，只能紧紧地咬着唇，不停地用手擦去眼泪。

颜妈妈说："你中午休息时，一个人来一趟医院，我有话和你说。如果你不愿意来，就算了，反正你现在大了，我根本管不动你，你要不愿认我这个妈，谁都拦不住！"颜妈妈说完，立即挂了电话。

颜晓晨看着手机，捂着嘴掉眼泪。

几分钟前，她还天真地以为，只要她有割肉剔骨的决心，就一定能把一切都还给程致远，但现在，她才发现，连一个手机她都没办法还，妈妈仍在医院里，她要保证让医院和妈妈随时能联系到她。曾经，她因为妈妈，痛苦地扔掉了一个不该保留的手机；现在，却要因为妈妈，痛苦地保留另一个不该保留的手机，为什么会这样？

程致远昨天晚上有没有再做噩梦，她不知道，但现在，她就活在他给的噩梦中，挣不开、逃不掉。

⚜

颜晓晨洗漱完，就想离开。

魏彤叫："你还没吃早饭！"

颜晓晨笑了笑说："别担心，我上班的路上会买了早点顺便吃。"

"哦，那也好！"魏彤看颜晓晨除了脸色差一点，眼睛有点浮肿，别的似乎也正常，她笑着说："晚上我等你一起吃晚饭，咱们好好聊聊。"

颜晓晨边关宿舍门，边说："好！晚上见！"

颜晓晨走出宿舍楼，看着熙来攘往的学生，愣愣地想了一会儿，才想清楚自己可以暂时去哪里。

她走到大操场，坐在操场的台阶上，看着热火朝天锻炼的学生们。

以前，她心情低落时，常常会来这里坐一会儿，她喜欢看同龄人挥汗如雨、努力拼搏的画面，那让她觉得她并不是唯一一个在辛苦坚持的人，相信这个世界是公平的。但现在她不得不承认，这个世界并不公平，有人天生就幸运一点，有人天生就运气差，而她很不幸的属于后者。

一个人坐在了她身旁，颜晓晨没有回头看，凭着直觉说："沈侯？"

"嗯。"

"你不需要上班吗？"

"人生总不能一直在辛苦奋斗，也要偶尔偷懒休息一下。"

一个食品袋递到了她眼前，一杯豆浆、一个包子、一个煮鸡蛋，以前她上学时的早餐标准配置，每天早上去上课时顺路购买，便宜、营养、方便兼顾的组合，她吃了几乎四年。

颜晓晨接了过去，像上学时一样，先把鸡蛋消灭了，然后一手拿豆浆，一手拿包子，吃了起来。吃着、吃着，她的眼泪无声无息地滑落。大学四年的一幕幕回放在眼前，她以为那是她生命中最黑暗的时期，咬着牙挨过去就能等到黎明，却不知道那只是黑暗的序幕，在黑暗之后并不是黎明，而是更冰冷的黑暗。如果她知道坚持的结果是现在这样，那个过去的她，还有勇气每天坚持吗？

沈侯把一张纸巾递给颜晓晨，颜晓晨用纸巾捂住脸，压抑地抽泣着。

沈侯伸出手，犹豫了一瞬，一咬牙，用力把颜晓晨搂进了怀里。颜晓晨挣扎了几下，无力地伏在了他怀里，痛苦地哭着。

那么多的悲伤，她的眼泪迅速浸湿了他的衬衣，灼痛着他的肌肤，沈侯紧紧地搂着她，面无表情地眺望着熟悉的操场、熟悉的场景，眼中泪光隐隐。

大学四年，他曾无数次在这里奔跑嬉闹，曾无数次偷偷去看坐在看台上的颜晓晨。在朝气蓬勃的大学校园，她独来独往的柔弱身影显得很不合群。当他在操场上肆意奔跑、纵声大笑时，根本不知道这个坐在看台上的女孩究竟承受着什么。当年，他帮不了她，现在，他依旧帮不了她。

沈侯知道晓晨的悲伤痛苦不仅仅是因为他，还因为程致远。某个角度来说，他妈妈和程致远都是杀死晓晨父亲的凶手，但晓晨对他妈妈没有感情，对程致远却有喜欢、信任，甚至可以说，在这几个月里，他是她唯一的依赖和温暖，正因为如此，她现在的痛苦会格外强烈。沈侯不是在意晓晨恨程致远，但所有的恨首先折磨的是她自己，他不想她因为要逼自己去恨程致远而痛苦。

沈侯无声地吁了口气，说："以前的我要是知道我现在说的话，肯定会吃惊地骂脏口。晓晨，我不是想为程致远说好话，但有的话不吐不快。你昨天骂程致远是疯子，我倒觉得，他不是疯子，是傻子！做唯一的知情者，天天面对你和你妈妈，他会很享受吗？你恨自己付出了信任和感激，可你的信任和感激实际就是最好的刑具，每天都在惩罚折磨他。在你不知道时，他已经每天都像你现在一样痛苦了。"

晓晨没有说话，可沈侯感觉到她在认真地倾听。

沈侯说："我不会原谅程致远娶了你，但我必须为他说句公道话。程致远并不是为了不让自己做噩梦，才选择欺骗你！应该说，他以前只是晚上做噩梦，可自从他选择了欺骗你、娶你的那天起，他不但要晚上做噩梦，连白天都生活在噩梦中！"

颜晓晨哽咽地说："没有人逼他这么做！"

"是没有人逼他这么做，但他爱你，他宁可自己日日夜夜做噩梦，也想陪着你熬过所有痛苦，他宁可自己一直被良心折磨，也希望你能笑着生活。"

颜晓晨一下子抬起了头，震惊地瞪着沈侯。她看沈侯的表情不像是开玩笑，用力地摇摇头，"不可能！"

沈侯说："你完全不知道，只是因为他恐惧愧疚到什么都不敢表露。就算他欺骗了你，也是用他的整个人生做代价。"

颜晓晨半张着嘴，完全没有办法接受沈侯说的话。

"晓晨，程致远真的不是自私的疯子，只是一个曾经犯了错的傻子。我们都不是成心犯错，但有时候，人生的意外就像地震，没有任何人想，可发生了就是发生了。我轻松地要求你帮我代考，却根本不知道我无意的一个举动，会导致什么可怕的结果，我自己都觉得自己不可饶恕，你却原谅了我。只要我们都为自己的错误接受了足够的惩罚，真心忏悔后，是不是该获得一次被原谅的机会？"

"那怎么能一样？"

"那怎么不一样？"

颜晓晨猛地站了起来，哭着喊："那是我爸爸的命！你们的错误，拿走的是我爸爸的命！"

沈侯也站了起来，用力拉住颜晓晨的手，强放在自己心口，想让她感受到这一刻他的痛苦一点不比她少，"我们都知道！你以为只有你的眼泪是眼泪吗？只有你的痛苦才是真的痛苦吗？我们的泪水和你一样是苦的！你的心在被凌迟时，我们的心也同样在被凌迟！"

"但是，只有我和妈妈失去了最爱的人！"颜晓晨一边落泪，一边用力抽出手，决然转身，离开了操场。

沈侯的手无力地垂下，他看着她的背影，一点点走出他的视线，低声说："不是只有你们，我们也失去了最爱的人！"

⚜

颜晓晨不想妈妈起疑，装作仍在正常上班，掐着下班的时间赶到了医院。

到了病房，妈妈不在，她给妈妈打电话，妈妈说她在楼下的小花园里散步，让她下楼去找她。

颜晓晨下了楼，在喷水池边的树荫下找到了妈妈。妈妈穿着蓝色的条纹病号服，坐在长椅上，呆呆地看着喷水池，目光平静到死寂。

颜晓晨走到她身边，不敢坐下，轻轻叫了声："妈妈，我来了。"

妈妈像是仍在出神，没有吭声。

颜晓晨居高临下地看着她，正好看到她的头顶。才四十四岁，这个年纪的很多女人依旧风韵犹存，走到哪里都不可能被当作老人，妈妈的头发却已经稀疏，还夹杂着不少白发，怎么看都是个老人了。颜晓晨记得妈妈一家三姐妹，个个都长得不错，但数妈妈最好看，一头自来卷的长发，浓密漆黑，鹅蛋脸，皮肤白皙，双眼皮的眼睛又大又亮，她都已经七八岁了，还有男人守在妈妈的理发店里，想追求妈妈。但是，爸爸走了之后，妈妈就像一株失去了园丁照顾的玫瑰花，迅速地枯萎凋谢，如今，再看不到昔日的美丽。

颜晓晨的眼泪在眼眶里打转，却不想当着妈妈的面哭，她悄悄抹去了眼泪。

妈妈像是回过神来，终于开口说话："如果我能忘记你爸爸，也许我会好过很多，你也能好过很多，但是，我没办法忘记！你爸爸走了多久了？已经五年了！你知道我这些年的日子是怎么过来的吗？"

妈妈拉起了袖子，她的胳膊上有着一道道伤痕，累累叠叠，像是蜘蛛网一般纠结在一起，颜晓晨震惊地看着，她从不知道妈妈身体上有这些伤痕。

妈妈一边抚摸着虬结的伤痕，一边微笑着说："活着真痛苦！我想喝农药死，你又不让我死，非逼着我活着！你在学校的那些日子，有时候，我回到那个阴冷的家里，觉得活不下去，又想喝农药时，就拿你爸爸没有用完的剃胡刀，割自己。我得让你爸爸提醒我，我再想死，也不能带着你一块儿死！"

颜晓晨的眼泪刷的一下，像江河决堤般涌了出来。

颜妈妈看了她一眼，说："你别哭！我在好好跟你说话，你们不总是说要冷静，要好好说话吗？"

颜晓晨用手不停地抹着眼泪，却怎么抹都抹不干净。

妈妈苦笑了一声说："本来觉得自己还算有点福气，有个程致远这样能干孝顺的女婿，能享点晚福，但你怀着别人的孩子，和程致远装模作样做夫妻，算什么？我不好意思听程致远再叫我妈，也不好意思再接受他的照顾。医生说我病情已经稳定，明天，我就出院，回老家！"

颜晓晨哭着说："妈妈，我马上和程致远离婚！我不想留在上海了！我和你一起回老家，我可以去发廊工作，先帮人洗头，再学着剪头发，我会努力挣钱，好好孝顺你！"

妈妈含泪看着颜晓晨，"你想和我一起回去？好！我们一起回家！妈妈答应你不再赌博，不再抽烟喝酒，我还年轻，也能去做活，不管你干什么，我们都可以好好过日子！但在回老家前，你要先做完一件事！"

颜晓晨一边哭，一边胡乱地点着头，"我以后都会听你的话！"这一生，她不停地和命运抗争，想超越她的出身，想上好大学，想去外面的世界，想过更好的生活；想改变爸爸死后的窘迫，想让妈妈明白她能给她更好的生活，想证明自己的执着并不完全是错的！但是她的抗争，在强大残酷的命运面前，犹如蚍蜉撼树。她已经精疲力竭，再抗争不动！也许从一开始，她就错了，如同亲戚们所说，她就是没那个命，她就应该老老实实待在小县城，做一个洗头妹，不要去想什么大学，什么更大的世界、更好的生活，那么一切都不会发生。

妈妈说："好！你去打掉孩子！"

颜晓晨如遭雷击，呆呆地瞪着妈妈，身体不自禁地轻颤着。

"我知道你想留着孩子，但我没有办法接受！一想到沈侯他们一家害死了你爸，我就恨不得杀了他们全家！我没有办法接受你生一个和他们有关系的孩子，晓晨，不是我这个做妈妈的狠毒，我是真的没有办法接受！"颜妈妈哽咽着说："你长大了，我老了，我不可能像小时候带你去打针一样，把你强带到医院，让你打掉孩子。但你如果要留着孩子，这辈子你就永远留在上海，永远都不要回家乡了！我明天就回乡下，从今往后，不管我死我活，我过成什么样，我永不见你，你也永不要来见我，我就当我没生过你，你也就当我已经死了！我们谁都不要再见谁，谁都不要再逼谁，好吗？"

颜晓晨一下子跪在了颜妈妈面前，泪如雨落，哀声叫："妈妈！求求你……"

妈妈也是老泪纵横，"我已经想清楚了，这是我仔细想了几夜的决定！你也仔细想想，明天我就去办出院手续。"颜妈妈说完，站起身，脚步虚浮地走向住院楼。

颜晓晨哭得泣不成声，瘫软在了地上。

❧❧❧

颜晓晨像游魂一样走出医院，回到了学校。

程致远和沈侯正在魏彤的宿舍楼下说话，程致远知道颜晓晨不可能再回家住，收拾了一些换洗衣服和日用杂物送过来。他把行李箱交给沈侯，刚要走，就看到了颜晓晨，不禁停住了脚步。

颜晓晨看了程致远一眼，却像完全没有看到一样，没有任何表情，直直地从他身边走过，走向了宿舍。

沈侯以为自己也会被无视、被路过，却完全没想到，颜晓晨竟然直直走到他身前，抱住他，把脸贴在了他胸前。刹那间，沈侯的心情犹如蹦极，大起大落，先惊、后喜、再怕，竟然不知道该如何对颜晓晨。

他小心翼翼地问："晓晨，发生了什么事？是不是你妈妈知道程致远的事了？"

颜晓晨不说话，只是闭着眼睛，安静地靠在他怀里，温馨得像是仲夏夜的一个梦。

夏日的明媚阳光，高高的梧桐树，女生宿舍的楼下，三三两两的学生，沈侯觉得时光好像倒流了，他们回到了仍在学校读书时的光阴。沈侯轻轻抱住颜晓晨，闭上了眼睛。这一刻，拥抱着怀中的温暖，一切伤痛都模糊了，只有一起走过的美好。

颜晓晨轻声说："不记前因、不论后果，遇见你、爱上你，都是我生命中发生的最美好的事情。我会仔细收藏着我们的美好记忆，继续生活下去，你给我的记忆，会成为我平庸生命中最后的绚烂宝石。不要恨我！想到你会恨我，不管现在，还是将来，我都会很难过。"

"你说什么？"

颜晓晨温柔却坚决地推开了沈侯，远离了他的怀抱，她对他笑了笑，拉着行李箱，头也不回地走进了宿舍楼。

沈侯和程致远眉头紧蹙，惊疑不定地看着她的背影。

清晨，魏彤还没起床，颜晓晨就悄悄离开了宿舍。

按照医生要求，她没有吃早饭，空腹来到了医院。

等候做手术时，颜晓晨看到一个三十来岁的女子蹲在墙角哭到呕吐，却没有一个人管她，任由她号啕大哭。医院真是世界上最复杂的地方，横跨阴阳两界，时时刻刻上演着生和死，大喜和大悲都不罕见。

颜晓晨穿着病人服、坐在病床上，隔着窗户一直看着她，也许女人悲痛绝望的哭声吸引了颜晓晨全部的注意，让她竟然能像置身事外一样，平静地等候着。

颜妈妈走到颜晓晨的床边，顺着她的视线看着那个悲痛哭泣的女人。颜妈妈冷漠坚硬的表情渐渐有了裂痕，眼里泪花闪烁，整个脸部的肌肉都好似在抽搐，她缓缓伸出一只手，放在了颜晓晨的肩膀上。

颜晓晨扭过头，看到妈妈眼里的泪花，她的眼睛里也有了一层隐隐泪光，但她仍旧对妈妈笑了笑，拍拍妈妈的手，示意她一切都好，"别担心，只是一个小手术。"

颜妈妈说："等做完手术，我们就回家。"

颜晓晨点点头，颜妈妈坐在了病床边的看护椅上。

因为孩子的月份已经超过三个月，错过了最佳的流产时间，不能再做普通的人流手术，而是要做引产，医生特意进来，对颜晓晨宣讲手术最后的事项，要求她在手术潜在的危险通知单上签字，表明自己完全清楚一切危险，并自愿承担进行手术。

"手术之后，子宫有可能出现出血的症状，如果短时间内出血量大，会引发休克，导致生命危险。手术过程中，由于胎儿或手术器械的原因，可能导致产道损伤，甚至子宫破裂。手术过程中或手术后，发热达38摄氏度以上，持续24小时不下降，即为感染，有可能导致生命危险……"

颜妈妈越听脸色越白，当医生把通知单拿给颜晓晨，颜晓晨要签名时，颜妈妈突然叫了声，"晓晨！"

颜晓晨看着妈妈，颜妈妈满脸茫然无措，却什么都没说。

颜晓晨笑了笑说："不用担心，这是例行公事，就算做阑尾炎的小手术，医院也是这样的。"

颜晓晨龙飞凤舞地签完字，把通知单还给了医生。医生看看，一切手续齐备，转身离开了病房，"一个小时后手术，其间不要喝水、不要饮食。"

颜妈妈呆呆地看着医生离开的方向，神经高度紧张，一直无意识地搓着手。

一个护士推着医用小推车走到颜晓晨的病床前，颜妈妈竟然猛地一下跳了起来，焦灼地问："要做手术了？"

护士一边戴医用手套，一边说："还没到时间，做手术前会有护士来推她去手术室。"

颜妈妈松了口气，期期艾艾地问："刚才医生说什么子宫破裂，这手术不会影响以后怀孕吧？"

护士瞟了颜晓晨一眼，平淡地说："因人而异，有人恢复得很好，几个月就又怀孕了，有人却会终身不孕。"

颜妈妈的脸色一下子变得十分难看，颜晓晨低声宽慰她："妈，我身体底子好，不会有事的。"

"唰"一声，护士拉上了帘子，告诉颜妈妈："您需要回避一下吗？我要帮她进行下体清洗和消毒，为手术做准备。"

"哦！好，我去外面！"颜妈妈面色苍白地走出了病房，等在楼道里。

她像只困兽一般，焦躁地走来走去，看到护士推着昏迷的病人从她身边经过，想起了医生的话，"出血、昏迷、休克……"颜妈妈越发心烦不安，在身上摸了摸，掏出一支烟，走到有窗户的地方，打开窗户，吸起了烟。

颜妈妈正靠着窗户，一边焦灼地抽烟，一边挣扎地思考着，突然有人冲到了她身后，迟疑了一下，叫道："阿姨，晓晨呢？"

颜妈妈回过头，看是程致远，听到他的称呼，苦涩一笑。因为脆弱和自卑，不禁表现得更加好强和自傲。她吸着烟，装作满不在乎地说："在准备手术，这是我们家的私事，你和晓晨已经没有关系，不用你操心！"

程致远正要说话，沈侯神情焦急、急匆匆地跑了过来，他的身后，沈爸爸和沈妈妈也满脸惊慌、气喘吁吁地跑着。

颜妈妈的脸色骤然阴沉了，她把刚抽了一半的烟扔到地上，用脚狠狠地踩灭，像一个准备战斗的角斗士一般，双目圆睁，瞪着沈侯的爸妈。

沈侯跑到颜妈妈面前，哀求地说："阿姨，求你不要这么逼晓晨。"

沈妈妈也低声下气地哀求："我流产过两次，太清楚这中间的痛苦了！您不管多恨我们，都不应该这么对晓晨！孩子已经会动了，我们外人不知道，可晓晨日日夜夜都能感受到！"

沈爸爸也帮着求说："您真不能这样，就算孩子您不喜欢，可晓晨是您的亲生女儿，您要顾及她啊！"

程致远也说："阿姨，晓晨在一开始就考虑过您的感受，不是没想过打掉孩子，孩子两个多月时，她进过一次手术室，都已经上了手术台，她却实在狠不下心，又放弃了！她承受了很多的痛苦，才下定决心要这个孩子！你这样逼她，她会一生背负着杀了自己孩子的痛苦的。”

颜妈妈看着眼前四个人的七嘴八舌，突然悲笑了起来，“你们这样子，好像我才是坏人，好像我才是造成眼前一切的罪魁祸首！”

四个人一下子都沉默了。

沈妈妈说：“我才是罪魁祸首！”

颜妈妈盯着眼前的女人，虽然匆匆忙忙赶来，脸色有点泛红，眼睛也有点浮肿，可是全身上下都是名牌，气质出众，能看出来常年养尊处优，头发也是最好的发型师打理的，显得整个人精干中不失成熟女性的妩媚。这个女人从头到脚都述说着她过着很好的日子，可是她和她的女儿呢？还有她已经死掉的老公呢？

颜妈妈忽然觉得这么多年，她满腔的愤怒和怨恨终于找到了一个正确的发泄口。之前，她恨晓晨，可晓晨只是个孩子，她也不知道自己的一时任性会导致那样的事！她恨司机郑建国，可郑建国没有喝酒、没有超速、没有违规，道德上也许有错，法律上却没有任何过错！

颜妈妈对他们的恨都是虚浮的，连她自己都知道只是一种痛苦无奈的发泄。但是，这一次，她确信她的恨对了，就是眼前的这个女人！是她仗着有钱有势，妄想夺去本该属于他们家晓晨的机会，才导致了一切的恶果！

就是这个女人！晓晨的爸爸才会死！

就是这个女人！才让她怨恨女儿，折磨女儿！

就是这个女人！才让她这些年活得生不如死，沉迷赌博，几次想喝农药自尽！

就是这个女人！晓晨才会进手术室，去做那个有很多危险的手术！

就是她！就是她！就是她……

颜妈妈满脑子都好像有一个人在咆哮：如果不是她，就不会发生这可怕的一切！如果不是她，晓晨的爸爸还活着！都是她的错！都是她的错！

护士推着医用小推车从他们身旁走过，最上层的不锈钢医用托盘里放着剃刀、剪刀、酒精、纱布、镊子……

颜妈妈脑子一片迷蒙，鬼使神差地悄悄抓起了剪刀，冲着沈妈妈狠狠刺了过去——

当护士拉开帘子，离开病房时，颜晓晨发现妈妈没在病房外。她担心地走出了病房，吃惊地看到妈妈和沈妈妈面对面地站着，想到妈妈暴躁冲动的脾气，颜晓晨急忙走了过去。

程致远第一个发现了她，沈侯紧接着也发现了她，两个人不约而同，都朝她飞奔了过来，沈爸爸看到儿子的举动，下意识地扭头看向儿子。他们的视线都锁在了穿着病号服、脸色煞白的颜晓晨身上。

颜晓晨却看到妈妈趁着护士没注意，悄悄拿起了剪刀。她张开嘴，连叫声都来不及发出，就尽全力向前冲了过去，从程致远和沈侯的中间，擦身而过。

程致远和沈侯堪堪停住脚步，回过头，看到颜晓晨撞开了沈妈妈，她自己却慢慢地弯下了腰。

直到那时，他们都还没意识到那意味着什么，只是下意识地向前跑，想扶住摇摇晃晃的晓晨。

电光石火的刹那，一切却像放大的慢镜头，在他们的眼前，一格格分外清晰。晓晨慢慢地倒在了地上，病号服上已经全是血，颜妈妈伸着手，惊惧地看着地上的晓晨，一把染血的剪刀"咣当"一声掉在了地上。

颜妈妈似乎终于反应过来眼前的一切不是幻象，脚下一软，跪在了颜晓晨身边。她哆哆嗦嗦地伸出手想要扶起晓晨，却被飞掠而到的沈侯狠狠推开了，沈侯抱着颜晓晨，脑内一片混乱，嘴里胡乱说着："不怕、不怕！这是医院，不会有事的！不会有事……"却不知道究竟是在安慰晓晨，还是在安慰自己。

颜晓晨痛得脸色已经白中泛青，神志却依旧清醒，她靠在沈侯怀里，竟然还挤了个笑出来，对护士说："她是我妈妈，是我不小心撞上来的，只是个意外。"看护士将信将疑地暂时放弃了报警计划，她松了口气，又喘着气艰难地说："妈妈，不要再做傻事！"

颜晓晨肚子上的血就如忘记关了的水龙头一般流个不停，迅速漫延开来，整个下身都是刺目的血红，颜妈妈惊恐地看着晓晨，已经完全失去了语言功能，只是不停地喃喃重复："小小、小小……"

沈侯的手上满是濡湿的鲜血，他眼睛都急红了，嘶吼着"医生"，颜晓晨紧紧地抓住了他的手，渐渐地失去了意识。

❧❀❧

急救室外。

颜晓晨被一群医生护士飞速地推进急救室，颜妈妈被挡在了门外，她看着急救室的门迅速合拢，护士让她坐下休息，她却一直站在门口，盯着急救室的门，脸色苍白如纸，连嘴唇都是灰白色。

程致远说："阿姨，手术时间不会短，你坐下休息会儿。做手术的医生是上海最好的医生，我们又在医院，是第一时间抢救，晓晨一定不会有事。"

颜妈妈在程致远的搀扶下转过身，她看到了沈妈妈。刚才，当所有人都心神慌乱时，是她第一个蹲下，抢过医用纱布，按住晓晨的伤口，帮忙止血，表现得比护士还镇静；她喝令沈侯放开晓晨，让晓晨平躺，喝令程致远立即给他妈妈打电话，要院长派最好的医生来做抢救手术。她表现得临危不乱、镇静理智，可此时，她竟然站都站不稳，沈侯和沈爸爸一人一边架着她的胳膊，她仍旧像筛糠一般，不停地打着哆嗦。

颜妈妈直勾勾地看着她，她也直勾勾地看着颜妈妈，像个哑巴一般，没发出一丝声音，只有豆大的泪珠一颗颗不停滚落。

颜妈妈心中激荡的怒气本来像是一个不断膨胀的气球，让她几乎疯狂，但随着那冲动的一剪刀，气球彻底炸了。颜妈妈此刻就像爆炸过的气球，精气神完全瘪了，她喃喃问："晓晨为什么要救她？是她害了我们一家啊！"

程致远说："也许晓晨并不像她以为的那么恨沈侯的父母，不过更重要的原因，晓晨救的不是沈侯的妈妈，是阿姨你。"

颜妈妈茫然地看着程致远。

程致远用尽量柔和的语气说："因为一次高考录取的舞弊，导致了一场车祸，让晓晨失去了爸爸。如果再因为一次高考录取的舞弊，导致一个杀人案，让她失去了妈妈，她就真的不用活了。"

颜妈妈哭着说，"她要死了，我也不用活了！现在她这么做，让我将来怎么去见她爸爸？"

程致远沉默着没有说话，把颜妈妈扶到椅子上坐好，又接了杯水，拿出颜妈妈治心脏的药，让她吃药。

等颜妈妈吃完药，他把纸杯扔进垃圾桶，走到颜妈妈面前几步远的地方，叫了声："阿姨！"

颜妈妈拍拍身边的座位，疲惫地说："晓晨的事一直在麻烦你，你也坐！"

程致远屈膝，直挺挺地跪在了颜妈妈面前。

颜妈妈吓了一跳，想要站起，程致远说："阿姨，您坐着，我有话和您说。"他又对沈侯的爸爸和妈妈说："叔叔和阿姨也听一下，沈侯肯定还没告诉你们。"

沈侯担心地看了眼颜妈妈，"你确定要现在说吗？"

程致远说："我不说，晓晨就要守着这个秘密。我已经太清楚守住这种秘密的痛苦了，我希望，当她做完手术，醒来后，能过得稍微轻松一点。"

颜妈妈困惑地问："你究竟要说什么？是说要离婚的事吗？我知道了，也不会怪你！"

程致远跪着说："五年前的夏天，我在国内，就在省城。八月一号那天，我和郑建国试驾一辆新车。那段路很偏僻，我又正在体验新车的配置，没有留意到公路边有人，当我看到那个背着行李、提着塑料袋横穿马路的男人时，踩刹车已经晚了。为了赶时间抢救，郑大哥开着车，把被我撞伤的男人送去医院。在路上，他一直用方言说着话，我才发现我和他还是老乡。我蹲在他身边，握着他的手，陪他说话，求他坚持住，活下去。但当我们赶到医院时，他已经陷入昏迷，不能说话了，最终抢救无效死亡。警察来问话时，郑大哥为了保护我，主动说是他开的车，实际开车的人是我。阿姨，是我撞死了您的丈夫、晓晨的爸爸。"

颜妈妈半张着嘴，傻看着程致远。也许今天的意外已经太多，程致远的事和晓晨的意外相比，并不算什么，颜妈妈没有平时的暴躁激怒，只是近乎麻木呆滞地看着程致远。

程致远给颜妈妈重重磕头，额头和大理石地相撞，发出砰砰的声音，"五年前，在省城医院看到你和晓晨时，我就想这么做，但我懦弱地逃了。我知道自己犯了不可饶恕的错，这些年，一直过得很痛苦，从没有一天忘记，我害死了一个人，让一个家庭破裂，让阿姨失去了丈夫，让晓晨失去了爸爸！阿姨，对不起！"程致远说到后来，泪珠从眼角缓缓滑落，他额头贴着地面，趴在了颜妈妈面前，用最谦卑的姿势表达着愧疚、祈求着宽恕。

沈妈妈像是如梦初醒，猛地推开了沈侯和沈爸爸，颤颤巍巍地走到颜妈妈面前，扑通一声也跪了下去，惊得所有人都一愣。

沈妈妈说："我去教育局的大门口看过晓晨的爸爸。我记得，那一天，天气暴晒，最高温度是四十一度，教育局的领导告诉晓晨爸爸'你女儿上大学的事情已经顺利解决'，他高兴地不停谢谢领导。晓晨爸爸离开时，我装作在教育局工作的人，送了他一瓶冰镇的绿茶饮料，他看着我的眼神，让我觉得他其实已经知道究竟发生了什么事，我以为他不会接，没想到他收下了我送的饮料。我对他说'对不起，因为我们工作的失误，这几天让你受累了'，他笑着说'没有关系，都是做父母的，能理解'。"

沈妈妈满脸泪痕，泣不成声地说："不管你信不信，这些年，我从没有忘记这一幕！我一直逃避着一切，假装什么都没有发生过，甚至欺骗自己那是车祸，不是我引起的。但是，我很清楚自己究竟做过什么，我的良心从来没有放过我！事情到这一步，我已经没有脸祈求你原谅，我只是必须要告诉你一切，我欠了你五年，一个完整的解释，一个诚心的道歉！"沈妈妈伏下身磕头，"对不起！对不起！真的对不起……"

沈爸爸和沈侯跪在了沈妈妈的身后，随着她一起给颜妈妈磕头。

颜妈妈呆呆地看着他们，喃喃问："你送了晓晨她爸一瓶水？"

沈妈妈没想到颜妈妈会追问无关紧要的细节，愣了一愣，才说："嗯，一瓶冰镇的绿茶饮料。"

"他喜欢喝茶！"颜妈妈肯定地点了点头，又看着程致远问："晓晨她爸昏迷前说了什么？"

程致远立即回答："叔叔看我吓得六神无主，反过来安慰我别害怕，说不全是我的错，也怪他自己不遵守交通规则，横穿马路，还说……"程致远换成了家乡话，不自觉地模仿着颜爸爸的语气，"我老婆心肠好、但脾气急，她要看到我这样，肯定要冲你发火，说不定还会动手，小伙子忍一忍，千万别和她计较！你告诉她，让她别迁怒小小……我女儿叫颜晓晨，很懂事，她哭的时候，你帮我安慰她一下，要她好好读书，千万别因为爸爸的事分心。只要她开开心心，爸爸没有关系的，怎么样都没有关系……"

程致远含着眼泪说："后来……叔叔就昏迷了，这些话……就是他最后的遗言。"

颜妈妈直勾勾地盯着程致远，急切地问："晓晨他爸普通话不好，你一直用家乡话和他说话？一直陪着他？"

程致远点了点头。

突然之间，颜妈妈捂住脸，弓着身子，号啕大哭起来。

五年了！整整五年了！她曾想象过无数次，在那个陌生的城市，异乡的街头，她的丈夫孤身一人，究竟如何走完了生命的最后一刻。是不是很孤独？是不是很恐惧？是不是很痛苦？在无数次的想象中，揣测出的画面越来越黑暗，越来越绝望，她也越来越悲伤，越来越愤怒。

现在，她终于知道了丈夫死前究竟发生了什么！知道了在他生命的最后一天，在那个陌生的城市，他不是一个人冰冷孤单地死在了街头。有人给过他一瓶饮料，对他说"对不起"；有人握着他的手，一直陪着他到医院……

虽然，颜妈妈心里的悲伤痛苦一点没有减少，她依旧在为痛失亲人痛哭，但因为知道了他走得很平静，知道了他最后做的事、最后说的话，积聚在颜妈妈心里的不甘愤怒却随着眼泪慢慢地流了出来。

听着颜妈妈撕心裂肺的哭声，沈妈妈和程致远也都痛苦地掉着眼泪，躲了五年，才知道躲不过自己的心，也永远躲不掉痛苦。虽然他们现在跪在颜妈妈面前，卑微地祈求着她的原谅，但只有他们知道，这是五年来，他们心灵站得最直的一天。

急救室外的一排椅子上坐满了人，颜妈妈、沈爸爸、沈妈妈、沈侯、程致远。因为疲惫无助，他们没有力气说话，甚至没有多余的表情，只是呆滞又焦急地看着急救室门上的灯：手术中。

罗曼·罗兰说："世界上没有一个生物是自由的，连控制万物的法则也不是自由的，也许，唯有死亡才能解放一切。"其实他更应该说：世界上没有一个生物是平等的，连控制万物的法则也不是平等的。

现代社会信奉：人生而平等。可实际上，这个社会，从古到今，一直有阶层，人作为有血缘、有根系的种族生物，生而就是不平等的。

从出生那一刻起，我们就带着属于自己的家族、阶层。但，唯有死亡，让一切平等。

在死神的大门前，不管他们的出身背景、不管他们的恩怨，他们都只能平等地坐在椅子上，安静地等待，没有人能走关系，躲避死神；也没有人能藏有秘密，延缓死亡。

一切都回归到一个简单又极致的问题，生或死。

生能拥有什么？死又会失去什么？

也许唯有在死神的大门前，当人类发现死亡是这么近，死亡又是这么平等时，人类才会平心静气地思考，什么是最重要的，我们所念念不忘的真的有那么重要吗？

颜晓晨迷迷糊糊，眼睛将睁未睁时，觉得阳光有点刺眼，她下意识地偏了一下头，才睁开了眼睛。从这个斜斜的角度，映入眼帘的是输液架上挂着的两个输液袋，不知道阳光在哪里折射了一下，竟然在其中一个输液袋上出现了一道弯弯的七彩霓虹，赤橙黄绿青靛紫，色彩绚丽动人。

颜晓晨有点惊讶，又有点感动，凝视着这个大自然随手赏赐的美丽，禁不住笑了。

"晓晨。"有人轻声地叫她。

她带着微笑看向了病床边，妈妈、沈侯的爸妈、程致远、沈侯都在。她想起了昏迷前发生的事情，笑容渐渐消失，担忧地看着妈妈。

妈妈眼中含着泪，却努力朝她笑了笑，"晓晨，你觉得怎么样？"

颜晓晨不知道发生了什么，但她感觉到一直以来，妈妈眼中的戾气消失了，虽然这个笑容依旧僵硬戒备，但妈妈不再用冰冷的目光看待周围的一切。她轻松了几分，轻轻说："妈妈，我没事。"

沈妈妈突然转身，伏在沈爸爸的肩头无声地啜泣着，颜妈妈也低着头，抹着不断涌出的泪。

颜晓晨看了他们一会儿，意识到了什么，说："我想和沈侯单独待一会儿，可以吗？"

沈爸爸扶着沈妈妈走出了病房。程致远深深地看了眼颜晓晨，和颜妈妈一起也离开了病房。

病房里只剩下了沈侯和颜晓晨，沈侯蹲在病床前，平视着颜晓晨的眼睛。

颜晓晨抬起没有输液的那只手，抚摸着自己的小腹，曾经悄悄藏在那里的那个小生命已经离开了。他那么安静、那么乖巧，没有让她孕吐，也从不打扰她，但她依旧丢失了他。

颜晓晨对沈侯说："对不起！"

沈侯的眼泪唰一下落了下来，他低着头，紧咬着牙想控制，眼泪却怎么都止不住。

颜晓晨的眼泪也顺着眼角流下，她想说点什么，可是心痛如刀绞，整个身体都在轻颤，根本再说不出一句话，只能伸出手，放在沈侯的头顶，想给他一点安慰，簌簌轻颤的手掌，泄露的却全是她的悲痛。

沈侯抓住了她的手，脸埋在她的掌上，"小小，没有关系的，没有关系，不是你的错……"几日前，他第一次真正感受到了孩子的存在，虽然只是隔着肚皮的微小动作，却带给了他难以言喻的惊喜和憧憬，有生以来从未经历过的奇妙感觉，似乎一个刹那整个世界都变得不同了。他宁愿牺牲自己去保护从未谋面的他，但是，他依旧失去了他。

颜晓晨感觉到沈侯的眼泪慢慢濡湿了她的手掌，她闭上了眼睛，任由泪水静默汹涌地滑落。

Chapter 21

与你同行

朝我迎来的，日复以夜，却都是一些不被料到的安排，还有那么多琐碎的错误，将我们慢慢地、慢慢地隔开，让今夜的我终于明白，所有的悲欢都已成灰烬，任世间哪一条路我都不能与你同行。

——席慕容

在妈妈的坚持下，颜晓晨卧床休养了四十多天，确保身体完全康复。能自由行动后的第一件事就是联系程致远，商量离婚的事。

程致远似乎早做好准备，她刚一开口，他立即说文件全准备好了，只需找时间去一趟民政局。

两个人沉默地办完了所有手续，拿到离婚证的那一刻起，法律上，颜晓晨和程致远再没有关系。

走出民政局，颜晓晨和程致远都下意识地停住了脚步。不像结婚，出门的一刻起，两个人结为一体，会朝着同一个方向走，所以无须多问，只需携手而行，离婚却是将两个结为一体的人拆成了独立的个体，谁都不知道谁会往哪个方向走。

颜晓晨和程致远相对而站，尴尬古怪地沉默了一会儿，程致远问："将来有什么打算？"

隐隐中，颜晓晨一直在等他问这个问题，立即说："上海的生活成本太高，我现在无力负担，打算先和妈妈一起回家乡。"

"你打算在家乡生活一辈子吗？"

颜晓晨笑了，"当然不是！我打算这次回去，一边打工赚钱，一边复习考研。王教授，就是那个抓住我考试作弊的王教授，答应推荐我去考省城Z大的研究生。我帮魏彤做的那篇论文发表了，有我的署名。这些都对将来的面试有帮助。如果笔试顺利的话，明年就能入学了。等拿到硕士学位，我会在省城找一份好工作，把妈妈接到省城一起生活。"

程致远释然了，露了一点点笑意，"如果面试没有问题，我对你的笔试有信心。"

"如果我能考上研究生，要谢谢……"颜晓晨想起了程致远说的永远不要谢谢他，把已经到嘴边的话吞了回去，"要谢谢王教授。王教授告诉我，是你帮我求的情，他才求学校通融，给了我毕业证。"

当时，颜晓晨就觉得奇怪，明明王教授应该很厌恶她了，却在最后关头转变了态度。原来，程致远一从陆励成那里知道消息，就赶到了学校找王教授。如今王教授肯主动提出帮她推荐去考研究生，应该也受益于当初程致远帮她说的好话。

程致远淡淡一笑，没再继续这个敏感的话题，"你打算什么时候离开上海？"

"就今天，妈妈应该已经去火车站了。"

程致远愣了一下，才缓过神来，压抑着内心的波澜起伏，平静地说："我送你过去。"

颜晓晨想了想，笑着点点头，"好啊！"

两人上了李司机的车，颜晓晨坐在熟悉的车里，过去两年的一幕幕犹如走马灯般浮现在心头。当她为了一千块钱，在酒吧当众约程致远时，无论如何不会想到他们之间的恩怨，更不会想到有一天他竟然会成为她的"前夫"。

她悄悄看向程致远，也许因为掩藏的秘密已经暴露于阳光下，他没了以往的抑郁疏离，但眉眼间依旧没有笑意。看到他平放在膝盖的手上仍带着他们的结婚戒指，颜晓晨心里一酸。

"致远。"

程致远扭过头，像以往一样，温和关切地看着她，带着一点笑意，问："怎么了？"

"这个……还给你！"颜晓晨把一枚指环放进了他的手掌。

是他送给她的婚戒！程致远笑了笑，缓缓收拢手掌，将戒指紧紧地捏在了掌心。还记得当日他去挑选戒指的复杂心情，虽然各种情绪交杂，但在婚礼上，当他握着她的手，把指环套在她连着心脏的无名指上时，他向老天祈求的是白头偕老、天长地久。

颜晓晨说："把你的戒指也摘掉吧！我妈妈都说了，她原谅你，你也要放过你自己！你告诉我的，everyone deserves a second chance，不要只给别人第二次机会，不给自己第二次机会！"

程致远摸了下自己无名指上的婚戒，并没有立即采纳颜晓晨的建议。他满不在乎地笑着调侃："放心！就算我离过一次婚，依旧是很受欢迎的钻石男，永不会少第二次机会。"

颜晓晨看他云淡风轻，心情完全没有受影响的样子，终于放心了。

程致远探身从车前座的包里拿出一个小布袋，递给颜晓晨，"这个……给你，我想你应该想要保留。"

颜晓晨拉开拉链，发现居然是被她扔掉的旧手机。这个手机是沈侯送给她的礼物，里面有很多她和沈侯的微信和照片，如果不是妈妈被气进了医院，她绝对舍不得扔掉。颜晓晨吃惊地看着手机，心里百般滋味纠结，说不出是喜是伤，本来以为这个手机早已经随着垃圾彻底消失，没想到竟然被程致远悄悄保存了下来。一直以来，他做事的准则，似乎都不是自己是否喜欢、需要，而是她是否喜欢、需要。

颜晓晨把布袋塞进了自己的手提袋里，低着头说："我之前说……你带给我们的是噩梦，那句话我收回！能遇见你、认识你，我……和你在一起的这两年，绝不是噩梦，而是一个美好的梦。"

程致远十分意外，表情悲喜莫辨，怔怔看了颜晓晨一瞬，轻声说："谢谢你也给了我一场美好的梦。"

颜晓晨深吸了一口气，似乎才有勇气抬头，她微笑着说："我们应该算是最友好的前夫前妻了！"

程致远这一刻却没有勇气和她对视，立即转过了头，看着车窗外，把自己的所有心绪都藏了起来。他含笑调侃："那是因为你没有和我争财产，干脆利落地净身出户了！"

颜晓晨笑着说："哪里算是净身出户？很多账你没有和我算而已！"

程致远回过头说："是你不和我算！我应该谢谢你！"

颜晓晨笑了笑，沉默着没说话，他们之间的账根本算不清，索性就不算了，退一步，让对方心安。

程致远装作不经意地问："你和沈侯……会在一起吗？"

颜晓晨轻轻地摇摇头。

程致远也不知道她这个摇头是不知道会不会在一起，还是说不会在一起。无论是哪个结果，迟早都会知道的，他自嘲地笑了笑，没有再继续探问。

四十多分钟的路程，显得很短，似乎才一会儿，就到了火车站。

李司机停了车，程致远和颜晓晨都有些愣怔，坐着没有动。他们知道肯定要告别，但都没有想到那一刻终于来了。

颜晓晨先回过神来，轻声说："谢谢……李司机送我来火车站，我走了！"

程致远送颜晓晨下了车，却没有提出送她进火车站。他和颜晓晨都知道，颜妈妈是原谅了他，但并不代表颜妈妈愿意见到他，和他寒暄话家常。这个世界，没有人喜欢痛苦，也没有人喜欢和代表着痛苦的人做朋友。

颜晓晨看着程致远，心里滋味复杂，似有千言万语在胸间涌动，却又找不到一句合适的话能说。

程致远微笑着说："我打算继续留在上海工作。你要是到上海来玩，可以找我。我的电话号码永不会变。"

颜晓晨强笑着点点头，狠下心说："再见！"她挥挥手，转身朝着火车站的入口走去。

说着"再见"，但颜晓晨知道，这个再见很有可能就是永不再见。不是不挂念，也不是不关心，但再见又有何意义呢？她是他的过去，却绝不会是他的未来，何必让过去羁绊未来呢？

"晓晨！"程致远的叫声从身后传来。

颜晓晨立即回过了身，隔着熙攘的人潮，凝视着他。她不知道这一刻她的眼里流露着什么，却知道自己的心很难过。原来不知不觉中，时光早已经把他印进了她的生命里，想斩断时会很痛。

程致远盯着她，目光深沉悠远，似乎有很多话要说，最后却只是微笑着说："一定要幸福！"

颜晓晨含着泪，用力点了点头。

程致远笑着挥挥手，不想让她看见他的面具破碎，只能赶在微笑消失前，决然转身，上了车。

程致远无力地靠着椅背，看着车缓缓汇入车道，行驶在熙攘的车流中。

他摊开手掌，凝视着两枚婚戒，一枚在掌心，一枚在无名指上。

已经签署了离婚文件，已经送走了她，他却没有一丝一毫想要摘下婚戒的念头。似乎只要他戴着它，固守着他的承诺，迟早有一日，中断的一切又会继续。

两枚款式一模一样的戒指，本该在两只相握的手上交相辉映一生。

执子之手，与子偕老。

不知不觉，程致远的眼眶有些发酸，他想起了——

婚礼上，他握着她的手，凝视着她的眼睛，许下誓言："我程致远，愿意娶颜晓晨为妻。从今往后，无论贫穷富贵、无论疾病健康、无论坎坷顺利，无论相聚别离，我都会不离不弃、永远守护你。"

主持婚礼的司仪对他擅自改了誓词很吃惊，不停地给他打眼色。他并不是有意，也不是忘记了原本的誓词，只是顺乎了本心。大概那一刻他就预料到了，她并不属于他，眼前的拥有和幸福只是他偷来的，所以他不敢奢求永远，只说"无论相聚别离"；也不敢奢求相伴，只说"守护"。从一开始，他就没有奢求他能参与到她的幸福中，他只是希望能默默守护在她的幸福之外。

程致远掏出钱包，拉开拉链，把那枚掌心的戒指放进了钱包的夹层里，手指缩回时，顺势把碰到的一块硬纸拿了出来，是一个叠得整整齐齐、半旧的五块钱。他定定地凝视了好一会儿，把五块钱小心地塞到戒指下，拉好拉链，合上了钱包。

晓晨，不伤别离，是因为我没有想和你别离！不管你在哪里，我都会在这里，无论贫穷富贵、无论疾病健康、无论坎坷顺利，无论相聚别离！

火车站。

人潮汹涌，语声喧哗。

颜晓晨和妈妈坐在候车椅上，等着回家乡的火车进站。

颜晓晨看着电子牌上的时间，红色的数字不停地跳动变化着，每变化一次，生命中的一分钟又溜走了。她和沈侯在一起的时间究竟有多少？有多少是快乐的记忆？又有多少是痛苦的记忆？到底是快乐多，还是痛苦多？

突然，妈妈紧张地问："你告诉沈侯我们要离开了吗？"

颜晓晨笑了笑说："告诉了。"就是刚才，她发短信告诉沈侯，她和妈妈要离开上海了。

妈妈苦涩地说："那就好！这段日子你行动不便，我对上海又不熟，幸亏有他跑前跑后地帮忙，不告而别总不太好！"

颜晓晨耐心地宽慰她："放心吧，我都和他说好了。"

妈妈小心翼翼地观察着她，"你和沈侯……你想清楚了？"

颜晓晨微笑着说："妈妈，我都已经二十四岁了，我的事情我知道该怎么做。"

妈妈忙讨好地说："好，好！我不瞎操心！以后一切都听你的！"

颜晓晨知道妈妈的纠结不安，其实妈妈并不愿和沈侯再有接触，但顾及她，不得不刻意压抑着自己，所以一直嘴上说着能接受沈侯，实际行动上却总是不自禁地回避沈侯。

沈侯一收到颜晓晨的短信，立即拼命地往火车站赶。

他运气极好，竟然没有碰到堵车，红绿灯也十分配合，一路风驰电掣，不可思议地二十多分钟就开到了火车站。

他顾不上罚款或者车会被拖走，随便停了一个地方，就跳下车，冲进了火车站。

沈侯和颜晓晨一起坐火车回过一次家，约略记得是哪个检票口，他一边急匆匆地往检票口奔跑着，一边在熙来攘往的人群中寻找着晓晨的身影。

已经开始检票进站，检票口前排着长队，沈侯远远地看到了晓晨和颜妈妈，他大声叫："晓晨、晓晨……"

火车站里说话声、广播声混杂在一起，十分吵闹，她们都没有听到他的叫声。

还有十分钟，火车就要出发，大家脚步迅疾，速度都很快。晓晨已经过了检票口，急步往前走，眼看着身影就要消失在通往站台的地下通道。

突然，她的一件小行李掉到了地上，她不得不停下来，去捡行李，又把小行李挂在拉杆箱上。

沈侯终于气喘吁吁地赶到了检票口，喜悦地发现晓晨就在不远处，只要他大叫一声，她就能听到。

"晓晨——"

是颜妈妈的叫声，她随着汹涌的人潮走了好几步，才发现女儿没跟上来，她一边停下等她，一边大声催促："晓晨，快点！"

沈侯张着嘴，"晓晨"两字就在舌尖，却没有发出任何声音，他像是突然被施了魔咒，变成了一座石塑，身体一动不动地站着，眼睛一眨不眨地盯着晓晨——

她弯下身子检查了一下行李，确定行李不会掉后，一边和妈妈说着话，一边拖着行李，匆匆往前走。她走到了电动扶梯上，随着扶梯慢慢地向地下沉去，一点一点地消失在了沈侯的视线里。

꧁꧂

颜晓晨带着妈妈上了火车，找到她们的座位，放好行李后，坐了下来。

大概因为终于能回家了，一直紧张不安的妈妈放松了一点，等火车开动后，她就靠着椅背，打起了瞌睡。

颜晓晨坐得笔直，一动不动地凝望着车窗外面。等看到所有景物都飞速后退，颜晓晨终于肯定，她真的要离开上海了！

她紧紧地咬着唇，一只手无意识地摸着脖子上挂的项链。一根简单的银链子，上面串着两枚大小不同的戒指，说不上多么好看，倒还算别致，是她自己做的，用被沈侯扔掉的两枚戒指和一根一百多块钱的银项链。

颜晓晨看着逐渐远离的高楼大厦、车水马龙，觉得命运真是莫测。五年前，她提着行李，走进了这个城市，渴望着一个新的开始；五年后，她又提着行李，离开了这个城市，渴望着一个新的开始。

颜晓晨看向了身旁正合目而睡的妈妈，五年光阴改变了很多事，但最大的改变是：上一次，妈妈没有和她同行；这一次，妈妈一直跟着她。

她相信，这一次，一切真的会好起来！

꧁꧂

火车站里，人潮涌动，声音嘈杂。

广播里不停地广播着列车进站和出站的消息，沈侯清楚地听到，开往晓晨家乡的火车已经出站。

检票口早已空荡荡，再没有一个人，他却犹如被噩梦魇住，依旧一动不动地站在检票口，依旧定定地看着颜晓晨消失的方向。

那一刻，他明明能叫住她！

那一刻，他明明能挽留她！

为什么没有开口叫她？

为什么任由她走出了他的视线？

沈侯回答不了自己，只是耳畔一直回响着晓晨最后发送给他的话：

我和妈妈坐今天的火车离开上海。没有提前告诉你，是因为不想你来送我们，我不知道该如何告别，我想你应该也不知道该如何告别。

你知道我依旧爱你，我也知道你依旧爱我，但不代表两个相爱的人就能够在一起。生活应该是两个能互相给予快乐幸福的人在一起，我和你却因为太沉重的过往，已经失去了这个能力。

我们有很多快乐的记忆，但我们也有很多痛苦的记忆。我们能放弃仇恨，但我们没有办法放弃悲伤，你和我都清楚，如果我们在一起，就是强迫自己、强迫我们的亲人日日去面对所有的悲伤。

我和你之间有爱情，能支撑我们忽略一切伤害，善待珍惜对方，可是，我不爱你妈妈，你也不爱我妈妈。你能像正常的女婿一样尊敬孝顺我妈妈吗？我能像正常的儿媳一样尊敬孝顺你妈妈吗？

我们没有办法违心地回答这个问题，至少现在不行。所以，就在这里、在这一刻说再见吧！

不要担心我，这段时间躺在病床上，什么都不能做，我想了很多。也许因为这个世界有白昼、也有黑夜，有冬天、也有春天，所以光明总是与黑暗交错，寒冷总是和温暖相随。在这半明半暗、半冷半暖的漫漫时光中，没有百分百的幸福，也没有百分百的苦痛，总是既有欢笑，也有忧伤。遇见的是欢笑还是忧伤，是我们没有办法选择的，但即使忧伤如同欢笑在太阳下的影子，总是无处不在，我也会永远选择面朝太阳，把阴影留在身后。遇见什么不是我能决定的，遇见什么的态度却是我能决定的。

我会好好生活，努力让自己幸福，因为我知道妈妈和你们都希望我过得幸福。

你也要好好生活，努力让自己幸福，因为我和你的父母都希望你过得幸福。

很抱歉，我不能参与你的幸福，但请记住，在你的幸福之外，有一个人永远祝福你的幸福！

<全文完>

图书在版编目（CIP）数据

半暖时光 / 桐华著. -- 长沙：湖南文艺出版社，
2014.10
ISBN 978-7-5404-6881-1

Ⅰ. ①半… Ⅱ. ①桐… Ⅲ. ①长篇小说—中国—当代
Ⅳ. ①I247.5

中国版本图书馆 CIP 数据核字 (2014) 第 211566 号

上架建议：**长篇小说·青春言情**

半暖时光

作　　者：桐　华
出 版 人：刘清华
责任编辑：薛　健　刘诗哲
整体监制：陈　江　毛闽峰
策划编辑：钟慧峥
营销编辑：刘碧思　张　璐
装帧设计：熊琼工作室
封面摄影：张黎明
版式设计：张丽娜
出版发行：湖南文艺出版社
　　　　　（长沙市雨花区东二环一段508号　邮编：410014）
网　　址：www.hnwy.net
印　　刷：三河市鑫金马印装有限公司
经　　销：新华书店
开　　本：787mm×1092mm　1/16
字　　数：416千字
印　　张：28.5
版　　次：2014 年10月第1版
印　　次：2014 年10月第1次印刷
书　　号：ISBN 978-7-5404-6881-1
定　　价：38.00元

（若有质量问题，请致电质量监督电话：010-84409925）